20 Jahre
40 bleiben

JOSEPHINE FAIRLEY UND SARAH STACEY

20 Jahre 40 bleiben

JUNG UND SCHÖN
IN DEN BESTEN JAHREN

MIDENA

Inhalt

Teil 2: Der Weg zum Wohlbefinden 155

Teil 3: Bewußt leben 227

Die Deutsche Bibliothek - CIP-Einheitsaufnahme

Fairley, Josephine:
20 Jahre 40 bleiben : jung und schön in den besten Jahren / Josephine
Fairley ; Sarah Stacey. - Augsburg : Midena-Verl., 1999
Einheitssacht.: Feel fabulous forever <dt.>
ISBN 3-310-00584-4

Titel der englischen Originalausgabe: Feel Fabulour Forever, erschienen 1998 bei Kyle Cathie Limited

Midena Verlag, Augsburg

Übersetzung, Redaktion und Satz: Print Company Verlagsgesellschaft mbH, Wien
Übersetzung: Martina Bauer und Irene Spreitzer
Lektorat: Franz Leipold
Umschlaggestaltung: Ludwig Kaiser Grafikdesign, München

Druck und Bindung: Tien Wah Press, Singapur

Printed in Singapur

ISBN 3-310-00584-4

Hinweise für den Leser

Die folgenden Symbole werden in diesem Buch verwendet:
€ (das Euro-Zeichen) entspricht einem symbolischem Wert von 30 DM, €€ entsprechen 60 DM usw.,
* weist auf das Vorkommen im Anhang hin und ** verweist auf eine Nennung in den Danksagungen.

Einleitung

Als Autorinnen, die über Gesundheit und Schönheit schreiben, hören wir vor allem eine Frage immer wieder: „Wie kann man das Rad der Zeit anhalten?" Nachdem wir *Einfach schön* geschrieben hatten, zeigte sich durch die Reaktionen von Freunden, der Familie und unseren Leserinnen, daß Nachfrage nach einem weiteren Buch bestand.

Wie jene, die *Einfach schön* gelesen haben, wissen, verlangt Schönheit unserer Meinung nach einen zweigleisigen Ansatz: Womit Körper und Geist genährt werden, ist ebenso wichtig – auf lange Sicht sogar wichtiger – wie die Produkte, die auf Haut, Augen, Haare und Nägel aufgetragen werden. Wie die meisten Frauen mögen wir Make-up, Hautpflege oder Düfte und lieben das aufregende Gefühl, ein neues Produkt auszupacken – doch nicht immer sind wir von der Wirkung ebenso begeistert. Für *Einfach schön* hatten wir die verrückte Idee, insgesamt 9000 Produkte an einer repräsentativen Personengruppe zu testen. Bisweilen war es ein Alptraum, wir lebten monatelang aus dem Koffer, doch danach konnten wir guten Gewissens sagen: „Dies sind unserer Meinung nach die besten Produkte, und hier sind die Erkenntnisse der Testerinnen."

Als wir mit den Recherchen für dieses Buch begannen und die Idee hatten, die Produktbewertungen zu wiederholen, stellte sich alsbald heraus, daß die meisten Frauen, die sich den „mittleren Jahren" nähern, ein brennendes Interesse an Anti-ageing-Wundercremes haben. Zwar beruht der Erfolg dieser Cremes und die damit erweckten Hoffnungen auch auf einfallsreichen Marketingstrategien, doch wurden viele der Wundercremes, die in *Einfach schön* getestet wurden, selbst von überzeugten Skeptikerinnen mit einer umwerfenden Punktzahl und traumhaften Kritiken bewertet.

Deshalb beschlossen wir, die nächste Stufe in Angriff zu nehmen und die größte Übersicht an Anti-ageing-Produkten, die es je gab, zu erstellen, indem wir eine Personengruppe von mehr als 1000 Frauen rekrutierten, um den neuesten Stand der Hauptpflege nach acht verschiedenen Kategorien zu beurteilen. Unsere Testerinnen, deren Alter zwischen Ende zwanzig und achtzig variiert, haben nur eines gemeinsam: Sie achten auf ihr Aussehen. Manche waren skeptisch, andere Schönheitsfanatikerinnen. Wir teilten sie in Gruppen zu zehn Personen, die altersmäßig gemischt waren. In der Kategorie „Wundercremes" für das Gesicht wurden die meisten Produkte im Blindversuch getestet: Keine Frau wußte, ob ihr Produkt eine „Kultcreme" oder eine Billigmarke war. Wir baten die Testerinnen, die Cremes nur auf einer Gesichtshälfte zu testen und die andere Hälfte mit Ihrem gewohnten Produkt zu pflegen. (Eine Herausforderung, die die meisten Frauen gerne annahmen – bis die Verbesserungen so augenscheinlich wurden, daß sie die zweite Gesichtshälte nicht länger vernachlässigen wollten.) Daneben testeten unsere Teams Hunderte verschiedene Produkte aller Kategorien – ein ungeheurer Aufwand im Vergleich zu den meisten Erprobt & Bewährt-Kolumnen der Schönheitsmagazine (wo ein Produkt meist nur von einer Frau getestet wird – möglicherweise einer jungen Redakteurin der Schönheitsabteilung, die höchstens am T-Shirt Falten hat). Wir sind überzeugt, daß Sie von den freimütigen Berichten unserer Teilnehmerinnen ebenso begeistert sein werden wie wir.

Gutes Aussehen verlangt aber viel, viel mehr, als daß man sich eine Creme ins Gesicht „klatscht". Wer sich innerlich nicht wohl fühlt, sieht auch äußerlich nicht gut aus. Deshalb sprachen wir mit Experten aller Sparten über Make-up, Medizin, Schönheitschirurgie, Schlaf, Haarfärbung, Hormone, Ernährung, Fitneß, Sexualität und jene undefinierbare, aber essentielle Qualität – die innere Ruhe. Die Erkenntnisse der Fachleute werden Ihnen helfen, sich besser und schöner zu fühlen als je zuvor. Und da wir alle Vorbilder brauchen, interviewten wir eine Reihe „faszinierender Frauen" – Frauen, die mitten im Leben stehen und all das verkörpern, was wir anstreben. Es sind keine Frauen um die zwanzig mit rosigen Wangen, sondern Frauen um die vierzig, fünfzig, sechzig und älter; strahlende Vorbilder voll blühender Gesundheit, anmutiger Schönheit und Lebensfreude, die Sie, wie wir hoffen, ebenso inspirieren und beeindrucken wie uns.

Für den Fall, daß Sie insgeheim denken: „Schön und gut, aber was wissen die von meinen Problemen?", möchten wir darauf verweisen, daß wir nicht ganz ahnungslos sind. Wir zählen gemeinsam über 90 Jahre, in denen wir wie die meisten Frauen alle Höhen und Tiefen der emotionalen Achterbahn erlebten: gebrochene Herzen, Depression, Kündigung, Sucht, Eßprobleme, Unfruchtbarkeit, Kinderlosigkeit, Tod der Eltern, von Freunden oder Kindern. Darüber hinaus haben wir zwei Bücher gemeinsam verfaßt und sind immer noch Freundinnen – engere als je zuvor.

Wir haben ihnen in diesem Buch alle Geheimnisse über Gesundheit und Schönheit verraten, die wir kennen. Das größte Geheimnis ist aber, sich selbst zu akzeptieren: Gesicht, Körper und – Seele. Dann werden Sie **20 Jahre 40 bleiben** und sich wohl fühlen.

Wir können uns glücklich schätzen, im 20. Jahrhundert zu leben. Früher waren Falten unvermeidbarer Teil des Alterns. Verstehen Sie uns nicht falsch: Einige Fältchen lieben wir, wie etwa die Lachfältchen, die sich nur durch ein todernstes Gesicht vermeiden lassen. Doch nun ist es möglich, mit Hilfe von Hautpflege und

Zeitlose Schönheit

Teil 1

Make-up dem Lauf der Zeit Einhalt zu gebieten oder die Zeit sogar zurückzudrehen. Und wie unsere tausend Testerinnen bemerkten, helfen einige Produkte tatsächlich. Der Traum von junger, frischer, glatter Haut ist wahr geworden. Wenn Sie wissen wollen, wie die führenden Hautexperten und Visagisten die Hautalterung sehen, und welche „Wunderprodukte“ tatsächlich wirken, **blättern Sie einfach um...**

Wie verändert sich die Haut, wenn wir altern?

20er: Die Haut beruhigt sich nach den Hormonschwankungen der Teenagerjahre, doch produziert sie noch immer relativ viel Fett. Bei vielen Frauen wird die Haut gegen Ende der Zwanziger trockener, erste feine Fältchen entstehen um Augen und Mund.

30er: Die Fältchenbildung erhöht sich, da Collagen und Elastin, wichtige Elemente der Stützstruktur der Haut, ihre Produktion reduzieren und die zarte Haut unter den Augen dünner wird. Die Haut trocknet schneller aus. Nun beginnen auch die Äderchen zu platzen, so daß rote Flecken entstehen, und gegen Ende dieses Jahrzehnts können die ersten Altersflecken und braunen Pigmentflecken auftreten. Die Poren vergößern sich, und die sonnengeschädigte Haut wird merklich rauher. Auch Schwellungen unter den Augen können problematisch werden, da sie immer langsamer abklingen.

40er: Die Fältchen um Augen und Mund vertiefen sich ebenso wie die Furchen auf der Stirn. Da die Haut Elastin verliert, ist sie nicht mehr so elastisch. Die Ringe unter den Augen können sich zu Tränensäcken ausweiten. Bei den meisten Frauen wird die Haut deutlich trockener – auch wenn manche Frauen während der Menopause wie Teenager unter fettiger Haut und Pickeln leiden. Empfindliche Haut kann bis zum Ende des Klimakteriums ein Problem bedeuten.

50er, 60er und darüber: Nun zeigt die Haut wahren Charakter: Feine Fältchen und Linien werden nach dem fünfzigsten oder sechzigsten Geburtstag tiefer, da der Körper mit Ende der Wechseljahre bedeutend weniger Östrogen produziert. Doch es bilden sich nicht nur Falten, die Haut wird auch deutlich schlaffer. In den Fünfzigern wird die Haut zunehmend unregelmäßiger, und es bilden sich immer mehr Alters- oder Sonnenflecken.

Wie altern wir?

Die Experten meinen, daß die Haut auf zwei Arten altern kann.

Innerliche Alterung: Dieser natürliche, biologische Alterungsprozeß entzieht sich unserem Einfluß, da er nicht durch Sonnenschäden beschleunigt wird. (Obwohl gesunde Ernährung, regelmäßiger Sport, ausreichend Schlaf und frische Luft sowie Streßbewältigung ohne Zweifel helfen.) Die Haut altert wie alle Körperorgane im Lauf der Jahre. Die Alterung von innen verändert unser Aussehen: So ist die Haut einer achtzigjährigen Frau um etwa 30 Prozent dünner als die Haut einer achtzehnjährigen. Zusätzlich zu den Veränderungen in der Lederhaut und Oberhaut schwitzen wir mit zunehmendem Alter auch weniger und bilden weniger Pigmente. Die Haut wird mit fortschreitender Zeit blasser. Zudem nimmt die Muskelspannung ab, und das Fett setzt sich an anderen Stellen an. Die Wangen verlieren ihre Polsterung und fallen ein, während an den Backen Fettpölsterchen entstehen.

Äußerliche Alterung: Bis vor kurzem dachte man, daß die äußerliche Alterung einfach die innerliche verstärkt. Doch dann entdeckte man Unterschiede. „Ohne Sonnenschäden setzt die innerliche Alterung der Haut erst nach dem sechzigsten Geburtstag ein", meint Dr. Daniel Maes, der stellvertretende Leiter der Forschungsabteilung von Estée Lauder. Doch die UV-Strahlung und die Luftverschmutzung beschleunigen die Alterung, da sich auf der Haut Freie Radikale ablagern, die eine Zellschädigung bewirken. Da sie den Collagen- und den Elastinaufbau stören, wird die Haut rauh und trokken, es bilden sich tiefe Falten, die Pigmentierung wird unregelmäßig und Äderchen platzen. Zudem können auch neue Hautzellen bereits mit Schäden gebildet werden. Dadurch gelangen sie schon derart geschwächt an die Hautoberfläche, daß sie die Hautschädigung noch beschleunigen. Diesen Teufelskreis, aus dem die Falten resultieren, betrachten wir als natürlich – doch entsteht er vor allem durch Sonne, Luftverschmutzung und Rauchen.

Was beschleunigt die Alterung?

Wie wir altern, hängt von zwei Faktoren ab: unserem Lebensstil und den Genen. Wenn unsere Eltern auch im Alter noch gut aussahen, stehen die Sterne für uns gut. Doch auch unser Lebensstil und sogar unser Wohnort können die Alterung stark beeinflussen. Wie wir aussehen, hängt demnach von verschiedenen Faktoren ab.

Sonnenbaden – Rechnen Sie zwanzig Jahre auf. (Diese Zahl spricht für sich.)
Regelmäßiger Solariumbesuch – Schlagen Sie zwanzig Jahre auf. (Immer mehr Hautärzte warnen, daß Solarien die Haut noch stärker strapazieren als direktes Sonnenlicht, da sie reine UVA-Strahlen abgeben, die tief in die Haut eindringen und sie schädigen.)
Streß – Plus drei Jahre. (Gift für die Haut, da vor allem auch die Faktoren, die mit Streß einhergehen, wie erhöhter Alkohol- und Koffeingenuß, Schlafmangel und unregelmäßige Ernährung, die Haut schädigen. Mindern Sie den Streß und suchen Sie Entspannung und Ruhe.)
Großstädte – Plus fünf Jahre. (Ein Umzug auf das Land ist nicht die einzige Lösung. Mindern Sie den Schaden durch Hautcremes mit Antioxidanzien.)
Crashdiäten – Plus zehn Jahre. (Jo-jo-Diäten entziehen der Haut wertvolle Nährstoffe. Nehmen Sie rapide ab, dehnt sich die Haut und wird schlaff.)

„Ich hatte in meinem Leben nur eine Falte – und auf der sitze ich."

JEANNE CALMENT
(die älteste Frau der Welt, bevor sie mit 122 Jahren starb)

Gift für die Haut und Abhilfen

Ein großer Teil des Schadens entsteht durch Freie Radikale ***(siehe Seite 13).***

DIE PROBLEME

Alkohol dehydriert und beeinträchtigt die Durchblutung. Durch den Feuchtigkeitsmangel und das Fehlen wertvoller Nährstoffe können vor allem auf Nase und Wangen Äderchen platzen *(siehe Seite 142)*. Alkohol entzieht dem Körper auch die Vitamine und Mineralstoffe, die der Haut strahlenden Glanz verleihen.
Die Lösung: Trinken Sie höchstens ein bis zwei Gläser *guten* Wein täglich und nehmen Sie ausreichend ungesättigte Fettsäuren zu sich *(siehe Seite 195)*.

Luftverschmutzung – Smog, Schmutz und Sonnenstrahlen wirken täglich auf die Haut ein. Laut Toby Mathias, dem ehemaligen Leiter der Abteilung für Dermatologie am amerikanischen Institut für Arbeitssicherheit und Gesundheit, gibt es zwar genaue Bestimmungen über die Chemikalien, die wir einatmen oder aufnehmen dürfen, doch ist nicht festgelegt, mit welchen Toxinen die Haut in Kontakt kommen darf. Die Haut wird regelmäßig von Freien Radikalen aus dem Hausbrand und Haushaltsreinigern angegriffen.
Die Lösung: Cremes mit Antioxidanzien wirken dem Schaden entgegen, den Freie Radikale anrichten.

Rauchen – Die Visagistin Eve Lom meint, daß sie eine Raucherin schon von weitem erkennt. „Die Haut ist blaß, grau und faltig", erklärt sie. „Raucherinnen sehen bereits mit vierzig Jahren aus wie Nichtraucherinnen mit sechzig." Tatsächlich spricht das *Journal of the American Medical Association* von einem „Rauchergesicht", das sich durch tiefe Falten um die Mundwinkel und vertikale Fältchen auf der Oberlippe auszeichnet, die durch das wiederholte Ziehen an der Zigarette entstehen, sowie tiefe Falten um die Augen aufweist, da man ständig durch den Rauch blinzelt. *(Siehe Seite 66 – Sieg über den Faltenteufel.)*

Da der Haut weniger Sauerstoff zugeführt wird, wirkt sie gräulich und müde. Der Sauerstoffmangel führt außerdem zu Dehydrierung, Trockenheit, Blässe und schlußendlich zu Falten. Im Rauch sind 40.000 toxische Chemikalien enthalten, die in den Körper eindringen und an der Haut haften. Zudem kann der Zigarettengenuß Flekken, Hautreizungen, Pickel und sogar Hautkrebs nach sich ziehen.

Die Hautschäden, die durch das Rauchen verursacht werden, zeigt eine neue Studie deutlich, die an 25 eineiigen Zwillingspärchen im St. Thomas Krankenhaus in London durchgeführt wurde. Der rauchende Zwilling hatte durchwegs eine um bis zu 40 Prozent dünnere Haut als der nichtrauchende. Tabak verengt zudem die Blutgefäße, schwächt die Regenerationsfähigkeit der Gene und setzt vermehrt Enzyme frei, die die Spannkraft der Haut mindern. Dr. Tim Spector, der Leiter der Abteilung für Zwillingsforschung am St. Thomas Krankenhaus, bestätigt, daß die Chemikalien, die in Zigaretten enthalten sind, den Stoffwechsel beeinträchtigen und die Produktion der schädlichen Freien Radikale ankurbeln. „Mit der Zeit beschleunigen diese die Zellalterung, da sie das Collagen- und Elastingewebe der Haut mindern. Auch die oberste Hautschicht kann zu wenig durchblutet werden."
Die Lösung: Wie bei allen Formen der Verschmutzung können Cremes mit Antioxidanzien die Schädigung durch die Freien Radikale mindern, die durch das Rauchen freigesetzt werden.

Sonne – Die meisten Hautschäden entstehen durch die Sonnenbestrahlung. Daher ist es nicht verwunderlich, daß die Haut auf Händen und Gesicht als erstes altert. Schließlich sind diese Bereiche immer der Sonne ausgesetzt. Peter Pugliese, ein Biochemiker, der die Auswirkungen von Sonnenlicht auf die Haut untersucht, meint, daß 90 Prozent der Hautprobleme durch die Sonne verursacht werden. Dazu gehören vorzeitige Alterung, trockene, ledrige Haut, erweiterte Blutgefäße, Pigmentflecken und nicht zuletzt Hautkrebs. Doch nicht das Sonnenbad im Urlaub verursacht die Schäden, sondern die *tägliche* Einwirkung von UVA-Strahlen. „Untersuchungen zeigen, daß langfristig bereits Schäden entstehen, wenn die Haut zweimal pro Woche dreißig Minuten lang in einem typischen Londoner Winter UV-Licht ausgesetzt ist", meint Nicholas Lowe, Professor für Dermatologie an der Universität von Kalifornien in Los Angeles.
Die Lösung: Verwenden Sie täglich eine Feuchtigkeitscreme mit SF 15 und Antioxidanzien, die einer Schädigung durch Freie Radikale vorbeugt.

Warum wirken Antioxidanzien so gut?

DIE LÖSUNGEN

Einen Begriff werden Sie in **20 Jahre 40 bleiben** immer wieder finden: Freie Radikale. Sie lassen die Haut besonders rasch altern und werden vom Körper selbst erzeugt, wenn er Sonnenlicht oder Streß ausgesetzt ist. Auch übermäßiger Sport kann die Produktion von Freien Radikalen ankurbeln, da dem Körper vermehrt Sauerstoff zugeführt wird. (Wir sprechen hier eher von einem Marathonlauf oder einer anstrengenden Mountainbiketour als von einem raschen Spaziergang.)

Doch im Laufe eines Lebens treffen wir noch auf weitere Freie Radikale, die durch Rauch, Toxine, Chemikalien und andere Schadstoffe in Luft und Nahrung produziert werden. Sie peroxidieren innerhalb kürzester Zeit. (Die Haut bildet in einer Millionstel Sekunde Freie Radikale, wenn sie etwa Zigarettenrauch ausgesetzt ist.) Diese Peroxidation führt zu einer Oxidation, und diese wiederum zu einem Absterben der Zellen. Zellen, Organe und Gewebe versagen oder werden angegriffen, die Haut altert, und Krankheiten entstehen.

Diese Freien Radikale oder „Zellterroristen" sind äußerst instabile Moleküle, denen das Elektron, die negative Ladung, fehlt. Deshalb suchen sie in den Zellen nach dem fehlenden Elektron, das sie stabilisieren würde. Durch diesen Vorgang verursachen sie die Instabilität anderer Moleküle und lösen eine Kettenreaktion aus, aus der Tausende von neuen Freien Radikalen hervorgehen.

In der Haut greifen die Freien Radikale die Reparaturmechanismen und die DNS selbst an, das genetische Material, das für die Zellproduktion verantwortlich ist. Die Freien Radikale reagieren mit den Proteinen im Collagen und der Lipidmembran der Zelle und machen so die Haut weniger elastisch, schlaff, blaß und faltig. Das Ausmaß der Schädigung hängt zum Teil davon ab, wie gut sich die Haut gegen diese zerstörerischen Freien Radikale verteidigen kann. Junge Haut enthält meist genügend Enzyme und Vitamine, um die Wirkung der Freien Radikale auszugleichen. Doch bereits ab Mitte Zwanzig sind die natürlichen Abwehrmechanismen vor allem unter psychischem und körperlichem Streß beinträchtigt; die Haut kann sich nicht verteidigen und beginnt zu altern.

Gegenmaßnahmen? Nun, der Körper erzeugt einige Neutralisatoren für Freie Radikale, und die Wissenschaft sucht noch nach Möglichkeiten, diese zu unterstützen. Am wirksamsten scheinen bisher Vitamine zu sein. Die beste Methode, Schäden an Körper und Gesicht zu vermeiden oder sogar umzukehren, bieten Cremes mit Antioxidanzien, eine verstärkte Aufnahme von Vitamin A, C und E sowie Nahrungsergänzungen mit Antioxidanzien. Deshalb werden Sie in **20 Jahre 40 bleiben** noch viel Wissenswertes über Antioxidanzien erfahren.

Wundercremes

„Falten sind eine ernste Erkrankung. Kennen Sie jemanden, der sich täglich über Krankheiten den Kopf zerbricht? Aber alle machen sich regelmäßig Gedanken über Falten.“

DR. ALBERT KLIGMAN, FÜHRENDER AMERIKANISCHER DERMATOLOGE

• Statistik: Amerikanische Frauen zwischen dreißig und fünfzig geben jährlich über eine Milliarde Dollar für Antifaltencremes aus.

Wie Dr. Kligman in obenstehendem Zitat bemerkt, sind Millionen Frauen in aller Welt wegen ihrer Falten besorgt. Lauschen Sie einer Gruppe von Frauen in den Vierzigern auf einer rauschenden Party oder beim Friseur, so werden Sie Bemerkungen über diese Wundercreme und jenen magischen Faltenkiller hören. Dagegen ist nichts einzuwenden: Psychologen haben herausgefunden, daß wir uns besser fühlen, wenn wir besser aussehen (oder uns zumindest schöner fühlen). Deshalb findet der Kampf gegen die Falten auf mehreren Ebenen statt. Doch die Frauen wollen vor allem wissen, welche Produkte tatsächlich wirken.

Der seelische und spirituelle Reichtum, die Weisheit, das entspanntere Leben und die Bereicherung der Seele, die mit dem Alter einhergehen, entschädigen reichlich für Linien und Falten, doch wollen die meisten Frauen die körperlichen und *sichtbaren* Zeichen des Alters gerne so lange wie möglich verzögern – und sind bereit, dafür Milliarden auszugeben.

Um die Bedürfnisse der Frauen zu befriedigen, geben Kosmetikfirmen für die Hautforschung heute dasselbe aus wie die NASA für die Weltraumforschung. Es spricht auch für sich, daß eine der meistverkauften Kultcremes der USA von einem Mitarbeiter der NASA entwickelt wurde. Aber nicht nur der Flug zum Mars ist eine Reise ins Ungewisse ist, auch der Erwerb einer Anti-ageing-Creme ist ein schwieriges Unterfangen. Allerdings würden nur wenige Kosmetikfirmen zugeben, daß ihre Produkte nicht voll ausgereift sind. Unerfreulicher für den Konsumenten, also für uns alle, ist jedoch, daß sehr viel Zeit und Geld nötig sind, um die Cremes oder Lotionen, Seren oder Ampullen zu finden, die das Hautbild tatsächlich verbessern.

Einer der Gründe, warum wir dieses Buch geschrieben haben, ist: wir wollen Ihnen die Geheimnisse verraten, die Ihnen Ihre beste Freundin anvertrauen würde, wenn sie ihr bekannt wären. Wir hinterfragen die Hysterie, die Sagen, die Werbespots und die Mythen und präsentieren Ihnen erstmalig aus erster Hand Erfahrungen mit den Cremes, die tatsächlich wirken: Mehr als tausend Frauen testeten in Gruppen von zehn Personen Hunderte Cremes.

SCHÖNHEIT, EIN GUTES GESCHÄFT

In der Schönheitsindustrie werden jedes Jahr Milliarden für die Forschung ausgegeben. Um diese Ausgaben wieder wettzumachen, müssen Milliardengewinne aus dem Verkauf der Hautcremes, die in den High-Tech-Labors entstehen, erzielt werden. Die Kosmetikfirmen führen buchstäblich einen Krieg gegeneinander, in dem es um die höchsten Verkaufszahlen geht. Heute heißt ihre Strategie, die Kundinnen (und Journalistinnen) mit wissenschaftlichen Fakten zu blenden.

Bevor ein Produkt auf den Markt kommt, lassen viele führende Kosmetikfirmen, die bereits eigene Labors betreiben, das Erzeugnis von unabhängigen Testern prüfen. Die Ergebnisse werden in wissenschaftlichen Berichten mit statistisch relevanten Zahlen veröffentlicht, die zeigen sollen, wie wirksam das Produkt tatsächlich ist. Diese Zahlen sind für die Medien sowie für Marketing- und PR-Kampagnen bestimmt. Doch die Zeiten sind vorbei, in denen Kosmetikredakteurinnen einfach die Presseaussendung abschrieben. Heute fragen sie genau(er) nach. Deshalb stellen die Firmen nicht mehr ausschließlich die Berichte zur Verfügung, sondern lassen auch Wissenschaftler über ihre Produkte referieren. (Auch wenn sich oft zeigt, daß die Berichte oder Forschungsprojekte der Wissenschaftler von den Kosmetikfirmen etwas abgeändert wurden.)

Grundsätzlich spricht nichts gegen all dies. Die Wissenschaftler erfinden ihre Zahlen nicht, und die Firmen stellen keine falschen Behauptungen auf, auch wenn manche Forschungsmethoden recht erfinderisch anmuten und manche Ergebnisse sehr frei interpretiert werden. Doch haben diese Ergebnisse sehr wenig Einfluß auf die Haut.

Jedes Jahr durchforsten wir Unmengen von Berichten, die uns Firmen zusenden, deren neue Anti-ageing-Creme die „Faltentiefe um 50 Prozent vermindern“ soll. Man würde annehmen, daß die Creme die Falten sichtbar abschwächen würde. Doch wie uns der führende Kosmetik-Dermatologe und Forscher Prof. Nicholas Lowe erklärte, ist das nicht der Fall: „Sehr oft sind die Maßeinheiten so klein, daß die Veränderungen für das freie Auge keinesfalls zu erkennen sind.“

Außerdem wird in den Werbeaussendungen *nicht* gesagt, welches Erzeugnis die Frauen verwendeten – oder auch nicht verwendeten –, bevor sie zu dem betreffenden Produkt griffen. Bei einigen Studien, die wir lasen, lautet die Antwort: „Nichts“. (Kosmetikfirmen bitten die Frauen häufig, etwa zwei Wochen vor Beginn der Tests die Verwendung ihrer Feuchtigkeitspflege einzustellen.) In diesem Fall wird jede beliebige Creme (und wenn es nur Warzenöl wäre) das Hautbild sichtbar verbessern, da diese der Haut wohl tut und sie pflegt.

Aber wer denkt schon an diese Vorbedingungen, wenn man sieht, wie überzeugend die Ergebnisse präsentiert werden? Kaum jemand.

Gesichtscreme oder Medikament?

Das soll nicht heißen, daß die Gesichtspflege aus dem Weltraumzeitalter nicht wirkt. Wir wissen aber auch aus unserer eigenen und der Erfahrung von tausend Testerinnen, daß manche Produkte unterbewertet sind. Manche bewirken bedeutend mehr als sie behaupten. Einige der High-Tech-Cremes sind eher Medikamente als Kosmetika, da sie in die Haut eindringen und sie sichtbar verändern.

Laut der offiziellen Definition aus dem Lebensmittelgesetz von 1936 ist ein Medikament eine Substanz, die Struktur oder Funktion eines Körperteils verändert. Früher wurde die Haut sehr einseitig betrachtet. Heute hingegen wissen die Forscher, daß die Wirkstoffe einer Creme, die auf die Haut aufgetragen wird, oder sogar eines Pflasters, das auf die Haut aufgeklebt wird, in die Haut eindringen können. (Dieser Technologie bedienen sich Pharmafirmen etwa bei Nikotinpflastern.)

Behauptet ein Hersteller, daß sein Produkt der Haut gesunden Glanz verleiht, so gilt dieses Erzeugnis als Kosmetikum. Wird jedoch auf der Packung oder in der Werbung angegeben, daß dieser Glanz entsteht, weil etwa die Haut besser durchblutet wird, so muß dieses Produkt laut Gesetz getestet werden. Danach kommt das Erzeugnis als Medikament auf den Markt.

Dr. Albert Kligman meint, daß nicht wichtig ist, wie das Produkt wirkt, sondern was die Firma über die Wirkweise sagt. Dr. Kligman gehört zu den Pionieren der Anti-ageing-Forschung und prägte den Begriff „kosmezeutisch“. Er sagt, daß ein Produkt als Medikament und nicht als Kosmetikum registriert werden muß, sobald revolutionäre Behauptungen aufgestellt werden. Allerdings ist dies zu teuer und zeitaufwendig, da es etwa zehn Jahre dauert und weit über 30 Millionen Mark kostet, ein Medikament einzuführen. „Aus diesem Grund achten die Firmen darauf, nichts zu behaupten, was auf ein Medikament schließen lassen könnte“, meint Dr. Kligman. Deshalb sind auch viele Anti-ageing-Produkte auf dem Markt, die sehr viel mehr bewirken können, als sie versprechen.

Diese Produkte wirken tatsächlich

Da über alle Produkte so viele widersprüchliche Angaben gemacht werden, haben wir einen völlig neuen Ansatz gewählt. Wir haben mit den weltweit führenden Experten gesprochen. Weiterhin haben wir jahrzehntelange persönliche Erfahrung vorzuweisen, um Ihnen vernünftige Ratschläge gegen den Alterungsprozeß zu geben. Doch ist es nicht so wichtig, daß eine bestimmte Hautcreme bei Falten Wunder wirkt, weil sie eine Megadosis Phospholipide (sic!) oder andere faltenhemmenden Stoffe enthält. Von größerer Bedeutung ist, daß wir tausend altersbewußte Frauen gefunden haben, die diese Anti-ageing-Produkte für uns testeten.

ERPROBT & BEWÄHRT

BLINDGETESTETE WUNDERCREMES

Diese Hautcremes (Tag- und Nachtcremes), Seren, Lotionen und Mittel erhielten in unserer härtesten Kategorie, den „Wundercremes" die beste Bewertung. Wir testeten über hundert teure und billige, High-Tech- und natürliche, bekannte und weniger verbreitete Produkte aller Preisklassen in der umfangreichsten Untersuchung dieser Art. (Wir wissen, daß niemand sonst so verrückt wäre, diesen Test durchzuführen.)

Jedes Produkt wurde an zehn Frauen geschickt, die die ganze Packung aufbrauchten. Der Test dauerte also mehrere Wochen oder Monate. Wir baten die Testerinnen, das Produkt nur auf einer Gesichtshälfte aufzutragen, damit man den Unterschied bewerten könne. Bei manchen Produkten war die Wirkung nach einigen Wochen so offensichtlich, daß die Frauen das Produkt im ganzen Gesicht verwenden wollten, um die Unterschiede auszugleichen. Eine Testerin meinte, daß sie fürchtete, sonst seltsam auszusehen.

Nur wenige sprachen von Wundern, die sich über Nacht ereigneten. Meist sah man das Ergebnis nach zwei Wochen bis zwei Monaten, und häufig überstieg die Wirkung die Erwartungen, obwohl das schlechteste Produkt in dieser Kategorie nur 4,12 Punkte erreichte.

Die Erzeugnisse wurden blindgetestet, also in neutrale Fläschchen und Tiegel gefüllt und mit einem Code beschriftet, der nur uns bekannt war. Einige Hersteller konnten uns keine neutralen Tiegel zur Verfügung stellen. In diesem Fall wußten die Testerinnen, was sie verwendeten. Für diese Produkte führten wir eine eigene Kategorie ein, da die Frauen durch die Verpackung, die Marke und/oder den Ruf der Marke beeinflußt werden konnten.

Das denken also tausend Frauen wirklich über Anti-ageing-Produkte:

Estée Lauder Advanced Night Repair
8,4 PUNKTE VON 10 (€€€)
Dieses Serum soll die Haut in der Nacht regenerieren und bei Tag durch die hohe Dosis an Antioxidanzien schützen. Bei Verwendung als Tagescreme mit oder ohne Feuchtigkeitspflege meinten mehrere Testerinnen, daß das Produkt eine wunderbare Grundierung abgab. Zudem enthält das Serum beruhigende Extrakte der Kolanuß und andere entzündungshemmende Wirkstoffe, die umweltbedingte Hautirritationen und längerfristige Schäden mindern. Mehrere Testerinnen sprachen von einer Besserung am Hals und meinten, daß sie das Produkt kaufen würden.
PRO: „Eine Freude, das Produkt zu verwenden, ich merkte bereits nach wenigen Wochen eine Verbesserung; sehr sparsam in der Anwendung." ◆ „Mein Gesicht strahlte und wirkte frischer; schien bei tieferen Falten nicht zu wirken, sehr wohl aber bei feinen Fältchen." ◆ „Meine Haut strahlte, war glatter und wirkte jünger." ◆ „Ich habe das Gefühl, besser auszusehen; Gesicht und Hals wirken ‚gebügelt'; nach zwei Monaten wendete ich das Produkt im ganzen Gesicht an, da der Unterschied zu groß wurde."
KONTRA: „Der Geruch könnte verbessert werden." ◆ „Wirkt nicht luxuriös."

Nina Ricci Time Defense Extrakt
8,4 PUNKTE VON 10 (€€€€)
Neun von zehn Testerinnen würden dieses Serum kaufen. Es strafft die Haut, verleiht ihr Spannkraft und führt ihr Sauerstoff zu. Es macht trockene, gräuliche, faltige und schlaffe Haut glatter und strahlender, doch ist eine Feuchtigkeitspflege zusätzlich nötig.
PRO: „Die Fältchen auf meiner Oberlippe sind verschwunden; würde das Serum wieder verwenden." ◆ „Ich weiß, daß wir das Produkt nur auf einer Hälfte verwenden sollten, doch begannen sich die Poren nach fünf Wochen zu schließen und Fältchen verschwanden." ◆ „Mein Partner meinte, daß meine Haut strahlte." ◆ „Man sagte mir, daß ich gut, erfrischt und ausgeruht aussah." ◆ „Die Haut war wunderbar weich und frisch."
KONTRA: „Seltsame Struktur, klebt fast wie Honig." ◆ „Sehr flüssig, hielt weniger lang als erwartet." ◆ „Ein angenehmes Produkt ohne wirkliche Langzeitwirkung."

Neal's Yard nährende Weihrauchcreme
8,25 PUNKTE VON 10 (€)
Diese natürliche Creme auf Basis von ätherischen Ölen stammt von einer der führenden Schönheitsfirmen der Welt und enthält die nährenden Öle von Weizenkeimen, Jojoba, Mandel- und Aprikosenkernen sowie regenerierende und feuchtigkeitsspendende Weihrauch- und Myrrheextrakte. Die nährstoffreiche Creme kann in der Nacht oder am Tag als Grundierung verwendet werden. Und obwohl dieses natürliche Produkt zu den besten gehörte, die wir testeten, war es auch eines der preisgünstigsten.
PRO: „Meine Haut ist heute nicht mehr schlaff, sondern straffer und fester, sie spannt aber nicht und hat keine trockenen Stellen. Wirklich erstaunlich! Was wird passieren, wenn ich die Creme nicht mehr verwende?" ◆ „Meine Haut war fahl und grau, bevor ich das Produkt testete." ◆ „Nach zwei Wochen konnte ich ohne Grundierung das Haus verlassen; das war früher unmöglich." ◆ „Keine allergischen Reaktionen, obwohl ich empfindliche Haut habe." ◆ „Die Haut strahlte merklich, sie war feiner und straffer." ◆ „Ich kann nicht genug betonen, wie gesund und ‚stark' sich meine Haut anfühlte."
KONTRA: „Die Creme mußte stark einmassiert werden, bevor sie in die Haut einzog." Einige Testerinnen mochten den leicht medi-

zinischen Geruch des Weihrauchs nicht, andere wiederum fanden ihn angenehm.

Guerlain Anti-Age 12M Time Responsive Care SF8 (für trockene und sehr trockene Haut)
8,07 PUNKTE VON 10 (€€€)
Wurde für Frauen über zwanzig entwickelt, um der Hautalterung vorzubeugen. Deshalb sandten wir das Produkt an jüngere Testerinnen. Enthält Koffein (!), Ceramide, Vitamin-A-Palmitat und einen Fruchtenzymkomplex, der die Haut zum Strahlen bringt.
PRO: „Die Krähenfüße um die Augen verminderten sich." ♦ „Nach einem Tag strahlte die Haut, nach zwei Wochen war sie gleichmäßiger." ♦ „Die Fältchen waren weniger zu sehen, da die Haut strahlte." ♦ „Wunderbarer Duft und tolle Struktur." ♦ „Alle meinten, daß ich toll aussähe – sogar als ich Grippe hatte. Ich bin süchtig danach." ♦ „Ich war erst skeptisch, aber jetzt bin ich überzeugt. Ist es Zufall, daß ich nun drei Verehrer habe?"
KONTRA: „Die Nase wurde leicht rot und häutete sich etwas." ♦ „Sehr fett; sogar meine normale Haut glänzte."

Vichy Lumiactiv
8 PUNKTE VON 10 (€€)
Die UVA- und UVB-Filter sowie die Antioxidanzien sollen die Haut vor Schäden schützen, die Fruchtextrakte verjüngend wirken. Beinahe alle Testerinnen würden die Creme kaufen.
PRO: „Die Haut war nach einem Tag weicher und straffer." ♦ „Sofortige Verbesserung der Struktur und Hautfarbe; die Haut sah jünger aus." ♦ „Gute Qualität, leicht und angenehm, einfach aufzutragen, zieht sofort ein. Ich bin begeistert, würde die Creme am liebsten am ganzen Körper verwenden!" ♦ „Ich trug die Creme recht großzügig auf Gesicht, Hals und Brust auf, aber sie hielt trotzdem lange." ♦ „Feine Fältchen auf der Stirn und um den Mund wurden weniger." ♦ „Meine empfindliche Haut vertrug die Creme gut; die Haut strahlte."
KONTRA: „Trocknet etwas aus. Eine zusätzliche Feuchtigkeitspflege ist nötig."

Decleor Concentré Stimulant
8 PUNKTE VON 10 (€€€€)
Dieses Gesichtsöl auf Basis von ätherischen Ölen enthält Zimt-, Nelken-, Geranien- und Thymianöl sowie Jojoba und Weizenkeime als Trägeröl. Es strafft die Haut, steigert die Elastizität und kann morgens und abends auf ermattete oder reife Haut aufgetragen werden. Beinahe alle Testerinnen würden die Creme kaufen.
PRO: „Das erwärmte Öl war sehr beruhigend und sanft auf der Haut; zieht leicht ein und ist angenehmer als andere Cremes." ♦ „Die Fältchen gingen zurück und waren viel weniger sichtbar. Ich glaube, die Alterung ist gestoppt, eine Verjüngung hat eingesetzt. Ich habe seit Jahren die meisten Komplimente bekommen, vor allem von Männern." ♦ „Nach zwei Wochen wirkte die Haut viel strahlender und jünger; nach Aufbrauch der Flasche ist die Haut strahlender und bedeutend weicher." ♦ „Die Haut ist glatter, die Fältchen sind eindeutig vermindert und die Falten am Hals sind deutlich weniger sichtbar. Nennen Sie mir, den Namen des Produkts, ich will mehr!"
KONTRA: „Es war schwierig, die vorgeschriebenen drei Tropfen Öl aus der Flasche zu bekommen." ♦ „Geruch und Struktur waren abstoßend." ♦ „Wunderbar für trockene Haut, verstopft aber die Poren."

Aus „logistischen" Gründen (behaupteten die Hersteller) wurden die folgenden Produkte nur in Originalverpackung geliefert und konnten daher nicht in den Blindtest einbezogen werden. Allerdings war die Bewertung äußerst positiv. Tatsächlich beinhaltet diese Kategorie einige der bestbewerteten Produkte.

Clarins extrastraffende Nachtcreme
8,57 PUNKTE VON 10 (€€€€)
Diese Creme erhielt die beste Bewertung, doch da sie Clarins nicht in neutralen Tiegeln liefern konnte, meinen wir, daß die Testerinnen von Clarins exzellentem Ruf beeinflußt waren. Und tatsächlich würden alle das Produkt kaufen. Die Creme ist für alle Hauttypen, doch besonders für trockene Haut, zu empfehlen. Das hypoallergene Produkt enthält Ylang-Ylang- und Zedernholzöle, Mikroalgen und Weizenproteine. Einige Testerinnen berichteten von einer sofortigen Verbesserung der Haut im Halsbereich.
PRO: „Die Haut war samtig, wenn ich am Morgen aufwachte." ♦ „Ich habe unregelmäßige Haut, da ich als Erwachsene an Windpocken erkrankte. Das erste Mal seit zehn Jahren hörte ich, daß meine Haut besser aussah." ♦ „Strafft schlaffe Haut wunderbar und kann sogar eine Operation hinauszögern." ♦ „Die Haut sieht jünger aus und ich bin viel selbstbewußter. Danke!" ♦ Sinnlicher Duft; ich hätte nicht gedacht, daß ich in zwei Wochen eine Besserung sehen oder ohne Make-up das Haus verlassen würde. ♦ „Meine Haut war weich und glatt und auch am Morgen nicht verknittert." ♦ „Mein Ehemann meinte, ich sähe viel jünger aus."
KONTRA: keine negativen Bemerkungen.

Crème de la Mer Feuchtigkeitslotion
8,1 PUNKTE VON 10 (€€€€€+)
Eine leichte Version der sündteuren Kultcreme, die in den USA Begeisterungsstürme auslöste und für die es lange Wartelisten gibt. Triumphiert nun die Werbung über die Leistung? Die Testergebnisse zeigten, daß dieses Produkt zwar tolle Struktur und wunderbaren Duft aufweist und eine hervorragende Make-up-Unterlage darstellt, doch hielten die Verbesserungen nur kurze Zeit. Einige Testerinnen meldeten jedoch, daß die Haut sofort strahlte und weich war.
PRO: „Eine perfekte Creme für Mischhaut und empfindliche Haut; schien meine Haut zu beruhigen. Man merkte einen recht starken Unterschied bei der Gesichtshälfte, auf der ich die Creme verwendete: Die Haut war glatter und wirkte gesünder." ♦ „Zieht gut ein, tolle Make-up-Unterlage." ♦ „Hervorragend; die Haut fühlt sich nach dem Auftragen wunderbar an, doch merkte ich keine langfristigen Verbesserungen." ♦ „Diese Creme war erstaunlich fein und leicht; sie zog wunderbar in die Haut ein und spendete herrliche Feuchtigkeit. Meine Haut war seidenweich, sie wirkte strahlender, ohne rot zu sein."
KONTRA: „Keine langfristigen Verbesserungen." ♦ „Die Feuchtigkeitspflege hält in der trockenen Büroluft nicht den ganzen Tag."

Aveda Bio-Molecular Recovery Treatment
8 PUNKTE VON 10 (€€€)
Das gelähnliche Serum auf Pflanzenbasis enthält AHS und BHS sowie Antioxidanzien und ätherische Öle. Zwei Drittel der Testerinnen würden es kaufen.
PRO: „Die Veränderung der Haut war so offensichtlich, daß ich das Produkt im ganzen Gesicht anwenden mußte; Fältchen auf um Mund und Kinn wurden geringer, die Haut auf Gesicht und Hals wirkte jünger, weicher." ♦ „Die Haut unter den Augen war straffer." ♦ „Man sagte mir, daß ich mit derart junger Haut nicht sechzig sein könne." ♦ „Wangen wurden glatter, tiefe Falten gingen zurück."
KONTRA: Verursachte leichtes Kribbeln und Rötung, die einige Testerinnen als gesundes Strahlen, andere negativ beurteilten.

Was ist ein Serum und wie wirkt es?

Heute sind auf den vollen Regalen im Badezimmer auch Seren zu finden. Diese leichten Produkte werden mit Pumpspendern oder in Phiolen geliefert und beugen der Hautalterung wirksam vor. Meist enthalten sie einen Cocktail aus Antioxidanzien oder AHS. Einige sollen täglich verwendet werden, andere nur, wenn die Haut schlaff wirkt. Sie können die Zellbildung beschleunigen oder die Haut erfrischen. Doch sollte man sie anstatt oder neben einer Feuchtigkeitspflege verwenden? „Die meisten Seren werden unter der Feuchtigkeitspflege aufgetragen", meint John Gustafson von Dickins & Jones, „da sie allein nicht genug Feuchtigkeit spenden." Viele der besten Wunderprodukte waren Seren. Und die Testerinnen waren (ebenso wie wir) beeindruckt, wie wunderbar diese Seren wirken.

ERPROBT & BEWÄHRT

SEREN

Die besten Seren, die unsere Testerinnen versuchten:

- **Estée Lauder Advanced Night Repair Protect Recovery Complex**
  8,4 Punkte von 10 (€€€€)
- **Nina Ricci Time Defense Extract**
  8,4 Punkte von 10 (€€€€)
- **Aveda Bio-Molecular Recovery Treatment**
  8 Punkte von 10 (€€€)
- **Jurlique Herbal Extract Recovery Gel** *(siehe Seite 48)*
  7,62 Punkte von 10 (€€€€)

KULTCREMES

Kann eine Creme den Preis auf der Packung rechtfertigen? Kann eine Feuchtigkeitspflege so gut sein, daß man sich in eine Liste von 1600 verzweifelten Frauen einträgt, die bereit sind, 155 Dollar für 50 Gramm von dieser Creme zu bezahlen? Zu den Frauen auf der Liste von Saks Fifth Avenue, wo die Crème de la Mer unter Verschluß gehalten wird, zählten auch **Cher** und **Sharon Stone**, die aber sicher weniger lange warten mußten.

Die geheimen Jungbrunnen, die früher nur hinter vorgehaltener Hand preisgegeben wurden, werden heute in Europa und den USA lebhaft diskutiert. Immer mehr Frauen greifen zu den Produkten, da Anhängerinnen schwören, daß nur die Wirkung des Produkts der Grund für ihre Begeisterung ist. Dadurch sind die Cremes schwer zu finden oder überhaupt vergriffen. (Was ganz auf der Linie der Hersteller liegt. Sie haben keine Lust, ihre Cremes auf den Massenmarkt zu werfen oder die exorbitanten Preise zu senken. Schließlich sind die Produkte deshalb so begehrt, weil sie so schwer zu bekommen sind.) Zu den Kultcremes zählen Karin Herzogs Vit-A-Kombi (von der eine New Yorkerin immer gleich dreißig Packungen kauft), La Prairie (aus der Schweiz), Estée Lauder Re-Nutriv Instant Firming Cream, Cellex-C (eine amerikanische Serie auf Basis von Vitamin C), Kanebo Sensai EX La Crème und Crème de la Mer.

Alle feuchtigkeitsspendenden Produkte bestehen aus Öl und Wasser. Wie können also die Hersteller den Preis oder die Wartezeit rechtfertigen? Peter Bloxham, der Geschäftsführer von Lancôme in Großbritannien meint, daß die Qualität der Inhaltsstoffe die Produkte unterscheidet. Es gibt billige und teure Liposomen, billige und teure Vitamine. Dr. Daniel Maes von Estée Lauder, der die Instant Firming Cream (Lauders Alternative zum Skalpell) entwickelte, stimmt dem zu. „Wenn ich ein neues Produkt entwickle, sind die Geldmittel meist knapp. Diesmal erhielt ich, wieviel ich benötigte. Dadurch konnte ich Stoffe verwenden, die sonst zu teuer sind. Trotzdem stellte das erste Produkt, das ich entwickelte, eine Katastrophe dar. Die Wirkung war so stark, daß die die Haut gereizt wurde; es mußte verbessert werden."

Peter Bloxham fügt hinzu: „Bei den teuren Produkten wird bedeutend mehr Aufwand bei Forschung und Entwicklung betrieben als bei herkömmlichen Produkten." Vit-a-Kombi wurde etwa von Paul Herzog, dem Epidemiologen des Nobel Instituts, entwickelt. Und Crème de la Mer, die Feuchtigkeitspflege auf Basis von Seetang, entwickelte der geniale Weltraumphysiker Max Huber für sein Gesicht, nachdem er in den frühen sechziger Jahren bei einem Unfall mit Chemikalien bei der NASA schwere Verbrennungen erlitten hatte. Als seine Narben verheilt waren, verkaufte Huber das Produkt im kleinen Rahmen. Nach seinem Tod im Jahr 1991 erwarb Estée Lauder die Rechte.

Bevor Sie aber Monate warten, bis Ihr Name an erster Stelle einer Liste steht oder Ihre Pensionsvorsorge in eine Kultcreme investieren, wollen wir Ihnen verraten, was unsere Testerinnen von den teuersten und gefragtesten Cremes der Welt hielten. (Achtung: Wir erachteten es als wichtig, in diese „Kult-Kategorie" *alle Testergebnisse* aufzunehmen, obwohl einige Cremes keine besondere Bewertung erhielten. Auffällig ist, daß einige Testerinnen von denselben Produkten sehr angetan, andere dagegen weniger begeistert waren.)

ERPROBT & BEWÄHRT

BLINDGETESTETE KULTCREMES

Crème de la Mer Feuchtigkeitslotion
8,1 PUNKTE VON 10 (€€€€€+)
Siehe Seite 17.

Kanebo EX La Crème
7,71 PUNKTE VON 10 (€€€€€+)
Nur ein Drittel der Testerinnen würde die teuerste Creme der Welt kaufen. (Was vielleicht nicht überrascht, wenn man bedenkt, daß Kanebo mit dem Produkt geizte und nur Creme für höchstens vier Tage zur Verfügung stellte.) Allerdings merkte beinahe die Hälfte der Testerinnen bereits am ersten Tag Verbesserungen.
PRO: „Ich liebe die Creme; sie macht meine müde Haut weicher und glatter." ♦ „Ich würde das Produkt sehr gerne als Nachtcreme verwenden, aber ich würde keinen horrenden Preis dafür bezahlen." ♦ „Nach drei Anwendungen wirkte meine Haut so ebenmäßig, als ob ich eine Grundierung verwenden würde."
KONTRA: „Bei der ersten Verwendung prikkelte meine Haut." ♦ „Sehr dick und schwierig aufzutragen." ♦ „Rötung knapp nach dem Auftragen." ♦ „Leichtes Brennen einige Sekunden nach dem Auftragen."

Cellex-C Serum
7,12 PUNKTE VON 10 (€€€€€+)
Dieses stark Vitamin-C-haltige Serum wurde sehr unterschiedlich bewertet, und einige Testerinnen klagten über eine Hautreizung. Weniger als die Hälfte würde das Produkt in Zukunft kaufen.
PRO: „Am Ende der Behandlung war die Haut viel weicher und straffer; die feinen Linien waren deutlich zurückgegangen, und einige Falten waren weniger tief." ♦ „Macht die Haut deutlich jünger. Viele Leute sagten, ich sähe gut aus. Macht die Haut erst fest und zäh, doch verschwindet das Gefühl mit der Feuchtigkeitspflege. Die Haut wird glatter und strahlender, vor allem am Hals war sie viel straffer." ♦ „Ich hatte keine Probleme mit meiner empfindlichen Haut. Meine Haut wirkt viel jünger, seit ich diese Creme verwende."
KONTRA: „Diese Creme ließ meine Haut leicht erröten und brachte keine sichtbare Besserung." ♦ „Das ist eher ein Adstringens als eine Feuchtigkeitspflege und viel zu stark für meine empfindliche, reife Haut."

Estée Lauder Re-Nutriv Intensive Lifting Crème
7,1 PUNKTE VON 10 (€€€€€+)
Der Topstar aus der Serie Re-Nutriv für reife Haut von Estée Lauder enthält AHS (Fruchtsäuren) zur Verbesserung der Hautstruktur sowie Heide- und Mariendistelextrakte, Vitamin C und E, Milchpeptide und Traubenkernöl. Beinahe die Hälfte der Testerinnen würde das Produkt kaufen. Und obwohl einige Testerinnen die Höchstpunkte vergaben, wurde das Ergebnis doch durch eine Testperson verschlechtert, die nur einen Punkt vergab, weil die Creme ihre Haut stark austrocknete.
PRO: „Am Morgen nach der ersten Anwendung wirkte ich wirklich ausgeruht." ♦ „Dieses Produkt macht meinen Hals (eine echte Problemzone) viel glatter." ♦ „Die Falten über der Lippe sind viel schwächer, die Haut ebenmäßiger." ♦ „Die Creme ist zwar sehr teuer, aber sie macht meine Haut deutlich jünger." ♦ „Die Haut wurde viel weicher; ich fühle mich wohl, wenn ich zu Hause kein Make-up trage." ♦ „Ich verwendete die Creme auch auf den Händen, und die Altersflecken verschwanden."
KONTRA: „Stirn schuppt leicht" ♦ „Etwas reichhaltig als Make-up-Basis." ♦ „Der Geruch erinnerte mich an eine Salbe.".

Karin Herzog Vit-A-Kombi 1
6,4 PUNKTE VON 10 (€€€€)
Diese „sauerstoffanreichernde Creme" vom Erfinder der Eisenlunge erhielt nicht mehr Punkte, weil einige Testerinnen zwar begeistert waren, andere aber nur zwei Punkte vergaben, da die Creme für sehr trockene Haut nicht feuchtigkeitsspendend genug war. Angeblich soll sie aber trockene und fettige Haut ausgleichen und somit für alle Hauttypen geeignet sein.
PRO: „Meine Haut wirkte jünger, bei längerer Verwendung würde die Alterung aufgehalten." ♦ „Scheint sofort zu glätten." ♦ „Feine Fältchen weniger sichtbar." ♦ „Meine Haut strahlt wieder und wirkt viel feuchter." ♦ „Die Haut wirkt jünger, strahlender, straffer und ebenmäßiger; die Sonnenflecken wurden etwas blasser." ♦ „Nach 24 Stunden fühlte sich die Haut straffer an, doch sah man im Spiegel keine Veränderung." ♦ „An den Partien, wo ich die Creme verwendet hatte, war der Hals glatter."
KONTRA: „Leichtes Kribbeln, aber keine Reizung." ♦ „Medizinischer Geruch." ♦ „Trockene Haut braucht eine viel stärkere Feuchtigkeitscreme."

Crème de la Mer
6,1 PUNKTE VON 10 (€€€€€+)
Mehrere Testerinnen vergaben nur wenige Punkte, da die Creme zu schwierig aufzutragen war. Sie muß erst in der Handfläche vorgewärmt und dann aufgetupft werden. Diese Prozedur ist zeitaufwendig (obwohl die Creme bei Wärme flüssiger wird und daher leichter aufzutragen ist). Andere Testerinnen meinten, das Ergebnis rechtfertige den Aufwand, doch nur weniger als die Hälfte würde die Creme kaufen. Und zwei dachten, es wäre Nivea.
PRO: „Die Stirnfalten waren viel schwächer." ♦ „Deutliche Verbesserung der Falten und Rückgang der feinen Linien." ♦ „Ein großes Plus: Ich habe die Creme auf das Dekolleté aufgetragen und kann es nicht erwarten, dekolletierte Pullover zu tragen." ♦ „Die Haut sah nach vier Wochen gesund aus und strahlte. Ein brauner Fleck auf der Stirn wirkte viel heller; meine Wangen waren fast glatt." ♦ „Muß ich für diese Creme stehlen?"
KONTRA: „Wäre die Struktur dieser Creme besser, hätte man ein perfektes Anti-ageing-Produkt." ♦ „Ich reagierte allergisch: Die Haut schwoll an, juckte; die Anwendung der Creme führte zu einer Rötung."

Die Haut und ihr Aufbau

An einem guten Tag kann die Haut seidig glatt wirken, doch ist sie ein lebendiges, atmendes Organ, das sich ständig verändert. Sie besteht aus Milliarden Zellen, die in einer salzigen, wässrigen Flüssigkeit schwimmen. Mehr als 30 Prozent des gesamten Wassers, aus dem der Körper besteht, finden sich in der Haut. Sie erneuert sich fortwährend. (Jeden Tag verlieren wir etwa vier Prozent unserer Hautzellen, im Lauf des Lebens etwa 15 Kilogramm Haut.) Deshalb stellt sich für ältere Frauen die Frage, *warum* Haut altert. Dafür gibt es zwei Gründe: Erstens erneuert sie sich nicht so rasch, und zweitens vermindert sich die Collagen- und Elastinproduktion. An der Lösung dieser Probleme arbeiten heute die Wissenschaftler, doch läßt der Erfolg auf sich warten.

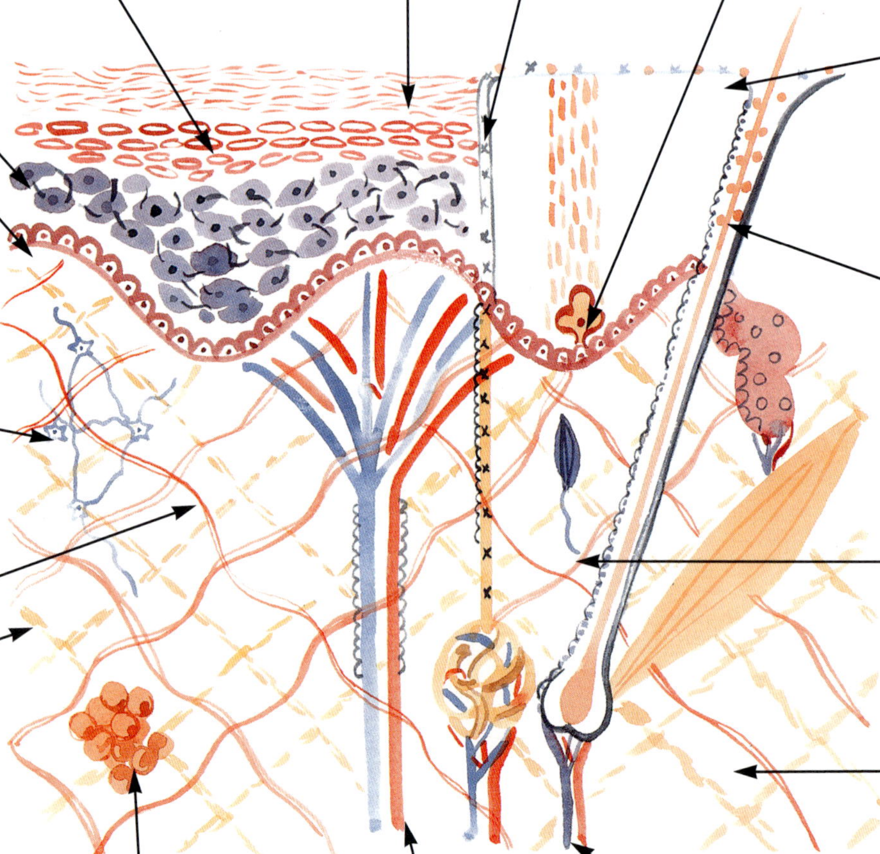

Hornschicht
oder Stratum corneum; hier sterben die Zellen ab und schuppen sich.

Körnerzellschicht
bildet das Keratin für das Stratum corneum.

Nukleus (Zellkern)
Die Struktur innerhalb der Zelle, in der die DNS enthalten ist.

Schweißdrüsen
scheiden etwa einen Liter Schadstoffe täglich aus dem Körper aus.

Melaninzelle
ist für die Bildung von Melanin verantwortlich, das die Haut bräunen läßt.

Säureschutzmantel
ist der Schutzfilm auf der Hornschicht mit einem pH-Wert von 5,5 (leicht sauer).

Basalzellenschicht
trennt die Oberhaut von der Lederhaut. Hier teilen sich die Hautzellen und drängen durch die Oberhaut nach oben.

Talgdrüsen
erzeugen das Fett, das die Haut schützt, doch arbeiten sie mit zunehmendem Alter langsamer.

Fibrozyt mit Fibroblast
ist eine ältere Zelle, die Fasern bildet.

Nervenendigungen

Collagenfasern und **Elastinfasern**
bilden das Bindegewebe, das die Haut elastisch macht und strafft. Wir verlieren pro Jahr etwa ein Prozent Collagen. Mit vierzig haben wir etwa 30 Prozent weniger Collagen, ab fünfzig nimmt das Elastin drastisch ab.

Interzellularzement
ist der Stoff, der die Hautzellen aneinander bindet.

Adipozyten
Fettzellen

Arterien
leiten das Blut vom Herzen weg.

Venen
leiten das Blut zum Herzen hin.

HAUTPFLEGE – WER NIMMT WAS

Marie Helvin ist ebenso begeisterte Anhängerin von Clarins wie die Immobilienmagnatin **Fiona Fullerton**, zu deren Favoriten die multiaktive Tagescreme, die extrastraffende Nachtcreme, der sanfte Reinigungsschaum und der sanfte Augen-Make-up-Entferner zählen. **Donatella Flick** verwendet die Reinigung von Estée Lauder, das Topmodel **Patti Hansen** schätzt die Anti-ageing-Serie Suractif von Lancaster. **Debbie Harry** – „Blondie" – mag Aveda, **Donatella Versace** mußte die gesamte Serie von Aveda neu erwerben, da sie ihre **Madonna** geschenkt hatte. Angeblich verwenden **Sally Field, Ann-Margret** und **Diahann Carroll** die Turnaround Creme und **Jane Asher** die Dramatically Different Feuchtigkeitspflege von Clinique. Zu den Fans von Decleors Erzeugnissen auf Basis ätherischer Öle zählen **Shirley Bassey, Elaine Paige** und **Lady Lloyd Webber**. Die Bestsellerautorin **Jackie Collins** schätzt Shiseido Bio-Performance Advanced Super Revitalizer, da dieser sofort einzieht. **Prinzessin Caroline von Monaco** und **Catherine Deneuve** lieben die Pariser Kultkosmetik von Nuxe*; Karin Herzog* ist eine weitere Kultmarke, die bei Stars sehr beliebt ist: Die Schauspielerin **Kate Capshaw**, die Gattin von Steven Spielberg, und **Demi Moore** lieben die sauerstoffanreichernde Creme. **Oprah Winfrey** gab ebenso wie **Shirley Maclaine** eine telefonische Bestellung für Cellex-C* (ein Vitamin-C-reiches Hautserum) auf. **Teri Garr** holte ihres persönlich in Joseph Martins Salon in Beverly Hills ab. Und wie bringt **Isabella Rossellini** ihre Haut zum Strahlen? Sie verwendet eine japanischen Naturhaarbürste für besonders sanftes Peeling.

Unsere Lieblingspflege

Wir bekommen sämtliche Produkte gratis. Das ist einer der Vorteile unseres Jobs. (Auch wenn unsere empfindliche Haut nicht immer begeistert ist.) Ohne die folgenden Produkte können wir nicht leben.

Jo: „Ich könnte nicht ohne die Reinigungscreme von Eve Lom leben, die sich wie Make-up mit der Haut verbindet und sie zum Strahlen bringt. Eine zweiminütige Gesichtsreinigung und -massage am Abend ist eine bessere Investition als die teuerste Creme. Zusätzlich habe ich ständig die verschiedensten Cremes auf Lager: Im Sommer schwöre ich auf Estée Lauders DayWear, eine leichte, doch wirksame Feuchtigkeitscreme mit SF 15, darunter trage ich das Herbal Extract Recovery Gel von Jurlique auf, ein antioxidanzienreiches Serum. Im Winter ziehe ich Osmotics Blue Copper Creme vor, die das Make-up wunderbar transparent macht. Da ich trockene Haut habe, liebe ich Gesichtsöle. Zwei- bis dreimal pro Woche verwende ich das Amazing Facial Oil* von Aesop; bin ich in der Stadt, trage ich darunter manchmal das Herbal Extract Recovery Gel von Jurlique auf. An anderen Abenden verwende ich die wunderbar reichhaltige (aber sehr teure) Orangenblüten-Rosen-Creme von Verde*, einer winzigen Naturkosmetikfirma, die mich wirklich begeistert. Gelegentlich verwende ich auch Kultcremes wie Crème de la Mer und Estée Lauder Instant Lifting Creme. So viele verschiedene Tiegel mögen verwirrend erscheinen, doch gehe ich gerne auf die Bedürfnisse meiner Haut ein. Zudem massiere ich die Haut gerne (außer den Augenbereich), da ich meine, daß dies die Durchblutung, nicht aber die Faltenbildung fördert."

Sarah: „Ich verwende die verschiedensten Pflegeprodukte, doch setze ich sie sofort ab, wenn ich auch nur das leichteste Jucken fühle, da ich sehr emfindliche Haut und Augen habe, die bei der leichtesten Reizung rot werden und anschwellen. Ein Fixpunkt in meiner Pflegeserie sind Reinigung, Gesichtswasser, Tages- und Nachtcreme* aus der Serie Viola von Bioforce. Zudem mag ich den All Sensitive Reiniger von Aveda, den ich mit einem warmen Tuch abwische. Ich versuche, das Gesicht immer sehr sorgfältig zu reinigen, den ich genieße das angenehme Gefühl. Allerdings verwende ich unterschiedliche Feuchtigkeitspflege wie die extrastraffende Tageslotion von Clarins mit SF 15 oder DayWear von Lauder. Im Sommer mische ich häufig etwas Selbstbräuner in die Feuchtigkeitspflege, da diese Kombination besser deckt als Selbsträuner alleine oder getönte Feuchtigkeitscreme. Osmotics Blue Copper am Abend aufgetragen bringt die Haut zum Strahlen und zieht wunderbar ein. Dr. Jürgen Klein, der Biochemiker und Leiter der Naturkosmetikfirma Jurlique, meinte, daß Frauen am Abend eher ein Serum als eine Creme verwenden sollten, damit die Haut atmen kann. Ich versuchte Clarins Double Serum 38 und war begeistert. Da sich die Haut ständig verändert, muß die Tages- und Nachtpflege an Klima und Jahreszeit angepaßt werden. Ich gebe zusätzlich Creme auf Wangen und Stirn, wenn sie sich trocken anfühlen. Als Allergikerin leide ich häufig unter geschwollenen Augen, gegen die Eiswürfel und das Augengel von Green People* helfen. Und ich trage die jeweiligen Cremes auch auf Hals und Brust auf."

Einfache Hautpflege

Die Haut verändert sich altersbedingt. Dennoch bleiben viele Frauen aus Gewohnheit, Faulheit oder einfach, weil ihnen die Pflege zusagt, bei ihren gewohnten Produkten. Wir sollten jedoch auf die veränderten Bedürfnisse unserer Haut eingehen.

Da fast jede (außer sehr fettiger) Haut im Lauf der Jahre weniger Talg produziert, ist sie nicht mehr so gut versorgt. Zudem wird die Haut dünner, so daß die Feuchtigkeit leichter entweichen kann. Einige Frauen leiden in den Wechseljahren aufgrund der hormonellen Veränderungen unter fettiger Haut, doch wird bei der *Mehrheit* die Haut mit dem Alter trockener. Achten Sie auf spannende, juckende Haut, trockene Flecken, Rötungen, Abschuppung und Fältchen. Ein weiteres Anzeichen ist, daß das Make-up nach dem Auftragen vollkommen einzieht.

John Gustafson** von Dickins & Jones meint, daß es wichtig ist, die Pflege an die Bedürfnisse der Haut anzupassen. Was mit zwanzig gut für Sie war, muß nicht mit fünfzig wirken. „Besprechen Sie jedes Mal, wenn Sie ein Pflegeprodukt kaufen, Ihre Pflege mit der Kosmetikerin und überlegen Sie, ob Sie eine andere Creme benötigen", meint Gustafson. „Ehrlich gesagt ist es auch vernünftig, die Pflegeserie ständig zu ändern, damit sich die Haut nicht daran gewöhnt."

Reinigung: Da die Haut weniger Fett produziert, kann eine sehr starke Reinigung vielleicht zu viel des Guten sein, da sie der Haut Feuchtigkeit entzieht. Ab vierzig sollten die meisten Frauen auf Seife und sogar Reinigungsschaum verzichten. Marcia Kilgore von Bliss Spa in Manhattan meint, daß Seife nur bis zum Alter von zwölf Jahren zu empfehlen ist. Danach sollte eine reichhaltigere Lotion oder Creme verwendet werden. Viele Produkte müssen mit Wasser abgespült werden, Sie brauchen also nicht auf diese köstliche Erfrischung zu verzichten. (Meiden Sie aber sehr heißes oder kaltes Wasser, damit keine Äderchen platzen.)

Da Baumwollpads Spuren von Reiniger auf der Haut zurücklassen, empfiehlt die Top-Visagistin Eve Lom zur Entfernung des Reinigers einen Musselinwaschlappen, den Sie in heißes Wasser tauchen. Reinigen Sie das Gesicht dreimal damit. „Ist die Haut erwärmt, reiben Sie mit dem Waschlappen sanft abgestorbene Hautzellen um Nase und Kinn ab." Eve glaubt, daß die Haut nur dieses Peeling täglich braucht *(siehe Peeling, rechts)*.

Gesichtswasser: Gesichtswasser auf Alkoholbasis ist tabu. (Auf reifer Haut können Sie genauso gut Entfärber verwenden.) Frische verleihen Orangen- oder Rosenwasser. Achten Sie aber auf die Worte „sanft" oder „alkoholfrei" auf der Packung oder fragen Sie, ob das Produkt Alkohol enthält und/oder für reife/trockene Haut geeignet ist. Susan Harmsworth von der Naturkosmetikfirma E'SPA empfiehlt Spritzflaschen anstatt des Tonikums. Verwenden Sie aber Zerstäuber mit ätherischen Ölen oder feuchtigkeitsspendenden Substanzen und Wasser. (Diese Produkte versprechen wunderbare Kühlung bei Hitze, wenn man sie im Kühlschrank lagert.)

Peeling: Durch Peeling sollen abgestorbene Hautzellen entfernt werden, die der Haut stumpfes Aussehen verleihen, da strahlendere und „jüngere" Haut zum Vorschein kommt. Peelen kann man mit einem Waschlappen oder Bürstchen oder chemisch mit einem Produkt auf Enzym-, Fruchtsäure- oder Vitamin-A-Basis wie Retin-A oder Retinova *(siehe Seite 30–31)*.

Reife Haut sollte jedoch *sehr* vorsichtig gepeelt werden, da sie für die regelmäßige Anwendung von AHS zu empfindlich ist.

Reiniger – wer verwendet was

Willow Bay, das ehemalige „Gesicht" von Estée Lauder, und **Joan Lunden**, der Star der amerikanischen Morgenshows, schwören auf Efacils sanften Augen-Make-up-Entferner von Lancôme. Laut Tricia Sawyer, der Lieblingsvisagistin von **Sharon Stone**, liebt die Schauspielerin das Pure Cleansing Water von Shiseido. **Leslie Kenton** *(siehe Seite 202–203)* verwendet seit über fünfzehn Jahren den Reiniger von Eve Lom. „Er gleicht eher einem emulsierten Öl – einfach wunderbar." **Shirley Conrans** ungewöhnliche Alternative? Speiseöl. „Sie brauchen kein Geld für die Kosmetik auszugeben", meint sie. „Das Geheimnis sind die Tücher." (Da Schminktische aber ästhetisch aussehen müssen, füllt sie das Öl in Chanel-Flaschen um.)

Obwohl einige Testerinnen begeistert waren *(siehe Seite 35)*, meinen wir doch, daß diese zusätzlichen Schichten aus einem Grund auf der Haut sind, nämlich als Schutz. Da ältere Haut Feuchtigkeit weniger gut speichert und Schadstoffe schlechter abhalten kann, sollte der Ausdünnungsprozeß nicht noch durch zusätzliche Chemikalien beschleunigt werden.

Wir stimmen Eve Lom bei (*rechts*), doch wenn Sie ein Peeling verwenden, verzichten Sie auf Produkte mit Partikeln wie zerstoßene Körner, die die Haut zerkratzen können.

Schutz: Einer der größten Verbündeten im Kampf gegen Falten ist ohne Zweifel ein Sonnenschutzfaktor von 15 oder mehr, der täglich aufgetragen wird. Viele neue Feuchtigkeitsprodukte enthalten Sonnenschutz, der die Haut vor Schäden bewahrt oder bereits bestehende Probleme mindern kann. *(Mehr über die Sonne auf Seite 26.)*

Auch Antioxidanzien schützen vor Freien Radikalen. Ihr Gesicht schützen Sie am besten mit einem Produkt mit SF 15 und Antioxidanzien. *(Mehr über Antioxidanzien erfahren Sie auf Seite 13.)*

Tägliche Pflege: Jede Feuchtigkeitspflege enthält, wie das Sebum der Haut, Wasser und Fett. Viele Frauen sind mit einem Produkt glücklich, das einfach den Wassergehalt der Haut erhöht und die Feuchtigkeit beinahe unmerklich einschließt. Dadurch werden Fältchen geglättet und die Haut feucht und geschmeidig gehalten. Wir lieben Feuchtigkeitspflege mit Schutzfaktor *(siehe links)*. Vergessen Sie nie, daß reifere Haut morgens und abends Feuchtigkeitspflege benötigt. Vernachlässigen Sie auch Hals und Brust nicht, verwenden Sie separate Augenpflege und sparen Sie die Nasenflügel aus, damit die Poren geschlossen bleiben. Anders als bei allen anderen Produkten gilt jedoch bei Feuchtigkeitspflege, daß mehr besser ist. *(Auf Seite 159 finden Sie Tips zu Nachtcremes, auf Seite 49 Hinweise zu reichhaltigen Gesichtsölen – wir sind große Fans von beiden.)*

Masken/Spezialbehandlungen: Haben Sie empfindliche Haut und verwöhnen Sie sich gerne mit einer Gesichtsmaske, die die Haut zum Strahlen bringt und die Stimmung hebt, so lassen Sie sich nicht aufhalten. Verwenden Sie aber eine feuchtigkeitsspendende Maske, die nicht auf der Haut klebt. Masken auf Lehmbasis trocknen zu stark aus. Meist reicht es, reifere Haut jede Woche oder alle zwei Wochen mit einer Maske zu verwöhnen.

Die internationale Society-Lady **Mouna Al-Ayoub** schwört auf folgendes Rezept für eine fernöstliche Gesichtsmaske: Kochen Sie Zitronensaft und Zucker bei hoher Temperatur und lassen Sie die Mischung abkühlen. Tragen Sie die Maske auf das Gesicht auf. Die abgestorbenen Hautzellen bleiben daran kleben, und die Haut wird wunderbar weich.

EINKAUF VON PFLEGEPRODUKTEN

Kaufen Sie kein Pflegeprodukt, nur weil Ihnen der Schriftzug auf der Packung gefällt. Vertrauen Sie vielmehr auf Ihr Gefühl. Testen Sie das Produkt auf dem Handrücken oder besser noch im Gesicht, bevor Sie es erwerben. Nur so können Sie sehen, wie es sich auf der Haut anfühlt, und ob die Haut dadurch glatter oder weicher aussieht oder wirkt. Vertrauen Sie Ihrer Nase: Mögen Sie den Duft? Ersuchen Sie die Verkäuferin nach Möglichkeit, Ihnen eine Probepackung für zu Hause zu überlassen.

John Gustafson von Dickins & Jones, der in über vierzig Kosmetikfirmen das Personal ausgebildet hat, meint: „Manche Firmen haben eine unterschiedliche Philosophie hinsichtlich der Probepackungen. Ersuchen Sie um Proben für ein Anti-ageing-Produkt heißt es oft, daß dieses Erzeugnis erst nach längerer Zeit wirkt und eine Probe somit sinnlos ist. Natürlich stimmt das, aber eine Probe kann Ihnen zumindest verraten, ob Sie die Beschaffenheit und den Duft des Produkts mögen oder ob Sie allergisch darauf reagieren. Wenn Ihnen also eine Verkäuferin sagt, daß sie keine Proben zu einem Produkt hat, fragen Sie, ob Sie einen kleinen Tiegel mitbringen können, um das Produkt umzufüllen. Beginnt die Verkäuferin dann über Hygiene und Haltbarkeit des Produkts zu argumentieren, erklären Sie ihr, daß Sie dieses Risiko gerne auf sich nehmen. Allerdings ist auch bezeichnend, daß die teuersten Kosmetiklinien wie La Prairie, Estée Lauder und Kanebo meist sehr gerne Proben hergeben, da sie auf ihre Produkte vertrauen. Natürlich sind Probepackungen teuer für die Kosmetikfirmen. Aber die Top-Firmen sind überzeugt, daß die Kunden mit dem Ergebnis so zufrieden sind, wenn sie das Produkt auch nur zweimal in der Woche zwei Wochen lang testen, daß sie es gerne kaufen werden. Und in den meisten Fällen", meint Gustafson abschließend, „haben sie auch vollkommen recht."

Umtausch

Sie würden ein Kleid, das nach einigen Malen Tragen auseinanderfällt, sofort umtauschen. Aber die meisten Frauen denken nicht daran, ein Kosmetikum umzutauschen, das nicht entspricht. Natürlich müssen Sie realistisch bleiben. Sie werden wohl keinen Erfolg haben, wenn Sie bemängeln, daß eine Creme, die in zehn Tagen Wunder wirken soll, auf Ihrer Haut überhaupt keine Wirkung zeigt. „Hat Ihnen aber eine Kosmetikerin eine Feuchtigkeitspflege verkauft, die für trockene Haut geeignet sein soll und dies nicht ist, so verlangen Sie Ihr Geld zurück", rät John Gustafson. Und verlangen Sie auf alle Fälle eine Entschädigung, wenn Sie auch nur im geringsten allergisch auf ein Erzeugnis reagieren. Ein weiterer guter Grund, ein Pflegeprodukt oder ein Make-up zurückzutragen, ist eine schwer zu öffnende Verpackung oder eine fehlerhaft konzipierte Packung, die zu große Mengen teure Feuchtigkeitspflege auf einmal abgibt.

Vergessen Sie auch nicht, daß Ihre Kritik wertvolle Information für die Kosmetikfirmen darstellt und ihnen hilft, das Produkt in Zukunft zu verbessern. Abgesehen von Düften, die versiegelt geliefert werden, werden alle angebrochenen Packungen von den Geschäften an den Hersteller retourniert, der den Läden eine Entschädigung zahlt. (Schon allein deshalb sollten Sie nicht zögern.) Laut Juanita Doran von Saks Fifth Avenue können die Firmen oft nur auf diese Weise Feedback von ihren Kunden bekommen. Unpraktische Spender oder schwer zu öffnende Tiegel können nur so verbessert werden. Wenn viele Packungen von einem Produkt retourniert werden, wird oft die Verpackung neu konzipiert.

Können Sie Produkte mischen?

Kaufen Sie Kosmetika ein, werden Sie garantiert irgendwann an eine Verkäuferin geraten, die Ihnen die gesamte sündteure Linie der Firma, die sie repräsentiert, einreden möchte. Lassen Sie sich nicht überrumpeln. Mit erfrischender Offenheit gesteht Christina Carlino, die Gründerin der Kosmetiklinie Philosophy: „Ich glaube nicht, daß man alle Produkte einer Linie verwenden muß. Ich würde ja gerne etwas anderes behaupten, aber leider gibt es dafür keinerlei fundierte Beweise."

John Gustafson bestätigt: „Die meisten Kosmetikerinnen wollen Ihnen eine ganze Linie verkaufen, weil das ihr Job ist. Doch sind die meisten Produktlinien nicht aufeinander abgestimmt, und Sie profitieren nicht davon, wenn Sie die gesamte Serie kaufen. Der triftigste Grund, eine gesamte Serie zu erstehen, ist, daß Ihnen die Verpackung gefällt."

Da einige Produkte aber überhaupt nicht miteinander harmonieren, kann der Rat einer Kosmetikerin äußerst wertvoll sein. Gustafson meint: „Kaufen Sie nie ein Peeling *und* eine Creme auf AHS- oder Fruchtsäurebasis, da Sie sonst zu viele Hautschichten entfernen." Verlassen Sie lieber das Geschäft, ohne etwas zu erstehen, wenn Sie vermuten, daß man Ihnen etwas aufschwatzen möchte.

Allerdings gibt Gustafson auch zu, daß es sehr schwierig für Frauen ist, unbeinflußte Informationen zu bekommen. Deshalb rät er:

• Gehen Sie, wenn das Verkaufsgespräch wie eine Chemievorlesung klingt. Sie wollen zum Beispiel wissen, ob das Produkt bereits nach einem Tag die Haut geschmeidiger macht und nach einer Woche die Fältchen reduziert. Sie erwarten praktische Erklärungen, und es ist Ihnen völlig egal, ob das Produkt auf einem asymmetrischen Trägersystem mit verzögerter Novasphärenwirkung aufbaut. Deshalb sollten Sie fragen: „Welches sichtbare Ergebnis wird sich einstellen, wenn ich das Produkt verwende?"

• Wenn Sie eine Feuchtigkeitspflege suchen, sollten Sie diese auch verlangen und die Kosmetikerin bitten, Ihnen ein Produkt für Ihre Haut zu empfehlen. Will man Ihnen außerdem noch die verschiedensten anderen Produkte verkaufen, bleiben Sie fest und sagen Sie: „Danke, aber heute brauche ich nur Feuchtigkeitspflege".

• Nehmen Sie sich Zeit und stellen Sie in zwei oder drei Läden dieselben Fragen.

• Fragen Sie, ob eine der Verkäuferinnen Kosmetikerin ist. Diese verstehen häufig mehr von den Produkten. Ist die Antwort ja, so sagen Sie zu der Verkäuferin, die Sie bedient: „Ich will Sie nicht kränken, aber ich möchte mit der Kosmetikerin sprechen. Ich habe einige Fachfragen." Sie sollte nicht beleidigt reagieren und genug Vertrauen in die Produkte haben, um IhremWunsch auch gerne nachzukommen.

Das „Yardley-Gesicht" und Supermodel **Linda Evangelista** ist Anfang dreißig und somit zu jung für dieses Buch. Aber sie gab uns einen Tip, den wir Ihnen gerne weiterleiten möchten. Linda meinte, daß sie die verschiedensten Feuchtigkeitsprodukte besitzt. „Am Morgen trage ich nicht automatisch Pflege auf, sondern betrachte meine Haut genau, berühre sie und überlege, was sie braucht. Wenn ich reise oder der Sonnebestrahlung ausgesetzt bin, verwende ich eine reichhaltigere Feuchtigkeitspflege. Arbeite ich im Freien, trage ich Sonnencreme mit hohem Schutzfaktor auf." Wir wissen aus Erfahrung, daß sich die Haut tatsächlich verändert – nicht nur mit den Jahreszeiten, sondern täglich und wöchentlich, da wir uns immer anders ernähren und hormonellen Schwankungen unterliegen. Und es lohnt sich, genau auf die Haut zu achten und ihr die adäquate Pflege angedeihen zu lassen.

Sicher sonnen

Über die Verbindung zwischen Sonnenbaden, Hautkrebs und Hautalterung wird so viel Unterschiedliches berichtet, daß die Versuchung groß ist, den Kopf in den Sand zu stecken (und weiterhin in der Sonne zu bräunen). Doch schützt der Schatten die Haut am besten. Und es ist nie zu spät, mit dem Schutz zu beginnen.

Laut Dr. Anthony Quinn** besteht die Chance, die Schäden, die durch Sonnenbaden verursacht wurden, auch später im Leben noch gutzumachen. Einige australische Patientinnen, die unter Strahlenkeratose (vorkarzinogenen Hautveränderungen) litten, konnten diese Schädigungen mit wirksamem Sonnenschutz sogar in einem relativ späten Stadium mindern. Zwar liegen wenige statistische Beweise vor, denen zufolge sich Fältchen und Falten durch Sonnenschutz vermindern, doch arbeitet man in der Kosmetikindustrie hart daran, diese Behauptung durch Daten zu untermauern.

Doch nicht nur aus Angst vor Falten sollten wir in der Sonne ein T-Shirt tragen, einen Hut aufsetzen und uns mit Sonnenschutz eincremen. Auch die Krebsrate steigt unaufhörlich: Pro Jahr erkranken mehr als 30.000 Menschen in Großbritannien an Hautkrebs, und laut Professor Elaine Rankin** wird im Jahr 2000 jeder neunzigste Amerikaner an einem malignen Melanom, der gefährlichsten Form von Hautkrebs, leiden. (Deshalb müssen Sie jede Veränderung eines Muttermals sofort Ihrem Arzt mitteilen.)

Schutz vor der Sonne ist die beste Vorsorge. Da es aber immer wieder heißt, daß die Weichen für ein malignes Melanom bereits in der Kindheit gestellt werden, setzen sich viele Frauen weiterhin der Sonne aus. Dr. Quinn erklärt aber, daß andere Formen des Hautkrebses sehr wohl durch das Sonnenbaden entstehen. Deshalb ist es anzuraten, die Sonne ein Leben lang zu meiden, anstatt sich zu denken, daß der Schaden bereits angerichtet ist, und man beruhigt weiter in der Sonne braten kann. Es ist *nie* zu spät, die Haut zu schützen.

Sie sollten täglich mindestens Sonnenschutzfaktor 15 auf Gesicht und Körper auftragen.
Unsere Experten halten die fünfzehn für die magische Zahl. Höhere Schutzfaktoren können irreführend sein: Tatsächlich bieten sie häufig nur geringfügig mehr Schutz als SF 15.

Gewöhnen Sie sich an, das ganze Jahr SF 15 auf das Gesicht aufzutragen.
Heute sind hervorragende Tagescremes mit SF 15 erhältlich. Wählen Sie daher eine Feuchtigkeitspflege mit Sonnenschutzfaktor.

Verwenden Sie auch Lippenbalsam mit Sonnenschutzfaktor.
Da die Unterlippe stark gefährdet ist, ist Lippenpflege mit Sonnenschutzfaktor unerläßlich.

Kaufen Sie nur Sonnencreme mit UVA- und UVB-Schutz.
Die Sonne gibt UVA- und UVB-Strahlen ab. UVA läßt die Haut altern, UVB verbrennt sie. Deshalb ist es unerläßlich, sich vor beiden Arten der Strahlung zu schützen. UVB-Schutz ist in allen Produkten enthalten, UVA-Schutz bisher noch nicht.

Das Produkt sollte die Sonne reflektieren, nicht durch Chemikalien schützen.
Laut Dr. Quinn gibt es zwei Arten von Sonnenschutzmitteln. Die einen enthalten Mineralstoffe, die das UV-Licht reflektieren, bevor es auf die Haut auftrifft. Die anderen basieren auf Chemikalien, die das UV-Licht auf der Hautoberfläche absorbieren. Empfindliche Haut kann auf die Chemikalien in Verbindung mit der Sonne gereizt reagieren. Viele Menschen, die denken, unter einer Sonnenallergie zu leiden, sind tatsächlich auf ihr Sonnenschutzmittel allergisch.

Tragen Sie Sonnenschutz auf, bevor Sie an den Strand gehen.
Dieser Rat sollte vor allem von hellhäutigen oder sommersprossigen Frauen beherzigt werden. Wenn Sie den Sonnenschutz erst am Strand auftragen, waren Sie vielleicht schon so lange in der Sonne, daß sich die Haut rötet.

Tragen Sie reichlich Sonnencreme auf.
Es ist wichtig, den Sonnenschutz reichlich aufzutragen. Ein Erwachsener benötigt knapp dreißig Gramm Sonnenschutzmittel für den ganzen Körper. Reiben Sie nicht zu fest, damit der Schutz nicht verloren geht.

Cremen Sie sich mehrmals ein, wenn Sie am Strand sind.
Wenn Sie unter dem Make-up Sonnenschutz tragen und die Gesichtshaut nur kurz der Sonne aussetzen, reicht einmaliges Eincremen. Sind Sie aber länger in der Sonne, *müssen* Sie den Sonnenschutz mehrmals erneuern, da die Sonne die schützenden Wirkstoffe der Creme auflöst und so die Wirksamkeit vermindert wird.

Meiden Sie die Sonne.
Professor Rankin meint: „Sonnenschutz bietet Hilfe, aber nur teilweise. Machen Sie es wie die Südländer und meiden Sie die starke Mittagssonne. Tragen Sie eine Kopfbedeckung, verwenden Sie SF 15 und braten Sie nie in der Sonne." Dr. Quinn fügt hinzu, daß man mit SF 15 fünfzehnmal länger in der Sonne bleiben kann. Doch rät er, bereits viel früher den Schatten aufzusuchen. Wenn Sie das Zeitlimit erreichen, müssen Sie, auch wenn Sie sehr dunkle Haut haben, das Sonnenbad beenden, um keinen Sonnenbrand zu bekommen. Sie haben die Obergrenze erreicht, auch wenn Sie sich nochmals eincremen.

Meiden Sie Bräunungsstudios.
Laut Dr. Quinn gibt es noch keine konkreten Beweise für eine Verbindung zwischen Bräune aus dem Sonnenstudio und Hautkrebs. Es sind einfach noch keine Langzeitergebnisse bekannt, wie die Haut auf die großen Dosen von UVA-Strahlung reagiert, die diese Betten abgeben. Allerdings meinen Hautkrebspatienten, daß es sehr wohl eine Verbindung geben könnte.

Selbstbräuner schützen nicht.
Einige Selbstbräuner sollen (ein wenig) vor der Sonne schützen, doch ist dieser Schutz sehr kurzlebig. Dr. Quinn meint, daß man trotzdem *im Freien immer* SF 15 verwenden sollte.

Vergessen Sie nie, daß es keine sichere Bräune gibt.

SONNENSCHUTZ - WER NIMMT WAS?

Prominente wissen, wie sie ihr Gesicht vor der Sonne schützen. Zu den Fans der Sonnenpflege von Chanel, die nur in den USA erhältlich ist, zählen **Sharon Stone** und **Geena Davis**, die empfindliche Stellen mit Chanel Protection Instant Spot Protector schützen. (Nach dem Sonnenbad empfiehlt der Hautarzt Fredric Brandt, der **Cher** und **Madonna** behandelt hat, Clarins After Sun Skin Conditioner.) **Faye Dunaway** schützt ihre Haut mindestens mit SF 30. Und **Barbara Daly**, die die Haut von Prominenten aus der Nähe kennt und daher weiß, welchen Schaden die Sonne anrichten kann, schwört auf den Sonnenschutz von Lancôme und Clarins mit SF 25. „Zwischen 1. April und 30. September verlasse ich das Haus nie ohne Sonnenschutz", versichert Barbara.

Faszinierende Frauen

Bernadette Rendall

Wir bewundern Bernadette Rendall, die über fünzigjährige, hart arbeitende, wunderbare PR-Lady von Chanel, für ihren sprühenden Charme und französischen Chic. (Nicht zuletzt fasziniert uns ihre ungezwungene und selbstbewußte Art, mit der sie der Welt ohne Make-up entgegentritt.) Wie so viele Französinnen, die Schönheit und Eleganz bereits in jungen Jahren vermittelt bekommen, wurde Bernadette von ihrer Mutter in die Geheimnisse immerwährender Schönheit und natürlicher Eleganz eingeweiht. Und heute ist sie Vorbild für ihre drei erwachsenen Kinder.

Mademoiselle Chanel sagte einst, daß Kosmetika nutzlos sind, wenn Schönheit nicht aus dem Herzen und der Seele kommt. Und meine Mutter lehrte mich so lange die Geheimnisse der Schönheitspflege, bis sie mir in Fleisch und Blut übergingen. Ich beobachtete sie als kleines Mädchen, und sie brachte mir schon früh bei, Reinigungsmilch und Feuchtigkeitspflege zu verwenden, da ich sehr empfindliche Haut hatte. Eines der großen Geheimnisse, die Sie mir verriet, war, die Haut sanft zu behandeln und nie zu ziehen. Heute verwende ich als Reinigungsmilch Douceur Lactée von Chanel und das Hydra-Sérum als Feuchtigkeitspflege. Allerdings versuchen meine zwei Schwestern in Paris ständig, mich von neuen Produkten zu überzeugen. Deshalb verwende ich als nährende Creme die Produkte von Pier Augé und die deutsche Linie Biodraga – sehr reichhaltige Produkte, die meiner trockenen Haut gut tun. Aber ich habe nichts gegen Lachfältchen; ich habe immer gerne gelacht und gescherzt, und ich möchte dies der Welt auch zeigen.

Am Älterwerden stört mich nur, daß die Haut am Hals faltig wird. Deshalb trage ich hier möglichst oft Feuchtigkeitspflege auf. Allerdings ist der Hals eine Problemzone. Manche Frauen lassen sich den Hals operativ verschönern, doch ist der Erfolg meist mäßig. Ich hatte noch keine Schönheitsoperation, weil ich mich ein bißchen davor fürchte. Aber ich verwende nur Cremes, kein Make-up. Nur wenn ich fotografiert werde, trage ich etwas Puder, Eyeliner und Lippenstift auf. Ich denke, daß eine weiße Bluse mein Gesicht besser zur Geltung bringt als jedes Make-up. Auch Perlen bringen mein Gesicht zum Strahlen. Und ich trage kein Schwarz mehr, da es mich, wie viele Frauen meines Alters, zu blaß macht. Dunkelblau ist viel weicher.

Ich bedaure, daß ich so viel Sonnenbestrahlung genoß. Ich lebte zehn Jahre im Fernen Osten, und da ich leicht bräune, verbrachte ich viel Zeit ohne Sonnenschutz auf dem Boot. Heute verwende ich mindestens SF 25 und ich schärfe auch meiner Tochter ein, mit der Sonne vorsichtig zu sein.

Französinnen werden zur Disziplin erzogen. Meine Mutter war schlank, und ich habe ihre Gene geerbt. Dennoch achte ich auf meine Ernährung. Meine Mutter war wunderbar, aber streng. Und das war das Beste, was uns geschehen konnte. Als Kinder waren meine Schwestern und ich immer makellos gekleidet, wir mußten uns gut benehmen, ordentlich sitzen, sprechen und essen. Und wir mußten wegen des Kalziums Käse und wegen des Vitamin-C-Gehalts Obst essen. Zwar schmeckten mir diese Nahrungsmittel als Kind nicht, doch sie führten zu gesunder Ernährung. Ich versuche täglich Obst und Käse, doch wenig Fett zu essen. Zudem trinke ich sehr selten Alkohol und esse nur zu speziellen Anlässen Kuchen und Schokolade.

Da ich sehr gerne gehe, steige ich früher aus dem Bus aus, gehe zu Sitzungen oder nehme die Treppe anstatt des Aufzugs. Zehn Minuten hier und da summieren sich rasch. Außerdem trage ich flache Chanel-Pumps, damit ich nicht wegen meines Schuhwerks ein Taxi nehmen muß und schneller vorwärts komme. Vor kurzem habe ich mit Sit-ups und Bauchmuskeltraining begonnen, da ich meinen Rücken spüre.

Mit zunehmendem Alter wird man viel weiser. Ich weiß, daß ich nicht mehr wie dreißig aussehe, aber ich fühle mich jung. Ich bin noch begeisterungsfähig und impulsiv, ich kann springen und verrückte Dinge tun, aber ich treffe weisere Entscheidungen und betrachte die Menschen gelassener. Ruhe und Weisheit wiegen einige Falten im Gesicht wirklich auf.

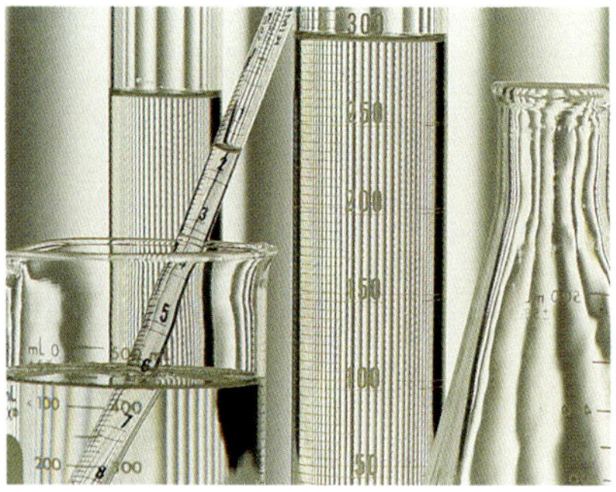

Medizin für die Haut

Heute beugen viele Frauen der Hautalterung mit wirksamen Cremes vor, die von Hautärzten verordnet werden.

RETIN-A

Vor zehn Jahren machte eine Creme Schlagzeilen, die gegen Akne entwickelt worden war, doch auch Sonnenschäden, wie Fältchen und rauhe Haut, lindern sollte. Diese Creme auf Basis von Vitamin A hieß Retin-A (oder Tretinoin) und katapultierte uns ins Zeitalter der Kosmezeutika, die Fältchen nachhaltiger glätten als die herkömmlichen Mischungen aus Wasser und Ölen.

Retin-A ist auch heute ein Aknemittel, doch wird es von Dermatologen auch gegen Falten verschrieben, wenn die Chance auf Wirkung besteht. Dies ist legal, solange sie keine Werbung für diesen Mißbrauch machen. (Das heißt, daß Ärzte nie offen sagen würden, daß sie Retin-A als Anti-ageing-Creme einsetzen.) Viele Ärzte und Patientinnen glauben, daß diese Creme die Falten weniger sichtbar macht und auch die Bildung von Altersflecken hemmt.

Allerdings kann Retin-A die Haut reizen. Die bisher größte Studie über Retin-A, die an der Universität von Michigan in den USA durchgeführt wurde, zeigt, daß neun von zehn Patienten unter so starken Hautreizungen litten, daß die Creme einige Tage abgesetzt werden mußte. Schließlich mußten drei von vierzig Testpersonen die Behandlung aufgrund der allergischen Reaktion abbrechen. (Bemerkenswert ist, daß einige Aknepatienten Retin-A absetzten, da die Nebenwirkungen der Creme solche Ausmaße annahmen, daß sie mit den Pickeln vorlieb nahmen.)

Hautreizungen wie Abschuppung, Jucken, leichtes Brennen und Rötung treten vor allem in den ersten zwei Wochen der Behandlung häufig auf. Da die Haut dünner wird, kann sie das Wasser schlechter einschließen. Deshalb können Reizstoffe leichter in die Haut eindringen, und können vermehrt allergische Reaktionen auftreten.

Da Retin-A die oberste Hautschicht langsam dünner macht, können auch die UV-Strahlen leichter eindringen. Einige wichtige Schutzschichten sind einfach nicht mehr vorhanden. Deshalb sollte jeder, der Retin-A erhält, *immer* Sonnenschutzmittel verwenden und das Gesicht nie der Sonne aussetzen. Zudem hat Retin-A den Nachteil, daß die Erfolge nur von Dauer sind, wenn die Creme ständig benützt wird.

Würden *wir* persönlich Retin-A verwenden? Nie und nimmer!

Wie Retin-A bei mir wirkte

ALTER: 58
BERUF: HAUSFRAU

Ich hörte das erste Mal vor etwa acht Jahren von Retin-A, als die Creme als mögliches Wundermittel gegen Falten gepriesen wurde. Wie die meisten Frauen meines Alters kannte ich in meiner Jugend die Gefahren des Sonnenbadens nicht, und obwohl die meisten Leute meinen, daß ich für mein Alter gut aussehe, ist meine Haut durch die Sonne faltig und von tiefen Linien durchzogen. Als ich von Retin-A erfuhr, konsultierte ich meinen Arzt. Er gab mir ein Rezept und entließ mich, ohne mich über die Anwendung oder über diverse Nebenwirkungen aufzuklären.

Die Creme sollte abends in geringer Menge aufgetupft werden. Ich trug sie aber reichlich auf, da ich über Nacht ein Wunder erwartete. Allerdings merkte ich bald, daß die Creme zu stark für eine tägliche Anwendung war. Mein Gesicht rötete sich, und ich sah aus, als ob ich einen Sonnenbrand hätte. Zudem juckte die Haut und war gereizt. So verwendete ich Retin-A nur noch jeden zweiten Abend.

Nach einigen Monaten wirkte meine Haut tatsächlich glatter und etwas straffer, doch war das Ergebnis nicht gerade sensationell. Ich verwendete Retin-A noch ein Weilchen und kam dann zu dem Schluß, daß die Creme nicht besser oder schlechter war als andere Pflegeprodukte. Heute verwende ich die Creme noch gelegentlich, wenn meine Haut zu einem besonderen Anlaß frischer aussehen soll. Allerdings war ich nicht so begeistert, daß ich Retin-A regelmäßig anwenden würde. Meiner Meinung nach ist bei Retin-A Vorsicht geboten.

RETINOVA/ RENOVA

Obwohl Retin-A nie direkt als Antifaltenmittel freigegeben wurde, gelangte Retinova (oder Renova) in die Schlagzeilen als „erster Jungbrunnen, der von der Gesundheitsbehörde anerkannt wurde“, da die amerikanische Gesundheitsbehörde das Mittel zur Linderung von Hautschäden durch Sonneneinwirkung freigab. Seit man sogar in Regierungskreisen meinte, daß Hoffnung bestünde, wird die altershemmende Wirkung von Retinova in Hochglanzbroschüren beworben. Allerdings bemerkten wir zu unserem großem Vergnügen, daß in einigen Broschüren genau dieselben Fotos von denselben Frauen abgebildet sind. Auf einem Bild konnte man sogar deutlich erkennen, daß die Falten wegretuschiert worden waren.

Renova enthält denselben Wirkstoff wie Retin-A (ein Derivat von Vitamin A), doch ist es ein pflegendes Kosmetikum. Die jüngsten Studien über Renova, die von der Erzeugerfirma Ortho Pharmaceuticals durchgeführt wurden, zeigen, daß feine Fältchen, Pigmentflecken und rauhe Haut bei 42 bis 63 Prozent der Testpersonen nach sechsmonatiger Anwendung von Renova schwächer werden. Nach zwölf Monaten brauchten zwei Drittel der Personen, die auf Renova ansprachen, die Creme nur noch einmal pro Woche anzuwenden. Allerdings muß man die Creme das ganze Leben lang regelmäßig verwenden, wenn Falten, Pigmentflecken und fahle Haut dauerhaft bekämpft werden sollen.

Verglichen mit Retin-A ist bei Renova nur eine leichte Rötung sowie leichtes Jucken und Abschuppen der Haut zu erwarten. Allerdings erhöht die Creme die Sonnenempfindlichkeit. Deshalb sollten alle, die Renova verwenden, ständig Sonnenschutz benützen und an sonnigen Tagen eine Kopfbedeckung tragen. Denken Sie auch daran, daß Retinova und Retin-A bei farbigen Frauen Pigmentfehler wie hellere Haut, Flecken oder Dunkelung der Haut verursachen können. Es ist unerläßlich, den Anweisungen zu folgen, sich an die vorgeschriebene Dosis zu halten und unsere Tips zu beachten. Noch besser ist es aber, wie wir, auf diese Mittel überhaupt zu verzichten.

Wie Retinova bei mir wirkte

ALTER: 46
BERUF: LEITERIN EINER HAARSALON-KETTE
Ich denke, daß ich mich im Lauf meines Lebens durchschnittlich viel in der Sonne aufhielt. Als ich vor etwa vier Jahren Falten und Fältchen auf meiner Haut bemerkte, begann ich mit Retinova. Die Creme wurde mir von einem Schönheitschirurgen verschrieben.

Verwendung von Retin-A

Wollen Sie Retin-A oder Retinova verwenden, müssen Sie sich unbedingt an die Anweisungen halten, um allergische Reaktionen wie Rötung, Abschuppung oder Reizung der Haut möglichst zu vermeiden. Die führende Manhattaner Dermatologin Dr. Patricia Wexler meinte: „Nur weil ein wenig Retin-A oder Retinova gut ist, heißt das nicht, daß viel davon besser ist.“ Allerdings haben wir schon oft gehört, daß Frauen von ihren Hautärzten Retin-A verschrieben bekamen, man ihnen jedoch nicht erklärte, wie sie das Mittel anwenden oder in ihre Hautpflege integrieren sollten. Deshalb haben wir die Regeln für Sie zusammengestellt:

- Fragen Sie Ihren Arzt, ob Sie die Creme auf Gesicht, Arme, Hals, Augenlider (oben und unten), Hände oder Brust auftragen sollen und halten Sie sich daran.
- Die Creme darf nicht in die Augen gelangen. Wenn es passiert, spülen Sie die Augen unter fließendem Wasser aus und waschen Sie sich die Hände.
- Testen Sie die Creme immer erst auf einem kleinen Hautfleck. Brennt oder juckt die Haut, konsultieren Sie Ihren Arzt.
- Verwenden Sie täglich Sonnencreme mit SF 15. Der Sonnenschutz sollte nach Möglichkeit drei- (***) oder vier- (****) Stern-UVA-Schutz aufweisen. Tragen Sie die Sonnencreme jeden Morgen nach dem Waschen oder Duschen auf die Hautpartien auf, die der Sonne ausgesetzt sind. Sind Sie im Sommer im Freien oder gehen Sie im Winter Schifahren, verwenden Sie wasserfesten Sonnenschutz mit SF 25 bis 30. Das Mittel sollte einen drei- (***) oder vier- (****) Stern-Schutz haben. (Dr. Nicolas Lowe empfiehlt Cremes von Ambre Solaire, Neutrogena, Nivea, Piz Buin, Soltan oder Uvistat.)

Achtung: Retin-A sollte während der Schwangerschaft nicht verwendet werden, da die Vitamin-A-Derivate den Fötus schädigen können. Auch stillende Mütter sollten auf Retin-A verzichten.

Er erklärte mir genau, welche Menge ich verwenden sollte. Allerdings konnte ich nun nur mehr geschützt mit sehr starker Sonnencreme in der Sonne aufhalten. Heute verwende ich immer mindestens SF 30.

Man sagte mir, daß leichte Nebenwirkungen nicht auszuschließen seien. In den ersten Wochen der Behandlung fühlte ich Unmengen winziger Pickel unter der Haut. Man sah sie zwar kaum, aber ich fühlte sie. Abgesehen davon merkte ich keinerlei Rötung oder Jucken. Ich sah nie eine offensichtliche Veränderung, doch habe ich heute das Gefühl, daß meine Haut weniger rasch altert, und ich glaube, daß ich dies Retinova zu verdanken habe.

Ich trug erst jeden zweiten Abend die vorgeschriebene Menge an Creme (einen erbsengroßen Tupfer) auf und steigerte die Behandlung nach etwa einem Monat auf jeden Abend. Man verwendet Retinova aufgrund der lindernden Wirkung als Nachtcreme. Nach etwa einem Jahr täglicher Anwendung meinte ich, daß ich die größte Wirkung erzielt hatte, und trug die Creme daher nur noch zwei- bis dreimal pro Woche auf. Mehr ist in diesem Fall nicht unbedingt besser.

Der wesentliche Unterschied besteht darin, daß ich früher immer Make-up verwenden mußte. Nachdem ich Retinova etwa ein Jahr lang benützt hatte, hatte ich genug Selbstvertrauen, um das Haus ohne Make-up zu verlassen. Die Haut war viel klarer, sie strahlte und wirkte glatter. Diese Verbesserung ging ganz langsam vor sich. Ich hatte nie das Gefühl, daß die Creme Wunder wirkt. Aber ich bin sehr glücklich mit Retinova und ich habe das Produkt auch meinen Freundinnen empfohlen. Es kann die Zeit zwar nicht zurückdrehen, doch anhalten.

VITAMIN A (REZEPTFREI)

In jüngster Zeit setzen die Kosmetikfirmen bei ihren Anti-ageing-Produkten auf andere Wirkstoffe auf Basis von Vitamin A. Diese Vitamin-A-Derivate werden verwirrenderweise als Retinol oder Retinyl bezeichnet (etwa Retinyl-Palmitat und Retinyl-Linoleat). Sie sind recht beliebt, da die Verbraucherinnen denken, daß sie wie Retinova oder Retin-A wirken, ohne aber die Haut zu reizen. Wir denken, daß Retinol und Retinyl in Zukunft bei der Anti-ageing-Pflege stärker zum Einsatz kommen werden. Als wir verschiedene führende Hautärzte fragten, welche die Wirkstoffe der Zukunft seien, bekamen wir häufig diese Vitamin-A-Derivate zu hören. Sie wirken spezifisch bei bestimmten Problemen wie Sonnenflecken oder Fältchen und Falten im Augenbereich. (Im Augenblick wirken Retinol und Retinyl jedoch noch zu stark, um im Bereich Hautpflege vermehrt eingesetzt zu werden.)

VITAMIN C

Es gibt zwei Gründe, die Haut mit Vitamin C einzucremen: Schutz und Behandlung. Da Vitamin C ein Antioxidans ist, kann es die Haut schützen und vor Schäden durch die Freien Radikale aus der UV-Strahlung und der Umweltverschmutzung bewahren.

Allerdings enthalten die Pflegeprodukte heute auch bis zehn Prozent Vitamin C. Die Dermatologen glauben, daß diese größeren „therapeutischen" Dosen an topischem Vitamin C (wie L-Ascorbinsäure, Ascorbylpalmitat oder Magnesium-Ascorbylphosphat) die Haut reparieren und die Bildung von Collagen ankurbeln können, so daß die Haut straffer wird und feine Fältchen und Linien verschwinden. Zusätzlich soll Vitamin C die Bildung von Melanin hemmen, damit die Haut weniger leicht bräunt und somit keine Sommersprossen und Sonnenflecken entstehen. In den USA verschreiben einige Ärzte nach der Laserbehandlung Vitamin C, um die Heilung zu beschleunigen.

Wahrscheinlich werden Sie mit freiem Auge nie Verbesserungen bemerken, wenn Sie Cremes verwenden, die nur wenig Vitamin C als Antioxidans enthalten. Sie sollen nur vor zukünftigen Schäden schützen *(siehe A-C-E Schutz, Seite 33)*. Doch sogar bei hohen Konzentrationen sind keine Wunder zu erwarten. Jeffrey Rapaport, ein Dermatologe aus Fort Lee, New Jersey, meint, daß Vitamin C nicht sofort, sondern oft erst nach sechs bis neun Monaten wirkt. Die Hersteller wollen Ihnen allerdings weismachen, daß man bereits nach zwei Monaten ein Ergebnis sieht.

Vitamin C hat jedoch auch den Nachteil, daß es durch Lufteinwirkung instabil und unwirksam werden kann. Führende Kosmetikfirmen behaupten, ein System entwickelt zu haben, mit dem das Vitamin C unbeschadet auf die Haut kommt. Dies ist etwa durch versiegelte Ampullen oder Pads möglich *(siehe Seite 36)*.

In hohen Dosen kann Vitamin C empfindliche Haut reizen und sogar verbrennen, wenn es mit anderen High-Tech-Wirkstoffen kombiniert wird. „Verwenden Sie eine rezeptpflichtige Creme wie Retin-A oder Retinova, die auf Vitamin A basiert, sollten Sie zwölf Stunden verstreichen lassen, bevor Sie das Vitamin-C-Produkt anwenden", warnt Dr. Patricia Wexler.

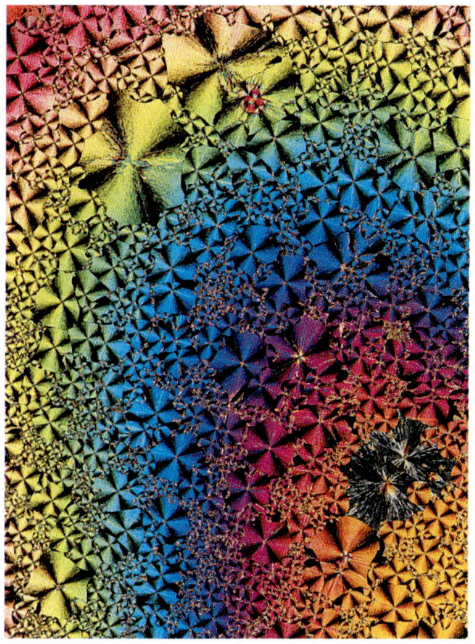

VITAMIN E

Schöne Frauen schwören im Kampf gegen die Hautalterung seit langem auf Vitamin-E-Kapseln, die einfach aufgebrochen und in die Haut einmassiert werden. (Andererseits warnen Experten, daß Vitamin E vor allem in synthetischer Form die Haut reizen kann und deshalb nicht für alle Frauen geeignet ist.) Wissenschaftler bemühen sich heute, die Wirkung von Vitamin E zu erforschen.

Wie Vitamin C ist auch Vitamin E ein Antioxidans, das als Wirkstoff von Hautcremes einer Schädigung durch Sonne und Smog entgegenwirkt. (Auf dem Etikett sollte D-Alpha-Tocopherol oder Tocopherylacetat angegeben sein.) Der Dermatologe Dr. Nelson Lee Novick, Autor von *You Can Look Younger at Any Age*, meint: „Gegenwärtig kann man sagen, daß Vitamin E zumindest in den Labortests bei Versuchstieren einen Sonnenbrand verhindert, wenn es bis zu acht Stunden nach dem Sonnenbad auf die Haut aufgetragen wird. Wird es vor dem Sonnenbad aufgetragen, kann es die Haut dünner machen und ihre Sonnenempfindlichkeit mindern." Deshalb wird Vitamin E vor allem als Sonnenschutzmittel eingesetzt.

A-C-E SCHUTZ

Als die Kosmetikwelt vor kurzem vom Auslandspresseklub zu einer Pressekonferenz geladen wurde, herrschte so großer Trubel, daß man meinen hätte können, der Dritte Weltkrieg wäre ausgebrochen. Und so falsch war der Gedanke nicht: Offiziell wurde den Falten der Kampf angesagt.

Die Dermatologen meinen seit langem, daß Vitamin A, C und E ebenso wie andere Antioxidanzien wie grüner Tee und Kiefernrinde Hautschäden verhindern können, da sie einer Schädigung durch UV-Strahlung und Luftverschmutzung entgegenwirken. Nun ist es gelungen, diese Behauptung mit Daten zu belegen.

Bei der Pressekonferenz wurden die Ergebnisse einer französischen Studie präsentiert, die acht Jahre lang lief. Su.Vi.Max (Studie über Zusätze, Vitamine und mineralische Antioxidanzien) wurde von einer Non-profit-Gruppe bestehend aus unabhängigen französischen Wissenschaftlern und Dermatologen durchgeführt. Im Verlauf von achtzehn Monaten wurde die Haut von 160 Frauen aus Tours, Toulouse und Grenoble getestet. Die Hälfte verwendete eine Creme mit Antioxidanzien (von Estée Lauder), die andere ein neutrales Produkt (ebenfalls von Estée Lauder). Niemand durfte Sonnenschutz auftragen. Die Veränderungen wurden in Tests nachgewiesen. Ein Hautvergleich wurde ebenso durchgeführt wie eine Ultraschalluntersuchung (Vor und nach Verwendung der Creme wurde eine Hautmaske angefertigt.).

Die Experten erlebten eine Überraschung mit der kleinen (doch statistisch signifikanten) Versuchsgruppe: Die Antioxidanzien halfen nicht nur, die Haut gegen Umwelt- und Sonnenschäden zu schützen (es bildeten sich um 23 Prozent weniger Linien und Falten), sie halfen auch, die Haut zu regenerieren. (Die Linien und Fältchen wurden um acht Prozent reduziert.)

All dies klingt auf dem Papier sehr beeindruckend, und natürlich machten die Ergebnisse Schlagzeilen. Doch als wir Dr. Daniel Maes von Estée Lauder zu der Studie befragten, räumte er ein, daß die Verbesserungen nicht sichtbar waren. Dennoch meinte er, daß die Wissenschaftler von den Ergebnissen begeistert waren. „Wir versuchten eine Creme zu entwickeln, die zukünftige Schäden verhindern, nicht bestehende Schäden mindern soll", sagte er. Allerdings glauben die Wissenschaftler, daß sich die Haut selbst reparieren kann, wenn sie durch Antioxidanzien geschützt ist. Der Nachteil ist jedoch, daß die Antioxidanzien jeden Tag aufgetragen werden müssen, um ihre Wirkung zu entfalten. „Wenn Frauen aber nur eine einzige gute Sache für Ihre Hautpflege tun wollen, sollten sie auf alle Fälle zu Antioxidanzien greifen", meint Dr. Maes abschließend.

Zwar ist es noch zu früh für endgültige Beweise, doch sind wir so von den Ergebnissen begeistert, daß wir Antioxidanzien zu uns nehmen und sie regelmäßig auf die Haut auftragen. Wir sind der Überzeugung, daß Antioxidanzien nach dem heutigen Stand der Forschung der beste Schutz für unsere Haut und Gesundheit sind.

Das AHS-Phänomen

Anfang der 90er Jahre kamen die AHS, die Alpha-Hydroxy-Säuren, auf den Markt und setzten eine millionenschwere Maschinerie in Gang. Heute sind diese Wirkstoffe aus Zuckerrohr, Wein, Sauermilch, Obst wie Äpfeln oder Trauben oder chemischen Substanzen beinahe in allen Pflegeprodukten von Gesichtscremes bis zu Fußpeeling enthalten. Sie werden als Milch-, Apfel- und Glykolsäure bezeichnet.

Diese Wirkstoffe haben die Kosmetikindustrie reich und viele Frauen glücklich gemacht, da die AHS die sichtbaren Zeichen von Alterung und Sonnenschäden reduzieren können. Indem die AHS den Interzellularzement lösen, der abgestorbene Hautzellen bindet, entfernen sie sanft die oberste Hautschicht und bringen neuere, glattere und jugendlicher wirkende Haut zum Vorschein. Bei asiatischer und dunkler Haut können sie auch den fahlen Aschenton bekämpfen.

Allerdings wurden mit der Verbreitung der AHS auch Bedenken laut. So ist nicht auszuschließen, daß AHS in einigen Fällen sogar schaden können, da sie Verbrennungen und Reizungen auslösen. Es stellen sich aber auch ernstere Fragen: Wird die Haut sonnenempfindlicher, wenn zu viel von der oberen Schicht entfernt wird? Wie ist die Langzeitwirkung? Die Antwort kennt niemand, da die AHS eine Neuheit in der Kosmetikindustrie sind.

Laut Stanley Milstein von der amerikanischen Gesundheitsbehörde müßten die Produkte bereits als Medikamente deklariert werden, wenn sie nur halb so viel bewirken, wie auf der Packung angegeben ist. Der führende Dermatologe und Forscher Dr. Albert Kligman verlangt verstärkt Untersuchungen über die Nebenwirkungen der AHS.

Nach der ersten Begeisterungswelle und den ersten Problemen mit den AHS werden nun einige der neuen Produkte heute damit beworben, daß sie „sanfter" sind als AHS oder zusätzlich über beruhigende Wirkstoffe wie grünen Tee verfügen. Andere Hersteller greifen heute lieber zu BHS, den Beta-Hydroxy-Säuren wie Salicylsäure, die zwar sanfter auf der Haut sind, bei empfindlichen Frauen aber dennoch Reizungen hervorrufen können.

Einige Experten glauben, daß die Fruchtsäuren vielleicht Fältchen mindern können, *weil* sie die Haut reizen. Die Haut könnte dicker werden, um sich zu schützen, und deshalb glatter aussehen. Andere Experten meinen, daß die Haut dicker wird, weil die Collagenproduktion angeregt wird.

Wir selbst hatten keine großen Erfolge mit den AHS. Zwar bemerkten wir beide, daß die Haut mehr strahlte, doch sie wurde auch rot, schälte sich und schuppte. Vielleicht war all dies ein Zeichen des beschleunigten Peelings, für das die Fruchtsäuren berühmt sind. Wir merkten jedoch, daß unsere empfindliche Haut die AHS nur als zweiwöchige Gesichtsbehandlung verträgt, die die Haut zum Strahlen bringen soll. Allerdings bekommen wir Probleme, wenn wir sie öfter als einmal anwenden. Wir wissen aber, daß Frauen mit widerstandsfähigerer Haut AHS mit größter Zufriedenheit verwenden.

Setzen Sie einfach Ihren Verstand ein. Wenn die Haut rot wird, juckt oder gereizt wirkt, sollten Sie das Produkt sofort absetzen. Testen Sie die AHS immer erst hinter dem Ohr oder am Haaransatz. Wiederholen Sie den Test nach einem Tag. Bei Rötung, Schwellung oder Juckreiz der Haut sollten Sie es sich gut überlegen, ob Sie das Produkt anwenden wollen.

Vorsicht ist überdies in den folgenden Fällen geboten:

• Sonnenempfindlichkeit
Die Hinweise mehren sich, daß viele AHS die Haut sonnenempfindlicher machen. John Bailey, der Leiter der Abteilung für Kosmetik und Farben der amerikanischen Gesundheitsbehörde, warnt: „Verwenden Sie AHS, sollten Sie immer mindestens SF 15 auftragen."

• Farbige Haut
Bisher gibt es keine Studien über die Gefahren bei farbiger Haut. Sind Sie aber nicht sicher, testen Sie das AHS-Produkt mehrere Tage lang auf einem Arm und beobachten Sie, ob sich die Pigmentierung verändert, bevor Sie die Creme im Gesicht verwenden.

• Andere Medikamente
Es gibt keine Studien über die Wechselwirkung von AHS und Medikamenten, doch ist Vorsicht bei Arzneien geboten, die die Haut sonnenempfindlicher machen, wie etwa bei Accutan oder Tetrazyklin.

• Überdosis AHS
Mehr muß nicht besser sein. Dr. Daniel Maes von Estée Lauder meint, daß es in der Kosmetikindustrie meist heißt, daß mehr wirksamer ist. In diesem Fall ist jedoch das Gegenteil richtig. Bei den Produkten, die er für Estée Lauder entwickelt, zieht er niedrige Konzentrationen von spezifisch wirkenden AHS vor, die in den oberen zwei oder drei Hautschichten bleiben und weniger Probleme verursachen können. Verwenden Sie bei Ihrer Hautpflege ein Produkt auf Basis von AHS, sollten Sie die Wirkung nicht mit einem Reiniger, Peeling oder einer Maske auf Basis von AHS verstärken.

ERPROBT & BEWÄHRT

BLIND GETESTETE AHS-CREMES

Da das Interesse an AHS-Cremes so groß ist, hielten wir einen Test der Produkte für notwendig. Diese Erzeugnisse erhielten von unseren Testerinnen die beste Bewertung. (Wir sandten aber keine AHS-Produkte an Frauen mit empfindlicher Haut.)

Aveda Bio-Molecular Recovery Treatment
8 PUNKTE VON 10 (€€€) – *siehe S. 17*

Vichy LumiActiv
8 PUNKTE VON 10 (€€) – *siehe Seite 17*

Gatineau Strategie Jeunesse Intensive Faltenbehandlung
7,6 PUNKTE VON 10 (€€€€€)
Eine Zweiphasenbehandlung, die Tages- und reichhaltiges Nachtserum vereint. Sie enthält Phosphorhydroxysäure, die aus Äpfeln gewonnen wird und laut Gatineau sehr verträglich sein soll. Zwei Drittel der Testerinnen würden das Produkt kaufen.
PRO: „Die guten Ergebnisse fielen auch meinen Freundinnen auf." ♦ „Nach zwei Wochen war meine Haut reiner, strahlender und transparenter, doch blieben die Fältchen gleich." ♦ „Das Ergebnis war unglaublich; meine Haut ist glatter, und die Fältchen sind weniger sichtbar."
KONTRA: „Die Haut kribbelt nach jeder Anwendung und wird an den Nasenflügeln leicht rot." ♦ „Ich bekam nach etwa vier Tagen einen Ausschlag und setzte daher das Produkt ab. Sonst habe ich keine empfindliche Haut."

Yves Saint Laurent Fruit Jeunesse
7,5 PUNKTE VON 10
Diese Emulsion auf Wasser- und Silikonbasis enthält 2,5 Prozent Gluco-Hydroxy-Säure, eine AHS-Verbindung, bei der die „Gefahr einer Reizung minimal ist". Die Bewertung des Produkts reichte von wunderbar bis uninteressant. Dennoch meinten drei Viertel der Testerinnen, daß sie diese Creme kaufen würden.
PRO: „Nach zwei Wochen war meine Haut viel straffer; ich schätzte die Creme zwar sehr, doch könnte sie etwas fester sein. Ich glaube wirklich, daß ich jünger aussehe, und meine Arbeitskolleginnen bestätigen mir dies auch." ♦ „Die feinen Linien wirken schwächer, und die tieferen Falten um Mund und Kinn sind weicher." ♦ „Ich benötige Nachschub! Die Haut strahlt taufrisch und rosig." ♦ „Starke Verbesserung um Nase und Mund." ♦ „Meine Haut ist viel strahlender und frischer und glatt wie ein Babypopo."
KONTRA „Etwas klebrig und fett, mein Make-up glitt daran ab." ♦ „Ziemlich klebrige Struktur, verursachte eine leichte Rötung."

Estée Lauder Re-Nutriv Intensive Lifting Crème
7,1 PUNKTE VON 10 (€€€€€+) – *siehe Seite 19*

Estée Lauder Fruition Extra
7 PUNKTE VON 10 (€€€)
Diese verbesserte Version eines der ersten AHS-Produkte für den Massenmarkt verspricht laut Lauder „beeindruckende Ergebnisse, wirkt schneller, genauer und noch sanfter". (Dennoch sprachen einige Testerinnen von einem Brennen nach der Anwendung.) Die Creme enthält eine Kombination aus vier Alpha- und Beta-Hydroxy-Säuren sowie Vitamin A, C und E und die Extrakte von grünem Tee. Wird morgens und abends unter der Feuchtigkeitspflege aufgetragen.
PRO: „Meine Haut sieht viel besser und jünger aus. Die feinen Fältchen sind fast verschwunden." ♦ „Freundinnen fragen, ob ich ein neues Make-up verwende. Die Haut strahlt, ist elastischer und klarer. Ich fühle mich attraktiver, da ich für mein Alter jung aussehe." ♦ „Arbeitskolleginnen verglichen meine Gesichtshälften und bemerkten eine deutliche Besserung auf der Seite, auf der ich die Creme verwende."
KONTRA: „Ich mag den starken Parfümgeruch nicht; die Creme erinnerte an ein Adstringens." ♦ „Da meine Haut brannte, als ich die Creme verwendete, setzte ich sie ab."

Der Schönheitskick

Hier sind einige der bahnbrechenden Entwicklungen der Kosmetikindustrie, die Frauen in die Geschäfte locken.

PADS

Eine der neuesten Entwicklungen in der Anti-ageing-Pflege kam aus der Pharmaindustrie. Früher dachte man, daß die Haut Schweiß und Toxine ausscheiden hilft und die inneren Organe vor Umweltbelastung schützt. Doch im letzten Jahrzehnt entdeckten die Ärzte, daß die Haut auch Wirkstoffe aufnehmen kann, wenn die Moleküle nicht zu groß sind. Dieses Potential machte man sich bei Pads, wie etwa den Nikotinpflastern, zunutze.

Heute werden diese Pflaster mit Hautpflegemitteln getränkt und lokal aufgetragen. Sie sollen zehn Minuten bis zu einer ganzen Nacht auf einer Hautstelle kleben. Die Hersteller meinen, daß diese Pads die Wirkstoffe besser in die Haut übertragen als herkömmliche Lotionen oder Cremes, da die Wirkstoffe in höherer Konzentration direkt auf „Problemstellen" wie Augenpartie oder Stirn gelangen können. Werden die Stoffe konzentriert abgegeben, kann man Probleme vermeiden. So meint Gene Goldberg, der Vizepräsident von Doak Dermatologics (einem Hersteller von Hautpads): „Streichen Sie eine Creme um die Augenpartie, besteht die Gefahr einer Reizung, wenn die Creme in die Augen gelangt. Das kann bei einem Pad ganz sicher nicht vorkommen."

„Mit dem Pad wird eine medizinisch erprobte Methode der Wirkstoffabgabe auf die Kosmetik übertragen", meint Steven Porter, der Mitbegründer von Osmotics, einer der Pioniere bei den kosmetischen Pads. „Die einzige Einschränkung bei dem topischen Einsatz von Vitaminen ist das Abgabesystem. Einige instabile Wirkstoffe wie bestimmte Formen von Vitamin C reagieren sofort, wenn sie mit Sauerstoff in Berührung kommen. Der Wirktoff verliert dadurch an Wirkung und kann nicht mehr in einer Creme verabreicht werden."

Da die Pads aber in luftdichter Verpackung zum Verkauf angeboten werden, kommen sie erst mit dem Sauerstoff in der Luft in Kontakt, wenn sie auf die Haut aufgeklebt werden.

Wie lange hält das Ergebnis an? Wie alle Kosmetika müssen auch die Pads ständig verwendet werden, wenn die Wirkung dauerhaft sein soll. Die Hersteller meinen, daß die Nebeneffekte äußerst gering sind. Nur ein kleiner Prozentsatz von Menschen, die auf Vitamin C oder den Klebstoff in den Pads allergisch reagieren, müssen Hautreizungen in Betracht ziehen.

Allerdings sind diese Pflaster alles andere als erotisch. Wenn Sie bereits finden, daß weiße Handschuhe über der Handcreme jegliche Leidenschaft abtöten, versuchen Sie einmal, Ihrem Partner mit einem Pflaster über der Stirn oder den Lachfältchen einen Gutenachtkuß zu geben.

Nehmen Sie dies aber nicht allzu ernst. Wir sandten einige der führenden Pads am Markt an unsere Testerinnen. Auf Seite 37 finden Sie das Ergebnis.

SAUERSTOFF-CREMES

Nachdem uns die Kosmetikindustrie Säuren und Vitamine angeboten hat, heißt die ultimative Hautpflege jetzt Sauerstoff. Ja, die Haut benötigt Sauerstoff. Mit jedem Atemzug können wir die Haut zum Strahlen bringen. Doch vor allem in den USA, wo eine Modeerscheinung als erstes greift, ist das Interesse an Hautcremes und Gesichtsmasken groß, die mehr Sauerstoff an die Haut abgeben, als sie durch das Blut aufnehmen kann.

Ein Sprecher von Lancaster Cosmetics, die über eine gesamte Linie von Lotionen und Produkten auf Basis von Sauerstoff verfügen (und in unserem Test zu einem großen Teil sehr gut abschnitten) meinte: „Mit zunehmendem Alter werden die Wände der Kapillaren, die Sauerstoff an die Haut abgeben, dünner, und es entstehen Falten und braune Flecken. Marcia Kilgore, die Gründerin von Bliss Spa und der Hautpflegeserie Remède, sagt: „Man kann die Sauerstoffmenge in der Haut mit einem Oximeter am Puls messen. Die Sauerstoffmenge ist nach Auftragen dieser Cremes bedeutend höher. Also müssen sie wirken." Der New Yorker Schönheitschirurg Paul Lorenc, der seinen Patientinnen vor und nach der Operation Vit-A-Kombi von Karin Herzog empfiehlt, stimmt dem zu, „da insbesondere die Haut von Raucherinnen rascher heilt". Allerdings gibt es auch kritische Stimmen. Der Wissenschaftler Harold Swartz aus Dartmouth, New Hampshire, der sich auf Sauerstofforschung konzentriert, meint: „Es gibt keinerlei Daten, die belegen, daß die Haut deshalb älter aussieht, weil die Zellen nicht ausreichend mit Sauerstoff versorgt werden, und daß alles in wunderbarer Ordnung ist, nur weil ihnen auf einmal wieder mehr Sauerstoff zugeführt wird.

Es ist eine große Herausforderung, Sauerstoff in Hautcremes zu verpacken, da der Sauerstoff sehr instabil und flüchtig ist. Als erstem Wissenschaftler gelang dies dem Nobelpreisträger Dr. Paul Herzog, dem Erfinder der Eisenlunge für Poliopatienten. Mit seiner patentierten Formel schaffte er es, Sauerstoff fest in eine Creme einzuschließen, die sogar Luft ausgesetzt sein kann. Für die Haut bedeutet dies, daß Aknebakterien zerstört werden, mehr Collagen produziert wird, und die Haut zu strahlen beginnt. (Seine Frau Karin Herzog vermarktet heute Cremes mit dieser Technologie.)

Bei Gesichtsbehandlungen werden 180 Millionen Sauerstoffpartikel pro Sekunde über ein Metallrohr von einem Tank auf die Hautoberfläche gepumpt. Laut dem New Yorker Dermatologen David Orentreich ist es unmöglich, daß der Sauerstoff in die Haut eindringt, wenn man einen Sauerstoffstrahl auf die Haut bläst. „Er prallt einfach ab." Allerdings ist Sauerstoff ein wunderbares Antiseptikum. Diese Wirkung bietet Vorteile bei Behandlungen im Schönheitssalon, die Infektionen auslösen können (wie Frauen, die nach einer Behandlung unter Pickeln leiden, aus eigener Erfahrung wissen). Eine Sauerstoffbehandlung, wie sie von Models wie **Cindy Crawford** und **Christy Turlington** sowie Filmstars wie **Uma Thurman** geschätzt wird, bringt die Haut – für kurze Zeit – zum Strahlen. (Lange Wartezeiten sind obligat.)

Wir würden gerne wieder eine dieser himmlischen Behandlungen genießen, doch nehmen wir an, daß ein Spaziergang in frischer Luft genauso gut wirkt.

ERPROBT & BEWÄHRT

PADS

Da die folgenden Pads sehr kostspielig sind, wurde jedes Produkt nur an drei Testerinnen verschickt. Das Ergebnis war sehr uneinheitlich. Kein Produkt wurde einhellig gelobt, und einige erhielten eine sehr schlechte Bewertung. Wir schließen daraus, daß die Pads zwar eine vielversprechende Erfindung sind, die Technologie aber noch nicht ausgereift ist. Einige Produkte sind wunderbar für eine kurzlebige Hautkur – doch eignen sie sich besser für eine zweistündige Cocktailparty als eine große Abendgesellschaft, da die Wirkung sehr kurz anhält.

Glico-Lift Full Face Patch
7,6 PUNKTE VON 10 (€€€)
Erhältlich für das ganze Gesicht, für Hals, Lippen und Augen. Das Pflaster soll jede zweite Nacht auf die gereinigte Haut geklebt werden und etwa eine halbe Stunde einwirken. Für dauerhafte Wirkung muß die Behandlung mehrmals im Jahr wiederholt werden. Die Pads sind mit Glykolsäure (zu den AHS gehörig) und einem Pflanzenprotein auf Collagenbasis präpariert, das abgestorbene Zellen peelen, die Haut straffer machen und die feinen Fältchen mindern soll.
PRO: „Erinnert an eine Maske, die nicht aufspringt." ♦ „Leichte Verbesserung, die nach mehreren Behandlungen sogar noch deutlicher sein sollte." ♦ „Ich würde dieses Produkt empfehlen. Es machte die Haut glatter und straffer, obwohl es eine austrocknende Wirkung hatte. Meine Mutter und meine Schwester bemerkten, daß meine Haut viel glatter wirkte."
KONTRA: „Klebt ganz fest."♦ „Brennt und kribbelt stark, wenn man das Pflaster abzieht, die Haut ist leicht gerötet." ♦ „Ziemlich unangenehm, die Pflaster abzuziehen!"

Wrinkle Miracle Eye Pads
7,5 PUNKTE VON 10 (€€)
Mulltupfer getränkt in einem lindernden Pflanzenextrakt, die zur Heilung der Haut nach einer kosmetischen Operation entwickelt wurden. Läßt man das Produkt 30–45 Minuten auf der gereinigten Haut einwirken, soll es rasch feine Linien und Falten sowie Schwellungen der Augen mindern.
PRO: „Ich mag den Geruch nicht. Wirkt sehr fett und salbenmäßig und fühlt sich nicht gut an. Doch die Lachfalten gingen zurück, und die Haut im Augenbereich war straffer." ♦ „Ich konnte nicht glauben, wieviel glatter die Haut bereits nach einer Anwendung war." ♦ „Die Schwellung unter den Augen ging zurück."
KONTRA: „Sehr unangenehme Erfahrung." ♦ „Nicht schlecht, aber eine Kleckserei."

Eyesential Under Eye Enhancer
7,5 PUNKTE VON 10 (€€€)
Der Kugelapplikator gleitet über die Haut und hinterläßt eine Schicht, die trocknet und fest wird. Die Lotion soll Schwellungen für kurze Zeit minimieren. Ist die Lotion aufgetragen, dürfen Sie das Gesicht ein bis drei Minuten nicht bewegen. Die Hersteller behaupten, daß Madonna, Lauren Hutton und Visagisten die Mischung aus Silikon, Magnesium und Wasser schätzen.
PRO: „Nach zwei Stunden waren die feinen Fältchen verschwunden. Augen und Gesicht sahen viel jünger aus. Hätte ich das Ergebnis nicht gesehen, hätte ich Zweifel." ♦ „Minderte Schwellungen."
KONTRA: „Spannte erst unangenehm; die Schwellungen kehrten nach weniger als vier Stunden zurück." ♦ „Nach vier Stunden waren die Krähenfüße und stärkere Falten wieder vorhanden."

The Wrinkle Miracle Lip
6,5 PUNKTE VON 10 (€€)
Die Lippenversion der oben beschriebenen Augenpads. Das Produkt wird auf die Lippe gelegt (was sehr seltsam aussieht), wo es Fältchen mindern soll.
PRO: „Sofort weicher und etwas straffer, meine Oberlippe wirkte nicht so verkniffen." ♦ „Nach zwei Wochen war das Ergebnis so toll, daß ich das Produkt weiter verwenden würde." ♦ „Einfach zu verwenden; die Haut wirkte straff und feucht, was nicht überrascht, da die Pads so feucht und klebrig sind."
KONTRA: „Schwierig zu öffnen, die Pads sind schwer aus der Folie zu bekommen."

P.S.: Das schlechteste Produkt in dieser Kategorie erhielt nur fünf Punkte.

STRAFFENDE CREMES

Jeder kann straffere Haut bekommen – geben Sie einfach Eiweiß auf ihr Gesicht. „Straffend" ist eines der neuen Zauberworte der Kosmetikindustrie und äußerst attraktiv für all jene, deren Haut beginnt, an Spannkraft zu verlieren. Labortechniker messen die Festigkeit der Haut, indem sie schwarze Saugnäpfe an den Wangen der Frauen anbringen und kleine Metallkugeln auf ihr Gesicht fallen lassen. Die Elastizität wird nach der Höhe der abspringenden Kugel gemessen.

Straffende Cremes verbinden mehrere Wirkweisen in einem Luxusprodukt, das die Haut festigen, spannen und glätten soll. (Deshalb sind sie auch so teuer.) Zu den Erzeugnissen, die bei unserem Test *(siehe Seite 16)* gut bewertet wurden, gehören Nina Ricci Time Defense Extract und Guerlain 12M. Alle Produkte sind reich an pflanzlichen Proteinen aus Soja, Weizen oder Erbsen. (Früher wurden tierische Proteine wie Kuh- und Schafextrakte verwendet.) Meist schließt das Fett die Feuchtigkeit in der Haut ein. Viele Cremes enthalten auch Antioxidanzien, um die Schädigung durch die Freien Radikale zu minimieren. Diese straffenden Cremes unterscheiden sich von den „Muntermachern mit Sofortwirkung" *(siehe Seite 161)* und sollen nach zwei bis vier Wochen regelmäßiger Anwendung eine merkbare Wirkung zeigen.

Pflege für die Augen

Gleichgültig was Sie sagen, die Augen lügen nicht. Sie lächeln, strahlen, zeigen Streß, weinen und können das Alter nicht verbergen.

Die Haut um die Augen ist besonders dünn: Sie ist so fein wie eine Eierschale und viermal dünner als die Haut auf den Fußsohlen. Das heißt, daß sie leicht austrocknet – und eben weil die Augen so ausdrucksvoll sind, entstehen hier auch schneller Falten als in anderen Bereichen des Gesichts. Die Haut auf den Augenlidern ist nur halb oder ein Viertel so dick wie auf den Wangen. Die Blutgefäße liegen nahe an der Oberfläche. Die Haut enthält weniger Elastin und nur eine dünne Schicht Collagen. Zudem arbeiten die Augenlider hart: Sie müssen zwischen zwölf- und zwanzigmal pro Minute zwinkern und bewegen sich sogar im Schlaf. Außerdem werden die Augen durch Kontaktlinsen, Mascara, Eyeliner, Marathonsitzungen vor dem Computer, verrauchte Räume und Sonnenlicht stark beansprucht. Es verwundert daher nicht, daß die Zeichen des Alters an den Augen rascher zu erkennen sind als anderswo.

Je nach Ihren Gewohnheiten können die ersten Zeichen des Alters im Augenbereich bereits mit zwanzig oder erst mit vierzig Jahren zu sehen sein. Nichtraucherinnen, die die Sonne meiden, Sonnenbrillen tragen und gute Gene haben, werden jünger aussehen als Frauen, die rauchen und die Sonne lieben. „Erfreulich ist aber, daß wir im Augenbereich unglaubliche Veränderungen bewirken können", sagt Debra Jaliman, eine Dermatologin und klinische Professorin an der New Yorker Sinai School of Medicine. „Die Haut um die Augen läßt sich ebenso leicht reparieren, wie sie geschädigt werden kann. Jeder kann sein Aussehen bis zu einem gewissen Grad verbessern."

Generell ziehen wir einfache Hautpflege vor, um überfüllte Regale im Badezimmer zu vermeiden. Doch sollten Sie auf alle Fälle eine spezielle Augencreme verwenden. „Es ist unerläßlich, daß im Augenbereich nur Produkte verwendet werden, die für diese empfindliche Zone geeignet sind, um ein Brennen und Stechen zu vermeiden", meint die New Yorker Dermatologin Dr. Karen Burke. Deshalb werden einige Wirkstoffe wie Duftstoffe, Emulgatoren und lindernde Mittel bei Feuchtigkeitsprodukten, nicht aber bei Augencremes verwendet. (Haben Sie empfindliche Augen und wissen Sie nicht, welches Produkt Sie verwenden sollen, achten Sie auf „hypoallergen", „duftstofffrei" und/oder „ophthalmologisch getestet"; das bedeutet, daß das Produkt auf Wirkstoffe untersucht wurde, die die Augen reizen könnten.)

Es kommt hinzu, daß die Haut um die Augen zwar leicht Feuchtigkeit verliert, jedoch keine starken Produkte verträgt. Das resultiert daraus, daß in diesem Bereich weniger und kleinere Talgdrüsen sind als in anderen Bereichen des Gesichts. Verwenden Sie zu starke Produkte oder entfernen Sie das Make-up nicht ordentlich, können Frieseln, kleine Talgkörner, entstehen, die wie Pickel unter dem Auge aussehen und recht häßlich sein können. *(Siehe „Nie wieder Probleme mit Frieseln", Seite 136.)*

Es ist besonders wichtig, daß die Haut vor künftigen Schäden bewahrt wird. Wir sind große Fans von Sonnenbrillen mit breiten Bügeln, da sie die Augen am besten schützen. Auch eine Sonnencreme mit SF 15 ist zu empfehlen. Das Problem dabei ist, daß die meisten Sonnencremes nicht in die Nähe der Augen gelangen sollen, da sie leicht brennen können. Joseph P. Bark, ein Dermatologe und Autor von *Your Skin: An Owner's Guide (siehe Anhang)*, findet, daß wir dennoch um die Augen Sonnenschutz verwenden können. Wichtig ist nur, das richtige Produkt zu finden. Testen Sie erst verschiedene Feuchtigkeitscremes mit SF 15 auf der Hand und verwenden Sie das Produkt, das nach dem Auftragen matt wird und so weniger leicht in die Augen rinnt. Viele leichte Feuchtigkeitscremes enthalten heute SF 15; sie eignen sich für die Augenpartie besser als richtige Sonnencremes, da sie nicht so fettig sind. Heute sind auch spezielle Augenprodukte mit Sonnenschutzfaktor erhältlich, da die Hersteller verstärkt auf unsere Angst vor der Sonne reagieren. Ideal wäre es, tagsüber eine einfache, leichte Feuchtigkeitscreme mit Sonnenschutzfaktor für das ganze Gesicht zu verwenden und am Abend eine eigene Augencreme in diesem Bereich aufzutragen.

Die Produkte, die bereits vorhandene Schäden in der Augenpartie reparieren sollen, sind dagegen meist Nachtcremes. Das Problem dabei ist aber, daß man erst die richtige Augencreme finden muß, die feine Linien und Fältchen zwar wirksam bekämpft, doch nicht so stark ist, daß sie die Augen reizt. Heute ist eine Vielzahl von unterschiedlichen Produkten erhältlich, deren Wirkstoffe von High-Tech-Liposomen über Antioxidanzien bis hin zu AHS reichen. Und gleichgültig, ob die Creme Falten, dunkle Ringe oder Schwellungen bekämpfen soll, vertrauen heute viele Produzenten auf Wirkstoffe aus der Natur, wie etwa Rosmarin, Ginseng, grünen Tee und Rosenwasser.

Wir baten unseren Stab von tausend Testerinnen, für uns Dutzende Augencremes über einen Zeitraum von mehreren Monaten anzuwenden. Auf der folgenden Seite finden Sie die Ergebnisse dieses Tests.

ERPROBT & BEWÄHRT

AUGENCREMES

Shiseido Benefiance revitalisierende Augencreme
8,2 PUNKTE VON 10 (€€€€)
Diese reichhaltige Feuchtigkeitscreme für reife Haut soll feine Fältchen mindern und die Haut widerstandsfähiger machen. Sie wird (in kleinen Mengen) morgens und abends angewendet und enthält Hyaluronsäure, Ginsengextrakte und „Revitalisierer" (was immer das auch sein mag). Beinahe alle Testerinnen waren begeistert. Eine zeichnete uns sogar auf, wie ihre Lachfältchen nun beim Lächeln nach oben statt nach unten weisen.
PRO: „Ich habe viele Augencremes probiert, doch diese gehört zu den besten." ♦ „Die Haut ist innen am Auge viel glatter." ♦ „Die Haut um die Augen wirkte bereits nach einem Tag viel glatter und weniger geschwollen." ♦ „Weniger Fältchen, glattere Haut." ♦ „Scheint die Fältchen zu glätten." ♦ „Genau das Richtige für eine knapp fünfzigjährige Frau, die jung aussehen möchte." ♦ „Augenbereich sieht nach zwei Wochen viel fester und glatter aus." ♦ „Viel weniger Krähenfüße." ♦ „Ich habe sehr empfindliche Augen und trage Kontaktlinsen, doch brennt die Creme nicht." ♦ „Augenlider hängen weniger, die Haut ist weicher."
KONTRA: „Unpraktischer Deckel" ♦ „Anweisungen kompliziert, doch werden keine Wunder versprochen." ♦ „Meine Augen brannten leicht – sparsam verwenden." ♦ „Verwendet man abends zu reichlich, sind die Augen am Morgen sehr geschwollen".

Gatineau Treatment For Eye Area
8,16 PUNKTE VON 10 (€€€€)
Dieses Serum kann morgens und abends oder einmal pro Woche als Augenkur mit Kompresse verwendet werden. Der Beipackzettel verspricht, daß dehydrierte Collagenkapseln auf die natürliche Feuchtigkeit der Haut reagieren und „wie Popcorn auf fünfzehnfache Größe anschwellen", so daß Fältchen, tiefe Linien und Lachfalten sichtbar kleiner werden. Das Serum enthält „AHS der zweiten Generation", wie Gatineau verspricht (die ebenfalls mit Technik blenden wollen). Dennoch würden alle Testerinnen dieses Produkt kaufen.
PRO: „Meine Augen wirkten innerhalb von Minuten jünger; nach zwei Wochen wollte ich das Produkt nicht mehr missen." ♦ „Sehr einfach anzuwenden; richtige Menge aus der Pumpe; toller Duft." ♦ „Sehr sparsam, da nur wenig erforderlich ist." ♦ „Die Haut unter den Augen wurde immer straffer und glatter – eine eindeutige Verbesserung." ♦ „Die Augen sind viel weniger geschwollen, ich sehe weniger müde aus." ♦ „Bereits nach einer Woche sichtbare Wirkung, seither ständige Verbesserung." ♦ „Ein kühles, erfrischendes Gel mit sofortiger Wirkung." ♦ „Fältchen waren weniger zu sehen." ♦ „Die Haut wirkte viel glatter und fester."
KONTRA: Bei diesem Produkt bekamen wir keine negativen Reaktionen.

Guinot Augencreme
8 PUNKTE VON 10 (€€€)
Diese Creme basiert vor allem auf Pflanzenextrakten und enthält Roßkastanie, Kamille und Kornblume, um zu beruhigen, erfrischen und die Blutgefäße zu öffnen sowie die dunklen Ringe unter den Augen zu mindern. Laut Guinot eignen sich die Augenprodukte auch für empfindliche Augen und Kontaktlinsen. Drei Viertel der Testerinnen würden das Produkt kaufen.
PRO: „Zwar ging die Schwellung nicht wie versprochen zurück, aber die Haut über den Augen wirkte gestrafft und jünger." ♦ Nicht nur die feinen Linien, auch die tieferen Falten gingen deutlich zurück." ♦ „Die Haut war viel glatter – besonders offensichtlich beim Auftragen von Lidschatten." ♦ „Verpackung, Struktur und Duft dieser Creme sind sehr ansprechend; ein zusätzlicher Bonus, obwohl sie toll wirkt."
KONTRA: „Nicht unbedingt besser als meine übliche billige Creme; ich konnte tagsüber keine Mascara tragen, da ich wie ein Panda aussah." ♦ „Zog nur langsam und nach langer Massage in die Haut ein."

Estée Lauder Uncircle Eye Treatment For Dark Circles
8 PUNKTE VON 10 (€€€)
Dieses leichte, erfrischende Cremegel für morgens und abends soll vor allem dunkle Ringe mindern, trockene Haut pflegen und feine Fältchen glätten. Es enthält Fischknorpelextrakt (das jetzt auch in der Krebsbehandlung und als Hautzusatz getestet wird) sowie eine Vielzahl natürlicher Extrakte (wie grünen Tee als Antioxidans). Zudem sind Partikel enthalten, die das Licht von den dunklen Ringen reflektieren. Die Hälfte der Testerinnen meinte, daß das Gel bei den dunklen Ringen Wunder gewirkt hatte, die andere Hälfte war weniger begeistert, doch würden drei Viertel das Gel kaufen.
PRO: „Die dunklen Ringe waren bereits nach vierundzwanzig Stunden weniger und verminderten sich ständig." ♦ „Drastische Verbesserung nach einem Tag: Die Augen wirkten viel jünger, die Haut unter den Augen straffer." ♦ „Dunkle Ringe wurden weniger – hält, was es verspricht" ♦ „Beim Friseur war ich begeistert, als ich meine Augenzone betrachtete." ♦ „Leicht aufzutragen, angenehm, zieht rasch ein." ♦ „Ich könnte meinen Job als Panda für den WWF verlieren." ♦ „Tolles Produkt: Ich habe sogar beim Lachen weniger Fältchen."
KONTRA: „Als ich an einem Abend zu viel verwendete, waren die Augen am nächsten Morgen geschwollen." ♦ „Sehr enttäuschend bei dunklen Ringen."

Helena Rubinstein Existence Firmnesse Firming Eye Structurer
7,77 PUNKTE VON 10 (€€€)
Dieses transparente, ultraleichte Gel soll dreifach wirken: Es mindert Schwellungen und dunkle Ringe und ist ein Antioxidans. Da es keine Duftstoffe enthält, ist es auch für die meisten empfindlichen Augen geeignet. Zwei Drittel der Frauen, die das Gel testeten, würden es kaufen.
PRO: „Ich konnte nicht glauben, wie gut es bereits nach einem Tag wirkte; ich bin wirklich begeistert!" ♦ „Hundertprozentige Verbesserung: Die schlaffe Haut über den Augen wurde straffer, das ganze Gesicht wirkt jünger." ♦ „Diese Creme ist ein Muß: Ich verwende sie morgens und abends, da sie Schwellungen reduziert und die Haut strafft." ♦ „Generelle Verbesserung" ♦ „Die Pumpe gibt genau die richtige Menge ab." ♦ „Ich war beeindruckt, daß das Gel tatsächlich hielt, was der verständlich geschriebene Beipackzettel versprach." ♦ „Ich trage nun lieber Augen-Make-up, da die altersbedingten Fältchen gemindert sind."
KONTRA: „Leicht medizinischer Geruch, etwas unangenehm." ♦ „Falten, Tränensäcke und Ringe blieben unverändert."

RoC Activ Pur Eye Contour Cream
7,6 PUNKTE VON 10 (€€)
Ein leichtes Cremegel für Augen und Lippen. Es wurde von Augenärzten getestet, und RoC meint, daß es bei empfindlichen Augen und Kontaktlinsen problemlos verwendet werden kann, auch wenn die erste Anwendung etwas kribbelt. Die wichtigsten Wirkstoffe sind Vitamin A, Vitamin B_5, Vitamin E und Glyzerin. Es soll einmal täglich morgens oder abends leicht aufgetupft werden. Nur die Hälfte der Testerinnen würde das Produkt erwerben.
PRO: „Sogar die tieferen Fältchen unter den Augen sind weniger zu sehen; keine Schwellung am Morgen." ◆ „Ich bin gerade von einer Mission in Bosnien zurückgekehrt, wo ich viele neue Leute traf, die mich alle für jünger hielten; ich hätte genug Männer haben können." ◆ „Ich kann jetzt wieder schimmernden Lidschatten verwenden." ◆ „Die feinen Fältchen waren weniger zu sehen, die Haut war glatter." ◆ „Sehr sparsam – wenig reicht lange." ◆ „Nach einigen Wochen bemerkte ich, daß die Fältchen und die Schwellung vermindert waren."
KONTRA: „Wenig attraktive Verpackung, aber einfach anzuwenden." ◆ „Ich hätte lieber früher ein Ergebnis gesehen; wenn ich das Gel nicht für dieses Buch getestet hätte, hätte ich es abgesetzt."

Clarins Augenkonturenbalsam
7,5 PUNKTE VON 10 (€€)
Diese leichte, fettfreie Formel enthält Rosenwasser, Galambutter und Getreideextrakte. Sie soll die Zeichen des Alters um die Augen mindern. Die lichtreflektierenden Mikropigmente lassen die Fältchen sofort schwächer erscheinen. Sollte jeden Abend verwendet werden. Drei Viertel der Testerinnen würden das Produkt kaufen.
PRO: „Nur eine Operation kann Linien und Fältchen zum Verschwinden bringen, doch diese Creme hält, was sie verspricht." ◆ „Drang gut in die Haut ein und machte sie samtig weich." ◆ „Glättet die Haut zwar sofort verstärkt, doch hält die Wirkung nur, solange der Balsam noch nicht eingezogen ist." ◆ „Feine Fältchen wirken geglättet."
KONTRA: „Eine angenehm leichte, beruhigende Creme, aber sicher kein Wundermittel." ◆ „Ich mußte den Balsam nach zwei Tagen absetzen, da meine Augen gerötet waren und juckten."

P.S.: Das schlechteste Produkt in dieser Kategorie erreichte nur 1,75 Punkte.

Richtige Augenpflege

Das empfindliche Gewebe im Augenbereich benötigt ganz sicher kein Produkt, das die Haut spannt, dehnt oder reizt. An anderen Gesichtspartien erfrischen eine leichte Massage und Stimulation. Doch die Augenzone ist so empfindlich, daß sie ständiger Pflege bedarf.

• Seien Sie sanft. Papiertücher zerkratzen die Haut um die Augen. Greifen Sie lieber zu weichen Baumwollpads. (Wir verwenden biologisch angepflanzte Baumwolle, wenn wir sie bekommen können, da wir die Vielzahl von Pestiziden, mit denen Baumwolle behandelt wird, lieber nicht in die Augen bringen.) Auch mit Wattestäbchen läßt sich Make-up sehr leicht ohne Reiben von den Wimpern entfernen. Chanel lehrt die Kosmetikerinnen, einen Wattebausch mit Augen-Make-up-Entferner zu tränken und den Bausch von den Augenbrauen bis zu den Wimpern zu streichen, bis das Make-up entfernt ist. Streichen Sie mit einem anderen Bausch unter den Augen horizontal vom Augenwinkel zum Nasenbein.

• Wollen Sie nicht mit einem Baumwollpad über die Augen reiben, um das Make-up zu entfernen, können Sie einen Trick anwenden: Tragen Sie den speziellen Augen-Make-up-Entferner auf (ein normaler Make-up-Entferner wirkt nicht), lassen Sie ihn einige Sekunden einwirken und rollen Sie anschließend die Wimperntusche mit den Fingerspitzen oder einem Baumwollpad ab. Verwenden Sie nach Möglichkeit keine wasserfeste Wimperntusche, wenn vorhersehbar ist, daß Sie naß werden oder weinen müssen. Wasserfeste Wimperntusche ist (auch mit speziellen Entfernern) schwieriger zu entfernen, und Sie müssen stärker reiben, bis sie sich löst.

• Tragen Sie die Cremes richtig auf. Sie sollten eine Creme nie direkt auf das Augenlid oder unter dem Auge auftragen, da feine Fältchen die Creme in Richtung Auge transportieren. (Deshalb reizen so viele Augenkosmetika.) Tragen Sie statt dessen winzige Mengen an Cremes und Gels auf den Ansatz der Augenhöhle auf. Sie sollten nicht mehr als eine traubenkerngroße Menge Creme benötigen. Wenn Sie blinzeln, dringt das Produkt automatisch weiter zum Auge vor.

• Massieren Sie die Creme niemals in die Haut ein, wenn Sie nicht noch mehr Fältchen bekommen möchten. „Lassen Sie das Produkt selbst wirken, nicht die Finger", meint Caroline Pieper Vogt, die stellvertretende Leiterin der Abteilung für Ausbildung und Einzelhandel von Clarins. „Tupfen Sie das Produkt sanft auf. Sie wollen schließlich die Durchblutung fördern, nicht die Haut dehnen.

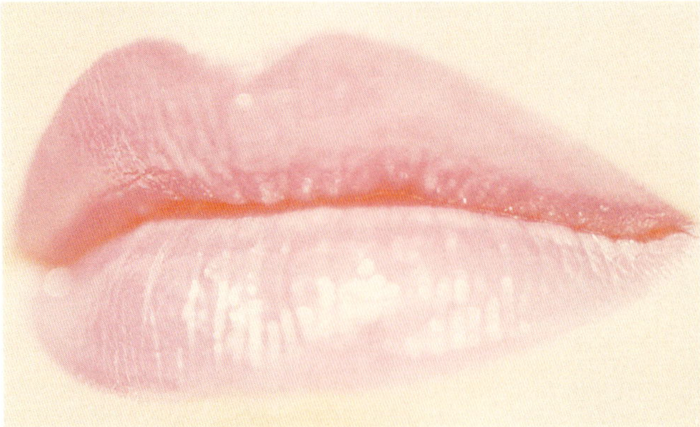

Lippenbekenntnis

Die Lippen bestehen aus einer speziellen Haut (wie alle wissen, die in den Spiegel blicken und immer tiefere Falten um den Mund entdecken). Experten meinen sogar, daß es sich gar nicht um Haut handelt.

Michael S. Kaminer, der Chefarzt in der Abteilung für Schönheitschirurgie am New England Medical Centre, erklärt, daß es sich bei den Lippen um eine Schleimhaut handelt, der Schweißdrüsen, Talgdrüsen und Haarfollikel fehlen. Da die Haut auf den Lippen dünner ist und weniger Melanin enthält als die Gesichtshaut, braucht sie speziellen Schutz gegen Wind, Sonne und Kälte.

Die gute Nachricht besagt, daß der Lippenstift den nötigen Schutz liefern kann. Männer erkranken siebenmal häufiger an Lippenkrebs als Frauen, da sie keinen Lippenstift benützen. Eine Studie, die Dr. Janice Pogoda und Susan Preston-Martin an der Universität von South California durchführten, zeigt, daß das Krebsrisiko bei jenen Frauen, die mehrmals täglich deckenden Lippenstift auftragen, um die Hälfte geringer ist. „Lippenstift schützt vor UV-Strahlung", meint Dr. Rino Cerio, beratender Dermatologe am Royal London NHS Trust Hospital. (Und je mehr Pigmente ein Farbton enthält, desto größer ist die Wirksamkeit.) Wollen Sie keinen Lippenstift benützen, verwenden Sie Lippenbalsam mit UV-Filter und mindestens SF 15. Ideal ist klebriger, wachsartiger Balsam, da dieser besser hält. (Wir persönlich verwenden den Lip Saver von Aveda.) Vergessen Sie keinesfalls Lippenstift und Lippenpflege regelmäßig nachzuziehen, da die Lippenkosmetika durch Essen, Trinken, Sprechen und Lecken der Lippen rasch abgehen. (Versuchen Sie, die Lippen nicht zu lecken, da wiederholtes Befeuchten und Trocknen die Lippen noch mehr dehydriert.)

Wie überall ist auch bei den Lippen die Vorsorge vor künftigen Schäden unerläßlich. Was können wir aber machen, um die Zeichen des Alters umzukehren, nämlich all die Fältchen und Risse, die mit der Zeit schlimmer werden? Plötzlich ist eine Vielzahl von Produkten auf dem Markt, die alle die Lippen glätten, weicher oder sogar voller machen sollen und High-Tech-Produkte zur Verhinderung der Hautalterung wie AHS, Vitamin E und pflanzliche Wachse enthalten.

Wirken sie aber? Die Dermatologen, mit denen wir sprachen, meinen, daß keine Feuchtigkeit in die Lippen eindringen kann, da die Haut hier anders aufgebaut ist. Alle Produkte können nur die natürliche Feuchtigkeit der Lippen einschließen. Wir baten unsere Testerinnen, Anti-ageing-Lippenprodukte zu testen. Hier ist das Ergebnis unseres Tests.

Cher geht nie ohne Aveda Silk Lip Essence aus dem Haus, Michelle Pfeiffer zieht den Lip Conditioner von Shiseido vor. Wie viele Stars hat Anjelica Huston immer den Lippenbalsam von Kiehl in ihrer Handtasche.

ERPROBT & BEWÄHRT

ANTI-AGEING-LIPPENPRODUKTE

NeoStrata Lip Conditioner
8,12 PUNKTE VON 10 (€)
Dieser transparente, lippenstiftähnliche Balsam mit SF 8 enthält Gluconolacton, eine AHS (Fruchtsäure), die sogar für empfindliche Haut geeignet ist. Die Hälfte der Testerinnen würde diese reichhaltige Formel kaufen, viele waren begeistert, daß der Balsam neutral roch und schmeckte.
PRO: „Die Fältchen um den Mund sind viel weniger zu sehen, die Haut ist fester, straffer und weniger trokken." ♦ „Die Linien gingen zurück, da die Lippen weniger trocken und rissig waren." ♦ Am Ende der Testperiode sehen meine Lippen jünger, weicher und besser aus; ich mag dieses Produkt, da es sich nicht verwischt und auch ohne Spiegel aufgetragen werden kann." ♦ „Die Lippen waren nicht mehr trocken und rissig, sie wurden glatt und weich." ♦ „Gleich nach Anwendung wurden die Lippen voller." ♦ „Sofort angenehmer."
KONTRA: „Das Produkt alleine war in Ordnung, aber der Lippenstift hielt nicht." ♦ „Zur Lippenrettung im Winter, sonst zu stark für Lippenstift; fettig und schwer, klebte an den Zähnen." ♦ „Der Lippenstift wirkte heller, manche weiche Produkte verrinnen."

Guerlain Lippenbalsam
7,7 PUNKTE VON 10 (€)
Ursprünglich war dieser Balsam für eine andere Verwendung geplant, und er hat noch immer einen Marzipangeschmack. Heute ist er als intensive Lippenpflege beliebt, die ohne Lippenstift aufgetragen wird. Knapp die Hälfte der Testerinnen würde das Produkt kaufen.
PRO: „Wunderbar! Zwei Stunden lang waren die Lippen glatt und rosig. Die beste Lippenpflege, die ich kenne." ♦ „Die Lippen sind viel weicher, glatter und angenehm feucht." ♦ „Die Lippen sind weicher und die Mundwinkel sind weniger rauh." ♦ „Sofort nach Auftragen eine deutliche Verbesserung; meine Lippen waren rosiger und etwas straffer." ♦ „Im Winter leide ich durch die Kälte meist unter trockenen Lippen, nicht aber, seit ich diesen Balsam verwende." ♦ „Meine Lippen und die umgebende Haut waren angenehm und wunderbar ‚lebendig'; auch die Struktur der Lippen war besser." ♦ „Mit dreiundfünfzig habe ich das Problem, daß der Lippenstift verläuft – starke Verbesserung." ♦ „Ich verwendete die Pflege im Freien vor allem an windigen Tagen ständig." ♦ „Viel weniger rauh."
KONTRA: „Farbe und Geruch eher abschreckend" ♦ „Schwer und fettig auf den Lippen – nur vier von zehn Punkten für Komfort." ♦ „Sehr wenig sparsamer Spender."

Caudalie Lippenconditioner mit Traubenkernen
7,6 PUNKTE VON 10 (€)
Dieser äußerst günstige Balsam enthält Antioxidanzien aus Traubenkernen, die 50 Mal stärker als Vitamin E und 20 Mal stärker als Vitamin C wirken sollen. Diese gute Lippenstiftgrundierung hilft trockenen, rissigen Lippen. Nur etwas mehr als die Hälfte der Testerinnen würde den Balsam kaufen.
PRO: „Die Lippen wirken voller – gefällt mir!" ♦ „Nur dieses Produkt hilft meinen trockenen Lippen." ♦ „Deutlich weniger Fältchen auf der Oberlippe." ♦ „Die Lippen wirkten sehr glatt."
KONTRA: „Das Fett muß abgetupft werden, bevor man Lippenstift aufträgt." ♦ „Nicht besser oder schlechter als andere Produkte." ♦ „Ich mag den starken Geruch nach Kakaobutter nicht."

Lancaster Oxygen Lippenbalsam
7,37 PUNKTE VON 10 (€€)
Dieses transparente Produkt, das wie ein Lippenstift aussieht, basiert auf der patentierten Sauerstofftechnologie von Lancaster sowie auf Vitamin E. Dieser Balsam erreichte zwar keinen Spitzenplatz, doch würden die meisten Testerinnen eher dieses Produkt kaufen als ein anderes.
PRO: „Die beste Lippenpflege, die ich kenne; sparsam; die samtige Struktur macht die Lippen sofort weicher und glatter; auch der Lippenstift haftete viel länger." ♦ Angenehmer Duft und Geschmack; schützt auch im Freien vor trockenen Lippen." ♦ „Glattere, weichere Lippen, weniger Fältchen." ♦ „Am Ende der Testperiode waren meine Lippen etwas straffer, gepflegter und weniger trocken; leichter Rückgang der feinen Fältchen um die Lippen." ♦ „Lippenstift verlief nicht; mein Partner liebt die fettfreie Konsistenz." ♦ „Sehr guter leichter Untergrund für Lippenstift; Lippen geschmeidig und feucht."
KONTRA: „Fettig auf den Lippen; keine Wirkung." ♦ „Angenehm zu verwenden, aber keine Langzeitwirkung."

P.S.: Das schlechteste Produkt erhielt nur drei Punkte.

Hals

Jedes Gesicht wird durch einen rauhen, faltigen oder schlaffen Hals beeinträchtigt. Kosmetikprodukte können hier Abhilfe schaffen. (Und hilft dies nicht, kann die Kleidung kaschieren.)

Der Hals verrät das Alter ebenso rasch wie die Hände. Die Haut am Hals ist meist trocken und fein, da hier nur wenige Fettzellen und eine geringe Menge an Talg (der natürlichen Feuchtigkeitspflege der Haut) zu finden sind. Deshalb wird die Haut am Hals sehr leicht rauh und trocken und verliert im Lauf der Jahre an Ansehnlichkeit. Zudem verringern sich Collagen- und Elastinfasern, die den Hals straff halten.

„Der Hals wird häufig vernachlässigt", meint Christina Carlino, die Gründerin der Pflegeserie Philosophy. Sie empfiehlt, den Hals und die Brust in das tägliche Pflegeprogramm aufzunehmen und den Reiniger nach *oben* über den Hals zu streichen. „Man darf nicht vergessen, daß der Hals besonders unter Sonnenschäden leiden kann", erklärt Carlino. Der New Yorker Dermatologe Stephen Kurtin fügt hinzu: „Der Hals ist der Sonne stark ausgesetzt und weniger widerstandsfähig als andere Körperteile." Deshalb müssen Hals und Brust unbedingt mit einer Feuchtigkeitscreme mit SF 15 geschützt werden, auch wenn sich dadurch bestehende Schäden nicht mehr rückgängig machen lassen.

Das Alter können auch vielsagende braune Streifen an der Seite des Halses verraten. Dr. Karen Burke meint, daß diese Streifen durch Parfüm entstehen. Die Wirkstoffe einiger Düfte (vor allem Psoralens aus Bergamottöl, das in vielen Parfüms enthalten ist) stimulieren die natürliche Hautbräunung, bis Streifen entstehen. Dr. Burke rät daher, kein Parfüm auf den Hals zu sprühen (da es die Haut durch den Alkohol zu sehr austrocknet), bevor Sie in die Sonne gehen. Sprühen Sie den Duft lieber auf die Kleidung. (Auf den Handgelenken entstehen weniger Streifen.)

Haben Sie ein sehr faltiges Gesicht, ist eine Schönheitsoperation eine Option. Allerdings wissen wir aus der Erfahrung vieler Frauen, daß ein Halslifting meist nicht das gewünschte Ergebnis bringt. Bei einer wirksamen Behandlung ist nicht auszuschließen, daß eine reißverschlußähnliche Narbe am Nacken zurückbleibt; bisher ist den Linien am Hals, die wir zwar seit Geburt haben, die aber mit zunehmendem Alter ausgeprägter werden, durch eine Operation nur sehr schwer beizukommen. Einigen Frauen gelang es, die Falten durch chemisches Peeling zu reduzieren, doch hält sich die Begeisterung auch bei den Frauen in Grenzen, die sich behandeln ließen. (Eine Frau, die wir für dieses Buch befragten, meinte, daß einige ihrer Freundinnen sich den Hals korrigieren ließen, doch keine mit dem Ergebnis zufrieden war.)

Die gute Nachricht ist, daß einige unserer Testerinnen begeistert waren, wie gut die Halscremes, die sie probiert hatten, die Falten minderten *(siehe Erprobte & bewährte Halscremes, Seite 45)*. Auch Gesichtsöle sind ein Geheimmittel, um dem Alterungsprozeß der Haut entgegenzuwirken *(Auf Seite 49 finden Sie pflegende ätherische Öle)*. Allerdings meinen wir, daß gegen Falten und rauhe Haut am besten Halslotionen helfen, die mehrmals täglich aufgetragen werden müssen, um den Feuchtigkeitsgehalt der Haut konstant zu halten und dem Hals sein glattes Aussehen zu bewahren. Wollen Sie wirklich einen glatten, geschmeidigen Hals, versuchen Sie es mit Yoga. Wir haben bemerkt, daß Frauen, die regelmäßig Yoga betreiben, auch mit achtzig oder neunzig Jahren über einen Schwanenhals verfügen und ein schlankes Kinn haben.

ERPROBT & BEWÄHRT

HALSCREMES

Elizabeth Arden Ceramide Lift für Gesicht und Hals
8,62 PUNKTE VON 10 (€€€€)
Der aktive Wirkstoff in dieser straffenden Lotion ist das Vitamin-A-Derivat Retinyllinoleat, das in einer Ceramidenformel die Haut sofort und langfristig widerstandsfähiger und straffer machen und Altersflecken vorbeugen soll. Unsere Testerinnen konzentrierten sich hier vor allem auf den Halsbereich. Alle meinten, daß sie das Produkt kaufen würden.
PRO: „Die Haut wird glatter und wirkt weicher; sehr beeindruckend." ◆ „Verbesserte die Struktur fast sofort; im Lauf der Zeit wurde die Haut am Hals (und im Gesicht) viel schöner, samtiger und geschmeidiger." ◆ „Nach zwei Wochen verschwanden Fältchen und rauhe Haut, der Hals wurde weich und geschmeidig – ich liebte das Produkt und würde es empfehlen." ◆ „Die Haut war weniger stark gerötet und trocken, sie wirkte glatter und geschmeidiger, auch wenn sie noch immer schlaff war; kein Wunder – hier hilft nur die Chirurgie." ◆ „Alle Zonen am Hals, die der Sonne stark ausgesetzt und rauh sind, wurden viel glatter."
KONTRA: „Etwas fettig – zog langsamer ein als erwartet."

Clarins Halscreme
8,5 PUNKTE 10 (€€€)
Eine sehr leichte Creme mit revitalisierenden Meeresalgenextrakten und feuchtigkeitsspendenden Malven-, Gingseng- und Olivenextrakten, die straffen sollen. Die Creme kann morgens und/oder abends verwendet werden. Nur eine Testerin würde diese reichhaltige, rasch einziehende Creme nicht kaufen. Alle liebten den Duft.
PRO: „Ich liebe diese Creme: großartige Struktur, leicht, reichhaltig und sehr ausgiebig. Mein Hals wirkte straffer, die Haut war viel schöner." ◆ Nach zwei Wochen war die Haut weniger trocken, Fältchen waren verschwunden und Falten reduziert; nach zwei Monaten war die rauhe Haut glatter und straffer." ◆ „Großartiger Duft; ich freute mich immer darauf, die Creme zu verwenden, da sie mich aufputschte; ich legte die Hände über das Gesicht und atmete einfach tief ein." ◆ „Ich werde das Produkt sicher kaufen – ich will einfach nicht mehr ohne es sein! Mein Hals sieht eindeutig jünger als neunundvierzig aus." ◆ Die Haut ist viel straffer. Ich kann jetzt ohne Probleme dekolletierte Kleider tragen. Zwar wurden die Falten nicht weniger, aber das ist auch unmöglich. Ich bin Violinistin und habe die Geige täglich sechs Stunden unter das Kinn geklemmt. Danach habe ich rauhe, rote Flecken am Hals, die aber viel blasser wurden; die Haut wirkt viel gesünder." ◆ „Sogar mein Partner merkte den gravierenden Unterschied und küßt nun ständig meine Halspartie!"
KONTRA: „Angeblich reduziert das Produkt Makel, nicht aber bei mir." Die Haut wirkte auch nach zwei Monaten nicht jünger und glatter."

Estée Lauder Re-Nutriv straffende Halscreme
8,4 PUNKTE VON 10 (€€€€€+)
Diese leichte Creme soll trockene, faltenanfällige Haut im Halsbereich durch dieselben Wirkstoffe wie die Augencreme desselben Namens straffen und formen. Sie kann im Unterschied zu anderen reichhaltigen Produkten morgens und abends angewendet werden. Das Produkt wirkt vor allem aufgrund des Vitamin-A-Palmitats, das die Zellerneuerung anregt. Nur eine Testerin würde das Produkt nicht kaufen.
PRO: „Deutlich straffere Kinnlinie, doch keine Veränderung bei den anderen Halspartien und beim Dekolleté." ◆ „Die Haut ist merkbar straffer und elastischer, Fältchen und rauhe Haut sind gemindert; die Kinnlinie ist ausgeprägter." ◆ „Rauhe Stellen wirken ebenmäßiger und glatter." ◆ „Der Hals ist viel weniger faltig und zerknittert." ◆ „Wunderbar. Diese Creme sparte mir dreizehntausend Mark für das Lifting. In meiner Boutique fragte man mich, ob ich einen neuen Freund hätte, weil ich so strahlend aussähe!"
KONTRA: „Geruch!" ◆ „Der Tiegel wirkte voll, hatte aber einen erhöhten Boden." ◆ „Haut strahlte nicht mehr, Falten und Linien blieben gleich." ◆ „Etwas schwer für eine Tagescreme." ◆ „Das Haar war strähnig, wo es mit der Creme in Kontakt kam."

Decleor straffendes Halsgel
8,21 PUNKTE VON 10 (€€€)
Dieses transparente Gel soll den Hals durch natürliche Extrakte wie Weizen, grüne Algen und Soja straffen. Soll morgens und abends nach der Reinigung aufgetragen werden. Nur eine Testerin wollte das Produkt nicht erwerben.
PRO: „Die Haut war viel weicher und wirkte glatter, nachdem ich dieses leichte, gut einziehende Gel aufgetragen hatte." ◆ „Wunderbarer Duft; der Hals ist nach knapp zwei Monaten viel glatter." ◆ „Ich glaube nicht, daß mein Hals glatter aussah, aber er fühlte sich glatter an" ◆ „Ich testete das Gel auch auf den Händen, wo es großartig wirkte." ◆ „Ich bin bereits im Ruhestand, doch habe ich keinen ‚Hühnerhals' mehr; meine Freundinnen waren begeistert."
KONTRA: „Trägt man zu viel Gel auf, wird der Hals klebrig." ◆ „Ich ziehe eine Creme vor, die sofort einzieht; es nervt, zehn Minuten zu warten, bis das Gel absorbiert ist."

Prescriptives Uplift Active Firming Cream
8 PUNKTE VON 10 (€€€€)
Diese Creme gehört zur Serie Px As Needed von Prescriptives. Sie soll sofort straffen und auch langfristig die Hautstruktur verbessern. Zu den Wirkstoffen gehören hydrolysiertes Milchprotein (das auf dem Prinzip der Frischhaltefolie basiert), Heideextrakt und Centella asiatica, das immer häufiger verwendet wird, da es die Collagen- und Elastinproduktion ankurbeln soll. Kann täglich oder einmal wöchentlich als Maske verwendet werden. Wieder würde nur eine Testerin die Creme nicht kaufen.
PRO: „Zieht rasch ein, angenehme Struktur; nach zwei Wochen ist die Haut glatter und weicher, die Fältchen sind weniger." ◆ „Die Farbe der Haut ist besser; ich erwarte keine Wunder, aber diese Creme enthält ein Zaubermittel!" ◆ Struktur und Farbe verbessert; mein Hals wirkte weniger grau, er strahlte mehr; mein Ehemann versuchte die Creme auf seinem Gesicht und war begeistert." ◆ „Ich liebe die Creme; alleine der Duft würde den Kauf rechtfertigen. Sogar mein Zahnarzt merkte den Unterschied." ◆ „Frischer Duft von Orangenblüten." ◆ „Eines der besten Produkte, die ich getestet habe."
KONTRA: „Meine Tochter und ich bemerken einfach keinen Unterschied, obwohl ich alle Anweisungen befolgt habe. Ich hätte so auf ein Wunder gehofft!"

P.S.: Das schlechteste Produkt in dieser Kategorie erhielt 5,5 Punkte von 10.

GROSSES ABDECKMANÖVER

Ablenkungstaktiken sind eine wunderbare Möglichkeit für all jene Frauen, die meinen, ihr Hals gleiche dem eines Truthahns. (Das gilt auch für uns.) Deshalb baten wir Betty Halbreich, die Autorin des tollen Buches *Secrets of a Fashion Therapist* und zudem Beraterin bei Bergdorf Goodman (wo einige der bestgekleideten Frauen Manhattans einkaufen), um ihren Rat, wie man klug diverse Mängel kaschiert. Betty meinte zuversichtlich, daß all ihre Ratschläge funktionieren und den Frauen größeres Selbstvertrauen geben.

• Rollkragen- oder Stehkragenpullover sind noch immer die erste Wahl, um einen faltigen Hals zu verbergen. Allerdings wirken Stehkragenpullover glatter und faltenfreier. Da sie aber schwerer erhältlich sind, schlage ich oft Rollkragen nach innen. Dadurch fallen sie weicher und verlängern den Hals optisch. Die meisten Frauen machen den Fehler, Pullover mit zu engem Ausschnitt zu kaufen. Liegt der Kragen zu eng an, werden die Falten noch stärker betont!

• Schmuck lenkt toll ab. Sehr gut eignen sich (echte oder falsche) perlen- oder diamantenbesetzte Colliers, die aber auch nicht zu eng anliegen dürfen. Ich wickle Perlenketten dreimal oder öfter um den Hals; die extralangen Ketten „füllen" und sehen toll aus. Auch drei- oder vierreihige Ketten wirken sehr feminin und kaschieren wunderbar.

• Kragen sind sehr hilfreich. Der Mandarin- oder Nehrukragen sieht besonders gut aus, wenn er mit der Kinnlinie abschließt. Jede Jacke mit Stehkragen lenkt vom Hals ab.

• Ich liebe Schals. Es stimmt schon, daß sie etwas gewöhnungsbedürftig sind, doch hat man sie erst einmal für sich entdeckt, kann man wunderbar Falten verbergen. Eine einfache Übung: Nehmen Sie einen rechteckigen Schal aus weichem Tuch und wickeln Sie ihn locker zweimal um den Hals, so daß er das Gesicht umrahmt. Besonders leicht zu falten sind Stoffe wie Chiffon, weichfallender Samt, Kaschmir und jeder transparente Stoff. Ein Schal, der unter einem normalen Hemdkragen gesteckt und wie ein Stecktuch gebunden wird, umschmeichelt jeden älteren Hals.

• Ich verwende auch häufig hochgeschlossene Männerkragen aus gestärktem Material. Diese Linie lockert man am besten mit einer einreihigen Perlenkette oder einer dünnen Goldkette auf, die genau über dem Brustbein liegen sollte.

• Für den Abend ist ein langer Schal (ein bis zwei Meter lang), der locker um den Hals geschwungen wird, ganz wunderbar – denken Sie an den Stil alter Hollywoodstars.

• Zudem können auch tolles Make-up und der richtige Haarschnitt vom Hals ablenken, wenn das Haar fransig zum Hals hin geschnitten wird oder unter dem Kinn endet. Besonders wichtig ist aber eine aufrechte Haltung mit langem Hals und geradem Blick, wenn Sie einen Raum betreten. Die Menschen achten auf Haltung, Kleidung und Verhalten, nicht auf den Hals!

Gewicht kontra Falten

Es heißt, daß eine Frau über vierzig zwischen ihrem Gesicht und ihrem Hinterteil wählen muß. Je dünner ein Gesicht ist, desto schneller scheint es zu altern. Deshalb wirken dünnere Frauen immer älter als molligere, meint Richard Fleming, ein Schönheitschirurg in Beverly Hills. Fett füllt Falten aus und kann andere altersbedingte Veränderungen wie den Verlust von Knochenmasse im Wangen-Kinn-Bereich verheimlichen. Bei sehr schlanken Frauen sind Falten und absakkende Haut früher zu bemerken, da sie zu wenig Fett auf den Knochen haben, um kleine Schwächen im Gesicht zu kaschieren.

Die Änderungen sind nach dem vierzigsten Geburtstag sichtbar, wenn Frauen erstmals eine „Hautredundanz" feststellen – jene Furchen und Hautbeutel, die uns um Jahre älter machen. Sie entstehen, wenn Gewebe im Gesicht degeneriert: Bei allen Menschen nimmt die Muskelmasse ab, und die Haut sackt ab. Zudem vertieft sich die „Lachfalte" zwischen Nase und Lippen. Und schließlich nehmen die Knochenmasse und die Collagenproduktion ab, die dem Gesicht seine Form gaben. Nun kann sich die Haut nicht mehr zusammenziehen. (Da die Sonne Collagen zerstört, altern sonnengebräunte Menschen rascher.)

Am schnellsten altern Frauen, die nach ihrem dreißigsten Geburtstag innerhalb kurzer Zeit sehr viel abnehmen. Sie sehen älter aus als je zuvor, da die überflüssige Haut einfach herabhängt. Auch Jo-Jo-Diäten können zum Entstehen von Hautsäcken und Falten beitragen.

Natur kontra Raketenzeitalter

Jede Frau strebt nach natürlicher Schönheit. Doch mit den meisten von uns meint es das Schicksal nicht so gut: Natürliches Aussehen bedeutet oft, älter auszusehen. Wir benötigen deshalb ein wenig Hilfe in Form von Lotionen, „Arzneien" und Wundercremes. Die gute Nachricht für alle zukünftigen natürlichen Schönheiten ist, daß zwar High-Tech-Nanosphären und Liposomen sehr modern sind, es aber auch äußerst wirksame Naturkosmetika gibt – wenn man weiß, wo man sie bekommt.

Echte Naturkosmetiker abseits der großen Schönheitsindustrie behaupten, daß viele der High-Tech-Produkte so rasch auf den Markt geworfen wurden, daß nicht genügend Untersuchungen über die Langzeitfolgen der Wirkstoffe durchgeführt werden konnten. Klein, der Gründer von Jurlique, meint: „Die Haut absorbiert. Deshalb sollte man sich gut überlegen, was man auf die Haut läßt. Alles, was Sie nicht essen würden, sollten Sie sich auch nicht auf Gesicht oder Körper klatschen."

Man sollte nicht vergessen, daß die Wissenschaftler bis vor wenigen Jahren noch sehr verwundert über die Wirkung von Aromatherapie waren und überlegten, ob der Duft der Essenzen das Gehirn stimulierte. Die führende Aromatherapeutin Danièle Ryman meint, heute stehe außer Frage, daß Aromatherapie über den Blutkreislauf auf Körper und Geist wirkt.

Die Homöopathin Lynne Crawford hat herausgefunden, daß viele ihrer Klientinnen durch ein Übermaß von Giftstoffen belastet werden, die ihrer Meinung nach in den Kosmetikerzeugnissen enthalten sind. „Die Chemikalien gelangen direkt in die Blutbahn und verstopfen schließlich Leber und Nieren. Natürlich wirkt sich das nicht nur negativ auf die Gesundheit, sondern auch auf das Aussehen aus."

Dr. Klein meint auch, daß einige Wirkstoffe in High-Tech-Produkten auf lange Sicht die Hautalterung sogar beschleunigen können. „Wird der Körper mit einer Vielzahl von Chemikalien belastet, die er nicht kennt, so werden die Abwehrkräfte aktiviert. Wir sollten jedoch nur bei Bedarf auf das Immunsystem zurückgreifen und es nicht täglich beanspruchen." Dasselbe gilt auch für die Haut. Ist sie täglich einer Unmenge von Chemikalien ausgesetzt, die sie nicht kennt, wird sie schließlich auf die starke Anti-ageing-Creme mit rascherer Alterung reagieren. Man sollte hinzufügen, daß Dr. Klein in der Schönheitsindustrie den Ruf genießt, radikale Ansichten zu vertreten. Allerdings gibt seine Aussage zu denken. Und sogar Dr. Daniel Maes von Estée Lauder gibt zu, daß alle Stoffe, die eine allergische Reaktion auslösen, schlußendlich die Haut schädigen.

Dr. Klein rät, sich auf den Schutz der Haut zu beschränken. „Sonnenschutz und Hautcremes mit Antioxidanzien wie Vitamin C und E, die gegen Umweltverschmutzung, Strahlung und die Karzinogene im Zigarettenrauch schützen, sind die beste Waffe im Kampf gegen die Hautalterung", meint er.

Es gibt noch einen weiteren Grund, sich für biologische Hautpflege zu entscheiden: Wenn man leere Flaschen zum Sammelcontainer bringt, Zeitungen als Altpapier einer Wiederverwertung zuführt und zumindest *versucht*, nicht mit dem Auto zu fahren, wenn man gehen kann, so ist der nächste logische Schritt, auch die Haut nicht unnötig mit Chemikalien zu belasten.

Es beruhigte uns, daß unsere 1060 Testerinnen bei dem Blindtest der Wundercremes feststellten, daß einige der natürlichen Produkte genauso gut wirkten wie die Erzeugnisse aus den millionenschweren Forschungslabors. Sehen Sie selbst, welche Cremes auf natürlicher Basis die Spitzenplätze bei unserem Test erlangten.

ERPROBT & BEWÄHRT

BLINDGETESTETE NATÜRLICHE WUNDERCREMES

Neal's Yard nährende Weihrauchcreme
8,25 PUNKTE VON 10 *(€) – siehe Seite 16*
Die Produkte von Neal's Yard sind nicht vollkommen frei von synthetischen Stoffen, doch enthalten sie nur ein Minimum an Konservierungsmitteln. Diese Creme mit dem alterungshemmenden Weihrauchöl erhielt eine beeindruckende Bewertung, die weit über vielen teuren und/oder hochtechnologischen Cremes lag.

Aveda Bio-Molecular Recovery Treatment
8 PUNKTE VON 10 (€€€) – *siehe Seite 17*
Aveda verwendet keine petrochemischen Inhaltsstoffe (die in der Schönheitsindustrie so weit verbreitet sind), sondern rein pflanzliche Wirkstoffe. Zudem unterstützt die Firma auch Umweltorganisationen.

Decleor Concentré Stimulant
8 PUNKTE VON 10 (€€€€) – *siehe Seite 17*
Obwohl diese Firma, die ätherische Öle verarbeitet, bei einigen Produkten auch synthetische Wirkstoffe und Konservierungsmittel verwendet, enthält diese Creme nur natürliche Öle.

Jurlique Herbal Extract Recovery Gel
7,62 PUNKTE VON 10 (€€€€)
Ein Gelserum von der führenden australischen Naturkosmetikfirma, die nur biologische Kräuter verwendet und einen guten Ruf für ihre ethischen Hochleistungsprodukte, die ohne Petrochemikalien, Konservierungsmittel und Lösungsmittel erzeugt werden. Das Gel enthält eine hohe Dosis an Antioxidanzien aus grünem Tee, Traubenkernen und Gelbwurz. Nur etwa die Hälfte der Testerinnen würde das Gel kaufen.

PRO: „Schien die Haut zu straffen; die Haut war glatter, fester und strahlte." ◆ „Ich bin auf viele Hautprodukte allergisch, aber dieses war toll; eine Arbeitskollegin meinte, ich sähe zehn Jahre jünger aus." ◆ „Nach zwei Wochen strahlte die Haut und hatte bessere Struktur; hebt toll die Stimmung." ◆ „Die Fältchen um die Augen gingen eindeutig zurück. Mein Mann meinte, daß meine Haut anders aussah." ◆ „Dieses Serum ist wunderbar anzuwenden und fühlt sich toll an. Mein Make-up ließ sich leichter auftragen und hielt länger. Sogar meine Tochter meinte, daß meine Haut gut aussah – das war eindeutig ein Kompliment!"
KONTRA: „Die Haut spannte zu sehr, wenn man drei Tropfen anstatt zwei Tropfen auftrug." ◆ „Ich mag weder den Geruch noch die wässrige, flüssige Struktur."

Wird in der Hautpflege Gentechnik eingesetzt?

Die Antwort einiger führender Kosmetikfirmen, die wir befragten, was in der Zukunft bei Anti-ageing-Cremes eingesetzt würde, lautete „Gentechnik".

Es stimmt schon, daß die Kosmetikindustrie hochtechnologisiert ist, und wir unterstützen auch die Bemühungen, die gemacht werden, um der Hautalterung entgegenzuwirken. Doch mehrere führende Kosmetikfirmen verwenden bereits gentechnisch veränderte Wirkstoffe in ihrer „neuen Generation" von Kosmetika. In vielen Fällen bedeutet dies, daß Bakterien oder Pilze mit veränderter DNS eingesetzt werden, um Moleküle (wie Hyaluronsäure) zu erzeugen, anstatt die Rohstoffe aus pflanzlichen oder tierischen Inhaltsstoffen zu gewinnen. Die Bakterien oder Pilze werden dann deaktiviert, und der so gewonnene Wirkstoff in einer Hautcreme verarbeitet.

Wir glauben, daß die Gentechnik große Gefahren birgt. So könnten etwa Bakterien oder Viren freigesetzt werden, mit denen die Welt nicht umgehen kann. Ursprünglich wurde die Gentechnik entwickelt, um Menschen mit lebensbedrohenden Erbkrankheiten wie Chorea hereditiva zu helfen. Medizinische Neuerungen werden in den Labors genau geprüft, und die Forschung erstreckt sich über Jahrzehnte. Wir hoffen, daß die Kosmetikfirmen ebenso vorsichtig agieren. Allerdings wissen wir, daß dies bei Nahrungsmitteln (dem bekanntesten Bereich der Gentechnik) nicht immer der Fall ist, und daß Produkte auf den Markt kommen, deren Langzeitwirkung nicht bekannt ist. Es ist schon möglich, daß die Gentechnik völlig sicher und ein reiner Segen für die Menschheit ist, doch glauben wir wie viele Wissenschaftler und Laien weltweit, daß die Beweise dafür einfach noch fehlen.

In einer Rede zur Unterstützung der Biobauern nannte Prinz Charles gentechnisch veränderte Lebensmittel „Frankensteinnahrung". Wollen wir wirklich „Frankensteincremes"? Haben Sie Bedenken gegen gentechnisch veränderte Kosmetika, teilen Sie diese dem Hersteller mit. Inzwischen könnten Sie auf eines der natürlichen Produkte umsteigen, die in unserem Test *(siehe oben)* so gut bewertet wurden. Einige Produkte erhielten eine exzellente Bewertung.

Gesichtsmassage mit ätherischen Ölen

Ätherische Öle machen jung, da sie auch der müdesten Haut Vitalität verleihen. Wir lieben die Wirkung, die ätherische Öle auf ein schlaffes Gesicht und einen müden Geist haben. Deshalb baten wir die führenden Aromatherapeuten von Aromatherapy Associates (die auch die verstorbene Prinzessin Diana konsultierte), uns Ratschläge für eine Gesichtsmassage mit ätherischen Ölen für zu Hause zu geben.

„Massage mit ätherischen Ölen kann als Teil eines ganzheitlichen Programms zur Altersvorbeugung Wunder wirken", erklärt Germaine Rich von Aromatherapy Associates. „Sie entspannen, entgiften, stimulieren und unterstützen das Immunsystem; sie regen den Stoffwechsel an und gleichen ihn aus; und sie können zudem beruhigend wirken." Manche Öle oder Kombinationen von Ölen sind auch für die Haut sehr wohltuend.

Schreckten Sie bisher vor Gesichtsölen zurück, da Sie Befürchtungen wegen glänzender Haut hegten, können wir Sie beruhigen. „Die Öle dringen rasch in die Haut ein, machen sie weicher und geschmeidiger und nähren sie", erklärt Germaine. Sie könnten als Alternative zu Ihrer Nachtcreme ein Gesichtsöl verwenden, das eines der sieben ätherischen Öle enthält, die der Hautalterung vorbeugen (siehe nebenstehende Liste). Tragen Sie jeden Abend einige Tropfen davon auf das Gesicht auf, doch achten Sie darauf, daß das Öl nicht in die Augen gelangt. Germaine rät, das Öl auf den Stirnknochen und den unteren Rand der Augenhöhle aufzutragen, da es von selbst verrinnt und die Haut um die Augen nährt. Gerät es aber in die Augen, so reizt es.

ÄTHERISCHE ÖLE GEGEN DAS ALTER

Weihrauch
Ein wunderbares Tonikum für reife, faltige Haut, das auch über wundheilende Eigenschaften verfügt. Weihrauch hebt die Stimmung, verleiht das Gefühl, Probleme bewältigen zu können, und vertreibt trübe Gedanken.

Geranie
Bringt müde Haut zum Strahlen und gleicht Mischhaut aus. Wirkt antiseptisch und entzündungshemmend, hebt die Stimmung und regt den Körper an.

Lavendel
Ein tolles Mittel bei Schnitten, Bissen, Wunden und Verbrennungen. Lavendel ist das nützlichste und bekannteste ätherische Öl; es hilft bei Depressionen, Angstgefühlen, Anspannung, Schock und seelischem Streß.

Neroli
Da dieses Öl die Zellerneuerung beschleunigt, wird es besonders zur Behandlung von Narben und Wachstumsstreifen eingesetzt. Neroli ist das Öl der Orangenblüte, es beruhigt, stärkt und hebt die Stimmung. Deshalb ist es wunderbar bei seelischer Erschöpfung, Depressionen, Schlaflosigkeit, Schock und Streß.

Patschuli
Da dieses Öl die Zellerneuerung unterstützt, kann es reife oder vorzeitig gealterte Haut wie „Truthahnhälse" oder Narbengewebe verjüngen. Das wirksame Antiseptikum lindert Entzündungen und Infektionen wie nässende Ekzeme, Dermitis und Geschwüre. Es entspannt und belebt, wärmt und stimuliert.

Damaszenerrose
Wunderbar für alle Hauttypen, doch besonders für empfindliche, stark pigmentierte und reife Haut. Dieses Öl ist auch ein sehr wirksames Antiseptikum. Da es schwache Kapillaren stärkt, lindert es Rosacea. Es hebt die Stimmung und schützt.

Sandelholz
Ein beruhigendes Öl für empfindliche, trockene oder vernachlässigte Haut. Es nährt und schützt reife, papierene Haut, lindert Angst, Schlaflosigkeit und seelischen Streß.

DIE TRÄGERÖLE

Bevor ätherische Öle mit der Haut in Kontakt kommen, müssen sie mit einem Trägeröl verdünnt werden. (Nur Teebaum-, Lavendel- und Weihrauchöl können auch pur verwendet werden.) Sie können jedes der untenstehenden Öle allein oder in einer Mischung verwenden. Nur durch Experimente werden Sie die Mischung finden, die Sie bevorzugen. „Pflanzliche Öle nähren die Haut mit essentiellen Fettsäuren und haben zudem therapeutische Eigenschaften", erklärt Germaine. Die folgenden Öle sind weit verbreitet und beugen der Hautalterung vor.

Nachtkerzenöl	Regeneriert vorzeitig gealterte Haut. Das Öl kann auch in Kapselform (in Reformhäusern erhältlich) eingenommen werden.
Jojobaöl	Dringt gut in die Haut ein und hinterläßt einen schützenden, nicht klebenden Film; gut für trockene, empfindliche Haut und bei Allergien.
Süßmandelöl	Dieses leichte, nährende Öl ist reich an Vitamin E und A; es lindert juckende, wunde Haut und mindert Trockenheit und Entzündungen.
Weizenkeimöl	Dieses Antioxidans enthält Vitamin A und E. Es pflegt trockene, reife und vorzeitig gealterte Haut sowie Narbengewebe.

Verwenden Sie als Gesichtsöle eine ein- bis dreiprozentige Verdünnung. Fügen Sie zu je 15 Milliliter Trägeröl drei bis neun Tropfen ätherisches Öl hinzu. Beginnen Sie mit einem Prozent und greifen Sie erst zu dreiprozentiger Verdünnung, wenn Sie die Wirkung des Öls kennen. Ätherische Öle sind so stark, daß sie die Haut reizen können. „Doch Sandelholz und Rose sind sogar für sehr empfindliche Haut geeignet", meint Germaine. Sie rät, fertige Mischungen in Glasflaschen aufzubewahren und vor direkter Sonnenbestrahlung zu schützen. Sie können die empfohlenen Öle einzeln verwenden oder nach Anleitung mischen.

MASSAGE MIT ÄTHERISCHEN ÖLEN

Die beste Wirkung erzielen Sie, wenn Sie die Massage so ansetzen, daß Sie auch Öl ins Haar bekommen können, meint Germaine. Ansonsten sollten Sie das Haar aus dem Gesicht binden und den Oberkörper freimachen, damit auch Schultern und Brustbereich massiert werden können. Reinigen und erfrischen Sie die Haut auf Gesicht und Hals, bevor Sie beginnen. Germaine rät, einmal pro Woche zu massieren. (Die Öle können auch ohne Massage jeden Abend verwendet werden.)

1 Verreiben Sie einen Tropfen Weihrauchöl in der Handfläche und massieren Sie zur Entspannung erst den Kopf.

2 Massieren Sie zur Entspannung die Kopfhaut mit den Fingerspitzen. Die Haut sollte sich bewegen.

3 Legen Sie die Spitzen der gespreizten Finger an den Haaransatz und massieren Sie mit kräftigen Bewegungen vom Haaransatz zum Scheitel hin. Beginnen Sie an Stirn und Schläfen und massieren Sie durch das Haar nach hinten. Lassen Sie nun die Finger vom Schädelansatz bis zu den Haarspitzen gleiten. „Das fördert die Durchblutung und löst Verspannungen", erklärt Germaine. „Sie werden sofort spüren, wie die Kopfhaut zu kribbeln beginnt." (Sie können sich vor der eigentlichen Massage die Hände waschen.)

4 Verreiben Sie etwa fünf Milliliter Ölmischung (siehe oben) in der Handfläche und streichen Sie mit den Händen in langen, schwingenden Bewegungen über das Dekolleté zu den Schultern, den Hals hinauf über die Wangen zur Nase und zur Stirn. Massieren Sie so den gesamten Bereich, wobei Sie die Augen mit sanften Kreisbewegungen des Ringfingers massieren, ohne das Öl in die Augen gelangen zu lassen. Fahren Sie mit der Massage fort, bis das Öl verteilt und die Haut erwärmt ist.

5 Kneten Sie mit den Fingern der rechten Hand den linken Oberarm, die Schulter und den Nacken bis hinter das Ohr. Wiederholen Sie die Massage rechts mit der linken Hand. „Die meisten von uns haben verspannte Schultern, und das kann sich auch im Gesicht zeigen“, erklärt Germaine, „deshalb ist diese Massage so wichtig.“

6 Massieren Sie auf beiden Seiten Nacken, Schultern, Brust und Oberarme mit Kreisbewegungen der Knöchel. (Das kann schmerzen, wenn Sie sehr verspannt sind.)

7 Drücken Sie nun mit den Daumen von unten gegen den Kieferknochen. Beginnen Sie in der Mitte und arbeiten Sie langsam nach außen. Ist eine Stelle sehr empfindlich, massieren Sie so lange, bis sich die Spannung löst. Wiederholen Sie diese Massage vom Kinn ausgehend bis hin zu den Kiefergelenken.

8 Legen Sie die Finger sanft auf den Kieferknochen, so daß sich die kleinen Finger leicht berühren. Drücken Sie, bewegen Sie die Finger ein Stückchen und drücken Sie wieder, bis Sie außen am Kieferansatz ankommen. Wiederholen Sie die Massage. (Bei dieser und der nächsten Übung dürfen Sie die Finger nicht über die Haut bewegen, Sie müssen die Haut und den Muskel in kleinen Kreisen bewegen.)

9 Legen Sie die gespreizten Fingerspitzen auf die Wangen und massieren Sie mit kleinen Kreisbewegungen vom Kinn aufwärts bis zum Abschluß des Wangenknochens. Die kleinen Finger sollten am Ende in der Mitte unter jedem Auge liegen.

10 Massieren Sie die Stirn mit kleinen Kreisbewegungen der Fingerspitzen von der Mitte ausgehend zu den Schläfen hin.

11 Kreisen Sie mit den Spitzen der Ringfinger am Ansatz der Augenhöhle entlang von außen zur Nase hin, nach oben zu den Augenbrauen und nach außen, bis der Kreis vollendet ist. „Massieren Sie ganz vorsichtig, ohne jegliches Dehnen“, rät Germaine.

12 Legen Sie die Daumen an den Knochen unter den Augenbrauen und drücken Sie sanft nach oben. Bewegen Sie die Daumen langsam bis zur Mitte der Brauen hin. „Diese Übung ist sehr beruhigend, wenn Sie unter Kopfschmerzen oder müden Augen leiden“, erklärt Germaine.

13 Legen Sie die Fingerkuppen auf den Knochen an der unteren Kante der Augenhöhle und drücken Sie. Bewegen Sie die Finger etwas nach außen und drücken Sie erneut. Wiederholen.

14 Reiben Sie die Hände kräftig aneinander und legen Sie die hohlen Handflächen über die Augen. Atmen Sie tief, bis sich die Spannung löst.

Faszinierende Frauen

Lisbeth Damsgaard

Lisbeth Damsgaard ist eine wahrhaft natürliche Schönheit. Sie ist die Gründerin von Urtekram, einer der führenden Firmen Europas für Naturkosmetik und biologische Nahrungsmittel. Die dänische Schönheit (Jahrgang 1950), Mutter von Vanessa und Patrick (geb. 1975 und 1980) ist ein gutes Beispiel dafür, wie ein gesundes Leben den Körper von innen zum Strahlen bringt.

Ende der 60er Jahre fuhren die jungen Menschen in Scharen nach Indien. Da ich aber wissen wollte, wie Makrobiotik, eine Theorie für gesunde Ernährung, funktioniert, ging ich nach Japan. Meine Phantasie war durch den Slogan „Beginne die Revolution mit Naturreis!" angeregt worden, und ich wollte wissen, wie Nahrung gesund machen kann.

Alle Menschen meinen, daß Makrobiotik furchtbar streng ist, aber das stimmt nicht. Ich erfuhr, daß jeder Körper einen anderen Treibstoff benötigt, und daß der Körper selbst auf seine Bedürfnisse aufmerksam macht, sobald man reine, saubere, natürliche und faserreiche Kost ißt. Heute esse ich sehr viel Seetang, Tofu und Miso und ich glaube, daß ich mich aufgrund meiner Ernährung so gesund fühle.

Als ich nach Dänemark zurückkehrte, eröffnete ich ein makrobiotisches Lokal und begann, Anthropologie zu studieren. Das Restaurant war von Anfang an ein Riesenerfolg. Damals wollten so viele junge Menschen in Kopenhagen gesund essen, daß sich Schlangen vor dem Lokal bildeten. Bald darauf traf ich meinen Ehemann Ronnie McGrail, der einen kleinen Gemischtwarenladen in der Umgebung gekauft hatte und biologische Nahrung vertrieb. Er bat mich, mit ihm zu arbeiten. Das war der Beginn von Urtekram, einer der ersten Naturkosthersteller Europas. Heute sind in unserem Küchenschrank ausschließlich biologische Nahrungsmittel. Schließlich muß man bei sich selbst anfangen.

Mich beunruhigt wirklich, wie vielen Chemikalien wir täglich ausgesetzt sind. Und ich fragte mich, ob ich mich nicht auch um meine Körperpflege kümmern soll, wenn ich auf meine Kleidung achte. Deshalb begannen Ron und ich, Rezepte und Formeln zu mischen und in alten Büchern nachzulesen, wie man wirksame Naturkosmetik entwickeln konnte. Um diese Produkte ohne Konservierungsmittel haltbar zu machen, mußten wir den Wassergehalt verringern und ätherische Öle zusetzen.

Die Shampoos, Conditioner, Körperlotionen und Reiniger gewannen Preise als umweltfreundlichste Produkte. Nun arbeite ich an Hautpflege wie Sonnenschutz auf Pflanzenbasis. Im Moment verwende ich aber die Karottencreme der deutschen Firma Logona*. Bei Make-up interessiert mich das Ergebnis. Ich finde, daß die Wimperntusche von Dr. Hauschka ein gutes natürliches Produkt ist, aber ich kaufe auch oft Helena Rubinstein oder Christian Dior.

Ronnie und ich sind gerne in den Bergen, doch ist das schwierig, wenn man ein Geschäft und kleine Kinder hat. Deshalb begannen wir mit dem Orientierungslaufen mit Kompaß, Karte und Stoppuhr, da bei diesem Sport die ganze Familie mitmachen kann. Wenn ich versuche, den nächsten Kontrollpunkt zu erreichen, muß ich mich so stark konzentrieren, daß ich keine Zeit für andere Gedanken habe. Einmal in der Woche gehe ich zwei Stunden lang ins Fitneßstudio: Gemeinsam mit dreißig Frauen aus dem Dorf mache ich Dehnungsübungen, Gewichtheben und leichtes Aerobic.

Meditieren ist nicht meine Stärke, doch versuche ich, Zeit für mich zu finden. Schlaf ist besonders wichtig. Ich versuche, sieben Stunden zu schlafen. Meine Freunde lachen, da wir in unserem alten Haus das Bett auf der Veranda hatten und auch in der kältesten Nacht unter eine warme Decke gekuschelt draußen schliefen. Im neuen Haus schlafen wir drinnen, doch stehen alle Fenster offen. Da ich in der Früh Zeit brauche, um munter zu werden, versuche ich immer vor den anderen aufzustehen. Diese Zeit, die ich nur mit einer Tasse Kukicha-Tee und einem Buch verbringe, ist mir wichtig.

Was zählt, ist aktiv zu sein und auf sich zu achten. Mir ist mein Aussehen weniger wichtig als mein Befinden. Ich lache viel, ich liebe das Leben und auch in schlechten Zeiten versuche ich, die positiven Dinge zu erkennen.

Es ist wichtig, nach vorne zu blicken und dem Alter positiv zu begegnen.

Pillen für die Haut

In den letzten Jahren kamen immer mehr Nahrungsergänzungen für die Haut auf den Markt. Erst erschien Imedeen, doch bald folgten unter anderem Renewal, Seven Seas Collâge, Caudalie, Nourella, NutriSkin Advanced Skin Nutrition, AnDante und Perfectil. All diese Produkte sollen die Haut glatt machen, Falten, Rötungen, feine Linien und Altersflecken mindern sowie die Haut festigen.

Das Problem bei allen Ergänzungen ist, daß nur ein kleiner Teil davon wirklich in die Haut kommt. Der Stoff gelangt nicht direkt in die Haut, sondern zuerst in die Schilddrüse und die Gallenblase (mehr als andere Inhaltsstoffe).

Wie auch bei den Wundercremes überschwemmen die Marketing- und PR-Abteilungen der Firmen die Schönheitsredakteurinnen mit ganzen Stapeln von Forschungsergebnissen, die ihre Behauptungen untermauern sollen. Haben Sie die Zeit und das Fachwissen, diese Studien genau durchzuforsten, bemerken Sie, daß die Produkte häufig nur ganz geringfügige Verbesserungen bewirken, die mit dem bloßen Auge kaum erkennbar sind. Sehr wahrscheinlich werden signifikantere Verbesserungen nur bei den Frauen festzustellen sein, die sich nicht bereits gesund ernährten und/oder andere Zusätze nehmen. Diese Angaben verschweigen die Hersteller meist.

Wir beabsichtigten, für dieses Buch die Nahrungsergänzungen für die Haut zu testen, doch kamen wir aus zwei Gründen davon ab. Erstens waren die Hersteller (anders als die Kosmetikfirmen) nicht bereit, uns ausreichend Material für zehn Testerinnen pro Ergänzung zur Verfügung zu stellen. Und zweitens beweisen die Daten der Hersteller selbst, daß diese Zusätze immer erst nach mehreren Monaten wirken. Man müßte sie also über einen Zeitraum von sechs bis neun Monaten einnehmen, und wie gesagt waren die Hersteller nicht bereit, uns ausreichend Erzeugnisse zu liefern. (Oder waren sie selbst nicht von ihrem Produkt überzeugt?)

Bevor wir Ihnen unsere Meinung sagen, lassen wir zwei Experten für Ernährung und Haut zu Wort kommen. Der beratende Dermatologe Dr. Ian White von der britischen Dermatologenvereinigung meinte, daß man mit diesen Zusätzen nur Zeit und Geld verschwende. (Ein großer Teil seiner weiteren Bemerkungen war nicht druckreif...) Die Diätberaterin Kathryn Marsden, Autorin eines Buches über Hauptpflege, meinte zwar, daß die Ergänzungen wirken können, wenn man keine anderen Nahrungsergänzungen nimmt, sich nicht gesund ernährt und unter Streß steht, doch ist es vernünftiger, gleich zu einem guten Multivitamin- und Mineralzusatz zu greifen. Diese Mittel enthalten ebenfalls Antioxidanzien, die idealen Ergänzungen für die Haut.

Kathryn Marsden empfiehlt eine Ergänzung mit essentiellen Fettsäuren (die auch als Gammalinolensäure, GLS, bezeichnet werden, *siehe Seite 195*). Wir haben die Erfahrung gemacht, daß sie die Haut weich und geschmeidig machen. Kathryn selbst nimmt Femforte und Mega GLS von Biocare sowie Bio-C von Blackmore. Sie empfiehlt auch den Advanced Antioxidant Complex von Solgar (hervorragend) und Bio-Antioxidant von PharmaNord.

Allerdings bemerkte Kathryn auch eine Veränderung auf ihrer Haut, als sie Imedeen drei Monate lang nahm. „Ich nahm damals keine anderen Ernährungsergänzungen und stand unter großem Streß. Vielleicht benötigte ich die Nährstoffe ganz einfach." Imedeen enthält wie Nourella, NutriSkin und Renewal Proteine von Meeresfischen (Imedeen etwa den Kopf kleiner Haie in pulverisierter Form). Es ist anzunehmen, daß die Wirkstoffe dieser Proteine die Hautstruktur verbessern. Anhänger dieser Zusätze meinen, daß japanische Frauen, die Fischgräten essen, dicke, gesunde Haut haben.

Auch wir bemerkten nach einiger Zeit Verbesserungen durch Imedeen: Kathryns Haut wurde nach drei Monaten straffer, Sarahs Haut nach viereinhalb Monaten dicker und Jos Haut nach dreieinhalb Monaten glatter.

Eine befreundete Gesundheitsberaterin, die bereits über fünfzig ist, schwört auf Imedeen, da es nicht nur gut für ihre Haut, sondern auch für ihren Rücken ist. Ein unabhängiger Wissenschaftler gab zu, daß diese Möglichkeit sehr wohl besteht, da sich die Zusätze nicht nur auf die Haut, sondern gut auf den gesamten Körper auswirken.

Zusammenfassend läßt sich sagen, daß Nahrungszusätze für die Haut höchstens Ihrem Geldbeutel schaden und daß Sie wohl besser mit einem guten Multivitamin- und Mineralpräparat sowie essentiellen Fettsäuren beraten sind. Es versteht sich natürlich von selbst, daß die Haut vor allem von guter Ernährung, frischer Luft und Wasser sowie viel Schlaf profitiert. Doch machten wir auch alle gute Erfahrungen mit Imedeen.

In Zukunft könnte vielleicht ein neuer Hoffnungsschimmer in Form einer Pille auf Basis von Pflanzenextrakten am Horizont auftauchen. Stephen Terrass, der technische Direktor von Solgar, stellte uns eine Liste mit den Stoffen zusammen, die wirken.

WICHTIGE BEZEICHNUNGEN

Stephen Terrass' Tips
Nehmen Sie nie mehr als die empfohlene Dosis, und wenn Sie allergisch oder empfindlich auf ein Produkt reagieren, konsultieren Sie einen Ernährungsspezialisten. *(Mehr über Nahrungsergänzungen finden Sie auf Seite 204.)*

Proanthozyanidine
(eine Art pflanzlicher Flavonoide)
• schützen das Collagen und steigern die Regenerationsfähigkeit der Haut • bekämpfen Freie Radikale • schützen die Kapillaren der Haut.

Antioxidanzien auf Schwefelbasis
(z.B. L-Cystein, Alphalipoinsäure); Schwefel ist ein Hauptbestandteil von Haut, Haar und Nagelgewebe • schützen vor Freien Radikalen • entgiften.

Karotinoide
(z.B. Alpha- und Betakarotin, Lykopen, etc.) • bestimmte Karotinoide mindern die Schädigung durch UV-Strahlen • schützen gegen Freie Radikale • bestimmte Karotinoide stärken die Haut, da sie Vitamin A abgeben.

Nährende Antioxidanzien
(z.B. Vitamin A, C und E, Selen, Zink) • schützen vor Schädigung durch Freie Radikale • stärken das Collagen • fördern die Selbstheilung der Haut.

Entgifter
entfernen Toxine, die die Regenerationsfähigkeit der Zellen hemmen und Hauterkrankungen verursachen. Sie wirken auf verschiedene Organe: Leber (Mariendistel, L-Cystein); Zellen (Horoleum bulbosum, Chlorella, Broccoli); Darm (Psylliumsamen, Pektin).

Blütenkraft für Gesicht, Körper und Seele

„Der Zustand von Körper und Seele spiegelt sich im Gesicht wider", meint die ganzheitliche Gesichtstherapeutin Joy Salem aus London. („Kein Wunder, daß mein Gesicht einer Weltkarte gleicht", fand die fünfzigjährige Schriftstellerin Elizabeth Buchan.) Joy stellt für jede Klientin ein eigenes Pflegeprogramm mit Gesichtsmassage, Lymphdrainage und Bachblüten zusammen, um die Haut straffer, elastischer und schöner zu machen und das Gesicht zum Strahlen zu bringen. Die Bachblüten kamen im Westen erstmals zu Beginn des 20. Jahrhunderts auf den Markt. Dr. Edward Bach entdeckte, daß die Extrakte verschiedener Pflanzen besonders bei seelischen Problemen halfen. Wie **Madonna, Twiggy** und viele andere Stars sind auch wir Anhängerinnen der Bachblüten und baten deshalb Joy, uns Tropfen zu geben, die besonders für Frauen in den Wechseljahren geeignet sind. Lösen Sie viermal täglich vier Tropfen (bei Bedarf auch öfter) in reinem Wasser auf. **Walnut (Walnuß)** hilft bei Veränderungen im Leben; sie treibt uns vorwärts und hilft, Schwierigkeiten zu bewältigen. **Mimulus (Gefleckte Gauklerblume)** mindert die alltäglichen Ängste; lindert Anspannung und ist gut für schüchterne Menschen, die leicht erröten. **Impatiens (Drüsentragendes Springkraut)** kann beruhigen und Reizbarkeit durch inneren Frieden ersetzen. **Larch (Lärche)** hilft, wenn Sie nicht mehr weiter wissen oder unsicher sind und meinen, daß alle Augen auf Sie gerichtet sind.

Crab Apple (Holzapfel) lindert Wallungen und hilft, wenn das Bett in der Nacht zu warm erscheint oder Sie meinen, ganz furchtbar auszusehen. **Olive** mindert Reizbarkeit nach schlaflosen Nächten durch Wallungen. **Gentian (Herbstenzian)** macht Mut nach einer schlaflosen Nacht. **Cherry Plum (Kirschpflaume)** bringt extreme hormonelle Wallungen unter Kontrolle. **Hornbeam (Hainbuche)** mindert plötzliche Lethargie und Müdigkeit. **Willow (Gelbe Weide)** hilft bei Überreaktion und Überempfindlichkeit, die häufig zu Selbstmitleid und Tränen führen, wenn Sie sich „alt" fühlen, Chancen verpaßt haben oder sich unnütz fühlen, weil die Kinder erwachsen und ausgezogen sind. **Sweet Chestnut (Edelkastanie)** hilft tiefe Trauer zu überwinden, die durch das Gefühl ausgelöst werden kann, daß das Leben nun leer ist und viele Möglichkeiten ungenützt vorübergegangen sind. **Star of Bethlehem (Doldiger Milchstern)** mindert die Trauer, daß die Jugendzeit vorüber ist, und das Gefühl, daß ein Teil von Ihnen tot ist. **Scleranthus (Einjähriger Knäuel)** stellt bei Stimmungsschwankungen, Unentschlossenheit und Flatterhaftigkeit das seelische Gleichgewicht wieder her. **Notfalltropfen** mindern Trockenheit und Schmerzen in der Vagina, die durch die verminderte Östrogenproduktion hervorgerufen werden.
P.S.: Joy Salem weist darauf hin, daß Sie unbedingt einen qualifizierten Bachblüten-Spezialisten aufsuchen sollten, wenn Sie eine wirklich schwierige Zeit durchleben.

Fitneß für das Gesicht

Die meisten Ärzte versuchen eifrig zu erklären, warum Gesichtsmassage nicht funktionieren kann. Doch viele Frauen schwören auf Übungen, die das Gesicht in Form halten und sie sogar vor einer Schönheitsoperation bewahren können. Deshalb baten wir Eva Fraser, Autorin von Bestsellern über Gesichtsübungen, uns einige ihrer einfachen Tricks zu verraten, die das Gesicht zum Strahlen bringen und Mängel beheben. (Detailliertere Informationen finden Sie in dem Buch *Eva Fraser's Facial Fitness**, zu dem es auch Video und CD gibt.)

Augenübung

Blicken Sie während dieser Übung gerade in einen Spiegel.

1 Legen Sie die gekrümmten Zeigefinger unter die Augenbrauen und drükken Sie sanft gegen den Knochen nach oben. Halten.

2 Blinzeln Sie fünf- bis zehnmal hintereinander rasch. Sie sollten ein leichtes Ziehen in den Lidern spüren.

3 Ziehen Sie die Lider nach unten und zählen Sie bis sechs.

4 Langsam loslassen und bis drei zählen.

5 Die Lider öffnen, entspannen und tief atmen.

Dreimal wiederholen.

Gegen Fältchen am Nasenrücken

1 Die Kuppe der Mittelfinger genau unterhalb der Fältchen oder Höcker fest auf den Nasenrücken drücken.

2 Die Zeigefinger an die Seite der Nase legen und fest pressen.

3 Langsam die Muskeln unter den Fingern nach oben bewegen (siehe Pfeil), fünfmal wiederholen.

4 Bis fünf zählen, dann langsam die Finger in fünf Strichen nach unten bewegen.

5 Dreimal wiederholen.

6 Entspannen, tief atmen und nicht finster blicken!

P.S.: Die Finger müssen sanft, doch fest drücken.

Halsstraffer

1 Mit gerader Wirbelsäule und aufrechtem Kopf geradeaus blicken.

2 Sanft das Kinn vorstrecken und die Unter- über die Oberlippe ziehen. *Die Mundwinkel dabei nicht nach oben ziehen.*

3 Den Widerstand vergrößern, indem Sie die Faust sanft unter das Kinn legen.

4 Die Zunge nach vorne und oben gegen die unteren Vorderzähne pressen, bis Sie die Bewegung unter dem Kinn spüren.

5 Halten und bis fünf zählen.

6 Langsam loslassen.

7 Entspannt atmen, die Übung dreimal wiederholen.

„Frauen, die Gesichtsgymnastik machen, sollten nach nur sechs Wochen bereits eine Verbesserung bemerken", sagt Eva Fraser. Hier verrät sie weitere Maßnahmen, die gegen absackende Haut vorbeugen sollen.

- Schlafen Sie mit nur einem Kissen, um ein Doppelkinn zu vermeiden.
- Wenn Sie im Bett lesen müssen (ich rate meinen Klientinnen davon ab), sollten Sie den Kopf auf ein Kissen legen und das Buch hochhalten. Legen Sie das Buch auf den Bauch, bitten Sie geradezu um ein Doppelkinn.
- Arbeiten Sie am Computer, sollte der Bildschirm auf Augenhöhe sein.
- Stehen Sie gerade, damit das Gesicht straffer bleibt. Stellen Sie sich immer vor, daß Sie von einer Schnur, die an Ihrem Scheitel befestigt ist, nach oben gezogen werden.
- Ich liebe Frownies*, die schöne Frauen bereits seit 1898 im Kampf gegen Stirnfalten verwenden. Diese kleinen, hautfarbenen, selbsthaftenden Pads kleben an der Stirn, damit Sie sie nicht runzeln können. Wenn Sie Frownies regelmäßig verwenden, vermindern sich die Falten und die Stirn wird glatter.

So halfen mir Eva Frasers Gesichtsübungen

ALTER: UM DIE 50 • BERUF: EINRICHTUNGSBERATERIN

Ich begann mit den Gesichtsübungen, weil ich so gut aussehen wollte, wie ich mich fühlte. Besonders litt ich unter den Linien, die von der Nase zu den Mundwinkeln führten, und der schlaffen Haut am Kinn. Da ich mich vor einer chirurgischen Behandlung fürchtete, wollte ich erst alles andere versuchen, auch wenn ich mir davon keine Wunder erwartete. Ich hatte von Eva Frasers Programm gehört, und es erschien mir völlig logisch, daß sich das Gesicht durch Übungen ebenso verändern könne wie der Körper.

Ich kaufte mir das Buch, das zwar hilfreich war, doch wollte ich persönliche Anleitung und Analyse. Deshalb buchte ich vier Einzelstunden in Evas Studio in London.

Die erste Einheit dauert eineinhalb Stunden, die nächsten drei je eine Stunde. In den den ersten beiden Stunden lernt man die Basisübungen, in der dritten und vierten arbeitet man an den Muskeln: Man muß jeden Muskel an einem Ende halten und das andere bearbeiten, damit der Muskel kürzer und elastischer wird. Zwischen den Einheiten müssen mindestens zwei Wochen liegen, damit die Muskeln für die nächste Stufe gestärkt werden.

Es gibt Übungen für sämtliche Gesichtspartien: für Brauen, Nase, Stirn und Backen ebenso wie für die Augenpartie und das Kinn. Eva erklärt die ganze Zeit, mit welchen Muskeln sie arbeitet und warum. Ich verstand sofort, warum die Technik wirkte: Wenn Sie eine Übung zur Stärkung der Wangenmuskulatur machen, sehen Sie, wie das Gesicht etwas gestrafft wird.

Die ersten drei Monate muß man die Übungen mindestens zwanzig Minuten täglich machen: Man sitzt mit den Zeichnungen vor dem Spiegel und versucht, etwa eine Seite der Nase in sechs Bewegungen zum äußeren Augenwinkel zu ziehen. Dabei fühlt man, wie die Muskeln straffer werden und wie wenig sie sonst beansprucht werden. In den nächsten drei Monaten macht man die Übungen jeden zweiten Tag zwanzig Minuten lang, danach reduziert man auf zehn Minuten alle zwei Tage.

Evas Programm ist einfach und vernünftig. Am schlimmsten sind das eigene Spiegelbild und die grauenhaften weißen Baumwollhandschuhe, die man tragen muß, damit die Finger nicht rutschen, wenn man Übungen im Mund macht.

Nach etwa zwei Wochen sagte man mir plötzlich, wie gut ich aussah, und ich merkte, daß dies tatsächlich stimmte. Dabei hatte ich nur Gymnastik gemacht, die sich aber wunderbar auf mein Gesicht auswirkte. Ich weiß nicht, ob ich jünger aussehe, aber das Gesicht sackt nicht mehr ab. Die Übungen zur Hebung der Backenmuskulatur trugen dazu bei, daß die Linien von der Nase zum Mund viel schwächer sind und die Kinnpartie viel ausgeprägter ist. Zudem strahlt die Haut und ist viel weicher, da die Übungen die Durchblutung fördern. Der Kurs ist sein Geld wirklich wert, und überdies benötige ich fast keine Nachtcreme mehr, da Eva meint, daß sich die Haut nach nur drei Tagen selbst zu regulieren beginnt – und sie hat recht. Ich denke, daß Cremes die Haut zwar straffen können, aber sie wirken nie so gut wie Gymnastik. Doch verhält es sich mit den Gesichtsübungen wie mit jedem Gymnastiktraining: Wenn Sie damit aufhören, sackt alles wieder ab, und Sie müssen von vorne beginnen.

(Im Anhang finden Sie Informationen zu Büchern, Videos und Kursen.)

Gesichtsbehandlungen

Wir haben versucht herauszufinden, welche Dampf-, Peeling- oder Pflegebehandlungen für ältere Gesichter am besten geeignet sind.

Masken sind ein Luxus. Doch für einige Frauen sind sie ein Luxus, ohne den sie nicht leben können. Sie klären fahle Haut und verstopfte Poren oder bringen das Gesicht vor einem wichtigen Anlaß in Form. Gegenwärtig sind Salonbehandlungen bei reiferen Frauen der letzte Schrei. In der Mitte des Lebens sollen wir genug Geld und (angeblich) genug Freizeit haben, um uns verwöhnen zu lassen. Und wenn wir an einem schlechten Tag in den Spiegel blicken und lauter Falten entdecken, die noch vor einer Woche nicht da waren, kann eine Salonbehandlung, die die Uhr zurückdrehen soll, unglaublich verführerisch sein. Doch nicht alle Behandlungen sind gleich. Und nicht jede reifere Haut profitiert davon. Folgende Dinge sollten Sie deshalb beachten.

Vergessen Sie nie, daß eine unregelmäßige Behandlung keine langfristigen Ergebnisse erzielen kann, auch wenn die Maske abgestorbene Hautzellen entfernen und die Haut strahlender oder sogar (je nach Wirkstoffen) straffer machen kann. Die tägliche Behandlung, wie sorgfältige Reinigung, sanftes Peeling *(siehe Seite 22)*, Feuchtigkeitspflege und Sonnenschutz, macht langfristig einen erkennbaren Unterschied.

„Allerdings kann reifere Haut von Masken profitieren“, meint Nelson Lee Novick, Professor für Dermatologie an der New Yorker Mount Sinai School of Medicine. „Möchte sich eine Frau verwöhnen und hat sie normale Haut, so spricht nichts gegen eine Maske. Doch sogar Menschen mit normaler Haut sollten sich dieser Behandlung nur alle sechs Wochen unterziehen“, warnt Dr. Novick, da die intensive Reinigung oder sogar die allzu intensive Massage die Haut reizen kann. Leiden Sie jedoch unter entzündlicher Akne, Rosacea (geröteter Haut, Pickeln oder vergrößerten Blutgefäßen, *siehe Seite 62*), unter Ekzemen oder Schuppenflechte, so sollten Sie auf Gesichtsmasken verzichten, da diese Behandlung die Erkrankung verschlechtern kann. Leiden Sie unter einer Infektion wie Impetigo oder Herpes, sollten Sie während dieser Zeit ebenfalls eine Gesichtsbehandlung unterlassen.

Mary Lupo, klinische Professorin an der Tulane Medical School in New Orleans, meint, daß sich bei manchen Patientinnen sogar völlig unauffällige Warzen durch die Behandlung über das ganze Gesicht ausbreiteten.

Susan Harmsworth, die Kurberaterin und Erfinderin der Kosmetik- und Schönheitsserie E'SPA, die auf ätherischen Ölen basiert, meint, daß Frauen mit empfindlicher Haut (also viele Frauen in den Wechseljahren) sehr vorsichtig mit Masken verfahren sollten. „Haben Sie empfindliche Haut, so rate ich, vor der Behandlung einen Test im Kosmetiksalon durchführen zu lassen. Es ist möglich, das gewünschte Produkt auf einer unauffälligen Stelle wie etwa hinter dem Ohr zu testen, um eine allergische Reaktion auszuschließen. Verweigert der Salon diesen völlig gerechtfertigten Wunsch, sollten Sie das Studio wechseln“, meint sie.

Susan Harmsworth fügt hinzu, daß die meisten älteren Gesichter keine Dampfbehandlung vertragen, die noch immer in vielen Gesichtsbehandlungen inkludiert ist. „Fragen Sie erst, ob zu der Maske eine Dampfbehandlung gehört, und lehnen Sie dies ab“, rät sie. „Lassen Sie sich von der Kosmetikerin nicht überreden. Durch eine Dampfbehandlung können Äderchen platzen.

Unsere Lieblingsbehandlungen

Eve Lom (Kosmetikerin der Reichen und Berühmten)
Decleor Aromaplasty Facial
Thalgomarine Collagen Facial
Aromatherapy Associates Rose Facial
Dr Hauschka Facial (Die Behandlung beginnt bei den Füßen, da sich der Zustand der Füße auf das Gesicht auswirkt)
E'SPA Luxury Facial für reife/trockene/dehydrierte Haut
Anne Sémonin (nur in Paris erhältlich, doch die Reise wert)
Bliss Spa High Herbie (inkludiert Behandlung für Füße, Körper und Kopf)

Die einzige reifere Haut, die eine Dampfbehandlung verträgt, ist die mediterrane Haut, die fahl und widerstandsfähig ist und eine Erfrischung benötigt", führt sie aus.

Die meisten Gesichtsbehandlungen bestehen aus Reinigung, Peeling, Massage, Extraktion, einer Maske und etwas Feuchtigkeitspflege. Sagen Sie der Kosmetikerin, ob Sie Retin-A oder Retinova verwenden. Ist dies der Fall, ist von einem Peeling abzuraten, da die Haut bereits durch das Retin dünner ist *(siehe Seite 30–31)*. Auch Frauen, die zu geplatzten Äderchen neigen, sollten auf ein Peeling verzichten, meint Dr. Lupo. Als chemisches Peeling können AHS (Alpha-Hydroxy-Säuren) anstatt eines körnigen Produkts verwendet werden. Auch von dieser Behandlung ist Frauen mit empfindlicher Haut abzuraten. („Hegen Sie Zweifel, machen Sie vor der Behandlung einen Allergietest", empfiehlt Susan Harmsworth.)

Ein Schritt, der vielen von uns besonders unangenehm ist, ist die Extraktion, also das Ausdrücken der Poren, um Mitesser zu entfernen und verstopfte Poren zu öffnen.

Diese Behandlung sollte nie auf der erwärmten Haut und niemals mit den Fingern durchgeführt werden. „Sterilisierte Geräte sind weit besser als die Zweifingertechnik", meint Dr. Lupo. „Drücken Sie mit den Fingern nur in zwei Richtungen, können Sie die Pore beschädigen, so daß Talg in die umgebende Haut eindringen kann. Wird dagegen mit einem „Komedo-Extraktor" gedrückt, kann der Inhalt der Pore nur nach oben entweichen."

Marcia Kilgore, für deren Behandlungen in ihrem Bliss Spa in Manhattan die Wartezeit mittlerweile achtzehn Monate beträgt, rät den Frauen, darauf zu achten, daß die richtige Maske verwendet wird. „Reife Haut (mit Ausnahme der fettigen Haut) benötigt fast immer eine feuchtigkeitsspendende Maske", erklärt sie. „Fragen Sie die Kosmetikerin, ob die Maske an die Haut anklebt. In diesem Fall entzieht sie ihr zu viel Feuchtigkeit. Wenn Schlamm und Ton trocknen, entziehen sie der Haut wertvolle Öle. Sie benötigen eine Maske, die während der ganzen Behandlung feucht bleibt." Marcia verwendet bei reiferer Haut mit Vorliebe Seetangmasken, obwohl sie zu Vorsicht bei Jodallergien rät. (Die Schlammpackung von E'SPA löst das Problem der Austrocknung, indem diese Maske über eine Schicht ätherisches Öl gestrichen wird.)

Die Experten empfehlen uns vor allem, uns nicht herumkommandieren zu lassen (besonders nicht von einer Kosmetikerin, die Ihre Tochter sein könnte.) Wenn Sie also einen Teil der Behandlung nicht mögen, oder wenn Sie sich eingesperrt fühlen, teilen Sie dies der Kosmetikerin mit und bitten Sie, zum nächsten Schritt überzugehen. Befolgen Sie diese Ratschläge, sollte Sie die Behandlung strahlend schön machen und Ihnen nicht das Gefühl geben, unter einer Wallung zu leiden.

WICHTIGE BEGRIFFE BEI EINER MASKE

reif
feuchtigkeitsspendend
nährend
hydrierend
hypoallergen
anti-ageing (obwohl dies auf AHS hindeuten könnte, die bei empfindlicher Haut ungeeignet sind).

ERPROBT & BEWÄHRT

NICHTCHIRURGISCHE LIFTINGS

Liftings, bei denen die Haut elektrisch stimuliert wird, gelten oft als Alternative zu einer Operation. Nach unseren Erfahrungen sind sie vor einer wichtigen Sitzung oder einem tollen Abend wunderbar. Allerdings braucht man sehr viel Zeit, wenn man die vorgeschriebene Anzahl von Behandlungen, die dauerhafte Verbesserungen versprechen, auch wirklich einhalten möchte.

Die Frage ist, ob die Behandlungen helfen. Wir stellten eine Testgruppe aus Frauen zusammen, die außer ihren Falten nichts zu verlieren hatten – und wir waren von den Ergebnissen überwältigt. Aufgrund der hohen Kosten stellten uns die Firmen nur zwei vollständige Behandlungssets und ein Heimgerät zur Verfügung. Doch wenn zwei unabhängige Testerinnen die Höchstpunkte vergeben, muß an der Behandlung etwas dran sein. Lesen Sie selbst.

Integra Plus Facecare System
10 PUNKTE VON 10
Bei dieser Heimbehandlung gleiten Sonden über das Gesicht.
Verbesserungen nach nur einer Behandlung:
Testerin 1: „Meine Haut wirkte erfrischt, die Haut war sehr weich und geschmeidig."
Testerin 2: „Meine Haut sah sehr erfrischt und geschmeidig aus und war ganz weich."
Ergebnisse nach der zweiten Anwendung:
Testerin 1: „Die Haut wirkte klar und straffer und sah immer besser aus. Das Gerät war alles in allem hervorragend."
Testerin 2: „Meine Haut wirkte glatt, klar und straffer."
Nach Behandlungsende:
Testerin 1: „Mein Gesicht sah straffer und glatter aus, es wirkte ganz weich und rein. Freundinnen bemerkten, wie gut meine Haut aussah."
Testerin 2: „Die Haut wirkte klarer, frischer und straffer. Das Gefühl war wunderbar, und ich liebte das Gerät: Meine Haut war nach jeder Behandlung ganz toll, was auch meine Freundinnen bemerkten."
KONTRA: Testerin 1: „Hätte die Behandlung jemand anderer bei mir gemacht, wäre sie entspannender gewesen."
Testerin 2: „Die Zeit: Die Behandlung dauert eine halbe bis eine Stunde und sollte sechzehnmal jeden dritten Tag, danach einmal pro Woche gemacht werden."

SALONBEHANDLUNGEN

Medi-Wave 10
10 PUNKTE VON 10
Laut unseren Testerinnen hat diese Behandlung den Vorteil, daß sie nur zehn Minuten dauert.
Verbesserungen nach einer Behandlung:
Testerin 1: „Meine Haut war weicher und wirkte klarer."
Testerin 2: „Haut und Gesicht wirkten lebendig."
Ergebnisse nach der zweiten Anwendung:
Testerin 1: „Siehe oben; zusätzlich waren die Wangen straffer und meine Tochter meinte, daß das Kinn fester wirkte."
Testerin 2: „Ungefähr dasselbe, doch mein Gesicht wirkte weniger müde."
Nach Behandlungsende:
Testerin 1: „Starke Verbesserung; die Haut ist fester und wirkt dicker! Wangen, Kinn und Backen sind straffer, ich sehe zehn Jahre jünger aus. Freunde, die ich eine Zeitlang nicht gesehen hatte, meinten ich sähe für mein Alter gut aus. Ich verwende jetzt die Heimbehandlung (Medi-Wave 5), damit die Wirkung bleibt; ich empfehle sie allen, sie ist besser als viele teure Cremes und billiger als eine Operation."
Testerin 2: „Mit sechzig hatte ich einen Nachteil, aber ich sehe den Unterschied. Ich glaube nicht, daß die Falten ganz verschwinden, aber das Kinn ist straffer und die Wangen sind voller. Verjüngt toll!"
KONTRA: Testerin 1: „Keines."
Testerin 2: „Leichter Schmerz bei den Plomben, der aber mit einem Zahnschutz verschwindet; nach jeder Sitzung hatte ich eine Stunde lang rote Flecken von den Pads."

C.A.C.I.
9,5 PUNKTE VON 10
Verbesserungen nach einer Behandlung:
Testerin 1: „Die Haut wirkte deutlich fester und merklich straffer."
Testerin 2: „Besser! Glatter! Straffer! Die Haut war weicher, einige Fältchen gingen zurück, und die Haut wirkte gebügelt".
Ergebnisse nach der zweiten Anwendung:
Testerin 1: „Nach den nächsten zwei bis sechs Behandlungen war die Haut weicher und blieb straffer; merkliche allgemeine Verbesserung."
Testerin 2: „Ich hatte einen Termin in der Früh und sah danach den ganzen Tag müde und abgespannt aus. Doch 24 Stunden später merkte ich eine deutliche Verbesserung, die Haut wirkte straffer und erholt."
Nach Behandlungsende:
Testerin 1: „Deutliche Verbesserung. Das Gesicht wirkte straffer, die Konturen waren ausgeprägter. Tiefe Falten (auch auf der Stirn) wurden gemindert, Freundinnen bemerkten von Anfang an Verbesserungen. Die Behandlung hob mein Selbstbewußtsein und machte mich um fünf Jahre jünger."
KONTRA: Testerin 1: „Nichts Negatives."
Testerin 2: „Nur der Zeitaufwand."

O-Lys Lichttherapie
8,5 PUNKTE VON 10
Verbesserungen nach einer Behandlung:
Testerin 1: „Erstaunlich! Das Gesicht wirkt frischer, munterer und straffer – es war praktisch neu geformt."
Testerin 2: „Wenig entspannendes, übelriechendes Produkt, das für meine Haut zu stark ist (obwohl ich nie Probleme hatte). Offenbar schlafen die meisten Frauen bei der Behandlung, aber ich konnte sie nicht genießen. Die Haut sah danach gleich aus."
Ergebnisse nach der zweiten Anwendung:
Testerin 1: „Da zwischen erster und zweiter Behandlung ein großer Zeitraum lag, war mein Gesicht wieder „abgerutscht". Danach war es straffer und glatter."
Testerin 2: „Die zweite Behandlung war viel angenehmer, die Haut wirkte frischer."
Nach Behandlungsende:
Testerin 1: „Gesicht und Hals sind straffer und sehen jünger aus. Meine beste Freundin sagte, daß sie mich noch nie so erlebt habe. Die Behandlung ist ein Vergnügen, die Cremes und Seren sind hypoallergen. Steigert das Selbstvertrauen gewaltig."
Testerin 2: „Deutlich frischer. Schadet nicht und kann vielleicht helfen."
KONTRA: Testerin 1: „Die Behandlung ist wie ein Jungbrunnen, aber leider etwas zu teuer für Normalsterbliche. Außerdem hängt die Wirksamkeit von der Fähigkeit der Kosmetikerin ab."
Testerin 2: „Das bereits genannte schreckliche Peeling bei meinem ersten Besuch. Nach der Behandlung ging mir vier Tage lang die Haut auf Nase und Mund ab."

DAS WUNDER DER MANUELLEN LYMPHDRAINAGE

Die manuelle Lymphdrainage* ist eine Art der Massage, die ein müdes Gesicht sofort erfrischen kann. Diese sanfte, rhythmische Form der Massage wurde in den 30er Jahren von dem Ehepaar Astrid und Emil Vodder entwickelt. Sie wirkt auf das Lymphsystem, das direkt unter der Haut liegt, und ist so sanft, daß man die Bewegungen kaum spürt.

Die Lymphe ist eine klare Flüssigkeit, die aus einer Schramme oder Brandwunde fließt und Proteine, Wasser, weiße Blutkörperchen und Elektrolyte durch den Körper transportiert. Je mehr Lymphe durch den Körper strömt, desto gesünder ist er und desto weniger aufgeschwollen ist das Gesicht. Zudem entgiftet die Lymphe auch den Körper, wenn sie die Toxine zu den Lymphknoten transportiert, wo sie in den Blutkreislauf zurückgelangen oder mit dem Schweiß in Achselhöhlen oder Leiste ausgeschieden werden.

Tatsächlich bezeichnen einige Frauen die Lymphdrainage als Wunderbehandlung. Sie bringt nicht nur das Gesicht zum Strahlen, sie kann auch Zellulitis mindern *(siehe Seite 182)* und angeblich sogar Narben und Wachstumsstreifen langsam reduzieren. Allerdings sind einige Vorsichtsmaßnahmen zu beachten: Von einer Lymphdrainage ist bei einer Krebserkrankung, bei Thrombosen, diversen Herzstörungen und der Gefahr einer Embolie abzuraten. Sagen Sie dem Therapeuten, ob Sie unter Asthma, Thrombosen, niederem Blutdruck oder Drüsenproblemen leiden.

Im Schönheitssalon

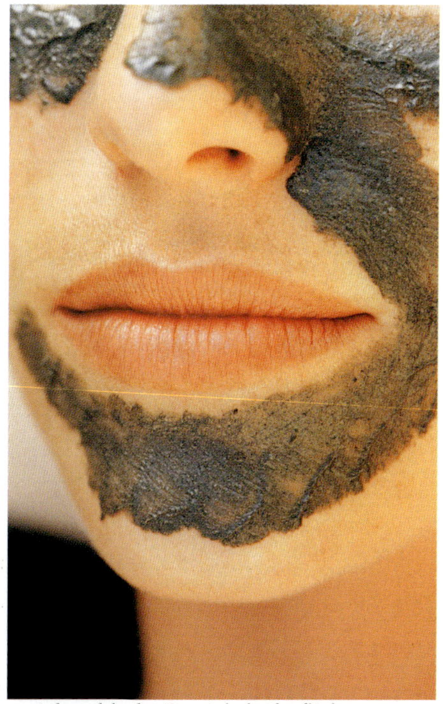

Beurteilen Sie Schönheitsinstitute nicht nach dem Äußeren, warnt Barbara Simpson-Birks, die Vorträge über Schönheitstherapie hält. Sie war über den Standard einiger Salons so entsetzt, daß sie das Institut Distingué gründete, das Schönheitssalons nach Personal, Behandlungen, Kundenbetreuung etc. beurteilt. Sie rät:

• Fragen Sie, ob Sie von ausgebildeten Kosmetikerinnen betreut werden, wie lange die Ausbildung dauerte (und wo sie stattfand). Fragen Sie auch, wie oft die jeweilige Behandlung bereits durchgeführt wurde. Ich denke, daß gute Kosmetikerinnen mindestens zwei Jahre Ausbildung benötigen und ihr Können erst durch Praxis perfektionieren.

• Überprüfen Sie, ob der Salon über eine ausreichend hohe Betriebshaftpflichtversicherung verfügt. Oft hängt die Versicherungsurkunde (meist über drei Millionen Mark) an der Wand. Ist das nicht der Fall, fragen Sie danach.

• Prüfen Sie die Hygiene im Institut. Sind die Böden sauber? Erhält jede Kundin frische Handtücher? Idealerweise sollte man sehen, daß die Pinzetten, Nagelhautentferner etc. sterilisiert werden. Bei einer Elektrolysebehandlung sollte bei jeder Kundin eine frische Nadel verwendet werden. Wird ein Dampfgerät eingesetzt, fragen Sie, wie oft das Wasser gewechselt wird (mindestens einmal täglich, um Bakterien vorzubeugen).

• Das Personal sollte sauber, ordentlich und angenehm wirken. Mir persönlich ist es lieber, wenn die Angestellten eine Uniform oder einen weißen Mantel tragen.

Zurücklehnen und entspannen

Die Londoner Topvisagistin Eve Lom empfiehlt alle sechs bis sieben Wochen eine Gesichtsbehandlung, die nicht nur das Gesicht pflegt, sondern auch entspannt, wie sie meint. „Eine Gesichtsbehandlung ist wunderbar, um sich Zeit für sich zu nehmen und zu entspannen", findet sie. Als zusätzliche Entspannung empfiehlt sie, während der Behandlung zu meditieren (Sie ist schon seit langem ein Fan der transzendentalen Meditation.) oder nur tief und gleichmäßig zu atmen. ***(Auf Seite 162 finden Sie die besten Atemtechniken.)*** **„Viele Menschen meditieren nicht täglich und atmen nicht korrekt. Eine Gesichtsbehandlung ist eine wunderbare Chance, eine Stunde richtig zu atmen" – und der Haut Sauerstoff zuzuführen.**

Die Haut ruft SOS

Altersflecken, Rosacea und empfindliche Haut (mit Rötungen und Ausschlägen) sind Probleme, mit denen viele Frauen in späteren Jahren zu kämpfen haben. Häufig verursachen sie viel stärker als feine Linien und Falten ein Gefühl der Verletzlichkeit und der Angst. Wenn die Haut also um Hilfe ruft, sollten Sie darauf reagieren.

ROSACEA – SO SCHAFFEN SIE ABHILFE

Die roten Flecken, die bei Rosacea vor allem auf Wangen und Nase entstehen, können eine starke seelische Belastung für die betroffenen Frauen darstellen. Am häufigsten erkranken Frauen über Dreißig. Der führende Kosmetikdermatologe Prof. Nicolas Lowe** unterteilt die Rosacea in vier Phasen: Das erste Anzeichen ist ein Erröten; danach entstehen akneähnliche Pusteln und Knötchen; schließlich vergrößern sich die Blutgefäße dauerhaft, und zuletzt wird die Nase rot und knollenförmig verdickt (Rhinophym). Bei der Rosacea keratitis können die Pusteln und akneähnlichen Ausschläge Augen und Augenlider befallen.

Die Ursachen der Rosacea sind nicht bekannt, doch weiß man, daß verschiedene Faktoren wie Hormonschwankungen die Erkrankung verschlimmern können. Vor allem Sonnenlicht und Hitze scheinen im Körper chemische Reaktionen zu stimulieren, die bewirken, daß sich die Blutgefäße erweitern. Auch Kaffee, Schokolade, Orangen, Gewürze und Alkohol können Rosacea auslösen.

Camouflage-Make-up kann hier Wunder wirken. Mehrere Hollywoodstars vertrauen auf Secret Camouflage* von Laura Mercier. *(Tips zum Abdecken von Rosacea auf Seite 74.)*

Die Erkrankung wird mit Antibiotika (meist Tetracyclin, das auch über lange Perioden eingenommen werden kann) oder Rosex-Gel (das Dr. Lowe vorzieht) behandelt. Hilft sonst nichts, verschreibt Dr. Lowe eine ganz niedrige Dosis von Roaccutan (nie aber bei Frauen im gebärfähigen Alter).

Rötungen oder geplatzte Äderchen, die nach der Behandlung zurückbleiben, werden mit Laser entfernt. Kathryn Marsden rät zudem, Vitamin B_1 und B_2 zu nehmen und die Haut mit den Notfalltropfen* von Dr. Bach zu beruhigen. Sie schlägt auch vor, eine gute Ernährungsberaterin zu konsultieren, da Verdauungsprobleme nicht auszuschließen sind. Auch gute Praktiker der chinesischen Kräutermedizin erzielen Erfolge bei Hautkrankheiten.

SONNENFLECKEN – SO SCHAFFEN SIE ABHILFE

Viele Frauen sind von Hyperpigmentierung (ein Überbegriff für Sonnen-, Alters- und Leberflecken) betroffen. Laienhaft ausgedrückt entsteht Hyperpigmentierung durch eine Überproduktion von Melanin, wenn die Haut ständig übermäßiger Sonneneinstrahlung ausgesetzt ist. Waren Sie vor dem dreißigsten Geburtstag Sonnenanbeterin, lassen sich Sonnenflecken kaum vermeiden. (Melasma, eine andere Form der Hyperpigmentierung, entsteht durch Schwangerschaft, orale Verhütungsmittel oder Hormonsubstitution.) Im Gesicht kann sich Hyperpigmentierung durch Sommersprossen oder eine diffuse Verfärbung der Haut manifestieren. Nach unserem vierzigsten Geburtstag besteht eine fünfzigprozentige Chance, daß wir auf Händen, Dekolleté oder Füßen zumindest einen Sonnenfleck bekommen. Frauen mit dunklerem Teint sind nach Meinung der Experten gefährdeter als hellhäutige.

Nur ständiger Schutz vor der Sonne kann Sonnenflecken verhindern. Und es ist nie zu spät, um zu beginnen. Heute versucht die Kosmetikindustrie, ein Mittel gegen bestehende Sonnenflecken zu finden. Einige Behandlungen sind jedoch verantwortungslos. So meint Barbara Salamone, Ausbildungbeauftragte der Firma BioElements, daß gefährliche Stoffe wie Quecksilber zum Bleichen der Haut erst seit kurzem verboten sind. „Die Menschen vergifteten sich, weil sie mit ihrer Hautfarbe unzufrieden waren", vermutet sie.

Haben Sie Probleme mit Ihren Sonnenflecken, sollten Sie erst Camouflage-Make-up versuchen (z.B. Secret Camouflage von Laura Mercier*). Auch ungefährlichere Aufhellungscremes mit Wirkstoffen wie Fruchtsäuren (AHS und BHS) können Sonnenflecken heller machen, da die obere Hautschicht entfernt wird und ein Bleichmittel wie Hydroquinon (eine synthetische Chemikalie) die frischen Zellen aufhellt. Vergessen Sie aber nie, daß auch rezeptfreie Aufhellungscremes sehr stark wirken und ***immer*** verwendet werden müssen, damit das Ergebnis von Dauer ist.

Cremes mit einer hohen Dosis an Hydroquinon sind nur beim Hautarzt erhältlich, doch gibt es auch viele rezeptfreie Mittel mit niedrigerer Dosierung. Sie müssen aber die Creme zwei bis drei Monate täglich auftragen, bevor Sie ein Ergebnis sehen. Naomi Lawrence, Lehrbeauftagte für Dermatologie an der Fakultät für Medizin und Zahnheilkunde in New Jersey, rät, die Cremes vor einem Vergrößerungsspiegel mit einem Wattestäbchen aufzutragen, um die umgebende Haut nicht zu bleichen.

Hydroquinon hat auch Nachteile. Dr. Daniel Maes von Estée Lauder formuliert es drastisch: „Es tötet die Hautzellen." Lydia Sarfati, die Geschäftsführerin und Gründerin von Repêchage Skin Care, meint, daß Hydroquinon die Haut angreift und für das Gesicht zu „aggressiv" ist. Zwar hat die strenge amerikanische Gesundheitsbehörde das Mittel für Kosmetika freigegeben, doch lassen neue Studien darauf schließen, daß große Mengen an Hydroquinon bei Ratten Krebs verursachen. Vergessen Sie nie, daß ein Teil der Cremes in den Blutkreislauf eindringt und deshalb Vorsicht angebracht ist.

Einige Hautexperten sind heute von einem anderen, sanfteren Aufhellungsmittel aus dem Orient begeistert: Der Kojicsäure aus Pilzen. Dieser Wirkstoff kann bedenkenlos verwendet werden. Laut Jan Marini, der Besitzerin der gleichnamigen Pflegelinie, hellt es dunkle Flecken auf, ohne die normale Haut zu bleichen. Kojicsäure hilft auch gegen Überpigmentierung durch Akne. Wir empfehlen aber, jede Aufhellungscreme auf der Innenseite des Arms zu testen und vierundzwanzig Stunden auf Jucken, Brennen oder Hautreizungen zu prüfen, bevor Sie sie im Gesicht anwenden.

Heute sind verwirrenderweise sehr viele Produkte auf dem Markt, die „weiß machen" oder „aufhellen". Sie sollen aber die Haut nicht bleichen, sondern durchscheinender und strahlender machen. (Die meisten enthalten Vitamin-C-Derivate oder Extrakte aus der Schaf- oder Kuhplazenta.) Wenn Sie Sonnenflecken aufhellen wollen, verwechseln Sie diese Produkte nicht!

Leider wirken diese Produkte nur, solange sie verwendet werden. Und denken Sie daran: Benützen Sie diese Cremes, müssen Sie täglich in Räumen ebenso wie im Freien Sonnenschutz mit Faktor 15 oder mehr verwenden, da die Haut lichtempfindlich wird. Ist aufgehellte Haut der Sonne ausgesetzt, produziert sie vermehrt Melanin und somit unter Umständen noch mehr Sonnenflecken. (Professor Nicholas Lowe meint, daß dies auch für geschlossene Räume gilt: „Tragen Sie nicht täglich Sonnenschutz auf, wird die Haut dunkler, auch wenn das Sonnenlicht nur durch Glas scheint.")

Retin-A und Retinova können ebenso Sonnenflecken mindern wie chemisches Peeling und eine Laserbehandlung *(siehe Seite 30 und 145)*. Denken Sie aber daran, daß die Sonnenflecken wieder auftreten werden, sobald Sie sich der Sonnenbestrahlung aussetzen.

Wir würden auch raten, daß Sie sich selbst besser akzeptieren lernen. Uns gefällt die Philosophie, die Barbara Salamone von BioElements vertritt: „Erfreuen Sie sich an Ihren Sommersprossen", sagt sie. „Lieben Sie die Haut, in der Sie stecken."

EMPFINDLICHE HAUT – SO SCHAFFEN SIE ABHILFE

63 Prozent aller Frauen meinen, daß sie empfindliche Haut haben. Und oft wird dieses Problem mit zunehmendem Alter noch schlimmer, da die Haut Schadstoffe schlechter abwehren und weniger Feuchtigkeit speichern kann. Dafür sind drei Faktoren verantwortlich: Auf der Haut entstehen kleine Risse, die Reizstoffe aufnehmen können; die Haut wird durch Sonne und/oder Alter dünner; zudem wird die Haut mit fortschreitendem Alter trockener.

Empfindliche Haut reagiert laut Dr. Daniel Maes** mit etwa vierzig bis fünfzig Jahren stärker, da sie dünner und überdies den hormonellen Veränderungen der Menopause ausgesetzt ist. Diese Probleme lösen sich nicht, nur weil wir mit zunehmendem Alter immer mehr und stärkere Produkte verwenden, um die Haut mit allem zu versorgen, was sie verliert: ultrareiche Nachtcremes, stark wirkende Peelings, Fruchtsäuren und Reiniger sowie eine ganze Reihe von speziellen Mitteln, die die Hautalterung von Kopf bis Fuß verlangsamen sollen.

Zwar glauben wir, daß ein Mehr an Feuchtigkeitspflege tatsächlich besser ist, doch zeigen Studien, daß eine durchschnittliche amerikanische Frau in den besten Jahren täglich fünfzehn bis zwanzig Hautpflegemittel verwendet, die nicht weniger als zweihundert verschiedene Chemikalien enthalten. Die durchschnittliche deutsche Frau steht wohl um nicht viel nach. Und die Manhattaner Dermatologin Dr. Debra Jaliman bemerkt: „Kommt die Haut mit so vielen Chemikalien in Kontakt, reagiert sie leicht gereizt."

Die Haut wird empfindlich, wenn ihre Schutzfunktion gestört ist; Schutz ist die Hauptaufgabe der abgestorbenen Zellen und Lipide (fetthaltige, feuchtigkeitsspendende, natürliche Bestandteile der Haut), die außen an der Haut haften. Durch aggressive Reiniger, übermäßiges Peeling oder zu wenig Feuchtigkeitspflege entstehen winzige Risse in dieser Schutzschicht, die mit dem freien Auge nicht sichtbar sind, doch Reizstoffe in die Oberhaut eindringen lassen.

Leider glauben die Wissenschaftler heute, daß empfindliche Haut schneller altert. Trifft sie auf einen Reizstoff, findet zweierlei statt. Eine Auswirkung ist sofort zu bemerken: Die Haut juckt, brennt, sticht und wird rot; eine weitere Auswirkung kann vorerst noch verborgen bleiben. Versucht sich der Körper selbst zu schützen, setzt er Substanzen frei, die das Collagen und Elastin, diese unerläßlichen Proteine zum Schutz der Haut, zerstören. Die neuen Wirkstoffe gegen Falten, die von Hautärzten und einigen Kosmetikfirmen bei Anti-ageing-Produkten eingesetzt werden (und Entzündungen auslösen) können die Empfindlichkeit der Haut noch erhöhen und empfänglicher für diverse Schadstoffe wie etwa UV-Strahlen und Zigarettenrauch machen.

Der Silberstreif am Horizont ist laut Dr. Maes, daß die Haut nach der Menopause oft widerstandsfähiger wird. Vermeiden Sie in der Zwischenzeit aggressive Hautpflege, schützen Sie die Haut vor Reizstoffen und künftigen Schäden; und lassen Sie bei Anti-ageing-Produkten nach Möglichkeit Vorsicht walten.

Checkliste bei empfindlicher Haut

- Verwenden Sie möglichst wenige Produkte und vermeiden Sie Peelings und AHS-Cremes, die die Schutzfunktion der Haut schädigen.
- Meiden Sie die Sonne, damit die Chemikalien in den Pflegeprodukten möglichst nicht mit den Sonnenstrahlen reagieren können.
- Verwenden Sie duftfreie, hypoallergene Produkte (auch wenn sie keine Garantie für das Vermeiden einer allergischen Reaktion sind).
- Schützen Sie die Haut mit SF 15 (Achten Sie bei den Inhaltsstoffen auf das Wort Titandioxid).
- Wenn Sie sehr empfindliche Haut haben, sollten Sie immer die Produkte vor Verwendung auf der Innenseite des Armes oder hinter dem Ohr testen. Vorsicht bei Jucken, Brennen, Rötungen oder Hitzeempfindungen.
- Wechseln Sie nie die gesamte Hautpflege auf einmal. Führen Sie neue Produkte einzeln ein, um allergische Reaktionen zu erkennen.
- Betreiben Sie Sport und ernähren Sie sich gesund. Es ist möglich, daß die Haut durch die verbesserte Immunabwehr ebenfalls widerstandsfähiger wird.

GESICHTSBEHAARUNG – SO SCHAFFEN SIE ABHILFE

Leben Sie in Angst, zu einer bärtigen alten Frau zu werden? Wir auch. Eine der grausamen Tatsachen des Lebens ist, daß die Gesichtsbehaarung mit der Menopause zu sprießen beginnt. Sogar Frauen, die nie ein Haarproblem hatten, bemerken nun einen Flaum auf der Oberlippe. Und einzelne, drahtige Haare drängen an die Oberfläche.

Weshalb? „Der Haarwuchs ist meist hormonell bedingt und die Haarlänge vorherbestimmt", erklärt Dr. Andrew Markey*. „Während der Menopause setzt dieser Mechanismus bei manchen Haaren aus, so daß sie länger werden." (Ärgerlicherweise ist der Haarwuchs im Gesicht oft indirekt proportional zu den Kopfhaaren.)

Einzelne Haare können mit einer guten Pinzette ausgezupft werden. (Wir schwören auf die Pinzetten von Tweezerman und Rubis.) Sehen Sie die Haare selbst nicht, bitten Sie Ihre beste Freundin oder eine vertraute Kosmetikerin, Sie darauf aufmerksam zu machen.

Methoden der Haarentfernung:
Bleichen: Jolen Cream Bleach ist das wirksamste Mittel zur Selbsthilfe. Allerdings können wasserstoffhaltige Produkte empfindliche Haut reizen.
Epilieren: Die Cremes jucken meist stark und riechen seltsam, doch wurde diesen Problemen in neuen Formeln durch beruhigende Zusätze und Duftstoffe begegnet. Auch diese Produkte können sehr empfindliche Haut reizen und sollten vorab getestet werden. Verwenden Sie nur spezielle Mittel gegen Gesichtsbehaarung. Die Haut bleibt etwa zwei Wochen lang glatt.
Wachsen: Salon- und Heimbehandlung macht die Haut länger glatt. Feine Härchen erscheinen nach zwei Wochen, dickere nach vier bis sechs Wochen. Allerdings können nur Haare mit mindestens einem halben bis einem Zentimeter Länge gewachst werden.
Threading: Zwei verschlungene Fäden gleiten über die Haut und reißen die Haare an der Wurzel aus. Schmerzvoll! Nur in wenigen Schönheitssalons durchführbar. Hält so lange wie Auszupfen.
Elektrolyse: Feine Nadeln leiten ganz schwachen Diathermiestrom, der die Haare zerstören soll. Diese Behandlung ist sehr schmerzhaft, und da bis zu 30 Prozent der Haare nicht auf die erste Behandlung ansprechen, sind mehrere Wiederholungen nötig. Die Sitzungen dauern je nach Größe der behandelten Fläche, der Anzahl der Follikel und der vorherigen Behandlungen unterschiedlich lange. Haben Sie erst vor kurzem die Zone gewachst oder gezupft, dauert es länger. Suchen Sie nur qualifizierte Elektrolyse-Spezialisten auf. Es können Narben entstehen, wenn die Behandlung schlecht durchgeführt wird. Die Follikel können auch durch galvanische Epilation oder transdermale Elektrolyse zerstört werden. Bei letzterer Behandlung wird der Strom mittels Sonde und ionisiertem Gel (anstatt einer Nadel) durch die Haut zu den Follikeln geleitet. Angeblich beugt diese Methode Schwellungen, Verletzungen, Krätze und Narben vor, doch wird sie erst sehr eingeschränkt angeboten. Bei allen Formen der elektrischen Enthaarung sind rote Punkte nicht auszuschließen, die erst nach einigen Tagen abklingen.
Epil-Pro*: Eine neue, sehr erfolgreiche Technik. Hier fassen Pinzetten das Haar und senden tausende Schallwellen in einem Sekundenbruchteil hindurch. Minimale Schmerzen, Reizungen und Gewebeschäden.
Laserenthaarung: Heute sind verschiedene Laserarten in Verwendung, darunter der Ruby Laser (den Prof. Nicolas Lowe verwendet), PhotoDerm und Softlight, der erste Laser, der in den USA von der Gesundheitsbehörde zur Enthaarung konzessioniert wurde. Die besten Ergebnisse erzielen Frauen mit dunklen, groben Haaren und blasser Haut mit Ruby und PhotoDerm; graue, weiße, helle und feine Haare haben zu wenig Pigmente für den Laser. Farbige Frauen sollten auf eine Laserbehandlung überhaupt verzichten, da sich ihre Pigmentierung verändern könnte, doch behauptet SoftLight, das Melanin nicht anzugreifen und daher für alle Hauttypen geeignet zu sein.

Prof. Lowe rät aber zu Vorsicht. „Man kann nach eintägiger Schulung Laserbehandlungen durchführen. Es gibt praktisch keine Studien über die Langzeitwirkung, und die Enthaarung ist nicht dauerhaft, da 30 Prozent der Haare wieder nachwachsen.

Befolgen Sie bei einer Heimbehandlung immer die Gebrauchsanweisung. Haben Sie Zweifel, bitten Sie Ihren Arzt um Überweisung zu einem guten Dermatologen.

Sieg über den Faltenteufel

Die meisten Raucherinnen wissen, wie gesundheitsschädlich ihre Sucht für sie ist. Rauchen kann schwere Krankheiten auslösen; es ist ein teures „Vergnügen"; und der Schönheit ist es überhaupt abträglich, da es fast so viele Falten verursacht wie die Sonnenbestrahlung.

TATSACHEN, DIE RAUCHERINNEN WISSEN MÜSSEN

- Rauchen erhöht die Gefahr von Lungenkrebs, Brustkrebs, Lungenentzündung, Magenkrebs, Speiseröhrenkrebs, myeloischer Leukämie, Arteriosklerose (Verstopfung der Arterien) und Osteoporose.
- Experten schätzen, daß mehr Menschen an den Folgen des Rauchens sterben als in beiden Weltkriegen zusammen umkamen.
- Jede Stunde sterben fünf Frauen an den Folgen des Rauchens; das entspricht einer Frau alle zwölf Minuten und 42.500 Frauen pro Jahr.
- Frauen, die über zwanzig Zigaretten pro Tag rauchen, haben ein viermal höheres Brustkrebsrisiko.
- Zukünftig werden mehr Frauen an Lungenkrebs als an Brustkrebs sterben.

Zwar möchten die meisten Raucherinnen ihrer Sucht ein Ende setzen, doch macht Nikotin ebenso süchtig wie Kokain oder Heroin. Die meisten Menschen sind bereits nach wenigen Wochen körperlich von Nikotin abhängig. Das Nikotin dringt innerhalb von sieben Sekunden in das Gehirn ein, doch verläßt es den Körper noch rascher, so daß Raucher mit einer Vielzahl von Zügen pro Tag kompensieren.

Nikotin macht Raucher physisch und psychisch abhängig. Es hilft gegen Unbill des Alltags, putscht auf oder beruhigt. Zudem gibt es unsicheren Menschen ein Gefühl der Sicherheit. „Die Zigarette war ein geistiges Schutzschild vor einer furchterregenden Welt, obwohl ich natürlich wußte, daß sie nur aus einer Handvoll getrockneter Blätter in einer Papierhülle bestand", erklärte uns eine ehemalige Raucherin.

Experten meinen, daß man leicht zu rauchen aufhören kann, sobald man weiß, daß das Gehirn das Rauchen auf zwei Ebenen begreift, die völlig widersprüchlich sein können. Obwohl das Bewußtsein weiß und versteht, wie schädlich das Rauchen ist, kann das mächtige Unterbewußtsein (das von der Tabakwerbung angesprochen wird), die besten Absichten zunichte machen. Mit der Unterstützung der Werbeindustrie und natürlich dem Beispiel anderer Raucher (von Eltern über Freunde und Vorbilder), kann es Ihnen suggerieren, daß Rauchen doch nicht so schlecht ist. Natürlich brauchen Sie die Zigaretten – zum Entspannen, Abnehmen und in Gesellschaft. Und gewiß werden Sie aufhören. Irgendwann.

Aufhören ist in den seltensten Fällen einfach, aber es ist möglich. (Sarah rauchte drei bis vier Packungen pro Tag, hörte aber vor fünfzehn Jahren auf, ohne dabei zuzunehmen.)

Gleichgültig wie verführerisch Zigaretten sind, sie beeinträchtigen Gesundheit, glatte Haut und Wohlbefinden. Sagen Sie Ihnen den Kampf an.

SO SCHAFFEN SIE DEN AUSSTIEG

1. Setzen Sie sich einen Termin und konzentrieren Sie sich voll auf das Abgewöhnen. Diese Methode scheint die Entzugserscheinungen zu verstärken – wählen Sie den Termin deshalb klug.
2. Prägen Sie sich die Argumente ein, warum Sie aufhören möchten, schreiben Sie sie nieder und nehmen Sie sie auf Band auf. Spielen Sie sich die Aufnahme vor, wenn Sie Lust auf eine Zigarette bekommen. Gestehen Sie sich Ihre wahre Ansicht über Zigaretten ein und fragen Sie sich, ob Aufhören sinnvoll ist.
3. Listen Sie die Vorteile auf: etwa gesündere Haut, kein Raucherhusten, weniger Ausgaben für Kleiderreinigung, frischerer Atem, keine Probleme mit nichtrauchenden Freunden, nie wieder Zigarettenkauf am frühen Morgen oder späten Abend.
4. Führen Sie ein Rauchertagebuch, um herauszufinden, wann Sie Lust auf eine Zigarette haben (z.B.: in der Kaffeepause, beim Telefonieren, nach dem Essen, bei Auseinandersetzungen), und meiden Sie diese Anlässe. (Später können Sie Ihre Standfestigkeit testen, indem Sie sich bewußt diesen Schlüsselsituationen aussetzen.)
5. Können Sie die Schlüsselsituationen nicht vermeiden, planen Sie Ablenkungsmanöver wie Fruchtsäfte (Zigaretten schmecken danach grauenhaft) oder Sport und setzen Sie sich in Nichtraucherzonen.
6. Beschäftigen Sie Ihre Finger mit Holzperlen, Gobelins oder Managerspielzeug.
7. Erzählen Sie Familie, Freunden und Kollegen, daß Sie zu Rauchen aufhören, und bitten Sie um Lob, wenn Sie einen Tag, eine Woche oder einen Monat nicht geraucht haben.
8. Treten Sie einer Selbsthilfegruppe bei, wo Sie Ihre Erfahrungen mit Gleichgesinnten austauschen können.
9. Fragen Sie Ihren Arzt, Therapeuten oder Apotheker nach Nikotinersatztherapie (Pflaster, Kaugummi, Inhalatoren oder Nasenspray). Diese Mittel können nicht motivieren, sehr wohl aber helfen. Aber nur im Notfall verwenden, da sie Nikotin enthalten.
10. Versuchen Sie therapeutische Maßnahmen wie Hypnose, kognitive Verhaltenstherapie und Akupunktur.

Entfernen Sie an dem Abend, bevor Sie zu rauchen aufhören, sämtliche Zigaretten, Aschenbecher und Feuerzeuge. (Zünden Sie Duftkerzen mit einem Streichholz an.)

Die gute Nachricht zur Nikotinentwöhnung

- **Nach 48 Stunden werden Geschmacksknospen und Geruchssinn stärker. Speisen, Wein und Lieblingsduft bieten ein unerwartetes Vergnügen.**
- **Nach 72 Stunden atmen Sie leichter – pfeifender Atem verschwindet, und die Energie steigt in ungeahnte Höhen.**
- **Nach zwei bis zwölf Wochen funktioniert der Kreislauf besser. Gehen und Laufen erfordern weniger Anstrengung.**
- **Nach einem Jahr ist die Gefahr einer Herzerkrankung nur halb so groß.**
- **Nach zehn Jahren ist das Risiko, an (oft tödlichem) Lungenkrebs zu erkranken, um 30 bis 50 Prozent gesunken.**

TIP

Leiden Sie sehr stark, wenn Sie zu rauchen aufhören, versuchen Sie es mit einem Antistreßmittel wie den Notfalltropfen von Dr. Bach, rät Robert Brynin, der Leiter der britischen National Health Association, einer medizinischen Forschungseinrichtung, die in ganz Großbritannien Zentren zur Raucherentwöhnung leitet.

AUFHÖREN

1. Hören Sie an Ihrem Stichtag völlig auf. Die Erfolgschancen sind zehnmal größer, wenn Sie ganz aufhören.
2. Nehmen Sie viel Flüssigkeit in Form von Wasser und Fruchtsäften zu sich, um die Toxine auszuscheiden.
3. Vergessen Sie nicht, daß Sie immer nur für einen Tag aufhören. Sie müssen nur bis Mitternacht durchhalten. Haben Sie Lust auf eine Zigarette, reden Sie sich ein, daß Sie am nächsten Tag ein ganzes Paket rauchen können. Hören Sie sich dann die Kassette an.
4. Erleiden Sie einen Rückfall, machen Sie sich nichts daraus. Nehmen Sie den Rückfall als Lehre, fragen Sie sich: Warum habe ich geraucht? Was habe ich gedacht? Was kann ich anders machen? Eine Zigarette bedeutet nicht, daß Sie wieder rauchen. Lüften Sie das Zimmer, ziehen Sie sich um und hören Sie sich Ihr Tonband an.
5. Freuen Sie sich nach jedem rauchfreien Tag, daß Sie sich auf dem Weg zu einem gesünderen Leben, einer dickeren Geldbörse und einem glatteren, frischeren Gesicht befinden.

Glossar

Nur für fortgeschrittene Leserinnen! Wollen Sie nur wissen, welche Cremes die beste Bewertung erhielten, blättern Sie weiter. Doch scheinen jede Woche neue Wundermittel auf den Markt zu kommen. Will man diese verstehen, ist mehr als nur das tiefe Verlangen nach weniger Falten erforderlich. Manchmal hat man das Gefühl, ein naturwissenschaftliches Studium (und viel Humor) zu brauchen. Für alle, die Etiketten lesen und so fasziniert wie wir von den neuen Wirkstoffen in der Kosmetikindustrie sind, haben wir eine Liste mit den wichtigsten Stoffen verfaßt.

AHS (Alpha-Hydroxy-Säuren): Zu diesen Inhaltsstoffen der Hautcremes zählen Milch-, Zitrus- Apfel-, Glykol- und Weinsäure. Sie bringen die Haut zum Strahlen, da sie die Hautbindung lockern, abgestorbene Zellen lösen und die Hauterneuerung beschleunigen. Da es sich um Säuren handelt, sind sie für empfindliche Haut oft zu stark. *(Mehr über AHS finden Sie auf Seite 34.)*

Antioxidanzien: *(Auf Seite 13 finden Sie alles über Antioxidanzien.)*

BHA (Beta-Hydroxy-Säuren): Sie sind nahe Verwandte der AHS und bringen die Haut durch Peeling zum Strahlen. Viele Dermatologen meinen, daß sie sanfter als die AHS sind.

Blaues Kupfer: Bisher dominierten die Vitamine die Hautpflege, doch verwenden viele Dermatologen bereits Mineralstoffe. Als erste Firma setzte Osmotics blaues Kupfer (in einer Feuchtigkeitspflege desselben Namens) ein. Das Mineral schützt vor Schädigung durch Freie Radikale, da es ein antioxidierendes Hautenzym namens Superoxiddismutase freisetzt. Blaues Kupfer scheint auch die Collagenproduktion zu steigern und wird in Krankenhäusern zur Wundheilung eingesetzt.

Ceramide: Diese Lipide, die im Labor nach natürlichen Vorlagen hergestellt werden (und manchmal gentechnisch verändert sind), speichern die Feuchtigkeit in der Haut und sind ein wertvolles Mittel gegen die Hautalterung.

Collagen: Es wäre toll, wenn man einfach Collagen auf die Haut streichen könnte, um sie zu pflegen. Leider funktioniert das nicht so: Eine Collagencreme erhöht den Collagengehalt der Haut nicht. Doch da Collagen Wasser in die Haut leitet, ist es ein äußerst wirksamer Feuchtigkeitsspender.

Elastin: Wie Collagen ist auch Elastin ein wesentlicher Bestandteil des Bindegewebes. Ist es in einer Hautcreme enthalten, kann es wichtige Feuchtigkeit in die Haut binden, nicht aber ihren natürlichen Elastingehalt erhöhen.

Emuöl: Diese Substanz ist reich an Collagen, Linol- und Ölsäure und wird von den australischen Aborigines bereits seit Jahrhunderten verwendet. Jetzt wurde es als Wirkstoff zur Hautverjüngung entdeckt. Studien an Tieren, die an der medizinischen Fakultät der Universität Boston durchgeführt wurden, ergaben, daß die Hautproduktion durch das Öl um 20 Prozent, die Haarproduktion um 80 Prozent zunahm. Laut Michael Horlick, Professor für Medizin, Physiologie und Dermatologie an der Bostoner Universität, ist dies der erste schlüssige Hinweis darauf, daß das Öl die Haut- und Haarproduktion stimulieren kann. Da sich die Hautzellen viel rascher erneuerten, wurde die Haut dicker und die Haarfollikel wurden robuster.

Enzyme: Bei Waschpulver und Kontaktlinsenreinigern sollen Enzyme Schmutz und Öl lösen. Der menschliche Körper verfügt über Tausende dieser Proteine, die die Verdauung anregen und den Fettmetabolismus steuern. Vor kurzem entdeckte auch die Schönheitsindustrie, was die Enzyme in der Haut bewirken können. In einigen Produkten sind bereits pflanzliche Enzyme aus der Papaya (Papain) und der Ananas (Bromelin) enthalten, die die Haut peelen und zum Strahlen bringen. Andere Cremes sind so aufgebaut, daß sie die Enzymtätigkeit anregen. Heute sind in vielen Pflegeprodukten Enyzmaktivatoren enthalten, die die Produktion „schlechter" Enzyme wie Collagenase und Elastase unterdrücken, die das Collagen und das Elastin schädigen. David Adhoot, technischer Direktor von D-D Chemi-co, die Rohstoffe an die Kosmetikindustrie liefern, meint: „Der nächste große Trend wird die Enzymmanipulation sein. Hier liegt ein riesiges Potential, das von Hautstraffung über Abnehmen bis hin zum Schutz der Haut reicht."

Befeuchtungsmittel: Wertvolle Inhaltsstoffe in Feuchtigkeitscremes oder Gesichtssprays, die Feuchtigkeit aus der Luft an die Hautoberfläche binden. Weit verbreitete Wirkstoffe sind Glyzerin, Sorbitol, Squalen und Urea (ja, tatsächlich Harnstoff).

Liposome: „Raketen" aus der High-Tech-Hautpflege, die in die Oberhaut abgeschossen werden, wo sie ihre feuchtigkeitsspendende Last abladen. Sie verfügen über eine größere Tiefenwirkung als andere Stoffe und helfen daher, die Löcher im Interzellularzement auszufüllen.

Lykopen: Dieses Antioxidans, das sich heute großer Beliebtheit erfreut, bekämpft die Freien Radikale besonders wirkungsvoll und wird aus Tomaten, rosa Grapefruit, roter Guave, Wassermelonen und der Schale roter Trauben gewonnen. Eine Studie läßt darauf schließen, daß Lykopenmangel Veränderungen der Haut wie Akne und Dermitis auslöst. Die Wirkung von Lykopen entdeckten europäische Apotheker, die herausfanden, daß ungarische Mädchen, die sich Gesicht und Körper mit Tomatenmus einrieben, strahlend schöne Haut bekamen. Die Kosmetikindustrie entdeckte aber erst vor kurzem, daß Lykopen eine Waffe im Kampf gegen Sonnenschäden ist.

Milchproteine: Über diese Wirkstoffe aus der Milch werden wir noch mehr hören. Man entdeckte, daß Milchproteine die Haut geschmeidig und straff machen und vor Reizungen schützen. (Diese Eigenschaft ist den Dermatologen heilig, da viele grundsätzlich wirksame Stoffe Ausschläge, Rötungen oder Reizungen auslösen.)

Nanosphären: Ein Phantasiename für winzige, runde Partikel.

Sauerstoff: Wird Sauerstoff zum nächsten großen Retter unserer Haut? Wir sagen nur: Halten Sie nicht den Atem an! *(Auf Seite 36 finden Sie mehr Informationen zu Sauerstoffcremes.)*

pH: Dieser Begriff, der auf vielen Packungen zu finden ist, bezeichnet den Säuregehalt eines Produkts. Die Haut ist mit einem pH-Wert von 4,5 bis 5,5 leicht sauer. Dieses Gleichgewicht kann durch Seife (die zu alkalisch ist) und einige Kosmetika, die nicht pH-neutral sind, gestört werden. Das Ergebnis sind Irritationen der Haut. Wenn ein Erzeugnis als „pH-neutral" bezeichnet wird, eignet es sich meist für empfindliche Haut.

Poly-Hydroxy-Säure (alias Glukonolakton oder G4): Ein weiteres Mitglied aus der Familie der Fruchtsäuren, das erst vor kurzem von Eugene Van Scott vorgestellt wurde, der auch bereits das Patent für die AHS besitzt. Der Wissenschaftler meint, daß dieser Wirkstoff sogar für Menschen geeignet ist, die unter Rosacea oder Neurodermitis leiden (und andere Säuren nur sehr schlecht vertragen). Da das Molekül kleiner als ein AHS-Molekül ist, wird es langsamer von der Haut absorbiert und kann daher weniger leicht kribbeln oder brennen. (Sobald sich das Molekül in der Haut befindet, wird es in eine Säure umgewandelt, die die abgestorbenen Zellen von der Hautoberfläche löst. Deshalb bringt es die Haut zum Strahlen.)

Proanthozyanidine (Traubenkernextrakt, Kiefernrindenextrakt, Blaubeerextrakt): Diese hochwirksamen Antioxidanzien *(siehe Seite 13)* verursachen große Aufregung in der Kosmetikindustrie. Französische Forscher versuchten bereits in den 50er Jahren, die Proanthozyanidine zu isolieren, nachdem sie ein vierhundert Jahre altes Mittel gegen Skorbut entdeckt hatten. Damals war es einer Gruppe von gestrandeten Forschern, denen die Nahrungsmittel ausgegangen waren, gelungen, Skorbut mit einem Tee aus Kiefernnadeln und -rinde zu bekämpfen. Werden diese Antioxidanzien auf die Haut aufgetragen, neutralisieren sie Freie Radikale. Wirkstoffe der Cremes der Zukunft.

Pyknogenol: Dieser Extrakt aus französischer Pinienrinde enthält Antioxidanzien, die Freie Radikale neutralisieren. Werden die Körperzellen nicht angegriffen, bleiben Collagen und Elastin bestehen. Stärkung der Kapillaren.

Retinyle/Retinole: Diese Wirkstoffe auf der Basis von Vitamin A werden heute bereits in vielen Anti-ageing-Produkten eingesetzt. *(Detailliertere Informationen finden Sie auf Seite 32).* Sie können die Haut zum Strahlen bringen und geschmeidig machen.

Salicylsäure: Diese Beta-Hydroxy-Säure (BHS) wurde erstmals im Jahr 1860 synthetisch für schmerzlindernde Mittel hergestellt. Später wurde die Säure in Warzencremes eingesetzt, und in den 80er Jahren fand sie Eingang in die Anti-ageing-Pflege.

Tee: (schwarzer und grüner Tee) Tee enthält vor allem Polyphenolsäure, die Freie Radiale auf der Haut hochwirksam bekämpft. Deshalb wird heute auch Tee zu der langen Reihe von Antioxidanzien gezählt, die in der High-Tech-Hautpflege Anwendung finden. Erste Studien haben gezeigt, daß Extrakte von schwarzem oder grünem Tee, die eingenommen oder auf die Haut aufgetragen werden, gegen Sonnenbrand und Hautkrebs durch UV-Strahlung schützen können. Gegenwärtig versuchen die Wissenschaftler herauszufinden, welche Mechanismen diesen Schutz gewährleisten. Da grüner Tee auch eine beruhigende Wirkung für die Haut hat, wird er komplementär zu Reizstoffen eingesetzt.

Jung durch Make-up

„Bevor sich Frauen für eine Schönheitsoperation entscheiden, sollten sie erst alle Möglichkeiten ausschöpfen, die Make-up bietet. Lassen Sie sich schminken, spielen Sie mit Farben, erlernen Sie die Techniken, die Ihre positiven Seiten hervorheben. Wenn Sie ein paar Mark mehr für Make-up und eine neue Frisur ausgeben, können Sie Tausende für ein Gesichtslifting sparen.

DR. ANDREW MARKEY, PRIMARARZT DER ABTEILUNG FÜR HAUTCHIRURGIE UND LASERBEHANDLUNG AM ST. JOHN'S INSTITUTE FOR DERMATOLOGY, LONDON

GRUNDKURS MAKE-UP

Wir baten die führenden Visagisten der Welt, ihre Geheimnisse für makelloses Make-up preiszugeben. Denn tadellose Haut ist nicht nur das Vorrecht von Teenagern.

Bei älteren Gesichtern sind sich die meisten Visagisten über die Grundregeln einig: Weniger ist mehr. „Make-up ist kein Gips", meint Kevyn Aucoin. „Es kann keine Fältchen und Falten auffüllen. Tatsächlich decken Sie Lachfältchen nicht ab, wenn Sie Make-up, Abdeckcreme und Puder auftragen, sondern machen sie noch deutlicher.

Dennoch können Grundierung und Puder das Gesicht in wenigen Sekunden straffen. „Wenn Sie ein Produkt suchen, das ältere Frauen wirklich jünger machen kann, so bietet Make-up die Antwort", meint Trish McEvoy. „Die Haut wird mit zunehmendem Alter ungleichmäßiger. Perfekt aufgetragenes Make-up macht den Teint gleichmäßiger, und Sie sehen jünger und frischer aus."

SCHRITT FÜR SCHRITT ZU EINEM MAKELLOSEN MAKE-UP

Alle Profis sind sich einig, daß einem interessanten Gesicht ein perfekt aufgetragenes Make-up zugrunde liegt. Hier erfahren Sie ihre Geheimnisse.

1 Tragen Sie Make-up nie mit schmutzigen Händen auf, wenn Sie nicht Schmutz und Keime verteilen wollen.

2 Tragen Sie Make-up erst zehn Minuten nach der Feuchtigkeitspflege auf, damit es nicht zu schnell einzieht. (Eine Ausnahme ist eine fettfreie Grundierung, die direkt über die Feuchtigkeitscreme aufgetragen werden kann.)

3 Die goldene Regel ist, genau die richtige Farbe zu finden und sie dort aufzutragen, wo sie am dringendsten erforderlich ist *(siehe „Der perfekte Farbton" auf Seite 72)*. Sie benötigen nie Make-up vom Haaransatz bis zum Kinn. Laut Laura Mercier sollte man auf älterer Haut immer nur Schatten, dunkle Flecken und geplatzte Äderchen abdecken. Besonders gefährdet sind: der innere Augenbereich neben dem Nasenbein (den die meisten Frauen übersehen), der innere Halbkreis unter dem Auge, die geplatzten Äderchen auf beiden Seiten der Nase, der Bereich direkt unter den Mundwinkeln, wo sich bei manchen Frauen Schatten bilden. Dies sind die wichtigsten Stellen, an denen das Make-up die Haut sofort jünger aussehen läßt. Es gilt immer die Regel, dunkle Stellen aufzuhellen. (Meist benötigen Sie *keine* Grundierung über den Lachfältchen am äußeren Augenwinkel und am oberen Wangenbereich. „Eine Grundierung oder Abdeckcreme soll Verfärbungen verbergen, und Lachfältchen sind normalerweise nicht verfärbt", meint Laura Mercier.) Mary Greenwell rät, dunkle Ringe aufzuhellen, ohne sie aber vollständig abzudecken. „Ich denke, daß das Gesicht seinen Charakter verliert, wenn man die dunklen Ringe völlig abdeckt, und dann eher einer Maske gleicht."

4 Trish McEvoy schwört auf ein Wattestäbchen zum Auftragen der Grundierung. (Sie stellt Stäbchen mit besonders langem Stiel her*, mit denen man leicht den Boden einer Flasche erreicht.) Mit den Stäbchen gelingt es einfacher, das Make-up in genau der richtigen Menge auf den richtigen Stellen aufzutragen. Wollen Sie die Grundierung mit dem Finger auftragen, gelingt es kaum, richtig zu portionieren.

5 Verwischen Sie das Make-up mit den Fingern oder einem leicht angefeuchteten Kosmetikschwämmchen (erhältlich in Kosmetikläden und in den Kosmetikabteilungen der Kaufhäuser). Viele Visagisten arbeiten lieber mit den Fingern, da sich das Make-up bei der Arbeit erwärmt. „Wenn Sie ein Schwämmchen verwenden, sollten Sie das Produkt erst einziehen lassen, bevor Sie es auf das Gesicht auftragen, damit das Ergebnis gleichmäßig wird", rät Laura Mercier. „Tragen Sie das Make-up auch auf die Augenlider auf, da hier mit zunehmendem Alter blaue Venen sichtbar werden", meint Trish McEvoy. Das Make-up soll einen möglichst glatten Untergrund für den Lidschatten schaffen.

6 Müssen Sie einige Stellen noch zusätzlich abdecken, können Sie entweder mehr Make-up auftragen oder ein Abdeckprodukt verwenden. „Denken Sie in Schichten, wenn Sie Make-up verwenden", rät Laura Mercier. „Sie wollen nicht eine dicke Schicht auf das ganze Gesicht auftragen, sondern dort mehr verwenden, wo es nötig ist." Viele Visagisten tragen das Abdeckprodukt mit einem Pinsel auf und tupfen es dann mit den Fingern ein, damit sich die Creme erwärmt und mit der Haut verschmilzt. „Streichen Sie Abdeckcreme mit dem Finger auf, können Sie die Grundierung verwischen", erklärt Trish McEvoy.

7 Die Grundierung soll so mit der Haut verschmelzen, daß man keine Ränder sieht. „Der größte Fehler ist, die Ränder nicht richtig zu verwischen", meint Mary Greenwell. „Schminken Sie sich bei möglichst gutem Licht und machen Sie die Ränder unsichtbar. Ich ziehe Tageslicht bei einem Fenster vor. Ein Vergrößerungsspiegel hilft, wenn Sie schlecht sehen." (Schminken Sie sich in dem kältesten Licht, das Sie zur Verfügung haben. Sehen Sie hier gut aus, sehen Sie überall fabelhaft aus.)

Haben Sie einmal Puder aufgetragen, ist das Make-up „unverwischbar".

8 Die meisten Visagisten, die wir kennen, tragen den Puder mit einer Velourquaste auf. Mit einem Pinsel erhält man leicht zuviel Puder, dessen feines Pulver sich in den Fältchen ablagert. Viele Visagisten von M.A.C. bis zu Trish McEvoy, Bobbi Brown und Vincent Longo führen eigene Velourquasten, die Sie in Kosmetikläden beziehen können. Verwechseln Sie diese aber nicht mit den alten Puderquasten, die ebenso wie die großen, weichen Puderpinsel viel zuviel Puder aufnehmen. Mary Greenwell gehört jedoch zu den Visagisten, die den Puder gerne mit einem Pinsel auftragen. Sie löst das Problem mit einem kleinen, zwei Zentimeter breiten Pinsel (etwa von Shu Uemura*). „Dieser Pinsel ist so klein, daß kein Puder in die Fältchen gelangen und sie hervorheben kann." Verwenden Sie einen Pinsel, streichen Sie den Puder immer von oben nach unten, da Sie sonst Poren und Härchen hervorheben. (Dasselbe gilt auch für Rouge und Make-up.)

9 Verwenden Sie besser losen Puder und nicht Kompaktpuder für das Tages-Make-up. (Kompaktpuder kann zum Auffrischen des Make-ups während des Tages verwendet werden.) Bobbi Brown rät, die Ecken der Quaste in den Puder zu drücken und dann den überschüssigen Puder ein- oder zweimal an einer harten Kante abzuklopfen (etwa am Rand des Waschbeckens oder an der Handkante). „Drücken Sie den Puder dann mit der Kante der Quaste in das Make-up."

10 Alle Visagisten sind der einhelligen Meinung, daß ein Übermaß an Puder viel älter erscheinen läßt, da sich der Puder in den Falten ablagert. „Ist zu viel Puder auf der Haut, nachdem ich ihn mit einer Velourquaste aufgetragen habe, wische ich ihn mit einer größeren, weichen Quaste wieder ab", meint Bobbi Brown. (Achtung: Manchmal verzichtet Trish McEvoy bei älterer Haut überhaupt auf Puder. „Versuchen Sie, mit der Quaste das überschüssige Öl aufzusaugen. Sie werden merken, daß es ausreicht, wenn die Haut nicht glänzt.")

DER PERFEKTE FARBTON

Die meisten Frauen wuchsen in einer Zeit auf, in der das Make-up auf der Hand getestet wurde. Doch sind die Hände meist dunkler als das Gesicht, da sie mehr als alle anderen Körperteile der UV-Strahlung ausgesetzt sind. Deshalb sollte man Make-up am Kinn und im unteren Bereich der Wangen prüfen. Der perfekte Farbton soll so sehr mit der Haut verschmelzen, daß man das Make-up kaum noch wahrnimmt. Bobbi Brown rät, immer einen Spiegel mitzunehmen, damit Sie das Make-up bei natürlichem Licht testen können. „Streichen Sie das Make-up in verschiedenen Tönen von oben nach unten auf das Kinn auf und lassen Sie es kurz einwirken. Gehen Sie dann ans Tageslicht und prüfen Sie, welcher Ton am besten harmoniert.“ Künstliches Licht verändert die Farben dermaßen stark, daß ein Farbton, der in der Marmorhalle eines Kosmetiksalons perfekt aussah, zu Hause nicht gut wirkt.

Übereilen Sie nichts. Die Haut kann den Farbton noch nach ein oder zwei Minuten verändern.

Bobbi Brown rät, dunkle Augenringe ein wenig heller abzudecken als das restliche Gesicht. Geplatzte Äderchen sollten mit genau demselben Ton des Make-ups oder einer weiteren Schicht Grundierung abgedeckt werden. Sie können das Make-up so lange dünn auftragen, bis das Ergebnis Ihren Vorstellungen entspricht. Abdeckprodukte sind immer in weniger Tönen erhältlich als Make-up. Finden Sie die geeignete Farbe nicht, empfiehlt Vincent Longo, zwei Farbtöne mit einem steifen Pinsel auf dem Handrücken zu vermischen, bis Sie die gewünschte Farbe erhalten, und diese Mischung dann auf das Gesicht aufzutragen.

„Vermeiden Sie jedes rosastichige Make-up, wenn Sie leicht erröten“, rät Vincent Longo. Die meisten Erzeugnisse basieren heute auf gelben Pigmenten, die ganz natürlich aussehen. Sind Sie sich bei Ihrem Produkt unsicher, verlangen Sie einfach ein gelbstichiges Make-up.

Bobbi Brown zieht Puder in genau dem richtigen Farbton jedem Transparentpuder vor. (Die meisten Firmen haben beide im Sortiment.) „Es stimmt nicht, daß Transparentpuder unsichtbar ist. Ich finde, daß dieser Puder blaß macht und auf der Haut sogar wie Kreide aussehen kann.“

Die Einstellung ist wichtiger als alle Kosmetikprodukte. Wer mit sich selbst zufrieden ist, strahlt Schönheit aus. Arbeiten Sie auch an Ihrer Einstellung, nicht nur an Ihrem Make-up.

BOBBI BROWN

GRUNDIERUNGEN – WER VERWENDET WAS

Die legendäre TV-Journalistin **Barbara Walters** liebt Pan Stick von Make Up For Ever (**Cher** hingegen ist ein Fan von Star Powder No. 900 desselben Herstellers, das der Haut leichten Schimmer verleiht). **Cheryl Tiegs** spart Zeit mit der All-in-one Compact Foundation von Shiseido in Natural Deep Beige (sie mag auch den Kompaktpuder von M.A.C.). Dunkelhäutige Frauen finden nur schwer die richtige Farbe, doch **Oprah Winfrey** schwört auf die Grundierungsstifte # 7, # 8 und # 9 von Bobbi Brown. **Sharon Stone, Madonna, Susan Sarandon, Angelica Huston, Glenn Close, Priscilla Presley, Meryl Streep** und **Catherine Deneuve** (sie liebt die fettfreie Grundierung) verwenden Make-up und Abdeckprodukte von Laura Mercier. **Catherine Deneuve** und **Cher** bevorzugen die Foundation Primer von Laura Mercier als Make-up-Grundierung. **Jilly Cooper** mag das Make-up von Yardley: „Bei anderen Produkten habe ich immer das Gefühl, geschminkt zu sein, doch dieses Make-up ist einfach natürlich.“ Und wie erzielt man sonnengebräunten Teint? **Adrienne Vittadini** hat angeblich immer das Bronzing Powder von Bobbi Brown dabei.

Mehr Tips für makellose Haut

• „Sie sollten doppelt so lang für die Grundierung wie für den Rest des Make-ups benötigen. Wer weniger Zeit braucht, ist schlampig", meint Mary Greenwell. „Der Unterschied ist so gravierend, daß sich der zusätzliche Aufwand lohnt."

• Haben Sie regelmäßige Haut, bietet im Sommer auch eine getönte Feuchtigkeitscreme ausreichend natürlichen Schutz. Decken Sie Unregelmäßigkeiten immer ab, *bevor* Sie die getönte Feuchtigkeitscreme auftragen.

• Sommersprossen und Sonnenflecken stören viele Frauen. Mary Greenwell meint aber, daß völlig abgedeckte Sommersprossen das Gesicht zu einer Maske erstarren lassen. Deshalb rät sie, einen Farbton zwischen Hautton und Farbe der Sommersprossen zu verwenden, um diese ein wenig abzuschwächen. Decken Sie die größeren Flecken mit Abdeckstift ab (oder mit Maximum Cover von Estée Lauder). Abdeckcreme läßt sich auf Sonnenflecken am besten mit einem drei Millimeter breiten Pinsel auftragen. Tupfen Sie das Produkt auf und fixieren Sie es mit Puder, den Sie mit einer Samtquaste auftragen. Verwenden Sie das Produkt immer sparsam. Es ist leichter, nachträglich ein bißchen mehr aufzutragen als überschüssige Produkte zu entfernen. Sie können auch Make-up und Puder in einem verwenden. Diese neuen Erzeugnisse sind ein Mittelding zwischen Grundierung und Abdeckprodukt. (Die meisten großen Kosmetikfirmen stellen heute dieses Make-up her, das besonders praktisch für die Handtasche ist. Es läßt sich so leicht auftragen wie ein Make-up und trocknet zu einem pudrigen, natürlichen Finish.)

• „Haben Sie zu viel Make-up aufgetragen, wischen Sie die überschüssige Creme mit einem leicht angefeuchteten Kosmetikschwamm ab", rät Laura Mercier.

• „Wollen Sie das Make-up tagsüber auffrischen, verwenden Sie nicht zu viel Puder, damit sie nicht zu stark geschminkt aussehen", warnt Vincent Longo.

• Kevyn Aucoin ist der Meinung, daß weniger mehr ist. „Wenn ich meine über sechzigjährige Mutter schminke, trage ich nur etwas Abdeckprodukt mit einem kleinen Pinsel auf, wo es nötig ist. Darüber etwas Puder und fertig. Sie sieht immer großartig aus."

• Trish McEvoy verrät einen der besten Tricks für ein jüngeres Aussehen. Will sie Lachfältchen um die Augen abschwächen, trägt sie hier etwas Trish McEvoy Refiner* auf. (Das ist eine Feuchtigkeitspflege in Stabform, doch können Sie auch mit Augencreme experimentieren.) „Damit zaubern Sie sich die Taufrische junger Haut ins Gesicht und vermeiden, daß die Haut um die Augen wie Papier aussieht, was durch Puder noch betont wird."

Akzeptieren Sie sich, wie Sie sind. Der Visagist Pablo Manzoni meint: „Denken Sie nur an Jeanne Moreau. Sie war mit Tränensäcken unter den Augen ein Sexsymbol. Sie sah einfach so aus, als ob sie riesigen Spaß im Bett hätte." (Was wohl auch stimmte.)

SO FORMEN SIE DAS GESICHT

Die meisten Visagisten, mit denen wir sprachen, waren der einhelligen Meinung, daß es sehr schwierig ist, mit Konturenpuder Schatten zu erzeugen und das Gesicht zu modellieren. So wird etwa Jenny Jordan öfters von ihren Kundinnen gebeten, eine höckrige Nase zu kaschieren. „Ich antworte dann: Und was geschieht, wenn Sie sich schneuzen müssen und sämtlicher Puder auf dem Taschentuch haften bleibt?" Wirklich peinlich!

Für runde Bäckchen hat der Visagist und Berater der Filmstars Gary Liddiard von Max Factor jedoch einen Tip parat, der einen Versuch wert ist. Er rät zu zwei Grundierungen: dem üblichen Farbton für das ganze Gesicht und einem dunkleren Ton, der unter dem Backenknochen bis zum Kinn gezogen wird. (Verstreichen Sie die Farbe auf dem Kinn aber gut.) „Die neuen Grundierungen verschmelzen so gut miteinander, daß kaum Übergänge zu sehen sind. Und wenn Sie wie gewöhnlich Rouge verwenden, wird niemand etwas sehen, aber alle werden den Unterschied merken."

Bei einem schmalem Gesicht hingegen rät Stephen Glass unter dem Make-up eine Grundierung in einem blassen oder weißlichen Ton (von Lancôme, Dior oder Chanel) aufzutragen. „Sie bringt das Gesicht zum Strahlen und hebt es hervor", erklärt er. „Und Vorsicht ist geboten bei der Verteilung von Rouge. Es muß immer auf dem Wangenknochen, nie unterhalb, aufgetragen werden, da sonst die Wangen eingefallen wirken." Ein letzter Tip? „Kleinere Ohrgehänge bilden eine wunderbare Umrahmung für ein schmales Gesicht. Doch sollte man Vorsicht walten lassen – nie zu große Ohrringe wählen, denn sie haben eine erdrückende Wirkung."

Camouflage-Make-up bei Rosacea und anderen Problemen

Laura Merciers Produkte sind unter den Rosacea-Patientinnen so populär, daß sie vor kurzem sogar auf einem Kongreß zu diesem Thema referierte. Seither quillt ihr Briefkasten vor Briefen von dankbaren Frauen über.

Wir sprechen hier von der Secret Camouflage Abdeckcreme* von Laura Mercier (die auch die Hollywoodstars **Priscilla Presley** und **Isabella Rossellini** verwenden). „Da Camouflage-Make-up sehr viele Pigmente enthält, deckt es auch dünn aufgetragen wunderbar", erklärt Laura. Secret Camouflage braucht nur mit dem Finger aufgetupft zu werden, bis die roten Flecken völlig verschwunden sind. Danach wird es mit einem leichten Puder fixiert.

Visagisten sind auch von Maximum Cover von Estée Lauder begeistert, da es so sensationell abdeckt. Doch Vorsicht: Tragen Sie es direkt aus der Tube auf, ist es zu dickflüssig. Stephen Glass erklärt, daß Sie eine kleine Kunststoffspachtel benötigen, auf die sie drei stecknadelgroße Kleckse Maximum Cover drükken. Stecken Sie dann den Ringfinger in die Creme und wischen Sie ihn am Spachtelrand ab. Auf dem Finger bleibt eine winzige Menge Maximum Cover zurück, die aber ausreicht, um geplatzte Äderchen oder Altersflecken zu kaschieren, da das Produkt so hervorragend deckt.

Brauchen Sie mehr, wiederholen Sie die Prozedur, bis Sie alle Problemzonen abgedeckt haben. (Stephen Glass empfiehlt Maximum Cover nur für geplatzte Äderchen, dunkle Ringe, Rosacea, Geburts- und Feuermale oder Altersflecken, nicht aber als generelle Grundierung für das Gesicht.)

DIE BESTEN ANTI-AGEING-GRUNDIERUNGEN

Die Erfindung der lichtreflektierenden Pigmente, die das Gesicht durch eine optische Täuschung weicher zeichnen, ist ein wahrer Segen für ältere Frauen. Zudem wirken auch die feuchtigkeitsspendenden Inhaltsstoffe Wunder, da sie die Feuchtigkeit in kleinen Dosen in die Haut abgeben und so verhindern, daß die Haut im Lauf des Tages trokken wird. Heute sind diese Stoffe in Make-up und Puder enthalten. Wir testeten alle Produkte der führenden Hersteller, die die Hautalterung verzögern, für dieses Buch selbst. Besonders begeistert waren wir von Futurist und Lucidity von Estée Lauder, Optim'âge von Lancôme, Translucence von Helene Rubinstein und der Oxygen Foundation von Lancaster. Außerdem mögen wir Double Teint von Chanel. Dieses All-in-one-Puder-Make-up ist wunderbar, um das Make-up unterwegs aufzufrischen. Wichtiger noch als die Feuchtigkeitspflege und die lichtreflektierenden Pigmente war aber, den richtigen Farbton zu finden.

„Ich trage Make-up sparsam und zügig auf. Dafür nehme ich mir Zeit für Bräunungspuder und getönte Feuchtigkeitscremes. Es ist wichtig, natürlich auszusehen. Ein nur zart geschminktes Gesicht wirkt jünger."

CATHERINE DENEUVE

DIE WICHTIGSTEN UTENSILIEN

Tragen Sie das Rouge noch immer mit dem stoppeligen Pinsel auf, der dem Kompaktpuder beigelegt ist? Kämpfen Sie mit den winzigen Lidschattenapplikatoren, wenn Sie die Augen zum Strahlen bringen möchten? Make-up wird nur durch richtiges Auftragen perfekt. „Wir benötigen mit zunehmendem Alter mehr Utensilien, um natürlich auszusehen", meint Barbara Daly. Deshalb baten wir sie um eine Liste der ultimativen Utensilien für das reifere Gesicht.

1 Eine Wimpernbürste. „Verklebte Wimpern lassen einen besonders alt erscheinen."

2 Eine Wimpernzange. „Sie macht bei älteren Augen einen großen Unterschied." (Diesmal wollen wir wirklich lernen, wie man sie verwendet.)

3 Eine alte, weiche Zahnbürste. „Sie erfüllt zweierlei: Man kann damit wunderbar die Augenbrauen bürsten und die Wimpernbürste reinigen."

4 Einen dicken Rougepinsel mit abgerundetem Kopf. „Vergessen Sie kleine, dünne Pinsel, wenn Sie keine Streifen wollen."

5 Zwar verwenden manche Visagisten Puderquasten aus Samt, doch Barbara Daly trägt Puder mit einem Pinsel auf. „Er sollte etwas dünner und härter sein als der Rougepinsel, damit Sie den Puder genau dort auftragen können, wo er hingehört." (Achtung: Wollen Sie den Puder wie viele Visagisten mit einer Quaste auftragen, ist ein Pinsel doch nützlich, um überschüssigen Puder zu entfernen.)

6 Einen Lidschattenpinsel. „Hat er die richtige Form und Größe, können Sie den Lidschatten leichter in die Augenhöhle streichen und Ränder verwischen."

7 Einen schrägen Augenbrauenpinsel. Steife Borsten verhindern, daß Pigmente in Bereiche geraten, wo sie nicht hingehören.

8 Einen kleineren Lidschattenpinsel, um die Farbe auf den Ansatz der Augenhöhle aufzutragen.

9 Zwei einziehbare Lippenpinsel. „Einen für den Lippenstift und einen zum Abdecken der geplatzten Äderchen und Schatten. Danach können Sie die Abdeckcreme mit dem Finger in die Haut tupfen."

10 Einen weichen, spitzeren Eyelinerpinsel, wenn Sie Eyeliner verwenden. (Einen guten Effekt erzielen Sie, wenn Sie den feuchten Pinsel in Lidschatten tauchen.)

Tips zu Pinseln

Echthaarpinsel sind empfehlenswerter als solche mit synthetischen Borsten. Kevyn Aucoin meint, daß Pinsel mit künstlichen Borsten sich nicht so gut eignen, da sie zu steif sind und sogar das Gesicht zerkratzen können. (Wollen Sie aber aus ethischen Gründen einen Pinsel mit synthetischen Borsten, empfehlen wir die Erzeugnisse der Firma Origins*.)

Nur mit guten Pinseln können Sie ein professionelles Make-up erzielen. Allerdings sind die Pinsel oft zu groß für ein kompaktes Kosmetiktäschchen. Von vielen Herstellern, wie Bobbi Brown, Trish McEvoy und Shu Uemura, gibt es heute jedoch Pinsel mit kurzem oder langem Stiel. Oder Sie schneiden den Stiel ab. „Ich schneide die Stiele der Pinsel immer ab", meint Jenny Jordan. „Sie passen dann nicht nur besser in meine Tasche, sie sind auch leichter zu handhaben."

Schön mit Rouge

Frauen eines gewissen Alters sollten Farbe bekennen. Rouge kann einen blassen Teint jünger, Fältchen weicher machen, schlaffe Haut straffen – und der Haut (jugendlichen) Glanz verleihen. Doch ist der Grat zwischen gesundem Glanz und tiefem Erröten schmal.

Der großen Kosmetiklegende Estée Lauder war Rouge heilig. Sie hatte immer Rouge in der Handtasche, das sie allen Frauen auftrug, die sie traf. Sie wollte ihnen damit beweisen, wie sie der „Glanz“ mit einer Handbewegung verändern konnte. Und sie hatte recht. Bobbi Brown meint: „Nichts macht eine Frau hübscher als etwas Rouge. Und nichts hebt die Stimmung an einem langen Tag mehr als etwas Farbe auf den Wangen. Rouge kann Sie um zehn Jahre verjüngen, da Sie gesünder aussehen.“

Doch sollten Sie das Rouge dem Alter und Gesicht entsprechend auf den richtigen Stellen auftragen. Die Make-up-Techniken müssen an die natürliche Veränderung der Gesichtsform angepaßt werden. Bis zu etwa fünfunddreißig Jahren können Sie Rouge auf dem Wangenknochen auftragen. Da aber die ersten Zeichen des Alters der Verlust von Fettgewebe und das Entstehen hohler Wangen sind, scheint es mit zunehmendem Alter oft vorteilhafter, das Rouge weiter in die Gesichtsmitte und auf die Wangen zu verteilen.

AUFTRAGEN VON ROUGE

1 Ein kleinerer Rougepinsel (Durchmesser: 2,5 Zentimeter) ist leichter zu handhaben als ein großer, breiter Pinsel.

2 Tauchen Sie den Rougepinsel in die Farbe Ihrer Wahl und klopfen Sie den Pinsel dann an einer harten Kante (etwa an einem Waschbecken oder Tisch) mehrmals ab, bis nur noch ein Hauch Farbe übrig ist. („Blasen Sie nie in einen Pinsel“, warnt Trish McEvoy. „Sie verteilen nur Keime darauf.“)

3 Wo Sie Rouge auftragen, hängt davon ab, wie straff Ihr Gesicht noch ist. Haben Sie bereits hohle oder abgesunkene Wangen, sollten Sie das Rouge auf die Backen auftragen. „Das verleiht Ihnen jugendlicheres Aussehen“, meint Mary Greenwell. „Suchen Sie die richtige Stelle, lächeln Sie übertrieben. Der Bereich, der hervortritt, ist der ideale Platz für das Rouge. Tragen Sie nur einen ganz feinen Hauch Rouge mit sanften Kreisbewegungen auf. Verwischen Sie dann mit demselben Pinsel die Ränder, bis kein Übergang mehr zu sehen ist.“ (Haben Sie zuviel Rouge genommen, können Sie mit der Samtquaste etwas Kompaktpuder auftragen, um die Farbe zu dämpfen.)

4 Haben Sie noch ein volles Gesicht, können Sie das Rouge auf den Backenknochen und den Backen auftragen. Klopfen Sie auch in diesem Fall den Pinsel erst ab, bis nur noch ein Hauch Rouge daran haftet. „Streichen Sie dann mit dem Pinsel vom Ohr weg nach innen, als ob Sie ein Oval über die gesamte Wange zeichnen wollten. Unterbrechen Sie das Oval, wenn Sie bei der Backe anlangen. Streichen Sie so lange Rouge auf, bis Sie den richtigen Farbton erzielt haben“, rät Laura Mercier. Streichen Sie dann den Pinsel auf einem Taschentuch ab und verwischen Sie die Ränder, bis man nicht mehr sieht, wo das Rouge beginnt und wo es endet. („Wenn Sie Rouge vom Ohr her in das Gesicht streichen, wird zu starke Pigmentierung auf der Backe verhindert“, erklärt Laura Mercier.) Bürsten Sie zum Schluß die Wangenhärchen, bis sie richtig liegen.

5 Trish McEvoy streicht auch gerne einen Hauch Rouge um die Schläfen und den Haaransatz, da dies dem Gesicht einen warmen Glanz verleiht. Doch gehen Sie auch hier ganz sanft vor.

Achtung: Wenn Sie nicht „angemalt“ aussehen wollen, tragen Sie das Rouge erst zum Schluß auf. So können Sie genau sehen, wieviel Sie benötigen, und es besteht nicht die Gefahr, daß Sie zu viel auftragen.

TIPS ZU ROUGE

• Für Notfälle: Sind Sie ohne Rouge unterwegs und fühlen Sie sich müde und abgespannt, streichen Sie ganz wenig Lippenstift auf den Finger und tragen Sie ihn auf die Wange auf. „Das funktioniert am besten mit transparentem Lippenstift, der nicht zu viele Pigmente enthält", meint Laura Mercier.

• Haben Sie geplatzte Äderchen oder sehr rote Backen, so rät Vincent Longo, jedes Rouge mit Rotpigmenten zu vermeiden. „Greifen Sie lieber zu braunen oder honigfarbenen Tönen, die Pfirsichhaut versprechen."

• „Haben Sie keine Angst vor Rouge, wenn Sie leicht erröten", rät Laura Mercier. „Wenn Sie die Röte mit Make-up, Abdeckcreme und Puder abschwächen, kann Ihnen Rouge einen gesunden Glanz verleihen. Greifen Sie zu bräunlichen Farbtönen, nicht zu Rot- oder Blautönen.

Think Pink

Rosa ist nicht nur ein sehr schmeichelnder Farbton für die Wangen, sondern auch für das Heim. Sister Parish, einst die bekannteste Innenarchitektin Amerikas, behauptete, daß „Rosa die Reichen gesund aussehen läßt". Auch Joan Crawford konnte von Rosa nicht genug bekommen. Ihre drei Wohnungen in Manhattan hatten rosa Wände, rosa Lampen mit fleischfarbenen Schirmen, rosa Kopfteile am Bett, und die Bettwäsche war mit rosa Monogrammen versehen. Sogar Dorothy Parker, deren scharfe Feder berüchtigt war, hatte in ihrem Haus in Pennsylvania ein rosa Zimmer, das sie liebte, weil sie der warme Schimmer jünger aussehen ließ. Denken Sie daran und ziehen Sie die Farbe Rosa in Betracht, wenn Sie Ihre Wohnung renovieren.

Creme- oder Puderrouge

Viele Visagisten empfehlen Cremerouge für das reifere Gesicht. „Cremerouge eignet sich ausgezeichnet für jene Frauen, die am Morgen etwas Unterstützung brauchen, und die dem Milchmann oder dem Briefträger nicht völlig ungeschminkt gegenübertreten wollen, da es wunderbar mit der bloßen Haut verschmilzt", sagt Vincent Longo. „Es verschwindet in der Haut, anstatt als Puder auf der Oberfläche zu haften. Das ist vor allem im Sommer ein Vorteil bei älterer Haut, wenn Puderrouge in starkem Licht staubig wirken kann." Um die beste Wirkung zu erzielen, sollte Cremerouge auf der bloßen Haut über der Feuchtigkeitscreme oder unter dem Puder aufgetragen werden.

SAUBERE PINSEL

Laut Bobbi Brown müssen die Pinsel mindestens alle zwei Monate gewaschen werden, um hautreizendes Fett, Bakterien und Mehltau zu entfernen. Auch die Farbe läßt sich mit einem sauberen Pinsel besser auftragen. Wollen Sie Ihre Pinsel waschen, reiben Sie die Borsten sanft in schäumendem Wasser. (Verwenden Sie ein mildes Shampoo, keine Seife.) Spülen Sie die Pinsel sofort aus, drücken Sie sie aus und bringen Sie die Borsten in Form. Legen Sie dann ein Handtuch auf eine ebene Fläche und lassen Sie die Borsten über der Kante trocknen. Wischen Sie Lippenpinsel mit einem Tuch ab und tauchen Sie sie in fettfreien Augen-Make-up-Entferner.

Ein neues Make-up

Alte Gewohnheiten ändert man nicht leicht. Das gilt natürlich auch für das Make-up. Doch Frauen machen sich unabsichtlich älter, wenn sie sich jahrelang gleich schminken. John Gustafson** meint: „Ich finde es sehr traurig, wenn bei einer Frau nur das Make-up das Alter verrät. Viele Frauen schminken sich so, wie sie es als Zwanzigjährige gemacht haben. Damals fühlten sie sich wohl damit und deshalb blieben sie dabei."

Da sich unser Teint ändert und jedes Jahr trockener und blasser wird, müssen wir auch das Make-up an die neuen Bedingungen anpassen. Hier können nur Profis helfen. John Gustafson rät sogar, sich mindestens zweimal, nach Möglichkeit sogar viermal im Jahr in der Kosmetikabteilung eines Kaufhauses schminken zu lassen (da es dort nichts kostet). „In den meisten Fällen werden Sie etwas dazulernen. Vielleicht gefällt Ihnen das Ergebnis nicht, aber wenigstens haben Sie neue Techniken kennengelernt, die Ihnen in Zukunft helfen werden."

Doch sehen Sie nicht nur zu, wie Sie geschminkt werden. Stellen Sie Fragen und bitten Sie um Rat. Da neue Farben und Substanzen neue Techniken verlangen, sollten Sie sich erkundigen, welche Utensilien Sie benötigen, um sich selbst so zu schminken. Die beste Investition in Ihre Schönheit sind die richtigen Utensilien einschließlich Pinsel: Wattestäbchen und Finger allein sind einfach nicht genug. Und warum fragen Sie nicht einfach eine Visagistin oder Kosmetikerin beim nächsten Besuch in der Kosmetikabteilung, wie man diese Schminkutensilien korrekt verwendet?

„Gehen Sie nie völlig ungeschminkt zu einem Schminktermin", rät John. „Tragen Sie Ihr übliches Make-up auf, damit die Beraterin sieht, wie Sie für gewöhnlich aussehen, und Ihnen nicht ihre Vorstellungen aufdrängt. Und wollen Sie keinen völlig neuen Look, sondern nur kleine Veränderungen, so bitten Sie, daß nur eine neue Farbe hinzugefügt wird: Etwa ein neuer Ton auf dem Lid oder etwas Glanz auf den Brauen, doch nichts, das zu weit von Ihrem vertrauten Make-up abweicht."

John Gustafson hat auch einen Rat parat, wie Sie sich von einem Lippenstift trennen können, den Sie wie ein Familienerbe bewahren. „Wollen Sie einen kräftigeren Lippenstift tragen, von dem Sie glauben, daß er Ihnen steht, der Ihnen aber zu auffällig erscheint, so kaufen Sie ihn trotzdem. Tragen Sie aber erst eine Schicht Ihres normalen Lippenstifts auf und darüber eine Schicht der neuen Farbe. Haben Sie sich daran gewöhnt, tragen Sie noch eine Schicht des neuen Tons auf, bis Sie sicher sind, daß Ihnen die Farbe steht. Dann können Sie ihn allein tragen. Und Sie haben Ihren neuen Look!"

Wenn weniger nicht mehr ist

Bobbi Brown meint, daß es eine Ausnahme der Regel gibt, daß weniger mehr ist. „Haben Sie niemals Make-up getragen, ist es nie zu spät damit zu beginnen. Der Teint wird mit zunehmendem Alter blasser. Und Make-up kann das kaschieren."

Der Farbcode

Glücklich können sich die Frauen schätzen, die sich nie falsch schminken. Glücklich und rar. Da unser Teint mit zunehmendem Alter immer blasser wird, ist die Verlockung groß, zu tief in den Malkasten zu greifen, um so dem Teint Farbe zu verleihen. Wenn Sie aber die falschen Farben wählen, bemerken Freunde und Fremde sofort das Make-up – und nicht Sie dahinter. „Ältere Frauen benötigen Farbe", versichert Bobbi Brown, „aber das große Geheimnis besteht darin, weiche, schmeichelhafte Töne zu finden."

Es ist aber sehr schwierig, die richtige Farbe zu wählen. Allgemein gültige Standardregeln gibt es nicht. Doch versuchen einige Firmen, Fehler beim Make-up-Kauf zu minimieren, indem Sie die Farben in Gruppen einteilen. Meist sprechen sie von „kalten" und „warmen" Hauttönen.

Menschen mit „warmem" Hautton haben oft rötliches oder goldblondes Haar, während Menschen mit „kaltem" Hautton häufig schwarze oder strohblonde Haare haben. Ihre Haut hat einen bläulichen „Unterton".

Soweit stimmen auch Firmen wie Lancôme, Prescriptives und Estée Lauder überein. Doch dann gestaltet es sich komplizierter, da jede Firma die Farbtöne anders unterteilt.

Colour Affinity ist die Farbkarte von Estée Lauder, auf der Farbgruppen verschiedener Intensität den kalten und warmen Hauttönen zugeordnet werden.

Prescriptives analysierte als erste Firma vor einigen Jahren den Hautton. Das Unternehmen teilt die Frauen in die vier Kategorien rot, blau/rot, gelb/orange und rot/orange ein und ordnet die Farbtöne auf einem Karussell an. Von hier können Sie Ihre Lieblingsfarbe wählen, nachdem man Sie in eine Kategorie eingeteilt hat.

Wollen Sie feststellen, ob Sie zu den „warmen" oder „kalten" Hauttypen zählen, haben wir für Sie eine Farbkarte zusammengestellt. Oben finden Sie die kalten Farben, darunter die warmen. Stellen Sie sich vor einen Spiegel und halten Sie das Buch so vor Ihr Gesicht, daß erst die warmen, dann die kalten Farbtöne genau unter dem Mund liegen. Sie werden einen riesigen Unterschied merken: Ein Farbton wird Ihre Haut in gesundes Strahlen versetzen, der andere wird Sie blaß und fahl machen.

Wissen Sie noch immer nicht, welche Farben Ihnen besser stehen, wenden Sie sich an eine Kosmetikerin. Ihr trainiertes Auge kann die kalten und warmen Töne problemlos entdecken. „Es gibt sogar kühles Braun für die kalten Hauttypen", erklärt John Gustafson. „Das ist meist einfach zu erkennen, da es anders aussieht als alle anderen Brauntöne." (Kühles Braun hat einen braungrauen Unterton, warmes Braun dagegen einen rötlichgoldenen.)

Wollen Sie ganz sicher gehen, greifen Sie zu neutralen Naturtönen und überlassen Sie die leuchtenden Knallfarben den Teenagern. „Lassen Sie sich nicht zu leuchtenden Farben überreden", empfielt Barbara Daly. „Kräftige Farben können sehr viel älter machen." Sie rät, die Farbpalette neutral zu halten und eher zu rauchigen Grau- und Brauntönen zu greifen. „Ein Hauch Gold, Blaßrosa oder sogar Lavendel hebt die Augenknochen immer hervor. Verwenden Sie die Farbe auf Augenlid und Augenhöhle sparsam." Barbara Daly warnt vor Burgund, da dieser Ton blutunterlaufene Augen noch röter macht. (Gilt auch für Rosa unter den Augenbrauen.) „Neigen Sie zu roten Augen, prüfen Sie auch alle Brauntöne auf einen gelblichen Unterton. Dieser hat denselben Effekt."

Vergessen Sie auf alle Fälle den alten Rat, den Lidschatten nach der Augenfarbe zu wählen. Haben Sie braune Augen, können Sie diese mit grauem Lidschatten betonen. Und mit blauen oder grauen Augen harmoniert brauner Lidschatten wunderbar.

Und die Lippen? Bobbi Brown rät, sowohl auf transparente Lippenstifte als auch auf extreme Töne wie Fuchsia zu verzichten. Greifen Sie lieber zu weichen Farben wie einem sanften Rosen-, Pflaumen- oder Aprikosenton, der aber deutlich zu sehen ist.

Verschiedenste Organisationen bieten Farbberatung für Make-up und Mode an. Aber welches Ergebnis bringen diese Farbberatungen tatsächlich? Wir sind nicht überzeugt. Allerdings können diese Beratungen Frauen sehr wohl von ihren alten Farbgewohnheiten lösen. Kaufen Sie bereits seit Jahren immer wieder Lippenstift derselben Farbe und haben Sie als Beweis um die dreißig Lippenstifte zu Hause, die alle ziemlich gleich aussehen, so kann eine Farbberatung einen Versuch wert sein. Wir meinen aber, daß Sie vorerst eine – oder auch mehrere – Schminkberatungen versuchen sollten.

Multikulturelles Make-up

Jede Haut ist anders: Orientalische, asiatische und schwarze Haut hat hinsichtlich der Alterung eindeutige Vorteile gegenüber weißer Haut. Da asiatische und schwarze Haut mehr Melanin produziert, verkraftet sie Sonnenschäden viel besser. Und Noriko Okubo von Shiseido Europe meint, daß Sonnenschutz in Japan das ganze Leben lang unumgänglich ist, da japanische Frauen sehr blaß bleiben möchten. Deshalb bleibt ihre Haut auch viel glatter.
Dennoch hat jede Frau mit Schönheitsproblemen zu kämpfen, wenn sie älter wird. Deshalb baten wir Experten für orientalisches, asiatisches und schwarzes Make-up um spezielle Tips.

ORIENTALISCHE HAUT

Noriko Okubo meint, daß orientalische Gesichter mit zunehmendem Alter entweder deutlich runder werden und absacken oder schmäler werden, so daß Augenlider, Wangen und Schläfen einfallen. Beide Gesichtstypen werden aber blasser, sie sehen müde und „ruhiger" aus, und häufig treten auch die Ringe unter den Augen stärker hervor.

◆ Laut Noriko lassen sich nach unten verlaufende Fältchen korrigieren. „Man kann sie zwar nicht auslöschen, doch kann man die Augenbrauen, Augenränder und Lippen nach oben schminken."

◆ Um Haut und Teint zum Strahlen zu bringen, sollten Sie Augenbrauen, Lippen und Augen hervorheben. „Halten Sie sich aber an Naturtöne und meiden Sie starkes Rot oder Tiefschwarz. Diese Farben lenken die Aufmerksamkeit auf die Fältchen und die schlaffe Haut."

◆ „Eingefallene Schläfen lassen die Augen zusammenrücken", meint Noriko. „Fältchen zwischen den Augenbrauen und an den Mundwinkeln machen streng. Ziehen Sie daher Augenbrauen und Mundwinkel nach außen."

◆ Tips zum Schminken orientalischer Augen *finden Sie auf Seite 85.*

◆ Da abfallende Wangen oder ein hängendes Kinn das Gesicht plump erscheinen lassen, empfiehlt Noriko Make-up in zwei Farbtönen. Tragen Sie erst Grundierung im richtigen Farbton dort auf, wo Makel korrigiert werden müssen. Verwenden Sie dann eine etwas hellere Abdeckcreme auf eingefallenen Stellen wie Schläfen, Augenlidern und Augenhöhlen. Decken Sie auf alle Fälle die dunklen Ringe um die Augen ab. Und verwischen Sie die Konturen vollständig.

ASIATISCHE HAUT

Ruby Hammer, deren Familie aus Bangladesch stammt, meint, daß asiatische Haut zwar die Sonne sehr gut verträgt und in vielen Fällen sehr glatt bleibt, daß aber die dunklen Ringe unter den Augen ein Problem sind. Sie rät daher:

◆ „Klopfen Sie mit den Fingerspitzen Schwellungen weg, bevor Sie Make-up auftragen. Auch eine schwellungshemmende Creme wie Uncircle von Estée Lauder kann dunkle Ringe abschwächen. Sie können aber auch einen Eiswürfel in den Händen reiben und die kühlen Finger auf den Augenbereich legen oder einen Eiswürfel in Taschentücher oder Folie wickeln und sanft um die geschwollenen, dunklen Stellen streichen, ohne daß dabei Äderchen platzen."

◆ „Wenn die Augen selbst strahlen und funkeln (etwa durch Augentropfen von Dr. Harris*), so lenken sie von den dunklen Ringen ab."

◆ „Suchen Sie eine Abdeckcreme, die wirklich zu ihrem Hautton paßt, und verwenden Sie diese auf dunklen Ringen oder auf Narben, die ebenfalls sehr dunkel werden können. Viele Abdeckprodukte sind zu rosastichig oder dekken zu wenig und bringen dadurch das Problem nur noch deutlicher zur Geltung. Der Pekanton von Aveda eignet sich großartig für viele dunklere Hauttypen, und auch Nars* erzeugt einige Produkte für dunklere Haut. Prescriptives mischt für jede Haut eine passende Grundierung und Abdeckcreme nach Wunsch. Auch Cosmetics A La Carte* führen eine gute Auswahl."

◆ „Farbe kann ein Gesicht frischer machen, und asiatische Haut verträgt auch kräftige Töne. Achten Sie aber darauf, daß das Make-up am Kinn immer perfekt mit dem Hautton verschmilzt, und sparen Sie sich die leuchtenden Farben für Lippen, Augen und Nägel auf. Make-up und Rouge müssen natürlich wirken, und man sollte nie Lippen und Augen betonen."

◆ Asiatische Frauen lieben Nagellack. Aber sie kochen auch gerne. Ruby Hammer rät daher, sich genug Zeit für die Nagelpflege zu nehmen oder regelmäßig zur Maniküre zu gehen, da abgeblätterter Nagellack schrecklich aussieht. Verwenden Sie Grundierung und Decklack, und lassen Sie sich Zeit. Sonst geht der Lack bereits ab, bevor das Geschirr gewaschen ist.

SCHWARZE HAUT

Obwohl schwarze Haut besonders viel Melanin enthält und daher die Sonne am besten verträgt, meint Edith Poyer, die stellvertretende Leiterin der Abteilung für Produktentwicklung bei Fashion Fair*, der führenden Kosmetikfirma für farbige Frauen, daß auch dunkle Haut Schutz braucht. „Jede Frau sollte unter dem Make-up eine Feuchtigkeitspflege mit Antioxidanzien und Sonnenschutzfaktor tragen, um die Haut vor den Umwelteinflüssen zu schützen", rät sie.

◆ „Dunkle Haut wird mit zunehmendem Alter besonders leicht aschfahl", meint Edith. „Deshalb benötigen Sie eine reichhaltigere Feuchtigkeitspflege. Sie sollten die Haut mindestens ein- bis zweimal pro Woche, wenn nicht sogar jeden Abend mit einem AHS-Produkt peelen, um sie zum Strahlen zu bringen."

◆ „Obwohl dunkle Haut relativ faltenlos bleibt, darf sich das Make-up nie in den Fältchen sammeln. Ich empfehle immer ein leichtes, fettfreies Produkt, das Falten nicht hervorhebt. So können Sie auf – faltenbetonenden – Puder verzichten. "

◆ „Schwarze Haut kann mit zunehmendem Alter sehr empfindlich werden", erklärt Edith. „Pickel verändern sich oft zu schwarzen Narben. Deshalb ist ein gutes Abdeckprodukt unerläßlich. (Edith empfiehlt Cover Tone von Fashion Fair*.)

◆ „Das Gesicht läßt sich mit leuchtendem Lippenstift aufhellen. Dunkle Haut verträgt immer Pflaumentöne, Braun, Orange oder Purpur. Allerdings sollte der Lidschatten dezent verwendet werden. Auch ein Hauch Rouge in Purpur oder Preiselbeertönen kann dem Gesicht gesunden Glanz verleihen. Aber auch hier bedeutet weniger immer mehr."

◆ „Werden die Augenbrauen grau, färben Sie sie mit einem Kohlestift oder einem dunkelbraunen Stift, nie aber mit tiefschwarzer Farbe."

◆ „Denken Sie daran, daß Sie weniger Make-up brauchen, wenn Sie gesunde Haut haben. Sie wollen das Gesicht nicht abdecken, sondern nur die vorhandene Textur verschönern."

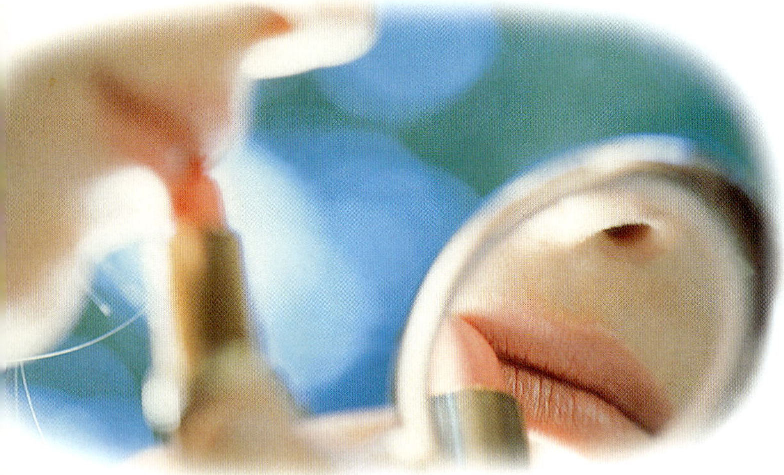

Lippen

Die führenden Visagisten der Welt verraten uns, welche Lippenstifte wirklich verjüngen, und wie man sie aufträgt.

Wir kaufen mit Vorliebe Lippenstift ein. (Nicht zuletzt deshalb, weil man sich nicht ausziehen muß, um ihn anzuprobieren.) Doch werden die Lippen mit zunehmendem Alter trockener, und es bilden sich feine Fältchen, in die der Lippenstift verrinnt. Da die Schutzfunktion bei älterer Haut eingeschränkt wirkt, kann sie weniger Feuchtigkeit speichern. Lippen werden grundsätzlich viel leichter trocken als andere Körperbereiche, da sie nicht aus fünfzehn, sondern nur aus drei Hautschichten bestehen. Zudem verlieren die Lippen im Laufe der Zeit Fett und werden dünner und blasser.

Allerdings kann perfekt aufgetragener Lippenstift in einer schmeichelnden Farbe die Lippen auf wunderbare Weise voller und jünger machen. Der perfekte Lippenstift kann das Gesicht sofort um Jahre verjüngen. Doch sollte man einige Regeln beachten.

Es gilt nicht zu beweisen, wer den gewagtesten Lippenstift trägt; statt dessen sollten Sie einen Farbton wählen, der Ihrem Teint schmeichelt. Wie das vor sich geht? Wenn Sie eine Farbkarte vor die Lippen halten, brauchen Sie den Lippenstift nicht einmal zu probieren, um herauszufinden, welche Farbe Ihren Teint zum Strahlen und die Augen zum Leuchten bringt. Danach können Sie die schmeichelndste Farbe probieren, um zu sehen, ob sie auf den Lippen auch hält, was sie verspricht. Das ist wichtig, denn mit zunehmendem Alter verändert der Stift auf den Lippen leichter seine Farbe. (Deshalb sollten Sie nie Lippenstift kaufen, den Sie nicht probiert haben.)

Ein weiteres Problem ist, daß die Farbe bald nach Auftragen des Lippenstifts verschwindet. Wie auch die meisten Visagisten schätzen wir die haltbaren Lippenstifte nicht, da sie die Lippen zu stark austrocknen.

Damit der Lippenstift länger hält, sollten Sie unsere Tips beherzigen.

Perlglanz – ja oder nein?

Auch Töne mit starkem Perlglanz schmeicheln älteren Lippen nicht unbedingt, da sie die Aufmerksamkeit auf Fältchen und Rillen lenken. Doch sind sich die Visagisten einig, daß ein wenig Lippenstift mit leichtem Perlglanz in der Mitte der Unterlippe effektvoll wirken und äußerst schmeichelhaft sein kann.

SO HÄLT DER LIPPENSTIFT DAUERHAFTER

Wir raten dringend von haltbaren Lippenstiften ab. Unserer Erfahrung nach hält die Farbe zwar dauerhafter, doch trocknen die Stifte die Lippen sehr stark aus. Es gibt auch andere Methoden, damit der Lippenstift länger hält.

Vincent Longo zieht die Lippen mit einem Konturenstift nach und füllt sie dann mit derselben Farbe aus. „So entsteht eine Grundierung für den Lippenstift, die ihn haltbarer macht." (Vincent hält auch viel von Lippengrundierungen, auf denen der Lippenstift länger haften soll; sie sind etwa von Estée Lauder und Guerlain erhältlich; wir bevorzugen Lip Plump von BeneFit.)

Der Lippenstift hält eindeutig länger, wenn man ihn mit einem Lippenpinsel aufträgt. (Kaufen Sie nach Möglichkeit einen einziehbaren Pinsel oder einen mit Verschlußkappe, damit er nicht klebrig wird.)

Tragen Sie Lipgloss vorsichtig auf. Laura Mercier rät, Lipgloss nur in die Mitte der Lippen zu streichen, da es sehr flüssige Konsistenz aufweist und in die feinen Fältchen rinnt, wenn man es über den ganzen Mund verteilt.

Diese Stifte lieben wir

Wir halten Lip Plump von BeneFit* für ein Wunderprodukt. Diese Grundierung für die Lippen scheint feine Fältchen zu straffen und den Lippenstift haltbarer zu machen (zudem machen lichtstreuende Partikel die Lippen voller); BeneFit erzeugt auch den wachshaltigen Stift All Clear, der den Lippenstift in Form hält, wenn man die Konturen damit nachzieht. Sarah liebt LipLift von Guerlain, Jo das Golden Lip Gloss von Vincent Longo.

Diese Stifte lieben die Stars

Goldie Hawn trägt Divine Flesh und abends Lavender (einen Taupeton) von Vincent Longo*. Sie verwendet den Kajal in Bronze von Prescriptives als Konturenstift. Auch die Lippenstifte von Stila sind bei den Stars beliebt: **Susan Sarandon** verwendet den Farbton Loree und den Nars Nude Lipliner* unter den Lippenstiften Nude und Raisin. (Sie bevorzugt offenbar Naturtöne, denn sie trägt wie auch **Michelle Pfeiffer** Nude von Bobbi Brown.) **Tina Turner** verwendet das Saffron Lip Gloss von Christian Dior, **Cybill Shepherd** zieht es dagegen vor, einen eigenen Farbton zu mischen – eine Reminiszenz an ihre Tage als Model. Und welche Farbe haben **Madonna** und **Joni Mitchell** gemein? Perfect Sheer Lipstick in Silent Red von Estée Lauder.

Ein strahlenderes Lächeln

Einige Lippenstifte lassen die Zähne „weißer" erscheinen als andere Farbtöne. Barbara Daly meint: „Sie wollen einen Kontrast schaffen. Seien Sie deshalb vorsichtig mit Farben, die Gelb- oder Orangepigmente enthalten, wie Koralle oder Brauntöne. Rosa, Rot und Burgunder schmeicheln oft viel mehr."

LIPPEN – PERFEKT GESCHMINKT

• Haben Sie sehr trockene und rissige Lippen, rät der New Yorker Visagist Darac: „Tragen Sie eine dicke Schicht Lippenbalsam von Kiehl* auf. Lassen Sie ihn fünf Minuten einwirken und lösen Sie die trockene Haut sanft mit einer ganz weichen Babyzahnbürste. Die Lippen sind glatter und für den Lippenstift vorbereitet."

• Visagisten tragen immer erst Grundierung auf die Lippen auf. Laura Mercier geht sogar noch einen Schritt weiter: Wenn sie das ganze Gesicht schminkt, pudert sie die Lippen mit einer Samtquaste, bevor sie Konturenstift, Lippenstift und/oder Lipgloss aufträgt.

• Die Lippen verlieren mit zunehmendem Alter ihre Form. Deshalb sind Konturenstifte von unschätzbarem Wert, da sie die Lippen konturieren und wieder in Form bringen.

Trish McEvoy hat einen wirksamen Tip für vollere Lippen: „Zeichnen Sie die Konturen mit einem Stift in der Farbe der Lippen *außerhalb* der Lippen mit feinen Strichen nach. (In den Mundwinkeln dürfen Sie aber keinesfalls über die Lippenkontur hinauszeichnen, wenn Sie nicht wie ein Clown aussehen wollen.) Wollen Sie den Amorsbogen (in der Mitte der Oberlippe) etwas hervorheben, so zeichnen Sie mit einem Stift zwei Bögen ein. Hier können Sie sich etwas weiter von der natürlichen Lippenform entfernen. Schließlich wollen Sie ein volleres Aussehen der Lippen erreichen.

• Eine harte Linie auf den Lippen vermeiden Sie, wenn Sie den Konturenstift erst etwas abstumpfen, indem Sie damit mehrmals auf dem Handrücken hin und her fahren.

• Haben Sie die Kontur gezeichnet, verwischen Sie sie sanft mit der Kuppe des Mittelfingers. (Aber Vorsicht, Sie wollen die Farbe nicht verschmieren.)

Ist der Konturenstift noch immer zu stark zu sehen, rät Bobbi Brown, erst den Lippenstift und dann den Konturenstift aufzutragen. „Auf diese Weise kann man die Lippen leichter konturieren. Da beide Stifte miteinander abgehen, bleibt keine Kontur um den Mund bestehen."

• Wenn Ihre Hände so stark zittern, daß Sie den Konturenstift nicht richtig auftragen können, halten Sie den Stift möglichst weit vorne, damit Sie bessere Kontrolle haben.

• Passen Sie den Konturenstift nicht an den Lippenstift, sondern an Ihre natürliche Lippenfarbe an, rät Kevyn Aucoin. So vermeiden Sie, daß eine unnatürlich rote, orange, burgund- oder fuchsiafarbene Linie übrigbleibt, wenn der Lippenstift abgeht.

• Faltige Lippen können eine derart unebene Oberfläche aufweisen, daß der Lippenstift darauf nicht gleichmäßig aufgetragen werden kann. Ist dies der Fall, spannen Sie die Lippen zwischen dem Zeige- und Mittelfinger, wenn Sie den Lippenstift auflegen.

Die Augen älterer Frauen sind schwierig zu schminken. Das Augen-Make-up hält einfach nicht mehr so wie in jüngeren Jahren, da es in die feinen Linien und Fältchen rinnt. „Das ist aber kein Grund, auf Make-up zu verzichten", sagt Vincent Longo. „Ganz im Gegenteil! Ich finde, daß Frauen eines gewissen Alters von glamourösem Augen-Make-up profitieren."

Perfektes Augen-Make-up

Mit Bedacht gewähltes Make-up kann den Augen wunderbar schmeicheln. Sie müssen jedoch wissen, welche Form Ihre Augen haben. Nur so können Sie sie richtig schminken. Wissen Sie, zu welcher der fünf Grundformen Ihre Augen gehören, können Sie die Regeln auf der gegenüberliegenden Seite anwenden. Tragen Sie den Lidschatten richtig auf, können Sie den gesamten Augenbereich verändern und einzelne Elemente stärker betonen.

Meist sind für das Augen-Make-up nur drei Farben erforderlich: ein heller Grundton wie Elfenbein, Vanille oder Mandel; ein mittlerer Ton und eine dunkle Farbe, um die Augen zu umrahmen und vielleicht den äußeren Bereich des Oberlids zu betonen. Wählen Sie gedämpfte Farben aus derselben Farbgruppe, und vergessen Sie nicht die Grundregel jeden Make-ups: Verwischen ist unerläßlich!

Erste Hilfe

• Mittlere Farbtöne lassen Schwellungen optisch zurücktreten.

• Haben Sie dunkle Ringe unter den Augen, betonen Sie das Lid. Verzichten Sie unterhalb des Auges völlig auf Make-up und verwenden Sie nur Abdeckcreme, die Sie äußerst sanft auftupfen.

Weitere Tips für perfektes Make up

• Viele Visagisten raten nur unter den Augenbrauen zu Perllidschatten, „da diese Zone meist straff ist", meint John Gustafson. Doch die neuen, leicht schimmernden Farben können die Augen größer erscheinen lassen und dem Gesicht mehr schmeicheln als matte Töne. Wollen Sie wissen, ob Ihnen schimmernder Lidschatten steht, rät John Gustafson, ein wenig auf den Handrücken zu streichen. „Drehen Sie die Hand dann zur Seite. Der Lidschatten sollte nun matt werden, wenn er für ältere Haut geeignet ist. Schimmert er aus *jedem* Blickwinkel, verzichten Sie."

• Haben Sie den Pinsel in den Lidschatten getaucht, klopfen Sie immer an einer harten Fläche die übermäßige Farbe ab, damit der Lidschatten nicht auf die Wangen gerät und das Make-up zerstört.

• Trish McEvoy trägt das Augen-Make-up vor der Grundierung auf, da sich Fehler leichter mit einem Wattestäbchen und Make-up-Entferner korrigieren lassen.

• Vermeiden Sie harte Übergänge bei Lidschatten. Ein zusätzlicher Lidschattenpinsel kann die Übergänge mildern, doch versuchen Sie nie, die Farbe mit den Fingern zu verreiben. Haben Sie zu viel Lidschatten aufgetragen, tauchen Sie eine Puderquaste in Gesichtspuder (wie üblich abklopfen) und pressen Sie die Quaste auf das Augenlid, um die Farbe abzuschwächen.

• Verzichten Sie auf flüssigen Eyeliner, da zittrige Hände und faltige Lider das Auftragen erschweren. Visagisten raten, dunklen Puderlidschatten mit einem Eyelinerpinsel aufzutragen. Stephen Glass rät, einen feuchten Eyelinerpinsel in dunklen Puderlidschatten zu tauchen, wenn Sie kräftigere Linien wünschen. Damit werden die Konturen weicher als mit einem flüssigen Eyeliner. Sie können aber auch einen Kajalstift verwenden und die Linie dann mit einem passenden Puderlidschatten fixieren und weicher machen. Ein guter Trick ist auch, den Eyeliner vorsichtig am Wimpernansatz aufzutragen, damit die Wimpern länger wirken, wenn Sie zusätzlich Mascara verwenden.

Befolgen Sie diese Regeln, und sind Sie mit Ihrem Lidschatten noch immer nicht zufrieden, so könnten Sie es mit einem der neuen Creme-Puder-Lidschatten versuchen. Sie sind leicht aufzutragen und können dreißig Sekunden lang mit den Fingerspitzen verwischt werden, bevor sie pudrig schimmern. Wir mögen ColorStay Eyecolour von Revlon und Amazing Lasting Eye Colour von Almay. Beide sind in vielen Farben erhältlich und ebenso hervorragend zum Ausgehen wie für den Alltag, wenn Sie die Augen nur leicht betonen möchten, geeignet.

AUGENFORMEN UND LIDSCHATTEN

Bereiten Sie den Augenbereich bei allen Augenformen erst mit Grundierung und/oder Puder vor *(siehe Seite 70–71).*

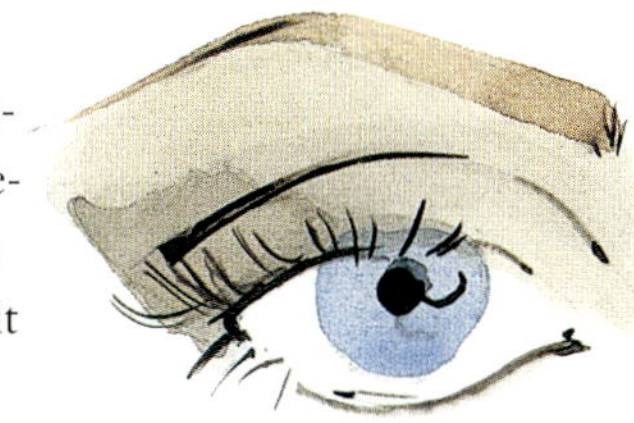

Tiefliegende Augen: Hier müssen die Augenlider betont werden. Tragen Sie einen hellen Lidschatten über das ganze Lid auf. Vincent Longo rät am Wimpernansatz von der Augenmitte zum äußeren Augenwinkel hin zu einem etwas dunkleren Farbton, der aber nicht in die Lidfalte gestrichen werden darf. Dadurch wirken die Wimpern dichter und schwerer und lenken die Aufmerksamkeit von dem tiefliegenden Lid ab.

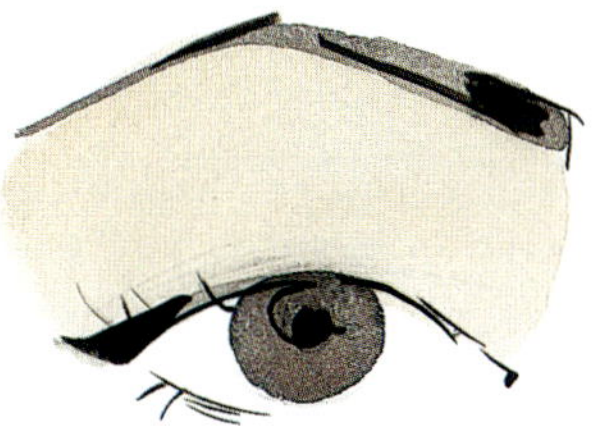

Mandelförmige Augen: Diese klassische Form ist leicht zu schminken. Tragen Sie eine blasse Farbe auf dem gesamten Lid auf (wer keine Falten auf dem Lid hat, kann sogar zu einem schimmernden Farbton greifen). Die New Yorker Visagistin Liz Michael betont die Augen zusätzlich mit einer dunkleren Farbe, die sie als horizontales V am äußeren Augenwinkel aufträgt. Die Linie sollte am oberen und unteren Lid bei der Pupille enden. „Mandelförmige Augen sollten schlicht und frisch wirken", meint Liz.

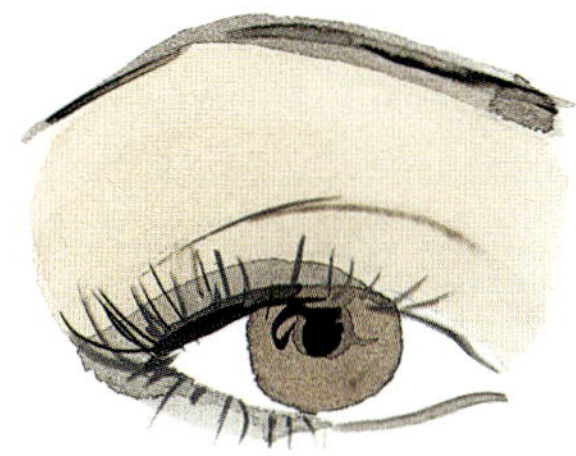

Runde Augen: Sie können dieselbe Technik wie für mandelförmige Augen anwenden. Oder Sie befolgen Vincent Longos Rat und tragen dunklen Lidschatten nur im äußeren Drittel unter dem Auge auf, um das Auge zu „strecken". Das Auge wirkt „aufregender", wenn Sie den dunklen Schatten etwa einen Zentimeter über das Ende des Auges hinaus und leicht nach oben ziehen.

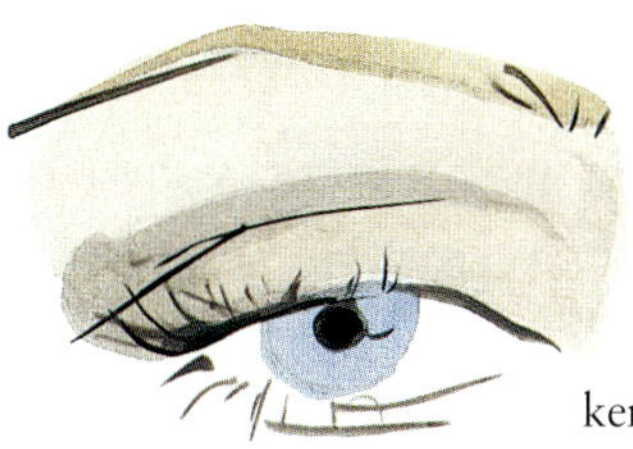

Hängende Augenlider: (Dieselbe Technik funktioniert auch wunderbar bei asiatischen Augen.) Trish McEvoy zeigte uns einen tollen Trick, Lidschatten bei hängenden Augenlidern aufzutragen: Streichen Sie Lidschatten oder Mascara auf das Oberlid, halten Sie den Spiegel in einem Winkel von 45 Grad *unter* dem Auge und neigen Sie den Kopf zurück, damit Sie das gesamte Lid und die Augenhöhle sehen können. Die Falte verschwindet (sogar bei sehr tiefliegenden Augen), und Sie können Lidschatten, Eyeliner und Mascara leichter auftragen. „So sehen Sie den Knochen der Augenhöhle, der bei hängenden Augenlidern sonst meist verborgen bleibt. Doch in diesem Winkel taucht er bei jeder Frau wieder auf." Schminken Sie Lid und die Wimpern unter dem Auge, halten Sie den Spiegel leicht *über* dem Auge und neigen Sie den Kopf nach vorne, damit Sie den gesamten Bereich gut sehen. „Intelligentes Make-up kann hängenden Augenlidern entgegenwirken", meint Trish. „Tragen Sie hellen Lidschatten unter dem Auge und auf dem Brauenknochen auf, um diese Bereiche zu betonen. Schminken Sie dann die gesamte Lidfalte mit einem Konturenpinsel in einem mittleren Farbton. Verwenden Sie keinen Eyeliner, da sonst das Lid wieder zurücktritt. Doch tragen Sie auf den Wimpern Wimperntusche auf." Wenn Sie nun die Augen öffnen und geradeaus in den Spiegel blicken, sollte das hängende Lid weniger auffallen.

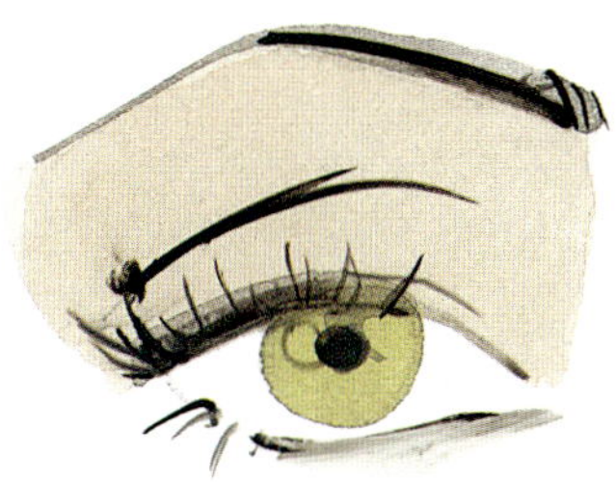

Abfallende Augen: Hängen Ihre Augen an der äußeren Kante nach unten, befolgen Sie dieselben Tips wie oben. Zusätzlich sollten Sie aber das untere Augenlid mit dunklem Lidschatten betonen, den Sie mit einem feinen Eyelinerpinsel auftragen. Ziehen Sie die Linie leicht über den Augenrand nach oben. (Ziehen Sie das obere Augenlid nicht nach.)

Perfekte Brauen

Experten meinen, daß ältere Frauen unbedingt die Brauen pflegen und formen sollten, da sie dem Gesicht Konturen verleihen.

Der Visagist Kevyn Aucoin meint, daß die Augenbrauen das Aussehen perfekt gekleideter, geschminkter und frisierter Frauen trüben können. Mit zunehmendem Alter haben immer mehr Frauen mit grauen oder ausgedünnten Augenbrauen zu kämpfen, die altersbedingt, durch übermäßiges Zupfen oder einen Unfall auftreten können.

Eliza Petrescu, zu deren Kunden in dem New Yorker Salon von John Barrett **Vanessa Redgrave, Kirstie Alley, Cindy Crawford** und **Claudia Schiffer** zählen, ist überzeugt, daß die richtige Brauenform eine Frau um zehn Jahre verjüngen kann, da sie absackende Lider ausgleicht. „Ich habe Vanessa Redgrave die Brauen zu einem stärkeren Bogen gezupft, da diese Form ab einem gewissen Alter den Augenbereich optisch strafft", erzählt sie.

Folgen Sie also unseren Tips für perfekt geformte Brauen.

★ Das erste Mal sollten Sie die Brauen von einem Profi zupfen lassen. Die Visagistin Carol Shaw aus Hollywood sagt: „Werden die Brauen erst von einem Experten geformt, können Sie die Linie zu Hause beibehalten.

★ Investieren Sie in eine gute Pinzette, mit der Sie die Haare fest halten können, ohne daß es unnötig schmerzt. Wie auch die meisten Visagisten mögen wir die Pinzetten von Tweezerman* und die Produkte der Schweizer Firma Rubis*.

★ Übertriebene Tapferkeit ist unnötig. Haben Sie eine niedrige Schmerzschwelle, rät Darac, der Visagist von Prescriptives, ein Mittel gegen Zahnschmerzen (etwa Ambosolgel) einige Minuten vor dem Zupfen aufzutragen, um die Zone leicht zu betäuben.

★ Zupfen Sie bei Tageslicht und mit einem Vergrößerungsspiegel, wenn Sie schlecht sehen. (Der ultimative Platz, die Brauen zu zupfen, ist ein geparktes Auto!)

★ Zeichnen Sie erst mit einem Augenbrauenstift die Idealform und zupfen Sie alle überstehenden Härchen weg. (Für blonde Frauen eignet sich vor allem ein graubrauner Stift.) Gehen Sie aber am äußersten, schmälsten Ende der Brauen behutsam vor. Achten Sie besonders darauf, wo die Haarwurzel liegt, damit Sie nicht versehentlich ein Loch in die Brauen zupfen.

Die Schauspielerin Jaclyn Smith zupft die Brauen am Morgen vor dem Duschen. „So können allfällige Rötungen und Schwellungen abklingen, bevor ich mich schminke."

★ Nehmen Sie sich Zeit. Zupfen Sie erst die Härchen über der Nase. Die Brauen sollten direkt über dem inneren Augenwinkel beginnen und sich so weit wie möglich nach außen erstrecken. Zupfen Sie erst ein paar Härchen an einem Auge, dann am anderen, damit die Brauen gleichmäßig werden. Straffen Sie die Haut mit den Fingern, damit Sie weniger Schmerz empfinden.

★ Betonen Sie den natürlichen Bogen. Die Brauen sollten den höchsten Punkt an der äußeren Kante der Iris erlangen. Zupfen Sie alle Härchen weg, die unter diesem Bogen wachsen. Laura Mercier meint, daß die obere Kante der Augenbrauen sehr wohl gezupft werden darf. „Ich habe bemerkt, daß meine Stirn aufgelockert wirkt, wenn ich einige Härchen oben an meinen dicken Brauen entferne." Prüfen Sie immer wieder das Ergebnis, bevor Sie fortfahren.

★ Entzündungen vermeiden Sie, wenn Sie den gezupften Bereich mit Teebaumöl einreiben.

★ Zupfen Sie die Brauen einmal oder zweimal pro Woche. Vergessen Sie aber nie, daß ständiges Zupfen dazu führt, daß die Härchen immer langsamer wachsen und schließlich ganz ausbleiben. Deshalb ist es auch äußerst wichtig, daß Sie nie zuviel Härchen entfernen.

SCHÖNE BRAUEN

Ältere Frauen machen sehr oft den Fehler, daß ihre Brauen aufgezeichnet wirken. „Die Augenbrauen sollten nicht Ihr Erscheinungsbild dominieren", erklärt Valerie Sarnelle; die Adresse ihres Salons in Hollywood ist in den Terminkalendern vieler Stars zu finden.

Sehr natürliche Brauen schaffen Augenbrauenstift oder Puder (Brauenpuder oder Lidschatten) oder beides.

Wollen Sie nur die natürliche Brauenfarbe verstärken, ist Lidschatten allein am besten geeignet. Wollen Sie aber Lücken in den Brauen füllen, sollten Sie Lidschatten über den Augenbrauenstift streichen.
Achtung: Bevor Sie beginnen, bürsten Sie die Brauen mit einer kleine Bürste nach unten. Dafür eignen sich eine alte, saubere Zahnbürste oder ein alter, sauberer Mascarastift.

DIE RICHTIGE FARBE

• Die Brauen sind von Natur aus nicht alle gleich gefärbt. Deshalb erzielen Sie die natürlichste Wirkung mit Stift und Puder in zwei Farbtönen.
• Mary Greenwell warnt grauharige Frauen: „Blaugrau oder Dunkelgrau sind zu streng." Stephen Glass* empfiehlt BR61 von Kanebo*, „einen sehr natürlichen Taupeton".
• Auch rothaarige Frauen sollten auf alle Fälle Farbtöne vermeiden, die nur einen Hauch Rot enthalten. „Rötliche Brauen sehen aufgesetzt aus", meint Mary. „Die Regel lautet immer: Man sollte sehen, daß die Lippen und Augen geschminkt sind, Haut und Brauen jedoch sollten immer natürlich wirken."
• Haben Sie graues Haar oder decken Sie graue Strähnen mit blonder Farbe ab, müssen Sie auf allzu intensive Brauenfarben verzichten. „Zu dunkle Brauen verleihen Ihnen einen finsteren Gesichtsausdruck", meint Mary Greenwell. Ein hellerer Ton bis hin zu einem hellen Taupe, das für blonde Frauen geeignet ist, kann das Gesicht weicher machen.
• Einige Frauen, deren Brauen ausdünnen, schwören auf semipermanentes Make-up, bei dem die Brauen praktisch auf die Haut tätowiert werden. Wir haben aber bisher noch keine Frau gesehen, bei der Brauenfarbe und -form natürlich gewirkt hätten. Bleiben Sie deshalb lieber bei Stift und Puder.

Stifttechnik

Die meisten Augenbrauenstifte sind für viele Gesichter zu offensichtlich. Probieren Sie den Stift immer erst auf dem Handrücken: Er sollte weich sein und gut gleiten. Mit einem Augenbrauenstift verstärken Sie die Farbe, indem Sie nur die Härchen färben, oder Sie können fehlende Härchen „ersetzen", indem Sie diese auf der Haut einzeichnen. Bürsten Sie die Brauen nach dem Färben, um die Linie aufzulockern.

Auch wenn Sie Augenbrauenstift bevorzugen, ist die Wirkung realistischer, wenn Sie die Linien danach mit einem Puderlidschatten abschwächen.

Pudertechnik

Sie benötigen einen kleinen, harten Pinsel mit schräger Kante *(siehe Die wichtigsten Utensilien, Seite 75)*. Tauchen Sie den Pinsel in den Puder und klopfen Sie ihn kräftig am Waschbecken oder an der Handkante ab.

Beginnen Sie bei der breitesten Stelle der Braue und arbeiten Sie mit kurzen, leichten, fedrigen Strichen nach außen. Streichen Sie den Puder immer auf die Härchen. Haben Sie sehr helle Brauen (oder überhaupt keine), können Sie die Farbe am äußeren Ende auf die Haut auftragen, um die Brauenform leicht zugunsten Ihrer Gesichtsform zu verändern. Sie können auch speziellen Brauenpuder kaufen (von Colourings, Chanel und Estée Lauder), der etwas wachshaltiger ist als der Lidschatten und somit länger hält.

Bürsten Sie danach die Brauen mit dem Pinsel in Form. Sind die Härchen sehr widerborstig, können Sie sie mit einem Brauengel glätten (von Body Shop, Estée Lauder und Trish McEvoy* erhältlich) oder etwas Haarspray auf den Pinsel sprühen und damit glattbürsten.

Wimperntusche wirkt wahrhaft Wunder. Und sie gehört zu den Make-up-Utensilien, die die meisten Frauen auf eine einsame Insel mitnehmen würden. Doch Mascara kann nicht nur jünger, sondern auch älter machen, wenn Klümpchen auf den Wimpern kleben. (Denken Sie nur an Barbara Cartland, die wir sonst sehr schätzen.) Befolgen Sie deshalb unsere Tips.

Magische Augen

- „Betonte Wimpern machen das Gesicht sofort ausdrucksstärker – vor allem, wenn die Wimpern ihre Farbe verloren haben. Sogar wenn Sie nie Make-up tragen, sollten Sie auf Mascara nicht verzichten“, meint Mary Greenwell.
- Barbara Daly rät, von schwarzer auf braune Mascara zu wechseln. „Sie wirkt weicher, schmeichelhafter.“
- Trish McEvoy meint, daß Mascara perfekt aussieht, wenn man erst den Wimpernansatz gut färbt und dann die Wimpern mit winzigen Seitwärtsbewegungen nach oben biegt.
- Wollen Sie zwei Schichten Mascara auftragen, sollten Sie erst die erste trocknen lassen, damit sich keine Klümpchen bilden.
- Barbara Daly rät Frauen über vierzig, Klümpchen mit einer Wimpernbürste zu entfernen. Auch eine (mit viel Augen-Make-up-Entferner) gereinigte alte Mascarabürste eignet sich dazu.
- Klümpchen vermeiden Sie, wenn Sie die Wimperntusche alle drei Monate erneuern. Trish McEvoy rät, die Mascarabürste immer erst mit einem Papiertuch zu reinigen, bevor Sie Mascara auf die Wimpern auftragen.
- „Pumpen“ Sie das Bürstchen nie in das Röhrchen, da sonst Luft eindringt und die Wimperntusche leichter austrocknet und Klümpchen bildet.
- Die Wimpern sollten gepflegt werden. Bobbi Brown meint, daß wasserfeste Mascara die Wimpern zu stark austrocknet und daher nur für sehr heiße Tage, traurige Filme oder emotionelle Anlässe geeignet ist.
- Wenn Ihre Lider hängen, sollten Sie nur wenig Mascara auftragen oder nur die äußeren Wimpern schminken. Rex meint: „Dichte, dunkle Wimperntusche macht die Augen schwerer.“
- Alle Visagisten, mit denen wir sprachen, schwören auf Wimpernzangen. Sie vergrößern die Augen und können „die Wimpern sogar dauerhaft formen, wenn man sie regelmäßig anwendet“, glaubt Ruby Hammer. (Sie schwört auf Tweezerman*, da die Zange mit Antihaftpads aus Silikon beschichtet ist. Vermeiden Sie Metallzangen – sie können die Wimpern abzwicken.)
- Wimpernzangen müssen immer *vor* Auftragen der Wimperntusche verwendet werden. Setzen Sie die Zange von unten so an die oberen Wimpern an, daß sie zwischen den Rändern der Zange liegen. Drücken Sie etwa fünf bis zehn Sekunden zusammen und rollen Sie die Zange nach oben weg. Für spezielle Anlässe eignen sich auch falsche Wimpern. Sie sind als Streifen oder kleine Bündel erhältlich. Der beigepackte Gummiklebstoff garantiert schmerzloses Entfernen. Stephen Glass empfiehlt Eylure Natural Eyes*, die er erst zurechtschneidet, bevor er sie aufklebt. „Ich trage immer erst als Richtlinie und nochmals nach Aufkleben der Wimpern Eyeliner auf, um den Klebstoff zu verbergen.“ Vincent Longo stimmt dem zu: „Falsche Wimpern setzen tolle Akzente, da die Wimpern mit zunehmendem Alter ausdünnen. Es ist auch nicht teuer, falsche Wimpern im Kosmetiksalon befestigen zu lassen. Sie können sehr elegant wirken.“ (Im Salon lernen Sie auch, wie man die Wimpern richtig aufsetzt.) Eylure erzeugt auch semipermanente Wimpernbündel, mit denen man vor allem den äußeren Augenbereich effektvoll betonen kann. Sie sind einfach anzubringen und bleiben einige Tage in Form. (Entfernen Sie die Wimpern aber beim geringsten Anzeichen einer Reizung. Gesundheit ist wichtiger als lange Wimpern.)

MASCARA, DIE WIR LIEBEN

Früher mußte Mascara die Wimpern dichter und länger machen. Heute nicht mehr. Wir meinen, daß Mascara in unserem Alter vor allem natürlich aussehen soll. Wir lieben Minimalist von Estée Lauder und Mascara von Laura Mercier*. Beide färben die Wimpern wunderschön und realistisch, ohne sie zu verkleben. Visagisten in aller Welt schwören auf Great Lash Mascara von Maybelline. Da dieses Produkt nicht so schnell trocknet, hat man genügend Zeit, die Klümpchen wieder zu entfernen.

Abend-Make-up

Die Kunst des Schminkens für Abende bei schummrigem Licht und betörender Musik.

„Für ein Abend-Make-up benötigt man nicht unbedingt mehr Produkte, sondern mehr Zeit zum Schminken. Wer genug Zeit hat, kann sorgfältig alle Produkte auftragen. Sonst sollten Sie nur die Produkte verwenden, die Sie in der verfügbaren Zeit sorgfältig auftragen können. Vielleicht sind das nur wenige Kosmetika, doch sehen Sie immer toll aus, wenn Sie sich Mühe gaben. Makelloser Teint, Mascara und Lippenstift reichen völlig aus."

Abend-Make-up besteht nicht aus zusätzlichen Schichten. Barbara Dalys weiser Rat lautet vielmehr: „Verwenden Sie in etwa dieselben Farben wie tagsüber. Sie wollen exquisit aussehen, doch dieselbe Person bleiben." Wir baten daher Barbara um ihre Tips für ein Abend-Make-up.

◆ „Schminken Sie sich immer bei möglichst gutem Licht. Tagsüber ist das ein Spiegel in der Nähe eines Fensters. Nach Einbruch der Dunkelheit nehme ich den Schirm von einer hellen Nachttischlampe ab und schminke mich in diesem Licht. Und ich verwende immer einen Vergrößerungsspiegel. Das Gesicht sieht zwar in dieser Größe erschreckend aus, doch wird ein Vergrößerungsspiegel zur Notwendigkeit, wenn das Augenlicht schwächer wird."

◆ „Decken Sie die Haut nicht zu stark ab. Sie tun sich nichts Gutes, wenn Sie das Make-up über das gesamte Gesicht streichen. Manche Frauen denken, daß sie mehr Make-up vertragen, nur weil das Licht am Abend schlechter ist. Das ist aber ein großer Irrtum. Tragen Sie nur dort leicht Grundierung auf, wo es nötig ist. Tragen Sie Abdeckcreme in ganz dünnen Schichten auf den Problemzonen auf."

◆ „Ich liebe losen Puder bei Tag und bei Nacht. Stecken Sie aber trotzdem Kompaktpuder in Ihre Tasche, damit Sie sich nachschminken können. Gehen Sie mit Puder sparsam um. Verwenden Sie zu viel, wirken Sie angemalt und um einige Jahre älter."

◆ Am Abend können Sie einen *Hauch* mehr Rouge vertragen. Aber wirklich nur einen Hauch. (Barbara meint, daß Sie Rouge auch nur ganz zart am Haaransatz auftragen können.)

◆ „Ich mag am Abend cremige oder schimmernde Highlights an den Stellen, die sonst ein wenig glänzen, wie Stirnknochen, Lider, Backenknochen, in der Mitte der Unterlippe. Meiden Sie aber faltige Bereiche. Sie wollen nur zart schimmern und nicht aussehen, als ob Sie schwitzen würden." (Stephen Glass empfiehlt Maquilumine von Lancôme, einen flüssigen Highlighter, der über die Haut gleitet.) „Sind Sie nicht sicher, ob das Gesicht den Schimmer verträgt, tragen Sie statt dessen Puder mit leichtem Gold- oder Rosenschimmer auf Schultern und Dekolleté auf", rät Barbara.

◆ „Am Abend wirkt transparentes Lipgloss in der Mitte der Unterlippe Wunder. Streichen Sie aber immer Konturenstift und Lippenstift darunter, da das Lipgloss leicht abgeht. Oder schminken Sie sich regelmäßig nach."

◆ Sie vertragen am Abend rauchigere Farben um die Augen, doch sollten Sie bei Ihren gewohnten Tönen bleiben.

Faszinierende Frauen

Gayle Hunnicutt

Die texanische Schauspielerin Gayle Hunnicutt ist heute Mitte fünfzig. Sie lebt mit ihrem Ehemann, dem Journalisten Simon Jenkins, und ihrem halbwüchsigen Sohn Edward in London. Der über zwanzigjährige Sohn Nolan aus ihrer ersten Ehe mit David Hemmings begrüßt Gayle bei seinen regelmäßigen Besuchen mit „Ciao bella". Wir lieben Gayles animierendes Lachen, ihre Lebensfreude und ihr Selbstbewußtsein.

Heute fühle ich mich blendend, doch habe ich vier sehr schwere Jahre hinter mir. Nach meinem fünfzigsten Geburtstag mußte ich erst lernen, die Verantwortung für meine Gesundheit zu übernehmen. Ich machte den schwerwiegenden Fehler, sechs Wochen nach einer radikalen Hysterektomie, bei der mir beide Eierstöcke und die Gebärmutter entfernt wurden, wieder zu arbeiten. Ich gebe dafür niemandem außer mir selbst die Schuld, doch wäre es hilfreich gewesen, wenn mir ein Arzt gesagt hätte, daß nach dieser schweren Operation sechs Monate Erholung nötig sind.

Ich arbeitete neun Monate lang hart und begann dann mit anstrengenden Umbauarbeiten an unserem Haus. Danach kam ich nicht zur Ruhe, da ich so starke Schmerzen im Rücken, in den Beinen und im Beckenbereich hatte. Ich konsultierte fünf hervorragende Ärzte, die mir alle Prozac verschrieben, weil ich so deprimiert war. Aber ich wußte, daß ich nicht an psychischen, sondern an körperlichen Problemen litt.

Ich war am Verzweifeln, als eine resolute Tante meinte: „Keiner dieser Ärzte hilft dir, wende dich an einen anderen." Ich konsultierte die wunderbare praktische Ärztin Alison Joy und den Chirurgen Charles Akle. Beide meinten, daß ich Adhäsionen hatte, also kleine Stücke von Narbengewebe, die den Darm verstopften, weil mein Körper keine Zeit zur Regeneration gehabt hatte. Eine Endoskopie half sofort. Mich erschreckte, daß ich sinnlos Prozac nehmen und noch immer Schmerzen haben würde, wenn ich nicht so energisch gewesen wäre.

Zudem hatte ich Probleme mit der Hormonersatztherapie. Nach der Hysterektomie erhielt ich ein Östrogen/Testosteronimplantat. Doch nach einem Jahr war mein Östrogenspiegel extrem erhöht, und meine Hypophysentätigkeit war vermindert. Ich litt unter sehr starker Müdigkeit. Da man aber eine Implantattherapie nicht unterbrechen kann, dauerte es ein weiteres Jahr, bis mein Körper das Östrogen absorbiert hatte. Heute bekomme ich natürliches Progesteron plus ein Testosteronimplantat (Erneuerung nach fünf Monaten) und ein Östrogenpflaster.

Ich war nie sehr sportlich, doch fühle ich mich einfach besser, wenn ich täglich mit dem Hund spazierengehe, einmal pro Woche Yoga betreibe und im Fitneßstudio trainiere. Ich mache auch die Medau-Technik, ständige Bewegung zu Musik, bei Lucy Jackson, die schon Großmutter ist und die Figur einer Achtzehnjährigen hat.

Hat man Probleme mit dem Körper, fühlt man ihn sehr stark. Deshalb versuche ich, ihn sanft zu behandeln. Ich esse viel Nudeln, Reis, Brot und Gemüse. Für gewöhnlich esse ich nur jeden zweiten Tag Fleisch oder Fisch, ich liebe Obst und trinke keinen Alkohol.

Ich schlucke nicht viele Vitamine, nur ein Gramm gepuffertes Vitamin C täglich, eine Mulitvitamin- und Mineraltablette, Kalzium, Zink und Udo's Choice-Öl*. Und ich mag grünes Magma, ein Roggenextrakt aus Japan, der den Darm reinigt. Das Immunssystem stärke ich mit Echinacea und homöopathischem Oscilloccinum.

Das Alter hat mir brüchige Nägel (die ich immer hatte) und graue Haare beschert. Ich färbe sie alle drei Wochen, doch auch Naturfarben wie das Braunrot, das ich verwende, reizen meine Kopfhaut. *(Unsere Tips finden Sie auf Seite 114–119.)*

GAYLES SCHÖNHEITSTIPS

Alle drei Wochen eine Massage; eine Gesichtsbehandlung nach einem Flug; **Reiniger: Vaseline,** dreimal vor dem Schlafengehen aufgetragen; **Feuchtigkeitspflege,** die Gayle jede Nacht wechselt:
Öle: **Clarins Orchidée Bleu, Cetuem Gold;** Feuchtigkeits- und Nachtcremes: **Chanel Hydra-Système, Ponds Overnight Cream, Revlon Eterna 27, Clarins Multi-Regenerative System, Darphin Intral Balm** (wenn die Haut sehr trocken ist); **Givenchy Double Sequence Ampullen;** zu speziellen Anlässen: **Clarins Beauty Flash Balsam.**

Zeitloser Duft für alle Gelegenheiten

Parfüm kann die Stimmung sofort heben. Doch Ihr Lieblingsduft muß nicht das ganze Leben lang zu Ihnen passen. Hier sind einige Tips, damit Sie in jedem Alter verführerisch duften.

Eines Tages werden Sie erwachen, und Ihr vertrautes Parfüm wird anders riechen, da uns die Hormone übel mitspielen und den Duft anders mit der Haut reagieren lassen. (Deshalb vertragen Schwangere häufig ihren Lieblingsduft nicht.) Beunruhigend ist aber, daß sich unser bevorzugter Duft verändern kann, ohne daß wir es *merken*, da der Geruchssinn langsam nachläßt, wenn wir den fünfzigsten Geburtstag gefeiert haben, und unsere Fähigkeit, Gerüche wahrzunehmen, ab sechzig abnimmt.

Jilly Fraysse, eine Duftexpertin, die in den exklusiven Londoner Parfümerien L'Artisan Parfumeur und Les Senteurs arbeitet, hat dieses Phänomen immer wieder bei ihren Kundinnen bemerkt. Jilly erklärt, daß sich unser Duftempfinden verändern kann, wenn die Hormonproduktion sich ändert. Das erste Mal bemerkte sie dieses seltsame chemische Wechselspiel von Parfüm und Haut, als sich ihre Schwiegermutter in der Menopause befand. „Sie hatte ihr ganzes Leben lang Arpège verwendet, da sie dieses Parfüm in der Verlobungszeit von ihrem jetzigen Ehemann geschenkt bekommen hatte. Doch als sie fünfzig wurde, verströmte das Parfüm an ihr einen Käsegeruch. Und das Schlimmste daran war, daß sie es nicht bemerkte." Als Jilly selbst in die Wechseljahre kam, konnte sie plötzlich nicht mehr Joy tragen, das sie immer so geliebt hatte, da ihr von dem Duft übel wurde. „Der Lichtblick ist aber, daß all dies meist vorüber geht", sagt sie. „Haben Sie die Menopause überstanden, können Sie meist wieder ohne Probleme Ihr altes Lieblingsparfüm verwenden."

Reagiert Ihr Lieblingsduft plötzlich mit der Haut, ist nicht alles verloren. „Sie müssen Parfüm nicht auf der Haut tragen", meint Jilly. „Sprühen Sie es statt dessen auf den Kleidersaum, den Ärmelaufschlag, Kragen oder ein Wattebällchen, das Sie in den BH legen. Doch Vorsicht: Manche Parfüms hinterlassen Flecken. Sprühen Sie den Duft erst auf ein weißes Papiertuch. Bildet sich kein Fleck, können Sie das Parfüm auf hellem Stoff gefahrlos verwenden." Oder versuchen Sie einen Duftschleier: „Sprühen Sie Parfüm in die Luft und gehen Sie durch die Wolke. Der Duft fängt sich in Haar und Kleidung."

Nach Jillys Erfahrung sind die blumigen Düfte auf Jasminbasis am problematischsten. Fruchtige Parfüms mit dem Duft von Zitrusfrüchten sind ihrer Meinung nach „sicherer".

Wie wissen wir, ob wir zu viel Parfüm verwenden, wenn die Nase nachläßt? „Es reicht immer ein Spritzer auf beiden Seiten des Halses, auf den Handgelenken und den Kniekehlen."

Jilly sprüht Parfüm immer außen auf das Handgelenk, da sich der Duft nach außen ausdehnt, wenn er sich erwärmt. Und zum Schluß der berühmte Trick: „Tragen Sie Parfüm an all den Stellen auf, wo Sie geküßt werden möchten."

SICHERE DÜFTE

- Annick Goutal Eau d'Hadrien
- Annick Goutal Eau du Sud
- Chanel Cristalle
- Chanel No. 5 („Der hohe Anteil an synthetischen Aldehyden garantiert, daß Chanel No. 5 sich auf der Haut weniger verändert als andere blumige Düfte", meint Jilly.)
- Christian Dior Eau Sauvage
- Coudray Romantica
- Creed Fleurissimo
- Diptyque L'Ombre dans L'Eau
- Diptyque Olène (Gylzine)
- Guerlain Eau Impériale
- Maitre Parfumeur et Gantier Camélia Chinois

(Adressen, wo Sie die weniger bekannten Düfte erhalten, finden Sie im Anhang.)

PS.: Unser erklärter Lieblingsduft? Mitsouko von Guerlain. Schwer, samtig und einfach unwiderstehlich.

PARFÜMS – WER TRÄGT WELCHEN DUFT

★ **Sharon Stone:** Bulgari Eau Parfumée

★ **Kim Basinger:** Fracas von Robert Piguet und süße, einfache Düfte von Avon

★ **Suzanne Wyman (Modedesignerin und Frau von Bill Wyman):** Sunflowers von Elizabeth Arden

★ **Lady Weinberg (die Modedesignerin Anouska Hempel):** Cabotine von Madame Grès

★ **Diana Ross:** Düfte von Jo Malone (die auch **Barbra Streisand** liebt)

★ **Zsa Zsa Gabor:** Chanel No. 5

★ **Prinzessin von Kent:** Nina Ricci L'Air du Temps

★ **Die verstorbene Jackie Kennedy Onassis:** trug immer Guerlain Jicky

★ **Shakira Caine:** Anaïs Anaïs

★ **Angelica Huston:** Jean Patou 1000

★ **Lauren Bacall:** Düfte der provenzalischen Kosmetikfirma L'Occitane

★ **Melanie Griffith:** Le Must de Cartier

★ **Königin Elizabeth von England:** Bluebell von Penhaligon

★ **Bianca Jagger:** Chopard Casmir

★ **Hillary Rodham Clinton:** Aveda Tantra

★ **Kate O'Mara:** Jardins de Bagatelle von Guerlain

★ **Valerie Campbell (Naomis Mutter):** Angel von Thierry Mugler

★ **Sandra Bernhard:** Calèche von Hermès

★ **Michelle Pfeiffer:** Donna Karan New York

★ **Jane Asher:** Je Reviens von Worth

★ **Marie Helvin:** „Ich wechsle mein Parfüm ständig. Ich habe eine riesige Sammlung von verschiedensten Düften, mit denen ich alles einsprühe."

★ **Mary Wesley (Schriftstellerin):** „Ich trage Mitsouko, seit ich diesen tollen orientalischen Duft nach Kriegsende erstmals entdeckte."

★ **Rebecca Stephens (die erste Frau, die den Mount Everest bestieg):** „Ich trug Alliage von Estée Lauder bis zum letzten Basiscamp, und vor allem meine französischen Kameraden schätzten es. Parfüm ist der einzige Luxus, den ich mir überall gönne."

★ **Betty Boothroyd (Britische Parlamentsabgeordnete):** „Mein Lieblingsparfüm ist Mitsouko von Guerlain. Es erinnert mich immer an meinen Urlaub in Paris."

Make-up-Tips für sehbehinderte Frauen

Wir bewundern die Initiative der Visagistin Jenny Jordan, die sehbehinderte Frauen in die Welt von Kosmetik und Haarpflege einführen möchte. Sie leitet spezielle Workshops, die vom britischen Blindenverband organisiert werden. Durch diese Arbeit weiß sie auch genau, mit welchen Problemen sich sehbehinderte Frauen auseinandersetzen müssen, wenn sie Make-up auftragen möchten. „Zwar meinen viele sehbehinderte Frauen, daß sie sich nicht ordentlich schminken könnten, doch kann Make-up ihr Selbstbewußtsein unglaublich steigern", bemerkt Jenny. Sie rät diesen Frauen, bei einer professionellen Visagistin (etwa in der Kosmetikabteilung eines Kaufhauses) eine Farbberatung in Anspruch zu nehmen und dann die folgenden Tips zu befolgen.

◆ Verwenden Sie einen guten Vergrößerungsspiegel, der klein genug für die Handtasche, aber so groß ist, daß Sie etwas sehen.

◆ Schminken Sie sich natürlich.

◆ Ein Creme-Puder-Make-up ist leichter aufzutragen als flüssiges Make-up. Wechseln Sie den Schwamm regelmäßig nach fünf Anwendungen.

◆ Verwenden Sie getönte Feuchtigkeitscreme anstatt einer Grundierung, wenn Sie halbwegs gute Haut haben. Sie ist einfacher aufzutragen.

◆ Lächeln Sie und tragen Sie mit einem weichen, runden Rougepinsel (oder einem Wattebausch) ein wenig Rouge auf die Wangen auf.

◆ Verwenden Sie den Lippenstift nur auf der Oberlippe und reiben Sie dann die Lippen aneinander.

◆ Verwenden Sie Lipgloss anstatt Lippenstift.

◆ Cremelidschatten ist einfacher mit dem Finger aufzutragen als Puderlidschatten.

◆ Lassen Sie sich die Wimpern färben und verwenden Sie farblose Wimperntusche (z. B. von Max Factor), anstatt zu versuchen, mit farbiger zurechtzukommen. Tragen Sie fünf Schichten farblose Mascara auf die Wimpern von der inneren Ecke des Auges nach außen hin auf.

◆ Cremen Sie sich die Finger mit Vaseline ein, bevor Sie sich die Nägel lackieren. Wenn Sie Nagellack auf den Finger bekommen, können Sie ihn so leicht wieder abwischen. Fehler sind bei farblosem oder naturfarbenem Nagellack weniger zu sehen.

◆ Verwenden Sie Pads zum Entfernen von Augen-Make-up und Nagellack. Sie sind leichter zu handhaben als flüssige Entferner oder Cremes.

◆ Reiniger und Tonikum in einem verhindern, daß Sie die Fläschchen verwechseln.

◆ Pflegen Sie die Augenbrauen mit einer Zahnbürste und einem kleinen Tupfer Vaseline.

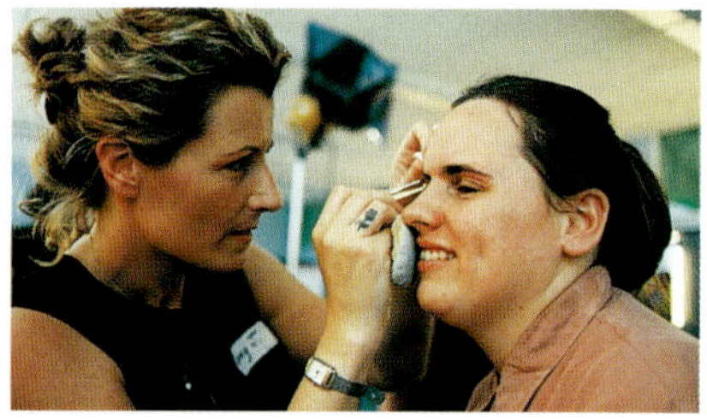

SO FINDEN SIE DAS RICHTIGE MAKE-UP

Jenny rät, die folgenden Ratschläge bei einem Besuch in der Kosmetikabteilung zu befolgen. „Zögern Sie nicht, um Hilfe zu bitten", meint sie. „Ich habe die Erfahrung gemacht, daß Kosmetikerinnen sehbehinderten Frauen sehr gerne behilflich sind. Allerdings können Sie die Kosmetikerin mit den folgenden Fragen in die richtige Richtung lenken.

Make-up: „Können Sie mir bitte ein Creme-Puder-Make-up geben, das im Tageslicht genau mit meinem Hautton harmoniert. Und zeigen Sie mir, wie viele Schichten Make-up ich auflegen muß."

Rouge: „Ich möchte ein Rouge, das mir gesunden Glanz verleiht, aber tagsüber natürlich aussieht. Zeigen Sie mir bitte, wie viele Schichten ich auftragen muß. Außerdem möchte ich einen weichen, runden Rougepinsel, um das Rouge aufzutragen."

Lippenstift: „Geben Sie mir bitte einen haltbaren Lippenstift, der mein Gesicht zum Strahlen bringt."

Lidschatten: „Ich möchte einen Cremelidschatten, den ich leicht mit dem Finger auftragen kann.

„Gut aussehen, besser fühlen" ist ein Programm der Kosmetikindustrie, in dessen Rahmen Workshops für krebskranke Frauen organisiert werden. Dieses Programm wird heute in mehreren Ländern durchgeführt. Visagisten und Schönheitsberaterinnen geben unentgeltlich Tips für Perücken und Schals und lehren ein zwölfstufiges Hautpflege- und Schminkprogramm. Unterstützt wird „Gut aussehen, besser fühlen" unter anderem von der Make-up-Legende Barbara Daly, die sagt: „Dieses Programm ist einfach sensationell. Es gibt den Frauen während dieser Zeit ihres Lebens Selbstbewußtsein, zu der sie es am dringendsten benötigen. Denn wenn man gut aussieht, fühlt man sich tatsächlich besser." Liz Collinge vermittelt Krebspatientinnen Kniffe, um spezielle Probleme zu kaschieren. Wir baten Barbara und Liz um Tips für Frauen, die eine Krebsbehandlung durchstehen müssen.

Gut aussehen, besser fühlen

„Häufig verlieren die Frauen durch eine Chemotherapie die Augenbrauen oder die Wimpern. Sie sollten die Brauen mit sehr feinen Strichen mit einem Augenbrauenstift oder flüssigem Make-up nachzeichnen. Am besten verwendet man zwei Farbtöne, damit die Augenbrauen natürlich aussehen. Wenn der Stift am Ende einen Pinsel hat, sollten Sie die Farbe nach dem Auftragen damit verwischen. Sonst können Sie auch eine weiche Zahnbürste verwenden. Lassen Sie sich die Augenbrauen nie tätowieren, da dies unnatürlich aussieht – und meist wachsen die Brauen nach der Behandlung auch wieder nach", meint Barbara.

„Die Brauen wirken natürlicher, wenn sie mit einem stumpfen Stift aufgezeichnet werden", fügt Liz hinzu. „Fehlen die Wimpern, umrande ich die Augen gerne mit einem mittleren oder dunklen Lidschatten, den ich mit einem Schwämmchen auftrage. Vermeiden Sie Eyeliner, die zu starke Kontraste setzen.

„Vorhandene Wimpern können mit einer Volumenwimperntusche aufgebauscht werden. Wenn Sie die Wimpern verloren haben, sollten Sie nur falsche verwenden, wenn Sie deren Handhabung gut beherrschen", warnt Barbara. „Ist dies der Fall, erhalten Sie viele Wimpern, die sehr natürlich aussehen. Zeichnen Sie eine Linie mit dem Eyeliner ein, damit Sie wissen, wo Sie die Wimpern aufkleben müssen. Eine weitere Möglichkeit sind einzelne Wimpern, wenn Sie nur sehr wenige haben."

„Durch eine Krebsbehandlung kann die Haut sehr stark gerötet sein. Verwenden Sie dennoch nie auf dem ganzen Gesicht eine Grundierung. Überlegen Sie, wo Sie abdecken müssen. Tragen Sie erst das übliche Make-up auf, wo dies nötig ist. Ist Ihre Haut dann noch immer zu stark gerötet, können Sie zu Abdeckcreme greifen. Oder mischen Sie die Abdeckcreme auf dem Handrücken mit etwas grüner Make-up-Grundierung. Sie erzielen so ein natürlicheres Ergebnis, da die grüne Creme alleine zu blaß macht", sagt Barbara.

Verwenden Sie nie dunkleres Make-up, wenn Sie blaß und erschöpft aussehen. Wählen Sie lieber die Farbe, die Ihrem Hautton entspricht, und tragen Sie etwas Rouge oder ein leicht rosig getöntes Make-up auf. Sie können auch tagsüber schwach rosigen Puder verwenden, wenn der Teint ein wenig Unterstützung benötigt", rät Barbara.

„Versuchen Sie, einen Hauch Rouge um die Schläfen, an den Haaransatz und auf Nase und Kinn aufzutragen, wenn Sie sehr blaß sind", meint Liz.

„Trockene Haut und Lippen können ein Problem sein", erklärt Barbara. Verwenden Sie reichhaltigere Feuchtigkeitspflege und ausreichend Lippenbalsam."

Barbaras abschließender Rat: „Lippenstift ist eine tolle Medizin. Kaufen Sie sich deshalb preiswerten Lippenstift in den verschiedensten Farben, um sich jederzeit aufmuntern zu können."

Haar – zeitlos schön

Sieht das Haar gut aus, fühlen wir uns auch gut. Die Hormonschwankungen der Wechseljahre und die ersten grauen Haare bringen neue Herausforderungen für das Haar. Doch sind sie auch eine Chance, unseren Typ stilgerecht zu verändern. Deshalb baten wir die führenden Haarexperten der Welt um ihren Rat für zeitlos schönes Haar. So gehören Haarprobleme der Vergangenheit an.

Typgerechte Frisur

Es ist beinahe so schwierig, den Friseur zu wechseln, wie die Handwerker oder den Liebhaber. Viele Frauen meinen, die Welt erobern zu können, wenn die Frisur paßt – ist das nicht der Fall, verstecken Sie sich nach Möglichkeit zu Hause, stülpen einen Sack über den Kopf und warten, bis die Haare wieder nachwachsen. Alle Experten von John Barrett über John Frieda bis Charles Worthington stimmen überein, daß ein Schnitt nur gut sein kann, wenn er typgerecht ist. Sie kennen Ihre Gesichtsform nicht? Ihr Friseur auch nicht? Dann lesen Sie weiter.

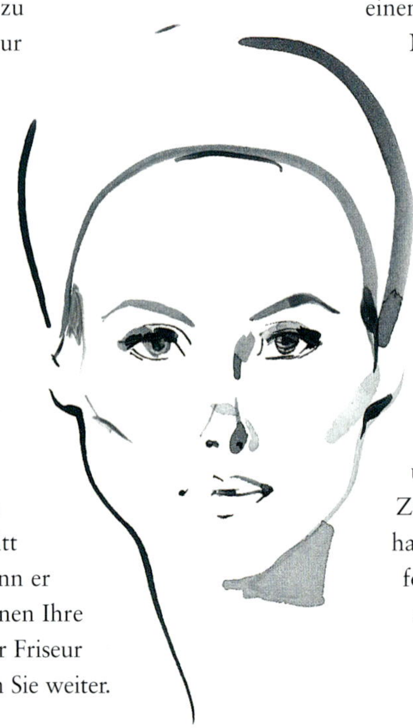

So erkennen Sie Ihre Gesichtsform

Binden Sie das Haar aus dem Gesicht und tragen Sie ein kragenloses Shirt.

Stellen Sie sich eine Armlänge von einem Spiegel entfernt auf. Nehmen Sie einen Konturenstift (oder einen Eyeliner) in die Hand, schließen Sie ein Auge und zeichnen Sie die Konturen des Gesichts (vom Haaransatz zum Kinn und zurück) auf das Glas. Fügen Sie nun Ohren, Hals und Schädel in die Zeichnung ein. Schon haben Sie Ihre Gesichtsform. (Die Farbe läßt sich mit einem Fensterputzmittel leicht wieder entfernen.)

Das sind die besten Schnitte für Ihr Gesicht

Haben Sie ein ovales Gesicht (siehe linkes Bild), steht Ihnen laut unseren Experten beinahe jeder Schnitt. Da diese Gesichtsform aber nur äußerst selten zu finden ist, müssen Mängel kaschiert werden, um die Form mit dem Schnitt zu simulieren. Hier finden Sie die häufigsten Gesichtsformen. (Auch wenn nicht jedes Gesicht genau in diese Schemata paßt.)

P.S.: Mit dem Alter wird das Gesicht meistens schmäler. Versuchen Sie dies immer mit einem weichen, vollen Schnitt ohne harte Konturen auszugleichen.

RUNDES GESICHT

Zu beachten:

- Das Gesicht kann mit einem Schnitt, der am Oberkopf leicht toupiert ist, optisch verlängert werden.
- Ein Pony erzeugt Schatten unter dem Wangenknochen.
- Keine Fülle an den Seiten.
- Fransig geschnittenes Haar im Nacken streckt den Hals.

Plus: Verlängern Sie Augenbrauen und Augen mit Make-up; verwenden Sie auf den Wangenknochen und unter den Brauen Highlighter; heller Lippenstift.

Ich weiß, daß ein Haarschnitt ein Trauma auslösen kann. Aber nicht bei mir. Das Haar wächst wieder nach, und wenn es mir nicht gefällt, ändere ich den Schnitt. Kurzes Haar steht mir.

ISABELLA ROSSELLINI

QUADRATISCHES GESICHT

Zu beachten:

- Leicht toupiertes, glattes Haupthaar verlängert das Gesicht.
- Ein leicht asymmetrischer Pony.
- Kurzes Haar, das hinter die Ohren gesteckt wird und im Nacken fransig geschnitten ist, verlängert optisch.
- Langes Haar muß am Oberkopf als Ausgleich zum Kinn füllig sein, die Ränder sollten weich fallen.

Plus: Betonen und verlängern Sie Augen und Brauen und tragen Sie Ohrringe, um vom Kinn abzulenken.

LÄNGLICHES GESICHT

Zu beachten:

- Weich fallendes Haupthaar.
- Ein leicht asymmetrischer Pony, der in das Haupthaar einfließt und sich ohne Übergang integriert.
- Fülliges Haar hinter den Ohren macht das Gesicht breiter. Dieser Trick hilft auch, wenn der Abstand zwischen Nase und Kinn zu groß ist.
- Ein halblanger, stufiger Bob.

HERZFÖRMIGES GESICHT

Zu beachten:

- Weiche Wellen am Kopf.
- Ein Pony, der zu den Schläfen hin kürzer wird.
- Ein gerade geschnittener Bob, der unter den Ohren endet.

DREIECKIGES GESICHT

Zu beachten:

- Fülliges Deck- und Seitenhaar gleicht die Gesichtsform aus.
- Ein weichfallender, leicht asymmetrischer Pony verkürzt das Gesicht und verbirgt den Haaransatz.

Plus: Betonen Sie die Augen und tragen Sie Ohrringe, um vom Kinn abzulenken. *(Siehe auch quadratisches und längliches Gesicht.)*

LANGES KINN

Zu beachten:

- Das Haar sollte fließend vom Kinn zur Schulter geschnitten sein.

Zu vermeiden:

- Langes, glattes Haar oder einen kurzen Bob, der beim Ohr endet und das Kinn noch länger macht.

Plus: Große Ohrringe lenken ab.

GROSSE NASE

Zu beachten:

- Sanfte Wellen am Hinterkopf.

Zu vermeiden:

- Der Thatcher-Look, der die Nase noch mehr betont.

Langes oder kurzes Haar

Früher hieß es: Kaufe Dir nach dem vierzigsten Geburtstag ein Twinset und schneide Dir die Haare. Heute ist langes Haar in jedem Alter schön, wenn es gesund ist und glänzt.

Nicky Clarke, der teuerste Haarstylist der Welt, der sich vor kurzem sogar weigerte, dem Model Marie Helvin die Haare kürzer zu schneiden, meint: „Ich habe viele ältere Kundinnen mit wunderbarem langem Haar. Solange das Haar gesund ist, kann es lang bleiben. Nur der Schnitt muß vielleicht etwas verändert werden. Es kann leicht fransig geschnitten oder öfter gefönt werden; Aufsteckfrisuren wirken elegant. Aber es ist einfach diskriminierend zu sagen, daß langes Haar abgeschnitten werden muß."

Die Schauspielerin **René Russo** stimmt dem zu. Tatsächlich bringt sie schon alleine der Gedanke in Rage, daß sich Frauen in den besten Jahren das Haar schneiden sollen: „Ich würde mir die Haare schon aus Protest am liebsten bis zu den Zehen wachsen lassen." Die Schriftstellerin **Jackie Collins**, der es nicht im Traum einfallen würde, ihre berühmten Zöpfe abzuschneiden, pflichtet ihr bei: „Langes Haar ist viel sexier. Ich stecke mein Haar beim Arbeiten auf, damit es mich nicht stört, in der Freizeit trage ich es aber immer offen."

Vergessen Sie nicht, daß das Haar etwa einen Zentimeter kürzer wird, wenn es trocken ist. Wollen Sie also einen kinnlangen Bob, müssen Sie das Haar einen Zentimeter länger lassen.

Wenn Sie Ihr Haar lang tragen wollen, sollten Sie darauf achten, daß der Schnitt nicht altmodisch wirkt. Es wird Zeit für eine neue Frisur, wenn Sie Ihr zwanzig Jahre altes Hochzeitsfoto hervorkramen und bemerken, daß Sie noch immer denselben Haarschnitt haben. Auch wenn Sie Ihr Haar als Vorhang benützen, hinter dem Sie sich verstecken können (à la Bobtail), wird es Zeit für eine Veränderung.

Wollen Sie aber weiterhin langes Haar tragen, so haben wir einige einfache Lösungen parat: Lassen Sie ein paar Stufen schneiden, strukturieren Sie die Enden mit Wachs (damit das Haar weicher fällt) oder erlernen Sie Aufstecktechniken. „Am Abend ist ein Chignon sehr elegant", meint Hugh von Hugh & Stephen (der die Hälfte seines Arbeitstages königliche Hoheiten, Aristokraten und Berühmtheiten in seinem Londoner Salon frisiert). „Langes Haar ist vielseitiger als kurzes und deshalb so beliebt." *(Auf Seite 102 zeigen wir Ihnen schrittweise, wie Sie das Haar aufstecken.)*

John Barrett, der für Bergdorf Goodman in New York arbeitet, meint, daß ein „dünnes, schwarzes Seidenband" besonders schick ist, um längeres Haar aus dem Gesicht zu binden. Donna Karan trägt ihr Haar zu einem Pferdeschwanz gebunden, „der mein Gesicht viel jünger aussehen läßt", wie sie meint. Langes Haar ermöglicht es ohne Frage, den Stil ständig zu verändern: Sie können das Haar während der Arbeit streng zusammenbinden und es am Freitag abend zum Ausgehen offen tragen. Oder Sie können es lose aufstecken und es dann ganz sexy vor Ihrem Partner öffnen.

Der Nachteil ist zweifelsohne, daß langes Haar alt ist. Der international führende Haarspezialist Philip Kingsley (der laut Insidern der stark blondierten Mähne der über vierzigjährigen **Jerry Hall** Glanz verleiht), gibt zu bedenken, daß 45 Zentimeter langes Haar bereits drei Jahre alt ist. „In dieser Zeit war es nicht nur Umweltbelastungen ausgesetzt und wurde durch Fönluft geschädigt, sondern meist auch gefärbt (bei Frauen über vierzig) und somit einer zusätzlichen Belastung unterworfen.

Wie kurz ist akzeptabel?

Eine Igelfrisur steht **Sharon Stone** wunderbar, doch sollten Sie sichergehen, daß sehr kurzes Haar auch zu Ihrem Typ paßt. Bevor Sie die Haare abschneiden, sollten Sie das Haar zu Hause aus dem Gesicht binden und sich vor einen großen Spiegel stellen. Prüfen Sie Ihr Profil von allen Seiten und von vorne. John Frieda meint, daß auch eine einfache Messung verrät, ob Ihnen eine Kurzhaarfrisur à la **Audrey Hepburn** steht.

- Stellen Sie sich gerade hin und blicken Sie in den Spiegel – Kinn geradehalten.
- Folgen Sie mit dem Finger der Halslinie vom Ohrläppchen gerade nach unten. Lassen Sie den Finger genau auf der Höhe ruhen, wo das Kinn endet – oder am tiefsten Punkt, wenn Sie ein Doppelkinn haben.
- Messen Sie nun die Entfernung mit einem Maßband oder einem Lineal.

„Beträgt der Abstand mehr als 5,5 Zentimeter, wird Ihnen kurzes Haar wahrscheinlich nicht stehen", meint John Frieda. „Sie benötigen zusätzliche Länge oder Stufen, die in den Hals geschnitten werden, um Ihr Profil aufzulockern. Beträgt der Abstand jedoch weniger als 5,5 Zentimeter, so wird Ihnen kurzes Haar schmeicheln."

Außerdem wird der Haarschaft mit zunehmendem Alter dünner, so daß die Haare leichter brechen." John Frieda gibt zu bedenken: „Dünnes oder ungepflegtes Haar sollte abgeschnitten werden. Es sieht dann nicht nur besser aus, es ist auch bedeutend leichter zu pflegen."

Nicky Clarke ist der Meinung, daß langes Haar auch bei älteren Frauen schön ist, wenn es regelmäßig geschnitten wird. „Sie sollten unbedingt alle sechs bis acht Wochen einen Friseurbesuch einplanen. Es ist ein großer Fehler zu glauben, daß man nicht so oft nachschneiden gehen muß, nur weil der Schnitt nicht auswächst."

Geht man selten zum Friseur, werden gespaltene Spitzen zu einem Problem.

Nur gepflegtes Haar ist schön. Bis vor kurzem hieß es auch, daß nach dem vierzigsten Geburtstag langes Haar geschnitten werden muß, weil es einfach keine Pflegespülungen gab. Deshalb sah langes Haar einfach ungepflegter aus. Da aber heute auch langes Haar durch die modernen Pflegeprodukte strahlend schön sein kann, darf es auch nach dem vierzigsten Geburtstag noch lang getragen werden. „Wenn Sie das Haar gut pflegen, besteht kein Grund, warum es nicht lang bleiben soll – oder Sie es wachsen lassen", meint Philip Kingsley. **Jane Seymour** kann etwa hüftlanges Haar tragen, da es immer ganz wunderbar glänzt.

Nicky Clarke meint, daß „langes Haar häufig elektrisch ist. Es lädt sich vor allem im Winter sehr stark auf, so daß es Volumen verliert und fliegt." Dieses Problem läßt sich mit Conditioner, der nicht ausgespült wird, lösen.

Die Haare brechen nicht so leicht, wenn sie genug Feuchtigkeit enthalten, meint Kingsley. Häufig erkennt man aber erst, daß dem Haar etwas fehlt, wenn es bereits zu spät ist, da man dann erst die gespaltenen und abgebrochenen Spitzen bemerkt. Vorsorge ist daher besser. Und jeder Experte, mit dem wir sprachen, empfahl, langes Haar gelegentlich mit einer Tiefenpflege zu behandeln. „Verwenden Sie diese Pflegeprodukte mindestens einmal im Monat, nach Möglichkeit einmal in der Woche", rät Nicky Clarke. (Zu den Haarmasken, die in unserem vorigen Buch *Einfach schön* die beste Bewertung erhielten, zählen die Kräuterhaarpackung von Estée Lauder, Panthéne Intensivpflege, St. Ives Swiss Formula Mud Miracle und der extrareiche Cremeconditioner von Lancôme.)

Es ist schlecht, langes Haar zu heiß zu fönen. Lassen Sie das Haar lufttrocknen, bis es nur noch leicht feucht ist, oder fönen Sie das Haar auf einer niedrigeren Stufe und rubbeln Sie es leicht. Auch Seren auf Silikonbasis helfen, langes Haar vor Hitzeschäden zu schützen. Die schlimmsten Feinde von langem Haar sind laut Kingsley „die hundert Bürstenstriche am Abend, die unsere Großmütter verordneten". Er frisiert das Haar lieber mit groben Kämmen, da Bürsten zu stark reißen.

Einige Frauen geben eher Schokolade, Sex oder Männer als ihr langes Haar auf. Und mit etwas Pflege ist das auch gar nicht nötig.

Mehr Volumen

Nur wenige Menschen haben ihr ganzes Leben lang dickes, kräftiges Haar. Gleichgültig ob Sie feines, dünnes, kraftloses Haar haben oder gerade eine schlechte Zeit durchleben – mit einigen Handgriffen zaubern Sie Volumen, Wellen und Form ins Haar.

Wir baten Charles Worthington, den ehemaligen britischen Friseur des Jahres, um seine Tips für fülligeres Haar.

„Hat Ihr Haar seine übliche Spannkraft verloren, so überlegen Sie, ob Sie gut auf sich achten", empfiehlt Charles. „Ich weiß genau, wann sich Stammkundinnen nicht gut ernähren oder einfach ungesund leben. Ihr Haar verliert an Sprungkraft, es glänzt nicht und hängt traurig herab. Und machen Sie Bewegung: Kardiovaskuläre Übungen kurbeln die Durchblutung an, das Blut kann die Haarfollikel nähren, und der ganze Körper ist in besserem Zustand."

Manche Friseure meinen, daß dünnes Haar besser kurz getragen werden sollte, doch sagt Charles, daß schulterlang eine gute Länge ist, da sich das Haar hebt, wenn es an der Schulter ansteht und auch leicht aufgesteckt werden kann. Es ist wichtig, daß sich das Haar nicht aushängt, meint er. Man sollte das Haar stufig schneiden, um Form, Volumen und Wellen zu schaffen. Charles ist ebenso wie John Frieda der Meinung, daß kurze, stufige Frisuren, die nur gewaschen und gelegt werden, älter machen. (Könnte das bitte jemand Königin Elizabeth nahebringen?) Lassen Sie Ihr Haar alle fünf bis sieben Wochen nachschneiden und denken Sie daran, daß es je nach Jahreszeit unterschiedlich schnell wächst.

„Spezielle Produkte wie Shampoo, Conditioner, Stylingspray und Fixierung können dem Haar Volumen verleihen", sagt Charles. Achten Sie immer auf die Wörter „Volumen" und/oder „kräftigend". Kaufen Sie nur gute Produkte, und bleiben Sie nach Möglichkeit bei einer Produktlinie, da die Erzeugnisse meist aufeinander abgestimmt sind. Wichtige Inhaltsstoffe sind Panthenol, Keratin-Aminosäuren und braune Meeresalgen (die in den Produkten von Charles enthalten sind).

Der Zustand des Haares ändert sich mit den Jahreszeiten. Da etwa die Kopfhaut in geheizten Räumen trockener wird, benötigt man im Winter möglicherweise ein Produkt, das dem Haar mehr Feuchtigkeit zuführt. Und wird das Haar grau, so ändert sich seine Struktur: Es wird trockener und drahtiger und benötigt zusätzliche Nährstoffe und Feuchtigkeitspflege.

Waschen Sie feines Haar möglichst jeden Tag, da es schneller seine Form verliert. Es wird durch Wärme schlaff, und die Frisur löst sich jede Nacht von neuem auf. Aber auch bei Haar gilt die Regel, daß weniger mehr ist. „Verwenden Sie immer Conditioner, doch tragen Sie nur wenig auf, damit das Haar nicht zusammenfällt", empfiehlt Charles. Volumenshampoos und Conditioner haben im Waschbecken eine effizientere Wirkung als unter der Dusche: „Das Problem besteht darin, daß der Duschstrahl so stark sein kann, daß das Produkt vollständig aus dem Haar gespült wird. Wird es jedoch im Waschbecken ausgespült, bleibt ein Rückstand zurück."

Rubbeltrick

John Frieda hat einen tollen Tip, um mehr Volumen in das Haar zu zaubern: Reiben Sie das Haar zwischen den Fingern, wie Sie Butter in einen Teig bröseln. Sprühen Sie das Volumenprodukt auf das feuchte Haar, lassen Sie es fast völlig trocknen und reiben Sie dann die Haare fest aneinander. „Diese Technik funktioniert auch bei trockenem Haar, wenn Sie wirklich viel Volumen wollen. Ich mache das oft im Studio vor Modeaufnahmen", meint er. (Es funktioniert wirklich!)

GUT GEWICKELT

Bevor die Velcro-Lockenwickler auf den Markt kamen, war eine Dauerwelle die einzige Lösung, wenn man Volumen wollte. Heute werden kaum noch Dauerwellen gemacht, was nach Meinung der Friseure ein Segen ist. Alle sind entsetzt, wie sehr eine Dauerwelle das Haar schädigt. Susan Baldwin von John Frieda erklärt: „Dauerwellen machen das Haar trocken und kraftlos, es wirkt richtig tot.“

Lockenwickler sind ein Segen für feines, dünnes, kraftloses Haar, doch muß man wissen, wie man sie verwendet. Charles Worthington hat folgende Tips für alle parat, denen Wickler bisher ein Rätsel waren:

◆ Verwenden Sie selbsthaftende Velcro-Wickler und befestigen Sie diese wenn nötig mit einem zusätzlichen Klipp.

◆ Geben Sie die Wickler in das warme Haar und lassen Sie es auskühlen. Warmes Haar ist formbar, kaltes hält die Frisur.

◆ Wicklergröße: Das Haar muß mindestens eineinhalb Mal herumgewickelt werden können. Messen Sie die Haare ab, die Sie aufwickeln wollen. Der Durchmesser der Wickler muß zwei Drittel der Haarlänge betragen. Ist also das Haar 7,5 Zentimeter lang, muß der Wickler einen Durchmesser von fünf Zentimeter haben.

◆ Sie benötigen etwa zwanzig Wickler. Wie viele Sie von jeder Größe brauchen, hängt von Ihrem Haar ab. Durchschnittlich sind sechs pro Größe erforderlich.

◆ Haar aufwickeln: Nehmen Sie eine Strähne, die etwas breiter als der Wickler ist. Wickeln Sie die Strähne von oben ausgehend nach hinten und unten.

◆ Trocknen Sie das Haar mit dem Volumenaufsatz des Föns bei niedriger Temperatur oder setzen Sie sich unter die Trockenhaube.

◆ Ist das Haar abgekühlt, nehmen Sie die Wickler von unten beginnend aus dem Haar.

◆ Beugen Sie den Kopf nach unten und sprühen Sie etwas Spray auf den Haaransatz, bevor Sie das Haar mit den Fingern oder einer Bürste in Form bringen.

Heizbare Wickler sind nützlich, wenn Sie in Eile sind. Sprühen Sie etwas altmodischen Haarspray (keinen Stylingspray) auf den Haaransatz. Sie können nur durch Erfahrung lernen, wie lange Sie die Wickler im Haar lassen müssen. Wird das Haar zu lockig, lassen Sie es etwas abkühlen und lassen Sie die Wickler nur kurz im Haar.

TOUPIEREN

Feines Haar hat die Eigenschaft, während des Tages leicht zusammenzufallen, wenn Sie sehr in Eile oder gestreßt sind oder sommerliche Temperaturen herrschen. Auch wenn es nach 60er Jahren klingt, so stellt das Toupieren doch eine wunderbare Möglichkeit dar, um das Haar in Form zu halten. Diese Technik soll zwar schlecht für das Haar sein, doch gilt diese Annahme nicht, wenn man sehr sanft toupiert. Charles empfiehlt: „Halten Sie eine Haarsträhne locker zwischen Daumen und Finger und toupieren Sie das Haar. Halten Sie die Strähne zu fest, ist der Druck auf das Haar zu groß. Am besten eignet sich dafür eine Naturhaarbürste. Wollen Sie nur am Haaransatz Volumen, verwenden Sie zum Toupieren eine Bürste mit weichen Borsten. Gehen Sie ganz sanft vor. Wollen Sie viel Volumen, das lange hält, beugen Sie den Kopf nach vorne und sprühen Sie etwas Styling- oder Fixierspray ins Haar, bevor Sie zu toupieren beginnen.“

Stirnfransen

Wenn Sie eine faltige oder gefurchte Stirn haben, sollten Sie es erst mit einem Pony versuchen, bevor Sie die Brauen straffen lassen. John Frieda meint, daß ein Pony ältere Frauen jünger und das Gesicht weicher machen sowie einen unregelmäßigen Haaransatz verbergen kann. Ist ein Pony gut geschnitten, kann er sogar Makel im Gesicht verbergen. „Meiden Sie aber einen schweren Pony“, rät er, „und lassen Sie sich lieber einen aufgelockerten, fransigen Pony schneiden.“ (Wie ein Schleier kann auch ein Pony das Gesicht interessanter und weicher machen.)

Weitere haarige Tips von John Barrett

• Gehen Sie zu einem Friseur, dem Sie vertrauen, der andere Frauen Ihres Alters frisiert und dessen Stil Sie schätzen.

• Betrachten Sie regelmäßig Fotos von sich und analysieren Sie die Vorzüge und Schwächen Ihrer Frisur mit einer guten Freundin und Ihrem Friseur. Manchmal sieht man sich auf einem Foto realistischer als im Spiegel.

• Seien Sie offen zu Ihrem Friseur. Die meisten Friseure sagen Ihre Meinung so ehrlich, wie Sie dies wünschen. Wiederholen Sie, was Sie mit dem Friseur vereinbart haben, um Fehler zu vermeiden. Gute Kommunikation ist unerläßlich für perfekten Schnitt, richtige Farbe und gutes Styling.

• Ist Ihr Haar unmöglich, frisieren Sie es feucht zurück oder bringen Sie es mit einem leichten Conditioner in Form, bevor Sie es mit einem sehr dünnen oder sehr breiten Haarband zurückbinden.

• Keine Zeit? Waschen und fönen Sie nur den Pony. Dieser Trick funktioniert bei Haarbändern, Pferdeschwanz oder natürlich fallendem Haar.

• „Überpflegen“ Sie das Haar nicht, wenn Sie nicht schlaffes, schwer zu bändigendes Haar wollen. Gehen Sie mit dem Conditioner sparsam um und tragen Sie ihn vor allem auf die Enden auf.

Aufsteckfrisuren

Aufsteckfrisuren sind nicht nur die Lösung für die Tage, an denen das Haar unmöglich aussieht, sondern sie verändern auch Ihren Typ. Das kann, wenn schon sonst nichts, Spaß machen. Aufsteckfrisuren eignen sich auch wunderbar, wenn der Haarschnitt kaum mehr erkennbar ist.

Es gibt zwei Arten von Aufsteckfrisuren: die schlanke, glatte Linie, die Audrey Hepburn in *Frühstück bei Tiffany* trug, und die weiche, fransige Linie. Sie können Haar jeder Länge aufstecken, ideal ist aber schulterlanges, leicht durchgestuftes Haar. Aber auch bei kürzerem Haar können Sie tolle Effekte erzielen, wenn Sie es aufstecken und die Enden lose lassen. (Fixieren Sie die Spitzen mit Spray.) Es stört keinesfalls, wenn man die Haarspangen sieht, solange sie hübsch aussehen.

Die einzelnen Schritte

1 Teilen Sie das Haar oben, hinten und seitlich in vier Segmente.

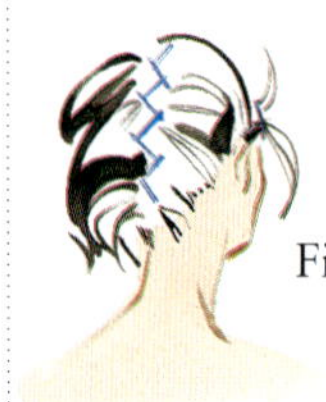

2 Beginnen Sie hinten: Wenn Sie langes Haar haben, frisieren Sie es auf eine Seite und setzen Sie Spangen vom Nacken bis zum Hinterkopf. Fixieren Sie das Haar, indem Sie die Spangen überkreuzt setzen.

3 Winden Sie das Haar zu einem Zopf, verbergen Sie die Enden und befestigen Sie den Zopf mit Haarnadeln.

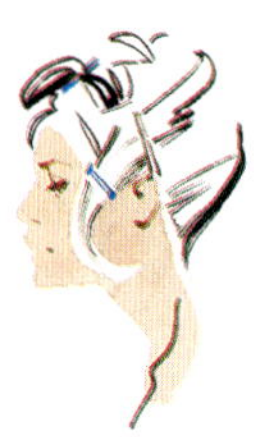

4 Wenn Sie kurzes Haar haben, lassen Sie die Enden oben hervorblicken und fixieren Sie die Frisur einfach mit Spray.

5 Frisieren Sie nun die seitlichen Haare. Achten Sie hier vor allem auf die Proportionen *(siehe das Kapitel über Gesichtsformen, Seite 96–97)*. Frisieren Sie die Haare an der Seite entweder glatt zurück und stecken Sie sie in den Zopf, oder lassen Sie einige oder auch alle Haare das Gesicht locker umspielen. Bringen Sie die Strähnen mit geheizten Wicklern oder einem Lockenstab in Form.

6 Wenden Sie sich nun dem Pony zu. Lassen Sie einige Strähnen offen und frisieren Sie den Rest zurück. Stecken Sie die Haare fest. Haben Sie am Oberkopf kurzes Haar, lassen Sie es natürlich fallen oder stecken Sie einige Strähnen am Zopf fest. Verwenden Sie auch hier wieder hübsche Haarnadeln.

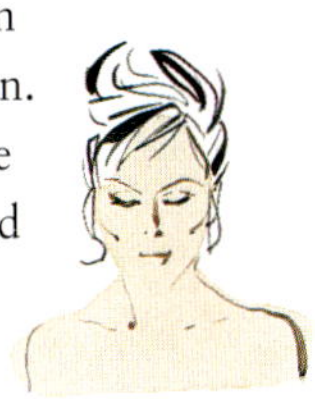

7 Nehmen Sie sich abschließend Charles' Tip zu Herzen und bringen Sie das Haar mit einem Serum zum Strahlen. Gießen Sie etwas Serum auf die Handfläche, tauchen Sie einen großen, weichen Make-up-Pinsel in das Serum und tragen Sie es mit dem Pinsel auf das Haar auf. Dieser Trick läßt sich auch bei langem, glattem Haar wunderbar anwenden: Das Serum verleiht dem Haar einen kräftigen, fast glasigen Glanz.

Die Regeln

◆ Üben Sie immer erst, bevor Sie das Haar zu einem wichtigen Anlaß aufstecken. Nehmen Sie sich ausreichend Zeit für Experimente.

◆ Lassen Sie sich das Haar wenn möglich das erste Mal in einem Friseursalon aufstecken und holen Sie sich Tips.

◆ Teilen Sie das Haar immer in einzelne Segmente ein. Beginnen Sie am Hinterkopf, frisieren Sie dann die Seiten und zum Schluß den Pony.

◆ Ein dreiteiliger Spiegel ist sehr hilfreich.

◆ Neben Styling- und Fixierprodukten benötigen Sie: Haarklipps (haben Sie Angst, daß man die Klipps sehen könnte, verwenden Sie welche mit einer kleinen Blume oder einem Straßstein für den Abend) und kleine Haarnadeln (biegen Sie ein Ende um, damit die Nadeln besser halten).

◆ Wickler sind nicht unerläßlich, doch läßt sich gewelltes Haar leichter bändigen.

Weitere haarige Tips von John Frieda

• Lassen Sie sich immer erst (kostenlos) beraten, bevor Sie einen neuen Friseur aufsuchen. Es ist entscheidend, daß Sie sich gut mit Ihm verstehen und sich wohl fühlen. Besuchen Sie erst mehrere Salons und ziehen Sie Vergleiche.

• Nehmen Sie Fotos mit, die Sie dem Friseur zeigen, damit er sich vorstellen kann, wie Sie aussehen möchten. So kann Ihr Friseur besser auf Ihren Geschmack eingehen.

• Wenn Sie mit Ihrer Frisur unzufrieden sind, warten Sie eine Woche, bevor Sie einen anderen Salon aufsuchen. So gewöhnen Sie sich an die Frisur, und nach einer Woche wissen Sie, was Sie stört.

• Volumen bekommen Sie, wenn Sie das Haar gegen die Fallrichtung fönen. Stellen Sie sich vor, Ihr Kopf wäre ein riesiger Wickler, halten Sie den Fön in einer Hand und rubbeln Sie mit der anderen Hand das Haar in der gewünschten Richtung. Wechseln Sie nach etwa einer Minute die Hände. Fahren Sie so fort, bis das Haar fast trocken ist, und frisieren Sie es anstatt mit den Fingern mit einer Borstenbürste oder einer Bürste von Mason Pearson in Form. Da der Haaransatz gehoben wird, wenn man das Haar gegen den Strich trocknet, erhält es tolles Volumen.

Küchenzauber

Der Inhalt von Kühlschrank und Küchenschränken hat nicht nur auf Gesicht und Körper, sondern auch auf das Haar entscheidenden Einfluß. Essen Sie möglichst viel Obst – und streichen Sie es zerdrückt ins Haar.

Der führende Londoner Friseur Daniel Field, dessen biologische Haarpflegeserie von Stars wie Gayle Hunnicutt *(siehe Seite 90–91)* geschätzt wird, stellte uns folgende Rezepte zur Verfügung.

Pflegebehandlung mit Banane

Zerdrücken Sie eine geschälte Banane, die Sie mit einem Eßlöffel Sonnenblumenöl und einem halben Teelöffel frischen Zitronensaft gut vermischen. Großzügig auf das trockene, frisierte Haar auftragen, dreißig Minuten einwirken lassen und wie üblich waschen.

Warum es wirkt: Das Kalium in der Banane pflegt die Kopfhaut; die Wirkstoffe im Sonnenblumenöl gleichen dem natürlichen Talg und pflegen trockenes Haar und Kopfhaut; Zitronensaft gleicht den pH-Wert der Kopfhaut aus und bringt das Haar zum Glänzen.

Schöne Dauerwelle durch Limettensaft

Mischen Sie einen Teelöffel Limettensaft mit 300 Milliliter kaltem Wasser und spülen Sie damit das Haar.

Warum es wirkt: Die Säure und die Öle des Limettensafts glätten das Haar, so daß die Lockenpracht länger hält, ohne das Haar auszutrocknen.

Conditioner aus Rum und Ei

Vermischen Sie ein Eigelb mit einem halben Teelöffel Vitamin-C-Pulver und zwei Teelöffeln dunklem Rum. Auf das trockene Haar auftragen, zehn Minuten einwirken lassen, Haare mit einem milden Shampoo waschen und ausspülen.

Warum es wirkt: Albumin und Lezithin im Eigelb beleben das Haar, Rum stimuliert die Kopfhaut, Vitamin C gleicht den pH-Wert der Kopfhaut aus und bringt das Haar zum Glänzen.

French Dressing gegen Haarknoten

Mischen Sie ein Drittel Essig zu drei Dritteln Sonnenblumenöl; im Haar verteilen, fünf Minuten einwirken lassen und das Haar wie üblich waschen.

Warum es wirkt: Die im Essig enthaltene Essigsäure glättet das Haar, das Öl führt ihm Feuchtigkeit zu.

Farbkorrektur mit Tomatensauce

Blondiertes Haar verfärbt sich häufig durch das Chlor in Schwimmbädern. Tomatensauce ins trockene, gekämmte Haar einmassieren, dreißig Minuten einwirken lassen und auswaschen.

Warum es wirkt: Die rote Farbe neutralisiert.

Zitronensaft gegen Haarknoten

Chemisch behandeltes Haar ist oft struppig. Zitronensaft in eine Sprühflasche gießen, das Haar einspritzen, fünf Minuten einwirken, auswaschen.

Warum es wirkt: Zitronensäure glättet das Haar.

Maiskeimöl gegen gespaltene Spitzen und elektrische Haare

Etwas Maiskeimsöl in die Handfläche gießen, zart ins trockene Haar bis in die Spitzen einmassieren, wie üblich waschen.

Warum es wirkt: Maiskeimöl schützt die Haarspitzen vor Schäden durch Waschen und Trocknen.

Winterpflege mit Mango

Eine geschälte, reife Mango in eine saubere Schüssel schneiden, zerdrücken und mit einem Teelöffel Walnußöl und dem Saft einer Zitrone vermischen. Ein Handtuch auf die Schultern legen und die Mischung gleichmäßig auf das trockene, gekämmte Haar auftragen. Gut in Kopfhaut und Haar einmassieren, dreißig Minuten einwirken lassen, ausspülen und die Haare waschen.

Warum es wirkt: Die Minerale, Vitamine und Spurenelemente der Mango und die Kopfhautmassage stimulieren Kopfhaut und Haarfollikel.

Léonor Greyls Tips für gesundes Haar

Madame Greyl ist der Haarguru Frankreichs. In ihrem Pariser Salon* tummeln sich Stars wie Catherine Deneuve und Prinzessin Caroline von Monaco. Deshalb baten wir sie um ihre Tips für strahlend schönes Haar.

• „Wenn Sie das Haar mit einem teuren Shampoo schnell waschen, verschwenden Sie Ihr Geld. Die meisten Frauen massieren das Shampoo nicht genug ein. Frisieren Sie das Haar immer vor dem Waschen, leeren Sie etwas Shampoo in die Handfläche und verdünnen Sie das Shampoo mit etwas Wasser. Tragen Sie es dann gleichmäßig auf die Kopfhaut auf, indem Sie die Finger durch das Haar gleiten lassen. Massieren Sie die Kopfhaut zehn Minuten lang sanft und spülen Sie das Haar dann fünf Minuten lang. Kaltes Wasser stimuliert die Durchblutung."

• „Frisieren Sie das Haar immer mit dem gröbsten Kamm, den Sie finden, und verwenden Sie nur für das Styling eine Bürste."

• „Buchen Sie im Frühjahr und im Herbst eine Salonbehandlung."

• „Gehen Sie bei Haarproblemen zu einer Ernährungsberaterin. Haare müssen von innen genährt werden."

• „Waschen Sie Bürsten und Kämme einmal pro Woche mit Shampoo."

• „Nehmen Sie sich jede Woche zwei bis drei Stunden Zeit für eine Massage, Gymnastik oder einen Spaziergang. Das Haar reflektiert die innere Gesundheit, und wenn Sie unter Streß stehen, merkt man das sofort an Ihrem Haar."

KOPFHAUT-HEIMMASSAGE

Madame Greyl empfiehlt eine regelmäßige Kopfhautmassage. „Bei vielen Frauen ist die Haut sehr verspannt", erklärt sie. „Bei manchen Frauen läßt sich die Kopfhaut überhaupt nicht bewegen, weil die Kopfmuskulatur so angespannt ist. Dadurch können Blut und Nährstoffe schlechter in die Follikel fließen." Das Ziel einer regelmäßigen Massage ist, daß die Kopfhaut leicht über die Schädelknochen gleitet.

• Ideal eignet sich Borretschöl (auch als Milchsternöl bekannt) für die Massage, auch Weizenkeimöl zeigt Wirkung. (Beide Öle lassen sich leicht auswaschen.) „Sie können die Kopfhaut aber auch ohne Öl massieren."

• Wenn Sie Öl verwenden, sollten Sie das Haar mit einem grobzinkigen Kamm in fünf oder sechs Segmente unterteilen. Öffnen Sie fünf oder sechs Kapseln Borretschöl, oder lassen Sie Weizenkeimöl auf die Segmente tropfen.

• Lehnen Sie sich nach vorne, um die Durchblutung anzuregen.

• Massieren Sie die Schläfen mindestens eine Minute lang mit den Fingern beider Hände, um die Spannung zu lösen. Fühlen Sie, wie der Streß von Ihnen abfällt.

• Legen Sie die Fingerspitzen beider Hände knapp hinter dem Haaransatz auf den Kopf, so daß sich die kleinen Finger fast berühren. Massieren Sie nun eine Minute lang die Kopfhaut mit festen Kreisbewegungen. Sie sollten die Haut bewegen und nicht nur die Finger darüber gleiten lassen.

• Bewegen Sie die Finger ein Stückchen weiter und fahren Sie mit der Massage fort. Massieren Sie so den gesamten Kopf, bis Sie den Scheitel erreichen, und massieren Sie dann den Hinterkopf bis zum Nacken hin. Üben Sie mit Fingern und Daumen einen gleichmäßigen Druck aus.

• Massieren Sie den ganzen Kopf drei bis fünf Minuten lang. (Wird die Massage unangenehm, lehnen Sie sich nach vorne; haben Sie Nackenprobleme, können Sie die Kopfmassage im Sitzen durchführen. Die Schultern sollten bei der Massage immer entspannt sein.)

• „Sie sollten den Kopf dreimal pro Woche massieren", sagt Madame Greyl. Sie meint, daß sich die Haarstruktur aufgrund dieser Massage ganz unglaublich verbessern kann.

Schönere Locken

Léonor hilft vor allem Frauen, deren Haar dünner wird. „Sie müssen der Kopfhaut Nährstoffe zuführen", findet Madame Greyl. Sie stellt individuelle Haarmasken aus Weizenkeimen, Seide, Kamille, Mimose und Borretschöl für ihre Kundinnen zusammen, die das Haar gesund machen und zum Glänzen bringen sollen. Zudem verschreibt sie individuelle Heimpflege.

Haarverlust – des Rätsels Lösung läßt auf sich warten

Haarverlust ist nicht nur ein Männerproblem. Zu den wenig erfreulichen Tatsachen des Alterns zählt, daß auch das Haar sehr vieler Frauen dünner wird. Der Biochemiker Dr. Hugh Rushton von der Universität von Portsmouth meint, daß in einer kürzlich durchgeführten Studie ein Drittel der Frauen und etwa 60 Prozent der Männer über Haarausfall klagten. Und Alopecia, so die medizinische Bezeichnung, ist für Frauen ein äußerst traumatisches Ereignis – sie meinen, mit den Haaren auch ihre Weiblichkeit zu verlieren.

Alopecia androgenetica, die erbliche Glatzenbildung, und der chronische Haarausfall sind bei 95 Prozent der betroffenen Frauen die Ursache für dünner werdendes Haar. Während die Männer aber ihr Haar meist in bestimmten Bereichen wie den Schläfen und am Wirbel verlieren, wird bei den Frauen das Haar zwischen Haaransatz und Scheitel dünner. Die Alopecia areata, der kreisrunde Haarausfall, betrifft nur etwa 0,1 Prozent der Frauen. (Sehr selten geht Haarausfall mit Narbenbildung einher, doch verbirgt sich dahinter meist eine andere Erkrankung wie Lupus, eine tuberkulöse Hautflechte. Davon sind nur 0,01 Prozent der Frauen betroffen.)

VERÄNDERUNGEN AM HAARANSATZ

Forschungen zeigen, daß mindestens zehn Prozent der unter fünfzigjährigen Frauen an genetisch bedingtem Haarausfall leiden (verglichen mit 60 Prozent der Männer). Diese Zahl steigt während der Menopause an. Man nimmt an, daß die Ursache dafür die vermehrte Bildung von Dihydrotestosteron (DHT), einer Abart des männlichen Hormons Testosteron, ist. Die Östrogene, die weiblichen Hormone, schützen die Frauen gegen das DHT, doch sinkt der Östrogenspiegel in der Menopause, während der Testosteronspiegel ansteigt.

Nur ungefähr zwei Prozent der Frauen unter fünfundvierzig leiden unter Haarausfall, der durch eine Autoimmunerkrankung wie eine Unterfunktion der Schilddrüse (Hypothyreodismus) ausgelöst wird. Diese Zahl steigt jedoch bei Frauen in den Wechseljahren sprunghaft auf zehn Prozent an. Niemand weiß, warum das so ist, doch nimmt man an, daß die Frauen in der Menopause für Autoimmunerkrankungen anfälliger sind. „Starke Gewichtszunahme ohne verstärkten Appetit, Müdigkeit und Lethargie sowie Haarausfall können ein Anzeichen einer Schilddrüsenunterfunktion sein", meint Dr. Rushton. Leider kann dieses Problem bei empfindlichen Frauen zu genetischem Haarausfall führen, da das Testosteron (über das auch Frauen verfügen) im Körper anders reagiert. „Dieses Leiden ist heilbar", meint Dr. Rushton. Allerdings ist eine Früherkennung unerläßlich. „Lassen Sie sich nicht von Ärzten beschwichtigen", rät er.

Gene oder Haarwechsel?

Haben Sie die folgenden Symptome?

- Beim Waschen oder Kämmen fallen mehr Haare aus.
- Der Pferdeschwanz ist dünner.
- Am Haaransatz sind vermehrt kurze Haare zu sehen.

Wenn aber der Scheitel nicht breiter ist und Freundinnen nichts auffällt, so verlieren Sie wahrscheinlich nur vorübergehend mehr Haare. (Doch Vorsicht: Der Scheitel ist nicht breiter, nur weil die Haare grau sind!)

Anders als bei genetisch bedingtem Haarausfall ist der Haarwechsel meist nach zwei oder drei Monaten abgeschlossen. Verlieren Sie weiterhin übermäßig viele Haare, sollten Sie einen Arzt aufsuchen.

STRESS UND HAARAUSFALL

Für Haarexperten besteht heute kein Zweifel daran, daß Streß nicht nur verstärkten Haarausfall bei Männern und Frauen auslösen kann, sondern auch die direkte Ursache für einen übermäßigen Haarwechsel ist. Allerdings ist die Verbindung zwischen Streß und Haarausfall meist nicht offensichtlich, da das Haar erst nach zehn bis zwölf Wochen dünner wird.

Laut Dr. Rushton sind die häufigsten Ursachen für nichtgenetischen Haarausfall:

- Schwangerschaft: 50 Prozent der Frauen verlieren nach der Geburt Haare, die aber meist wieder nachwachsen.
- Menopause: Der Östrogenspiegel sinkt, während es relativ gesehen zu einer erhöhten Produktion der männlichen Hormone kommt. Die Haare wachsen meist wieder nach, wenn der Hormonspiegel in Ordnung gebracht wird.
- Hormonersatztherapie: In einigen Fällen löst die Therapie Haarausfall aus. Allerdings kann dieses Problem mit einer guten Hormonsubstitution behoben werden (also einer Therapie, die kein männliches Progestin enthält).
- Emotionaler Schock: akute Streßsituationen wie Scheidung oder Jobverlust.
- Physischer Streß: etwa ein Autounfall, ein Herzinfarkt oder eine Operation.
- Flache Atmung: Die Hyperventilation kann den Körper beeinträchtigen.
- Nicht ausreichend Ruhe und Schlaf.
- Medikamentöse Therapie: Chemotherapie und Radiotherapie bei der Krebsbehandlung, Kortison, Beruhigungsmittel und Barbiturate, Amphetamine, Antibiotika.
- Immunisierung: Es gibt Hinweise darauf, daß eine Impfung bei Kindern vorübergehend zu Haarausfall führen kann; das gilt auch für einige Reiseimpfungen.
- Jo-Jo-Diäten.
- Schlechte Ernährung und/oder Mangel an Eisen, Lysin, Vitamin B_{12} und Zink.
- Rauchen: Zigarettenrauch entzieht dem Körper Nährstoffe.
- Eßstörungen: wie Anorexie.
- Haarschäden: Dauerwellen, Färben, Lockenstab oder geheizte Wickler, zu starkes Bürsten mit einer harten Bürste, Fönen bei zu hoher Temperatur. All dies kann kann zu Haarausfall führen.
- Zentralheizung.
- Umweltverschmutzung.
- Schuppen: Sie können den Haarwechsel beschleunigen.
- Unzureichendes oder unregelmäßiges Waschen: Verwenden Sie nicht weniger Shampoo, wenn Sie unter Haarausfall leiden.

Nahrungszusätze für das Haar

**Der Naturheilkundler Jan de Vries empfiehlt MaxiHair von Nature's Best* in Verbindung mit dem homöopathischen Kalziumpräparat Urticalcin von Bioforce*.
Dr. Rushton entwickelte nicht nur NutriHair für Nature's Best, er verfaßte auch eine äußerst nützliche Broschüre* über Haarausfall bei Frauen. NutriHair enthält Eisen, Lysin, Vitamin C und Vitamin B_{12}, um die Eisenaufnahme zu erleichtern. Eine weitere Möglichkeit, dem Haarausfall entgegenzuwirken, bietet die Einnahme von Hefetabletten: Sie sind preiswert und angeblich gut für das Haar. Die Nahrungsergänzungen sollten nach etwa sechzehn Wochen Wirkung zeigen. Da das Haar einen Zentimeter pro Monat wächst, sehen Sie den Erfolg erst nach Monaten.**

Medikamente

Die Pharmaindustrie hat gegen Haarausfall wenig Gegenmittel zur Verfügung. Und die meisten Experten sind auch überzeugt, daß die Medikamente nur geringe Wirksamkeit aufweisen. Dennoch meinen viele Betroffene, daß auch eine geringfügige Verbesserung bereits bemerkenswert ist.

Genetisch bedingter Haarausfall bei Frauen wird meist mit einer Kombination von (antiandrogenen) Hormonen behandelt. Natürlich dürfen die Präparate nur unter ärztlicher Aufsicht eingenommen werden.

Zusätzlich hat sich gezeigt, daß die rezeptpflichtige Lotion Minoxidil den Haarausfall bei 60 Prozent der Frauen eindämmte. Allerdings wuchsen die Haare nur bei 19 Prozent geringfügig nach, 41 Prozent bemerkten überhaupt keine Verbesserung. Dr. Rushton meint, daß nach seiner Erfahrung eine Kombination von Minoxidil, einem antiandrogenen Medikament *und* einer Nahrungsergänzung die beste Wirkung entfaltet.

Das neue rezeptfreie Mittel Aminexil von L'Oréal (das ebenfalls Minoxidil enthält) verspricht etwa fünf Prozent mehr Haare innerhalb von einem Jahr und keinen weiteren Haarausfall. Da diese Zahl jedoch auf einem Durchschnittswert aus einer Studie beruht, bleibt zu bedenken, daß einige Versuchspersonen bessere Ergebnisse erzielten, während bei anderen der Haarausfall andauerte. (Zudem können Haare nie genau gezählt werden.)

Das neue rezeptpflichtige Haarwuchsmittel Finasterid (Propecia), das in den USA genehmigt wurde, ist jedoch für Frauen im gebärfähigen Alter nicht geeignet, da es theoretisch Geburtsschäden verursachen kann. (Bei zwei Prozent der Männer führt es zu einem vorübergehenden Verlust der Libido und zu Impotenz während der Einnahme.) Allerdings können Frauen nach der Menopause (wenn sie bereits zwei Jahre lang keine Periode mehr hatten) das Medikament einnehmen. Das Problem ist aber, daß niemand sicher weiß, wie wirksam Finasterid ist – und bei wem es wirkt.

Heute ist nur soviel bekannt: Finasterid wurde als Medikament gegen Prostataprobleme entwickelt, doch entdeckte man, daß es auch bei einigen Formen des Haarausfalls bei Männern wirkte. Es blockiert das Enzym 5-Alpha-Reductase, das das männliche Hormon Testosteron in DHT, das Haarausfall bewirkt, umwandelt. Problematisch ist jedoch, daß es von diesem Enzym zwei Arten gibt: In der Kopfhaut und im Follikel können Typ 1 oder Typ 2 dominieren. Finasterid wirkt jedoch nur bei Typ 2, da diese Art auch in der Prostata vorherrscht. Bisher wissen die Forscher noch nicht, bei wie vielen glatzköpfigen Männern Typ 2 dominiert – und natürlich nicht, bei wie vielen Frauen Typ 2 für den Haarausfall verantwortlich ist. Noch heißt es daher, abwarten und hoffen.

Weitere Mittel

Leiden Sie unter Haarausfall, können Sie spezielle Produkte versuchen, die den Haarwuchs anregen und das Haar fülliger machen. Zu den guten Produkten zählen Phytocyane* von Phytologie (in Kombination mit der Nahrungsergänzung Phytophanère von Phytologie), die Produktlinien von Léonor Greyl* in Paris und von Jan Adams bei Romanda Healthcare* in London. Einige Frauen erhalten auch Hilfe durch die chinesische Kräutermedizin, andere schwören auf ayurvedische Kopfmassage, bei der die Ayurveda-Praktiker Kopf und Schultern abwechselnd fest und sanft mit warmem Öl (Kokos-, Sesam-, Mandel- oder Olivenöl) massieren. Obwohl Massage- wie auch Stimulationsbehandlungen häufig von bekannten und renommierten Haarkliniken angeboten werden, sind die Dermatologen hinsichtlich ihrer Wirkung gegen Haarausfall skeptisch. Nicht in Zweifel steht hingegen, und diese Tatsache wird auch von den Dermatologen akzeptiert, daß Massage bei Streß Entspannung bringen kann.

Nahrung für das Haar

Wie die Haut und der gesamte Körper reagiert auch das Haar auf unsere Ernährung.

Die Experten sind überzeugt, daß nicht genetisch bedingter Haarverlust durch Eisenmangel (Vegetarierinnen benötigen unter Umständen eine Ergänzung mit Chelateisen), Mangel an Vitamin B, Folsäure und Zink sowie Drüsenprobleme verursacht wird.

Laut Expertenmeinung ist Eisenmangel das größte Problem. Untersuchungen zeigen, daß etwa neun von zehn Frauen im Alter von 16 bis 50 und etwa ein Drittel der Frauen zwischen 51 und 64 (obwohl sie nicht menstruieren) unter Eisenmangel leiden. Man kann diesem Übel auf den Grund gehen, wenn man den Eisengehalt im Blutserum (nicht das Hämoglobin, das bei Anämie ausgetestet wird) untersuchen läßt.

Dr. Rushton meint, daß dieser Eisenmangel auch daher kommt, daß viele Frauen kein rotes Fleisch essen. Untersuchungen haben aber gezeigt, daß das Haar wieder zu sprießen beginnt, wenn der Eisengehalt bis zu einem gewissen Punkt erhöht wird. „Da das Wachstumsstadium der Follikel verlängert wird, wachsen ständig Haare nach." Doch Dr. Rushton warnt auch, daß dieser Prozeß sechs bis neun Monate dauern kann und Geduld vonnöten ist.

Damit der Körper das Eisen aufnehmen kann, benötigt er Vitamin C und die Aminosäure Lysin (die vor allem in Fleisch enthalten ist). Wenn Sie wenig rotes Fleisch essen, erhält der Körper vielleicht zu wenig Eisen in assimilierbarer Form und benötigt eine Ergänzung.

Essen Sie auch viel frisches Gemüse und Obst sowie die unten angegebenen Speisen, um die Verdauung zu stimulieren. Auch ausreichend Wasser ist ein Muß. Denn das Haar kann strähnig, glanzlos und schlaff werden, wenn die Verdauung nicht richtig funktioniert. Lassen Sie sich von Ihrem Arzt, Naturheilkundler oder Ernährungsspezialisten beraten.

Haarige Nährstoffe

Essen Sie reichlich:
frisches Gemüse, Obst und Salate
probiotischen Joghurt
kaltgepreßte Öle *(Oliven-, Sonnenblumen-, Sesam-, Flachsöl)*
Hülsenfrüchte *(Erbsen, Bohnen, Linsen)*
Vollkornprodukte *(Naturreis, Haferflocken, Buchweizen, Hirse)*
Körner *(Sonnenblumen- und Kürbiskerne, Sesam und Leinsamen)*
Mandeln, Feigen und Datteln
frischen, fetten Fisch, wenn Sie keine Vegetarierin sind *(Lachs, Makrele, Thunfisch, Sardinen)*

Trinken Sie reichlich: Wasser

Reduzieren Sie:
Milchprodukte
Koffein *(Kaffee, Tee, Schokolade, Cola)*
Zucker und Salz

Hilfe gegen Schuppen

Erst die gute Nachricht: Echte Schuppen (eine Mischung aus abgestorbenen Hautzellen, dem Pilz Pityrosporum ovale und einer Überaktivität der Talgdrüsen) gehören im Alter der Vergangenheit an, da die Talgdrüse ab fünfzig ihre Tätigkeit einstellt.

Jetzt die schlechte Nachricht: Ab fünfzig können auf den Schultern schuppige Ablagerungen zu sehen sein, da sie unter einem Ekzem oder Dermatitis seborrhoeica leiden, die durch Milchprodukte und Schokolade ausgelöst werden.

So erkennen Sie den Unterschied und schaffen Sie Abhilfe:

Schritt 1: Waschen Sie das Haar täglich mit einem milden mittelteuren bis teuren Shampoo (keinem billigen), damit das Haar sauber ist und glänzt. Massieren Sie ausreichend Shampoo in das nasse Haar ein und spülen Sie es sorgfältig aus. Können Sie das Haar nur jeden zweiten Tag waschen, schamponieren Sie es zweimal. Tragen Sie nur an den Haarenden Conditioner auf. Stellt sich nach vier Wochen keine Besserung ein, gehen Sie zu Schritt 2 über.

Schritt 2: Analysieren Sie Ihre Symptome: Haben Sie Schuppen (manchmal auch juckende Kopfhaut und fettiges Haar), leiden Sie vielleicht unter echten Schuppen. Verwenden Sie drei bis vier Wochen lang ein Schuppenshampoo mit Octopirox (Piroctonolamin) oder Zinkpyrithion (Zinkomadin).

Haben Sie jedoch (juckende) rote Flecken auf der Kopfhaut oder auf den Augenbrauen und in der Falte zwischen Nase und Mund, leiden Sie vielleicht unter einem leichten Ekzem (also unter Dermatitis seborrhoeica). Essen Sie einen Monat lang keine Milchprodukte wie Käse, Milch und Schokolade.

Schritt 3: Stellt sich keine Besserung ein, bitten Sie Ihren Hausarzt um eine Überweisung zu einem Dermatologen oder Haarspezialisten.

DAS VERWENDEN DIE STARS

Die Stylistin Stefanie Galiardo aus Miami pflegt **Ivana Trumps** Haar mit Phytomousse S68. „Das führt sonnengeschädigtem Haar Feuchtigkeit zu." Roberto Ramos, der Stylist von Estilo in Los Angeles, verwendet René Furterer Carthame No-Rinse Protective Cream bei **Bette Midler** und **Farrah Fawcett. Raquel Welch** schätzt das Okara Rebalancing Shampoo für gefärbtes Haar aus derselben Serie. **Roseanne** verleiht ihrem Haar mit Phyto-Volume Actif von Phytologie Volumen. **Sharon Stone** mag den Deep Penetrating Hair Revitalizer von Aveda, **Valerie Perrine** dagegen das Pflanzenshampoo Blaue Malve, das gefärbtem Haar mit natürlichen Wirkstoffen Glanz verleiht. **Jilly Cooper** schätzt die Pflegeserie Botanical, die auf Kräutern und Meeresalgen basiert. Und **Emma Thompson**? Sie liebt die Shampoos und Conditioner von Paul Mitchell. Angeblich verwendet **Madonna** das sanfte Algenshampoo von Bumble & Bumble. **Sophia Loren** bevorzugt dagegen Laurent D. Volumateur so sehr, daß sie zehn Flaschen auf einmal davon gekauft hat. Und **Jane Fonda** fixiert ihre blonde Mähne mit Vorliebe mit Sebastian Laminates Hi-Gloss Spray.

Haarpflege, die wir lieben

Wir geben es zu: Wir lieben Friseurbesuche, die wir aber als Investition in unser Aussehen ansehen. (Frei nach dem Motto: Es ist besser, Geld für tolles Haar als für eine neue Jacke auszugeben. Schließlich trägt man das Haar täglich.) Allerdings sind wir sehr heikel und nehmen sogar unsere Lieblingsprodukte in den Salon mit. Dazu zählen:

Jo: Für meine empfindliche Kopfhaut liebe ich das beruhigende Haarbad Kérastase Sensitive von L'Oréal oder das natürliche Rosenshampoo und den Rosenconditioner von Urtekram*, die beide nach Rosengarten duften. Ich mache auch regelmäßig Tiefenpflege mit der großartigen Kräuterhaarpackung von Estée Lauder. J.-F. Lazartigue Energising Elixir* zaubert ebenfalls Glanz ins Haar. Am liebsten style ich mein Haar mit Aesop Wild Lime Hair Polish* und ein wenig Gloss & Groom Wax von John Frieda.

Sarah: Ich liebe die Phytologie-Serie*, aus der ich je nach Zustand meines Haars verschiedene Produkte wähle. Da ich gefärbtes Haar habe und in verschmutzter Umwelt lebe, ist mein Haar trokken und benötigt Tiefenpflege. Ich liebe Phytojoba Intense Hydrating Shampoo, Phyto Fortifying Haarserum und Phyto 9 Daily Ultra Nourishing Cream. Mit einem Spritzer zaubert PureFume Brilliant Spray On For Hair von Aveda tollen Glanz in mein Haar.

Perückenkunde

Die gute Nachricht für alle, die unter Haarverlust leiden, besagt, daß Perücken heute bereits sehr natürlich aussehen können. Echthaar- und Kunsthaarperücken sind sogar schon mit Highlights, Lowlights und Hell-Dunkel-Effekten erhältlich.

Der Friseur Andrew Collinge rät, daß man „Perücken am besten kaufen sollte, bevor man sie benötigt – etwa vor einer Chemotherapie oder bei Haarausfall, der schlimmer werden könnte.“ Auf diese Weise können Sie im Salon richtig beraten werden und eine Perücke finden, die Ihrem Stil und Ihrer Haarfarbe entspricht.

Andrew meint, daß nur wenige Frauen eine Perücke als Chance für eine radikale Veränderung ihres Stils und ihres Aussehens betrachten. „Die meisten wollen möglichst gleich aussehen wie früher, damit nur ihre engsten Angehörigen wissen, daß sich etwas verändert hat.“ Wenn Sie aber langes Haar oder einen sehr prägnanten Scheitel haben, werden Sie vielleicht keine Perücke in Ihrem Stil finden. (Der Scheitel ist der Schlüsselpunkt bei einer Perücke. Sieht man ihn nicht, kann man oft die Perücke nicht von natürlichem Haar unterscheiden.) Deshalb rät Andrew, das Haar vor einer Chemotherapie kürzer zu schneiden oder so zu frisieren, daß der Scheitel weniger sichtbar ist. „Wählen Sie dann eine Perücke, die der neuen Frisur entspricht.“ Haben Sie das Haar bereits verloren, bevor Sie eine Perücke erstehen, nehmen Sie einige Fotos von sich mit, damit die Perückenberaterinnen wissen, wie Sie aussehen möchten.

Sie können zum Perückenkauf auch Ihren Stammfriseur mitnehmen. „Die meisten Frauen denken nicht daran, doch helfen die Friseure meistens sehr gerne“, sagt Andrew. „Haben Sie Ihr Haar in der Vergangenheit einem Friseur anvertraut, kann er Sie wahrscheinlich am besten beraten.“ Zudem kann der Friseur die Perücke nach Ihren Vorstellungen frisieren.

Andrew empfiehlt synthetische Perücken, da sie besser zu waschen und zu tragen sind. „Synthetische Perücken haben ihren Puppencharakter verloren“, meint er. „Sie sehen sehr natürlich aus. Und da sie preisgünstiger sind, kann man leichter zwei davon kaufen. Sie würden auch keine Bluse tagein, tagaus tragen. Und eine Perücke muß ebenso gereinigt werden. Aber die synthetischen Perücken verlieren ihre Form nicht und müssen nicht nachfrisiert werden.“ Läßt Ihr Gesundheitszustand nicht zu, eine Perücke anpassen zu lassen, kann ein Familienangehöriger mit einem Foto oder einer Haarlocke den Perückenladen aufsuchen und mit der Verkäuferin eine Perücke auswählen.

Es stehen aber auch Naturhaarperücken zur Auswahl. Da nur selten alle Haare genau gleich gefärbt sind, kann ein Perückenmacher eine Maßperücke genau nach Ihrem Haar anfertigen. Allerdings kann die Pflege ein Problem sein, wenn Sie nicht genug Geld für zwei Maßperücken haben. (Naturhaarperücken müssen manchmal nach dem Waschen in Form gebracht werden.) Oft kann sie nur der Perückenmacher stylen, und Sie müssen die Wartezeit mit Schals überbrücken. Andrew Collinge warnt: „Echthaarperücken halten nur etwa ein Jahr.“ Entscheidend ist auch, ob die Perücke aus europäischem (die teuerste Variante) oder aus gebleichtem chinesischem Haar hergestellt wurde.

Mehrere Frauen, die eine Chemotherapie durchgemacht haben, erzählten uns, daß sie sich die Haare abrasieren ließen, bevor sie ihnen ausfielen. Eine Brustkrebspatientin meinte: „Ich wollte nicht, daß mir das Haar büschelweise ausfiel. Deshalb traf ich die bewußte Entscheidung, die Haare vom Friseur abrasieren zu lassen, bevor das geschah. So behielt ich die Kontrolle über die Situation, und ich fühlte mich viel besser als wenn ich die Büschel auf dem Kissen gefunden hätte.“

Die Experten sind sich einig, daß niemand einen Besuch beim Perückenmacher oder im Perückengeschäft zu fürchten braucht. Es gibt nur Einzeltermine, und Sie bekommen Tee oder Kaffee serviert und erhalten seelischen Beistand. „Vielleicht meinen Sie, als einzige Frau der Welt dieses Problem zu haben, doch Perückenberater verstehen das“, meint Andrew Collinge, „und sie wollen Ihnen helfen, wieder Selbstvertrauen zu gewinnen.“

Schalkunde

Wir unterstützen beide das Programm „Gut fühlen, besser aussehen“, das tausenden Krebspatientinnen mehr Selbstvertrauen gegeben hat. In Workshops in den Krankenhäusern werden Frauen in hilfreichen Schminktechniken unterwiesen, und es wird Ihnen alles Wissenswerte über Perücken und Schals näher gebracht. Charles Worthington hat eine ausgezeichnete Broschüre veröffentlicht, die alle Probleme, die Haarausfall bedingt durch eine Krebsbehandlung mit sich bringt, behandelt. *(Im Anhang finden Sie die Bezugsquellen.)* Hier sind einige Tips und Tricks.

• Kopftücher und Turbane sind eine modische und bequeme Alternative zu einer Perücke, und leuchtende Farben heben die Stimmung. Turbane aus Baumwolle eignen sich, da sie nicht rutschen. Zudem verhindern sie auch den Wärmeverlust über die Kopfhaut und fangen ausfallende Haare auf. Tragen Sie den Turban im Haus, wenn Sie kochen, da Sie unter einer Perücke leicht schwitzen. Baumwollturbane können auch als Unterlage verwendet werden, damit das Tuch nicht rutscht und der Kopf voller wirkt.

• Am besten eignen sich Baumwolltücher, die 65 bis 70 Zentimeter messen und quadratisch sind. Kunststoff und Seide sind so glatt, daß sie viel zu leicht verrutschen.

Ein weiches Schulterpolster auf dem Kopf vermittelt den Eindruck natürlicher Fülle.

• Beherrschen Sie die nebenstehenden Bindetechniken, so werden Sie bald Ihre eigenen Ideen verwirklichen und einen ganz persönlichen Stil entwickeln können.

• Auch unter Hüten läßt sich Haarausfall wunderbar verbergen. Wählen Sie aber einen Hut mit einem speziellen Einsatz, der ausgezeichnet sitzt und nicht verrutschen kann. Verwenden Sie nur dichte Strohhüte, damit die Kopfhaut den Sonnenstrahlen nicht zu stark ausgesetzt ist.

• Wenn Sie Tücher mit einem Hut oder einer Kappe kombinieren, so erhalten Sie nicht nur einen äußerst schicken Look, sondern Sie schützen auch die Kopfhaut vor Sonnenbestrahlung.

WARUM NICHT EXTENSIONS

Dünnem Haar kann mit Hilfe von Extensions Fülle verliehen werden. **Carly Simon** (die so eine wallende Mähne zu haben scheint) soll ebenso Extensions lieben wie **Tina Turner** und **Pamela Stephenson**. Es gibt zwei Arten von Extensions: Ein- und ausklippbare Haarteile oder haltbarere Extensions auf Kunststoffbasis, die nahe der Haarwurzel auf das eigene Haar geschweißt werden. Diese Schweißnaht wird geöffnet, wenn Sie die Extensions entfernen wollen. Das Haar dürfte bei einer solchen Behandlung keinesfalls geschädigt werden.

Beide Arten können passend zum eigenen Haar gefärbt werden oder High- und Lowlights-Farbakzente setzen. Danach werden sie im Salon zum Eigenhaar geschnitten und frisiert. „Sie können Frauen mit feinem Haar großes Volumen geben. Allerdings sind sie nicht geeignet, wenn das Haar am Oberkopf dünner wird“, erklärt John Frieda. „Wenn der Ansatz der Extensions unter den Haarschichten versteckt wird, können sie sehr natürlich wirken. Allerdings müssen die Extensions sehr gut gepflegt werden. Sie wachsen mit dem Eigenhaar aus und müssen daher alle paar Wochen erneuert werden. Doch die Frauen, die Extensions tragen, sind trotz des Aufwands begeistert.“ John meint aber auch, daß man sich die Extensions nur in einem Spezialsalon machen lassen sollte, damit keine Fehler passieren. Wenn in Ihrem Salon diese Technik nicht durchgeführt wird, sollte es Ihrem Friseur keine Schwierigkeit bereiten, Ihnen eine Adresse zu nennen. Wir meinen, daß Sie die Mühe auf sich nehmen sollten, einen erfahrenen Spezialisten zu finden. Wir haben Horrorgeschichten über schlecht angebrachte Extensions gehört!

EINFACHE WICKELTECHNIK 1

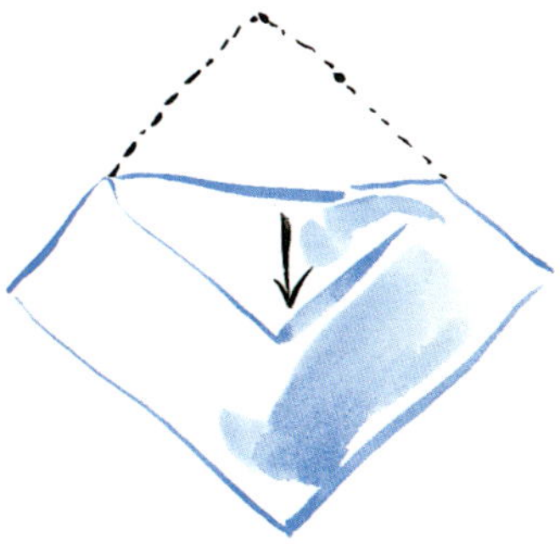

1 Das Tuch mit der Rückseite nach oben auflegen, zu einem Dreieck falten und ein Ende etwas länger lassen.

2 Das Tuch mit der Spitze nach hinten auf den Kopf legen. Es sollte auf der Stirn etwa fünf bis sieben Zentimeter über den Augenbrauen abschließen.

3 Die Enden des Tuches im Nacken einmal umschlagen. Das lose Ende sollte unter dem Knoten liegen.

4 Die Enden verknoten.

EINFACHE WICKELTECHNIK 2

1 Wie bei Einfache Wickeltechnik 1 beginnen. Das untere Ende mit beiden Händen möglichst nahe an den Ohren unter den Knoten schieben.

2 Das Ende vorsichtig über den Knoten schlagen.

3 Auf dieser Basis mit verschiedenen Knoten spielen.

EINFACHER SEITLICHER KNOTEN

- Wie bei Einfache Wickeltechnik 1 binden, doch über einem Ohr verknoten. Die Schalenden lose lassen.

KONTRASTIERENDER SEITLICHER KNOTEN

- Wie bei Einfache Wickeltechnik 2 binden, einen zweiten Schal wie ein Seil drehen und über dem Ohr verknoten.

TIP

Ein satinglatter Kissenüberzug verhindert, daß das Haar in der Nacht reibt und abreißt. Eine weiche, anliegende Kappe hält den Kopf während der Nachtstunden angenehm warm.

Graues Haar? Die Lösung

Gleichgültig, ob Sie ein paar graue Haare, weiße Strähnen oder völlig weißes Haar haben, wir haben die Lösung. Ihnen bleibt die Qual der Wahl: Salonbesuch, Färben zu Hause oder silbergraue Haarpracht.

Der Tag, an dem sie das erste graue Haar entdecken, ist für die meisten Frauen wohl kaum ein Freudentag. Doch heute können wir wählen, ob wir einen tollen Silberlook vorziehen oder die grauen Haare färben.

Wichtig ist, daß Sie die optimale Haarfarbe wählen. Unsere Experten meinen, daß dies nicht schwer ist, wenn man einige einfache Regeln beachtet. Die führenden Haarcoloristen der Welt sind sich einig, daß man nicht zu sehr experimentieren und sich nicht zu weit von der natürlichen Haarfarbe entfernen sollte. Doch jede Frau kann mit zwei oder drei helleren oder dunkleren Farbtönen spielen.

Bedenken Sie auch, daß kein Haar total einheitlich gefärbt ist. Sehr realistisch wird die Tönung, wenn Sie sich einige Highlights oder Lowlights machen lassen. Louis Licari (der „König der Farbe" aus Manhattan) meint: „Ein paar Strähnchen können ältere Frauen jünger machen, und Highlights an der Schläfe straffen die Augen."

Die meisten Frauen bekommen graues Haar, wenn sie in der Blüte ihres Lebens stehen. Der Körper hört einfach auf, Melanin zu produzieren, den Stoff, der dem Haar seine natürliche Farbe verleiht. 50 Prozent der Bevölkerung sind mit fünfzig Jahren grau. Doch haben Studien gezeigt, daß heute immer mehr Frauen durch Anämie (häufig durch falsche Ernährung bedingt), Hormonbehandlungen (wie die Pille) und ständigen Streß immer früher graue Haare bekommen.

Graue Haare können das Gesicht blaß und fahl machen. Louis Licari meint: „Mit der Farbe verliert das Haar auch seinen Glanz. Und zugleich wirkt auch die Haut blasser."

Wir alle kennen Frauen, die das graue Haar mit Stolz tragen und unglaublich schick aussehen. „Aber sie sind die Ausnahme", meint der Londoner Topstylist Nicky Clarke. „Das sind faszinierende, aufregende Frauen, die einfach immer toll aussehen werden." Zudem bestimmt der Hautton, ob Ihnen graues Haar steht. Frauen mit gelblichem Hautton bringt graues Haar ebenso selten zum Strahlen wie rothaarige Frauen, deren Haar einen leichten Aprikosenton annimmt, wenn es weiß wird. Die klassischen grauhaarigen Schönheiten stehen an den Enden der Farbskala: Sie haben schwarze Haare oder sehr blassen Teint. Fallen Sie nicht in diese Kategorien, oder wollen Sie einfach kein graues Haar, so kann Ihnen rasch und überzeugend geholfen werden.

Wenn Sie die grauen Haare abdekken, erscheint nicht nur das Gesicht jünger, auch das Haar beginnt wieder zu glänzen. Tatsächlich ändert sich die Struktur des Haars, wenn es grau wird. Es kann drahtiger, dicker und/oder trocken (oder sogar lockig) werden. „Da graues Haar das Licht absorbiert, glänzt es nicht", erklärt Jo Hansford, deren Londoner Salon ein Mekka für alle ist, die nicht bei grau bleiben wollen. „Farbe reflektiert das Licht automatisch, und das Haar sieht gesünder aus." Außerdem zeigen die modernen High-Tech-Farben ein sehr natürliches Ergebnis und pflegen das Haar. Hier finden Sie nun einige hilfreiche Tips zur richtigen Farbe.

Make-up für graues Haar

Haben Sie graues Haar, sollten Sie farbigeres Make-up tragen", erklärt Bobbi Brown. „Da graues oder weißes Haar die Haut blaß macht, muß man mit sanften Farben Abhilfe schaffen." Bobbi empfiehlt:

Lippenstift: Rose, Rot, Aprikose, Pfirsich (aber nicht Braun)
Rouge: Rosentöne, Pastellfarben
Bei braunen Augen: grauer oder brauner Lidschatten
Bei blauen Augen: Lidschatten aus Grautönen, Schiefer und Marineblau

WELCHE PRODUKTE GIBT ES?

Einzelne graue Haare:

Versuchen Sie es bei dunkelblondem oder hellem Haar mit **Highlights:** Die helleren Strähnen decken das Grau ab. Es können bis zu drei Farbtöne verwendet werden, wenn das Ergebnis natürlich wirken soll. Highlights sollten nur von Profis gemacht werden. Da kein richtiger Nachwuchs zu sehen ist, müssen sie nur alle acht bis zwölf Wochen nachgefärbt werden. Bei dunklerem, goldblondem und rotem Haar kann ein Experte die grauen Haare auf ihre ursprüngliche Farbe tönen. „Manchmal bringen wir die grauen Haare als dritten Farbton ein", meint Jo Hansford, „und schaffen so einen Schildpatteffekt."

Die andere Möglichkeit sind Naturfarben, mit denen Sie das Haar auch selbst färben können. Diese Naturtönungen bestehen aus natürlichen Farbstoffen wie Henna oder Walnuß. Sie verstärken den natürlichen Farbton, verleihen dem Haar tollen Glanz und waschen sich nach sechs bis acht Haarwäschen aus. Allerdings raten alle Friseure, mit denen wir sprachen, sehr stark von Henna ab. „Henna legt sich wie eine Farbschicht um das Haar und läßt sich nicht auswaschen. Zudem läßt der Stoff keinerlei andere Farben durchdringen – Sie können also nicht Ihre Meinung ändern", meint Christophe Robin, der Pariser Farbexperte, der **Catherine Deneuve** und **Kristin Scott Thomas** zu seinen Kundinnen zählt.

Auch **Farbshampoos** und **Farbconditioner** können das Haar tönen. Jo Hansford meint, daß diese Produkte eine tolle Chance sind, sich langsam an einen bestimmten Farbton zu gewöhnen. „Sie erleichtern die Entscheidung, ob Ihnen eine bestimmte Farbe gefällt und ob Sie das Haar in dieser Farbe tönen möchten. Vorsicht aber bei den wärmeren Farbtönen – sie können ein wenig messingartig wirken." (Die Farbexperten ziehen Farbconditioner den Farbshampoos vor.)

Bis zu 20 Prozent grau:

Decken Sie die grauen Haare mit einer Naturfarbe *(siehe oben)* oder einer Tönung in Ihrer natürlichen Haarfarbe ab. Die Tönungen waschen sich ebenso wie die Naturfarben nach sechs bis acht Haarwäschen ohne sichtbaren Nachwuchs aus. Jo Hansford erklärt: „Ich sage nie, daß eine Farbe soundso viele Wochen hält, wenn ich einer Frau die Haare färbe, da dies davon abhängt, wie oft man sich die Haare wäscht". Naturfarben und Tönungen sind eine pflegeleichte Möglichkeit, graue Haare abzudecken, da sie das Haar nur mit Farbe umschließen, aber nicht in den Haarschaft eindringen. Dafür sind stärkere Chemikalien erforderlich. Da sich die Farbe mit dem Grauton vermischt, wirken diese Tönungen sehr natürlich.

Bis zu 50 Prozent grau:

Verwenden Sie eine **Intensivtönung**, die bis zu vierundzwanzig Haarwäschen hält und sich langsam auswäscht. Dadurch ist der Nachwuchs weniger offensichtlich als bei einer Färbung. Da diese Intensivtönungen oder **semipermanenten Farben** keinen Ammoniak enthalten, können die Farbmoleküle nicht so tief in das Haar eindringen wie bei chemischen Färbungen. Allerdings enthält eine Intensivtönung ein bis zwei Prozent Wasserstoffperoxid (das die Schuppenschicht des Haars öffnet, so daß die Farbe bis in den Faserstamm vordringen kann). Deshalb hält die Intensivtönung auch länger als eine normale Tönung.

Bis zu 100 Prozent grau:

Stellen Sie die Haarfarbe gänzlich mit einer chemischen Färbung her, die in den Haarschaft eindringt. Jo rät, zuerst Highlights oder Lowlights bei einem Friseur machen zu lassen, damit die Färbung natürlicher aussieht. Vergessen Sie nicht, daß die Haare alle vier bis sechs Wochen nachgefärbt werden müssen. Allerdings reicht es manchmal, nur den Haaransatz nachzufärben.

Wieder grau:

Sie haben die grauen Haare bisher gefärbt und wollen damit aufhören? Beth Minardi aus dem Minardi Salon in Manhattan meint: „Haben Sie das Haar gefärbt, sollte der Silberton langsam einfließen. Dazu muß man die gefärbten Haare wegschneiden, Lowlights einsetzen und vielleicht sogar den Nachwuchs betonen. Es wird immer weniger Farbe aufgetragen, bis schließlich immer mehr weißes Haar zu sehen ist.

Die Farboptionen

John Barrett rät, immer von der aktuellen Haarfarbe auszugehen und keinesfalls von der Farbe, die man vor fünfzehn Jahren oder als Teenager hatte.

BLOND

Färben Sie die Haare nicht zu blond. Fügen Sie einige Lowlights ein, damit das Gesicht nicht zu blaß wirkt. Louis Licari meint: „Die Haarfarbe sollte einen Kontrast zur Gesichtsfarbe setzen und so das Gesicht umrahmen." George von John Barrett in New York fügt hinzu: „Blonde Frauen färben meist zu hell und aschtönig. Sie sollten mehr Goldtöne einfärben, damit die Farbe warm und natürlich wirkt.

MITTELBRAUN

Laut Louis Licari sollten Frauen, deren Naturhaarfarbe Mittelbraun ist, nie heller als Hellbraun oder ein helles Kastanienbraun färben. George von John Barrett meint, daß das „Papierbraun" mit Highlights oder Lowlights aufgefrischt werden sollte. Aschtöne sind besser geeignet als Rottöne, da sie weniger hart sind.

BRÜNETT

Färben Sie das Haar zwei oder drei Töne heller als Ihre Naturhaarfarbe, und lassen Sie sich möglichst Highlights machen, damit das Haar natürlicher wirkt. Louis Licari rät, nie dunkler als Schokolade- oder Kastanienbraun zu färben.

Jo Hansford erklärt: „Ergraut das Haar, wird automatisch auch die Haut heller und blasser. Deshalb entsteht ein zu starker Kontrast, wenn Sie graues Haar in Ihrem natürlichen Brünetton überfärben, und das Gesicht wirkt älter." Zu dunkles Haar betont zudem Fältchen, schlaffe Haut und Ringe unter den Augen – ein weiterer guter Grund, einen helleren Farbton zu wählen. (Wollen Sie einen Beweis, rät James Viera, der Vizepräsident von L'Oréal, erst ein schwarzes Band um eine Zitrone zu binden und danach ein weißes. „Sie werden merken, um wieviel glatter die Schale mit dem weißen aussieht.")

ROT

Louis Licari rät davon ab, weißes Haar rot zu färben. „Die rote Farbe kann Rötungen im Gesicht stärker zur Geltung bringen. Nur Frauen mit dem richtigen Hautton und der richtigen Augenfarbe können sich das leisten." **Signourney Weaver** und **Susan Sarandon** können zum Beispiel das Haar rot färben, weil sie (wie so viele Rotschöpfe) eine helle Haut und Sommersprossen haben.

Wenn Sie aber wirklich fest davon überzeugt sind, daß Sie Ihr weißes Haar rot färben wollen, sollten Sie dies auf alle Fälle von einem Experten machen lassen, rät Louis.

GEHEIMNIS: Reißen Sie graue Haare nie aus. „Sie töten das Haar so nicht ab und geben ihm auch seine natürliche Farbe nicht zurück", erklärt Philip Kingsley. „Sie verändern nur den Follikel, und das Haar wächst dicker nach."

HAARTESTS

Heute sind Haarfarben sicher, wirksam und einfach anzuwenden. Dennoch sind Katastrophen nicht auszuschließen, wenn man die Anweisungen auf der Verpakkung nicht beachtet. Führen Sie immer die empfohlenen Tests durch. Machen Sie beide Tests 48 Stunden vor dem Färben, damit Sie die Farbe nicht neu mischen müssen und allergische Reaktionen, wie Jucken, Stechen, Brennen oder Rötungen, sichtbar werden. Lassen Sie auch im Salon einen Test machen.

Der Strähnchentest

Dieser Test wird auf einer Haarsträhne durchgeführt und sollte Ihnen zeigen, wie die Farbe aussieht und in welchem Zustand Ihr Haar nach dem Färben ist. Schneiden Sie eine fünf Millimeter breite Strähne an einer unauffälligen Stelle ab und tragen Sie die Farbe auf. Lassen Sie die Mischung die vorgeschriebene Zeit einwirken, damit Sie das gewünschte Ergebnis erhalten.

Der Allergietest

Bei diesem Test wird eine kleine Menge Haarfarbe auf der Innenseite des Unterarms aufgetragen, um allergische Reaktionen, wie Rötungen, Stechen, Jucken oder Brennen, festzustellen. Die Hersteller empfehlen, den Allergietest vor jeder Anwendung durchzuführen. Sie haben nie eine Garantie, daß Sie ein Produkt vertragen, nur weil Sie es bereits ohne Probleme angewendet haben. Es ist immer möglich, daß Sie allergisch reagieren, auch wenn Sie ein Produkt jahrelang ohne Probleme verwendet haben.

IST FÄRBEN GEFÄHRLICH?

Viele Frauen meinen, daß Haarcolorationen allergische Reaktionen oder sogar Dermatitis auslösen können. Die Symptome reichen von leichtem Jucken über Blasen bis zu Haarausfall.

Marilyn Sherlock, beratende Haarexpertin und Mitglied der Academy of Expert Witnesses (die häufig als Experten bei Klagen gegen Friseursalons beigezogen wird), meint, daß Probleme mit Haarfarben fast immer auf eine unsachgemäße Anwendung des Produkts und nicht auf das Produkt selbst zurückzuführen sind. Sie rät, immer erst einen Allergietest durchzuführen, gleichgültig, ob Sie die Haare zu Hause oder in einem Salon färben. (Allergien treten häufiger bei kompletten Färbungen als bei Strähnchen auf.) Sie rät zudem: „Folgen Sie den Anweisungen ganz genau und beachten Sie die empfohlene Einwirkzeit. Viele Probleme entstehen, weil die Frauen den Beipackzettel nicht lesen oder die Farbe viel zu lange einwirken lassen."

Leiden Sie unter einer Kopfhautreizung und färben Sie aber das Haar regelmäßig (etwa alle drei Wochen), pausieren Sie sechs Wochen lang und dekken Sie den Nachwuchs mit etwas Haarmascara ab, bis die Reizung abgeklungen ist.

Außerdem empfiehlt es sich, kleine Wunden oder Verletzungen auf der Kopfhaut, wie Schnitte oder Kratzer, mit Vaseline abzudecken, damit die Farbe nicht direkt in den Blutkreislauf eindringen kann.

ZU HAUSE FÄRBEN

Martha Stewart hat folgende Tips für alle Frauen zusammengestellt, die ihr Haar zu Hause färben oder tönen wollen.

Zuallererst:

• Lesen Sie die Anweisungen auf der Packung (möglichst zweimal), bevor Sie anfangen. Machen Sie die Tests wie empfohlen *(siehe Seite 117)*.

• Cremen Sie den Haaransatz mit Vaseline ein, bevor Sie zu färben beginnen, damit Sie die Farbe leicht von der Haut entfernen können.

• Hängen Sie sich als Schutz ein (altes) Handtuch um die Schultern.

• Legen Sie Ihren Schmuck ab, damit Sie die Handschuhe nicht zerreißen.

• Sind die beigepackten Handschuhe zu weit, binden Sie sie am Handgelenk mit einem Gummiring fest. So verhindern Sie, daß die Handschuhe zu rutschen beginnen.

• Stellen Sie einen Timer oder einen Wecker ein, damit Sie die Einwirkzeit nicht überschreiten. Man übersieht die Zeit nur allzu leicht, wenn das Lieblingsprogramm im TV läuft, das Buch spannend ist oder eine Freundin anruft.

Bei Tönungen:

• Schützen Sie Hände und Schultern, schütteln und öffnen Sie die Flasche und tragen Sie das Produkt auf das feuchte Haar auf.

• Färben Sie von den Schläfen ausgehend das ganze Haar. Massieren Sie die Farbe aber nicht ein.

• Schlingen Sie das Haar lose um den Kopf, sobald Sie die Farbe aufgetragen haben.

• Stellen Sie einen Wecker, auch wenn die Farbe selbsttätig nur eine bestimmte Zeit lang einwirkt.

• Spülen Sie das Haar aus, sobald der Wecker läutet. Spülen Sie die Farbe so lange aus, bis das Wasser klar ist.

• Schamponieren, frisieren und trocknen Sie das Haar.

Bei Färbungen:

• Lesen Sie die Anweisungen genau durch und machen Sie 48 Stunden vor dem Färben die Tests *(siehe Seite 117)*.

• Mischen Sie die Farbe genau nach Anweisung. Öffnen Sie die Flasche mit dem Entwickler und gießen Sie ihn zu der Farbe. Abdecken und schütteln.

• Schützen Sie Schultern und Hände (und das Badezimmer) vor Spritzern und tragen Sie die Farbe gleichmäßig auf das trockene Haar auf.

• Stellen Sie den Wecker genau nach der angegebenen Einwirkzeit.

• Befeuchten Sie das Haar, wenn der Wecker läutet, und verteilen Sie die Farbe auf den Spitzen.

• Sofort ausspülen, Shampoo und Pflege auftragen. (In vielen Färbungen ist ein Conditioner enthalten.)

• Wie üblich frisieren und trocknen.

Zeitplan für das Färben zu Hause

Der Farbguru Louis Licari, der Stars wie Susan Sarandon zu seinen Kundinnen zählt, rät allen Frauen, einen genauen Plan aufzustellen, wenn sie die Haare zu Hause perfekt färben wollen. Hier sind seine Tips.

Sieben Tage davor:

Das Haar mit einer Tiefenpflege oder einer Haarmaske behandeln. So wird das Haar gestärkt, doch ist noch genug Zeit, um das Produkt völlig auszuspülen, damit die Farbe gleichmäßig greift.

Am Tag der Färbung:

Das Haar vor dem Färben nicht waschen. (Die natürlichen Fette der Kopfhaut schützen das Haar während des Färbens und führen ihm Feuchtigkeit zu.)

An den Tagen danach:

Pflegen Sie das Haar einmal in der Woche mit einer Haarmaske. Beginnen Sie damit sieben Tage nach dem Färben. Die Farbe hält länger, wenn Sie das Haar regelmäßig mit Farbshampoo und Farbconditioner behandeln.

(P.S.: Louis Licari, John Barrett und viele andere Topstylisten aus aller Welt schwören auf die Shampoos aus der Serie Phytologie*, um gefärbtem Haar Glanz zu verleihen.)

Weitere Farbgeheimnisse

• Probieren Sie in einem Kaufhaus verschiedene Perücken, um zu sehen, welche Farbtöne Ihnen stehen.

• Sollten Sie die Haare färben lassen oder zu Hause selbst färben? Der Manhattaner Farbexperte Brad Johns meint, daß Salon- und Heimprodukte dieselben Formeln enthalten. „Im Salon bezahlen Sie die Fachberatung."

• Lassen Sie sich von Ihren Freundinnen gute Farbexperten empfehlen. Vielleicht fehlt Ihrem Friseur die Erfahrung, und Sie sind in einem anderen Salon besser beraten.

• Können Sie es sich nicht leisten, die Haare regelmäßig im Salon färben zu lassen, sollten Sie sich doch mindestens einmal im Jahr beraten lassen.

• Es ist schwierig, die richtige Farbe aus dem riesigen Angebot an Produkten zu wählen. (Wir wissen, wovon wir sprechen.) Man kann nach dem Foto des Models nur sehr schwer einschätzen, wie die Farbe wirklich aussehen wird. Hegen Sie Zweifel, wählen Sie lieber einen helleren Farbton. Helle Farbe läßt sich leichter verändern als dunkle.

• Eine starke Änderung der Naturhaarfarbe muß häufiger aufgefrischt werden, da der Nachwuchs schneller zu sehen ist. Wollen Sie dennoch eine völlig neue Farbe, müssen Sie zusätzlich Zeit und Geld in die Farbauffrischung investieren. Wählen Sie statt dessen einen Farbton, der Ihrer Naturhaarfarbe mehr entspricht, hält die Farbe scheinbar länger.

• Die Wirkstoffe in Schuppenshampoos lassen Tönungen rascher verblassen.

• Ist das Wasser an Ihrem Wohnort hart, sollten Sie das Haar häufig mit einem tiefenreinigenden oder klärenden Shampoo waschen. Mineralablagerungen auf dem Haar beeinträchtigen die Wirkung von Farb- und Dauerwellprodukten.

• Soll die Tönung länger halten, verwenden Sie einen Farbconditioner. Der Farbton sollte möglichst genau dem Ton Ihres gefärbten Haars entsprechen. Ist die Pflegespülung zu dunkel, können sich Flecken auf dem Haar bilden.

• Die Farbe muß aufgefrischt werden, sobald der Nachwuchs zu sehen ist. Färben Sie aber nur den Haaransatz nach, da sonst die Enden trocken und spröde werden, und das Haar durch die „Überfärbung" streifig wird. Die meisten Produkte enthalten Hinweise für Farbauffrischungen. Der Unterschied ist, daß Sie die Farbe nur auf den Ansatz auftragen und knapp vor Ende der Einwirkzeit durchziehen.

• Verfallen Sie nicht in Panik, wenn die Färbung schiefgeht. Rufen Sie die Hotline an, die auf der Packung angegeben ist, da man Ihnen dort möglicherweise Tips geben kann, wie Sie das Problem korrigieren können. Tönungen lassen sich durch ein Shampoo mit Tiefenwirkung rascher wieder ausspülen. Wenn allerdings eine Färbung mißlungen ist, sollten Sie Ihren Friseursalon aufsuchen und das Problem dort beheben lassen. Die meisten Friseure haben große Erfahrung damit, Heimfärbungen zu korrigieren.

• Wenn Sie eine neue Haarfarbe haben, müssen Sie möglicherweise auch Lippenstift, Rouge und Lidschatten an den neuen Farbton anpassen.

Zauberstifte

Haarmascara ist die ultimative Lösung, wenn Sie sich nicht auf eine Farbe festlegen wollen. Sie läßt sich einfach auswaschen, wenn Ihnen der Ton langweilig wird. Zwar ist Haarmascara in einer Vielzahl von Farben von Hellblau über Rosa bis zu Smaragdgrün erhältlich, doch sollten Sie sich lieber an Metalltöne wie Gold, Bronze und Hellblond halten. Susan Baldwin** meint, daß Haarmascara wunderbar geeignet ist, graues Haar aufzupeppen. Sie rät: „Färben Sie winzige Haarsträhnen um das Gesicht vom Ansatz bis zur Spitze. Haarmascara sieht auf dem Pony toll aus, doch sollten Sie auch die Seitenpartien damit färben. Mit Haarmascara läßt sich auch der Nachwuchs gefärbten Haars kolorieren, doch sollten Sie einen ähnlichen Farbton wählen."

Faszinierende Frauen

Jennifer Guerrini-Maraldi

Jennifer beeindruckt uns durch ihre Lebensfreude, ihren jugendlichen Elan und ihre Stilsicherheit (sie ist Moderedakteurin bei *Country Life*). Twinsets und Perlen bestimmen dennoch nicht ihren Stil. Nicht zuletzt hat uns fasziniert, daß die aus Australien stammende Schönheit, die mit einem italienischen Grafen verheiratet ist, beispielhaft demonstriert, was Sonnenschutz und Schönheitspflege bewirken können.

Meine Kindheit verbrachte ich unter der grellen Sonne von Melbourne. Ich hielt mich oft im Freien auf, was sehr lustig, aber nicht die beste Voraussetzung für eine schöne Haut war. Von frühester Jugend an wurde Wert darauf gelegt, Gesicht und Körper zu pflegen. Als Kinder durften wir im Sommer nie ohne Kopfbedeckung ins Freie. Bis heute danke ich meinem Vater dafür, daß er darauf achtete. Kein Sonnenschutz der Welt ist so effektiv wie ein Hut.

Meine Mutter, Noelle Heathcote, die berühmt ist für ihren makellosen Teint, nahm kaum je ein Sonnenbad. Ihr diszipliniertes Schönheitsprogramm hat mich seit jeher fasziniert. Oft saß ich neben ihrem Schminktisch und sah ihr zu, wie sie ihr Gesicht reinigte, nährte und Make-up auflegte. Ich habe ihr dabei sicherlich mit Fragen zugesetzt. Ich erinnere mich, wie sie mir erzählte, daß die Teenager während und nach dem Krieg keine Luxusartikel wie Kosmetika besaßen, und sie daher mit Vaseline die Lippen zum Strahlen brachte. Das wirkte offenbar Wunder, da sie mit 72 Jahren so gut wie keine Falten hat.

Ihr Vorbild hat auf mich abgefärbt, ich bin geradezu süchtig nach den neuesten Cremes und Kosmetika. Ich glaube, daß die großen Kosmetikfirmen die besten Schönheitsprodukte produzieren, da sie das meiste Geld in die Produktentwicklung investieren. Ich bevorzuge die großen Markennamen, schwöre aber auch auf die Reinigungsmilch von Eve Lom.

Ich verabscheue Schönheitsoperationen. Ich würde mich niemals aus Eitelkeit freiwillig unter das Messer des Chirurgen legen und das Risiko einer Narkose auf mich nehmen. Ich hoffe, daß die Kosmetikindustrie das Wundermittel noch erfindet, das Falten glattbügelt.

Für gutes Aussehen sind meiner Meinung nach folgende Faktoren ausschlaggebend: frisches Obst und Gemüse, Gymnastik und viel Schlaf. Ich kann mich nicht immer daran halten. Ich presse mir zwar am Morgen ein paar Grapefruits oder Orangen aus und liebe Gemüse und Salat. Leider mag ich aber auch Desserts und Sekt und werfe meine guten Vorsätze bisweilen über Bord. Solange ich regelmäßig Gymnastik treibe, gibt es jedoch keine Probleme. In den letzten zwei Jahren hatte ich zweimal wöchentlich einen Privattrainer; da ich mich rasch langweile, überdenke ich mein Programm ständig.

Ich mag Glamour und bin noch dazu mit einem Italiener verheiratet, der meint, daß Frauen immer blendend aussehen sollten. Ich denke, eine Frau sollte ihr Image alle zehn Jahre verändern. Ich nenne das den „Dekadenwandel“. Wenn das Gesicht älter wird, braucht man einen anderen Haarschnitt, ein anderes Make-up und eine andere Stilrichtung in der Mode. Das Rezept heißt Einfachheit: Die Regeln sind schönes, glänzendes Haar, natürliches Make-up und einfache, gut geschnittene Kleider.

Da ich ständig Probleme mit der Zeit habe, bekomme ich oft zu wenig Schlaf. Ich neige dazu, mich zu verausgaben, was ich dadurch auszugleichen versuche, daß ich oft zwischendurch ein Nickerchen mache.

Aber das allerwichtigste Schönheitsrezept ist Glück. Ich wuchs am Meer auf und hatte eine glückliche Kindheit: ich war frei wie ein Vogel und genoß die reinste Luft, die man sich vorstellen kann. Die zwanzig Jahre, die ich in England verbrachte, waren ein Segen für meine Haut; England hat das beste Klima für einen schönen Teint, doch ich vermißte das Meer. Mein Mann und ich fanden dann den perfekten Zufluchtsort an den Klippen Cornwalls. Wer Schönheit und Wohlbefinden anstrebt, muß darauf achten, daß er sich nicht von der Hektik des Alltags dominieren läßt. Wenn etwas dazu beiträgt, daß ich mich zeitlos schön fühle, dann sind das wundervolle Spaziergänge am Meer, bei denen ich mich in die Kindheit zurückversetzt fühle.

Ich denke nie über das Alter nach. Ich habe einfach keine Zeit, über doch Unvermeidliches nachzugrübeln. Ich beabsichtige, mein Leben lang weiterzuarbeiten. Pension? Kein Thema.

Füße im Alter von vierzig Jahren haben bereits über 80.000 Kilometer zurückgelegt. Da ist es nur allzu verständlich, daß unser Gehwerkzeug Spuren der Abnützung zeigt. Wir geben Ihnen nützliche Ratschläge, wie Sie Ihre Füße wieder auf Trab bringen.

Zeigt her Eure Füße

Vielleicht ist unsere Vorliebe für Schuhe daran schuld, daß die Füße von Frauen rascher altern als jene der Männer. Die erotischen Schuhe, die uns betören, sind für die natürliche Fußform völlig ungeeignet und verursachen Fußprobleme; Hammerzehen, entzündete Fußballen und Hühneraugen sind die Folgen zu enger Schuhe. Auch die Haut erfährt mit den Jahren eine Veränderung. Die an und für sich trockene Haut an den Füßen wird immer trockener und anfällig für Risse und Entzündungen.

Viele ignorieren ihre Füße, bis sie zu schmerzen beginnen. Scholl, der Spezialist für Fußpflege, meint, daß Vorsorge besser ist als Heilung. „Es ist nie zu spät, die Gesundheit der Füße wiederzugewinnen, auch wenn eine Frau ihre Füße ein Leben lang vernachlässigte“, betont Katherine Royston-Airey, Fußpflegerin bei Scholl. Idealerweise sollte man alle zehn bis zwölf Wochen eine Pediküre oder Fußpflege durchführen lassen oder noch häufiger, wenn man unter Hühneraugen leidet. Dabei werden die Zehennägel in Form gebracht (was vor eingewachsenen Zehennägeln schützt), die Hornhaut wird entfernt, und etwaige Probleme werden im Anfangsstadium behandelt.

Der Zustand Ihrer Füße spiegelt sich auch im Gesicht wider: Beengte Füße bedeuten verkniffenes Gesicht. Und da Spazierengehen das beste Rezept gegen das Altern ist, sind gesunde Füße für das Wohlbefinden ausschlaggebend. Lassen Sie Ihren Füßen dieselbe Pflege angedeihen wie Händen und Gesicht.

ACHTUNG: Es ist eine Tatsache, daß doppelt so viele Frauen wie Männer an Arthrose erkranken. Die ersten Anzeichen sind an den Füßen zu bemerken. Die Symptome sind steife und schmerzende Gelenke; die Steifheit der Gelenke nimmt immer mehr zu, bis sie völlig bewegungsunfähig sind. Lassen Sie sich von Ihrem Arzt untersuchen und behandeln. Durch regelmäßige Besuche beim Fußpfleger und Orthopäden wird die Entwicklung der Krankheit im Frühstadium erkannt und eingedämmt, und jede durch Osteoarthritis verursachte Deformation kann rechtzeitig behandelt werden.

FUSSNOTEN

Wie die Taille können auch unsere Füße in den mittleren Jahren breiter werden. Der Fußrist, auf dem das ganze Leben hindurch unser Gewicht lastet und der dafür sorgt, daß Erschütterungen abgefedert werden, kann sich senken. Wenn der Rist flacher wird, wird der Fuß nach vorne und seitwärts gedrückt. Er kann im Alter von 45 Jahren eine ganze Nummer größer werden. Spezialisten empfehlen, daß man sich jährlich die Füße messen lassen sollte, um etwaige Veränderungen zu erkennen. (Man sollte auch auf sein Gewicht achten, da jedes Kilogramm dreimal so schwer wiegt, wenn der Fuß auf dem Boden auftritt.)

• Anstatt sich die Füße einmal jährlich im Schuhladen messen zu lassen, kann man die Länge des Fußes auch selbst feststellen, um sicher zu gehen, daß man die richtige Schuhgröße kauft. Stellen Sie sich mit bloßen Füßen auf einen dünnen Karton, wobei Ihre Ferse exakt an einer Kante des Kartons anstößt. Markieren Sie die Stelle, bis zu der die längste Zehe reicht; bei vielen Menschen ist dies die zweite Zehe, nicht die große Zehe. Schneiden Sie einen dünnen Streifen Karton aus, der Ihrer Fußlänge entspricht. Wenn Sie diesen in einen Schuh einlegen, sollte zwischen dem Ende des Kartonstreifens und dem Fersenteil des Schuhs ein Freiraum von 7 bis 14 Millimeter sein.

• Der größte Gefallen, den wir laut Expertenmeinung unseren Füßen machen können, ist die Entfernung der Hornhaut mit einer Fußfeile – vorzugsweise jeden zweiten Tag. Verwenden Sie die Fußfeile bei trockenen Füßen, bevor Sie ein Bad nehmen, oder verwenden Sie einen speziellen Bimsstein für feuchte Füße. (Wir schwören auf die Fußfeilen von Diamancel, die zwar teuer, aber ihr Geld wert sind.) Man kann eine Fußfeile auch nach dem Bad oder der Dusche verwenden, aber nicht nach einem Fußbad, das die Haut aufweicht, wodurch zuviel Haut entfernt werden kann.

• Scholl empfiehlt, die Füße zumindest einmal (besser zweimal) täglich mit einer speziellen Fußcreme einzucremen: „Verwenden Sie eine spezielle Feuchtigkeitscreme für Füße. Die Feuchtigkeitslotion für den Körper ist nicht reichhaltig genug für die trockene Haut der Füße, die ab vierzig immer trockener wird", meint Katherine Royston-Airey. (Eine Ausnahme sind Schweißfüße.)

• Im Alter von sechzig Jahren werden die Fußballen dünner, wodurch das Gehen schmerzt. Entsprechende Einlagen gleichen den Verlust dieser natürlichen Abpolsterung aus.

• Eine schlechte Durchblutung ist ein weiteres Problem, wenn wir altern. Da die Füße vom Herzen am weitesten entfernt sind, kommen sie bei der Blutzufuhr zu kurz. Regelmäßige Bewegung, insbesondere Spazierengehen, fördert die Durchblutung der Füße, beugt kalten Füßen vor und läßt Infektionen und Schnittwunden rascher verheilen.

• Auch ein 15minütiges Fußbad in einem Lavoir macht die Füße herrlich weich (lesen Sie im Kapitel über Aromatherapie nach, welche Öle sich eignen). Wenn Ihre Füße heiß sind und prickeln, sollten Sie zwei Tropfen Pfefferminzöl hinzufügen. Eine Handvoll Milchpulver im Fußbad spendet Feuchtigkeit.

• Wenn Sie gerne Sandalen tragen, sollten Sie Ihre Füße am Morgen mit Sonnenpflege eincremen. Füße sind für die schädigenden UV-Strahlen, die den Alterungsprozeß beschleunigen, besonders empfänglich.

• Experten meinen, daß die Entfernung von Hühneraugen durch professionelle Fußpflege einem Hühneraugenpflaster vorzuziehen ist, das das umliegende Gewebe beschädigen kann. (Dies könnte vor allem für jene, die an schlechter Durchblutung oder Diabetes leiden bzw. empfindliche Haut haben, problematisch sein.)

• Schuhe sollte man nie am Morgen kaufen, wenn die Füße noch ausgeruht sind; am Nachmittag findet man leichter die richtige Größe.

• Bei Wanderungen sollten Sie für den Notfall immer eine Erste-Hilfe-Ausrüstung, wie Pflaster oder Antiseptika, im Gepäck haben. Bei wundgeriebenen Zehen hilft Vaseline.

• Angeschwollene Sprunggelenke und schmerzende Füße lassen sich am besten vermeiden, wenn man die Füße hochlagert. Scholl empfielt, sich zehn Minuten lang bequem auf den Boden oder auf das Bett zu legen und die Füße in einem Winkel von 45° hochzulagern, damit die angestaute Flüssigkeit abgeleitet werden kann.

AROMATHERAPIE

Die Aromatherapie-Experten gaben uns folgende hilfreicheTips für Füße, die meilenweit gelaufen sind. Empfohlen werden regelmäßige Fußbäder vor allem für müde Füße, Schweißfüße und geschwollene Sprunggelenke. Geben Sie für wohlriechende Füße zwölf Tropfen Zypressenöl in warmes Wasser, an heißen Tagen die gleiche Menge Pfefferminz- oder Lavendelöl in kaltes Wasser. Für rissige und sehr trockene Füße schlagen die führenden Aromatherapie-Experten ein spezielles Fußöl vor, das sich aus 90 Prozent Mandelöl, zehn Prozent Weizenkeimöl und 30 Tropfen Weihrauchöl pro 50 Milliliter Trägeröl zusammensetzt. Lassen Sie dieses Öl über Nacht einwirken.

Gesunde Füße in kurzer Zeit

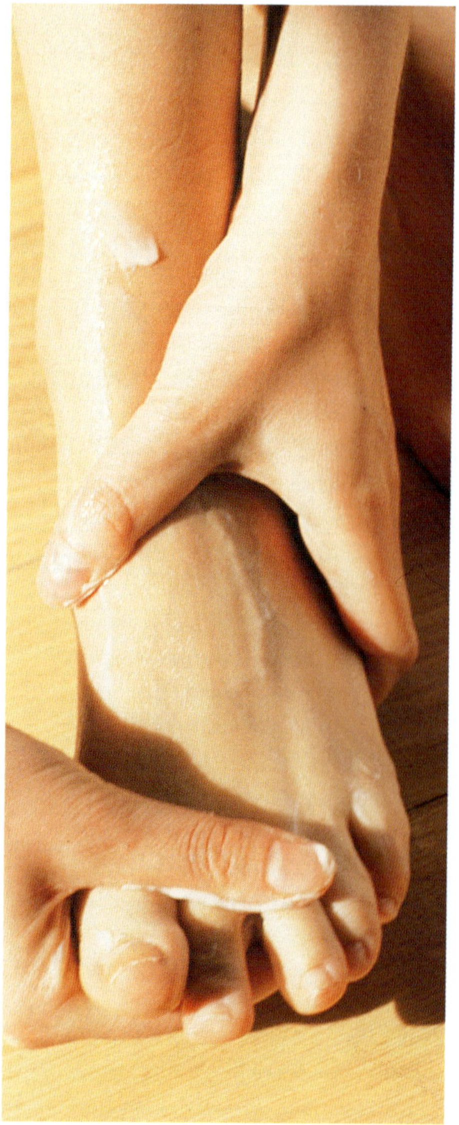

Fußgymnastik hält die Füße beweglich (und schön), kräftigt sie und hilft Ihnen, auch in späteren Jahren das Gleichgewicht zu bewahren. Folgende Übungen bescheren Ihnen gesunde Füße:

• Grätschen Sie leicht die Beine und stellen Sie sich langsam auf die Zehenspitzen, rollen Sie dann den Fuß langsam wieder auf die Ferse ab. (Wer Probleme mit dem Gleichgewicht hat, kann sich an einem Stuhl abstützen.)

• Stellen Sie sich auf die unterste Stufe einer Treppe, die Zehen stehen über dem Stufenrand vor. Beugen Sie die Zehen, als ob sie sich an der Kante festkrallen wollten. Beibehalten, dabei bis zwei zählen, dann die Zehen nach oben biegen, beibehalten und wieder bis zwei zählen. Mehrmals wiederholen und umdrehen, daß die Fersen über den Stufenrand stehen, die Fersen heben und senken.

• Mit ausgestreckten Beinen sitzen oder liegen; mit jedem Fuß abwechselnd weite Kreise ziehen, erst in die eine Richtung, dann in die andere. Mehrmals wiederholen.

• Legen Sie sich flach auf den Boden, die Fußsohlen gegen eine Wand drücken. Spreizen Sie die Zehen so weit wie möglich, während Sie sich an der Wand festklammern und die Wand gleichsam „erklettern“ (hilft gegen Krämpfe).

• Des weiteren empfehlen Experten, so oft wie möglich auf Zehenspitzen zu gehen.

• Gary Null und Dr. Howard Robins empfehlen in ihrem Buch *How to Keep Your Feet and Legs Healthy for a Lifetime**, Bleistifte oder Murmeln vom Boden aufzuheben, um die Beweglichkeit und Kraft der Zehen zu steigern. Eine andere Übung (um Zehen, Füße und Beine zu kräftigen) ist, das Alphabet mit den Zehen erst auf den Boden und dann in die Luft zu schreiben. Schreiben Sie jeden Buchstaben mehrmals täglich. Auf diese Weise wird jeder Muskel Ihrer Füße trainiert.

VORSICHT

Bei Diabetikern heilen Fußinfektionen nur langsam, weshalb bei der Pediküre Vorsicht angebracht ist. In einem Fußpflegesalon sollten Sie das Personal informieren, daß Sie Diabetikerin sind, damit keine Geräte verwendet werden, die Schnitte zufügen können. Seien Sie auch zu Hause im Umgang mit Nagelscheren, Fußfeilen oder Stäbchen vorsichtig. Die tägliche Verwendung einer Fußlotion mit Teebaum- oder Lavendelöl beugt Infektionen vor.

CHECKLISTE FÜR DIE FUSSPFLEGE

Wer gesunde Füße will, sollte folgende Untersuchungen einmal monatlich durchführen.

Untersuchen Sie Ihre Nägel auf:
- Eingewachsene Zehennägel
- Pilzinfektion
- Nagelverdickung

Untersuchen Sie die Haut der Füße auf:
- Fußpilz
- Hühneraugen und Schwielen
- Verletzungen oder Veränderungen der Haut (Veränderung der Farbe, des Wachstums, blutunterlaufene Stellen)

Untersuchen Sie die Haut der Beine auf:
- Krampfadern
- Ekzeme
- Veränderungen/Verletzungen der Haut

Achten Sie bei Schuhen auf:
- Federnde Sohlen
- Ausreichend Platz bei Deformationen, z.B. Hühneraugen oder Hammerzehen
- Die richtige Schuhgröße, da sich die Füße verändern können.

Pediküre für Fortgeschrittene

All jenen, die keinen Fußpflegesalon aufsuchen wollen, empfiehlt Clare Wolford, die Ausbildungsleiterin von Supernail in Los Angeles, folgende Heimbehandlung, die dem Entstehen von Hornhaut und dem Einwachsen der Nägel vorbeugt.

1 Weichen Sie die Füße fünf Minuten lang in einem Lavoir mit warmem bis heißem Wasser ein, um Haut und Nägel aufzuweichen. (Sie können nach Wunsch einige Tropfen Teebaumöl hinzufügen, das antibakteriell wirkt.)

2 Schneiden Sie die Zehennägel gerade ab; um sie zu glätten, können Sie sie leicht mit einer Polierfeile (erhältlich im Body Shop, in Drogerien oder Nagelpflegesalons) polieren. Sie sollten beim Polieren aber zu starkes Schleifen vermeiden. Die Zehennägel sollten an den Enden leicht abgerundet werden. Leider ist es schwierig, den richtigen Winkel zu erreichen, um sie korrekt schneiden zu können. Zu Hause sollte man sie gerade abschneiden und die scharfen Kanten etwas feilen. Kappen Sie die Ecken keinesfalls ab, um sie abzurunden, da sonst die Nägel einwachsen.

3 Massieren Sie besonders behutsam Nagelhautentferner ein und schieben Sie die Nagelhaut mit einem Hufstäbchen, das mit Baumwolle umwickelt ist, zurück.

4 Abgestorbene Hautzellen mit einem Peeling abrubbeln.

5 Entfernen Sie behutsam mit einer Fußfeile die Hornhaut, vor allem an den Fersen und auch auf den Fußballen.

6 Massieren Sie eine Feuchtigkeitslotion, die nicht fetthaltend sein sollte, in die Füße ein.

7 Wenn Sie gerne Nagellack tragen, sollten Sie die Nägel erst mit Seifenwasser waschen und abtrocknen, bevor Sie Grundierungslack, zwei Schichten Nagellack und einen Nagelhärter auftragen.

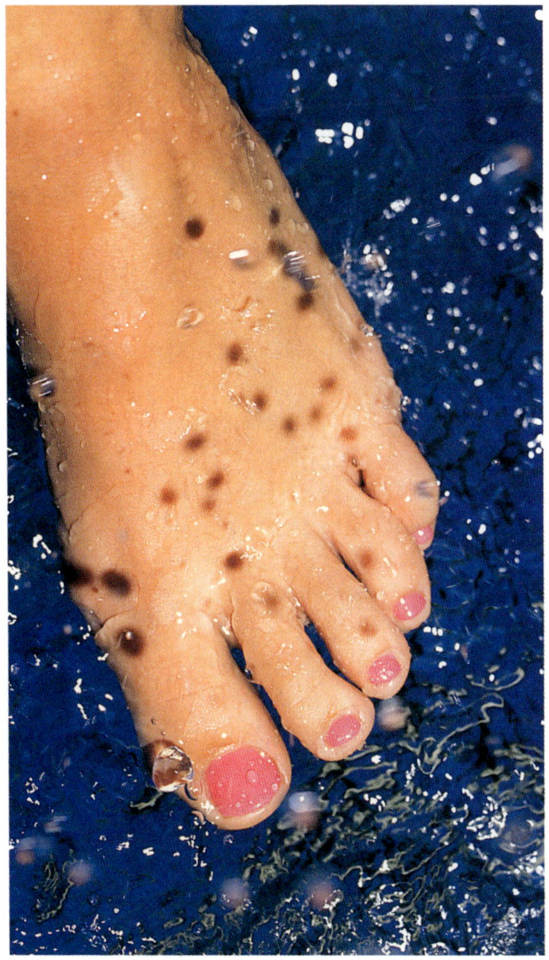

Zeitlos schöne Hände

Ein Gentleman schweigt über das Alter einer Frau – doch die Hände verraten unsere Lebensjahre. Zum Glück kann man das Rad der Zeit mit der richtigen Hand- und Nagelpflege zurückdrehen.

Hände haben viel zu ertragen. Täglich setzen wir sie dem Spülwasser und aggressiven Reinigungsmitteln aus. Wir hantieren stundenlang mit Papier (das der Haut wichtige Öle entzieht) und vergessen, daß sie ebenso leicht durch Sonnenstrahlen in Mitleidenschaft gezogen werden wie das Gesicht. Während wir das Gesicht vor UV-Strahlen schützen, sind die Hände den Elementen ausgesetzt, was zu den sogenannten„Altersflecken" führt, da das Melanin (Hautpigment) bei ungeschützter Haut auf Sonnenlicht reagiert. Die Hände haben im Vergleich zum Gesicht eine dünnere Haut, weniger Fett, um Falten oder Adern zu kaschieren, und weniger Fettdrüsen und Haarfollikel, die der Haut Feuchtigkeit zuführen und neue Hautzellen bilden. Gemeinsam bewirken diese Faktoren eine Beschleunigung des Alterungsprozesses. Wenn wir die Hände regelmäßig pflegen, werden sie es uns danken.

Maniküre, die dem Alter trotzt

Robyn Opie, deren Nagelstudio im Londoner Chelsea im Adreßbuch vieler kluger Damen steht, meint, daß die Nägel ab einem gewissen Alter etwas kürzer sein sollten. Am schönsten findet sie eine rechteckige Form mit abgerundeten Kanten. Die Nägel brechen so auch weniger leicht ab. Auch ovale Nägel, die der natürlichen Nagelform folgen, findet sie attraktiv.

Die Farbe des Nagellacks sollte Ihren Händen schmeicheln. „Frauen, die sich ihrer Hände schämen, wählen oft einen farblosen Lack oder einen cremefarbenen Ton, der blasse Hände grünlich oder grau erscheinen läßt. Stärkere Farben oder leuchtende Pastelltöne wirken wesentlich vorteilhafter. Wer eher matte Farben bevorzugt, sollte einen blassen Pinkton oder reines Weiß verwenden". (Wir bevorzugen auffälligere Farben, wie Gold oder ein hübsches Hellblau). Robyn bevorzugt französische Maniküre, bei der die Nägel rosa sind, und die Ränder weiß

nachgezogen werden – die Nägel sollten aber kurzgeschnitten sein.

1 Verwenden sie einen azetonfreien Nagellackentferner, der weniger austrocknet. (Achten Sie auf den Hinweis „azetonfrei" oder „schonend").

2 Formen Sie die Nägel beim Feilen, indem Sie von den Seiten zur Mitte, immer nur in eine Richtung feilen. Verwenden Sie Sandblattnagelfeilen, die in Apotheken und Drogerien erhältlich sind und schonender sind als altmodische Metall- oder Sandpapierfeilen.

P.S.: Kathryn Marsden, die uns die Ernährungstips für gesunde Nägel auf *Seite 128* gab, empfiehlt Frauen mit brüchigen Nägeln, diese vor der Entfernung des Nagellacks zu feilen, da sie weniger leicht abbrechen. Wer empfindliche Nägel hat, sollte die Punkte 1 und 2 überspringen.

3 Weichen Sie die Nägel in einer kleinen Schüssel ein: Geben Sie ein paar Tropfen Jojoba- oder Mandelöl in warmes Wasser oder machen Sie sich ein reines „Ölbad" aus leicht erhitztem Olivenöl.

4 Rubbeln Sie mit einem Peeling abgestorbene Hautzellen ab. (Oder verwenden Sie eine Handvoll feines Salz, das mit etwas Öl aus Ihrem Handbad vermischt ist.)

5 Trocknen Sie die Hände ab und tragen Sie eine feuchtigkeitsspendende Gesichtsmaske auf. Lassen Sie die Hände während der Einwirkzeit auf einem Handtuch ruhig liegen.

6 Die durch die Maske und die Ölbehandlung aufgeweichte Nagelhaut kann nun leicht zurückgeschoben werden. Schieben Sie die Nagelhaut mit einem Hufstäbchen oder einem mit Baumwolle umwickelten Gummistäbchen zurück.

7 Bürsten Sie die Nägel vorsichtig mit einer Nagelbürste und reinem, warmem Wasser. (Oder entfernen Sie die letzten Spuren der Creme/Maske mit einem Wattebausch, den Sie in Gesichtswasser einweichen.)

8 Polieren Sie die Nägel mit der weichen Seite des Nagelpolierers (Body Shop) oder verwenden Sie das altmodische Polierleder, das in Apotheken erhältlich ist. Reiben Sie die Nägel nur sehr zart, um ihnen natürlichen Glanz zu verleihen. Die Nägel dürfen beim Polieren nie heiß werden.

9 Tragen Sie reichlich Handcreme auf. Reinigen Sie die Nägel mit einem in Seifenwasser getauchten Wattepad, um die Creme vor dem Auftragen des Nagellacks zu entfernen.

10 Tragen Sie Grundierungslack (um Flecken durch Nagellack zu vermeiden), zwei Schichten Nagellack und einen schützenden Decklack auf. (Der Lack hält länger, wenn die Deckschicht jeden Tag erneuert wird.)

Weitere Tips

- Mara Caskin, Maniküre im Salon von Jon Barrett, rät: „Wer die Qualität seiner Nägel wirklich verbessern will, sollte in eine Nagelpflege im besten Salon investieren, genau zusehen und viele Fragen stellen. Wenn Ihr Budget oder Ihr Terminkalender eine regelmäßige wöchentliche Maniküre nicht zuläßt, sollten Sie doch mindestens vier Termine im Jahr einplanen."

- Frederick Brandt, Professor für Dermatologie an der Universität Miami, rät, Adern auf dem Handrücken mit Selbstbräuner zu kaschieren.

- Den größten Gefallen erweisen wir unseren Händen, wenn wir überall im Haus, auf dem Schreibtisch und im Auto eine Handcreme deponieren. (Mara Caskin empfiehlt, die Handcreme neben dem Heizkörper aufzubewahren. Sie meint: „...denn so fühlt sie sich besser an und wird rascher absorbiert.")

- Im Idealfall sollten Sie eine Handcreme mit SF 15 für den täglichen Gebrauch verwenden; Forschungsergebnisse zeigen, daß Altersflecken tatsächlich etwas blasser werden, wenn die Hände dem UV-Licht nicht mehr ausgesetzt werden.

- Die meisten Frauen bevorzugen Handcremes, die rasch absorbiert werden. Robyn Opie warnt davor, daß diese Cremes die Hände austrocknen können, weil der Alkohol, der die Creme rasch in die Haut einziehen läßt, ein austrocknende Wirkung hat. Wählen Sie eine nährende Creme, die etwas fetthaltiger ist. Sie zieht weniger rasch ein, doch Ihre Hände werden es Ihnen danken.

- Versuchen Sie, wenn Sie ein Bad nehmen, die Hände über Wasser zu halten. (Aufgeweichte Nägel verkürzen die Lebensdauer Ihrer Maniküre.)

- Robyn Opie empfiehlt, die Hände mit etwas Nachtcreme einzucremen.

- Wir leiden beide an brüchigen, eingerissenen Nägeln und haben entdeckt, daß man die Nägel am besten schützt, indem man sie, außer während der Maniküre, nie „nackt" läßt. (Wir bevorzugen den Calcium Gel Nail Revitalizer von Revlon mit Zink, der überall erhältlich ist, und den Jessica Customs Nail Vitalizer; der Nagellack hält länger, und Nagelrisse werden gekittet.

- Robyn Opie empfiehlt mindestens einmal wöchentlich folgende Intensivbehandlung. „Bevor Sie das Geschirr abwaschen, sollten Sie Oliven-, Haselnuß- oder Mandelöl über Ihre Hände verteilen. Geben Sie Vaseline über das Öl, um es zu versiegeln. Ziehen Sie Plastikhandschuhe an und waschen Sie das Geschirr. Die Wäme des Wassers erhöht die positive Wirkung; wenn Sie die Masse abgewaschen haben, werden Ihre Hände wunderbar samtweich und seidig sein.

Ernährungstips für die Nägel

Die Ernährung hat einen unglaublichen Einfluß auf die Härte der Nägel. Das Wachstum der Nägel hängt von einer gesunden Ernährung ab, die den Aufbau neuer Zellen fördert. Die Ernährungsberaterin Kathryn Marsden ist eine wandelnde Reklame für ihre eigene Philosophie: „Meine Nägel sind so hart, daß mein Mann meint, ich könnte damit Schrauben herausziehen."

Kathryn schwört auf die bestmögliche Ernährung und auf essentielle Fettsäuren. „Nachtkerzenöl scheint eine positive Wirkung zu haben. Ich empfehle vier bis sechs Kapseln Efamol-Nachtkerzenöl täglich oder zwei Kapseln mega-GLA von BioCare*. Zusätzlich sollten Sie ein gutes Vitaminpräparat einnehmen, das die Vitamine B_2 und B_3 sowie Zink enthält. Weiße Flekken auf den Nägeln deuten auf einen Zink-, und nicht einen Kalziummangel hin, wie viele meinen.

Ein weiterer Geheimtip von Kathryn ist, die Nägel regelmäßig mit einem Nagelpolierer (Body Shop) zu polieren. „Eine Seite des Polierers ist so sanft, daß man sie über dem Lack verwenden kann, ohne der Maniküre zu schaden; die Reibung stimuliert die Durchblutung. Ich habe mehrere Polierer im ganzen Haus verteilt, damit ich nicht vergesse, sie zu verwenden."

Nagelklinik

Robyn Opie ergänzt die Ernährungsvorschläge von Kathryn: „Auch regelmäßige Gymnastik und Entspannung haben eine höchst positive Auswirkung auf die Gesundheit der Nägel." Unserer Erfahrung nach erleiden sogar Nägel, die immer stark waren, in der Menopause einen Einbruch und bekommen Risse und Sprünge. Da eine gesunde Lebensweise allein diese Probleme nicht immer lösen kann, baten wir Robyn um Tips für die Probleme älterer Nägel.

Weiche und absplitternde Nägel: Nägel biegen sich und splittern, weil sie zu feucht sind. Nagelhärter reduzieren die überschüssige Feuchtigkeit, ich empfehle sie aber nur für eine siebentägige Kur, da sie ansonsten die Nägel austrocknen und brüchig machen. Langfristige Verbesserungen erzielen Sie durch Massage des Nagelbetts und der Nagelhaut. Sie bekommen dadurch harte, biegsame und bruchfeste Nägel. Mandel- oder Haselnußöl sind ideal; fügen Sie des angenehmen Duftes wegen einen Tropfen Lavendelöl dazu.

Trockene, spröde Nägel: Wenn die Nägel eher einreißen als abblättern, sind sie dehydriert. Zuviel Wasser und Sonne können ungeschützte Nägel austrocknen (Spröde Nägel sprechen gut auf eine tägliche Behandlung mit Öl an.)

Rillen: Nägel, die längliche Rillen aufweisen, sollten Sie regelmäßig sehr sanft polieren. Verwenden Sie anschließend eine Grundierung, die die Vertiefungen ausfüllt, damit der Untergrund für den Nagellack geglättet ist. (Rillen können die Folge eines durch einen Hefepilz beschädigten Nagelbetts oder einer beschädigten Nagelhaut sein; sie können auch Zinkmangel bedeuten.)

Längliche Risse: Manchmal reißen die Nägel einer Rille entlang bis zur Basis des Nagels ein. Ein Acrylnagel kittet den Riß, und der Nagel kann nachwachsen. Eine Ölmassage des Nagelbettes fördert das gesunde Wachstum.

Matte, farblose Nägel: Ein gesunder Nagel hat die Farbe Rosa. Matte, farblose Nägel können auf eine schlechte Durchblutung hinweisen. Wenn Sie einen Nagel drücken, färbt er sich weiß; wenn es länger als drei Sekunden dauert, bis der rosa Farbton zurückkehrt, ist das ein Hinweis auf eine schlechte Durchblutung. (P.S.: Rauchen kann die Nägel braungelb verfärben, ein weiterer Grund, es aufzugeben!)

Ungleichmäßige Hautfarbe: Fleckige und matte Haut verrät unser Alter, da die Haut mit den Jahren transparenter wird. Unser Tip: Machen Sie regelmäßig ein Peeling: Gesichtsmasken lassen die Haut der Hände erstrahlen.

KONSULTIEREN SIE IHREN ARZT WENN SIE ...

...verdickte, brüchige oder opake Nägel haben; eine Pilzinfektion könnte dahinter stecken.

...Flecken und Verdickungen (die klassischen Anzeichen einer Schuppenflechte) bemerken.

...eine Verdunkelung der Nägel bemerken; ein brauner oder schwarzer Streifen, der am Nagelbett beginnt und sich bis zur Nagelspitze erstreckt, könnte auf ein Melanom (Hautkrebs) hinweisen, das einer dringenden Behandlung bedarf. Manche Antibiotika, wie etwa Tetrazykline, können die Nägel dunkelgrau färben; dies sollte aber verschwinden, wenn die Antibiotika abgesetzt werden und die Nägel nachwachsen.

Wenn Nagelprobleme sich über Monate erstrecken, sollten Sie einen Bluttest durchführen lassen, um einen etwaigen Nährstoffmangel zu bestimmen.

WAS STARS VERWENDEN

Ortiz, Maniküre im Privé Salon in Los Angeles, verwendet bei **Candice Bergen** O.P.I. Nail Envy gleichzeitig als Unterlack, Überlack und Nagelhärter. Jessica Vartoughian, die Besitzerin des Nagelstudios Jessica in West Hollywood – übrigens ein echter Geheimtip – (und Begründerin der Nagelproduktlinie Jessica) empfiehlt die Sandblattnagelfeilen von Revlon: „Die Körnung ist sehr sanft und nagelfreundlich."

High-Tech-Hände

Immer mehr Frauen entschließen sich zu einer kosmetischen Operation der Hände. Laut Professor Nicholas Lowe** können Altersflecken (Sonnenflecken) auf den Händen mittlerweile mit Hilfe von Laser entfernt werden. Auch ein medizinisches Peeling mit Unterstützung von Fruchtsäuren kann dunkle Flecken aufhellen; dabei werden die oberen Hautschichten entfernt, wodurch die darunter liegende, strahlende Haut zum Vorschein kommt. Manche Ärzte verordnen Retin-A, um die Haut vorzeitig gealterter Hände zu verschönern, andere entfernen auch die hervortretenden Adern (wie auf den Beinen), an denen manche Frauen Anstoß nehmen *(siehe Seite 142)*. Da die Hände mit dem Alter dünner werden, experimentieren manche Ärzte damit, daß sie dem Po Fett entnehmen und dieses in die Hände injizieren, was jedoch starke Druckstellen hervorrufen kann und die Hände nur kurzfristig aufpolstert. Man sollte derartige chirurgische Eingriffe nie ohne Abwägen aller Vor- und Nachteile vornehmen lassen, gleichgültig wie unzufrieden man mit seinen Händen ist.

Fingerübungen

Durch regelmäßige Übungen bleiben die Hände jugendlich und geschmeidig. (Ärzte empfehlen bei arthritischen Händen Stricken!) Führen Sie die folgenden Übungen regelmäßig durch, um die Form Ihrer Hände zu bewahren.

- Sie stehen aufrecht, die Hände hängen seitlich herab. Heben Sie die Hände langsam, während Sie sie aus dem Gelenk vor- und zurückbewegen. Verharren Sie in Schulterhöhe. Senken Sie die Hände wieder, indem Sie sie auf die gleiche Weise bewegen.

- Sie sitzen oder stehen, die Arme hängen seitlich herab. Drehen Sie Arme und Hände, so daß die Handflächen nach rückwärts schauen. Ballen Sie die Fäuste und stoßen Sie mit durchgestreckten Armen mehrmals nach hinten.

- Falten Sie Ihre Hände zum Gebet, kehren Sie dann die Handflächen nach außen, während Sie versuchen, die Arme in Brusthöhe zu strecken. Die Position dreißig Sekunden halten und dann lösen. Wiederholen.

- Um die Finger beweglich zu halten, sollten Sie sie dehnen. Sobald Sie die richtige Dehnung spüren, etwa fünf Minuten halten. Trainieren Sie dann den Daumen: Halten Sie die rechte Hand von Ihrem Körper weggestreckt. Ziehen Sie mit der linken Hand den rechten Daumen behutsam zum Körper zurück. Halten Sie die Position fünf Sekunden. Wechseln. (Beugt gegen Muskelzerrungen vor). Wer viel tippt, sollte in den Pausen diese Übungen machen.

- Besorgen Sie sich „Massagebälle", die einen zweifachen Nutzen haben: Sie trainieren die Muskeln der Hände und bekämpfen gleichzeitig Streß.

- Um das Wachstum der Nägel anzuregen und die Durchblutung der Fingerspitzen und der Hände zu fördern, sollten Sie auf den Tisch trommeln, als ob Sie Klavier spielen würden.

- Nehmen Sie Klavierstunden! Laut dem Sprecher der Royal Academy of Music ist es nie zu spät, um Klavier spielen zu lernen. Klavierspielen fördert eindeutig die Geschmeidigkeit und die Kraft. Pianisten haben auch zwischen siebzig und achtzig noch sehr geschmeidige Hände. Es ist zu spät, um Konzertreife zu erlangen, doch wer in späten Jahren mit Fingerübungen beginnt, kann in hohem Alter noch immer den Deckel eines verklebten Honigtopfes öffnen.

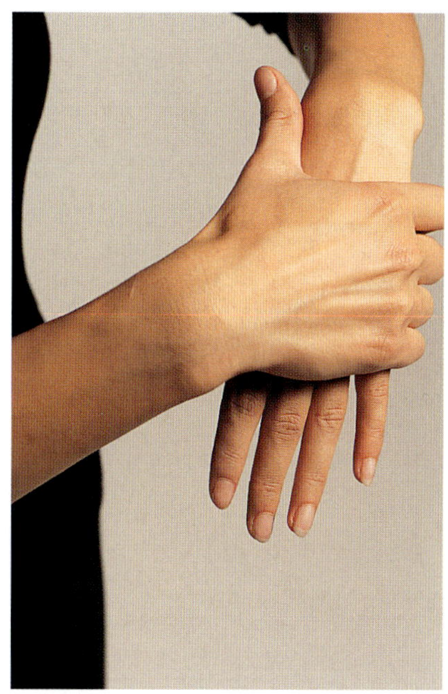

ERPROBT & BEWÄHRT

ANTI-AGEING-HANDCREMES

Bis vor kurzem gab es für die Hände kaum Anti-ageing-Produkte. Doch die neuesten Handcremes führen nicht nur fehlende Feuchtigkeit zu. Sie schützen die empfindliche Haut der Hände auch vor den schädlichen UV-Strahlen, lassen sie strahlender erscheinen und hellen angeblich sogar Altersflecken auf. Mehrere Monate hindurch krempelten unsere Testerinnen die Ärmel hoch, um die führenden Anti-ageing-Handcremes am Markt zu testen. Sie lasen die Versprechungen der Produktbeschreibungen und verglichen sie mit den tatsächlichen Verbesserungen, die sie bemerkten.

In dieser Kategorie wurden sehr hohe Bewertungen erreicht, elf Cremes erzielten mehr als acht Punkte. Das am schlechtesten bewertete Produkt erhielt 5,62 Punkte von 10.

Atrix Regenerationscreme
9,6 PUNKTE VON 10 (€)
Alle Testerinnen würden dieses Produkt kaufen und lobten vor allem den angenehmen Geruch und den nützlichen Pumpspender. Postiv bewertet wurde auch, daß die reichhaltige Creme leicht einzog. Dieses außerordentlich billige Produkt basiert auf der Liposomen-Technologie, mit deren Hilfe Wirkstoffe, die selbst rauhe, trockene Hände glätten sollen, zugeführt werden.
PRO: „Sofortige und langfristige Verbesserung." ◆ „Fühlt sich gut an und mindert Altersflecken." ◆ „Dick und cremig, zieht aber rasch und leicht ein." ◆ „Eine wahre Wundercreme mit sofort sichtbarem Ergebnis; die beste Handcreme, die ich seit Jahren hatte. Sie hat sogar meine Nägel verbessert und Nagelhaut entfernt." ◆ „Meine Hände waren viel weicher, nicht so rauh und gerötet wie sonst." ◆ „Weichere Haut, Fältchen wurden gemildert, keine trockene Haut mehr." ◆ „Keine rauhen, trockenen, rissigen Hände mehr, sondern weiche, glatte, geschmeidige.
KONTRA: Keine der Testerinnen hatte etwas an dem Produkt auszusetzen.

Chanel Douceur des Mains
9,3 PUNKTE VON 10 (€€)
Diese Handcreme enthält AHS-Säuren (Fruchtsäuren), um die Haut zum Strahlen zu bringen und Altersflecken aufzuhellen sowie UVA- und UVB-Sonnenschutzfilter, und die antioxidanten Viamine E und C. Ceramide schließen das Wasser ein und stärken die Abwehrkräfte der Haut. Zwei Drittel der Testerinnen würden das Produkt kaufen. Gelobt wurden vor allem der angenehme Geruch und die reichhaltige, cremige Konsistenz (und natürlich die glamouröse Verpackung).
PRO: „Die beste Handcreme, die ich je hatte; meine Hände wurden weich, seidig und glatt, sie sehen jünger aus." ◆ „Verbesserte Struktur und Geschmeidigkeit, die Hände fühlen sich reiner und strahlender an – ein wunderbarer Feuchtigkeitsspender für abgearbeitete Hände, die vor Wind und Wetter schützt." ◆ „Effektiver als gewöhnliche Handpflegeprodukte; die Hände sind weicher, Falten weniger wahrnehmbar – auffälliger Unterschied der Hautstruktur." ◆ „Die Handrücken wirkten glatter und strahlender – ein Produkt mit Sofortwirkung."
KONTRA: „Die Verpackung ist das Beste an dem Produkt von Chanel, der Duft sehr intensiv und könnte besser sein." ◆ „Die Hände fühlten sich gut an, aber die Creme ist nicht wirklich besser als ein billiges Produkt."

Estée Lauder Extra Rich Re-Nutriv für Hände und Arme
9 PUNKTE VON 10 (€€€)
Die Creme ist laut Hersteller nicht nur für die Hände, sondern auch für die Arme bis zu den Ellbogen gedacht. Sie ist wasserabstoßend und enthält einen Sonnenschutzfaktor, um das Risiko von Altersflecken zu mindern. Drei Viertel der Testerinnen würden dieses Produkt kaufen, doch, wie auch bei anderen Produkten aus der Re-Nutriv-Serie, kritisierten einige den medizinischen Geruch. Andere wiederum fanden den Duft „angenehm" – also erst schnuppern, dann kaufen.
PRO: „Altersflecken verschwanden zusehends." ◆ Altersflecken und die Hautbeschaffenheit meines Handrückens verbesserten sich – ich mag alles an diesem Produkt." ◆ „Ich schämte mich meiner Hände und Arme nicht länger, und zeige sie wieder her; ich verwende beim Sprechen auch wieder öfter meine Hände als früher." ◆ „Die Behandlung verbesserte die Struktur der Haut merklich und schien auch Altersflecken zu neutralisieren." ◆ „Bereits nach zwei Wochen eine merkliche Verbesserung!"
KONTRA: „Die Creme zeigt zwar Wirkung, aber die Verpackung ist zu verschwenderisch gestaltet."

Shiseido Benefiance Protective Hand Revitalizer
8,7 PUNKTE VON 10 (€€€)
Pflanzenextrakte und Vitaminderivate (Steinbrech und Vitamin C) sollen Pigmentflecken ausgleichen sowie die Durchblutung und das Erscheinungsbild der Haut verbessern. Die Creme bildet laut Shiseido einen Schutzschild gegen Umwelteinflüsse. Sie hat SF 8. Drei Viertel der Testerinnen würden dieses Produkt kaufen.
PRO: „Phantastisch: herrliches Gefühl und vorzüglicher Duft; die Hände sind sofort weicher, glatter und weniger trocken, mit der Zeit verminderten sich die Pigmentflecken." ◆ „Ich liebe diese Creme: Meine Hände sind wirklich schön; die Haut hat sich merklich verbessert, obwohl ich immer schon meine Hände pflegte." ◆ „Meiner Tochter fiel der angenehme Geruch zwei Stunden nach Gebrauch der Creme auf." ◆ „Diese Creme verbesserte meine sehr trokkenen Nägel und reduzierte Altersflecken so stark, daß sie auf einer Hand fast zur Gänze verschwunden sind." ◆ „Ich habe gewöhnlich eine sehr trockene Haut, die spannt, diese Creme half mir." ◆ „Meine Hände, die lange Zeit mein Alter verrieten, sehen allmählich wieder jugendlicher aus." ◆ „Mein Partner meinte, daß ich die Hände einer jungen Frau hätte."
KONTRA: „Wäscht sich zu rasch ab."

Gatineau Vitamina Suractivée
8,5 PUNKTE VON 10 (€€)
Die als „Nothilfe" für die Hände, konzipierte Creme soll regelmäßig morgens und abends verwendet werden. Sie hat eine leichte Konsistenz und schützt die Haut. Sie enthält die Antioxidanzien Vitamin A und E und Zucker-Derivate, die die Haut weich machen sollen.

PRO: „Selbst wenn ich die Creme nur gelegentlich benutzte, blieben meine Hände glatt und weich, obwohl sie oft lange Zeit Wind und Wetter ausgesetzt waren." ◆ Ich gestehe, daß ich die Creme am Po verwendete, als mir die Körperlotion ausging – ausgezeichnet!"

Auch die Fingergelenke wurden zarter." ◆ „Die Hände waren weniger pergamentartig, und die Nagelhaut wurde weicher." ◆ „Rauhe Haut an den Fingerspitzen verschwand; hält ewig an. Ich weiß, sie ist teurer als meine gewöhnlich Handcreme, aber ihr Geld wert." ◆ „Der Farbton meiner Hände wurde gleichmäßiger.".
KONTRA: „Machte die Hände weicher und glatter, aber nicht jünger.". ◆ Verfestigt die Haut nicht, die Weichheit hält nur an, wenn man sie täglich benutzt."

RoC Retinol Anti-Age Hand Treatment
8,5 PUNKTE VON 10 (€)
Die Creme, die entwickelt wurde, um die durch Sonne und Umweltschmutz verursachten Alterserscheinungen zu mindern, soll schlaffe Haut und Falten reduzieren und braune Flecken mildern. Die Inhaltsstoffe sind: Retinol, Vitamin E, Vitamin B_5, Glyzerin und UV-Filter (SF 8). Bis auf eine Ausnahme würden alle Testerinnen das Produkt kaufen.
PRO: „Nach etwa zehn Tagen wirkte meine Haut viel weniger ‚verknittert', was zu meiner Freude anhielt; ich bin begeistert von diesem Produkt." ◆ „Angenehme Handcreme, aber auch nicht besser oder schlechter als andere." ◆ „Äußerst angenehme Handcreme, die keinen Fettglanz hinterläßt." ◆ „Meine Hände wurden heller, braune Flekken verschwanden." ◆ „Angenehmer Duft." ◆ „Meine normalerweise rosaroten und eher gefleckten Hände sind eindeutig ebenmäßiger. Diese Creme ist einfach phantastisch!"
KONTRA: „Vermindert die Altersflecken nicht, wie der Hersteller versprach; ich bin sehr enttäuscht und würde gerne wissen, wie sie solche Behauptungen aufstellen können. Wird den Kunden das Geld zurückerstattet, wenn sie sich beschweren?"

Dr. Hauschka Handcreme
8,37 PUNKTE VON ZEHN (€€)
Dieses natürliche Produkt besteht ausschließlich aus Inhaltsstoffen aus biologisch-dynamischem Anbau und enthält keine chemischen Konservierungsstoffe; die Creme basiert auf reinen Pflanzenölen, Auszügen von Echtem Eibisch und Karottenextrakten, die Risse und Fissuren heilen. Auf der Packung werden zwar keine medizinischen Wunder versprochen, aber wie bei anderen Produkten von Dr. Hauschka bemerkten unsere Testerinnen beeindruckende Ergebnisse bei Hautproblemen. Mehrere Testerinnen nahmen erst an dem intensiven Geruch Anstoß, gewöhnten sich aber daran und würden diese Handcreme in Zukunft kaufen."
PRO: „Ich habe schon unzählige Handcremes versucht, da ich im Winter große Probleme habe – diese ist die beste; die Hände werden glatter, weicher, die Haut spannt weniger." ◆ Ich leide an Ekzemen, aber seit ich mit der regelmäßigen Anwendung dieser Creme begann, sind sie nicht aufgetaucht; auch meine brüchigen Nägel haben sich verbessert." ◆ „Meine Hände wiesen weniger Falten auf und waren sehr geschmeidig und überhaupt nicht trocken." ◆ „Ich bin 71 Jahre alt, meine Hände waren infolge jahrelanger Vernachlässigung sehr blaß und faltig, weshalb ich auf den Test wirklich neugierig war. Die Altersflekken haben sich deutlich verringert; der allgemeine Zustand hat sich verbessert."
KONTRA: „Ich bemerkte keine wie immer geartete Veränderung meiner Pigmentflecken, für mich bedeutete diese Creme eine herbe Enttäuschung."

L'Occitane 20% Galambutter
8,1 PUNKTE VON 10 (€€)
Das Öl des Butterbaums (Galambutter) ist aufgrund seiner feuchtigkeitspendenden und schützenden Eigenschaften ein berühmtes natürliches Heilmittel afrikanischer Volksgruppen. Die Herstellerfirma arbeitet bei der Produktion der Galambutterserie mit afrikanischen Gemeinden zusammen. Zwei Drittel der Testerinnen würden das Produkt kaufen.
PRO: „Zog sofort ein; die Haut am Handrücken schien sofort weicher und kräftiger zu sein; ich benötigte nur eine kleine Menge." ◆ „Altersflecken verblaßten nach zwei Wochen." ◆ „Ich hatte monatelang einen stark juckenden Hautfleck auf meinem Fuß. Ich kratzte mich, bis ich blutete; verzweifelt habe ich diese Handcreme verwendet, und die Besserung war verblüffend. Das Problem ist verschwunden, und ich habe eine wunderbar weiche Haut auf den Füßen." ◆ „Unglaublich meine eher grobe Haut – von der Gartenarbeit – wurde wunderbar zart. Sie sieht phantastisch aus und fühlt sich auch so an; keine eingerissene Nagelhaut mehr."
KONTRA: „Dauerte einige Minuten, bis sie eingezogen war; hinterließ ein klebriges Gefühl, weshalb ich sie nicht verwendete, wenn ich in Eile war." ◆ „Die Verpackung erinnert an eine Tube Ölfarbe."

Decleor Handpflegecreme
8 PUNKTE VON 10 (€€)
Die Handcreme dieser immer bekannteren Firma aus Frankreich, deren Rezepturen auf ätherischen Ölen basieren, enthält Galambutter, Vitamin E, Zypressenöl und Petersilienextrakte. Angeblich schützt sie die Nägel und fördert ihr Wachstum, wenn sie regelmäßig einmassiert wird. Sieben von zehn Testerinnen würden diese Creme erwerben.
PRO: „Innerhalb von zwei Tagen waren meine Hände attraktiv und weich, weshalb mir die Idee kam, die Creme auch für die Füße zu verwenden; die Haut ist jetzt zart wie Babyhaut, meine Hände fühlen sich so weich an wie zu Teenagerzeiten." ◆ „Die Hände wirkten jünger, fülliger und weniger pergamentartig; innerhalb von einer Woche waren die Falten reduziert." ◆ „Die beste Handcreme, die ich je verwendet habe; erstaunliche Wirkung, da ich meine Hände sehr oft wasche." ◆ „Bewirkte sofort eine strahlende, feuchtere Haut, sogar an besonders trockenen Stellen an den Fingerknöcheln." ◆ „Ich mochte die Form der Tube und die einfache Anwendung; die Dosierung ist sehr einfach, der Verschluß ist praktisch zu verwenden."
KONTRA: „Der Geruch war unangenehm, aber meine Nagelhaut ist jetzt in bester Verfassung, und meine Nägel sehen großartig aus." ◆ „Die Handflächen blieben klebrig, ich mußte sie abwischen, bevor ch zu arbeiten begann; beim Hockeyspielen blieb Staub haften! Schrecklich!"

La Prairie Cellular Handcreme
8 PUNKTE VON 10 (€€€€)
Sollte morgens und abends auf Hände und Nagelhaut aufgetragen werden. Die rasch einziehende, leichte Creme hat eine Schutzfunktion, die die Feuchtigkeit der Hände bewahrt, selbst wenn man sie häufig wäscht. Nebem dem „Zellular-Komplex" von La Prairie enthält sie beruhigendes Allantonin, Haselnuß und Kamille. Die Hälfte der Testerinnen würde dieses Produkt kaufen.
PRO: „Nach einer Woche war die Haut an meinen Händen, die durch das ständige Wäschewaschen für meine fünf Kinder in schrecklichem Zustand war, viel weicher und weniger trocken." ◆ „Sofortige Reduktion der Altersflecken." ◆ „Festigte die Haut und ließ Altersflecken verblassen." ◆ „Die Haut wurde glatter, ich mochte den angenehmen Geruch." ◆ Die Creme hinterließ keine Fettrückstände auf der Haut."
KONTRA: „Kein sichtbarer Unterschied an Händen und Nägeln."

Augen

Selbst wenn Sie ein Leben lang keine Sehprobleme hatten, kommt um die Vierzig der Augenblick, wo Sie bemerken, daß Ihre Sehkraft nachläßt. Plötzlich erscheinen Ihnen die Druckbuchstaben in den Zeitungen kleiner. Oder haben sich Ihre Arme verkürzt?

Die Presbyopie oder Alterssichtigkeit ist das erste Anzeichen dafür, daß die Augen zu altern beginnen. Die Linse verliert wie der übrige Körper langsam an Elastizität; die Fähigkeit, sich auf Objekte, die dem Auge nahe sind, einzustellen, läßt nach, weshalb die Lektüre von Kleingedrucktem zunehmend schwieriger wird. In die Ferne werden Sie weiterhin gut sehen. Lesebrillen schaffen Abhilfe, wenn man sie nur nicht gerade wieder einmal verlegt hat.

Obwohl man gegen Alterssichtigkeit wenig tun kann, gibt es Hinweise, daß andere altersbedingte Augenprobleme, wie grauer Star (Trübung der Augenlinse, die das Sehvermögen beeinträchtigt), doppelseitiger Altersstar (die Hauptursache für irreversible Blindheit bei älteren Menschen, die den zentralen und wichtigsten Teil der Retina betrifft) und grüner Star durch gesunde Ernährung verhindert oder ihr Verlauf positiv beeinflußt werden können. Der Hauptfeind scheint oxidativer Streß zu sein, jener Prozeß, bei dem Freie Radikale die Zellen schädigen *(siehe Seite 13)*. Untersuchungen belegen, daß grauer Star und doppelseitiger Altersstar durch eine an Antioxidanzien reiche Ernährung und Nahrungsergänzungen zu lindern sind.

Eine amerikanische Studie hat gezeigt, daß Frauen, die täglich Dosen von 400 bis 1000 mg Vitamin C mindestens ein Jahrzehnt lang zu sich nahmen, eine um 77 Prozent niedrigere Wahrscheinlichkeit hatten, an grauem Star zu erkranken als jene, die relativ wenig Vitamin C zu sich nahmen. Auch Vitamin E hilft angeblich gegen grauen Star. Eine andere Untersuchung kam zu dem Ergebnis, daß hohe Dosen der zwei die Oxidation verhindernden Karotinoide, Lutein und Zeaxanthin, die in Spinat, Kohl und Getreide vorkommen, das Risiko, an doppelseitigem Altersstar zu erkranken, um 57 Prozent senkten.

Auch Nahrungsergänzungen zeigen therapeutische Wirkung. In einer Studie an 102 Patienten, die sieben bis zwölf Jahre an doppelseitigem Altersstar litten, hat eine Behandlung mit 500 mg Vitamin C, 400 mg Vitamin E, 9 mg Betakarotin und 250 µg Selen die degenerativen Veränderungen bei 60 Prozent der Teilnehmer gestoppt.

Auch grüner Star (bei dem der Druckanstieg im Auge den Sehnerv schädigt) spricht auf Nahrungsergänzungen mit Antioxidanzien, Ginkgobiloba-Extrakten und Fischöl an.

Die Forschung macht große Fortschritte, was die Verbesserungsmöglichkeiten Ihrer Sehprobleme betrifft. Besprechen Sie mögliche Vorbeugungsmaßnahmen mit Ihrem Augenarzt.

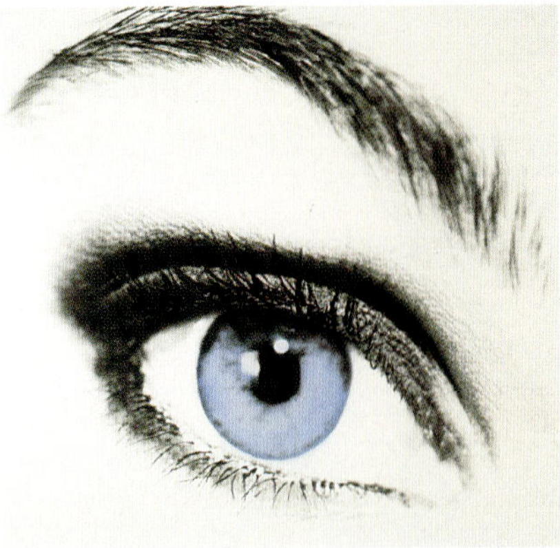

BESSERE SICHT

Was immer Sie auch sagen, Ihre Augen verraten die Wahrheit über Ihre Gefühle – und auch Ihr Alter.

Die Haut um die Augen ist die dünnste des Körpers, weshalb Feuchigkeit sehr leicht entweicht. Gerade weil Augen so ausdrucksstark sind, bilden sich in der umgebenden Haut rascher Falten als sonstwo. Darüber hinaus werden die Augen so manchem Mißbrauch ausgesetzt, wie Kontaktlinsen, Wimperntusche, Eyeliner, Marathonsitzungen vor dem Computer, verrauchten Räumen und Sonnenlicht. „Die gute Nachricht ist, daß jeder das Erscheinungsbild der Augen bis zu einem gewissen Grad verbessern kann", meint die Dermatologin Debra Jaliman. Obwohl wir im allgemeinen eine möglichst einfache Hautpflege bevorzugen, sind doch spezielle Produkte für die Augen angebracht, besonders wenn man empfindliche Augen hat. Wir lieben das Gel und die Augencreme von Green People's*. (Begriffe, auf die Sie achten sollten, wenn sie empfindliche Augen haben, sind „hypoallergen", „frei von Duftstoffen" und/oder „ophthalmologisch getestet."

(Lesen Sie auch: Keine Probleme mit Frieseln auf Seite 136.)

Schutz der Augen

- ◆ Essen Sie Nahrungsmittel, die reich an Antioxidanzien sind, vor allem frische Lebensmittel und fetthaltigen Fisch. Nehmen Sie Nahrungsergänzungsmittel.
- ◆ Regelmäßige Gymnastik reduziert Streß und Augendruck.
- ◆ Rauchen entzieht dem Körper Nährstoffe, es ist ein Hauptrisikofaktor für Augenkrankheiten, rötet die Augen und verursacht Augenbrennen.
- ◆ Schützen Sie Ihre Augen mit großen Sonnenbrilllen vor UV-Strahlen, vor allem von zehn Uhr vormittags bis drei Uhr nachmittags, wenn die Sonnenstrahlen die größte Kraft haben.
- ◆ Lassen Sie Ihre Augen regelmäßig untersuchen; wenn Sie Brillen oder Kontaktlinsen tragen, mindestens einmal jährlich. Achten Sie auf Symptome, wie Trokkenheit, Rötung, Brennen, Jucken oder tränende Augen.
- ◆ Seien Sie sich bewußt, daß Medikamente, wie Antidepressiva, Steroide, blutdrucksenkende Mittel, Antihistamine und manche Antibiotika, die Gesundheit Ihrer Augen beeinträchtigen können.

Tränensäcke

Manchmal wacht man mit Tränensäcken auf, in denen man alles mögliche verstauen könnte. Wir verraten Ihnen unsere bevorzugten Tricks gegen Tränensäcke.

- Tränensäcke entstehen, wenn sich Flüssigkeit ansammelt; sie sind meist morgens am stärksten ausgeprägt, weil sich die Flüssigkeit über Nacht bildet. Jede Übung mit Belastung, bei der die Schwerkraft die Flüssigkeit hinabzieht, wie Joggen, Trampolinspringen oder Treppensteigen, läßt die Tränensäcke verschwinden.
- Legen Sie Eisbeutel oder „gekühlte Teelöffel“ auf. Umwickeln Sie einen Eiswürfel mit Klebefolie und streichen Sie damit über Ihre Tränensäcke – der Trick von dem Supermodel Linda Evangelista. Sie können auch einen Teelöffel nehmen, den Sie im Tiefkühlfach aufbewahrt haben.
- Legen Sie Gurken- oder Kartoffelscheiben auf Ihre Augen.
- Klopfen Sie mit dem Mittelfinger ein oder zwei Minuten lang rasch, aber sanft von Innen nach Außen auf den Bereich unter dem Auge.
- Kommen Sie Ihren Augenringen auf die Spur: Werden sie schlimmer, wenn Sie bestimmte Nahrungsmittel, wie Weizen oder salzhaltige Lebensmittel, zu sich nehmen, nach Alkoholgenuß oder Aufenthalt in verrauchten Räumen? Vermeiden Sie diese Stoffe und überprüfen Sie, ob Sie Unterschiede feststellen.
- Nehmen Sie statt Ihrer Hautcreme morgens und abends ein Augengel.
- Wenn Sie auf Nachtcreme nicht verzichten wollen, achten Sie darauf, daß Sie die Augenpartie aussparen. Klopfen Sie eine dünne Schicht Creme auf den Knochen unter den Augen, nicht direkt unter den Wimpern ein; massieren Sie dann die Creme unter der Brauenlinie ein.

TROCKENE AUGEN

Frauen nach der Menopause sind besonders anfällig für trockene Augen. Laut Dr. Michael, dem Leiter des Glaucoma Instituts in Beverly Hills im Cedars-Sinai Medical Center, ist die Ursache eine verminderte Östrogenproduktion, die mit einer verminderten Tränenproduktion einhergeht. Wenn Ihre Augen stechen, brennen oder jucken, könnte es helfen, wenn Sie zu Hause und in Ihrer Arbeitsumgebung Befeuchter aufstellen und im Freien eine Sonnenbrille tragen. Sie können auch Augentropfen verwenden, mit deren Hilfe man die eigene Tränenproduktion erhöhen kann. Rohit Mehta von Nutri-Centre* empfiehlt gegen trockene und müde Augen Augenbäder, die folgende Kräuter enthalten: Augentrost, Himbeerblätter, Lorbeerblätter, Kanadische Orangenwurzel und Buchweizenblätter.

Geraten Sie nicht in Versuchung, ständig Augentropfen zu kaufen, um die Augenrötung zu bekämpfen. Für spezielle Probleme können Augentropfen durchaus angebracht sein, aber nicht als dauernde Medikation; die Augen können davon abhängig werden. In einer Untersuchung des Baylor College of Medicine in Houston entdeckten Wissenschaftler, daß Patienten mit unerklärlichen Symptomen, wie Rötung, Schwellung und tränenden Augen, zu viele Augentropfen verwendet hatten; man sollte diese höchstens an drei aufeinanderfolgenden Tagen verwenden. (Wenn die Augen danach schmerzen, sollten Sie einen Arzt konsultieren.) Patienten verwendeten die Tropfen täglich über drei bis 20 Jahre. Mit Beendigung verbesserte sich der Augenzustand innerhalb eines Monats.

Manche meinen, daß Brillen die Augen träge machen. Ein Augentraining ist hilfreicher als eine neue Armani-Brille.

Gute Sicht ohne Brille

DIE BATES-METHODE

Brillen sind zweifelsohne für unzählige Menschen mit Sehproblemen ein wahrer Segen. Sie können die Augen eines Brillenträgers aber auch träge machen. Je weniger Training die Augen haben, um so hilfloser sind Sie ohne Sehbehelf; es würde schon reichen, wenn Sie manchmal, wenn Sie sich sicher fühlen, keine Brille verwendeten.

Erfreulich ist, daß dieser Teufelskreis mit der Bates-Methode aufgehalten, ja sogar umgekehrt werden kann. Vor etwa einem Jahrhundert bettete Dr. William Bates nach einem anstrengenden Tag seine Augen zur Entspannung in seine gewölbten Handflächen. Er entdeckte, daß seine Augen nach nur wenigen Minuten nicht mehr schmerzten und er sich besser fühlte. Dies inspirierte ihn zur Entwicklung seines Trainingsprogramms, das Entspannungsübungen mit stimulierenden Übungen kombiniert. Das Programm besteht aus regelmäßigem Blinzeln, Wiegen des Körper bei geschlossenen Augen („Sonnenbad"), Besprühen der Augen mit kaltem Wasser (zweimal täglich), Fokussierungsübungen, Blickwechsel, Umschaltübungen (rascher Blickwechsel) und Handflächenübungen. Alle diese Übungen sind in seinem Bestseller *Better Eyesight without Glasses** nachzulesen, einige einfache Übungen sind im folgenden beschrieben.

Die Übungen von Bates sind einfach zu Hause durchzuführen, man sollte die Technik aber zuvor bei einem renommierten Trainer *(siehe Anhang)* erlernen. Ein berühmter Fan der Bates-Methode war der Autor Aldous Huxley, der bereits im Alter von 45 Jahren dicke Brillengläser tragen mußte. Nachdem er mit den Bates-Übungen begonnen hatte, konnte er innerhalb von wenigen Monaten ohne Brille lesen.

Die folgenden Entspannungsübungen vermitteln Ihnen einen Eindruck, was die Bates-Methode vermag. Die Übungen helfen auch jenen, die Augen wie ein Adler haben, sich in Streßzeiten zu entspannen. Führen Sie die Übungen ohne Brille oder Kontaktlinsen aus. Achten Sie auf eine ruhige und tiefe Atmung und überfordern Sie sich nicht.

(P.S.: Augenprobleme können Nebenerscheinungen diverser Krankheiten sein: Diabetes oder grüner Star. Vor Übungsbeginn sollte man abklären, ob man daran leidet.)

Palmieren: Eine Methode, um die Augen in der „vollkommener Dunkelheit", wie Bates es nennt, in der keine Anforderungen an die Augen gestellt werden, auszuruhen. Reiben Sie Ihre Hände zwanzig Sekunden lang, bis sie heiß werden. Wölben Sie die Hände und legen Sie die Handflächen über die geschlossenen Augen, ohne sie zu berühren. Berühren Sie mit den Fingern sanft die Stirn und konzentrieren Sie sich auf Ihre Atmung. Blicken Sie, ohne die Augen zu öffnen oder anzustrengen, in die Dunkelheit.

Blinzeln: Viele Menschen mit Astigmatismus blinzeln nicht häufig genug. Bewußtes Blinzeln, das auch gegen trockene Augen hilft, ist einfach: Flattern Sie mehrmals täglich 10 bis 20 Sekunden mit den Augenlidern, wobei Sie den Kopf von links nach rechts und wieder zurück bewegen. Das Blinzeln entspannt die Augen, dehnt die Augenmuskeln, massiert die Augäpfel und trainiert die Pupillen.

Was die Bates-Methode bewirkte

ALTER: 45
BERUF: INDUSTRIEVERTRETERIN

Mit 30 Jahren begann meine Sehkraft nachzulassen. Ich sah die Dinge plötzlich verschwommen und ging zum Optiker, um mir Brillen anpassen zu lassen (als Kind habe ich geschielt). Der Optiker diagnostizierte Astigmatismus und Kurzsichtigkeit. Ich bekam eine Brille, und bald konnte ich ohne sie gar nichts mehr sehen. 1996 bewog mich ein Zeitungsartikel über die Bates-Methode, einen Lehrer zu suchen. Ich begann mit einem fünfminütigen Training täglich, das ich auf zehn Minuten erweiterte. Neben Palmieren, Blinzeln und Sonnenbad erhielt ich diverse Anweisungen, wie etwa mich jeden Tag auf eine andere Farbe zu konzentrieren, da man nicht nur mit den Augen, sondern auch mit dem Gehirn sieht. An einem Tag achtet man auf alles, was rot ist: Hüte, Blumen etc. Ich hatte mir als Ziel gesetzt, das Etikett einer Flasche Cointreau aus einer Entfernung von einem Meter lesen zu können. Neun Tage nach dem Palmieren konnte ich das Wort „Cointreau" für einen kurzen Augenblick deutlich sehen. Nach sechs, sieben Sitzungen nahm ich meine Brille ab, die ich seither nie mehr verwendet habe. Ich mache jeden zweiten Tag zwanzig Minuten lang meine Übungen. Die Bates-Methode hat mein Leben verändert. Es gibt doch wirksame Alternativen zur Brille.

DURCH DAS NADELÖHR

Eine andere Möglichkeit, die Augen zu trainieren, ist die sogenannte Loch- oder Trayner*-Brille (erhältlich in vielen Bioläden), die man statt der gewohnten Brille nur fünfzehn Minuten täglich trägt, während man die üblichen Tätigkeiten verrichtet, am Computer arbeitet, liest oder fernsieht. Hunderte winzige Löcher fördern die Entspannung und das Training der Zilien, die flexibler und kräftiger werden. Die Augen lernen wieder zu fokussieren, ohne die Muskeln zu sehr anzuspannen, was Kopfschmerzen und gestreßte Augen vermeiden hilft. Es dauert etwa eine Woche, bis man sich an die Brille gewöhnt hat. Laut Hersteller wird durch die Brille auch die Pulsfrequenz – ein Streßindikator – während einer zehnminütigen Testperiode um bis zu vier Prozent gesenkt.

Meine Erfahrung mit der Lochbrille

ALTER: 55
BERUF: IMMOBILIENMAKLERIN

Fast mein ganzes Leben hindurch war ich weitsichtig. Ende vierzig bekam ich Probleme beim Lesen und Fokussieren. Da ich keine Brille wollte, sah ich mich nach anderen Möglichkeiten um, um meine Sehprobleme zu behandeln. Bei einer Gesundheitsmesse entdeckte ich die Trayner-Lochbrille; die Leute am Verkaufsstand erklärten mir, daß sie gegen alle möglichen Probleme helfen würde. Ich trug die leichten Brillen anfangs zwanzig Minuten täglich, eine weitere Stunde beim Fernsehen oder Lesen. Etwa fünf Minuten ist man sich der Löcher bewußt, dann haben sich die Augen angepaßt, die Löcher verschwinden, und man sieht ganz normal. Als ich sie zum ersten Mal trug, mußte ich noch meine Lesebrille mit mir herumtragen für den Fall, daß das Licht zu schwach oder die Druckbuchstaben zu klein waren. Nach drei Monaten bemerkte ich eine deutliche Verbesserung. Ich benötigte meine Brille kaum noch. Als ich meine Augen vier Jahre später untersuchen ließ, teilte mir mein Optiker mit, daß mein Astigmatismus verschwunden sei. Ich meinte: „Das muß an der Lochbrille liegen." Er antwortete: „Das ist lächerlich." Aber ich weiß, daß die Gläser funktionieren. Ich glaube, die Welt der Optik fühlt sich lediglich bedroht durch alternative Methoden.

Als ich meinen ersten Computer bekam, litt ich an roten und gereizten Augen. Jetzt habe ich die Trayner-Brille neben dem Computer liegen für den Fall, daß meine Augen überanstrengt sind, und ich kann zwei, drei Stunden ohne Probleme arbeiten. Ein Tip: „Geben Sie nicht auf, wenn Sie anfangs keine Verbesserung wahrnehmen."

IN DEN AUGEN VON JO

Es ist bekannt, daß Antioxidanzien eine positive Auswirkung auf die Sehkraft haben. Jo Fairley hat ihre eigene Theorie über die Verbindung zwischen Ernährung und Augen.

Wie Jo Ihre Brille los wurde

Seit meiner Kindheit leide ich an Astigmatismus, einer Veränderung der Hornhautkrümmung. Während meiner ganzen Kindheit und fast zwanzig Jahre meines Erwachsenenlebens trug ich eine Brille. Vor etwa drei Jahren fiel mir auf, daß ich die Dinge verschwommen sah, wenn ich meine Brille trug. Der Grund war, wie mir der Optiker amüsiert mitteilte, daß sich meine Augen beträchtlich verbessert hatten, was seltsam ist, da Astigmatismus meist ein Leben lang anhält. Er war überzeugt, daß die Verbesserung nichts mit Ernährung zu tun haben konnte, doch ich bin anderer Meinung. Ich esse sehr gesunde Kost – Obst, Gemüse und Vollkorngetreide; aber ich bemerkte auch, daß sich eine Verbesserung einstellte, als ich blaugrüne Algen zu mir nahm, die einen extrem hohen Gehalt an Beta-Karotin, dem Augenvitamin haben. Ohne Algenkost bereitet es mir Mühe, die digitale Anzeige am Videorecorder zu entziffern. Mittlerweile trage ich meine Brille nicht mehr, meine Augen haben sich nachhaltig verbessert: Ich kann lange vor dem Bildschirm sitzen, ohne die Augen zu überanstrengen. Früher, als ich noch die Brille trug, begannen meine Augen zu schmerzen, wenn ich die Gläser nur ein paar Minuten abnahm, um zu lesen.

Ich rate Ihnen, daß Sie die Brille, außer wenn Sie gefährdet sind, wie etwa beim Autofahren, so oft wie möglich zu Hause zu lassen.

Keine Probleme mit Frieseln

Frieseln sind kleine ölhaltige Zysten unmittelbar unter der obersten Hautschicht, meist findet man sie im Bereich der Augen oder auf den Wangen; am anfälligsten ist fettige Haut oder Haut, die zu Akne neigt. Bei Brillenträgern bildet sich an der Stelle, wo die Brillen aufliegen, Schweiß. Das überschüssige Fett dringt in die Haut ein und bildet Frieseln. Sie können dem vorbeugen, indem sie den Bereich unter der Brillenfassung mit einem weichen Tuch abwischen und Ihre Brille hin und wieder mit einer adstringierenden Reinigungsmilch oder mit Seife reinigen. Wenn die Zysten nicht verschwinden, sollten Sie nicht versuchen, sie selbst zu entfernen. Suchen Sie einen Arzt oder einen Dermatologen auf, der das „Köpfchen" mit einem sterilen Skalpell oder einer Elektronadel entfernt. Auch Peeling kann eine äußerst wirksame Hilfe sein.

Wahl der optimalen Brille

Trotz der großen Fortschritte in der Forschung hinsichtlich Kontaktlinsen und Laserchirurgie entscheiden sich mehr als die Hälfte der Menschen mit Augenproblemen für eine Brille. Dann gibt es noch die Sonnenbrille, die modebewußte Schwester der Augengläser, die die Jackie O. in uns erweckt und gleichzeitig die Augen vor dem schädigenden UV-Licht schützt, das eine Hornhautentzündung, grauen Star oder eine Maculadegeneration (Macula ist der wichtigste Teil der Retina) verursacht. Selbst an leicht bewölkten Tagen dringen bis zu 80 Prozent der UV-Strahlen zum Auge durch.

Brillen können ein hochmodisches Accessoire sein, das Pluspunkte betont, von kleinen Mängeln ablenkt und die Gesichtsform ausgleicht. Das Problem ist, daß bis vor kurzem die Auswahl einer neuen Brille ausschließlich nach Richtlinien des Sehvermögens erfolgte. Wer will schon gut aussehen! Da wir selbst Brillenträgerinnen sind – Jo aufgrund von Astigmatismus (früher) und Sarah wegen Presbyopie – ist es uns ein echtes Anliegen, die folgenden Richtlinien weiterzugeben.

Heute gibt es Brillen jeder Größe und Form. Das Material ist meist Plastik oder Metall, Titan oder rostfreier Stahl. Sie sehen nicht nur elegant aus, Metall ist auch dauerhaft und sollte zwei bis drei Jahre halten, dann benötigt man meist ohnedies ein neues Paar. Viele Frauen kaufen auch zwei oder mehr Brillen, ein diskretes Modell für tagsüber, ein auffälligeres für den Abend. Hüten Sie sich vor randlosen Brillen: Obwohl sie den meisten Gesichtern stehen, sind sie zerbrechlicher, weil die Gläser nicht gestützt werden.

Die heutigen Brillengestelle sind kleiner und leichter. Sehr kleine Fassungen sind für ältere Gesichter nicht besonders schmeichelhaft. Sehen sie sich nach mittelgroßen oder großen Rahmen um, die den Augenbereich mit Tränensäcken und Falten kaschieren. Große Sonnenbrillen schützen wirksam vor UV-Licht, das die empfindliche Haut im Augenbereich bedroht.

Es lohnt sich, sich an einen Optiker zu wenden, bei dem persönliche Beratung selbstverständlich ist. Nehmen Sie sich auch ausreichend Zeit für Preisvergleiche.

Richtlinien für die Auswahl der schmeichelhaftesten Brillenrahmen. Probieren Sie mehrere Brillen und lassen Sie sich beraten.

- Vermeiden Sie Rahmen, die Ihrer Gesichtsform entsprechen. Wenn Sie Ihre Gesichtsform nicht kennen, dann finden diese nach der einfachen Anleitung auf *Seite 96* heraus.

  Ovales Gesicht: Jede Größe und Form möglich; versuchen Sie eine rechteckige oder runde „Flieger"-Brille oder runde Drahtfassungen.

Rundes Gesicht: Formen, die schlanker machen, wie z.B. Katzenaugen; Fassung: rechteckig oder Quadrat.

Rechteckiges Gesicht: Leichte, dünne Gestelle, ovale Form.

Längliches Gesicht: Nehmen Sie breite, große Rahmen, die die schmale Form des Gesichts ausgleichen. Vermeiden Sie kleine, eckige Formen.

- Achten Sie darauf, daß die Augen in der Mitte der Gläser sind.

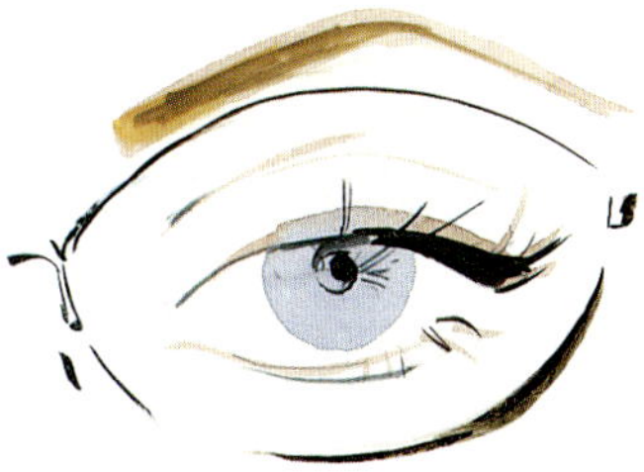

- Engstehende Augen erscheinen breiter mit leichten, dünnen, kleinen Rahmen und einem engen Bügel.
- Die Augenbrauen sollten perfekt mit dem Brillenrand abschließen.
- Wer ein Doppelkinn hat, sollte sich nicht zu extreme Katzenaugen- oder ovale Rahmen zulegen, die an den Schläfen spitz zulaufen und vom Kinn ablenken.
- Stimmen Sie den Brillenrahmen farblich auf Ihr Haar ab: Silber, Gold, Grau, Schildpatt. Wer einen Akzent setzen will, sollte Türkis oder Rot zu graumeliertem Haar versuchen; Olive, Bronze oder Altgold passen zu hellem und roten Haar, glänzendes Schwarz zu dunklem Teint.
- Vergewissern Sie sich, daß die Brille gut sitzt; kleinere Änderungen sind machbar.
- Eine kurze Nase wird durch eine hohe helle Fassung verlängert. Längere Nasen durch einen niedrigen Rahmen optisch verkürzt.
- Wenn Sie unter Kopfschmerzen durch die Beleuchtung leiden, können Sie Ihre Lesebrillen tönen

SONNENBRILLEN

- Wählen Sie immer Sonnenbrillen, die die UVA- und UVB-Strahlen hundertprozentig absorbieren. Dies ist in fortscheitendem Alter von Bedeutung, da ein Schutz vor Strahlung Schädigungen der Hornhaut und Linsentrübungen verhindern kann.
- Achten Sie in Ländern mit sehr heißem Klima auch auf Infrarot-Schutz, um die Augen kühl zu halten.
- Kaufen Sie wenn möglich Kunststofflinsen (z.B. aus Polykarbonat oder Acryl), die nicht so leicht zerbrechen wie Glas und weniger UV-Strahlen durchlassen. Wenn Sie Glas kaufen, sollten Sie gehärtetes oder laminiertes Glas wählen.

Brillenjargon

Photochrome Linsen wechseln die Farbe nach Lichtintensität, eignen sich für das Autofahren oder bei wechselndem Lichteinfall, mit der Tageszeit oder mit dem jeweiligen Aufenthaltsort.
Entspiegelte Linsen reduzieren den Lichtglanz, der von flachen Oberflächen widergespiegelt wird, z.B. von Straßen, Wasser oder Schnee.
Getönte Linsen (aus Plastik) eignen sich für sehr lichtempfindliche Menschen oder Personen, die an grauem Star leiden.

SONNENBRILLE AUCH BEI WOLKEN?

Sonnenbrillen sind ein Muß für alle Augenbewußten! Ebenso wie Sie auch bei wolkenbedecktem Himmel Sonnenschutz auflegen sollten. Ein Großteil des schädlichen UV-Lichts durchdringt die Wolkenschicht. Eine gute Sonnenbrille ist mehr als ein modisches Accessoire: Sie schützt die Gesundheit Ihrer Augen. Dr. Hugh R. Taylor von der John Hopkins Universität in den USA meint: „Je mehr die Augen vor UV-Strahlen, vor allem vor UVB-Strahlen geschützt werden, um so besser." Am Rand abschließende oder große Brillenfassungen eignen sich am besten, da sie mehr Licht abhalten und nicht nur vor Augenschäden schützen, sondern auch verhindern, daß sich um die Augenpartie Falten bilden. Zusätzlich halten sie die Augen kühl.

Zahnhygiene

Ein Lächeln mit strahlend weißen Zähnen ist unersetzbar. Zähne werden aber häufig vernachlässigt, weil sie weniger wichtiger erscheinen als eine glatte Haut oder glänzendes Haar. Die Pflege der Zähne, des Zahnfleisches und des Mundes sowie ein guter Zahnarzt sind essentiell für unsere Schönheit und unbedingt erforderlich für unsere Gesundheit.

Sorgfältige tägliche Zahnpflege ist immer wichtig, besonders aber, wenn wir älter werden. Am wichtigsten ist die Vermeidung von Plaquebildung, dem Zahnbelag, der hauptsächlich aus Bakterien besteht, und zu Erkrankungen der Zähne und des Zahnfleisches und zu Karies (Zahnfäule) führt. Plaque kann man verhindern, indem man die Zähne regelmäßig gründlich bürstet und von Zahnarzt und Zahnhygieniker überprüfen läßt. Auf die gleiche Weise lassen sich Zahnfleischerkrankungen verhindern, die durch bakterielle Infektion verursacht werden und im Laufe der Jahre verstärkt auftreten, was zur einer Rückbildung des Zahnfleisches und in der Folge zu Zahnausfall führt.

Obwohl Hormone nie ausdrücklich mit Zahnfleischerkrankungen in Zusammenhang gebracht wurden, stellten einige Zahnärzte fest, daß sich der Zustand des Mundes einer Frau zyklisch verändert. Zahnarzttermine plant man daher am besten in der Zyklusmitte ein. In der Menopause sollte man Zähnen und Zahnfleisch besondere Pflege angedeihen lassen.

Der Londoner Zahnarzt David Klaff half uns bei der Zusammenstellung der folgenden Tips für perlweiße Zähne, die vor Gesundheit strahlen.

DIE BESTEN TIPS FÜR IHRE ZÄHNE

- Lassen Sie von Ihrem Zahnarzt ein auf Ihre Bedürfnisse abgestimmtes Pflegeprogramm erstellen, das alle drei bis sechs Monate eine routinemäßige Untersuchung und Zahnhygiene vorsieht.
- Wechseln Sie Ihre Zahnbürste jeden Monat: Fragen Sie Ihren Zahnarzt nach dem für Sie geeigneten Modell und nach der besten Bürsttechnik. Elelektrische Bürsten bringen bei Plaquekontrolle ausgezeichnete Resultate, sie entfernen Speisereste und stimulieren das Zahnfleisch (den Bürstenkopf jeden Monat wechseln).
- Reinigen Sie Ihre Zähne morgens und abends, um Rückstände zu entfernen.
- Verwenden Sie abends wenn möglich auch eine Mundduschе.
- Achten Sie auf gute Ernährung: Nährstoffmangel kann eine Erkrankung des Zahnfleisches verursachen, indem die Abwehrkräfte vermindert werden.
- Vermeiden Sie Säurebildung im Mund durch Zucker, Zitrusfrüchte und Streß, da diese das Risiko von Karies und Zahnfleischerkrankungen erhöht.
- Trinken Sie viel Wasser, vor allem wenn Sie gerne Zitrusfrüchte essen oder Orangen- oder Grapefruitsaft trinken (Zitrusfrüchte erhöhen vermutlich den Säuregehalt im Mund, man sollte aber nicht auf die Vitamin-C-Zufuhr verzichten).
- Versuchen Sie sich zu entspannen: Streß erzeugt ein saures Milieu im Mund.
- Kaufen Sie sanfte Mundsprays.
- Hören Sie auf zu rauchen: Es verursacht gelbe Zähne und schlechten Atem, verhindert die Heilung und fördert Krankheiten, indem es die Durchblutung reduziert.

Schlechter Atem

Schlechter Atem (med. Halitosis) stößt ab. Dr. Mervyn Druian**, Leiter des Londoner Atemzentrums und Sprecher des britischen Zahnärzteverbandes, ist überzeugt, daß schlechter Atem nicht nur ein gesellschaftliches Handicap ist, sondern sogar zu Scheidungen führen oder vielversprechenden Karrieren ein Ende setzen kann.

Glücklicherweise läßt sich relativ leicht etwas dagegen tun. Es gibt viele Maßnahmen, die man zu Hause durchführen kann, doch wenn das Problem anhält, sollten Sie Ihren Zahnarzt konsultieren. In seltenen Fällen kann schlechter Atem auf Krankheiten, wie Diabetes, Leber- oder Nierenleiden oder Krebs hindeuten. Warten Sie also nicht Wochen oder Monate zu.

Wie es dazu kommt

Etwa 90 Prozent des schlechten Atems sind auf die unzähligen Bakterien zurückzuführen, die im Mund gedeihen und sterben. Die toten Bazillen bilden übelriechende, schwefelhaltige Gase. Durch blutendes Zahnfleisch kommen zu den Bazillen abgestorbene und absterbende Blutzellen hinzu. Die Bazillen vermehren sich auch bei Infektionen oder Entzündungen. Der Speichel (wirksames Antiseptikum), der für die Beseitigung der Abfälle im Mund zuständig ist, kann dies nicht mehr bewältigen, die abgestorbenen Zellen bleiben zurück und verursachen Probleme.

Bakterien fangen sich auch in den dunklen Taschen auf der Unterseite der Zunge, wo Sauerstoff (der Schwefelverbindungen vernichtet) schwieriger hingelangt.

Weitere Gründe für schlechten Atem sind: gebrochene oder rissige Zahnfüllungen, in denen Speisereste verbleiben; Sinusitis oder Rhinitis, wodurch in der Nacht Bazillen von der Nase in den Mund gelangen können; Rauchen (ein Hauptgrund); schlechte Verdauung sowie jede Aktivität, die den Speichel austrocknet und den Bazillen ermöglicht, sich im Mund auszubreiten. Hüten Sie sich vor Diäten, bei denen nur eine Mahlzeit am Tag erlaubt ist, trinken Sie ausreichend Wasser und meiden Sie Kaffee, Antiallergika, Diuretika, Beruhigungsmittel und blutdrucksenkende Arzneimittel.

Die hormonellen Zyklen von der Pubertät bis zur Menopause beinflussen ebenfalls den Atem, da einige Tage vor der Menstruation, um den Eisprung und während der Menopause (aufgrund des etwas trockenen Mundes und der Zunahme von Zahnfleischbluten infolge von Streß) vermehrt schwefelhaltige Verbindungen im Mund entstehen.

Wenn Sie Ihren Zahnarzt regelmäßig aufsuchen und sich an die folgenden Richtlinien halten, sollten Sie Probleme vermeiden können.

Woran es liegt

Überprüfen Sie Ihren Atem wie folgt:

- Lecken Sie mit dem hintersten Teil Ihrer Zunge an der Innenseite Ihres Handgelenks, warten Sie einige Sekunden und riechen Sie dann daran.
- Reiben Sie ein Kosmetiktuch auf dem Zungenrücken, riechen Sie daran.
- Ziehen Sie ein Stück Zahnseide mehrmals zwischen den oberen Backenzähnen hin und her und riechen Sie daran.
- Zahnärzte haben diverse Meßgeräte, um den Atem zu überprüfen.

Verzweifeln Sie nicht, wenn das Ergebnis unerfreulich ist, es gibt viele einfache Mitteln, die helfen.

Was zu tun ist

Die Tips für gesunde Zähne auf der gegenüberliegenden Seite wirken langfristig, als Soforthilfe eignen sich die folgenden Ratschläge:

- Bürsten Sie sorgfältig die Außen- und Innenseite der Zähne und des Zahnfleisches, gurgeln Sie dann mit einer speziellen antiseptischen Spülung. Versuchen Sie RetarDENT Zahnpaste und RetarDEX-Spülung oder die Ultrawhite Zahnpaste und den Mundspray von Janina.

P.S.: Vermeiden Sie Spülungen mit Alkohol. Sie helfen zwar kurzfristig, aber Alkohol trocknet den Mund aus, was schlechten Atem fördert.

- Verwenden Sie einen speziellen Zungenreiniger, den man in der Apotheke kaufen kann, oder streichen Sie mit einem Löffel über die Zunge.
- Kauen Sie zuckerfreien Kaugummi.
- Meiden Sie Nikotin.

Was ist die Alternative?

Hilfe aus dem Kräutergarten

- Versuchen Sie einen Myrrhetee oder machen Sie Tee aus Pfefferminze, Rosmarin, Bockshornklee oder Salbei mit einem Teelöffel frischer oder getrockneter Kräuter, die mit einer Schale kochenden Wasser aufgegossen und abgeseiht werden.
- Kauen Sie Zimtrinde, Süßholz, Sternanis, Knoblauch, Petersilie, Äpfel und Möhren.
- Auch „grüne Getränke" auf Pflanzenbasis helfen: Trinken Sie zweimal täglich einen Eßlöffel ausgepreßte Luzerne oder Quecke, gießen Sie mit Wasser oder Fruchtsaft auf.
- Versuchen Sie homöopathische Mittel wie etwa Kali.phos., um den bitteren Geschmack zu bekämpfen. Gegen metallischen Geschmack hilft Merc.-sol. zweimal täglich 10 Tage lang.

Sind Sie ein Kandidat für kosmetische Zahnbehandlung?

Wer mit seinen Zähnen zufrieden ist, kann dieses Kapitel überspringen. Jene, die unzufrieden sind, sollten sich einige Fragen stellen.

* Haben Sie ein selbstischeres Lachen oder halten Sie sich manchmal die Hand vor den Mund? *Beneiden Sie manche Ihrer Freunde um Ihr unbekümmertes Lachen? *Bemerken Sie Defekte an Ihren Zähnen, wie weiße oder braune Flecken, über- oder vorstehende Zähne, wenn Sie sich im Spiegel anlachen? *Ist Ihr Zahnfleisch rosafarben und schließt es gut ab, oder ist es gerötet, angeschwollen; oder leiden Sie unter Zahnfleischschwund?

Wenn Sie eine oder mehrere dieser Fragen mit „ja" beantwortet haben, sollten Sie einen erfahrenen Zahnarzt konsultieren. Für gute Behandlungsergebnisse ist ein hoher Preis zu bezahlen. Nehmen Sie sich die Mühe, einen guten Zahnarzt zu suchen, der die Zahnkorrekturen zufriedenstellend durchführt und Prophylaxe betreibt.

PROFESSIONELLE ZAHNBEHANDLUNG

Zahnstein entfernen und polieren

Vereinbaren Sie mit Ihrem Zahnhygieniker regelmäßige Termine, um alle drei bis sechs Monate den Zahnstein zu entfernen und die Zähne polieren zu lassen. Zahnstein wird meist mit Ultraschallgeräten entfernt. Die neueste Technologie ist eine kinetische Kavitätenpräparation – ein „Minisandstrahl", der mit hoher Geschwindigkeit reibendes Pulver auf die Zähne schießt und die Flecken hervorragend entfernt.

Bleichen

Das Bleichen der Zähne mit Kohlenstoffperoxid oder Wasserstoffsuperoxid ist derzeit in England illegal, obwohl die Methode für Haare, Haut und Nägel verwendet wird, weil es angeblich karzinogen ist. Zahnärzte in Amerika, Asien und im restlichen Europa bleichen die Zähne, ohne mit dem Gesetz in Konflikt zu geraten. Der britische Zahnärzteverband versucht eine Gesetzesänderung durchzusetzen.

Obwohl die britischen Zahnärzte Bleichen nicht anbieten dürfen, wird es durchgeführt, wenn der Patient danach verlangt und gesunde Zähne hat. Das Bleichen kann die Helligkeit der Zähne um 60 bis 70 Prozent heben. Flecken, die durch eine Behandlung mit Tetrazyklinen in der frühen Jugend enstanden, sprechen auf die Behandlung weniger gut an. Das Bleichen ist auch wirkungslos bei den großen weißen Flekken, die durch Mineralstoffmangel entstanden sind. Diese können nur durch Mikro-Schleifung (Polieren mit einer milden, sicheren Form von Wasserstoffchlorid) beseitigt werden. Bei weißen Füllungen kann das Bleichen die Ränder der Füllungen beschädigen und eine Überempfindlichkeit auslösen. Füllungen müssen nach dem Bleichen eventuell ersetzt werden.

Die Lasertechnologie ist in Amerika und England die neueste Methode der Zahnbleichung. Sie ist schmerzlos und wirksam, aber teurer.

Kronen

Traditionell werden mit Kronen seit langem gebrochene oder unansehnliche Zähne repariert. Der Zahn wird auf einen Stumpf zurückgeschliffen, über den eine Nachbildung gestülpt wird. Führende Zahnärzte verwenden heute Porzellan, das so hart ist, daß keine Metallverstärkung mehr nötig ist. Die Kronen sehen besser aus, halten länger und haben keine schwarze Linie mehr am Rand. Bei gesundem Zahnfleisch hält eine Porzellankrone zwanzig Jahre.

Lackieren (Bonding)

Eine Alternative zu einer Krone ist, Material in Zahnfarbe über einen bestehenden Zahn zu stülpen. Die Zahnoberfläche wird mit einer schwachen Säure verätzt und aufgerauht. Darauf wird je nach Problem eine Füllung oder ein Aufsatz aus Porzellan befestigt *(siehe Überzug, unten)*. Diese Kronenalternative ist viel einfacher zu befestigen als andere Vorrichtungen. Besonders hilfreich sind sie bei einem großem Zwischenraum zwischen den Vorderzähnen. Alle fünf Jahre muß erneuert werden.

Überzug (Veneeren)

Eine populäre Lösung für stark verfärbte oder mißgebildete Zähne; eine sehr dünne Porzellanschicht wird wie ein falscher Fingernagel am Zahn befestigt. Die Schicht ist heute so dünn, daß sie aufgetragen werden kann, ohne Zahnmaterial entfernen zu müssen. Ein Nachteil ist, daß diese Überzüge bei schlechter Technik abbröckeln oder auch abfallen können. Da die Zähne mit dem Alter dunkler werden, muß man die Schichten regelmäßig erneuern.

Implantate

Implantate aus Titanschrauben haben den Zahnersatz revolutioniert; bis vor kurzem konnten sie aber nur verwendet werden, wo genug Knochenstruktur vorhanden war, um die Implantate einzuschrauben, sonst waren falsche Zähne die einzige Alternative. Doch heute verwenden Chirurgen mit Hilfe moderner Technik Knochen anderer Körperteile als „Bett“ für die Implantate.

Amalgam

Wenn Sie Amalgamfüllungen (Quecksilber) durch Kunststoff-, Keramik- oder Porzellanfüllungen ersetzen, wird Ihr Mund strahlend weiß, anstatt einer Eisenhandlung zu gleichen. Bei größeren Füllungen, bei denen die Schrumpfung ein Problem ist, macht der Zahnarzt einen Abdruck, und die Füllung wird im Labor hergestellt und vorgeschrumpft. Diese Füllungen sind stärker und können farblich gut angepaßt werden, doch sind sie auch teurer.

Die Kontroverse über die gesundheitsschädigende Wirkung der Amalgamfüllungen ist noch in Gange. Es gibt Hinweise, daß das neurotoxische Quecksilber aus der Füllung entweicht und sich im Gewebe ablagert. Viele Zahnärzte verwenden es deshalb nicht mehr. Andere, und auch die zuständigen Regierungsstellen in Amerika und England und anderen Ländern behaupten, daß Amalgam kein Risiko darstellt und keine Zusammenhänge zwischen Quecksilber und Gesundheit nachzuweisen sind (abgesehen von vorübergehenden und zu vernachlässigenden Problemen). Wir wissen aber von vielen Frauen, daß die Entfernung der Amalgamfüllungen ihnen geholfen hat. Nicht zuletzt bemerkten sie einen frischeren Geschmack im Mund. Im Optimalfall besserten sich chronische Leiden, wie Kopf- und Gelenkschmerzen, Hautprobleme, Müdigkeit und die Gesamtverfassung. David Klaff meint, daß Amalgamfüllungen auch Risse und Brüche der Zähne verusachen. Doch kann die Auswahl an weißen Zahnfüllungen nicht mit der 15jährigen Lebensdauer einer Amalgamfüllung konkurrieren. Auch die Einpassung erfordert mehr Geschick.

P.S.: Bei der Entfernung der Füllungen können Quecksilberdämpfe entstehen, sie sollte von einem erfahrenen Zahnarzt vorgenommen werden.

Kieferorthopädie

Mit einer fixen Spange kann ein professioneller Kieferorthopäde die Zahnstellung korrigieren, Zähne und Kiefer so anpassen, daß Sie einen besseren Biß haben, ein vorstehendes oder fliehendes Kinn angleichen und Geburtsfehler wie Hasenscharten oder Gaumenspalten korrigieren. In Extremfällen sind Ober- und Unterkiefer so schief, daß eine Operation nötig ist.

Heute kommt Kieferorthopädie bei Erwachsenen immer häufiger zum Einsatz und beträgt bis zu 40 Prozent der täglichen Arbeit der meisten Dentallabors. Der neueste Stand der Keramiktechnologie erlaubt die Herstellung fixer Spangen in Farbe der Zähne, und nicht in Silber. Die Dauer einer Behandlung kann sich von achtzehn Monaten bis zu zwei Jahren erstrecken.

Meine Erfahrung mit Porzellanüberzug

ALTER: 40 • BERUF: WERBEVERKAUFSLEITERIN

Meine Zähne waren unregelmäßig, weil ich im Schlaf mit den Zähnen knirschte, sie standen kreuz und quer und waren auch gelb verfärbt. Das Überziehen mit Porzellan bedeutete eine finanziell erschwingliche Möglichkeit, sie in Ordnung zu bringen. Bei meinem ersten Termin beim Zahnarzt wurden durch Computersimulation acht neue Zähne in Foto von mir eingefügt, damit ich sehen konnte, wie ich in Zukunft aussehen würde.

Erst wurde ein Abdruck meiner Zähne hergestellt. Vor der Anpassung eines künstlichen Zahnersatzes wurden meine Zähne unter Lokalanästhesie geglättet und geschliffen. Der Zahnersatz wurde zementiert, damit ich, während die Überzüge vorbereitet wurden, nicht mit Stümpfen im Mund herumlaufen mußte. Nach drei Stunden war die Behandlung beendet, ich hatte leichte Schmerzen, doch sonst keine Beschwerden. Die Gaumenplatte fühlte sich seltsam an, wie ein falsches Gebiß, und meine Zahnstümpfe waren extrem hitze- und kälteempfindlich.

Mein zweiter Besuch in der Praxis, bei dem meine Porzellanüberzüge dauerhaft befestigt wurden, dauerte etwa zwei Stunden. Das Unangenehmste dabei war, abgesehen von der Anästhesie, daß die Zähne völlig trocken gehalten wurden, damit der Zement hält – natürlich hat man gerade dann, wenn man nichts trinken soll, furchtbaren Durst. Zuerst mußte der Zahnersatz entfernt werden, die neuen Zähne mußten ein wenig geschliffen und geglättet werden. Ich hatte ein sandiges Gefühl im Mund, so als ob Füllungen geschliffen würden. Aufgrund meines Zähneknirschens hatte sich mein Biß verändert, weshalb bei einem dritten Zahnarztbesuch, nachdem die Schwellung durch die Injektion abgeklungen war, sichergestellt werden mußte, daß die Lippe sich über die Zähne senkte. Anfangs litt ich an einem Lispeln, aber das verschwand nach dem dritten Besuch.

Erst fühlten sich meine neuen Zähne sehr seltsam an, aber mittlerweile habe ich das Gefühl, als wären sie immer da gewesen. Freunde meinten: „Etwas ist anders, aber ich weiß nicht was.“ Genau die subtile Reaktion, die ich mir gewünscht hatte. Wenn ich gewußt hätte, wie sehr Zähneknirschen das Erscheinungsbild beeinträchtigen kann, hätte ich es mir schon früher abgewöhnt.

Schönheitschirurgie

VENENLEIDEN

Wir haben ein gemischtes Verhältnis zu unseren Venen. Wenn sie unsichtbar sind und das Blut von A nach B leiten, sind wir zufrieden, doch wenn sie sich zu zeigen beginnen, haben wir weniger Freude. Heute gibt es viele Möglichkeiten, diesen Schönheitsfehler zu beseitigen.

GEPLATZTE ÄDERCHEN IM GESICHT UND AUF DEN BEINEN

(Teleangiektasie, Hautkapillarerweiterung)

URSACHEN: Eigentlich sind die Venen völlig in Ordnung, sie werden nur sichtbarer, da die Haut mit den Jahren dünner wird. Manche Frauen, vor allem jene mit blasser oder feiner Haut, haben eine genetische Disposition. Erschwerend kommen hormonelle Veränderungen während Schwangerschaft und Menopause, die Pille, Hormonersatztherapie, Verletzungen, Sonnenbrände und Alkohol hinzu.

„Erweiterte Äderchen sind bei Frauen ab zwanzig sehr verbreitet", meint John Scurr**, unser Venenexperte. „Fast jede Frau hat sie, doch nehmen manche eher Anstoß daran als andere. Erweiterte Äderchen können auch schmerzhaft sein. Der Schmerz tritt oft zyklisch auf und steht mit der Periode in Zusammenhang.

BEHANDLUNGSMETHODEN:
Elektrolyse: Dabei wird eine ähnliche Nadeltechnik verwendet wie bei der Enthaarung; elektrischer Strom wird in die Haut eingeführt, um die Venen zu veröden. Das Blut wird dann vom Körper resorbiert. „Diese Behandlung wird in Schönheitssalons durchgeführt. Sie sollten sich aber darüber informieren, ob die Kosmetikerin eine entsprechende Ausbildung hat und mit etwaig auftretenden Problemen, wie Infektionen, umgehen kann.
Sklerotherapie: „Dabei wird mit einer hauchdünnen Nadel eine abdichtende Lösung in die Venen injiziert." (In den USA wird üblicherweise eine Salzlösung verwendet). Die Lösung reizt die Venenwände, dies bedingt eine Verengung, so daß die unter der Haut liegende Oberfläche nicht mehr mit Blut gefüllt und daher nicht länger sichtbar ist.

Sklerotherapie hinterläßt weder Schorf noch sonstige Spuren. Manchmal tritt sofort eine Verbesserung ein, bei anderen Patienten kann es bis zu drei Monaten dauern, bis die Venen nicht mehr zu sehen sind. In manchen Fällen sickert das Blut langsam in die Venen zurück, wodurch sie wieder sichtbar werden. Länge und Anzahl der Behandlungen hängen vom Ausmaß des Problems ab.
Laser-Behandlung: Mit Hilfe von Laser können erweiterte Äderchen (Besenreiser) auf den Beinen oder im Gesicht entfernt werden. Es ist wichtig, daß die Behandlung von einem qualifizierten Chirurgen durchgeführt wird – und selbst dann ist laut dem Venenexperten John Scurr Vorsicht angebracht. Laserbehandlung kann Narben hinterlassen, da die Haut verbrannt wird, und auch Blasen hervorrufen. Er bevorzugt die Lichttherapie von PhotoDerm, eine Lasertechnologie der neuen Generation, auf der Basis von hochenergetisch gepulstem Licht, das auf eine sehr niedrige Wellenlänge gefiltert wird und die Blutgefäße erhitzt und zerstört. (Chirurgen bevorzugen unterschiedliche Lasermethoden). PhotoDerm funktioniert am besten bei großen Kontrasten, z. B. bei roten Venen und einer blassen Haut. Die Lichtimpulse fühlen sich wie ein Gummiband an, das gegen die Haut schnalzt. Danach sehen die behandelten Bereiche aus wie nach einem leichten Sonnenbrand. Eventuell sind mehrere Behandlungen nötig, um gute Erfolge zu erzielen. Nach der Behandlung sollte man drei Monate lang die Sonne meiden.

KRAMPFADERN – KRANKE VENEN

URSACHEN: Krampfadern sind erweiterte Venen an den Beinen; die Größe variiert von kleineren Ausbuchtungen bis zu regelrechten Trauben. Sie tauchen auf, wenn die Beinvenen das Blut nicht effizient zum Herz zurück transportieren können. Unsere Venen sind mit einer Reihe von Klappen ausgestattet, die den Blutfluß zum Herzen steuern. Wenn die Effizienz dieser Klappen nachläßt, bildet sich ein Blutstau in den Venen, wodurch diese anschwellen und sich verzweigen. „Menschen, die viel stehen, und schwangere Frauen sind besonders anfällig", meint John Scurr. In Laufe der Jahre büßen die Klappen und die Venen an Spannung ein, wodurch verstärkt Krampfadern auftreten. Betroffene klagen über Schmerzen, Kribbeln, müde Beine und Krämpfe im Stehen. Krampfadern zu ignorieren ist riskant. Über längere Zeit kann es zu Geschwüren kommen, deren Heilung langwierig ist.

BEHANDLUNGSMETHODEN: Vor der Behandlung wird eine klinische Diagnose erstellt (eventuell wird der Blutfluß mit Ultraschall untersucht).

Stützstrümpfe: Bei manchen Frauen können medizinische Stützstrümpfe kleinere Krampfadern unter Kontrolle halten. Im Sommer sind sie aber heiß, und man schwitzt leicht. (Leider sind Lycra-Strümpfe nicht stark genug, um dieselbe Funktion zu erfüllen, obwohl John Scurr meint, daß sie in der Prävention hilfreich sind.)

Medikamentöse Behandlung: „Neue Medikamente, die den Muskel zusammenziehen, wirken ähnlich wie elastische Strümpfe", erklärt Scurr. Das in Großbritannien verbreitetste Medikament ist Paroven; in Frankreich ist vor allem Daflon populär. Sie wirken, indem Sie den Tonus der Venenwände verbessern, wodurch sie kontrahiert werden, aber nur so lange man das Medikament einnimmt. Angeblich keine Nebenwirkung.

Chirurgie: Bei einem gravierenden Eingriff sollten Sie bedenken, je eher die Behandlung durchgeführt wird, um so besser das Ergebnis. Für Krampfadern in fortgeschrittenem Stadium ist eine operative Entfernung eventuell die beste Lösung. Nach einer leichten Anästhesie werden die ersten Einschnitte in der Leistengegend vorgenommen, um die Blutzufuhr der Beine während des Eingriffs zu unterbinden; in manchen Fällen werden Einschnitte in der Kniekehle gemacht. Dann werden die Krampfadern durch den Einschnitt herausgezogen. John Scurr befürwortet es, die Beine eine Weile zu bandagieren, nach zwölf Stunden ersetzt er die Bandage durch Stützstrümpfe (damit der Patient duschen kann). In den ersten Tagen trägt man die Strümpfe Tag und Nacht, dann kann man sie nachts abnehmen. Sie können zum Duschen abgelegt werden, während des Badens oder Schwimmens sollte man sie anbehalten. Infektionen treten äußerst selten auf, doch wenn Wunden sich röten oder zu schmerzen beginnen, sollte der Arzt informiert werden, der gegebenenfalls Antibiotika verordnet.

SELBSTHILFE

- Regelmäßige Gymnastik beugt vor. Barfuß gehen ist ideal, am Strand laufen oder im Wasser/Meer waten stimuliert die Durchblutung.
- Vermeiden Sie zu langes Sitzen, weil der Druck des Stuhls gegen die Hinterseite Ihrer Beine die Zirkulation beeinträchtigt. Wenn Sie einen sitzenden Beruf ausüben, sollten Sie jede Stunde aufstehen und ein paar Minuten lang herumlaufen.
- Während Sie am Stuhl sitzen, sollten Sie die Beine vor sich ausstrecken. Bewegen Sie die Füße mehrmals auf und ab, um die Wadenmuskeln zu stimulieren und die Durchblutung zu fördern.

ALTERNATIVEN

Obwohl alternative Therapien nicht über Nacht erfolgreich sind, glaubt der führende Naturheilkundler Jan de Vries, daß eine Kombination von Ernährung, Gymnastik und homöopathischen Mitteln (z.B. Hyperisan, Urticalcin und Aesculus hipp. oder Roßkastanie) wirksam ist. Er rät seinen Patienten, Alkohol, Nikotin und Salz zu meiden. Manchen Patienten verschreibt er auch zweimal jährlich eine Vitamin-E-Kur. „Ich würde vor einer Operation immer nach Alternativen suchen."

Dr. Joseph Pizzorno empfiehlt eine ballaststoffreiche Diät mit vielen Kirschen, Schwarzen Johannisbeeren, Heidelbeeren und anderen dunklen Beeren, die einen hohen Anteil an Bioflavonoiden enthalten, sowie Knoblauch, Zwiebel, Ingwer und Cayennepfeffer. Wenn Sie in Kauf nehmen können, daß die Behandlung länger dauert, sollten Sie einen Naturheilkundler aufsuchen, der Sie individuell berät.

DIE WAHL DES CHIRURGEN

Nur weil diese Eingriffe „kosmetische“ Chirurgie genannt werden, sollten Sie nicht vergessen, daß jede Operation, ob im Gesicht, am Kopf oder am Körper, ein riskanter Eingriff ist, der sogar lebensbedrohlich sein kann. Zudem sind die Kosten hoch – kleinere Eingriffe übernimmt bisweilen die Krankenkasse. Doch nur weil die Chirurgen viel verrechnen, sind sie noch lange nicht gut. Es ist unerläßlich, daß Sie bei der Auswahl der Person, in deren Hände Sie Ihr Aussehen – und Ihr Leben – legen, viel Zeit nehmen. Die Chirurgen, mit denen wir sprachen, halten vor allem für unerläßlich, daß eine gute Beziehung zwischen Patienten und Arzt besteht und daß alle Fragen erörtert werden können, die der zukünftigen Patientin am Herzen liegen.

Bevor Sie sich endgültig für einen operativen Eingriff eintscheiden, sollten Sie die alternativen Methoden versuchen, die in diesem Buch beschrieben sind.

SCHRITT 1: FRAGENKATALOG
Es gibt drei Möglichkeiten, um einen guten Chirurgen zu finden.

a) Fragen Sie Ihren Hausarzt; seien Sie sich aber bewußt, daß dieser nicht unbedingt den besten Chirurgen und die geeigneten Methoden kennen muß.

b) Bitten Sie Freunde um Empfehlungen.

c) Bitten Sie Ihren Arzt um eine Liste von praktizierenden plastischen Chirurgen, die mit kosmetischer Chirurgie Erfahrung haben.

Wir raten davon ab, Chirurgen zu konsultieren, die in Hochglanzmagazinen inserieren. Wie gut die Anzeige auch klingt – viele mögen auch kompetent sein – so treten doch oft Probleme durch unqualifiziertes Personal oder schlechte Ausstattung der Klinik auf.

SCHRITT 2: KONSULTATION
a) Lassen Sie sich bei einem oder mehreren Chirurgen einen Termin für eine Beratung geben. Diese ist mit großer Wahrscheinlichkeit kostenpflichtig; das Honorar wird aber meist refundiert, wenn man sich für den Arzt entscheidet, und das Geld für eine Konsultation ist eine kluge Investition.

b) Schauen Sie zuerst, ob Sie mit dem Arzt zurechtkommen. Es ist wesentlich, daß Sie die Person mögen und ihr vertrauen. Sprechen Sie mit dem Arzt über mehrere Optionen. Als Faustregel gilt: Wenn Sie fühlen, daß Sie Gegenstand eines Handels sind, ist der Chirurg vermutlich mehr an seinem Honorar als an dem Patienten interessiert.

c) Erfragen Sie detaillierte Informationen über die Verfahren, die Sie erwägen (viele Chirurgen stellen eigene Merkblätter zur Verfügung), mögliche Komplikationen, Schmerzbehandlung und Erholungszeit. Manche Patientinnen möchten „Bilder von davor und danach“ sehen. Diese sind zwar hilfreich, doch sollten Sie sich bewußt machen, daß man Ihnen die schlimmstmöglichen Resultate kaum zeigen wird, und daß kein Chirurg eine Garantie für ein bestimmtes Ergebnis abgeben kann.

d) Fragen Sie danach, ob es sich bei der Anästhesie um eine Vollnarkose oder eine Lokalanästhesie handelt. Dies entscheidet über Ihr Befinden nach dem Krankenhausaufenthalt.

e) Überprüfen Sie Qualifikation und Ausbildung des Chirurgen: Fragen Sie ihn, bei welchen Berufsverbindungen er Mitglied ist, und vergewissern Sie sich durch einen Anruf, ob die Angaben stimmen.

f) Vergewissern Sie sich, daß Ihr Chirurg gut versichert ist.

g) Fragen Sie ihn, ob Prozesse gegen ihn angestrengt wurden.

h) Sehen Sie sich das Ärzteteam und die Klinik an. Arbeitet der Chirurg regelmäßig mit einem bestimmten Team, qualifizierten Anästhesisten und erfahrenen Krankenschwestern zusammen?

i) Bevor Sie die Praxis verlassen, sollten Sie sich fragen, ob Sie über die Behandlungsmöglichkeiten, Risiken und Erholungszeiten im Bilde sind; verlangen Sie schriftliche Unterlagen mit Preisangaben, auch über die Anzahl der Nachfolgevisiten (Renommierte Chirurgen bieten Nachuntersuchungen über sechs bis zwölf Monate oder in individuellen Fällen auch über einen längeren Zeitraum an).

SCHRITT 3: BEDENKZEIT
Lassen Sie sich nicht zu der Entscheidung drängen. Schlafen und sprechen Sie darüber, ziehen Sie auch alternative Möglichkeiten in Betracht. Sobald Sie sich entschieden haben, werden Sie gebeten, ein Einwilligungsformular zu unterzeichnen. Lesen Sie es sorgfältig, bevor Sie unterschreiben, da dieses Formular für den Schutz des Chirurgen und nicht des Patienten gedacht ist. Die Unterzeichnung impliziert, daß Sie über Risiken und mögliche Komplikationen informiert wurden. Wenn Ihnen etwas unklar ist, sollten Sie nicht unterschreiben, bis Ihre Fragen zufriedenstellend geklärt sind.

Medizinisches:

- **Hämorrhagie** – Blutung
- **Hämatom** – Bluterguß
- **Nekrose** – wörtlich Gewebetod, verzögert die Wundheilung und kann Narben bewirken.
- **Infektionsrisiko** beträgt bei Gesichtschirurgie ein Prozent, erweitert sich auf acht Prozent, wenn ein Implantat verwendet wird.

Techniken

In den letzten Jahren hat sich das Angebot an Schönheitsoperationen stark erweitert. Obwohl die Nachfrage nach Gesichtslifting und anderen chirurgischen Eingriffen nach wie vor groß ist, entscheiden sich viele Frauen für leichtere Eingriffe, wie Laserbehandlungen und chemische Peelings, um müde Haut zum Strahlen zu bringen und feine Linien und Falten zu reduzieren. Seien Sie sich bewußt, daß Sie eine Verschlechterung Ihres Aussehens in Kauf nehmen müssen, bevor Sie schöner werden.

CHEMISCHES PEELING, DERMABRASION UND LASERBEHANDLUNG

Diese Techniken haben die Behandlung von Schönheitsfehlern im Gesicht, wie feinen Linien, Gewebeschwäche, dunklen Ringen, Aknenarben, braunen Flecken, Mutter- und Feuermalen, revolutioniert. Sie sollten von Experten, meist von einem kosmetischen Chirurgen oder Dermatologen in einer renommierten Klinik – nicht in einem Schönheitssalon – durchgeführt werden. Sie vermögen Farbe und Struktur der Haut zu verbessern, können aber nicht Haut- oder Augensäcke „liften", schlaffe Haut straffen oder tiefe Narben entfernen.

Da sie darauf beruhen, die tieferliegende Haut freizulegen, die sehr empfindlich auf UV-Licht reagiert, sollten Sie wissen, daß Sie die Sonne meiden und Ihr Gesicht mit hohen Sonnenschutzfaktoren (SF 25 bis 30) und einer Kopfbedeckung schützen müssen.

CHEMISCHES PEELING

Es bewirkt eine Tiefenreinigung und Glättung der Haut, es können auch Linien, wie etwa die vertikalen Furchen um den Mund, entfernt werden. Es gibt drei Formen des Peelings, die davon abhängen, wie tief das chemische Präparat eindringt. Die Stärke wird nicht nur durch die Art des Peelings bestimmt, sondern auch durch die Konzentration des Wirkstoffes, die Anzahl der Schichten, die aufgetragen werden, und die Vorbehandlung. Oft wird die Haut mit Retin-A, das selbst ein Peelingstoff ist, oder mit Alpha-Hydroxy-Säuren (AHS) vorbehandelt. Je milder der Wirkstoff, um so sicherer ist das Verfahren und um so weniger wirksam werden Fältchen entfernt. Vice versa gilt: Je stärker das Peeling, um so größer das Risiko von Narbenbildung, von Unregelmäßigkeiten der Pigmentierung oder Verlust der Pigmentierung. Es können an einem Patienten Peelings verschiedener Stärke durchgeführt werden, z.B. ein mittelstarkes Peeling im Gesicht und ein leichtes Peeling am Hals.

Leichte- oder Oberflächenpeeling
Dieses wird auf der Hornschicht und der äußeren Epidermis durchgeführt, wo es eine Abhäutung bewirkt; ideal für einen frischeren Teint. Wird meist zusammen mit einer Heimbehandlung mit Retin-A oder AHS angeboten.
Inhaltstoffe: Hochkonzentrierte (20 bis 25 Prozent) Glykol- oder Milchsäure, niedrig konzentrierte (10 bis 25 Prozent) Trichloressigsäure; Jessner's Lösung, eine prognostizierbare und sichere Kombination aus Salicylsäure, Resorcinol und Milchsäure.
Rekonvaleszenz: Wird manchmal auch „Mittagspausen-Peeling" genannt, weil die leichte Rötung meist nach wenigen Stunden zurückgeht, die Abschuppung verschwindet nach einigen Tagen.
Risiken: Narbenbildung.
Manche Dermatologen nehmen auch mehrere leichte Peelings in einem kurzen Zeitraum vor, um die Haut zu verjüngen, wodurch die Erholungsphase, die für ein mittleres oder tiefes Peeling nötig ist, entfällt.
Inhaltstoffe: Hohe Konzentration (50 bis 70 Prozent) Trichloressigsäure; Jessner's Lösung plus Trichloressigsäure (15 bis 25 Prozent) oder eine hohe Konzentration (70 Prozent) Glycolsäure.
Leichte Peelings machen feine Falten weicher oder lassen sie verschwinden.

Mittleres (oder moderates) Peeling
Mittlere und tiefe Peelings werden manchmal Hautverjüngungspeelings genannt. Ein mittleres Peeling dringt durch die Hornschicht und die Lederhaut in die äußere Dermis. Ein oder zwei Peelings verbessern die Hautfarbe merklich, Falten und Furchen werden entfernt, indem die Hautoberfläche Blasen wirft

und sich schält. Das Peeling stimuliert die Produktion von neuen Collagen- und Elastinfasern, mildert weniger tiefe Aknenarben und entfernt Altersflecken und sogar Krebsgeschwülste im Anfangsstadium.
Inhaltstoffe: Relativ hochkonzentrierte (35 bis 50 Prozent) Trichloressigsäure; hochprozentiges (88 Prozent) Phenol; oder ein Peeling in zwei Stufen mit Jessner's Lösung, anschließend Trichloressigsäure (35 Prozent).
Rekonvaleszenz: Schwellungen, Blasen, Sekretionen und Krusten vierzehn Tage oder länger; Hautrötungen acht bis zwölf Wochen danach.
Risiken: Aufhellung oder Verdunkelung der Haut, Narbenbildung.

Tiefes Peeling
Dieses geht noch tiefer, bis zur Mitte der Unterhaut und wird gegen tiefere Falten und Narben eingesetzt.
Inhaltstoffe: Phenol (die Baker-Gordon-Rezeptur oder das Baker's Peeling ist eine spezifische Phenol-Lösung).
Rekonvaleszenz: Schwellungen, Blasenbildung, Sekretionen und Krusten vierzehn Tage oder länger; Hautrötung acht bis zwölf Wochen danach.
Risiken: Permanenter, leichter Verlust der Pigmentierung (fast unvermeidlich), Unregelmäßigkeiten der Pigmentierung (dunkelhäutigere Frauen seien vor möglichen permanenten Veränderungen der Pigmentierung gewarnt), übermäßige Aufhellung oder Verdunkelung der Haut; erhobene Narben. Die Auswirkungen der Phenolabsorption im Blutkreislauf können bei empfindlichen Personen Leber-, Nieren- und Herzrhythmusstörungen verursachen.

DERMABRASION

Dabei werden diverse Instrumente eingesetzt, wie z.B. ein bohrerähnliches Gerät mit birnenförmigem Kopf, der mit Diamantenstaub besetzt ist, oder eine Drahtbürste, die die oberen Hautschichten „abschmirgelt“, um Narben zu entfernen und die Hautoberfläche zu glätten.
Rekonvaleszenz: Rötung, Schwellung, Jucken, Austrocknen, eventuell Schmerzen über mehrere Tage oder sogar Wochen, bevor die Narben abfallen und die neue weiche „Babyhaut“ durchkommt.
Risiken: Verursacht vergrößerte Poren, Entfärbung und Blutungen in den behandelten Bereichen, weshalb Ränder zurückbleiben können. Das Hauptrisiko ist wie bei allen ähnlichen Techniken ein zu tiefes Eindringen in die Haut, wodurch permanente Narben entstehen können. Vorübergehend können Frieseln (Hautgrieß) auftreten.

LASERBEHANDLUNG

Von Experten durchgeführt, ist die Laserbehandlung angeblich sicherer als Dermabrasion und chemisches Peeling. Schnelle Laserimpulse versengen die obere Hautschicht, straffen die Haut und mindern Aknenarben. Doch Vorsicht: Laser ist eine relativ neue Technik in der Chirurgie und sehr kostenintensiv. Es gibt noch keine langfristigen Studien, und Laser kann auch schwerwiegende Schäden bewirken, die Haut regelrecht verbrennen. Heute wird für die Hautverjüngung meist der CO_2-Laser eingesetzt. Die beiden führenden Marken sind Silk Touch und Ultra Pulse. Eine sanftere Methode bietet der neue Erbium-Yag-Laser, der für Krähenfüße, braune Flecken und Muttermale eingesetzt wird.
Rekonvaleszenz : Rosafärbung der Haut mindestens sechs Wochen lang (bei der Erbium-Yag-Methode etwa drei Wochen).
Risiken: Veränderung der Pigmentierung (permanent), postoperative Blutungen, Verbrennungen; permanente Narben.

Meine Erfahrung mit der Laserbehandlung

ALTER: 59
BERUF: AROMATHERAPEUTIN
Ich bin gerne 58 Jahre alt, nur muß man mir die Jahre nicht ansehen. Der renommierte Laserchirurg schrieb „Rauchen“ und „Sonnenschäden“ auf mein Patientenblatt und meinte, daß ich für die Behandlung geeignet sei. In einem Informationsblatt wurde ich über mögliche Risiken, wie weiße Flecken auf der Haut und eine etwa vierzehn Tage anhaltende Rötung (sie dauerte einen Monat) informiert. Ich wurde in Halbschlaf versetzt. Mein Gesicht wurde mit einer dicken Schicht antiseptischer Creme bedeckt und meine Augen geschützt. Der Chirurg strich fast eine Stunde lang über meine Haut, ähnlich wie ein Kind, das ein Bild anmalt. Danach wurde mein Gesicht mit Gaze umwickelt. Ich fühlte mich sehr benebelt, bekam Schmerzmittel und sehr kostspielige Medikamente für den Fall, daß ich Herpes bekommen sollte, ich hatte aber keinerlei Schmerzen. Am nächsten Morgen war mein Gesicht hellrot und angeschwollen! Ich mußte stündlich, außer während ich schlief, eine spezielle Feuchtigkeitscreme auftragen. Dadurch wurde die Narbenbildung verhindert, doch in den folgenden Tagen war meine Haut pergamentartig und wies eine bräunliche Farbe auf. Manchmal empfand ich Hitzewallungen im Gesicht, die ich mit tiefem Durchatmen überging. Ich konnte nach zwei Wochen meinem Beruf wieder nachgehen, und meine Haut sah mit Make-up bereits sehr schön aus: frisch und klar, ohne störende Linien um die Augen. Meine Sonnenflecken waren verschwunden, und die Haut um meine Lippen hat sich merklich verbessert. Ich fühlte mich großartig.“

LIPPENKORREKTUR

Viele Frauen mit dünnem Mund (von Natur aus oder aus Altersgründen) sehnen sich nach volleren Lippen. Es gibt vorübergehende oder permanente Möglichkeiten.

VORÜBERGEHENDE LIPPENKORREKTUREN

Collageninjektion

Nachteile sind das kurzfristige, nur etwa sechs Monate anhaltende Ergebnis, und mindestens ein, vorzugsweise zwei Allergietests vier Wochen vorher, um eine Überempfindlichkeit (Risiko von drei Prozent) gegen das reine Rindercollagen auszuschließen.

Hyaloform und Hyalangel-Injektionen *(siehe Seite 148, Erfahrungsbericht einer Frau.)*

Basiert auf Hyaluronsäure, wird zunehmend durch die Collagen-Methode ersetzt; hält etwa gleich lange an, das Allergierisiko ist allerdings geringer (0,03 Prozent).

Eigenfett

Eigenfett, das oft vom Bauch entnommen, aufbereitet und mit vielen Nadelstichen in die betäubten Lippen (wo es nicht so gut haltbar ist), Mundfalten, hohle Wangen oder Aknenarben, injiziert wird. Der Nachschub ist unerschöpflich, und Eigenfett verursacht keine Abwehrreaktionen. Das Ergebnis hält mindestens zwei Jahre. (Diese Methode ist auch für die Hände geeignet.)

LÄNGER ANHALTENDE KORREKTUREN

Zu den dauerhafteren Methoden gehört die Injektion von winzigen Tropfen Silikon in die Lippen. Viele Chirurgen lehnen die in manchen Ländern sogar verbotene Methode ab, da Silikon Hautwucherungen hervorrufen kann.

Permanente chirurgische Umformung

Entfernung von Haut aus einer zu langen Oberlippe oder aus zu wulstigen Lippen.
Rekonvaleszenz: zwei bis sieben Tage.
Risiken: Die üblichen Risiken, die mit Anästhesie und Chirurgie verbunden sind.

Gore-Tex

Schmale Lippen können mit Hilfe von Gore-Tex (biologisch verträgliche Membran, die für Winterkleidung verwendet wird), das als Faden mit einer Nadel in die Lippen eingezogen wird, oder durch Einsetzen von Dermis-Implantaten aufgefüllt werden.
Rekonvaleszenzzeit: zwei bis sieben Tage.
Risiken: Induration (abnormale Verhärtung) der Lippe bei der Gore-Tex-Methode; Abwehrreaktion des Körpers.

SoftForm *(siehe rechts)*

Die jüngste Methode der Lippenauffüllung ist SoftForm, eine gereinigte und flexiblere Abart von Gore-Tex, die für altersbedingt dünn gewordene Lippen und für Mundfalten verwendet wird; es wird mit Hilfe einer Kanüle (oder Nadel) durch zwei kleine Einschnitte in den aufzufüllenden Bereich injiziert. Die Behandlung ist rückgängig zu machen, das Ergebnis sieht sehr natürlich aus und fühlt sich auch so an.
Rekonvaleszenz: Hämatome, Schwellungen und Hautempfindlichkeit bis zu einer Woche lang.
Risiken: Infektion (reduziert durch Antibiotika); mangelhaftes Ergebnis.

Wie SoftForm bei mir wirkte

ALTER: 56
BERUF: SCHAUSPIELERIN
Mit 56 bildeten sich feine Linien auf der Oberlippe; ein Chirurg empfahl mir SoftForm, ein ziemlich neues Verfahren, das sündteuer ist. Aber es war eine permanente Lösung, die keine Auffrischungen erforderte, auch wurde das Verfahren bereits jahrelang für Eingriffe in Venen und Arterien verwendet, ohne daß es Hinweise auf Verhärtungen oder Abstoßreaktionen des Körpers gegeben hätte. Während der Behandlung, die nicht länger als meine Mittagspause dauerte, wurde mein Gesicht mit einer Art Schal bedeckt, der im Mundbereich eine Öffnung hatte. Ich bekam eine Lokalanästhesie mit einem Gel auf der Innenseite der Lippen, dann eine Injektion, die den ganzen Bereich betäubte. Man spürt eigentlich gar nichts. Sechs Einstiche wurden in die Oberlippe gemacht. Dann wurde mit einer hauchdünnen Nadel SoftForm eingefädelt. Man spürt zwar, was gemacht wird, aber überhaupt keinen Schmerz. Die Einstiche wurden mit winzigen Stichen vernäht; auch ein Hautklebemittel wird verwendet. Unmittelbar danach waren meine Lippen etwas verschwollen, doch kehrte ich an meinen Arbeitsplatz zurück, als ob nichts geschehen wäre. Innerhalb von zwei Stunden ließ die Betäubung nach, und ich fühlte einen leichten Wundschmerz an den Einstichstellen. Gegen Ende des zweiten Tages war die Schwellung am schlimmsten: Am dritten Tag ließ sie nach. Ich bin mit dem Resultat hochzufrieden und lasse mir jetzt auch die tiefen Falten von der Nase zum Mund mit SoftForm behandeln. Freunde machten mir Komplimente über mein Aussehen. Ich habe sie nicht aufgeklärt.

BRAUENKORREKTUR

Nur Wenige haben perfekt geformte Brauen. Die kosmetische Chirurgie bietet verschiedene Möglichkeiten. Neben dem endoskopischen Augenbrauenliftung *(siehe gegenüber)* stehen noch einige sanftere Methoden zur Verfügung.

Botox

Injektionen eines Toxins von Clostridium botulinum namens Botox werden seit Jahren vorgenommen, um Blepharospasmen (Lidkrämpfe) und Schielen zu behandeln; sie scheinen völlig risikolos zu sein. Botox ist im Unterschied zu Collagen für vertikale Stirnfalten ideal geeignet. Man verliert die Angewohnheit, die Stirn zu runzeln, und sobald der Druck nachläßt, verschwinden die Linien fast sofort. Der Effekt hält etwa drei Monate an, nach mehreren Injektionen und Ruhigstellung der Brauen angeblich auch länger.
Rekonvaleszenz: nicht erforderlich.
Risiken: Sicher bei richtiger Durchführung, doch bei Verabreichung der falschen Dosis giftig. Fünf Prozent der Patienten entwickeln nach wiederholter Verabreichung Immunität gegenüber Botox; wenn die Injektion an der falschen Stelle verabreicht wird, kann es sein, daß der Patient nicht reagiert oder (vorübergehend) ein hängendes Augenlid bekommt. (Der Einstich kann mittels Elektromyogramm überprüft werden.)

Arteplast (Artecol)

Diese Kombination aus 40 Prozent Collagen und 60 Prozent Zahnzement soll laut einigen Chirurgen bei oberflächlichen Gesichtsfalten, auch auf der Stirn, angewendet werden und wird auch bei Wangenimplantaten eingesetzt.
Rekonvaleszens: nicht erforderlich.
Risiken: Permanente und irreversible Veränderungen der behandelten Zonen können auftreten. Allergien (längeranhaltende Schwellungen und Rötungen).

Meine Erfahrung mit Botox

ALTER: 40
BERUF: JOURNALISTIN

Ich schiele. Ständig verliere ich meine Brille oder suche ich irgendwelche Dinge. Das Ergebnis davon ist, daß ich mit 40 Jahren zwei vertikal zwischen meinen Brauen verlaufende Furchen habe. Ein Freund empfahl mir Botox und einen erfahrenen Arzt.

Erst wurde eine anästhesierende Creme auf der Stirn verteilt, um sie zu betäuben. Dann bekam ich zwei Injektionen, eine in jede Stirnfurche. Man spürt die Nadel, die bewegungslos verharrt. Das paralysierende Toxin wird einfach in den Muskel gespritzt, der von diesem Augenblick an erstarrt ist. Meine Schmerzschwelle ist sehr niedrig, aber es hat wirklich nicht weh getan. Nachher war ich ein wenig geschwächt, und meine Brauen fühlten sich taub an, ähnlich wie sich die Lippen nach einem Zahnarztbesuch anfühlen. Ich hatte aber gar nicht das Gefühl, daß ich nun die Stirn nicht mehr runzeln konnte; meine Stirn fühlte sich nicht gelähmt, sondern ganz natürlich an.

Man sagte mir, daß es etwa drei Monate anhalten würde, und so war es auch. In dieser Zeit sah meine Stirn glatter, und ich ein wenig jünger oder vielleicht auch nur weniger mürrisch aus, aber ein großer Unterschied war nicht feststellbar. Ich werde den Eingriff nicht wiederholen, sondern das Geld in eine zweite Brille investieren.

HAARTRANSPLANTATE

Wenn die medizinische Behandlung für dünner werdendes Haar (*siehe Seite 108*) Ihre Erwartungen nicht erfüllt, möchten Sie vielleicht die Möglichkeiten der Chirurgie kennenlernen. Micrograft-Haartransplantationen, die mit Hilfe von Laser agieren, werden meist an der Stirn und an den Schläfen durchgeführt, um das Deckhaar zu verstärken. Es werden gleichzeitig ein paar Haare von der Schädelrückseite genommen und in die sich verdünnenden Bereiche implantiert. Die Resultate können gut, sogar ausgezeichnet ausfallen, aber auch enttäuschen, wenn sie nicht von Experten durchgeführt wurden. Es kann Monate dauern, bis ein Ergebnis sichtbar wird.
Rekonvaleszenz: sieben Tage.
Risiken: Infektion, schlechtes Resultat.

Meine Erfahrung mit der Lippenauffüllung

ALTER: 43
BERUF: FERNSEHREDAKTEURIN

Ein Experte für Lippenverstärkung meinte, daß Hyalangel für eine Auffüllung meiner Lippen am vorteilhaftesten wäre. Ich bekam zwei Injektionen, jeweils in eine Seite des Mundes, zur lokalen Betäubung, trotzdem war es unglaublich unangenehm. Er stach wiederholt in meine Oberlippe, wobei die feine Nadel jeweils ein paar Millimeter weiter bewegt wurde. Meine Lippen waren danach etwas gerötet und geschwollen, fühlten sich aber wie meine eigenen an. Nach etwa drei Monaten ließ der Effekt nach. Die Auffrischung ist zeitaufwendig und kostenintensiv. Aber vollere Lippen sind eben sehr verführerisch.

GESICHTSLIFTING

Früher folgten einem Gesichtslifting so starke Blutergüsse, Schwellungen und sichtbare Narben, daß die Patientinnen monatelang die Öffentlichkeit mieden. Heute ist die Rekonvaleszenzzeit dank der Fortschritte in der Medizin viel kürzer. Eine Faustregel lautet: Je tiefer der Eingriff, um so beeindruckender und langanhaltender sind die Resultate – um so länger dauert aber auch die Genesung.

Endoskopisches Gesichts- und Augenbrauenlifting
Gesichtsoperationen werden erst seit kurzem mittels Endoskopie durchgeführt. Bei dieser Technik führt der Chirurg ein Endoskop (ein chirurgisches Teleskop) durch fünf kleine Schnitte am Haaransatz und zwei im Mund ein; die Schnitte verheilen schnell und hinterlassen keine Narben. Durch eine winzige Kamera am Endoskop kann der Chirurg den Vorgang auf dem Bildschirm beobachten, während er Gesichtsgewebe und Muskeln von Gesicht und Brauen verschiebt.

Die Gesichtsendoskopie eignet sich am besten für Patientinnen unter fünfzig, die leichte Hautsäcke und Hängebacken haben. Gewebe und Muskeln des Gesichts werden durch fünf kleine Einschnitte hinter dem Haaransatz und am unteren Wimpernansatz verschoben. Postoperative Schwellungen sollten nach 14 Tagen, schlimmstenfalls nach sechs Wochen abgeklungen sein. Die Gesichtsendoskopie verjüngt Gesicht und Kieferbereich und verbessert die Hautstruktur, ist aber bei Patienten, die Hautsäcke am Hals haben, nicht so effizient wie „offene" Gesichtsliftings.

Das endoskopische Augenbrauenlifting kann mit jedem anderen Gesichtslifting kombiniert werden. Früher mußte man von Ohr zu Ohr schneiden, heute sind nur drei kleine Schnitte auf der Kopfhaut nötig. Der Eingriff dauert nur einen Tag und korrigiert Runzeln, Fältchen und zu starke Brauen. Bei hoher Stirn ist von einem Brauenlifting abzuraten (die Stirn wirkt noch höher). Da die Schnitte unsichtbar sind, ist die Endoskopie auch für Männer mit dünnem Haar sinnvoll.
Rekonvaleszenz: Kurz. Eine Patientin tanzte bereits vier Tage danach auf einem Ball. Vorübergehende Veränderungen der Empfindung auf der Stirn und dem Schädel können drei bis sechs Monate anhalten.
Risiken: Schädigung des sensorischen Nervs (Taubheit von Stirn und Kopfhaut); auch Schädigung des motorischen Nervs, der zur Stirn verläuft.

Maskenlifting (Lifting subperiostales)
Die Zielgruppe entspricht jener des endoskopischen Gesichtsliftings. Das weiche Gewebe des Gesichts wird vom Knochen gelöst und verschoben. Auch kann ein Teil der Knochenstruktur des Gesichts geändert werden. Im Mund werden zwei kleine Schnitte gemacht, ein weiterer verläuft von Ohr zu Ohr.
Rekonvaleszenz: Das Resultat ist meist hervorragend, obwohl das Gesicht danach ziemlich angeschwollen ist, und die meisten Patienten sechs bis acht Wochen Rekonvaleszenzzeit benötigen.
Risiken: Der Nachteil ist, daß der Schnitt am Haaransatz zwei bis drei Monate nach dem Eingriff gefühllos ist und daß, bei weniger erfahrenen Chirurgen, das Risiko einer vorübergehenden Schädigung des Gesichtsnervs besteht.

Hautstraffung mit Straffung des SMAS
Am häufigsten wird eine Hautstraffung durchgeführt, bei der der Chirurg einen Schnitt um das Ohr setzt, die Haut nach oben zieht, das muskuloaponeurotische System (die tiefer liegende Schicht des Fasergewebes und des Schlingmuskels um das Kinn) festigt und die überflüssige Haut entfernt. Das Ergebnis hält höchstens drei Jahre an.

Die meisten Chirurgen verbinden eine Hautstraffung mit einer Straffung des SMAS: Die Haut wird vom SMAS (subkutanes muskuloaponeurotisches System - die Schicht, wo die Muskeln an die Haut befestigt sind) durch einen Schnitt um die Ohren herum und nach hinten zum Haaransatz gestrafft. Das SMAS und der Muskel werden verschoben und überschüssige Haut wird entfernt. Damit werden Hängebacken, und eine absackende Halspartie korrigiert. Bei älteren Patienten kann das Ergebnis sehr auffällig sein; es hält wie eine Hautstraffung etwa zehn Jahre, wenn die Patienten konstant ihr Gewicht halten.
Rekonvaleszenz: zwei Wochen.
Risiken: Dauerhafte Schädigung ist sehr selten; zu vorübergehenden Problemen können Hämorrhagie, Hämatome, Hautnekrose und eine Schädigung des Gesichtsnervs gehören.

Erweiterte Straffung des SMAS
Diese Technik erfordert einen erfahrenen Gesichtschirurgen, da sie tiefgreifender und effizienter ist, als jede andere Methode, die Falten zwischen Nase und Mund entfernt.
Rekonvaleszenz: etwa drei Wochen.
Risiken: wie bei der Hautstraffung; Risiko einer Verletzung des Gesichtsnervs bei unerfahrenen Chirurgen.

Lidkorrektur (obere und/oder untere Blepharoplastik)
Damit werden Fettgewebe, überflüssige Haut und Falten entfernt, die sich um

die Augen bilden. Die Narben, die in der Lidfalte des oberen Augenlids oder unter den unteren Wimpern verborgen sind, sollten unsichtbar sein. Am schmerzvollsten ist das Ziehen der Fäden. Bei einer Unterlidstraffung von innen (transkonjunktivaler Zugang) entstehen keine äußerlich sichtbaren Narben, doch ist sie nur für jüngere Patientinnen ratsam, bei denen wenig Haut zu entfernen ist.
Rekonvaleszenz: sieben bis zehn Tage.
Risiken: Hängen des unteren Augenlids, wenn zu viel Haut entfernt wird; Narbenbildung, Hämatome, trockene Augen, tränende Augen.

Wangenimplantate
Sie bestehen meist aus Silikon, können aber auch aus Collagen oder körpereigenem Fett des Patienten hergestellt werden. Die jüngste Errungenschaft ist Hydroxyapatit, ein synthetisches Material, das dieselbe Zusammensetzung wie der Knochen hat und mit dem Blut des Patienten zu einer Paste vermischt wird, die geformt und direkt auf den Knochen aufgetragen werden kann. Diese Methode ist für knochenarme Bereiche zu empfehlen, allerdings nicht für das Kinn, da dieses sich zu viel bewegt.
Rekonvaleszenz: sieben Tage.
Risiken: Asymmetrie, Infektion.

Ohrenkorrektur (Ohrplastik)
Bereits im Alter von fünf Jahren können abstehende Ohren, angelegt werden. Die Schnitte werden in der Falte hinter dem Ohr gesetzt.
(P.S.: Abstehende Ohren können bei Babys mit einer weichen Schiene, dem Ohrenhalter, korrigiert werden.)
Rekonvaleszenz: sieben Tage.
Risiken: Hämorrhagie, Infektionen, unvollständige Korrektur.

Nasenkorrektur (Rhinoplastik)
Mit Hilfe der Chirurgie können Verletzungen verschönert oder korrigiert werden. Höcker können entfernt, eine breite Nase verschmälert, die Nasenspitze verändert werden. Meist werden die vorstehenden Knochen und Knorpel vom Naseninneren entfernt, so daß keine Narben zurückbleiben.

Die Nase kann auch mit Knorpeln, Knochen oder, weniger häufig, mit Silikon aufgebaut werden.
Rekonvaleszenz: Einige Tage kann man nur durch den Mund atmen. 90 Prozent der Schwellungen und Rötungen sollten nach zwei bis drei Wochen abgeklungen sein, doch kann es bis zu einem halben Jahr dauern, bis die endgültige Nasenform feststeht.
Risiken: Hämorrhagie, mangelhaftes Ergebnis, Asymmetrie.

Kinnaugmentation (Mentoplastik)
Dauerhafte Umformung eines fliehenden Kinns wird oft zur Verschönerung des Profils mit einer Nasenkorrektur kombiniert. Als Implantat wird Silikon verwendet, in jüngerer Zeit auch neue Materialien. Der Schnitt wird im Mund oder unter dem Kinn gesetzt. Bei langem Kinn kann auch der Knochen abgeschliffen werden.
Rekonvaleszenz: Eine Woche für Implantate, zwei Wochen, wenn der Knochen abgeschliffen wird.
Risiken: Infektion, Schädigung des Kinnervs durch die Betäubung.

Bei der Kinnkorrektur durch Kinnplastik wird der Schnitt in den Knochen unter den Zahnwurzeln gesetzt, der Knochen verschoben und mit einer Platte fixiert.
Rekonvaleszenzzeit: zwei Wochen.
Risiken: Infektionsrisiko ist geringer als bei Mentoplastik.

Brustverkleinerung und -hebung (Mastopexie)
Ein übergroßer Hängebusen kann operativ verkleinert und gehoben werden. Die Brüste werden vor der Operation mit einem Spezialstift bei der stehenden Patientin angezeichnet. Die Brustwarze wird unter Vollnarkose von der Haut abgehoben, aber am Brustgewebe belassen. Dann wird ein Schnitt vertikal nach unten und unterhalb der Brust gesetzt, Haut und Brustgewebe werden entfernt, die Brustwarze wieder aufgesetzt, und die Wunden genäht. Die Narben werden zwar schwächer, sind aber bleibend. Bei moderneren Techniken wird unter der Brust kein Schnitt gesetzt, doch entsteht eine runzlige, vertikale Narbe, die erst nach einigen Monaten ebenmäßig wird.

Ein Jahr lang muß eine Schwangerschaft vermieden werden, um ein Dehnen der Narben zu verhindern.
Rekonvaleszenz: zwei bis drei Wochen.
Risiken: Hämorrhagie, Infektion, Nekrose (Haut und selten Brustwarze), Asymmetrie, Sensibilitätsverlust.

Brustvergrößerung
Die Nachfrage nach dieser einst verbreiteten Operation sank drastisch, als bekannt wurde, daß Silikonimplantate (die mit Silikongel gefüllt sind) ein erhöhtes Krebsrisiko darstellen und sogar zur Schädigung des Immunsystems führen können. Obwohl die medizinische Forschung darauf schließen läßt, daß das Krebsrisiko bei Frauen mit Implantaten wahrscheinlich nicht höher ist, bekamen manche Patientinnen andere chronische Probleme (z.B. Schmerzen und Hautirritationen), die vermutlich auf die Implantate zurückzuführen sind. Eine Tatsache ist, daß die Implantate hartes Narbengewebe bewirken können. Verbesserte

Implantate mit strukturierter Oberfläche vermindern dieses Risiko.

Heute können die Patientinnen wählen zwischen Implantaten mit Kochsalzlösung (nicht sehr natürliches Aussehen oder Gefühl), Silikonimplantaten (die das beste Ergebnis liefern) oder Implantaten, die mit Sojaöl gefüllt sind (das den natürlichen Triglyzeriden ähnlich ist, durchlässig für die die Röntgenstrahlen bei der Mammographie). Sie sind, was Gefühl und Aussehen anbelangt, ein Mittelding zwischen den beiden anderen Implantaten.
Rekonvaleszenz: zwei Wochen.
Risiken: Hämorrhagie, Infektionen (sehr selten), Zusammenziehen oder Verhärtung der Polster, Asymmetrie.

Fettabsaugung
Mit Hilfe diese Methode können die meisten Körperteile neu geformt werden, darunter Gesicht und Hals (vor allem bei Doppelkinn und Nackenhökkern), Brüste, Arme, Taille, Bauch, Po, Innen- und Außenschenkel und Knie. Sie eignet sich, um hartnäckiges Fett zu entfernen, ersetzt jedoch nicht Sport und gesunde Ernährung.
Rekonvaleszenz: Eine Woche, obwohl die Blutergüsse noch bis zu vier Wochen sichtbar sind.
Risiken: Die Fettabsaugung ist komplexer, als sie scheint, und kann zu unangenehmen Problemen führen, wenn sie nicht von einem Experten durchgeführt wird (Eine Patientin endete in der Intensivstation, und sogar Todesfälle sind dokumentiert). Wenn zu viel Fett abgesaugt wird, wird die Haut irreversibel faltig und schlaff. Eine schlechte Behandlung kann Dellen und Wellen erzeugen, die nur schwer zu korrigieren sind. Bei erneuter Gewichtszunahme setzt sich das Fett an anderen Stellen an und kann die Körperform verändern.

Liposkulptur
Ein anderer Name für Fettabsaugung, doch wird hierbei auch Fett in flache Bereiche eingespritzt, um den Körper zu formen. Dazu gehört auch die oberflächliche Fettabsaugung, die Entfernung von Fett direkt unter der Haut mit einer sehr feinen Absaugkanüle. Das Ergebnis dieser Behandlung kann bei einem erfahrenen Chirurgen hervorragend sein.

Liposkulptur kann auch im Gesicht und an der Kinnlinie durchgeführt werden, mit gutem Ergebnis.
Rekonvaleszenz: siehe Fettabsaugung.
Risiken: siehe Fettabsaugung.

Ultraschall-Fettabsaugung
Unter Lokalanästhesie werden Schnitte in die Haut gesetzt, und eine Ultraschallsonde wird in das Gewebe eingeführt. Angeblich kann Fett bei einer speziellen Ultraschallfrequenz gelöst und dann abgesaugt werden. Die Haut schrumpft angeblich besser. Die Gegner dieser Methode bewerten die Risiken höher als die Vorteile.
Rekonvaleszenz: siehe Fettabsaugung.
Risiken: Wie bei der Fettabsaugung, zusätzlich Hautnekrose, was zu ernsthaften Komplikationen führen kann.

Bauchreduktion (Bauchplastik)
Bei dieser Operation werden überflüssige Haut und Fett entfernt, das Frauen häufig nach einer Schwangerschaft stört. Gleichzeitig können die Bauchmuskeln gestrafft und eine Fettabsaugung durchgeführt werden.
Rekonvaleszenz: drei Wochen
Risiken: Infektion, Hämorrhagie, Asymmetrie, Narben, Hautnekrose.

Krampfadern
Siehe Venenleiden, Seite 142.

Tips von Stephen Glass für Patientinnen kosmetischer Chirurgie

Viele Frauen tendieren dazu, eine Schönheitsoperation zu verheimlichen. Der Make-up-Künstler Stephen Glass*, den viele Kundinnen nach einem Gesichtslifting um Rat fragen, empfiehlt:

- „Wenn Sie eine Brille tragen, sollten Sie sich vor der Operation getönte Gläser zulegen: Sie verbergen blutunterlaufene oder geschwollene Augen."
- „Manuelle Lymph-Drainage-Massage leitet Flüssigkeit aus dem Gesicht ab und reduziert Schwellungen. Blutergüsse können mit Produkten wie Estée Lauder Maximum Cover, das den ganzen Tag hält, effektiv kaschiert werden." *(siehe Seite 74)*
- „Verwenden Sie kräftigere Lippenstifte, um von Ihren Augen abzulenken."
- „Wählen Sie Make-up-Farben, die eine Rötung minimieren. Pink, Burgunder und auch Braun sind ungeeignet, bevorzugen Sie statt dessen Grau-, Grün oder Blautöne (schieferblau)."
- „Neues Make-up oder neuen Haarschnitt! Sie haben dadurch eine Erklärung parat, wenn jemand meint: „Du siehst großartig aus. Was hast Du gemacht?"
- „Frauen brauchen oft eine längere Rekonvaleszenz, als der Arzt angibt. Lassen Sie sich Zeit und machen Sie keine Pläne, die Sie dann nicht einhalten können."

Tagebuch eines Liftings

Die einundfünfzigjährige Ellen ist eine international erfolgreiche Geschäftsfrau, zur Zeit lebt sie in London. Sie führte für uns Tagebuch über die letzten sechs Jahre.

März 1992 *Einen Artikel über das Leiden der Frauen nach einem Gesichtslifting gelesen. Ich schwöre mir, nie so eitel zu sein.*

Dezember 1993 *Abendessen mit Freunden; mein um 12 Jahre jüngerer Mann meinte: „Sah Emma nicht wundervoll aus? Sie muß in Deinem Alter sein." Das saß!*

Februar 1994 *Ich traf Freundinnen, die sich die Oberlippe mit Laser behandeln ließen und fünf Jahre jünger aussehen.*

April 1994 *Mein 47. Geburtstag. Ich merke, daß mein Gesicht seit zwei Jahren an Straffheit verliert und daß sich eine tiefe Furche auf der Stirn bildet.*

September 1994 *Ein strahlender Morgen – ich betrachte mich im Spiegel und beschließe, Rat zu suchen. Ich frage die schöne Emma, was ich tun soll. Sie empfiehlt Barry Jones, einen der besten Londoner Schönheitschirurgen.*

Oktober 1994 *B. J. empfiehlt drei Eingriffe. Eine Brauenkorrektur würde die Stirnfurche glätten, die Entfernung überschüssiger Haut um die Augen und Liftung der unteren Kinnpartie.*

November 1994 *Ich erzähle meinem Mann von der Brauenkorrektur.*

Dezember 1994 *Ich gehe zu einem Geschäftstermin mit meinem Mann, wo alle, ich ausgenommen, Mitte dreißig sind. Ich komme zu der Überzeugung, daß nach fünfzig Altersunterschiede immer auffälliger werden. Ich erwähne einen Eingriff im Augenbereich.*

Januar 1995 *Ich rufe B. J. an, daß ich alle drei Eingriffe möchte. Ich erzähle*

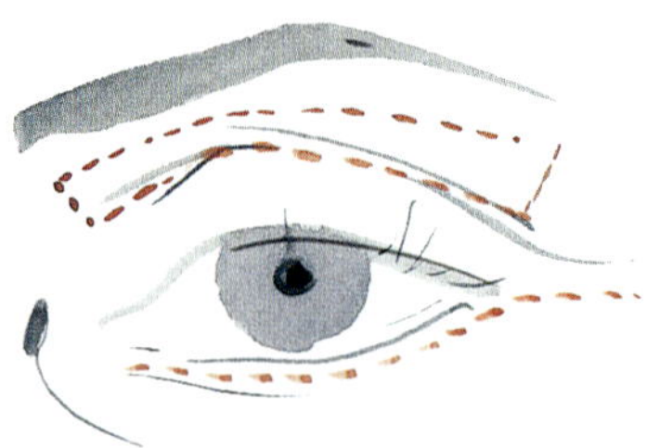

meinem Mann von dem Gesichtslifting, der den Eingriff ablehnt. Es gelingt mir, ihn zu überzeugen.

Freitag, 20. Januar 1995 – der große Tag *Ich springe um halb sechs ins Taxi. Ankunft im Wellington-Hospital in London; ich fülle die Formulare aus, treffe den Anästhesisten und die OP-Schwester. B. J zeichnet Falten und Furchen in meinem Gewicht nach. Um acht Uhr werde ich mit Stützstrümpfen (um eine Thrombose zu verhindern) in den OP gebracht. Die Operation dauert fünf Stunden. Ich hänge an einer Tropfinfusion, als ich erwache, und bin verängstigt, da ich schlecht sehe.*

21. Januar 1995 *Nach einer nicht enden wollenden Nacht fühle ich mich beim Aufwachen etwas besser. Ein Blick in den Spiegel: Schrecklicher Anblick! Das Haar klebt am Kopf, die Augen blutunterlaufen und verschwollen und von einem weißen Klebeband umgeben. Geschwollenes Gesicht.*

Am Nachmittag verlasse ich die Klinik. Ich gehe früh schlafen und bette den Kopf auf fünf Kissen, um die Schwellung zu reduzieren. Ich bemerke, daß ich Klammern im Haar habe, wie immer ich mich wende, ich finde keine angenehme Position. Auch lesen kann ich nicht, weil eine Seite meines Gesichts so geschwollen ist, daß meine Brille schmerzt.

22. Januar 1995 *Die Blutergüsse gehen zurück. Auch die Schwellung der Augen läßt nach. Ich kann die Kontur meiner Nase sehen. Doch noch immer sind die Augen von dem weißen Klebeband umgeben und Blutergüsse an beiden Seiten des Halses und eine harte Schwellung unter dem Kinn zu sehen.*

Ich versuche zu arbeiten, bin aber zu müde. Seltsames Gefühl beim Telefonieren, da die Ohren noch völlig taub sind. Auch die Brille schmerzt.

23. Januar 1995 *Die Augenschwellung ist vermindert, doch ich sehe immer noch „geprügelt" aus. Der Streifen um die Augen wird abgenommen und die Fäden gezogen, was kaum schmerzt.*

25. Januar 1995 *Unter Schmerzen wasche ich mir die Haare. Es sind weniger Blutergüsse vorhanden, aber die Haut sieht noch gelb aus. Die Stirn ist glatt und verjüngt. Ich bin aufgeregt. Die Schwellung im Mundbereich ist fast verschwunden, die Lippen bekommen wieder Kontur.*

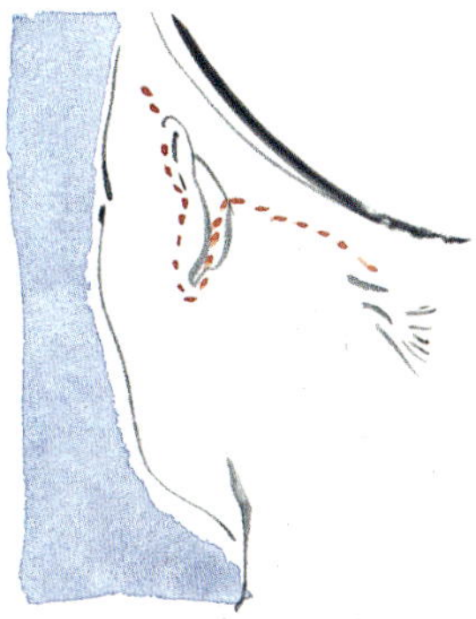

26. Januar 1995 *Die restlichen Fäden und die schrecklichen Klammern werden entfernt. Man zeigt mir, wie ich Gesicht, Augen und Kinn massieren soll. Unter den Augen liegen noch tiefe Schatten, aber ich kann die neue Form schon erkennen und bin begeistert.*

27. Januar 1995 *Noch immer sind die Blutergüsse so stark ausgeprägt, daß ich nicht aus dem Haus gehe, aber körperlich bin ich wiederhergestellt. Die Schwellung unter dem Kinn ist unbequem, die tauben Ohren fühlen sich seltsam an, und ich empfinde einen kurzen scharfen Schmerz, wenn ich die Augenbrauen hebe.*

3. Februar 1995 *Zwei Wochen sind seit der Operation vergangen. Noch immer ein leichter Bluterguß unter dem linken Auge. Ich arbeite wieder seit Wochenbeginn, am Mittwoch abend war ich aber unglaublich müde. Die Krankenschwester zieht zwei Fäden aus jedem Ohr, die sich hätten auflösen sollen, was sie aus irgendeinem Grund nicht taten.*

12. Februar 1995 *Schlimme Woche. Ich brauche unheimlich viel Schlaf, verbrachte den heutigen Tag schlafend und werde nächste Woche jeden Tag ein Mittagsschläfchen halten.*

17. Februar 1995 *Körperlich geht es mir viel besser. Die Einschnitte am unteren Hinterkopf sind fast komplett verheilt. Schädeldecke und Ohren fühlen sich noch immer taub an. Nach dem Beginn mit Gesichtsmassagen glätten sich die geschwollenen Wangen; Wangen und Hals fühlen sich weicher an. B. J meint, daß die Resultate des Eingriffs erst nach sechs Monaten wirklich sichtbar sind, was mich natürlich beruhigt.*

20. Februar 1995 *Mein Gesicht sieht merklich jünger aus. Freunde meinen: „Du siehst großartig aus. Was ist passiert?" Eine neue Frisur erklärt die Verwandlung.*

3. März 1995 *Die Schwellung der Wangen ist geringer, der Hals ist noch immer etwas geschwollen. Die Ohren fühlen sich noch halbtaub an. Mein Gesicht sieht um Jahre jünger aus.*

14. April 1995 *Mein 48. Geburtstag. Ich sehe aus wie in meinen Dreißigern – die Wangen sacken nicht ab, der Hals sieht besser aus als vor 15 Jahren.*

März 1998 *Mein Mann ist von dem Ergebnis sehr angetan. Ich sehe jeden Morgen in den Spiegel und danke Barry Jones. Das Gefühl, als ob ich einbandagiert wäre, ist noch nicht ganz verschwunden, aber ich sehe zehn Jahre jünger aus und bin überglücklich.*

EXPERTENRAT

Barry Jones, der führende plastische Chirurg Londons empfiehlt:

ZWEI WOCHEN VORHER

Vierzehn Tage vorher sollten unbedingt alle Medikamente, die Blutungen verursachen und Blutergüsse fördern können, vermieden werden; dazu gehören: Aspirin und und aspirinhaltige Präparate; NSAR (nichtsteroidales Antirheumatikum), wie Brufen und Ibuprofen; Vitamin E und Vitamin-E-haltige Verbindungen (dazu gehören auch Nachtkerzenöl und Fischöle), Knoblauch und Knoblauchkapseln. Alle diese Präparate sollten mindestens zwei Wochen vor dem Eingriff abgesetzt und frühestens zwei Wochen danach wieder eingenommen werden.

NACHBEHANDLUNG

Ruhe ist in den ersten drei Tagen wichtig. Sie sollten mit vier bis fünf zusätzlichen Kissen schlafen, damit der Kopf erhöht liegt, wodurch der Blutdruck im Gesicht gesenkt wird und das Abklingen der Schwellung gefördert wird. Jede anstrengende körperliche Tätigkeit muß in den ersten beiden Wochen nach dem Eingriff vermieden werden. Pads, die in Zaubernuß getaucht und im Kühlschrank abgekühlt wurden, beruhigen die Augen in den ersten 48 Stunden.

Es empfiehlt sich, nicht am selben Tag zu duschen und die Haare zu waschen, um Wunden und Nähte sauber zu halten. Normale Tagesaktivitäten können nach zwei Wochen wieder aufgenommen werden. Je nach Eingriff können die Patientinnen nach zwei bis drei Wochen wieder mit der Arbeit beginnen.

Anstrengendes Laufen oder Aerobic, ist vier bis sechs Wochen lang zu vermeiden, ebensolang keine synthetischen Haarfärbemittel verwenden.

Es ist wahrlich eine Kunst, sich in diesem Lebensabschnitt wohl zu fühlen, jeden Morgen frisch und voller Energie, gerüstet für den Alltag, aufzuwachen. Als Kinder strotzten wir ohne unser Zutun vor Energie. Heute, wo wir mehr über optimale Ernährung, wirksame auf-

Der Weg zum Wohlbefinden

Teil 2

bauende Gymnastik, gesunde Nahrungsergänzungen – den Stellenwert der Hormone für unser Wohlbefinden – wissen, kann dies ein Leben lang so bleiben. Wir sprachen mit Experten in aller Welt über die neuesten Erkenntnisse zum Thema Aktivität und Lebensfreude und mit vitalen Frauen über ihre Geheimrezepte für Wohlbefinden, um sie Ihnen weiterzugeben.

Schlaf verzweifelt gesucht

An Schlafproblemem leiden mehr Frauen als Männer. Für viele ist Schlaf der Sex der 90er Jahre – und wenn man den Experten Glauben schenken darf, bekommen die meisten nicht genug.

Je besser man schläft, um so besser fühlt man sich und um so besser lebt man – egal wie alt man ist. Doch leider beginnt nicht jeder Morgen freundlich, vor allem rund um die Wechseljahre. Ein Problem ist, daß die Hitzewallungen, die mit dem Sinken des Östrogenspiegels in Verbindung stehen, den Frauen schlaflose Nächte bereiten, da Östrogen den Schlaf direkt beeinflußt. Darüber hinaus haben die Frauen gerade in der Lebensmitte oft viel Verantwortung zu tragen und eine Menge Sorgen aufgebürdet, die die Schlaflosigkeit fördern: aufsässige Kinder, alternde Eltern oder Berufsprobleme.

Viele Frauen, die vor der Menopause keinerlei Schlafstörungen hatten, wachen in den Wechseljahren plötzlich zwischen zwei und vier Uhr morgens auf – und ihr Bett gleicht eher einem „Schlachtfeld“ als einem kuscheligen Nest.

Schlafbeschwerden treten im allgemeinen mit fortschreitendem Alter vermehrt auf; manche Forscher vermuten, daß dies mit dem niedrigeren Hormonspiegel zusammenhängt. Mittlerweile sind Wissenschaftler wie Dr. Karen Moe aus Washington besorgt über die hohe Anzahl von Rezepten für Beruhigungsmittel, die verschrieben werden. Die Nebenwirkungen dieser Medikamente können ihrer Meinung nach von Apnoe (Atemstillstand infolge von zu starkem Schnarchen) bis zur Beeinflussung der Gehirntätigkeit – was auch zu Stürzen und in der Folge zu Brüchen führen kann – ein breites Spektrum beinhalten.

Nach einer durchwachten Nacht oder gar mehreren ist der Körper erschöpft und müde. Sie sind nervös, benebelt und gereizt, da Ihnen die nötige Erholung versagt blieb. Und Sie sind nicht die einzige. Zwischen fünf und zehn Millionen Menschen in Großbritannien leiden an Schlafproblemen und etwa eine halbe Million an ernsten Schlafstörungen. In den USA werden 70 Millionen Menschen von Schlafstörungen gequält.

Heute haben die meisten von uns so viele Verpflichtungen, daß der Schlaf zu kurz kommt. Stanley Coren, Professor für Psychologie an der University of British Columbia und Autor von *Sleep*

*Thieves** meint, daß wir unseren Körper Nacht für Nacht um den Schlaf betrügen, weil wir durch die Erfordernisse des modernen Lebens weniger Schlaf bekommen, als uns von der Evolution zugedacht war. Vor der Erfindung des elekrischen Lichts gingen die Menschen vor Sonnenuntergang zu Bett und schliefen durchschnittlich neuneinhalb Stunden – zwei Stunden mehr als heute üblich. „Wir werden schwerfälliger, dümmer und unglücklich – und sterben früher."

Schlafentzug schadet dem Immunsystem. Als Testpersonen vier Stunden länger als üblich wach gehalten wurden, zeigten die Bluttests geringere Abwehrmechanismen gegen Infektionen und Krebs. Wer sein Bedürfnis nach Ruhe ignoriert, neigt eventuell dazu, zuviel zu essen oder sich einen Energieschub durch den Genuß von Süßigkeiten und Snacks zu verschaffen, weil die Energiereserven nicht durch ausreichenden Schlaf aufgefüllt wurden.

Wieviel Schlaf braucht man? Wenn Sie nach ein paar Stunden Schlaf effizient arbeiten und den ganzen Tag über fit sind, ist Ihre Nachtruhe ausreichend. „Müdigkeit am Tag ist der wichtigste Hinweis auf Schlafmangel", meint auch Professor Jim Horne, der das Schlaflabor der Loughborough University leitet. Wenn Sie bemerken, daß Sie ständig müde sind, sollten Sie versuchen, mehr zu schlafen – und darauf achten, wie sich dies auf Ihre Munterkeit auswirkt. Gehen Sie eine Woche lang früher zu Bett und schlafen Sie länger. (Wenn Sie keine Besserung wahrnehmen, sollten Sie Ihren Arzt konsultieren, es könnten sich andere physische Ursachen hinter Ihrer Müdigkeit verbergen.) Wer mit vier Stunden Schlaf auskommt, braucht oft nicht mehr. Doch bekommen Sie nur vier Stunden und würden acht benötigen, wird Ihre „Batterie bald leerlaufen".

Wieviel Schlaf braucht man?

Von Experten ist oft zu hören, daß wir im Alter weniger Schlaf benötigen. Doch als wir Dr. Joseph Pizzorno nach seinen besten Strategien gegen den Alterungsprozeß fragten, sagte er, daß acht Stunden Schlaf für ihn an erster Stelle kämen. „Angemessene Schlafdauer ist für langfristige Gesundheit und Regeneration unabdingbar", erklärt er. „Während des Schlafens finden viele verschiedene Prozesse statt; der vielleicht wichtigste für die Verjüngung ist die Beseitigung der Freien Radikale im Gehirn und die erhöhte Produktion des Wachstumshormons."

Die Freien Radikale, die für viele Schäden in unserem Körper (auch der Haut) verantwortlich sind, können im Gehirn entstehen. „Schlaf wirkt wie ein Antioxidans für das Gehirn, da die Freien Radikale in dieser Zeit entfernt werden", erklärt Dr. Pizzorno. Wenn man weniger als acht Stunden schläft, ist diese „Reinigung" unter Umständen noch nicht abgeschlossen. „Die meisten Menschen vertragen ein paar Tage ohne Schlaf und vollständige Erholung. Chronischer Schlafmangel scheint jedoch den Alterungsprozeß des Gehirns zu beschleunigen."

Und wenn Sie noch immer nicht zu acht Stunden Schlaf bekehrt sind, überzeugt Sie vielleicht folgendes: „Das Wachstumshormon, das größtenteils während des Schlafes produziert wird, wurde aufgrund seiner Fähigkeit, die Regeneration des Gewebes und der Leber, den Muskelaufbau und den Abbau von Fettdepots zu fördern, den Blutzucker zu normalisieren etc. Anti-ageing-Hormon genannt," berichtet Dr. Pizzorno. „Es trägt dazu bei, Fett in Muskelmasse umzuwandeln."

Alternde Menschen schlafen weniger. „Eine Person von fünzig Jahren schläft durchschnittlich fast zwei Stunden weniger als ein Teenager", beobachtete Dr. Pizzorno. „Doch die verringerte Fähigkeit, das menschliche Wachstumshormon abzusondern und die Freien Radikale im Gehirn zu säubern, spielen vermutlich bei den Degenerationsprozessen des Alterns eine bedeutende Rolle." Dr Pizzorno rät allen, die magischen acht Stunden zu versuchen. Mit zusätzlichem Schlaf läßt sich vieles einfacher bewältigen, während Schlafmangel „verlorene" Tage verursachen kann, an denen man sich fühlt, als ob man schwerfällig durch Schlamm waten würde.

BEZAHLEN SIE IHRE SCHLAFSCHULDEN

Wenn Sie meinen, daß Sie mit Ihrem Schlaf „in Rückstand" geraten sind, sollten Sie Ihre „Schlafschulden" so rasch als möglich begleichen, wie dies Professor Coren formuliert. Wer eine Stunde weniger schläft, hat am Ende der Woche ein Schlafdefizit von sieben Stunden. „Dies entspricht einer ganzen Nacht – und es beginnen sich ähnliche Symptome wie nach einer schlaflosen oder durchzechten Nacht zu zeigen." Man bekommt juckende oder brennende Augen, Kopfschmerzen und/oder Verkühlung, sieht unscharf, Schläfrigkeit nimmt überhand, man wird nervös oder weinerlich; auch das Kurzzeitgedächtnis ist betroffen. Durch ein Schläfchen am Wochenende kommt man wieder in den richtigen Schlafrhythmus. Damit das „Mittagsschläfchen" Ihre Nachtruhe nicht beeinträchtigt, sollte es vor drei Uhr nachmittags abgehalten werden.

STRATEGIEN GEGEN SCHLAFSTÖRUNGEN

Bewältigung von Streß, gute Ernährung und regelmäßige Gymnastik führen zu einer weitaus besseren Schlafqualität als Schlaftabletten. „Etwa 80 Prozent aller an Schlaflosigkeit Leidender können sich selbst heilen", meint Peter Hauri, wissenschaftlicher Leiter einer Studie über Schlaflosigkeit an der Mayo Klinik, USA. Versuchen Sie folgende schlaffördernde Taktiken.

◆ Beginnen Sie zur Mittagszeit – wenn Sie den Streßpegel tagsüber kontrollieren, sind Sie, wenn Sie zu Bett gehen wollen, weniger erschöpft. Integrieren Sie um die Mittagszeit eine zehnminütige Pause für Atemübungen oder Yoga.

◆ Vermeiden Sie nachmittags und abends Koffein (in Kaffee, Tee, Schokolade, Cola, Guarana-Produkten und auch in manchen Schmerztabletten); es verbleibt etwa zehn Stunden lang im Körper. Dekoffeiniert bedeutet nicht immer koffeinfrei.

◆ Tägliche Gymnastik fördert tiefen Schlaf; Aerobic sollten Sie vormittags machen, da Sie sonst zu aufgeregt sind, um einzuschlafen (Ein Spaziergang am Abend wirkt beruhigend).

Ich stelle mir eine weiße Leinwand vor. Wenn man müde ist, scheinen die Probleme größer, deshalb gehe ich so bald wie möglich zu Bett.

AMANDA BURTON

◆ Meiden Sie Alkohol und Zigaretten vor dem Schlafengehen. Alkohol hilft zwar einzuschlafen, stört aber den Schlaf, da man aufwacht und Schwierigkeiten hat, wieder einzuschlafen. Nikotin wirkt stimulierend.

◆ Schlaf-Puristen sind sich einig, daß man für perfekten Schlaf einen regelmäßigen Rhythmus finden sollte, wann man zu Bett geht und aufsteht.

◆ Nehmen Sie Ihr Abendessen zwei Stunden vor Schlafenszeit ein, da die Verdauungstätigkeit und der Blutzuckeranstieg wachhalten können.

◆ Trinken Sie eine Stunde, bevor Sie zu Bett gehen, ein warmes Milchgetränk; es beruhigt und fördert den Schlaf.

◆ Nehmen Sie vor dem Schlafengehen ein warmes Bad. Es erhöht die Körpertemperatur und löst schlafvorbereitende Mechanismen aus, wenn der Körper wieder abkühlt.

◆ Verbannen Sie den Fernseher und Zeitungen aus dem Schlafzimmer und nutzen Sie dieses nicht als Büro, um zu essen, Rechnungen durchzusehen oder zu telefonieren. Schlafprobleme münden rasch in einem Teufelskreis; jemand, der Schlafprobleme hat, liest, sieht fern oder arbeitet, was wiederum stimulierend wirkt und den Schlaf verhindert oder beeinträchtigt. Experten vermuten, daß Bilder von Gewalt im Fernsehen unterbewußt den Schlaf stören.

◆ Das Schlafzimmer sollte warm, aber nicht stickig und gut durchlüftet sein.

◆ Wenn Straßenlicht oder Sonnenstrahlen in Ihr Schlafzimmer gelangen, sollten besser abdunkeln oder eine Schlafmaske tragen.

Ich denke, Schlaf hält jung. Ich liebe es, lange zu schlafen. Ich habe gelernt, im Flugzeug, im Zug, sogar im Auto Schlaf zu finden.

CAROLINE HERRERA

◆ Lärm ist einer der schlimmsten Störfaktoren. Unkontrollierter Lärm während des Einschlafens kann Ihren Schlaf stören und zu Muskelverspannungen am nächsten Tag führen. Wenn Sie nichts gegen die Lärmbelästigung tun können, sorgen Sie dafür, daß Sie Ohrstöpsel oder Platten zu Hause haben. Spielen Sie beruhigende Musik oder „weißes Rauschen".

◆ Schreiben Sie eine Liste der Aufgaben für den nächsten Tag und legen Sie diese neben das Bett. Wenn Sie aufwachen und an etwas Unerledigtes denken, notieren Sie es und schlafen Sie weiter.

◆ Müsli wirkt nervenstärkend und als Antidepressivum.

Schön im Schlaf

Angenommen Sie könnten jede Nacht acht Stunden in einem Kurort verbringen. Die meisten würden nicht einen Augenblick zögern. Nun, nicht umsonst ist von „Schönheitsschlaf" die Rede, da die Stunden des Schlafs der Haut die beste Möglichkeit bieten, sich zu erholen. Dr. phil. Jack Mausner, Direktor für Forschung und Entwicklung bei Chanel meint: „Der Schlaf ist die beste Zeit für die Erholung. Die Haut regeneriert sich rascher." Von Estée Lauder durchgeführte klinische Studien ergaben, daß gewisse heilende Verbindungen (entzündungshemmende Substanzen, Antioxidanzien) tatsächlich nachts besser absorbiert werden.

Manche Hautexperten, wie Eva Fraser und Eve Lom, schlagen sogar vor, nachts überhaupt nichts auf die Haut aufzutragen. (Wir haben es versucht und sind wieder davon abgekommen; wir sind begeistert von Gesichtsölen und Serums für die Nachtpflege – *siehe Seite 49* –, die der Haut die zusätzlichen Nährstoffe geben, die sie unserem Empfinden nach benötigt.) Ob Sie eine Nachtcreme auftragen oder Ihre bevorzugte Tagesfeuchtigkeitscreme, ist eine Frage Ihrer Vorlieben. Wenn Sie aber die reichhaltigere, nährende Konsistenz einer Nachtcreme (oder eines Gesichtsöls) mögen, dann zögern Sie nicht, schließlich kann die glänzendere, glattere Konsistenz über Nacht das Make-up nicht beeinträchtigen. Die Nachtstunden sind sicherlich die geeignete Zeit, um Kopfhaut, Händen und Lippen intensivere Pflege angedeihen zu lassen. Selbst wenn man in Baumwollhandschuhen oder -socken die Nacht verbringen muß, wenn es ein Produkt verlangt – für Schönheit muß man Opfer bringen.

ERPROBT & BEWÄHRT

NACHTCREMES

Die folgenden Produkte, die über Nacht angewendet werden und die Fähigkeit der Haut, sich zu regenerieren, erhöhen, fanden bei den Testerinnen den größten Anklang. Einige davon werden auch im Abschnitt „Erprobte & bewährte Wundercremes" *(siehe Seite 16–17)* besprochen.

Clarins Extra Firming Nachtcreme
8,57 PUNKTE VON 10 (€€€€)–
siehe Seite 17 für zusätzliche Informationen.

Estée Lauder Advanced Night Repair Protective Recovery Complex
8,4 PUNKTE VON 10 (€€€€) *–siehe Seite. 16.*

Avon Retinol Nachtcreme
7,87 PUNKTE VON 10 (€€)
Diese Creme basiert laut Beschreibung von Avon auf der „microsponge"-Technologie, die der Haut reines Vitamin A zuführt. Den Konsumententests von Avon zufolge werden feine Linien und Falten in zwei Wochen sichtbar vermindert, in nur vier Wochen erscheint der Teint strahlender und gleichmäßiger. Weniger als die Hälfte unserer Testerinnen wollten sich diese Creme jedoch tatsächlich kaufen.
PRO: „Ein wirklich ausgezeichnetes Produkt. Meine Haut war sichtbar weicher und strahlender." ◆ „Die Haut sah glatter aus und fühlte sich auch so an; vor allem die Halspartie wirkte um Jahre jünger. Ein Muß für alle Frauen, deren Haut nicht mehr jugendlich frisch ist." ◆ „Eine Freundin fragte, welche Creme ich benutze, da meine Haut viel fester aussähe."
KONTRA: „Ein leichtes Brennen und eine Rötung waren zu bemerken." ◆ „Ich mochte den Geruch und die fettige Konsistenz nicht; sehr chemischer Geruch."

Lancaster Oxygen Repair for the Night
7,14 PUNKTE VON 10 (€€€€+)
Diese Creme baut auf dem patentierten Wirkprinzip von Lancaster auf, das die Haut mit reinem molekularem Sauerstoff und einer Reihe von Ingredienzen versorgt (Komplexe magnetischer Partikel), deren Bezeichnungen jeden, der nicht Astrophysik studiert hat, verwirren. Die Creme ist jedenfalls von außergewöhnlich leichter Textur und zieht rasch ein. Doch nicht einmal die Hälfte der Testerinnen würde sie auch kaufen.
PRO: „Meine Haut sieht sichtbar jünger aus. Ich habe noch nie ein Produkt verwendet, daß so rasch und sichtbar Wirkung zeigte; doch nach sechs Wochen Anwendung stagnierte die Verbesserung meiner Haut, und ich konnte keine weitere Verjüngung feststellen." ◆ „Keine Nebenwirkungen oder Irritationen, obwohl ich empfindliche Haut habe." ◆ „Feine Linien, vor allem auf der Stirn und um Augen und Mund, sind weniger sichtbar." ◆ „Ein wirklich nährendes Produkt."
KONTRA: „Ich mochte die Textur der Creme, war aber enttäuscht, daß ich nach der Anwendung keinen sichtbaren Unterschied bemerkte.

Prescriptives Nightclock
7,11 PUNKTE VON 10 (€€€€)
Diese Emulsion enthält einen Hefeextrakt (den sogenannten „Gewebeatmungsfaktor" von Prescriptives), feuchtigkeitsspendende Ingredienzen, die zeitgebunden abgegeben werden, grünen Tee und Vitamin E, ebenso wie „Enzym-Inhibitoren", die die Enzyme, die Collagen- und Elastinaufbau der Haut negativ beeinflussen, neutralisieren. Empfehlenswert für die Haut über dreißig. Zwei Drittel der Testerinnen würden das Produkt kaufen.
PRO: „Verbesserte die Haut im Gesicht und am Hals sichtbar; ich sah jünger aus, feine Linien, vor allem im Augenbereich und auf der Stirn, wurden schwächer." ◆ „Meine Haut war am Morgen wunderbar weich und geschmeidig." ◆ „Ich finde die Creme hervorragend; mein Teint ist jetzt gleichmäßiger; die fettigen Partien glänzen weniger im Vergleich zu früher." ◆ „Nach zwei Wochen wirkte meine Haut jünger und glatter."
KONTRA: „Ich bekam nach der dritten Anwendung rote Flecken im Gesicht und habe aus diesem Grund aufgehört, die Creme zu verwenden."

NATÜRLICHE SCHLAFMITTEL

Jedes Jahr werden unzählige Rezepte für Schlaftabletten verordnet. Ihre erwiesene Wirkung beruht jedoch darauf, daß sie die Gehirnfunktionen herabsetzen, was zu einem weniger erholsamen Schlaf führt.

Der Körper entwickelt rasch eine Verträglichkeit für Schlaftabletten, weshalb man die Dosis alsbald erhöhen muß, um die erwünschte Wirkung zu erzielen. Viele Schlaftabletten machen abhängig und führen in manchen Fällen zu einem Anstieg von Ängsten und Unruhe in den Wachstunden; auch eine plötzliche Absetzung ist problematisch. In den letzten Jahren mußten manche Schlaftabletten von den Herstellern vom Markt genommen werden, da nicht tolerierbare Nebenwirkungen auftraten.

Wenn Sie unsere „Strategien gegen Schlafstörungen" *(siehe Seite 158)* befolgt haben und noch immer vergebens Schlaf suchen, sollten Sie Hilfe in der Komplementärmedizin suchen.

Akupunktur
Schlaflosigkeit läßt sich durch eine qualifizierte Akupunkturbehandlung bekämpfen. Sie können sich auch selbst mittels Akupressur in das Land der Träume befördern: Drücken Sie Ihren Daumen gegen den Akupunkturpunkt in der Bauchmitte – eine Handbreite unter dem Nabel.

Aromatherapie
Geben Sie fünf Tropfen Kamillen-, Lavendel-, Rosen-, Geranien-, Orangenblüten-, Sandelholz- oder Lindenblütenöl vermischt mit 5 ml (1 Teelöffel) Trägeröl, z.B. Mandel- oder Jojobaöl, in ein warmes Bad.

Kräuter
„Schlafmittel auf Kräuterbasis sind risikolos", meint Andrew Chevallier vom National Institute of Medical Herbalists. „Es sollten weder Nebenwirkungen noch Folgeerscheinungen auftreten." P.S.: Viele getrocknete Kräuter wurden buchstäblich in chemische Mittel gepreßt. Greifen Sie zu Fertigprodukten oder bereiten Sie selbst Kräutertees.

- Echte Kamille *(Matricaria recutita)*
- Lindenblüten *(Tilia)*
- Baldrian *(Valeriana officinalis)*
- Hopfen *(Humulus lupulus)*
- Lavendel *(Lavandula)*
- Passionsblume *(Passiflora incarnata)*

Homöopathie
Versuchen Sie ein Kügelchen Ars. alb. 30 C oder Belladonna 30 C – oder besprechen Sie Ihre Einschlafschwierigkeiten mit einem Homöopathen.

Hypnose
Konsultieren Sie einen qualifizierten Therapeuten oder versuchen Sie es mit Selbsthypnose.

Entspannungsmusik
Die meisten Musikläden und einige Reformhäuser bieten eine Auswahl entspannender „New Age"-Musik. Weiters eignen sind monotone, liturgische Gesänge oder jede meditative Musik.

Zusätzliche Maßnahmen
Manche Schlafforscher empfehlen Mineralien, wie Kalzium und Magnesium, um Nervosität, Muskelverspannungen und schmerzende Gelenke zu lindern.

Wenn nichts hilft, gegenüber finden Sie Produkte, die Sie wie nach acht Stunden erholsamen Schlaf *aussehen* lassen.

Formeln für den Schlaf

Die folgenden Übungen sind äußerst entspannend. Sie können beliebig variiert werden.

- Legen Sie sich auf den Rücken und entspannen Sie sich vollständig – wandern Sie in Gedanken von Kopf bis Fuß durch Ihren Körper, bis sich alle Spannungen des Tages verflüchtigen.
- Atmen Sie langsam und bewußt – versuchen Sie, Ihren Atem als Welle am Strand zu visualisieren, die sanft aufsteigt, innehält, und wieder ausrollt.
- Suggerieren Sie sich: „Heute ist vorüber und morgen noch nicht angebrochen: Ich versinke jetzt in einen erholsamen/erquickenden Schlaf und erwache erfrischt.
- Versuchen Sie, angenehme Empfindungen, wie die Kühle von Polster und Decken, die Weichheit der Daunendecke, die Härte der Matratze wahrzunehmen – oder die Haut Ihres Partners zu spüren.

ERPROBT & BEWÄHRT

MUNTERMACHER FÜR DAS GESICHT

Clarins Double Serum 38
8,25 PUNKTE VON 10 (€€€€)
Dieses leichte, flüssige Gel *wirkt wie das Serum von La Prairie, das ebenfalls gut abschnitt – in zweierlei Hinsicht: Es zeigt augenblickliche Wirksamkeit (diese sollten unsere Testerinnen ursprünglich kommentieren) und wirkt intensiv den Alterungsprozessen entgegen. Das Gel enthält 38 Ingredienzien (daher der Name). Mit einer Ausnahme würden alle Testerinnen dieses Produkt erwerben.*
PRO: „Die Haut fühlte sich sofort seidenweich an, die Hautbeschaffenheit verbesserte sich merklich." ◆ „Die Haut wirkte straffer und verfeinert." ◆ „Das Make-up war leicht aufzutragen und hielt den ganzen Tag." ◆ „Mein Teint war gleichmäßiger, und feine Linien waren geglättet." ◆ „Ein winziger Tropfen mit riesigen Wirkungen!" ◆ „Die Haut sah sofort glatter und strahlender aus." ◆ „Entspannender Duft!"
KONTRA: „Die Haut fühlte sich sofort straffer an, aber nicht merkbar genährt."

Lancaster Oxygen Mask
8,11 PUNKTE VON 10 (€€€)
Diese Maske sollte alle paar Tage oder wann immer die Haut trocken ist und fahl aussieht und Feuchtigkeit benötigt, verwendet werden. Die Einwirkungszeit beträgt zehn Minuten. Sie kann entweder auf der Haut verbleiben oder großzügiger aufgetragen und dann mit einem Kosmetiktuch abgenommen werden. Mehr als drei Viertel unser Testerinnen würden dieses Produkt kaufen.
PRO: „Das Produkt hält, was es verspricht. Mein Teint war straffer, glatter, strahlender." ◆ Man sah mir meine Erschöpfung nicht an; meine Haut war eher gleichmäßiger als straffer." Ein Spitzenprodukt, was Erfrischung und Entspannung anbelangt!" ◆ „Meine Haut sah sofort gesünder aus; mein Gesicht war glattgestrichen wie ein Kissen." ◆ „Man sagte mir, daß ich gut aussähe."
KONTRA: „Ich war enttäuscht, daß ich kein Gefühl von Straffheit verspürte." ◆ „Die Haut wirkte lediglich etwas reiner."

Clarins Beaume Beauté Eclair
8 PUNKTE VON 10 (€€)
Dieser Schönheitsbalsam ist ein echter „Muntermacher" für das Gesicht, verleiht der Haut einen rascheren Pflegeschub, der 10 bis 15 Minuten in einer dicken Schicht aufgetragen wird. Er soll in erster Linie die Kontur des Gesichts festigen und feine Linien und Falten glätten. Er läßt sich auch zwei- oder dreimal wöchentlich als Intensivpflege verwenden. Drei Viertel unser Testerinnen würden dieses Produkt kaufen.
PRO: „Ich konnte den Unterschied sofort sehen; der Teint war frischer, meine Haut straffer und mein Make-up leicht aufzutragen; die Haut wirkte vitaler, fester und jünger." ◆ „Mein Selbstvertrauen und meine Haut haben regelrecht aufgetankt!" ◆ „Nach drei Monaten Anwendung bin ich der Meinung, daß das Produkt hält, was es verspricht." ◆ „Ich verwendete es auf der Unterseite meiner Oberarme und Beine und fand, daß es kleine Mängel beseitigte."
KONTRA: „Ich benötigte zusätzlich eine Feuchtigkeitscreme." ◆ „Das Ergebnis hielt nur 30 Minuten an, danach war die Haut zu angespannt." ◆ „Das Make-up ließ sich nicht gleichmäßig verteilen."

Yves Rocher ADN Maske
7,75 PUNKTE VON 10 (€)
Diese Creme ist als Pflege für müde Haut gedacht. Sie wird einmal wöchentlich morgens aufgetragen und mit dem Kosmetiktuch vor dem Auftragen des Make-ups abgenommen. Drei Viertel unserer Testerinnen würden das Produkt kaufen.
PRO: „Ich liebe dieses Produkt! Mein Gesicht wirkte sofort erfrischt, und das Make-up hält nach Gebrauch länger." ◆ „Die beste Gesichtsmaske, die ich je verwendete. Eine großartige Hautpflege für den Winter." ◆ „Gut geeignet als Erste-Hilfe-Maßnahme, wenn man sehr müde und erschöpft aussieht. Ich bekam sogar Komplimente."
KONTRA: „Kein sichtbarer Unterschied. Als ich mein Make-up entfernte, war meine Haut völlig gefleckt." ◆ „Das Ergebnis hielt nur drei bis vier Stunden an."

Clarins Skin Firming Concentrate
7,5 PUNKTE VON 10 (€€€)
Das leichte, flüssige Gel kann entweder als Einzelbehandlung oder täglich über der Feuchtigkeitscreme aufgetragen werden. Es wirkt zugleich feuchtigkeitsspendend und adstringierend, was die festigende Wirkung erklärt. Die Zielgruppe sind Frauen, deren Haut an Spannkraft verliert. Das Produkt ist aber auch als vorbeugende Behandlung ab 25 geeignet. Zwei Drittel unserer Testerinnen würden das Produkt kaufen.
PRO: „Angenehm erfrischende Wirkung, die Haut fühlt sich fester und glatter an. Das Produkt verlieh dem Gesicht ein Strahlen, das am besten ohne Make-up zur Geltung kam." ◆ „Ein erstklassiges Produkt – man hat den Eindruck, daß es feine Linien um den Mund glättet und die Haut im allgemeinen geschmeidiger und strahlender wirkt." ◆ „Die Haut sah mehrere Tage straffer und frischer aus."
KONTRA: „Die Haut fühlte sich nach Verwendung ziemlich trocken an. Ich mußte weitaus mehr Feuchtigkeitscreme als üblich verwenden." ◆ „Meinem Gefühl nach benötige ich mehr Feuchtigkeit; nicht ausreichend in meinem Alter." ◆ „Das Make-up wurde fleckig und schlierig."

La Prairie Cellular Face Complex mit Kaviarextrakt
7,5 PUNKTE VON 10 (€€€€€+)
Dieses Luxusprodukt, das echten Kaviar enthält, soll laut La Prairie die Haut so fort straff, strahlend, frisch und gleichmäßig machen und auf lange Sicht die jugendliche Erscheinung bewahren. Zwei Drittel der Testerinnen würden das Produkt kaufen.
PRO: „Mein Make-up war leicht aufzutragen, man machte mir Komplimente über meine Haut." ◆ „Meine Haut war samtweich, vor allem mein Hals profitierte – die beste Creme, die ich je hatte." ◆ „Hervorragendes Produkt für die Halspartie; meine Haut war durch die Zentralheizung schuppig und trocken, dieses Problem war rasch behoben." ◆ Sogar mein Mann meinte, daß mein Gesicht jugendlich strahle. ◆ „Meine Falten am Hals verschwanden völlig."
KONTRA: „Keine augenfälligen Verbesserungen."

P.S.: Das Produkt, das am schlechtesten abschnitt, erhielt nur 4,75 Punkte.

Sie sollten darauf verzichten, aussehen zu wollen wie Kate Moss oder energiegeladen zu sein wie Jane Fonda. Die neueste Devise zum Thema Fitneß heißt: Nimm es leicht! Was das ultimative tägliche Training anbelangt, sind sich die Wissenschaftler heute einig, daß regelmäßige, moderate Übungen am besten sind: eine Kombination aus Herz-Kreislauf-Training, Stretching und leichtem Gewichtheben. Man sollte auch auf Haltung und Atmung achten und Grazie anstreben. Gehen Sie laufen oder Tennis spielen, wenn Ihnen danach ist. Es hat aber wenig Sinn, wenn Sie nach dem Training nach Luft ringen und alles schmerzt (was bei Ungeübtheit auch gefährlich werden kann). Die gute Nachricht: Es ist nie zu spät, um mit körperlicher Betätigung zu beginnen.

Richtiges Atmen

Als Neugeborene atmen wir rhythmisch und tief. Wir atmen durch die Nase ein, wodurch Körper und Gehirn Sauerstoff aufnehmen. Durch den Mund atmen wir Kohlendioxid aus. Im Laufe des Lebens verlernen wir infolge von Streß dieses natürliche Atemmuster. Wir schnappen alsbald hilflos nach Luft oder halten den Atem an.

Wenn wir ängstlich oder nervös sind, neigen wir zu flacher Atmung. Gewöhnlich nehmen wir beim Atmen etwa die Luftmenge auf, die in ein Wasserglas passen würde – was einem Drittel unserer Lungenkapazität entspricht. Wenn man die Auskleidung der Lungen ausbreiten könnte, ergäbe das hundert Quadratmeter. In der Lunge befinden sich 600 bis 700 Millionen Alveolen oder Luftbläschen, die alle gefüllt werden wollen. Sobald die Luft sie erreicht, reichern sie das Blut mit Sauerstoff an. Das Blut wiederum schickt Kohlendioxid zurück, das ausgeatmet wird. Bei ungleichmäßiger Atmung, die die meisten von uns praktizieren, wird nur der obere Teil der Lungen erreicht, wodurch ein Teil des Kohlendioxids nicht ausgeschieden wird (und man keucht, wenn man nur zum Telefon geht).

Wer richtig atmet, fühlt sich in jeder Hinsicht besser. Darüber hinaus ist die Atmung wie das zweite große Gesundheits- und Schönheitsmittel – das Wasser – gratis und unterliegt Ihrer Kontrolle.

Fangen Sie am besten gleich damit an – wo immer Sie sind. Atmen Sie langsam durch Ihre Nase ein, lassen Sie den Atem in Ihren Bauch absinken, legen Sie ihre Hand auf den Bauch und blasen Sie ihn wie einen Ballon auf. Fühlen Sie wie der Atem in Ihren Kopf aufsteigt und Ihr Gehirn durchströmt. Atmen Sie nun ruhig durch den Mund aus. Versuchen Sie es erneut – und erzwingen Sie nichts, da sich ansonsten die Schultern hochziehen, der Nacken versteift und das Kiefer verspannt.

Befolgen Sie diese Ratschläge, wo immer Sie sind, vor allem wenn Sie ängstlich sind, und Sie werden sich sofort besser – wacher, entspannter, präsenter – fühlen. Richtiges Atmen beruhigt auch den Pulsschlag, normalisiert den Blutdruck und verringert somit das Risiko einer Herzerkrankung.

Das alternierende Atmen durch die Nasenflügel – ein Schwerpunkt mancher Yogaschulen – fördert die Konzentration. Es ist anfangs etwas verwirrend, aber rasch erlernbar:

- Geben Sie die verbrauchte Luft in Ihrem Körper bei geschlossenem Mund durch die Nase ab.
- Atmen Sie, während Sie den rechten Nasenflügel mit ihrem rechten Daumen verschließen, durch den linken Nasenflügel tief ein.
- Nun mit dem rechten Zeigefinger gegen den linken Nasenflügel drücken, den Daumen lösen und durch den rechten Nasenflügel ausatmen.
- Eine Sekunde pausieren und dann die Übung in umgekehrter Richtung wiederholen.
- Einige Male wiederholen – Sie werden staunen, wie gut Sie sich fühlen.

Die Atmung hilft auch bei Zorn oder Frust: Mit geradem Rücken sitzen oder stehen, und lange und tief einatmen. Den Atem etwa 15 Sekunden anhalten und Hände und Arme schütteln. Dann – mit lautem Stöhnen, wenn niemand in der Nähe ist – heftig ausatmen. Wenn Sie nicht einschlafen können, schließen Sie Ihre Augen und atmen Sie sich in den Schlaf. Durch die Nase einatmen, dabei bis vier zählen, pausieren, dann ausatmen und bis sechs, sieben, acht usw. zählen.

EHRLICH GESAGT

Wie man in fünf Sekunden mindestens zwei Kilogramm verliert, an Körpergröße gewinnt und andere gute Ratschläge.

Manche finden gute Haltung etwa so altmodisch wie gepreßte Blumen, die nur den Damen des Edwardianischen Zeitalters am Herzen lagen. Doch neben der Atmung, mit der gute Haltung unmittelbar zusammenhängt, ist sie vermutlich die billigste, schnellste und einfachste Methode, um Erscheinungsbild und Körperfunktionen zu verbessern. Wenn sich in den Muskeln und im umgebenden Gewebe Spannung aufbaut, ist die Balance des ganzen Körpers gestört, was zu Muskel- und Gelenkschmerzen, schlechter Blutzirkulation, Verdauungsproblemen, Kopfschmerzen und sogar Zellulitis führt, was auf lange Sicht degenerative Veränderungen verursachen kann.

Eine gute Haltung und echter Schmuck sind die einzigen Dinge, mit denen eine Frau der Natur nachhelfen kann, sobald sie ein gewisses Alter erreicht.

HELEN GURLEY BROWN,

„Schönheit und Gesundheit hängen von der Körperhaltung ab", meint der Physiotherapeut Warwick McNeill von *Physioworks* in London, einer innovativen Praxis, die sich auf Erkennen und die Korrektur von Haltungsproblemen spezialisiert hat, die chronische Schmerzen verursachen.

Vor allem aber bedeutet eine gute Haltung Entspannung und Wohlbefinden.

Haltung bewahren:

Versuchen Sie diese haltungsverbessernde Übung für Anfänger.

◆ Die Füße sollten hüftbreit, die Zehen nach vorne gerichtet und die Knie „weich" sein.

◆ Achten Sie darauf, daß Ihr Gewicht auf der Fußmitte ruht; rollen Sie auf die Zehen vor, dann auf die Fersen zurück, um eine falsche Haltung zu korrigieren.

◆ Atmen Sie langsam durch die Nase ein und durch den Mund aus.

◆ Spannen Sie die Gesäßmuskeln an, ohne das Gesäß hinauszupressen.

◆ Ziehen Sie Ihre Bauchmuskeln ein – stellen Sie sich vor, daß sich Ihr Nabel in Richtung Wirbelsäule bewegt.

◆ Vergessen Sie nicht auf die Atmung. Man neigt dazu, den Atem anzuhalten, wenn man die Muskeln anspannt.

◆ Machen Sie sich in Gedanken groß – stellen Sie sich einen Faden vor, der Ihren Kopf an die Decke zieht; blicken Sie mit entspannten Kinn und Kiefer gerade nach vorne. Senken Sie die Schulterblätter.

◆ Manche Yogalehrer weisen ihre Schüler an, sich zu erinnern, wie sie sich fühlten, als sie gute Neuigkeiten hörten. Stehen und gehen Sie mit diesem Gefühl, mit gestreckter Brust, zurückgezogenen Schultern und hoch erhobenem Haupt.

◆ Streifen Sie ruhig atmend durch das Zimmer wie eine Katze. Versuchen Sie es mit bloßen Füßen auf Rasen oder Sand. Die Ferse berührt den Boden zuerst. Bewegen Sie sich mit geschmeidigen Hüften und leicht schwingenden Armen.

Planung

Eine gute Haltung bedarf langfristiger Maßnahmen. Der wichtigste Stützapparat für die Wirbelsäule ist der Musculus abdominus transversus, der sich um Ihre Mitte legt wie ein viktorianisches Korsett. Wenn er erschlafft, leidet die Wirbelsäule. Studien haben gezeigt, daß dieser Muskel bei Menschen mit Rückenproblemen schwächer ausgeprägt ist. So manche Gymnastik, bei der die Gliedmaßen trainiert werden, kann dieses Problem noch verschlimmern: In dem Maße, in dem die Muskeln von Armen und Beinen gestärkt werden, tendiert eine schlaffe Mitte dazu, noch schwächer zu werden.

Es ist eine große Hilfe, wenn man das „Korsett" mit einfachen Übungen kräftigt; überraschenderweise wird das Muskelkorsett auch durch Vergegenwärtigen kräftiger.

Man sollte Übungen wählen, die eine Stärkung der Gliedmaßen und des Rumpfes beinhalten, so daß man die Körpermitte kontrollieren kann. Eine verbesserte Haltung erzielt man langsam und behutsam. Yoga, Tai Chi, die Pilates-Methode, Feldenkrais, Ballet und diverse Therapien, wie die Alexander-Technik, Hellerwork, Rolfing und Physiotherapie eignen sich besonders, um Haltungsschäden zu begegnen.

Haltungsübungen von Physioworks

Eine langfristige Strategie: Finden sie Ihr „Korsett“ und bringen Sie Ihren Rücken in Form!

1 Das „Korsett“ finden

Lokalisieren Sie Ihre „Korsett“-Muskeln, indem Sie sich auf den Boden knien und den Muskelgürtel über und unter ihren Bauchpunkt einziehen – nicht höher!

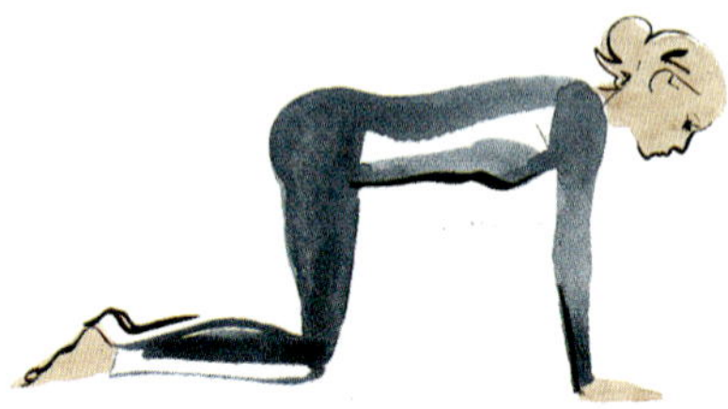

2 Ein Bein heben

In Rückenlage mit angezogenen Beinen legen Sie je eine Hand auf einen Hüftknochen. Ziehen Sie Ihr „Korsett“ ein und ein Knie zu sich heran, wobei sich der Fuß vom Boden hebt. Verharren Sie einige Sekunden, wobei Ihr Oberschenkel möglichst senkrecht ist, dann das Bein senken. Sie fühlen, wie Ihr Becken sachte von Seite zu Seite rollt – Ziel der Übung ist, mit Hilfe Ihres „Korsetts“ das Becken so ruhig wie möglich zu halten. Abwechseln und zweimal täglich üben.

3 Ein Bein zur Seite

Sie beginnen wie in der vorigen Übung. Das linke Knie weist zur Decke, das rechte lassen Sie auf die Seite kippen, während der rechte Fuß fest am Boden steht. Bringen Sie das Knie langsam wieder zur Mitte. Kontrollieren Sie mit Ihrem „Korsett“ das Rollen der Hüfte.

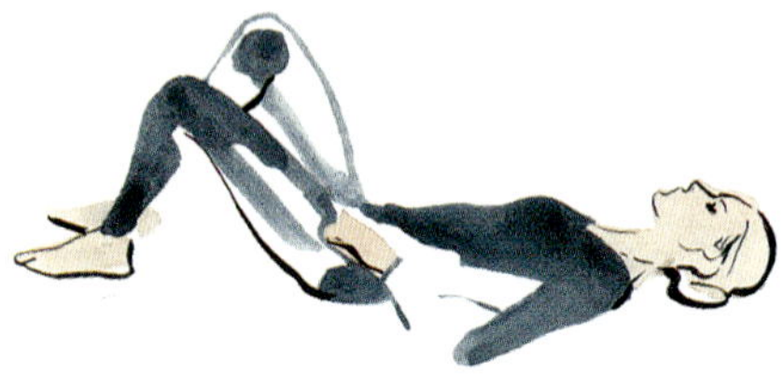

4 Gerade Schultern

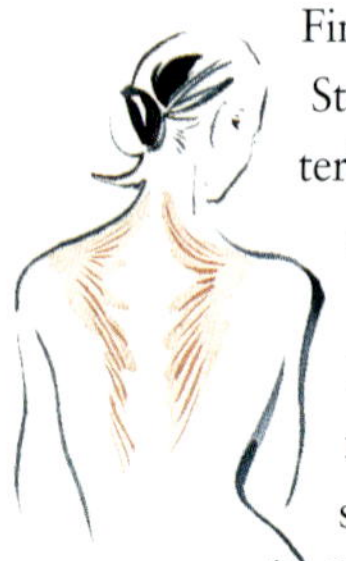

Finden Sie in aufrechtem Stand die korrekte Schulterhaltung, indem jemand seine Hand auf Ihren unteren Trapezmuskel legt. Ziehen Sie diesen nun sehr langsam ein, stellen Sie sich vor, daß die Hand Ihre Schulterblätter – nicht die ganze Schulter – zurückzieht. Ihre Schultern sollten gerade sein, nicht abschüssig wie eine „Schipiste“. Achten Sie darauf, daß Sie die Schultern nicht hochziehen, wenn Sie die Arme zurückbewegen, und daß sich die unteren Rippen nicht bewegen.

5 Beckenübung

Finden Sie im Stehen Ihren Beckenmuskel (Musculus gluteus medius), indem Sie sich vorstellen, daß Sie Ihre Hände auf die hinteren Taschen einer Jeans legen. Ziehen Sie nun diese Muskeln vor dem Spiegel ein. Lassen Sie Ihre Beine leicht aus den Hüften hervortreten und fühlen Sie, wie sich der Rist Ihres Fußes hebt.

6 Kniebeugen

Diese ausgezeichnete Grundübung lehrt Sie, wie Sie die Linie von Rumpf, Knie und Füßen kontrollieren.

- Stellen Sie sich mit bloßen Füßen – parallel und hüftbreit – vor den Spiegel.
- Ziehen Sie den Nabel zur Wirbelsäule zurück, ohne den Rücken zu beugen.
- Spannen Sie die Gesäßmuskeln an, wobei die Knie nach vorne zeigen.
- Ziehen Sie Ihre Schulterblätter zurück, um Ihre Schultern zu straffen; die unteren Rippen dürfen sich nicht heben.
- Ziehen Sie Ihr Kinn langsam zurück und vor, wobei sich Ihr Hals streckt.
- Beugen Sie, ohne Ihre Haltung zu verändern, leicht die Knie; die Knie stehen direkt über den mittleren Zehen.
- Zwanzigmal wiederholen.

ACHTUNG: Das Gesäß nicht hinauspressen!

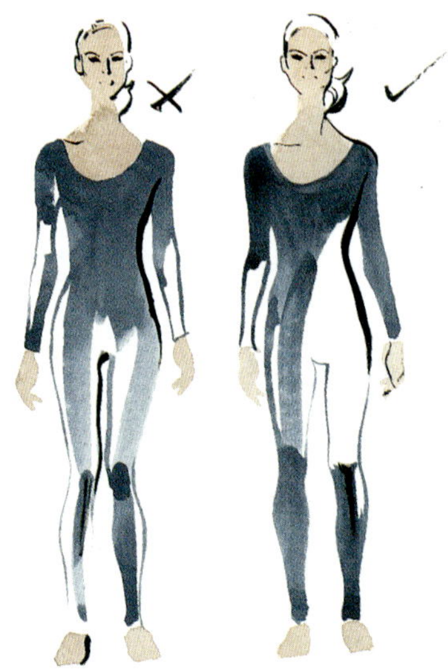

7 Halsübung

Stellen Sie sich mit dem Rücken an eine Wand (oder setzen Sie sich auf einen Stuhl), wobei die Fersen etwa fünf Zentimeter Abstand haben. Berühren Sie mit dem Hinterkopf die Wand, senken Sie dann langsam den Kopf. Dadurch wird Ihr Hals gestreckt, und Sie fühlen, wie Ihr Kopf die Wand entlanggleitet.

8 Schöne Sitzhaltung

Richten Sie Ihre untere Rückenpartie im Sitzen ein, indem Sie auf den Gesäßknochen vorwärtsrutschen, bis Sie auf den vorderen Knochen sitzen.

10 Richtig und falsch

Sarahs Alexander-Technik-Lehrer trug ihr als Hausaufgabe auf, darauf zu achten, wie andere Menschen sitzen und stehen. Die Probleme sind übersehbar. Beim Sitzen ist es am wichtigsten, daß man den Rücken nicht krümmt. Ohren und Hüften – im Stehen auch der Rist – sollten eine Linie bilden. Sie sehen mit korrekter Körperhaltung nicht nur besser aus, sondern vermeiden auch Schmerzen, und sie fördert auch ein optimales Funktionieren der Organe.

Achten Sie darauf, daß der Körper entspannt bleibt; die Knie sind in Hüftbreite, die Füße stehen fest am Boden (Wenn man mit aneinandergepreßten Knien sitzt, erschlafft die Rückenmuskulatur, was eine schlechte Haltung fördert). Stützen Sie Ihre untere Rückenpartie mit einem Polster oder einer Rolle. Kontrollieren Sie die Übung vor einem Spiegel. Versuchen Sie wie auf der obigen Abbildung zu sitzen. Ziehen Sie nun sachte Ihre Schultern in die korrekte Position zurück, ohne den Brustkorb oder die unteren Rippen zu heben (Tragen Sie möglichst wenig Kleidung, um Ihren Körper besser beobachten zu können.)

9 Vom Sitzen zum Stehen

Der Trick beim Aufstehen aus der Sitzposition besteht darin, sich aus den Hüften zu bewegen und dem Scheitel zu folgen. Die meisten erheben sich mit dem Kinn voran, wobei sich Hals und Wirbelsäule anspannen. Legen Sie statt dessen Ihre Hände auf Ihren unteren Rückenbereich, beugen Sie sich in den Hüften, sehen Sie auf Ihre Zehen hinab, so daß Ihr Gewicht nach vorne verlagert wird. Erheben Sie sich, wobei der Rükken seine natürliche Krümmung bewahrt. Zehnmal am Tag wiederholen!

TIP: Verändern Sie, wenn Sie sitzen, alle 20 Minuten Ihre Haltung.

Unser einfaches Fitneßprogramm

Yogaübungen, rasches Gehen, ein Tänzchen in der Küche oder wo immer Sie wollen, und ein Heim-Training, das auf der Pilates-Methode aufgebaut ist, führen unsere Hitliste des besten, sanften Trainings an (Schwimmen nicht zu vergessen, wenn Sie eine Wasserratte sind). Planen Sie wenn möglich eine halbe Stunde an mindestens fünf Tagen der Woche für diese Übungen ein. Kombinieren Sie sie beliebig – am wichtigsten ist, daß es Ihnen Spaß macht. Am attraktivsten und elegantesten ist eine Frau, die sich anmutig und mit kontrollierter Vitalität bewegt, ob sie nun um die dreißig oder um die achtzig ist.

Das Training löst viele das Alter verzögernde Mechanismen aus, was die Wissenschaft mit viel komplizierteren Methoden, wie Hormonbehandlungen oder Gentherapie, zu erreichen versucht. Das Training fördert den Muskelaufbau, die Fettverbrennung, Herz und Lunge werden gestärkt, schädliche Zuckeranteile im Blut gesenkt. Und was ein wesentlicher Faktor ist, Sie schützten sich vor Osteoporose – brüchigen Knochen –, die in Großbritannien jährlich 200.000 Brüche verursacht, von denen 40 Prozent tödlich enden. Gewichtstragende Übungen stärken die Knochen – jede Bewegung, bei der ihr Gewicht gegen den Boden preßt, ist geeignet – gehen, joggen, tanzen, Schilaufen usw. (Radfahren ist zwar eine ausgezeichnete Übung, aber nicht gewichttragend). Übungen gegen Widerstand, wie Gewichtheben und Schwimmen, halten Knochen und Muskeln gesund.

Das Training sollte sanft sein. Wenn Sie Schmerzen haben oder untrainiert sind, sollten Sie einen Arzt befragen, bevor sie mit dem Training beginnen. Wenn beim Training Beschwerden auftreten, sollten Sie nichts erzwingen, sondern weniger anstrengende Übungen versuchen.

SOFORTIGE ENERGIESPENDER

- ■ Reiben Sie Ohrläppchen und Ohrränder mit Zeigefinger und Daumen.
- ■ Bewegen Sie abwechselnd die Finger jeder Hand.
- ■ Schütteln Sie heftig die Hände: auf, ab, seitwärts.
- ■ Bewegen Sie die zweite Zehe und reiben Sie sie.

HABEN SIE GENUG?

Die Vorgabe der englischen Gesundheitsbehörde lautet zum Beispiel: eine halbe Stunde gemäßigte körperliche Betätigung an mindestens fünf Tagen der Woche, vorzugsweise täglich. Sarah Williams, deren Specherin, erklärt: „Eine gemäßigte Bewegung ist jede Aktivität, bei der Ihnen warm wird und sie rascher atmen: rasches Gehen, Radfahren, Schwimmen, auch anstrengende Hausarbeit oder Autowaschen. Man sollte versuchen, die körperliche Betätigung in den Tagesablauf zu integrieren und zu variieren. Wenn Sie nicht in Form sind, absolvieren Sie zwei viertelstündliche Trainingseinheiten, die Sie dann auf eine halbe Stunde ausdehnen. Es ist erstaunlich, wie rasch die Fitneß verbessert werden kann.“

Fit mach mit

Champneys – das führende Kurzentrum Großbritannien – gibt folgende Ratschläge, um Sie zu mehr Bewegung und gesundheitsförderndem Training zu motivieren.

- ◆ Verwenden Sie Aromatherapieöle, wie Grapefruit, Geranie und Weihrauch, um sich zu motivieren.
- ◆ Stellen Sie Ihr Heimfahrrad oder andere Hometrainer vor dem Fernseher auf und sehen Sie sich Ihr Lieblingsprogramm an, während Sie trainieren.
- ◆ Suchen Sie sich einen „Trainingspartner“, um sich gegenseitig anzuspornen.
- ◆ Lassen Sie sich, wenn möglich, jede Woche massieren; Massage fördert den Blutkreislauf und vertreibt die Wintermüdigkeit. Erlernen Sie Selbstmassage mit ihrem „Massage-Partner“.
- ◆ Wenn Sie lustlos und müde sind und im Winter keinen Freiluftsport betreiben können, versuchen sie es mit Lichttherapie. Eine Überproduktion von Melatonin, dem Schlafhormon, die durch Lichtmangel angeregt wird, verursacht die gleichen Symptome, die den Winterschlaf der Tiere auslösen. Helles Licht wirkt dem entgegen *(Details über die Winterdepression siehe Seite 235)*. Gehen Sie an hellen Tagen, möglichst ohne Brillen oder Linsen, oft ins Freie.
- ◆ Achten Sie auf kohlenhydratreiche Ernährung *(siehe Seite 188–190)*.

Ein gesundes Herz

Vor der Menopause scheint uns das Hormon Östrogen vor Herzkrankheiten zu schützen. Wenn der Östrogenspiegel sinkt, erhöht sich das Risiko einer Erkrankung. Eine von fünf Frauen stirbt an einem Herzleiden – nach Krebs die zweithäufigste Ursache für frühzeitigen Tod bei Frauen. Es ist erwiesen, daß regelmäßige körperliche Betätigung neben Nikotinvermeidung, kluger Ernährung und Streßreduktion den besten Schutz darstellt.

Immer mehr deutet darauf hin, daß sich selbst geringfügiges Training für Frauen nach dem Klimakterium positiv auswirkt. Eine siebenjährige Studie über den Zusammenhang zwischen körperlicher Betätigung und Lebenszeit an der Minnesota School of Public Health in Minneapolis ergab, daß Frauen, die ein gemäßigtes körperliches Training, wie Bowling, Gärtnern oder Spaziergänge, ausübten – und sei es nur einmal wöchentlich – während der Studie eine um 24 Prozent niedrigere Sterblichkeitsrate hatten als jene, die sich nicht körperlich betätigten.

Mehr ist zweifelsohne besser. Je besser die Kondition, um so länger lebt man. Das Herz besteht aus Muskelgewebe und wird durch Beanspruchung kräftiger und effizienter. Für das Training eignen sich „aerobische“ Übungen. Damit sind ausdauernde Übungen über einen gewissen Zeitraum gemeint, die bewirken, daß das Herz kräftiger schlägt und die übrigen Muskeln mit sauerstoffreichem Blut versorgt werden.

Das Training bewirkt zweierlei: das Herz pumpt kräftiger, wodurch der Herzmuskel vergrößert wird, und der Ruhepuls wird niedriger (was auch ein gesünderes Herz anzeigt). Dies funktioniert folgendermaßen: Wenn das Herz größer wird, kann es mit jedem Schlag mehr Blut pumpen, weshalb es weniger oft schlagen muß. Je trainierter das Herz ist, um so stärker senkt sich die Herzrate und geht nach Beendigung des Trainings auch rascher in den Ruhezustand zurück.

Mit unserem Übungsprogramm ist es einfach, Ihr Herz zu kräftigen:

Fünf 30minütige Einheiten wöchentlich sind ideal. Kombinieren Sie die Übungen mit anderen Aktiviten aus der nebenstehenden Liste.

Wer völlig untrainiert ist, sollte sich in der ersten Woche mit acht Minuten jeden zweiten Tag begnügen, und das Pensum jede Woche um drei Minuten erhöhen. Aufwärmen!

Neues vom Herz

Die amerikanische Gesundheitsbehörde empfahl kürzlich, daß Menschen mit leicht erhöhtem Blutdruck und ohne Risikofaktoren für Herzanfälle (z.B. eine familiäre Disposition) ein Jahr lang regelmäßig trainieren und 4,5 Kilogramm an Gewicht verlieren sollten, bevor sie zu Arzneimitteln greifen. Sie sollten sofort zu rauchen aufhören, die Salzzufuhr reduzieren, maximal zwei Gläschen Rotwein täglich trinken und – vor allem – sich entspannen.

FITNESSTRAINING

Für jede Frau geeignet:
Tanzen/Gehen/dynamisches Yoga
Trampolinhüpfen
Schwimmen/Aquarobic
Radfahren
Joggen/Laufen
Mountainbike fahren
Ballspiele (Tennis, Badminton, Volleyball, Basketball)
Kampfsport (Karate, Judo etc.)

Für Fortgeschrittene:
Seilhüpfen
Rollerblading
Schilaufen, Langlaufen
Windsurfen, Sporttauchen

Ein oder zwei Trainingseinheiten pro Woche reduzieren das Risiko eines Herzanfalls um 36 Prozent, drei oder vier um 38 Prozent; fünf oder mehr Trainingseinheiten verringern das Risiko um 46 Prozent.

Aktive Menschen leben länger. Eine gute Nachricht ist, daß auch jene Menschen, die vorher keine sportlichen Aktivitäten ausübten und mit gemäßigter Bewegung begannen, eine deutlich höhere Lebenserwartung haben. William Evans, der Direktor des Knoll Physiological Research Center an der Pennsylvania State University, meint: „Wenn Sie viele Tätigkeiten im Sitzen verrichten, verlängert jede regelmäßige, moderate Aktivität, sei es Rasenmähen, Putzen oder Stiegensteigen, Ihr Leben.“

Gehen schafft Wohlbefinden

Natürlich wissen die meisten von uns, daß sie sich bewegen sollten, und tun es doch nicht, weil es entweder langweilig, kompliziert oder unbequem ist. Das Gehen hat viele Vorteile: Es verursacht keine Kosten, ist einfach (ein Großteil der Frauen sind flotte Spaziergänger), und läßt sich gut in den Alltag integrieren. Der Nutzen ist ein doppelter. Man erreicht sein Ziel ohne Kosten und verbrennt dabei zusätzlich Fett. Nichts steht im Wege, um mit einem perfekten Gehprogramm zu starten.

Das größte Geheimis für Gesundheit und Fitneß, das wir Ihnen veraten können, lautet: Gehen Sie, wann und wo immer Sie Gelegenheit haben – durch den Park, zu Besprechungen, wenn Sie mit Freunden ausgehen, ins Restaurant. Lassen Sie das Auto stehen, wann immer möglich.

Die Wissenschaft bestätigt heute, daß das Gehen in normalem bis raschen Tempo in Hinblick auf Fitneß und Ausshen der Natur am besten nachhilft. Im Unterschied zu Joggen oder Laufen wird beim Gehen nicht ständig das Knochengerüst erschüttert, sobald der Fuß den Boden berührt. Dennoch kann die Herzrate um 50 bis 70 Prozent des Maximalwerts gesteigert werden – vergleichbar mit Aerobic, Radfahren und Schwimmen –, was der Gesundheit Ihres Herzens förderlich ist.

Idealerweise sollte man fünfmal wöchentlich 20 bis 30 Minuten (oder mehr) gehen. (Wenn Sie alle Wege zu Fuß zurücklegen, statt mit dem Auto zu fahren, läßt sich das gut in den Alltagsablauf einplanen und auch in den vollsten Terminkalender integrieren.) Laut der englischen Fußgängerbewegung hat sich die durchschnittliche Distanz, die eine Person zurücklegt, in den letzten zwanzig Jahren um mehr als 20 Prozent verringert, was katastrophale Folgen für unsere Fitneß hat, das Risiko von Herzkrankheiten erhöht und zu vorzeitiger Arthritis und Osteoprose führen kann. Die Lösung ist einfach: Verwenden Sie gutes Schuhwerk und machen Sie sich auf den Weg.

Das Gehen kräftigt Hüften, Schenkel, Bauch und Gesäßmuskulatur (auch Arme und Schultern, wenn Sie beim Gehen mit den Armen schwingend ausholen). Der Stoffwechsel wird beschleunigt, wodurch auch nach dem Gehen Kalorien rascher verbrannt werden.

Darüber hinaus scheint das Gehen auch unser Immunsystem zu stärken. Eine Studie von Dr. David Nieman, Professor für Sportwissenschaft der Universität in Boone North Carolina, besagt: „Das Gehen scheint das Immunsystem des Körpers zu stärken und darauf vorzubereiten, Krankheiten bereits zu bekämpfen, bevor wir unter ihnen leiden." Die Ergebnisse von Dr. Nieman besagen, daß während der 15 Wochen dauernden Studie (die in der kalten Jahreszeit stattfand) diejenigen der untersuchten Frauen, die täglich 45 Minuten rasch gingen, nur fünf Tage an einer Erkältung oder Grippe erkrankten, jene aber, die sich kaum Bewegung verschafften, hingegen zehn Tage.

Ich glaube, man braucht nicht mehr zu tun, als sich beugen, dehnen und gehen – wie es die Frauen schon in der Steinzeit taten. Hunde fördern die Disziplin. Ich trainiere mit, wenn sie Auslauf benötigen. Ich achte immer darauf, daß ein junger Hund mit dabei ist, der das Tempo erhöht!

KATIE BOYLE

Aufwärmen vor dem Training

Vor dem Training sollten Sie sich immer aufwärmen und nachher abkühlen. Rasches Gehen auf der Stelle eignet sich als Training, wenn Ihre Zeit knapp ist.

- **Treten Sie zwei Minuten lang** auf der Stelle. Integrieren Sie ein paar Dehnungsübungen.
- **Die Schulter hochziehen:** Schultern bis zu den Ohren hochziehen und wieder senken; mit angewinkelten Armen die Schultern langsam nach hinten und wieder vor kreisen.
- **Armkreisen:** Die Arme kräftig vor und zurück schwingen.
- **Knie heben:** Heben Sie Ihre Knie so hoch an, daß die Oberschenkel parallel zum Boden sind.
- **Wechselseitiges Heben der Knie:** Wechseln Sie beim Heben der Knie Arme und Beine ab: Berühren Sie mit Ihrem rechten Arm das linke Knie und umgekehrt.
- **Arme verkreuzen:** Kreuzen Sie Ihre Arme vor der Brust, so daß Ellbogen, Handgelenke und Fäuste einander berühren.
- **Kniesehnen beugen:** Heben Sie bei locker schwingenden Armen Ihre Fersen an Ihr Gesäß.
- **Rückenübung:** Im Gehen die Schulterblätter zusammenpressen.
- **Treten Sie eine Minute lang** auf der Stelle, die Arme schwingen.

Gehen mit „Walkfit"

Fitneßexperten, wie Chrissie Painell und Anne O'Dowd, entwickelten das hervorragende Programm „Walkfit"* auf Kassette, das verrät, wie das Gehen zum optimalen Körpertraining wird: Sie hören sich die Tips am besten mit einem Walkman an, wenn Sie mit dem Gehtraining beginnen. Wir baten die Experten um ihre besten Tips für eine gute Geh- und Atemtechnik.

1 Strecken Sie sich im Gehen. Heben Sie sich aus dem Brustkorb heraus, halten Sie die Schultern hinten und locker gesenkt. So können Sie tiefer atmen.

2 Atmen Sie durch die Nase ein und durch den Mund aus.

3 Halten Sie die Ellbogen in einem Winkel von 90°. (Stellen Sie sich vor, daß Sie in jeder Hand ein Ei tragen.) Dadurch wird garantiert, daß die Bewegung des Oberkörpers von den Schultern ausgeht.

4 Sie sollten zuerst mit der Ferse auftreten und dann den Fuß über den Ballen zu den Zehen abrollen. Stoßen Sie sich mit dem hinteren Bein ab, wenn Sie mit dem anderen Bein ausschreiten.

5 Gehen Sie geschmeidig. Wenn Ihr Schritt zu lange ist, wird die Vorwärtsbewegung gebremst und verlangsamt. Wenn sich Ihr Haar zu heftig bewegt, schreiten Sie zu weit aus.

6 Halten Sie die Bauchmuskeln fest angespannt, um Ihren Rücken zu stützen.

7 Vermeiden Sie, wenn möglich, mit den Hüften zu schwingen.

8 Vermeiden Sie eine ausgiebige Mahlzeit vor dem Start. Trinken sie vor, während und nach dem Training idealerweise alle zehn Minuten Wasser.

9 Die Route sollte gut beleuchtet sein.

10 Achtung: Drei bis fünf Minuten aufwärmen und abkühlen, anfangs und gegen Ende das Tempo verlangsamen.

MUSIK ZUM GEHEN

Die Top Ten des Walkfit-Teams, diese Vorschläge sollen Ihnen Lust aufs Gehen machen:

1 **Simply the Best** von Tina Turner (zum Aufwärmen)
2 **Do Ya Think I'm Sexy?** von Rod Stewart (zum Aufwärmen)
3 **Closer than Close** von Rosie Gaines
4 **Remember Me** von The Blueboy
5 **What Becomes of the Broken Hearted?** von Robson & Jerome
6 **Cosmic Girl** von Jamiroquai
7 **One and One** von Robert Miles
8 **Follow the Rules** von Livin' Joy
9 **Halleluja** aus Händels *Messias* (läßt Sie jeden Gipfel bezwingen!)
10 **Everything** von Mary J. Blige (zum Abkühlen)

Wie können Sie abschätzen, ob Sie im optimalen Tempo gehen? Der Puls sollte sich erhöhen; Übertreibungen gilt es aber zu vermeiden. Die einfachste Probe ist der „Sprechtest": Sie sollten zwar einen einfachen Satz herausbringen, doch wenn Sie ausführlich und mühelos plaudern können, ist Ihr Training nicht hart genug.

Nach 60 bis 90 Minuten Training sollten Sie essen, um Energie aufzutanken.

Werbung für das Gehen

Werbung für das Gehen betreiben Michelle Pfeiffer („Durch Gehen wird Fett verbrannt, außerdem tanke ich Energie für den Tag."), Hillary Rodham Clinton, Suzanne Somers (die meint, daß es den Geist „reinigt"), Sophia Loren, Catherine Deneuve und Chris Evert, der ehemalige Tennis-Star, die Ihr Racket gegen Wanderschuhe eintauschte.

Vernünftige Schuhe

Das Schöne am Gehen ist, daß es so einfach ist: Teure Geräte und knallige Trikots sind überflüssig. Doch wenn Sie beabsichtigen, regelmäßig zu gehen, sollten Sie sich geeignete Schuhe zulegen. Wir sind große Fans der Marke Ecco aus Dänemark*, die Stil mit Bequemlichkeit vereint; die Schuhe sind schick genug für jeden Termin und bequem genug für einen Zwölf-Kilometer-Marsch. Schnürschuhe geben dem Fuß beim Gehen festen Halt.

Zum Wechseln sollten Sie sich in einem Sportfachgeschäft nach einem Paar Turnschuhen umsehen. Wenn Sie kein speziell für das Gehen geeignetes Paar finden, fragen Sie nach „Mehrzweck-Turnschuhen", die für viele Sportarten, auch für das Gehen, geeignet sind. Lassen Sie sich in einem Sportfachgeschäft beraten, wenn Sie unsicher sind. Bei den meisten Menschen ist ein Fuß größer als der andere; probieren Sie immer den Schuh für den größeren Fuß (tragen Sie, wenn nötig, am anderen Fuß einen zusätzlichen Socken), statt Ihre Zehen in einen Schuh zu zwängen, der eine Nummer zu klein ist. Zwischen Ferse und Rückseite des Schuhs sollte genügend Platz für einen Bleistift sein, um Blasen zu vermeiden. Eine halbe Nummer größer als gewöhnlich kann entscheidend sein, ob das Gehen zum Vergnügen oder zur Tortur wird. Die Sohlen sollten flexibel sein, damit der Fuß Bewegungsfreiheit hat. Beim Anprobieren von Schuhen sollten Sie immer die Socken tragen, die sie beim Gehen bevorzugen. (Vielleicht möchten Sie auch zwei Paar Wanderschuhe mit leicht unterschiedlicher Größe – eines für den Winter und eines für den Sommer); wenn Sie regelmäßig gehen, sollten Sie die Schuhe etwa alle sechs Monate austauschen, da sich die Absätze abtragen). Nicht vergessen: auf langen Märschen bei Regenwetter zwei Paar Socken tragen oder auf halber Strecke die Socken wechseln, um der Entstehung von Druckstellen vorzubeugen, die durch das Reiben feuchter Socken verursacht werden.

Mehr über Schuhe

Schuhe sind entscheidend für die Ausrichtung des Körpers. Hohe Absätze verlagern das Gewicht auf den Vorderfuß. Die notwendige Ausgleichbewegung kann Ihr gesamtes Muskel- und Skelettsystem beeinträchtigen: Achten Sie auf Kopf-, Schulter- und Rückenschmerzen oder wundgescheuerte Füße und verletzte Wadenmuskeln. Der beste Rat ist, niedrige Absätze zu tragen, die den Zehen viel Platz einräumen.

Da die Knochen im Alter steifer werden, sind hohe Absätze ab vierzig noch problematischer. Gelegentlich können Sie sie tragen, jedoch sind sie beim Tanzen oder Spaziergengehen fehl am Platz. Vermeiden Sie Pantoffeln und schützen Sie auftretende Druckstellen.

SIEBEN GUTE GRÜNDE, UM ZU GEHEN

◆ Gehen trägt dazu bei, den Blutzuckerspiegel zu stabilisieren, wodurch Energie und Stimmung weniger schwanken.

◆ Gehen hebt die Stimmung, weil wie bei jedem Training Endorphine, die gehirneigenen Stimmungsmacher, freigesetzt werden.

◆ Gehen ist eine Belastungsübung und hilft, Osteoporose zu bekämpfen.

◆ Die Forschung zeigt, daß Menschen, die ein Training wie Gehen mit gesunder Ernährung verbinden, eher Ihr Gewicht halten, als solche, die nur Diät halten. Darüber hinaus können sogar Pfunde purzeln, wie Dr. Craig Sharp, Professor der Sportmedizin an der Brunel University meint: „ Bei gemäßigtem Gehtempo verbrennt man fünf Kalorien pro Minute; wenn man zwanzig Minuten pro Tag geht, werden 100 Kalorien pro Tag verbrannt, was etwa drei Kilogramm im Jahr entspricht."

◆ Ein regelmäßiges Gehtraining macht die großen Muskelgruppen belastbarer, wodurch die Wirbelsäule stabilisert und gestützt wird und Rückenschmerzen verhindert (und sogar geheilt) werden.

◆ Gehen kräftigt das Herz, das das Blut effizienter durch den Körper pumpen kann, und hebt den Spiegel des „guten" Cholesterins, welches das überschüssige Fett der Blutgefäße reinigt und das Risiko eines Todes durch Herzkrankheiten reduziert.

◆ Gehen beeinflußt auch die Reaktionszeit. Dr. Wanda Spirduso, Professorin der Sportmedizin meint: „Die Muskeln der Trainierenden funktionieren besser, aber auch Ihr Geist."

TASCHEN

Vermeiden Sie einseitige Belastung Ihrer Schultern durch eine Schulter- oder Handtasche. Ihre Schulter ist kein Garderobenhaken! Tragen Sie Ihre Tasche am Rücken, am besten Sie nehmen einen schicken, vernünftigen Rucksack wie Jo!

Schritte statt Tabletten

Wenn Sie sich depressiv fühlen, kann das Gehen Ihre Stimmung wieder aufhellen. Das Trainingslabor der University of California behauptet, daß „kräftiges Gehen wirksamer sein kann als 400 mg von einem Tranquilizer“. Und da sich Gehen für alle eignet, von übergewichtigen bis zu älteren Personen, ja auch für Schwangere, gibt es wirklich keine Ausrede.

Kein Schweiß

Jeder schwitzt, und bei Hitze oder Nervosität schwitzt man vermehrt. Die Forschung hat aufgezeigt, daß jeder Fünfte durch die Transpiration verunsichert wird, fast zwei Drittel der Frauen berichten auch, daß sie trotz Deodorant schwitzen.

Folgende einfache Maßnahmen tragen dazu bei, Schweiß zu reduzieren und Körpergeruch zu vermeiden:

- ◆ Häufig waschen und gründlich abtrocknen
- ◆ Rasieren der Achselhaare
- ◆ Lose Kleidung aus natürlichen Fasern, wie Baumwolle oder Seide
- ◆ Schuhe statt Stiefeln
- ◆ Eine Kombination aus Deodorants und Antitranspirationsprodukten, wie z.B.: Mitchum
- ◆ Stärker wirksame Produkte, wie Driclor, das Aluminiumchlorid enthält; es wird über Nacht angewendet, am Morgen abgewaschen.

Nach der Sonne greifen

Der „Sonnengruß" ist die beste Art, den Tag zu beginnen; der Körper wird sanft geweckt, indem die Muskeln gedehnt werden. Vernebelte Gedanken lösen sich auf. Yogasitzungen beginnen meist mit diesem sanften „Sonnengruß", um die Muskeln aufzuwärmen. Führen Sie die Übung barfuß auf einer rutschfesten Unterlage durch – versuchen Sie nicht, nach der Sonne zu greifen, wenn sie soeben erst aufgestanden sind; wärmen Sie sich zuvor ordentlich auf (oder machen Sie vorab einen Spaziergang).

1

Aufrechte Haltung, die Füße stehen hüftbreit. Die Zehen sollten gespreizt, das Gewicht zwischen Fersen und Zehen verteilt sein; die Knie gerade, aber nicht verkrampft halten. Die Bauchmuskeln anspannen (Sie spüren, wie sich dabei Ihr Rücken streckt). Langsam und tief einatmen. Beim Ausatmen die Hände heben und die Handflächen in Brusthöhe aneinanderlegen, wobei die Unterarme gerade, aber nicht steif sein sollen.

9

Sie gehen nun in Position 3 zurück. Atmen Sie aus, stellen Sie den linken Fuß neben den rechten; die Füße stehen parallel, etwa hüftbreit. Die Hände liegen seitlich am Boden oder an Ihren Unterschenkeln (wie es für Sie bequemer ist), die Stirn ist in Richtung Knie gerichtet, die leicht gebeugt sind.

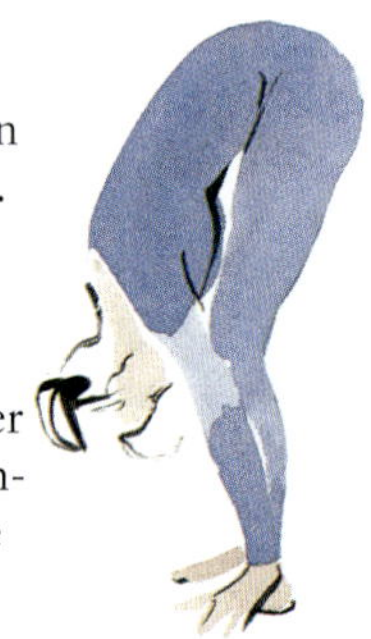

10

Einatmen, während Sie langsam den Körper aufrichten, wobei der Kopf zuletzt hochkommt. Sobald Sie aufrecht stehen, die Arme hochziehen und über den Kopf strecken, wobei sie geradeaus blicken; ruhig ausatmen.

11

Ausatmen und die Arme seitwärts strecken und in Ruheposition sinken lassen, wodurch Sie wieder bereit sind für Position 1.

Wiederholen Sie die Übung von Anfang an, wobei Sie in Position 4 diesmal mit dem anderen Bein beginnen. Sie sollten die Übung fünf- oder sechsmal wiederholen, um den Körper aufzuwärmen und zu lockern. Die Bewegung sollte so geschmeidig wie möglich ausgeführt werden, die Atmung gleichmäßig sein.

ACHTUNG: *Bei Hals- oder Schulterproblemen machen Sie die Übungen 1 bis 5, dann Übung 8. Das genügt, um Ihren Energiefluß zu stimulieren. Nach dem „Sonnengruß" sind Ihre Muskeln für andere Yogaübungen aufgewärmt.*

2

Einatmen und die Arme hochziehen; Bauchmuskeln anspannen, damit sich der Rücken nicht krümmt. Die Arme sollten parallel zu den Ohren, Ellbogen und Knien durchgestreckt sein; die Handflächen haben einige Zentimeter Abstand, die Fingerspitzen weisen in die Höhe. Blicken Sie gerade aus, ohne das Kinn vorzustrecken.

ACHTUNG: Die Schultern nicht hochziehen, auch wenn Sie nach der Sonne greifen.

8

Einatmen und den rechten Fuß nach vorne zwischen die Hände stellen, wobei Sie den linken Fuß strecken und den Körper nach hinten gleiten lassen, so daß Sie sich wieder in Position 4 befinden. Das rechte Knie muß in einer Linie über dem Knöchel stehen.

3

Die Knie leicht beugen. Arme und Körper gestreckt halten, langsam ausatmen und sich dabei nach vorne beugen, den Kopf Richtung Knie einziehen. Versuchen Sie die Hände neben Ihre Füße auf den Boden zu legen. (Keine Angst, wenn Sie nicht so weit hinunterreichen, die Arme baumeln lassen, erneut tief einatmen – beim Ausatmen werden Ihre Hände tiefer sinken. Da Sie immer gedehnter werden, können Sie bald Ihre Knie strecken und sie sogar mit der Stirn berühren.)

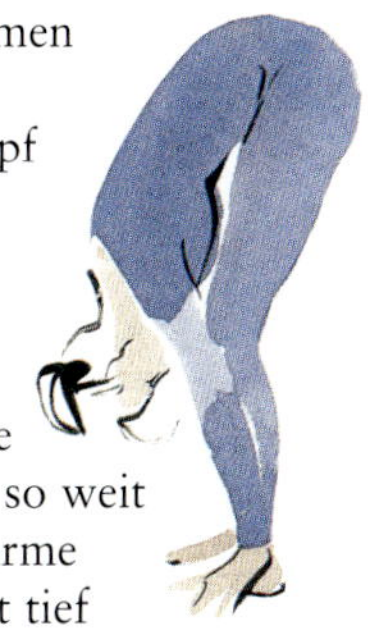

7

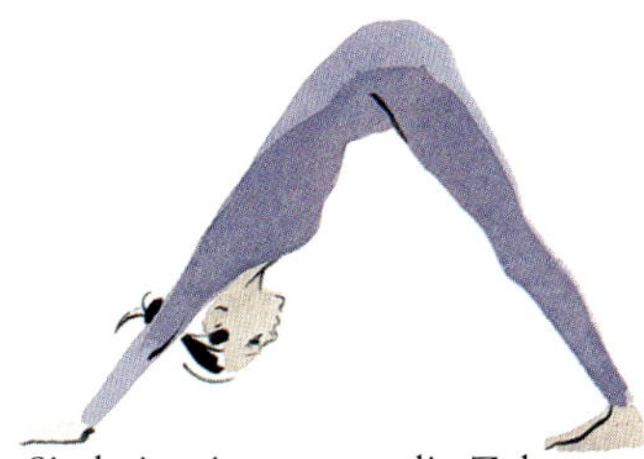

Strecken Sie beim Ausatmen die Zehen nach vorne. Ziehen Sie sich auf den Unterarmen so weit als möglich hoch, ohne daß sich Hände oder Füße bewegen. Auf die Knie gestützt das Gesäß hochstrecken, so daß Sie wieder in der Kastenstellung sind, dann die Hüften hochdrücken. Den Kopf einziehen, so daß Sie durch Ihre Beine durchsehen. (Diese Position wird nach der Körperhaltung „Bergstellung" genannt.)

ACHTUNG: Bei dieser Übung müssen die Zehen am Boden Halt finden. Vergessen Sie nicht auf die Atmung und lassen Sie die Schultern locker.

4

Einatmen, mit gebeugten Knien und flach am Boden neben dem Fuß aufliegenden Handflächen das rechte Bein so weit wie möglich nach hinten strecken (Die Finger sind gespreizt und zeigen nach vorne). Das rechte Knie auf den Boden sinken lassen. Das linke, vordere Knie sollte gerade über dem Knöchel stehen. Blick nach vorne und langsam ausatmen.

5

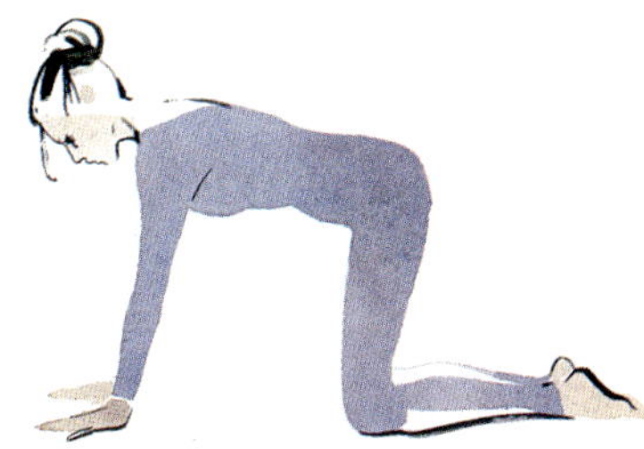

Einatmen, das linke Knie neben das rechte zurückstellen, wodurch der Körper eine Kastenform annimmt. Die Bauchmuskeln anspannen und sich vergewissern, daß die Schultern direkt über den Händen stehen (Sie blicken nun auf den Boden). Auf tiefe und regelmäßige Atmung achten. (Wenn Sie sehr ungeübt sind oder Nacken- oder Schulterprobleme haben, sollten Sie hier einhalten und mit Übung 8 fortsetzen).

6

Einatmen und die Hände ein Stück vorwärts gleiten lassen. Knie und Füße bleiben am Boden, das Gesäß ist erhöht. Das Gewicht mit den Armen halten und den Rumpf sanft zum Boden sinken lassen. Senken Sie nun die Unterarme auf den Boden. Den Kopf leicht heben; die Schultern sind tief zurückgezogen. Achten Sie darauf, daß Rücken und Hals nicht belastet sind oder durchhängen. Hochkommen, soweit Ihnen möglich.

Weisheit durch Yoga

Was die Suche nach Grazie, Kraft und Dehnbarkeit anbelangt, führt Yoga seit Tausenden von Jahren die Hitliste an. Yoga wird aufgrund der erstaunlich positiven Auswirkungen auf Körper und Geist von seinen Anhängern nicht als Körpertraining, sondern als Lebensweise betrachtet, denn es bringt Körper und Geist in Einklang.

Yogastellungen (aka asanas) trainieren jeden Körperteil, dehnen und kräftigen Gelenke, Muskeln, Wirbelsäule und Knochengerüst und massieren die inneren Organe, die dadurch besser arbeiten. Yoga kann man im wahrsten Sinn des Wortes ein Leben lang genießen. Wir kennen Frauen, die über siebzig, achtzig Jahre alt sind, in der Mitte Ihres Lebens oder sogar später mit Yoga begannen und dadurch erstaunlich geschmeidig und elegant geblieben sind. Darüber hinaus benötigt man keine teure Ausrüstung – nur ein paar Minuten der Ruhe und Einkehr. Da die Abläufe auf tiefer Atmung aufbauen und die natürliche Energie des Körpers zum Fließen anregen, bringen Sie sie rasch wieder in Schwung, wenn Sie sich ermattet fühlen.

ATMEN MIT YOGA

Yoga lehrt, aus dem Zwerchfall und nicht aus dem Brustkorb zu atmen. Ein- und Ausatmung erfolgen durch die Nase und nicht durch den Mund. Babys haben eine natürliche Bauchatmung. Erwachsene hingegen neigen dazu, Brustatmung zu praktizieren. Je gestreßter wir sind, um so flacher wird unsere Atmung.

Stellen Sie sich zum Erlernen der Bauchatmung mit geschlossenen Beinen und gesenkten Schultern aufrecht hin, die Hände ruhen auf den Hüften. Atmen Sie tief ein und drücken Sie den Magen aus dem Zwerchfell heraus; er wird sich wie ein Ballon aufblasen. Beim Ausatmen zieht sich der Bauch wieder ein.

„Baum“

Diese Übung sollte die Gleichgewichtsbeherrschung verbessern und ist anfangs erstaunlicherweise nicht ganz einfach. Verlagern Sie Ihr Gewicht auf den rechten Fuß, beugen Sie das linke Knie und drücken Sie den linken Fuß, so hoch Sie können, gegen die rechte Leiste. Das Knie sollte nach außen zeigen, die Sohle des Standbeins liegt flach am Bein. Falten Sie Ihre Hände vor der Brust. Heben Sie Ihre Arme mit gefalteten Händen und leicht abgewinkelten Ellbogen langsam über den Kopf und fixieren Sie einen Punkt vor Ihnen, atmen Sie rhythmisch und sanft. Halten Sie die Position anfangs etwa 15 Sekunden lang (verlängern Sie auf 30 Sekunden, wenn sich Ihre Haltung verbessert hat). Wiederholen Sie die Übung mit dem anderen Bein.

„Schmetterling“

Diese Übung verbessert die Dehnbarkeit der Hüften und der Leistengegend. Nehmen Sie eine Sitzstellung mit geradem Rücken ein und legen Sie Ihre Füße aneinander. Umfassen Sie die Füße mit beiden Händen und ziehen Sie sie zur Leiste heran, wobei Überdehnung zu vermeiden ist. Halten Sie die Position mit geradem Rücken 30 Sekunden lang. Sanft lockern und wiederholen.

Drehung

Diese Übung fördert die Beweglichkeit und hilft bei Muskelproblemen der Hüften und des Rückens. Setzen Sie sich auf den Boden und strecken Sie die Beine vor sich aus. Winkeln Sie das linke Bein ab und stellen Sie es über das rechte Bein, der Fuß steht flach am Boden neben dem rechten Knie. Legen Sie die linke Hand flach auf den Boden hinter Ihrem Körper. Drehen Sie leicht den Oberkörper und legen Sie die rechte Hand neben das linke Knie auf den Boden. Folgen Sie dieser Linie, so daß Sie über Ihre linke Schulter blicken, wobei die Schultern parallel zum Boden sind. Drücken Sie Ihren rechen Ellbogen sehr sanft gegen das linke Knie. 30 Sekunden verharren, dann die Seite wechseln. Wie immer gilt, nichts erzwingen! Bei regelmäßigem Training wird diese Übung Ihre Geschmeidigkeit stark erhöhen.

Entspannungsübung

Mit dieser Übung, bei der der Körper sich entspannt und der Geist Ruhe findet, wird traditionell ein Yogatraining beendet. Legen Sie sich auf den Rücken, die Arme liegen neben dem Körper, die Handflächen zeigen nach oben. Die Füße sind leicht gespreitzt, die Augen geschlossen. Versuchen Sie, mit Ihrem Körper eine möglichst symmetrische Lage einzunehmen. Atmen Sie tief in den Bauch hinein, lassen Sie den Atem in den Brustkorb aufsteigen, so daß sich Ihr Atem anfühlt wie eine rollende Welle. Mit jedem Atemzug sollte ihr Körper schwerer werden und auf den Boden sinken. Achten Sie darauf, daß alle Körperteile in Berührung mit dem Boden sind. Versuchen Sie jede Anspannung in Ihrem Körper wahrzunehmen und sanft zu lockern. Bleiben Sie mindestens drei Minuten in dieser Position, bis Sie sich völlig entspannt fühlen und neue Energie getankt haben.

YOGA-GRUNDSÄTZE

- ◆ Üben Sie langsam.
- ◆ Überdehnen Sie den Körper nicht.
- ◆ Sorgen Sie für angenehme Raumtemperaturen oder ziehen Sie sich warm an.
- ◆ Stellen Sie möglichst das Telefon ab oder üben Sie an einem Ort, wo Sie ungestört sind.
- ◆ Tragen Sie bequeme Kleidung und nehmen Sie störenden Schmuck ab.
- ◆ Führen Sie die Yogaübungen auf einem Holz- oder Steinboden immer barfuß aus, um nicht auszurutschen.
- ◆ Wenn Sie keine spezielle Trainingsmatte haben, können Sie ein flauschiges Handtuch als Unterlage verwenden.

Faszinierende Frauen

Suzanne Adamson

Suzanne, eine Reflexzonenmasseurin und Yogalehrerin, die die Sechzig bereits überschritten hat, und Frauen aller Altersgruppen die Freuden der Entspannung näher bringen will, hat uns durch Ihre Geschmeidig- und Beweglichkeit, die der eines Teenager um nichts nachstehen, beeindruckt. Nachdem Ihre Kinder erwachsen waren, hat die südafrikanische Autorin von *The Reflexology Partnership ein neues Leben begonnen.**

Mit Yoga begann ich 1974, um nach dem Tod meines Mannes mein seelisches Gleichgewicht nicht zu verlieren. Ich hatte Kenia verlassen, wo ich Rennpferde trainiert und Kaffee angebaut hatte, um in Schottland mit meinen drei kleinen Kindern ein neues Leben als Heimhelferin in Angriff zu nehmen. Die Yogaübungen halfen mir, die Balance zu bewahren, während ich mich an ein völlig neues Leben gewöhnen mußte. Yoga ist die ideale Kombination von körperlichem Training und mentaler Entspannung.

Gesundheit war für mich eine Selbstverständlichkeit, bis ich kurz nach dem Tod meines Mannes an viraler Hepatitis und Gehirnhautentzündung erkrankte. Die Freude über meine Genesung war so groß, daß Gesundheitsvorsorge von da an für mich große Bedeutung erlangte. Ich begann mich für Komplementärmedizin zu interessieren. Bei meiner Arbeit als Heimhelferin traf ich so viele einsame alte Damen in bedauerlichem Gesundheitszustand, die Unmengen von Medikamenten einnahmen; ich wollte andere Wege suchen.

Meine Kinder wurden älter, gingen zum College und hatten ihre Freunde. Ich erkannte, daß sie bald das heimatliche Nest verlassen würden – es war Zeit für einen Neubeginn. Letztendlich ging ich nach London.

Ich besuchte Vorträge über Komplementärmedizin, vor allem Reflexzonenmassage interessierte mich. Die Entdekkung, daß die Massage gewisser Punkte an den Füßen derartige Auswirkungen auf die Organe hat, war ein Markstein. Ich begann Reflexzonenmassage, Massage und Bioenergetik zu studieren und als Yogalehrerin zu unterrichten. Bei meiner Arbeit als Yogatrainerin bemerkte ich die unglaubliche Wirkung von Yoga bei älteren oder behinderten Menschen – es ist wirklich nie zu spät. Viele meiner älteren Schüler erzählten mir, daß sich ihre Probleme mit der Schilddrüse oder ihr Asthma gebessert hätten und ihr Blutdruck normal wäre.

Yoga ist heute ein Bestandteil meines Alltags. Vor kurzem ließ ich meine Knochendichte untersuchen, um zu erfahren, ob ein Risiko für Osteoporose bestand, und man sagte mir, daß Menschen, die Yoga praktizieren, die einzigen wären, deren Knochendichte in beiden Fußknöcheln identisch sei.

Mein Tag beginnt mit einer 15minütigen Yogaübung; ich fühle mich körperlich wohler und auch lebensfroher, wenn ich täglich eineinhalb Stunden Yoga praktiziere. Wenn ich viel zu erledigen habe, muß ich mich zwischen Yoga und einer zusätzlichen Stunde Schlaf entscheiden – meist schlafe ich länger, weil ich sieben Stunden Schlaf brauche.

Vor zehn Jahren wurde ich Vegetarierin. Ich fühle mich seither phantastisch. Ich esse viel Gemüse, Vollkornreis, Sonnenblumen- und Kürbiskerne, Mandeln und diverse Nüsse, Tofu in allen Variationen, etwas Käse und gelegentlich ein Ei. Hin und wieder erlaube ich mir ein Stück Schokolade. Alkohol trinke ich nur selten, wenn ich ausgehe oder jemand Geburtstag feiert.

Ich weiß nicht, ob es am Yoga oder an der Ernährung liegt oder ob ich einfach Glück hatte, aber ich hatte keinerlei Probleme mit der Menopause. Ich war so beschäftigt, daß ich nicht einmal bemerkte, was vorging. Ich glaube, wenn man aktiv ist und ausgewogen lebt, benötigt man in der Menopause überhaupt keine Medikamente. Die einzigen Nahrungsergänzungen, die ich nehme, sind Hawaiian Pacific Spirulina für zusätzliche Proteine und Sunrider's Beauty Pearl*, das Kalzium auf natürlicher Basis enthält.

Das Altern ist meiner Meinung nach eine Frage der Balance. Das Wichtigste ist, daß man den Streß in den Griff bekommt, bevor er schadet. Ich empfinde in meinen Sechzigern ein ungeheures Gefühl von Freiheit. Ich achte einfach auf mein Wohlbefinden, genieße den Augenblick und bin bereit für das Abenteuer Leben, ohne durch körperliche Beschwerden beeinträchtigt zu sein.

Die Pilates-Methode

Die Pilates-Methode, auf die mehrere Frauen aus unserem Team schwören, baut auf langsamen, Geschmeidigkeit und Spannkraft fördernden Übungen auf. Mit ihrer Hilfe können spezifische Problemzonen des Körpers, wie Rükken oder Oberschenkel, die auf einer geschwächter Beckenbodenmuskulatur beruhen (die nach Entbindungen und mit dem Alter erschlafft, was zu Inkontinenz und/oder verminderter sexueller Lust führen kann), gezielt behandelt werden. Da mit Hilfe der Pilates-Methode auf körperliche Probleme eingegangen werden kann, gehört sie zu den wirksamsten Allround-Trainingsprogrammen.

Die Pilates-Methode (benannt nach Ihrem Begründer Joseph Pilates) setzt sich weltweit durch. Anne-Marie Petash*, eine anerkannte Pilates-Lehrerin aus London meint: „Der Schwerpunkt liegt auf den drei wichtigsten Kontrollzentren des Oberkörpers: den tiefen inneren und äußeren Bauchmuskeln und der Beckenbodenmuskulatur." Dies führt zu einer Kräftigung der Wirbelsäule, einer Verbesserung der Haltung, einer Verminderung der Rückenschmerzen (selbst bei chronischen Leiden) und einer erstaunlich geschmeidigen Figur. Selbst bei der bekanntlich schwer zu straffenden Bauchzone werden erstaunliche Erfolge erzielt. Die folgenden Übungen stärken den Beckenboden. Das Ergebnis, ein strafferer Bauch, mehr Körperbewußtsein und besserer Sex!

A

BECKENBODEN-ÜBUNG 1 (Abbildung A)

◆ Setzen Sie sich auf einen Stuhl und pressen Sie ein festes Kissen zwischen Ihre Knie.

◆ Die Füße stehen hüftbreit. Verlängern Sie Ihre Wirbelsäule, indem Sie Ihre Hände seitlich, etwas hinter dem Körper am Sessel aufstützen.

◆ Ziehen Sie die Sitzbeinknochen zusammen – wodurch das Gesäß leicht angehoben wird – und pressen Sie die Innenschenkel gegeneinander. Drücken Sie einige ruhige Atemzüge lang gegen das Polster. Atmen Sie durch die Nase ein und drücken Sie beim Ausatmen die Bauchmuskeln in Richtung Wirbelsäule.

◆ Dreimal wiederholen. Positionieren Sie das Kissen bei jeder Wiederholung etwas höher.

B

BECKENBODEN-ÜBUNG 2 (Abbildung B)

◆ Sie beginnen in der gleichen Ausgangsposition, der Abstand zwischen den Knien beträgt etwa acht Zentimeter. Legen Sie einen Riemen oder einen Gürtel oberhalb der Knie um Ihre Schenkel. Halten Sie den Gurt fest gespannt und drücken Sie die Beine nach außen. Ziehen Sie die Sitzbeinknochen zusammen und halten Sie die Position sieben Atemzüge lang, während Sie ohne nachzulassen gegen den Widerstand des Gürtel pressen. Lassen Sie den Gurt los und wiederholen Sie die Übung zweimal, wobei Sie den Abstand zwischen Füßen und Knien bei jeder Wiederholung etwas erweitern.

ACHTUNG: Hals und Schultern nicht anspannen und auf eine gestreckte Wirbelsäule achten.

Training für guten Sex und alles Übrige

KIPPEN DES BECKENS

Legen Sie sich mit gebeugten Knien auf den Boden. Die Füße stehen parallel und hüftweit nach vorne gerichtet. Legen Sie ein festes Kissen zwischen Ihre Innenschenkel. Strecken Sie die Arme neben sich am Boden aus, die Handflächen zeigen nach unten. Die Wirbelsäule ist entspannt (das Kreuz leicht gehoben). Atmen Sie langsam ein und aus, wobei Sie die Innenschenkel sanft gegeneinander pressen. Ziehen Sie Ihren Nabel in Richtung Wirbelsäule zurück und heben Sie das Steißbein leicht vom Boden ab. Sie fühlen, wie Ihr Kreuz leicht gegen den Boden drückt. Ausatmen und in die Ausgangsposition zurückkehren, indem Sie eine entspannte Rückenlage einnehmen. Langsam zehnmal wiederholen.

HEBEN DES BECKENS

Sie nehmen die gleiche Ausgangsposition wie für die Kippübung ein. Bewegungsablauf und Atmung sind unverändert, wobei Sie aber diesmal die Wirbelsäule bis zu Ihren Schulterblättern vom Boden heben. Die Position beibehalten und einatmen. Achten Sie darauf, daß die Füße flach am Boden stehen und daß sie nicht zur Seite rollen.

Beim Ausatmen die Wirbelsäule Wirbel für Wirbel wieder auf den Boden senken und in die neutrale Lage zurückkehren. Halten Sie das Becken während der Abwärtsbewegung nach oben geneigt. Zehnmal wiederholen (wenn Sie Druck am Rücken verspüren, sollten Sie Ihre Füße auf einen niedrigen, breiten Hocker stellen).

ACHTUNG: Kiefer und Hals locker halten, das Kinn nicht vorspringen lassen!

Ich bin keine Gesundheitsfanatikerin. Ich esse vernünftig und nehme etwas Vitamin C zusätzlich, wenn ich es nicht vergesse. Seit 15 Jahren praktiziere ich in Alan Herdmans Studio die Pilates-Methode, die auf langen, langsam dehnenden Übungen aufbaut. Ich bin überzeugt, daß dies der Schlüssel zu Geschmeidigkeit und Gesundheit ist. Man entwickelt eine kräftige, geschmeidige Muskulatur, die dazu beiträgt, daß man die Figur hält. Die gestärkte Bauchmuskulatur verhindert auch Rückenschmerzen. Man wird sehr genau beobachtet und muß jede Übung sorgfältig ausführen, was bei nur eineinhalbstündigem Training ein- bis zweimal pro Woche optimalen Erfolg gewährleistet. Im Winter muß ich mich oft dazu überwinden. Aber ich fühle mich danach so phantastisch, daß es sich lohnt. Seit kurzem habe ich mit raschem Gehen an frischer Luft begonnen – eine ideale Kombination mit den Pilates-Übungen.

HONOR BLACKMAN

Das „Dosen“-Training

Laben Sie sich ein Leben lang an pikantem Dosengemüse und entdecken Sie die Vorzüge des Gewichthebens.

Frauen verlieren im Alter zwischen 35 und 80 Jahren ein Drittel ihrer Muskelmasse, wobei aber mangelnde Bewegung und nicht das Altern die Hauptursache für den langsamen Verfall sind, der bedingt, daß die Stufen immer steiler werden und die Einkaufstaschen an Gewicht zulegen. Untersuchungen haben ergeben, daß sogar gesunde Menschen pro Jahr ein bis zwei Prozent an Kraft verlieren. Kräftige Muskeln sind essentiell, um die Knochen zu stützen.

Gewichtheben und Übungen gegen Widerstand können Muskelabbau aufhalten. Für eine Studie über das Alter an der Tufts University in Boston wurden zwei Gruppen von Frauen untersucht: Eine Gruppe blieb bei Couch und Kartoffelchips, während die andere zweimal wöchentlich ein Gewichthebetraining absolvierte. Ein Jahr später war die untätige Gruppe noch untätiger als zuvor; Muskeln und Knochen waren gealtert. Dr. Phil. Miriam E. Nelson, die Betreuerin der Studie meint: „Die Frauen, die Gewichte hoben, veränderten sich ebenfalls, aber zum Positiven. Nach nur einem Jahr Krafttraining sah ihr Körper 15 bis 20 Jahre jünger aus.“ Und es ist nie zu spät, um die Uhr zurückzudrehen.

Eine brandneue Untersuchung ergab, daß Frauen im Alter zwischen 75 und 93, die drei Stunden pro Woche ein sanftes Training absolvierten, ihre Oberschenkelmuskeln in nur zwölf Wochen um etwa 25 Prozent kräftigten. Dies entspricht, was die Kraft anbelangt, einer Verjüngung von etwa 16 bis 20 Jahren.

Krafttraining erfordert keine kostspielige Ausrüstung. Einige Gemüsedosen aus Ihrem Speiseschrank sind alles, was Sie für ein einfaches Training des Oberkörpers brauchen. Wir erkundigten uns bei der Fitneßexpertin Gloria Thomas, (die im The Harbour Club, dem besten Londoner Studio trainierte) nach dem Dosen-Training. Es ist für jede Frau geeignet, da es im Sitzen oder Stehen durchgeführt werden kann. Sie sollten langsam beginnen, „aber jede Übung so lange machen, bis die Muskeln müde werden“, rät Gloria. „Wenn Sie die Übung endlos wiederholen können, greifen sie zu einer etwas größeren Gemüsedose!“

ACHTUNG:
Vergessen Sie nicht auf die Atmung!

SCHULTERN
Sitzen Sie in aufrechter Position. Die Bauchmuskeln sind angespannt, die Schultern nach hinten gesenkt. Hals und Kopf entspannen. Heben Sie Ihre Hände, in denen Sie je eine Gemüsedose halten, in Schulterhöhe, wobei die Handflächen nach vorne zeigen und die Arme durchgestreckt sind. Einatmen, bis zwei zählen, und die Dose über den Kopf heben, dann langsam in die Ausgangsposition zurückkehren.

BIZEPS
Die gleiche Sitzstellung wie in der vorigen Übung einnehmen; die Oberarme befinden sich seitlich, die Handflächen mit den Dosen sind einander zugewandt. Fixieren Sie die Ellbogen nahe am Körper, beugen Sie die Arme mit nach oben weisenden Handflächen und ziehen Sie sie zu den Schultern zurück, während Sie bis zwei zählen; beim Herabsenken bis vier zählen.

TRIZEPS
Führen Sie diese Übung mit jeweils einer Hand durch oder beginnen Sie mit beiden Händen gleichzeitig, wenn Sie an regelmäßiges Training gewöhnt sind. Nehmen Sie die gleiche Position wie in der vorigen Übung ein und fassen Sie eine Dose zwischen Daumen und Zeigefinger jeder Hand. Ziehen Sie Ihre Arme hinter den Kopf, so daß sich Ihre Ellbogen neben den Ohren befinden. Strecken Sie Ihre Arme hoch, bis die Dose über ihrem Kopf ist. Achten Sie darauf, daß sich der Ellbogen nicht versteift. Langsam in die Ausgangsposition zurückkehren.

RÜCKEN
Eine großartige Übung zur Kräftigung der Rückemuskulatur und für eine gute Haltung. Nehmen Sie in der obigen Sitzposition eine Dose in jede Hand und strecken Sie die Arme in Schulterhöhe vor sich aus. Führen Sie die Arme zur Seite und ziehen Sie die Schulterblätter zusammen, während Sie bis zwei zählen. Hände und Schultern sollten eine Linie bilden. Langsam in die Ausgangsposition zurückkehren.

SCHWIMMEN

Manche Biologen sind überzeugt, daß der Ursprung der Menschheit im Wasser zu suchen ist. Deshalb müssen wir soviel Wasser trinken, ist Fisch ein so bekömmliches Nahrungsmittel und haben Kleinkinder bis zu sechs Monaten die gleichen Tauchreflexe wie Delphine: Wenn Sie ein Baby ins Wasser werfen, wird es untertauchen, zu atmen aufhören, die Herzfrequenz senken, wieder auftauchen, den Kopf zur Seite legen, atmen und wieder untertauchen.

Wie auch immer unser evolutionärer Hintergrund ist, zweifelsohne ist Schwimmen ein wunderbares Training. Wasser ist aufgrund seines Auftriebs ideal für Trainierende jeden Alters – ob es sich um die Rehabilitation nach Verletzungen oder um Fitneß handelt. Wasserübungen können sämtliche Funktionen des Körpers, vor allem Verdauung und Schlafverhalten, verbessern, das „schädliche" Cholesterin wird vermindert, außerdem macht regelmäßiges Schwimmtraining geschmeidig und kräftig. Da es eine Übung gegen Widerstand ist, schützt es auch vor Osteoporose. Sie müssen nicht einmal schwimmen können. Wassertraining im Swimming Pool kann ganz einfach sein.

◆ Im Wasser gehen
Gehen Sie mit schwingenden Armen in hüfthohem Wasser von einer Seite des Pools zur anderen und wieder zurück.

◆ Krabbe
Durchqueren Sie den Pool im Seitwärtsgang wie eine Krabbe, Ihr Körper bildet einen rechten Winkel zu den Poolwänden. Die Füße sind nach vorne gerichtet und sollten nach jedem Schritt nebeneinander stehen. Wenn Sie die Seitenwand erreichen, nicht umdrehen, sondern mit dem anderen Fuß beginnen. Gehen Sie mehrere Male von Seite zu Seite und erhöhen Sie dabei das Tempo.

◆ Rumpfdrehung
Sie stehen mit leicht durchgebeugten Knien in schulterhohem Wasser, der Abstand der Beine entspricht Ihrer Schulterbreite. Strecken Sie die Arme parallel zur Oberfläche seitlich aus, wobei die Handflächen nach vorne zeigen; schwingen Sie den Körper nach rechts und nach links.

◆ Das Bein vor und zurück heben
Sie stehen in brusthohem Wasser im rechten Winkel zur Poolwand und halten sich an einer Stange fest. Heben Sie das äußere Bein gestreckt vor sich hoch. Senken Sie das Bein und führen Sie die Bewegung nach hinten durch, wobei Knie und Rücken durchgestreckt bleiben. Drehen Sie sich um und wiederholen Sie die Übung mit dem anderen Bein.

◆ Das Bein seitlich heben
Sie stehen in brusthohem Wasser in rechtem Winkel zur Poolwand und halten sich am Griff. Das äußere Bein seitlich hochheben, während die Zehen nach vorne zeigen. Umdrehen und mit dem anderen Bein wiederholen.

◆ Armdrücken
Sie stehen in schultertiefem Wasser, die Beine stehen in Schulterbreite, die Knie sind leicht gebeugt. Strecken Sie die Arme mit nach unten weisenden Handflächen und gewölbten Händen vor sich aus. Ziehen Sie Arme an Ihrem Körper vorbei nach hinten. Drehen Sie nun die Hände um, so daß die Handflächen nach unten zeigen, und bringen Sie die Arme in die Ausgangsposition zurück.

ACHTUNG: Bei Nacken- und/oder Rückenproblemen: Brustschwimmen nur mit Gesicht unter Wasser, Rückenschwimmen ist vorteilhafter.

Zellulitis: Das „Relief" am Po

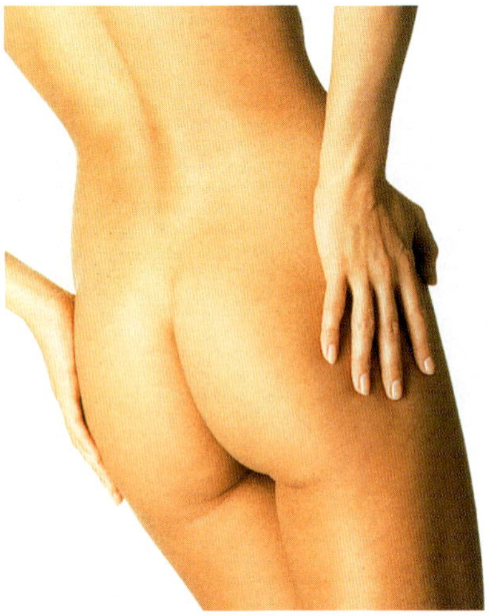

Schritte gegen die Dellen am Po

Etwa 95 Prozent der Frauen sagen, daß sie an Zellulitis, der Orangenhaut auf Oberschenkeln und Gesäß, leiden, die sich in leichten Dellen bis hin zu großen, teigigen Kleksen auf der Haut äußern kann. Wie sich dieses in einem Fasernetz eingeschlossene Fett bildet, ist unsicher, verursacht wird das Phänomen jedenfalls durch die weiblichen Hormone. Männer bekommen keine Zellulitis. Das Problem ist nicht unlösbar, Zellulitis verschwindet aber nicht über Nacht. Sie sollten das folgende Programm mindestens vier bis sechs Wochen durchführen, bevor Veränderungen sichtbar werden. Wir bezweifeln, daß Zellulitis 100%ig heilbar ist, bei den meisten Frauen ist jedoch eine starke Verbesserung erzielbar.

ZELLULITIS-BEKÄMPFUNG IM DO-IT-YOURSELF-VERFAHREN

◆ Ändern Sie Ihre Ernährung: Vermeiden Sie fette und zuckerhaltige Speisen sowie Fett/Salz-Kombinationen.

◆ Essen Sie faserreiche Früchte und Gemüse *(siehe Seite 190)*.

◆ Essen Sie frische, nahrhafte, vorzugsweise biologische Lebensmittel; verarbeitete Lebensmittel haben viele Nährstoffe verloren.

◆ Vermeiden Sie künstliche Zusätze, wie Pestizide, Färbemittel, Süßstoffe.

◆ Nehmen Sie als Nahrungsergänzung Vitamin C und E zu sich. Die Dermatologin Dr. Karen Burke aus New York empfiehlt ein bis sechs Gramm Vitamin C täglich und 400 Einheiten natürliches Vitamin E in Kapselform.

◆ Häufig kleine Mahlzeiten; lassen Sie nie eine Mahlzeit ausfallen, denn dadurch wird Ihr Körper gezwungen, Fett zu speichern.

◆ Keine Jo-Jo-Diäten; der Körper verliert oberhalb der Taille Gewicht und speichert es unterhalb.

◆ Klären Sie, ob Sie Nahrungsmittelallergien oder -unverträglichkeiten haben *(siehe Seite 198)*.

◆ Trinken Sie mindestens zwei Liter reines, temperiertes Wasser täglich.

◆ Reduzieren Sie Alkohol weitgehend, trinken Sie biologische Weine.

◆ Versuchen Sie Dehnungsübungen, wie Yoga und Tanzen; Schwimmen ist ein großartiger Allround-Sport, auch Gehen wirkt sich positiv aus.

◆ Das Bürsten der Haut ist eine der billigsten und wirksamsten Möglichkeiten, um Zellulitis zu bekämpfen.

◆ Nehmen Sie keine Abführmittel; sie bewirken eine vermehrte Wasseransammlung. Schlankheitspillen verursachen auch Müdigkeit und Gereiztheit.

◆ Suchen Sie bei hartnäckiger Zellulitis trotz Hormoneinnahme nach Alternativen.

◆ Versuchen Sie es mit Massage, aber erwarten Sie nicht zuviel. Experten empfehlen Lymphdrainage (*siehe Seite 61*) oder sanfte Selbstmassage.

PROFESSIONELLE THERAPIEN

IONITHERMIE

Eine Methode, Pflanzen- und Mineralextrakte mit Schwachstrom zu kombinieren. Gut für Hautspannung und -struktur und in Verbindung mit der Heimbehandlung sehr hilfreich.

MESOTHERAPIE

Kostspielige, medizinische Therapie, bei der winzige Medikamentenmengen in die Zellulitisablagerungen injiziert werden, um die Durchblutung zu fördern und die Lymphstauung zu mindern. Mit einer Heimbehandlung kombinieren!

ZELLULOLIPOLYSE

Medizinischer Eingriff, bei dem Elektroden in langen Nadeln in die Orangenhaut gestochen werden. Eine nicht veröffentlichete Studie eines führenden britischen Chirurgen ergab, daß nur die Hälfte der Frauen eine Verbesserung wahrnahm.

OPERATION

Durch Eingriffe, wie Fettabsaugung, Liposkulptur und Absaugung mit Ultraschall ist Zellulitis nicht zu beseitigen, außerdem können die Mikrozirkulation und das Lymphsystem geschädigt werden.

VORSICHT! Kliniken, die sensationelle Zellulitiskuren anpreisen, wachsen wie Pilze aus dem Boden. Die teuren Kuren müssen oft im voraus bezahlt werden, die Ergebnisse entsprechen selten den Versprechungen.

ERPROBT & BEWÄHRT

ANTI-AGEING-KÖRPERCREMES

Unserer Erfahrung nach sind viele Frauen viel weniger bereit, in Körpercremes zu investieren als in Wundercremes für das Gesicht. Unsere Testerinnen waren jedoch von manchen Top-Produkten dieser Kategorie, die gegen trockene Haut, Gänsehaut und sogar Schwangerschaftsstreifen helfen, hochbegeistert.

Fenjal Körpermilch

8,8 PUNKTE VON 10 (€)

Das neue Produkt aus der beliebten alten Kosmetikserie, eine leichte, reichhaltige Körpermilch, enthält wirksame Inhaltsstoffe, wie Vitamin E und Vitamin B_5. Alle Testerinnen würden diese ausgezeichnete Lotion kaufen.

PRO: „Die Haut war danach eindeutig seidiger, weicher, und strahlender; meine sensible Haut war nicht im geringsten irritiert." ◆ „Schnitt im Vergleich zu teureren Produkten sehr gut ab und brachte rasch sichtbare Erfolge." ◆ „Rauhe Stellen auf Ellbogen, Knien und Fußsohlen verbesserten sich merklich." ◆ „Außer am Hals und an den Handoberflächen wirkt mein Körper 20 Jahre jünger!"

KONTRA: „Die Flasche ist zu groß für das Reisegepäck."

Guerlain Issima Body Serum

8,75 PUNKTE VON 10 (€€€€€)

Diese stark duftende, reichhaltige Emulsion wirkt gegen Freie Radikale, spendet langanhaltende Feuchtigkeit, strafft und hebt die Spannkraft. Vier Fünftel der Testerinnen würden das Produkt erwerben.

PRO: „Verlieh meiner Haut, die sich weicher und jünger anfühlte, einen angenehmen Duft; besonders gut für Arme und Beine. ◆ „Ein wahrer Luxus – ich fühlte mich wie Kleopatra!"◆ „Drang gut in die Haut ein, langanhaltende Wirkung." ◆ „Nach Gebrauch fühlte sich meine Haut wunderbar zart an; steht von nun an auf meinem Wunschzettel."

KONTRA: „Erwies sich als nicht feuchtigkeitsspendend genug für meine reife Haut." ◆ „Bei regelmäßigem Gebrauch sehr wirksam, doch die Schienbeine wurden wieder trocken und schuppig wie zuvor."

Decleor Système Corps

8,5 PUNKTE VON 10 (€€€)

Für alle Hauttypen, insbesondere für trockene und „fahle" Haut geeignet. Die leichte, cremige Milch ist reich an natürlichen pflanzlichen Inhaltsstoffen. Mit einer Ausnahme würden alle Testerinnen das Produkt kaufen.

PRO: „Verbesserte Zonen, an denen ich eine Gänsehaut hatte; schwammige Stellen an der Innenseite der Oberschenkel und Arme haben sich ebenfalls verbessert." ◆ „Angenehm, man kann sich sofort anziehen, da sie rasch einzieht." ◆ „Angenehmer Duft – ein Parfüm erübrigt sich." ◆ „Hals und Ellbogen glätten sich auffällig rasch."

KONTRA: „Die Verteilerpumpe ist schwierig zu verwenden." ◆ Ich bekam sofort Flecken am Hals und an der Kehle, doch nach ein paar Tagen vertrug ich das Produkt."

Vitace Körperlotion

8,4 PUNKTE VON 10 (€€€)

Der wichtigste Bestandteil dieses Produktes sind die oxidationshemmenden Vitamine A, C und E. Alle Testerinnen würden das Produkt kaufen.

PRO: „Vor allem nach der Enthaarung wunderbar auf den Beinen; beseitigte trockene Flecken vollständig." ◆ „Ich mochte die benutzerfreundliche, leichte Verpackung." ◆ „Pigmentflecken und Sonnenschäden auf meinem Dekolleté haben sich verbessert." ◆ „Eine wirkliche Verbesserung der verhärteten Haut auf den Knien und der Altersflecken auf den Beinen!"

KONTRA: „Der Geruch war unangenehm."

Estée Lauder Re-Nutriv Extra-Rich Firming Body Moisturizer

8,3 PUNKTE VON 10 (€€€€)

Diese leichte, nicht fettende Creme verspricht, erschlaffte Haut zu festigen und zu straffen und rauhe Stellen zu verhindern. Lauder behauptet sogar, daß die durch rasche Gewichtszu- oder abnahmen verursachten Streifen schwächer werden. Obwohl manche von dem Produkt schwärmten, würden es nur sechs von zehn Testerinnen kaufen – die meisten waren vom hohen Preis, manche vom Geruch abgestoßen."

PRO: „Ich bekam vor kurzem ein Baby. Das Produkt straffte Bauch und Oberschenkeln merklich." ◆ „Die Haut an den Armen und am Dekolleté verbesserte sich auffällig. Ich habe noch nie ein so angenehmes Produkt verwendet, das tatsächlich die Haut verjüngt." ◆ „Meine Haut fühlt sich wieder jung, weich und seidig an."

KONTRA „Meine gewöhnliche Kakaobutter-Feuchtigkeitscreme ist genau so gut und dabei preisgünstiger." ◆ „Seltsamer, buttriger Geruch für eine derart luxuriöse Lotion."

Lancaster Oxygen Körperlotion

8,3 PUNKTE VON 10 (€€€)

Leichtes Gel, das durch eine patentierte Technologie der Haut angeblich Sauerstoffmoleküle zuführt. Es enthält Fruchtsäuren, die die Haut strahlender machen, und Pflanzenextrakte. Trotz hoher Bewertungen würde nur die Hälfte der Testerinnen aufgrund des Preises und/oder der Verpackung das Produkt kaufen.

PRO: „Meine Haut strahlte, und ich bemerkte besonders an Oberarmen, Dekolleté und Beinen eine Verbesserung." ◆ „Sehr feuchtigkeitsspendend; die Wirkung hält einige Tage an, die schuppige Haut an den Beinen war in drei Tagen verschwunden." ◆ ◆ Wird im Unterschied zu manchen anderen Körperlotionen rasch absorbiert."

KONTRA: „Kein Unterschied zu anderen Körperlotionen, unangenehmer Duft."

Dr. Hauschka Körpermilch

8 PUNKTE VON 10 (€€)

Nur etwa die Hälfte der Testerinnen würde dieses natürliche Produkt kaufen, das auf einem Rezept aus Kräutern und Haselnuß-, Oliven-, Jojobaöl sowie Salbei-, Möhren- und Schwarzdornextrakten beruht.

PRO: „Ich hatte Hautirritationen während der Testperiode, aber die Hautcreme war so besänftigend, daß ich auf meine Steroide verzichten konnte." ◆ „Die Haut wurde weich und glatt und duftete frisch. Verbesserte trockene Zonen sichtbar." ◆ Mit diesem Produkt litt ich nicht wie sonst im Winter an schuppiger Haut an den Beinen."

KONTRA: „Die Konsistenz war dünn." ◆ „Leicht medizinischer Geruch."

P.S.: In dieser Kategorie erhielt das Produkt mit der schlechtesten Bewertung nur 4,62 Punkte.

Richtlinien für den Kleiderschrank

Gymnastik verbessert die Figur und festigt Schwachstellen, doch auch die richtige Auswahl der Garderobe läßt Sie schlanker erscheinen und hebt Ihr Selbstvertrauen. Die „Kleiderspezialistin" Amanda Platt* – eine freiberufliche Einkäuferin und Modeberaterin aus London – verrät ihre Geheimnisse, wie sich reifere Damen schick und modebewußt kleiden.

◆ Lernen Sie das Alter zu schätzen statt zu bekämpfen. Wenn Sie sich akzeptieren wie Sie sind, sehen Sie in jedem Gewand gut aus.

◆ Ab einem gewissen Alter sind billigere Kleider verpönt. Kaufen Sie weniger Kleider, die dafür einen besseren Schnitt haben, weil diese Figurprobleme kaschieren. Wenn Sie größere Summen ausgeben, sollten Sie neutralen Farben den Vorzug geben. Ab 25 ist der Schnitt das A und O. Kaufen Sie Kleider, die nicht aus der Mode kommen.

◆ Eine sackartige Jacke läßt unförmig aussehen. Eine taillierte, die Einnäher hat, verbessert jede Figur.

◆ Kleine Schulterpolster machen T-Shirts und Strickwaren flotter und gleichen eine große Oberweite aus. (Breitschultrige Frauen können darauf verzichten.)

◆ Ärmel und Röcke sollten etwas länger werden, wenn man älter wird. Ärmel, die bis zum Ellbogen oder tiefer reichen, verbergen am sichersten schlaffe Unterarme.

◆ Rüschen und Volants sind eine Todsünde. Bevorzugen Sie gerade Schnitte und klare Linien.

◆ Betonen Sie schöne Körperteile – ob es der Hals, das Handgelenk oder die Taille ist. Der Blick wird von weniger perfekten Teilen abgelenkt.

◆ Investieren Sie in Qualität bei der Unterwäsche. Gut formende und stützende Dessous sind nicht mit Gold aufzuwiegen."

◆ Kaufen Sie sich regelmäßig einen neuen Büstenhalter. Überquellende BH-Schalen vermitteln den Eindruck, daß Sie zugenommen haben.

◆ Von der Taille abwärts dunkle Kleidung: dunkle Strümpfe, dunkle Schuhe und ein dunkler Rock machen schlank. Farbe bei der Oberbekleidung schmeichelt dem Gesicht.

◆ Flache Schuhe sind am praktischsten, lassen aber bisweilen die Knöchel dicker aussehen. Ich lasse mir beim Schuster immer den Absatz um einen Zentimeter erhöhen – ein kleines Stück mit großer Wirkung.

◆ Tragen Sie Maßhosen, Jeans nur bei der Gartenarbeit.

WAS IN KEINEM KLEIDERSCHRANK FEHLEN SOLLTE

◆ Ein hochwertiges Dampfbügeleisen

◆ Ein Dampfapparat (oder Sie behandeln Ihre Kleider im Badezimmer nach Ihrem Bad mit Dampf)

◆ Eine Spezialbürste zur Entfernung der Fuseln von Jersey und Kaschmir

◆ Kleberoller

◆ Stoffschutz

◆ Nähzeug

◆ Schachtel mit Knöpfen

◆ Gurtbügel

◆ Bügel für Hosen

◆ T-Shirt-Bügel

◆ Kleiderbügel

◆ Fleckentferner

◆ Eine Tube neutrale Lederlotion

◆ Wildlederbürste und -spray

◆ Imprägnierspray für Leder

◆ Mottenspray (Verwenden Sie alle Sprays bei offenem Fenster oder im Freien)

◆ Kleidersäcke

Sommermode

Viele bevorzugen, wenn sie älter werden, den Winter, weil blickdichte Strümpfe und Rollkragenpullover Körpermängel besser verbergen. Damit Sie bei heißem Wetter nicht unter zu vielen Kleidungsschichten schwitzen, haben wir Belinda Seper – Besitzerin der todschicken Belinda-Boutique an der Double Bay in Sidney und Damenmode-Directrice von Georges (dem Warenhaus in Melbourne im Besitz von Terence Conran) – um Rat gebeten, wie man sich am besten kleidet, wenn das Barometer steigt.

◆ Sie müssen nicht mit nackten Beinen gehen, wenn Ihre Beine nicht gut aussehen: Legen Sie sich hauchdünne 9-Denier-Strümpfe zu. Sie sind kaum zu spüren, verdecken aber eine ungleichmäßige Hautfarbe und die Hautfalten über den Kniescheiben!

◆ Weite Seidenhosen sind eine hervorragende Wahl. Wenn Sie engere Hosen tragen wollen, sollten Sie Stretchstoffen den Vorzug geben, weil man sich weniger eingeengt fühlt. Greifen Sie zu der teuersten Stretchhose, die Sie sich leisten können – eine phantastische Investition, die Jahre und Zentimeter wegschwindelt. Die heutigen Stretchstoffe unterscheiden sich im Aussehen kaum von anderen Geweben, fühlen sich aber viel besser an.

◆ Leinen ist ein traumhafter Stoff für den Sommer, wenn Sie die Knitterfalten nicht stören. Ich persönlich liebe den schichtartigen Leinenlook, bei dem weite Shirts über Hosen getragen werden – aber Sie müssen Ihren Bügelperfektionismus ablegen.

◆ Kaufen Sie Maßkleidung aus Sommerwolle, die fast so kühl ist wie Baumwolle, aber eine bessere Paßform hat, edler wirkt und nicht knittert.

◆ Für Sommerjacken sollten Sie leichte Woll-, Seiden- oder Leinengemische, die mit Viskose oder Azetat verarbeitet sind, wählen. Sie sind so leicht, daß man Sie auch über einem T-Shirt tragen kann, ohne zu schwitzen, wenn Sie Ihre Jacke lieber nicht ablegen wollen. Eine Alternative zur Jacke wäre ein weicher, Seiden- oder Viskose-Cardigan.

◆ Sparen Sie nicht bei Badebekleidung! Badeanzüge sollten ein perfektes Innenleben mit Einsatzstreifen am Bauch, Stützbüstenhalter sowie einen günstigen Beinausschnitt haben. Investieren Sie Zeit und Geld, um den richtigen Badeanzug zu finden. Am Buffet sind Badeanzüge verpönt. Tragen Sie einen Sarong oder kaufen Sie sich ein paar Meter Chiffon und wickeln Sie diesen um Ihre Hüften.

◆ Vermeiden Sie Schals oder halsnahe Ausschnitte. Sie verursachen Hitzewallungen, auch wenn Sie sich nicht im Klimakterium befinden.

◆ Ich bevorzuge klare, einfache Linien: Ein gut sitzendes T-Shirt ist schmeichelhafter als eine weite Bluse.

◆ Tragen Sie eine dünne Bluse über einem T-Shirt, wenn Sie Ihre Arme verhüllen wollen. Sie können einen Body tragen, ein Mieder oder dünne Unterwäsche und ein Organza-, Seidenchiffon- oder Georgette-Shirt über dem Top. Sie können ein Stück Chiffon auch über Ihre Arme drapieren wie einen Schal – Chiffon ist ein wunderbares Material, um kleine Erhebungen und Kurven zu verhüllen.

◆ Vermeiden Sie zu weite Kleider – den sogenannten Schlabberlook. Sie laufen Gefahr, wie eine wandelnde Vogelscheuche auszusehen, und niemand weiß, welche Figur sich hinter dem wallenden Stoff verbirgt. Kaufen Sie Kleider, die tailliert sind, aber nicht zu eng anliegen.

◆ Wenn die Auswahl der Sommerkleidung ein Problem bedeutet, sollten Sie professionelle Hilfe suchen oder sich ein Buch zum Thema besorgen. Viele denken, daß sich jeder vorteilhaft anziehen und zurechtmachen kann, dem ist aber nicht so. Wenn Sie keine Modeberatung aufsuchen wollen, suchen Sie eine Verkäuferin Ihres Alters, deren Stil Ihnen gefällt, und fragen Sie nicht eine gertenschlanke Teenager-Verkäuferin um Rat.

◆ Das Alter ist eine Frage des Bewußtseins und nicht der Jahre. Kleider können helfen, aber es kommt der Tag, an dem Frauen sich akzeptieren müssen wie sie sind, und der Alterungsprozeß ist Teil davon. Es wäre langweilig, wenn wir alle perfekt wären. Wenn ich an einem heißen Tag ein ärmelloses Kleid tragen möchte, tue ich es, auch wenn ich über meine Arme nicht glücklich bin. Genauso wenig wie über meine Besenreiser. Wenden Sie sich an einfühlsame Modeberater, die Sie unterstützen können, sich zeitlos schön und wohl zu fühlen. Wenn Sie etwas wirklich stört, nehmen Sie es in Angriff. Ansonsten lautet die Devise: „Genießen Sie das Leben!“

Faszinierende Frauen

Joan Burstein

Joan Burstein, die Begründerin von Browns, der elegantesten Kleiderboutique in London, ist berühmt für Ihre Stilsicherheit und ihren Charme. Sie hat schwierige Zeiten durchlebt und Krankheit, Pleite und alle Hochs und Tiefs eines Familien- und Geschäftslebens erfahren, aber sie begegnet dem Leben mit der Gelassenheit einer Frau, die mit sich im Einklang ist. Als Großmutter strahlt sie die Lebensfreude eines Teenagers aus.

Ich wußte schon als Kind, was ich wollte und auch wie ich aussehen wollte. Modetrends in Magazinen haben mich seit jeher beeinflußt. Ich war eine der wenigen Frauen, die während des Krieges Modejournale bekam. Ich arbeitete in einer Drogerie und wollte das *Ladies Home Journal*, und das Mädchen von Smith wollte eine Nivea-Creme – also tauschten wir.

Das Wichtigste ist Ihr Körper, wenn Sie modisch und attraktiv in Ihren Kleidern aussehen wollen. Sie müssen ihn fit halten, respektieren und sich mit ihm auseinandersetzen. Um das Gewicht zu halten, ist Disziplin nötig. Ich bin diszipliniert, weil ich mich nicht wohl fühle, wenn ich zunehme.

Ich war immer schon ein athletischer Typ. Ich habe Laufen und Hochspringen praktiziert, heute schwimme ich und mache ausgedehnte Spaziergänge auf dem Land. Jeden Tag mache ich etwa zwanzig Minuten lang Bodenübungen für meinen etwas schwachen Rücken.

Ich habe Vertrauen in die Reflexzonenmassage. Sue Reid kommt jede Woche zu mir nach Hause, und wenn ich ein Problem habe, kann sie es lokalisieren und etwaige Stauungen beseitigen, so daß die Energie wieder fließt.

Mein Mann lehrte mich, wie wichtig richtige Ernährung ist. Er war Vegetarier, als ich ihn kennenlernte. Er ist ein ganz besonderer, sehr nachdenklicher Mann. Vor Jahren hat ein wundervoller naturheilkundiger Arzt meine Zähne gerettet. Ich hatte nach der Geburt meines zweiten Kindes ein sehr schlechtes Zahnfleisch, und mein Zahnarzt sagte mir, daß ich meine Zähne verlieren würde – mit 25. Ein zweiter Spezialist war derselben Meinung. Während des Krieges bekam man nur minderwertige Nahrungsmittel, wodurch ich mir eine chronische Entzündung zuzog. Gordon Latto sagte mir jedoch, daß ich, wenn ich neun Monate lang nur rohes Gemüse und Früchte essen würde, meine Zähne retten könne. Kein warmes Essen, weil Hitze im Mund Bakterien fördert. Das Problem war mein Zahnfleisch. Um es zu kräftigen, mußte sich das Blut regenerieren. Ich folgte seinem Rat – und mein Problem war gelöst.

Ich achte auf die Ernährung; manche Nahrungsmittel, wie rotes Fleisch und Krustentiere, die mir nicht gut tun, esse ich nicht. Ich liebe rohes Gemüse und frische Früchte. Wenn möglich, kaufe ich nur biologische Lebensmittel.

Ich wünschte, ich könnte meditieren, aber in meinem Kopf schwirren zu viele Gedanken herum, deshalb entspanne ich mich beim Lesen.

Browns gründeten wir im Jahre 1970, einfach um zu überleben. Wir hatten zuvor ein sehr großes Unternehmen, das leider Konkurs machte. Wir verloren unser Haus, einfach alles, die Kinder mußten aus der Schule genommen werden. Es war eine schlimme Zeit, aber wir haben daraus gelernt. Browns läuft wunderbar. Ich habe einen 12-Stunden-Tag, aber versuche, mir Zeit für mich selbst zu nehmen!

Ich bin ständig unterwegs, meine Kleider müssen deshalb bequem sein und gut aussehen – und ich muß mich wohlfühlen. Ich mag einfache Kleider aus schönem Material. Man muß Kleider wählen, die der persönlichen Linie entsprechen – mein Schrank ist voll von Designermodellen, weil ich weiß, daß ich darin gut aussehe und überall damit hingehen kann. Am Abend trage ich weite Seidenhosen mit einem Chiffon-T-Shirt und eventuell einen Bläser. Ich bevorzugte helle Farben, aber da sich mein Teint mit dem Alter änderte, trage ich mittlerweisle neutrale Faben wie Navy, Schwarz oder Grau, mit einem Schal als Farbtupfer. Ich liebe Weiß: In den Ferien trage ich es fast ausschließlich. Schuhe sind ein Problem, weil ich einen breiten Fuß mit hohem Rist habe ich trage Hosen, um sie zu verbergen. Und ich liebe meine Perlen – ob sie nun modern sind oder nicht.

Manchmal denke ich, daß plastische Chirurgie oder Collageninjektionen ganz nett wären. Die Eitelkeit wird befriedigt, aber es ändert nichts. Das wichtigste Gut für mich ist die Gesundheit.

Leitfaden für gesunde Ernährung, die schön und glücklich macht

Man ist, was man ißt. Wir bestehen aus 63 Prozent Wasser, 22 Prozent Protein, 13 Prozent Fett und zwei Prozent Vitaminen und Mineralien. Diese benötigten Stoffe werden allesamt mit der Nahrung aufgenommen. Ein perfekter „Treibstoff" ist nicht nur nahrhaft, sondern auch köstlich. Wir zeigen Ihnen, wie Sie sich am besten ernähren, um sich für immer wohl zu fühlen.

Was wir unserem Körper zuführen, beeinflußt unser Aussehen, unsere Gesundheit (in der Gegenwart und in Zukunft), den Energiepegel, die Stimmung und sogar die Gehirntätigkeit. Richtige Ernährung ist daher essentiell. Angesichts der Hungerkatastrophen wäre es politisch nicht korrekt zwischen gutem und schlechtem Essen zu unterscheiden. Für Hungerleidende ist natürlich jedes erhältliche Nahrungsmittel gut. Die meisten von uns haben heute jedoch zu viel des Guten und versuchen ständig, weniger zu essen. Wir sind jedenfalls der Meinung, daß es sehr wohl Qualitätsunterschiede bei den angebotenen Lebensmitteln gibt.

Viele Nahrungsmittel aus Massenproduktion – Früchte, Fleisch und vor allem tiefgefrorene und haltbar gemachte Lebensmittel – sind von schlechter Qualität. Man kann sich zwar davon ernähren, sie geben einem aber nicht die Nährstoffe, die man für eine blühende Gesundheit braucht. Die Nährstoffe gingen durch die Intensivproduktion und die Verarbeitung verloren. Besorgniserregender ist wegen der Übersäuerung, daß sie auch chemische Zutaten enthalten, die unsere Gesundheit aus dem Gleichgewicht bringen können. Neuere Forschungsergebnisse aus Dänemark belegen, daß die wachsende Anzahl von bisweilen lebensbedrohlichen, antibiotikaresistenten „Superbazillen", die in unseren Spitälern auftreten, mit der zunehmenden Verwendung von Antibiotika im Tierfutter zusammenhängen könnte.

Qualitativ hochwertige Nahrungsmittel werden biologisch angebaut und ohne Zusatz von Chemikalien verarbeitet. Wir kaufen und essen beide größtenteils biologische Nahrungsmittel und bauen sie auch an. Wir bevorzugen Nahrungsmittel, die nicht unzählige chemische Prozesse durchliefen oder genmanipuliert wurden. Im wesentlichen essen wir Gemüse, Obst, wenig Fleisch, etwas Fisch und Käse, viel Getreide und Hülsenfrüchte und reichlich gutes Olivenöl. Man könnte sagen, wir essen wie italienische oder griechische Bauern, was uns gefällt, weil diese, wie wissenschaftliche Untersuchungen zeigen, sich am gesündesten ernähren. Wir mögen auch japanische Speisen und essen Unmengen von Soja und Algen *(siehe Seite 193)*.

Auf herkömmliche Weise produzierte Nahrungsmittel schmecken weniger gut und übersäuern den Organismus. Hier hilft Formula Basic Pulver von BDS aus der Apotheke. Denn permanente Übersäuerung bewirkt irreparable Schäden an Gewebe, Knochen und Knorpeln.

Ein prominenter Vertreter der Ernährungsindustrie sagte uns, daß Nahrungsmittel nur deshalb genmanipuliert werden, weil die Wissenschaft entdeckte, wie dies technisch durchzuführen sei, und weil manche internationale Firmen Billionen in diesen Forschungszweig investiert haben.

Bill Clinton befürwortet die Genmanipulation, weil die Genindustrie einer der industriellen Wachstumszweige des 21. Jahrhunderts ist. Unserer Meinung nach ist das kein Grund, die Konsumenten als Versuchskaninchen für eine neue Technologie zu mißbrauchen, die Gesundheit und Umwelt schädigen kann.

Das Argument gegen biologische Nahrungsmittel ist der höhere Preis, der aber auch davon abhängt, was man kauft. Wenn Sie Fleisch, wie es auch die Medizin empfiehlt, als Beilage und nicht als Hauptgericht verwenden, verringern sich Ihre Ausgaben erheblich. Die Kosten variieren auch je nachdem, ob Sie im Supermarkt oder im Bioladen einkaufen. Eine andere Möglichkeit wäre der Eigenanbau. Immer mehr Menschen bauen zumindest einen Teil ihres Gemüses selbst an, was nicht nur Kosten senkt, sondern auch Freude bereitet.

Wenn man den diversen Gesundheitsaposteln zuhört, möchte man meinen, daß man sich einerseits richtig ernähren sollte, um sich vor Krebs zu schützen, andererseits um Herzkrankheiten und dann noch Osteoporose vorzubeugen. Und dabei wurde noch gar nicht berücksichtigt, daß das Essen schlank machen, Energie, glänzende Augen und gesundes Haare sowie eine reine Haut verleihen sollte.

Erfreulich ist, daß alle diese Anforderungen und Wünsche an unsere Ernährung sich auf einfache Weise erfüllen lassen, die wir in **20 Jahre 40 bleiben** beschreiben. Wir halten nie Diät, sind mit unserer Figur aber sehr zufrieden. Wir sind nie hungrig, strotzen vor Energie und schmausen wie die Könige. Versuchen Sie es auch!

ESSEN SIE SICH GESUND

◆ Gemäß unserer Anlage sollten wir das Essen kauen, nicht hinunterschlingen; mehrere kleine Mahlzeiten – drei bis fünf am Tag – sind besser als zwei schwere.

◆ Frühstücken Sie etwa eine Stunde nach dem Aufstehen, damit die Verdauung in Schwung kommen konnte; lassen Sie das Frühstück nie ausfallen – Sie riskieren Gewichtszunahme und Energieverlust.

◆ Setzen Sie sich wenn möglich mindestens 45 Minuten in angenehmer Gesellschaft zum Mittagstisch.

◆ Trinken Sie wenig während der Mahlzeiten.

◆ Früchte zwischen den Mahlzeiten oder als Vorspeise essen. Als Nachspeise können sie den Verdauungstrakt verstopfen oder gären.

◆ Nehmen Sie Ihr Abendessen zwei Stunden vor dem Schlafengehen ein und messen Sie danach ihren pH-Wert mit dem Indikatorpapier pH 5,6–8,0 von BDS aus der Apotheke.

IDEALFIGUR

Experten stimmen überein, daß gesunde Nahrung sich wie folgt zusammensetzen sollte:

Kohlenhydrate	70 %
Fett	15 %
Proteine	15 %

Die Nahrung der meisten Menschen sieht so aus:

Kohlenhydrate	28 %
Fett	40 %
Proteine	12 %
Zucker	20 %

Woraus besteht unsere Nahrung

KOHLENHYDRATE

Zu den Kohlenhydraten zählen Einfachzucker (z.B. Glukose) und Mehrfachzucker (z.B. Stärke); sie sind die Hauptenergiequellen des Körpers. Es gibt rasch und langsam mobilisierbare Kohlenhydrate. Erstere sind in Zucker, Honig, Malz, Süßigkeiten und den meisten raffinierten Nahrungsmitteln enthalten. Diese Produkte bringen bedingt durch das schnelle Ansteigen des Blutzuckerspiegels einen Energieschub, der rasch wieder abfällt. Zur zweiten Gruppe gehören Gemüse, frisches Obst und Vollkorngetreide. Diese Nahrungsmittel liefern nachhaltigere Energie, da sie komplexere Kohlenhydrate und/oder mehr Ballaststoffe enthalten, die den Anstieg des Blutzuckerspiegels verlangsamen.

Kohlenhydrate der zweiten Gruppe sollten der Hauptbestandteil Ihres Speiseplans sein und 70 Prozent ihrer täglichen Kalorienzufuhr ausmachen.

PROTEINE

Proteine sind lebensnotwendig, da sie 20 Aminosäuren (Eiweiß) enthalten, die Bestandteile der Zellen sind. Die hochwertigsten Proteinquellen sind: Fisch, Fleisch, Bohnen, Erbsen, Linsen, Soja und Eier.

Der empfohlene Richtwert: 35 g Eiweiß; entspricht einer kleinen Portion Fleisch, Fisch, Käse oder einem Ei (15 Prozent Ihres täglichen Nahrungsmittelbedarfs).

BALLAST- BZW. FASERSTOFFE

Ballaststoffe absorbieren Wasser im Verdauungstrakt, wodurch die Nahrung sperriger und leichter transportierbar wird; sie halten den Energiepegel aufrecht und verhindern Verstopfung und Fäulnis (die Ursache vieler Verdauungsbeschwerden, wie Divertikulose, Dickdarmkatarrh, Darmkrebs). Eine faserreiche Frühstückskost beugt Darmkrebs vor. Faserstoffe sind in Vollkorngetreide, Gemüse, Früchten, Nüssen, Samen, Linsen und Bohnen enthalten.

Nehmen Sie täglich 35 g Ballaststoffe zu sich, was zehn Prozent Ihrer Kalorienzufuhr entspricht.

FETTE

Fette oder Lipide sind für den Körper lebensnotwendig *(siehe Seite 195: Die „richtigen" Fette).*

Schädliche Fette

◆ Gesättigte Fettsäuren kommen in tierischen Erzeugnissen und Milchprodukten vor und sind nicht lebensnotwendig; sie sind mitverantwortlich für Fettleibigkeit, Herzkrankheiten etc.

◆ Gehärtete Fette in behandelten Nahrungsmitteln führen zu erhöhten Cholesterinwerten im Blut und tragen zu Herz- und einigen Krebserkrankungen bei.

„Gute" Fette *(siehe auch Seite 195)*

◆ Ungesättigte Fettsäuren sind in kaltgepreßten Ölen, Nüssen und Samen enthalten und reduzieren das schädliche Cholesterin.

◆ Omega-3 ist eine essentielle Fettsäure, die in fetthaltigen Fischen (Lachs, Thunfisch, Makrele, Hering), Leinsamen, Walnüssen und Nußöl, Flachssamen und -öl vorkommt. Sie ist wichtig für Gehirn, Nerven- und Immunsystem, Herz-Kreislauf-System und Haut.

◆ Omega-6 kommt in Sonnenblumen- und Sesamkörnern, Saflor (Färberdistel), Soja und Leinsamen vor.

Essen Sie nur gute Fette und reduzieren Sie die Fettzufuhr auf 30 %, idealerweise 15 % Ihres Kalorienbedarfs.

DER BLUTZUCKER-SPIEGEL

Die Stabilisierung des Blutzuckerspiegels ist der wichtigste Faktor, um Energie- und Gewichtsniveau aufrechtzuerhalten, meint der Ernährungwissenschaftler Patrick Holford, da die Glukosemenge im Blut den Appetit beeinflußt.

Glukose ist das Rohmaterial, das Ihre Zellen in Energie umwandeln. Wenn das Niveau sinkt, entsteht ein Hungergefühl. Bei zu hohem Niveau wandelt der Körper den Überschuß in Glykogen um, eine kurzfristige Energiequelle, die hauptsächlich in der Leber und in den Muskelzellen gespeichert wird, oder in Fett, das Langzeitdepot für Energie. Niedriger Blutzuckerspiegel kann eine Reihe von Symptomen wie Müdigkeit, Konzentrationsschwäche, Gereiztheit, Depression, Kopfschmerzen und Verdauungsprobleme verusachen.

Ideal wäre es, wenn wir unseren Blutzuckerspiegel auf einem gleichmäßigen Niveau halten könnten. Am schädlichsten dabei ist der Genuß von zuckerhaltigen Nahrungsmitteln und von Glukose oder Produkten, die diese enthalten. Die gesündesten Nahrungsmittel sind Hülsenfrüchte und Vollkorngetreide; diese enthalten reichlich komplexe Kohlenhydrate und setzen ihren Zuckergehalt langsam frei. Sie sind faserreich, was den Blutzuckerspiegel stabilisiert und die Verdauung anregt. Halten Sie sich an die gesunden Nahrungsmittel von **20 Jahre 40 bleiben** und lassen Sie keine Mahlzeiten ausfallen.

Abnehmen

Es ist eine weitverbreitete Ansicht, daß Frauen mit dem Alter molliger werden. Muß das so sein? „Keineswegs", meint Professor Michael Lean vom Institut für Ernährungswissenschaften an der University of Glasgow, „wenngleich sich die Figur verändert." Der veränderte Hormonhaushalt in der Menopause (der Östrogenspiegel sinkt, wähend der Testosteronspiegel relativ hoch ist) bewirkt, daß Frauen eher um die Mitte als um die Hüften Fett anlegen. Die Hormonumstellung beeinflußt jedoch nicht den Appetit und damit auch nicht das Gewicht. Wahrscheinlicher ist, daß wir einfach weniger Bewegung haben und/oder mit zunehmendem Alter mehr essen.

Dennoch sollte das stetig anwachsende Problem des Übergewichts und der Fettleibigkeit in den Industrieländern ernstgenommen werden. Jeder kann, wie Professor Lean meint, durch eine Kombination von behutsamer Diät, Gymnastik und psychologischer Unterstützung Gewicht verlieren. Alarmzeichen für Fettleibigkeit werden mit dem Body-Mass-Index festgestellt. Dieser wurde mittlerweile vereinfacht und besagt, daß Frauen – egal wie groß sie sind –, deren Taillenweite 80 Zentimeter oder mehr beträgt, darauf achten sollten, daß sie nicht zunehmen, sondern eher ein paar Kilogramm abnehmen. Sie müssen keine strenge Diät einhalten, sondern sollten ihren Lebensstil nach den Richtlinien von **20 Jahre 40 bleiben** ändern. Frauen mit einer Taillenweite von 88 Zentimetern oder mehr droht ein ernsthaftes medizinisches Problem, sie sollten sofort den Arzt konsultieren.

Professer Lean warnt Frauen davor, ohne Rücksprache mit ihrem Arzt Kliniken aufzusuchen und Schlankheitspillen zu nehmen, die möglicherweise gesundheitsgefährdend sind. „Meist werden in diesen Kliniken Unsummen für wertlose Medikamente verlangt, und die wenigsten Patienten erhalten die allumfassende medizinische Betreuung, die sie brauchen."

Bei wirklich unbehandelbaren Fällen von Fettleibigkeit wirken die zwei rezeptpflichtigen Schlankheitspillen – Sibutramin und Orlistat – am besten. Ein chirurgischer Eingriff ist der letzte Ausweg.

„Waschbrettbauch"

Ein flacher Bauch ist für die meisten älteren Frauen eher unrealistisch, aber niemand muß eine Rubensfigur haben. Eine funktionierende Verdauung und kräftige Bauchmuskeln sind das Rezept für einen flacheren Bauch. Wer zu Blähungen neigt, sollte alle Speisen, die Weizen oder Bohnen enthalten und kohlensäurehaltige Getränke meiden. Entdecken sie Kombinationen (*siehe Seite 196*), bei denen Früchte nur als Snack, keinesfalls zur Hauptmahlzeit, und Proteine nicht gleichzeitig mit Kohlenhydraten gegessen werden. Jede Gymnastik ist hilfreich, Trampolinspringen fördert die Verdauung. Finden Sie heraus, ob Sie auf manche Nahrungsmittel empfindlich reagieren, an Candida oder einem Reizdarm leiden (*Seite 198–199*). Machen Sie die Haltungsgymnastik (*Seite 164)* zur Kräftigung der Bauchmuskulatur.

DREI ARGUMENTE GEGEN DIÄTEN

◆ Sie funktionieren nicht: 90 Prozent der Menschen, die eine Diät durchführen, haben innerhalb von zwei Jahren wieder Ihr altes Gewicht – oder mehr. (Denken Sie an **Liz Taylor**.)

◆ Jo-Jo-Diäten sind eine Belastung für Körper und Seele, die zu hormonellen Problemen, Osteoporose, Zellulitis, Haarausfall und chronischen Krankheiten führen kann und Energie raubt.

◆ Eine ausgewogene Ernährung und Gymnastik verleihen unbändige Energie und halten den Körper in Form. Wenn Sie abnehmen müssen, versuchen Sie es mit Trennkost (*siehe Seite 196*). Gute Ernährung macht schlanker. Essen Sie komplexe Kohlenhydrate statt fett- oder zuckerhaltiger Fastfood-Snacks.

Das Gegenteil von dick ist gesund – *nicht* dünn.

„Essen Sie Obst am Vormittag, Salat und Beeren zu Mittag und entweder Proteine oder Kohlenhydrate (nicht mischen!) am Abend. Wasserflaschen sollten überall stehen: neben dem Bett, in der Küche, sogar in der Diele. Trinken Sie soviel Wasser wie möglich."

LAUREN HUTTON

Optimale Ernährung für Frauen

Täglich erfährt die Wissenschaft mehr über die Rolle bestimmter Nahrungsmittel bei der Krankheitsprävention, der Bekämpfung von Infektionen und bei der Verlängerung des Lebens. Ein neues Ernährungskonzept ist im Entstehen: Man ißt mehr von bestimmten Nahrungsmitteln, um sich vitaler und gesünder zu fühlen und vor Krankheit zu schützen. Wir befragten drei der führenden Ernährungswissenschaftler – Joseph Pizzorno von der Bastyr University in Seattle, Patrick Holford aus London und Kathryn Marsden, Bestsellerautorin, nach optimaler Ernährung für Frauen, die in die Jahre kommen.

„Biologisch" heißt das Zauberwort.

Alle Ernährungswissenschaftler, mit denen wir sprachen, meinten übereinstimmend, daß wir unseren Körper nicht mit potentiell schädlichen, toxischen Chemikalien traktieren sollten: biologische Nahrungsmittel sind am besten, auch den Nährstoffgehalt betreffend. „Obwohl es bis jetzt erstaunlich wenige Untersuchungen gab, bei denen der Nährstoffgehalt biologischer und herkömmlicher Nahrungsmittel verglichen wurde, sprechen die bisher erhobenen Daten eindeutig für die biologischen Nahrungsmittel", erklärt Dr. Pizzorno. „Eine Studie zeigte, daß der Selengehalt biologischer Nahrungsmittel viermal höher war als bei herkömmlichen Produkten. Eine andere Studie belegt einen 50 Prozent höheren Zinkgehalt. Das sind gewaltige Unterschiede. Die Botschaft ist deutlich: Biologische Nahrungsmittel sind gesünder und nährstoffreicher. Bio-Lebensmittel sind zwar oft um 25 Prozent teurer, enthalten aber weniger Wasser und mehr feste Bestandteile und Nährstoffe, weshalb sie nicht wirklich teurer sind.

SOJA

Alle drei Experten waren sich einig, daß Produkte auf Soja-Basis, wie Tofu, Tempeh, Miso und Sojamilch, die Phytoöstrogene – wohltuende pflanzliche Östrogene – enthalten, positiven Einfluß auf die Gesundheit von Frauen haben. Im gebährfähigen Alter können diese pflanzlichen Stoffe Brustkrebs verhindern; asiatische Frauen, die viel Soja zu sich nehmen, haben eine um das Fünffache niedrigere Brustkrebsrate als Frauen aus dem Westen. Während der Menopause, wenn der Östrogenspiegel um 60 Prozent sinkt, können Phytoöstrogene das Zünglein an der Waage sein. Experten empfehlen etwa 100 bis 200 Gramm Soja pro Tag. Diese Menge entspricht 350 Milligramm Sojamilch oder einem Tofu. Obwohl eine große Anzahl von vegetarischen Fertiggerichten Soja in Form von Sojaprotein enthält, bevorzugt Dr. Pizzorno Tofu und Sojamilch gegenüber diesen Fertigprodukten.

KREUZBLÜTLER

„Broccoli, Rosenkohl, Kohl und Blumenkohl enthalten Substanzen, die die Fähigkeit der Leber, körpereigene Gifte sowie Umweltgifte zu verarbeiten, erhöhen.", erklärt Patrick Holford. Sie enthalten auch Stoffe, die vorbeugend gegen Krebs wirken. „Forschungsergebnisse belegen, daß man, wenn man mehr als einmal wöchentlich Kohl ißt, das Risiko von Dickdarmkrebs um zwei Drittel senkt", fügt er hinzu. Man sollte täglich 115 bis 175 Gramm Kohl in den verschiedensten Variationen zu sich nehmen, vorzugsweise roh oder als Saft, da durch das Kochen Enzyme zerstört werden. (Weitere Kreuzblütler sind Kresse, Meerrettich, Staudenkohl, Schnittsenf, Kohlrabi, Radieschen und Weiße Rüben).

HEIDELBEEREN

Heidelbeeren sind reich an Anthozyanidin, einem Flavonoid, das unentbehrlich für die Sehkraft ist. Anthozyanidin kommt in allen Beeren mit purpurroter oder blauer Farbe vor, wie roten Weintrauben, Schwarzen Johannisbeeren, Kulturpreiselbeeren. Sie können auch Rohsaftkonzentrate als Nahrungsergänzung versuchen (Kaufen Sie die Säfte in Reformhäusern). Heidelbeeren sollten auf dem täglichen Speisezettel stehen.

BRASILNÜSSE

Dr. Pizzorno hält sie für eine ausgezeichnete Selenquelle: „Es gibt erstaunliche Hinweise über den Zusammenhang zwischen Selenmangel und erhöhtem Vorkommen von Krebs. Selen stärkt das Immunsystem phänomenal. Darüber hinaus regt es die Schilddrüsentätigkeit an; Menschen, die über Energiemangel klagen, leiden oft an einem Selendefizit." Der tägliche Genuß einer Handvoll geschälter Brasilnüsse schafft Abhilfe.

Patrick Holford zählt auch Mandeln und Haselnüsse zu den gesundheitsfördernden Nüssen, ebenso Leinsamen, Sesamsamen und Sonnenblumenkerne. „Vermischen und vermahlen Sie Sesam, Leinsamen und Sonnenblumenkerne und bewahren Sie sie in einem geschlossenen Gefäß im Kühlschrank auf. Essen Sie täglich einen gehäuften Teelöffel." (PS.: Schmeckt köstlich über Salate gestreut).

KNOBLAUCH
Knoblauch enthält etwa 200 biologisch wirksame Verbindungen, von denen viele eine Rolle bei der Verhütung von Krankheiten, wie Krebs und Herzleiden, spielen", erklärt Patrick Holford. Auch Dr. Pizzorno empfiehlt täglich eine gekochte oder rohe Knoblauchzehe.

TOMATEN
Tomaten sind wichtig für die Sehkraft, da sie in hohem Maße die Substanzen Lutein und Lyzopen enthalten. Essen Sie Tomaten roh, als Saft, in Saucen oder Fertigprodukten. Der empfohlene Richtwert sind 50 Gramm täglich, um die Augen zu schützen.

BIERHEFE
Dr. Pizzorno ist überzeugt von diesem alten Heilmittel. Es enthält viele Proteine, Vitamin B und Chrom und reguliert den Blutzuckerspiegel.

SHIITAKE-PILZE
Sie stärken das Immunsystem und enthalten Lentinan, ein wahres Wundermittel für unser Immunsystem. Shitake ist eines der wenigen Gemüse, das Vitamin D aufweist, reich an Kalzium und Phosphor ist und auch viele Aminosäuren enthält. Frisch oder getrocknet erhältlich. Sollten einmal wöchentlich am Speisezettel stehen.

REISMELDE
Wird aufgrund ihrer einzigartigen, nachhaltig wirkenden Eigenschaften „Mutterkorn" genannt. „Sie enthält deutlich mehr und qualitativ hochwertigere Proteine als jedes andere Getreide oder Fleisch", erläutert Patrick Holford. Es enthält fast viermal so viel Kalzium wie Weizen sowie Eisen, Vitamine der B-Gruppe und Vitamin E.

Verlangen Sie danach in Reformhäusern. Reismelde schmeckt auch köstlich mit Gemüse und Tofu. Zweimal wöchentlich für Ihren Speiseplan zu empfehlen (wenn Sie Vegetarierin sind, öfter).

FISCH (wenn Sie keine Vegetarierin sind)
Fisch ist nicht nur reich an Proteinen, Vitaminen und Mineralien (vor allem Selen), sondern enthält auch viele Nährstoffe, die die Gehirnfunktionen fördern; fetthaltiger Fisch (Makrele, Hering, Lachs, Thunfisch, Haifisch und Schwertfisch) enthält viele ungesättigte Fettsäuren. Fischgerichte sollten dreimal wöchentlich serviert werden.

NATIVES OLIVENÖL EXTRA
Enthält viele ungesättigte Fettsäuren und ist gut für das Herz. Olivenöl scheint sich auch auf den Blutzuckerspiegel positiv auszuwirken.

AVOCADO
„Großartig für die Haut", meint Kathryn Marsden. „Avocados enthalten einfach ungesättigte Fettsäuren. Viele Frauen befürchten, daß Avocados dick machen; eine Frucht hat jedoch nur 190 Kalorien. Avocados sind reich an Kalium, Vitamin E (hilft gegen Hitzewallungen), Karotin, Folsäure, Vitamin B_5, Biotin und Vitamin C sowie dem für die Schilddrüse wertvollen Jod."

ROTE BEETE
Sie ist dank ihrer Biostoffe außerordentlich gesund, enthalten z.B. in MICROFLORANA F in Apotheken.

JOGHURT
„Schaf- und Ziegenjoghurt sind am besten, da sie leichter verdaulich sind als Kuhmilchjoghurt", meint Kathryn. Eine wunderbare Quelle für Kalzium, die die Verdauungsflora gesund hält und „freundliche" Bakterien beinhaltet. Der Bakterienanteil vermindert sich mit der Zeit, deshalb weniger, aber frisches Joghurt einkaufen.

◆ Unser Favorit heißt Algen: Wenn wir müde sind und am nächsten Tag fit sein müssen, essen wir japanisch: Miso-Suppe, Algensalat und Tofu-Steaks in Ingwer und Sojasauce. Algen sind sehr reich an Kalzium und enthalten viele Mineralien, die Knochen, Herz, und Blutdruck unterstützen; sie beugen Krampfadern und Hämorrhoiden vor und reduzieren Inkontinenz, vaginale Trockenheit und Hitzewallungen.

Gesunde Nahrungsmittel

KAUFEN SIE:
Frische, biologische Lebensmittel

Gemüse (unbeschränkt)
Roh oder leicht gekocht. Peilen Sie fünf Portionen täglich an.

Bohnen, Erbsen (frisch oder getrocknet)

Linsen

Vollkorngetreide
Naturreis, Hirse, Roggen, Weizen, Reismelde, Vollkornbrot und -nudeln; Ideal sind vier Portionen täglich.

Obst
Dreimal täglich.

Sojaprodukte (Tofu, Sojamilch usw.)

Joghurt

Samen (Sonnenblumenkerne, Sesam-, Saflorsamen)

Brasilnüsse (ungeschälte)

Mandeln und Haselnüsse

Natives Olivenöl extra (kaltgepreßt)

Wenn Sie keine Vegetarierin sind, essen Sie zwei- bis dreimal wöchentlich **Krustentiere**

Eier aus kontrollierter Haltung (Salmonellengefahr)

Weißes Fleisch aus biologischer Aufzucht
z.B. Hühnchen ohne Haut

GETRÄNKE
Zur Wahl:
Reines Wasser – 1,5 bis 2 Liter täglich
Kräutertees
Gemüsesäfte (selbstgemacht)
Fruchtsäfte (mit Wasser verdünnt)
Qualitätswein (weniger als zwei Gläser täglich)

Energieraubende Nahrungsmittel

VERMEIDEN SIE:
Fertigprodukte, raffinierte Produkte, Konserven

Diätmittel

Raffinierten weißen Zucker/Mehl und andere rasch mobilisierbare Kohlenhydrate, wie Weißbrot, Kekse, Kuchen, Süßigkeiten

Fettreichen Käse oder Brotaufstriche

Saucen mit Zusatzstoffen

Kuhmilch

Weißes Mehl oder zuckerhaltige Frühstückskost

Gesättigte (gehärtete) Fette, z.B. Fleisch oder Milchprodukte

Kleie und kleiehaltige Nahrungsmittel: Sie können die Kalziumaufnahme beeinträchtigen.

Künstliche Geschmacksverstärker, Farbstoffe, Süßstoffe, Konservierungsstoffe

Salz/salzhaltige Nahrungsmittel

Mehrfach gesättigte Aufstriche

Fisch-/Käse-/Fleischprodukte, die verarbeitet, geräuchert oder gefärbt wurden

Schweinefleisch und Rindfleisch

GETRÄNKE
Vermeiden Sie:
Moussierende Getränke, die reich an Phosphaten sind
Künstlich gesüßte Getränke (Cola, Limonaden)
Kaffee, Tee
Bier, Spirituosen

FAKTEN ÜBER FETT

◆ Die meisten von uns essen zu viel ungesundes Fett. Wir nehmen über 40 Prozent der Kalorien über Fette zu uns, davon sind mehr als die Hälfte gesättigte Fettsäuren. Experten meinen, daß Fette nur 15 bis 30 Prozent unserer täglichen Kalorienzufuhr ausmachen sollten.

◆ Gesättigte Fettsäuren sind unsere größten Feinde, vor allem was das Risiko für Herzkrankheiten und -infarkte betrifft: Durch zuviel Fleisch, Eier und Butter wird überschüssiges Cholesterin in den Arterien abgelagert, was Gewichtsprobleme verursacht. Gesättigte Fettsäuren sind in fast allen tierischen Lebensmitteln (Fleisch und Milchprodukte) enthalten.

◆ Der Ersatz von Butter durch Margarine (die aus pflanzlichem Öl hergestellt wird) ist nicht unbedingt die Antwort, wenn das Öl in der Margarine gehärtet wurde. Bei der Härtung werden flüssige Öle in feste Öle ungewandelt, wobei gleichzeitig die sogenannten Trans-Fettsäuren entstehen, die die Cholesterinwerte im Blut und die Blutfettwerte erhöhen und die vitalen Funktionen der essentiellen Fettsäuren stören. „Gehärtete Fette blockieren die Zirkulation der ‚guten' Fette", meint Dr. Erasmus. Kaufen Sie Margarine oder Aufstriche, auf deren Etikett angegeben ist, daß sie keine gehärteten Fette enthalten und meiden Sie konservierte Lebensmittel (Kekse, Kuchen, Eiscreme und viele Fertiggerichte), die gehärtetes Pflanzenöl enthalten.

◆ „Das Erhitzen der Öle beim Kochen zerstört – sogar im Wok – essentielle Fettsäuren und kann schädlich sein", erläutert Dr. Erasmus. „Öl wird, wenn es anbrennt und zu rauchen beginnt, karzinogen."

Die (richtigen) Fette nähren die Haut von innen

Die drastische Einschränkung der Fettaufnahme wird in aller Welt propagiert. Aber unser Körper und unser Teint benötigen Fett, ohne dessen Zufuhr wir viel rascher altern würden.

Der plastische Chirurg Dr. Richard Ellenbogen aus Los Angeles meint: „Sehr fettreduzierte Diäten entziehen der Haut Öl. Manche Leute um die Dreißig, die eine fettreduzierte Diät machen, sehen aus wie Dörrobst."

Der internationale Ernährungsexperte Dr. Udo Erasmus stimmt dem zu: „Unser Körper muß geölt werden. Die Öle, welche die essentiellen Fettsäuren enthalten, haben eine großartige Funktion. Bei ausgewogener Zufuhr bilden sie eine Barriere auf der Haut, die Feuchtigkeitsverlust verhindert und eine glatte, geschmeidige Haut verleiht. Auch feine Fältchen, die von der Austrocknung herrühren, werden vermindert." Neben anderen wesentlichen Funktionen für unsere Gesundheit transportieren die Fette die fettlöslichen Vitamine A, D, E und K.

Essentielle Fettsäuren sind in Pflanzenölen (vor allem in Leinsamen und Hanf), Samen, Nüssen und fetthaltigem Fisch enthalten. Die essentiellen Fettsäuren, die so eine wichtige Rolle spielen, sind Omega-6 (Gammalinolensäure) und Omega-3 (Alphalinolensäure); wir sollten sie im Verhältnis 2:1, zwei Drittel Omega-3 und ein Drittel Omega-6, zu uns nehmen. Erfreulicherweise sind ausgewogene Ölmischungen in Kapsel- wie auch in Flüssigform erhältlich. (Die Öle schmecken pur oder in Salat köstlich; 1 bis 2 Teelöffel pro Tag sind ideal.)

Ob man ausreichend ungesättigte Fettsäuren zu sich nimmt, findet man am raschesten durch einen Hauttest heraus. „Die Haut ist das Organ, in welches das Öl zuletzt gelangt; wenn es dort ankommt, dann ist es überall hingelangt." Dr. Erasmus rät, in die Sauna zu gehen oder ein heißes Bad zu nehmen, die Haut trocken zu frottieren, aber keine Körperlotion aufzutragen. „Wenn sich die Haut noch pergamentartig und trokken anfühlt, haben Sie einen Mangel an ungesättigten Fettsäuren. Wessen Zufuhr ausreichend ist, sollte keine feuchtigkeitspendende Creme mehr benötigen, da die Haut von innen geölt wird." Wenn die zusätzliche Einnahme von ungesättigten Ölen in Form von Samenölen Ihre Haut nicht verbessert, könnten Sie zu den 20 Prozent gehören, die diese Fettsäuren aus Samenölen nicht umwandeln können. Versuchen Sie statt dessen Nachtkerzenöl oder Borretschöl.

Trennkost

Die Kombination von Nahrungsmitteln wurde von Dr. William Howard Hay vor etwa 75 Jahren zur Behandlung chronischer Erkrankungen entdeckt. Sie beruht auf der Theorie, daß man Lebensmittel, die im Magen nicht harmonieren, wie z.B. Proteine und Kohlenhydrate, nicht mischen und Früchte getrennt essen sollte. Diese Ernährungsform vermindert, wie ihre Anhänger (zu denen wir zählen) behaupten, Verdauungsprobleme und andere chronische Beschwerden, wie Allergien, Kopfschmerzen und Hautprobleme.

Obwohl viele Leute die Hay-Diät als äußerst hilfreich empfinden, kritisieren viele Ärzte nach wie vor, daß sie keine wissenschaftliche Basis hat und man nur deshalb Gewicht verliert, weil man weniger ißt. Professor Jonathan Brostoff** ist aufgeschlossener: „Die Diät hilft etwa der Hälfte meiner Patienten, die an einem Reizdarm leiden, ich weiß leider nur nicht, welcher Hälfte. Sie kann jedenfalls nicht schaden, weshalb ich meinen Patienten oft rate, sich ein Buch über Trennkost zu kaufen.

Die Ernährungswissenschaftlerin Kathryn Marsden, die mehrere Bestseller über ihre persönliche, vereinfachte Form der Kombination von Lebensmitteln schrieb, verriet uns ihre Grundregeln.

◆ Halten Sie sich anfangs nur ein oder zwei Tage pro Woche an diese Diät, um sich daran zu gewöhnen.

◆ Wenn sie Ihnen zusagt, erhöhen Sie auf drei, vier oder fünf Tage wöchentlich. Setzen Sie sich nicht unter Druck: Gesundes Essen ist keine Religion. Tage, an denen man sich so manchen Genuß gönnt, sollte man sich zugestehen.

◆ Essen Sie vermehrt frische Früchte – aber als Snacks zwischen den Mahlzeiten oder als Vorspeise, nicht zugleich mit Proteinen oder Kohlenhydraten.

◆ Als Snack eignen sich auch getrocknete Früchte, Nüsse oder Samen.

◆ Trinken Sie zwischen den Mahlzeiten viel Wasser.

◆ Menüplan für Menschen, die abnehmen wollen: ein Gericht auf Proteinbasis mit frischem Gemüse oder Salat; ein Gericht auf Kohlenhydratbasis mit Gemüse oder Salat sowie ein Gemüsegericht.

◆ Wenn Sie keine Gewichtsprobleme haben, können Sie ein Gericht auf Proteinbasis und zwei Gerichte auf Kohlenhydratbasis mit reichlich frischem Salat oder Gemüse versuchen.

DIE BESTEN KOMBINATIONEN

***Die Proteine** in der Kolumne **A** lassen sich mit Kolumne **B** kombinieren.*
***Die Kohlenhydrate** in Kolumne **C** lassen sich mit Kolumne **B** kombinieren.*
Kolumne A und C sollten nicht kombiniert werden.

A	B	C
Proteine	**Mit A oder C kombinieren**	**Kohlenhydrate**
Fisch/Krustentiere	Gemüse, außer Kartoffeln	Kartoffeln/Süßkartoffeln
Eier	und Süßkartoffeln	Getreidesorten: Hafer
Geflügel	Salate	Roggen, Hirse,
Lamm	Samen	Kuskus, Reismelde, Bulgur
Käse	Nüsse	Zuckermais, geschälter Reis
Joghurt	Kräuter	Mehl
Sojaprodukte	Fette und Öle:	Brot/Kräcker
Milch (auf ein	Sahne, Butter,	Kuchen
Minimum reduziert)	Margarine and Natives	Teigwaren
	Olivenöl extra	

Hülsenfrüchte lassen sich gut mit Gemüse, Salat und Kohlenhydraten kombinieren, verursachen aber mit proteinhaltigen Nahrungsmitteln Verdauungsprobleme.

Demenz – Vermeidung durch Gemüse und Spiele

Die Alzheimersche Krankheit ist die verbreitetste Form von Demenz bei älteren Menschen. Aber auch Herzkrankheiten, Schlaganfälle, hormonelle Störungen oder seltener auftretende Leiden wie das Creutzfeld-Jakob-Syndrom können jene Verschlechterung der Gehirnfunktionen bewirken, die in Altersdemenz endet. Ein Zehntel der Menschen über 65 und ein Fünftel der über 75jährigen sind vom Altersschwachsinn betroffen.

Zu den damit verbundenen Beschwerden zählen: Gedächtnisverlust, Persönlichkeitsveränderungen, Desorientierung und die Unfähigkeit, für sich selbst zu sorgen.

Dr. Kim Jobst, vormals klinische Leiterin der zehn Jahre dauernden OPTIMA-Studie (Oxford Project to Investigate Memory and Ageing), gibt folgende Tips, um das Gehirn zu schützen und der Demenz vorzubeugen:**

1 Neuere Forschungen lassen vermuten, daß Vitamine des B-Komplexes (vor allem Folsäure und die Vitamine B_6 und B_{12}) dieselbe Schutzfunktion für das Gehirn haben wie für Herzkrankheiten, Schlaganfälle, Krebs und eventuell auch multiple Sklerose (Gehirn- und Rückenmarkskrankheit), indem sie den hohen Blutdruck senken, der auf Homocystein, einer schädlichen Aminosäure, beruht. Essen Sie also möglichst viele Nahrungsmittel, die Vitamine aus dem B-Komplex enthalten, wie frisches Obst und Gemüse, das auch viele Antioxidanzien aufweist, die ebenfalls gut für das Gehirn sind. Lassen Sie von Ihrem Arzt, einem Naturheilkundler oder einem Ernährungsberater Ihren Folsäure- und Vitamin-B_{12}-Spiegel untersuchen. Wenn Sie einen Mangel aufweisen, sollten Sie auf Ihre Ernährung achten und unter ärztlicher Aufsicht Nahrungsergänzungen zu sich nehmen. Die empfohlene Dosis: 2,5–5 mg Folsäure plus 2 mg Vitamin B_{12} täglich eine Woche lang; anschließend 400 mg Folsäure täglich und Vitamin-B-Zusatzpräparate, die Vitamin B_{12} enthalten (Folsäure-Nahrungsergänzungen allein können gefährlich sein, wenn der Vitamin-B_{12}-Spiegel sehr niedrig ist).

2 Achten Sie darauf, daß Ihr Östrogen-Spiegel hoch ist. Es gibt Hinweise, daß eine Hormonersatztherapie Gedächtnisproblemen, der Alzheimerschen Krankheit sowie Herzkrankheiten und Osteoporose vorbeugt. Setzen Sie Produkte auf Soja-Basis und andere Phytoöstrogene (*siehe Seite 197 und 218*), die auch Folsäure enthalten, auf Ihren Speisezettel, um den Östrogen-Spiegel zu heben.

3 Betreiben Sie regelmäßig Gymnastik. Bewegungsmangel ist erwiesenermaßen ein Risikofaktor für Demenz.

4 Vermeiden Sie längere Streßperioden, Streßsituationen und Ängste. Ein Übermaß an Streß wirkt schädlich auf die Blutversorgung von Herz und Gehirn.

5 Lassen Sie sich nicht unterkriegen! Werden Sie nicht träge, weder körperlich noch geistig. Es ist erwiesen, daß kontinuierliches geistiges Training Verfallserscheinungen vorbeugt. Beschäftigen Sie sich mit Puzzles, Kreuzworträtseln, Denkspielen, Basteleien, dreidimensionalen Spielen, Memory-Spielen etc. Menschen, die neue Fähigkeiten erlernen oder Gedichte auswendig lernen, wenn ihr Gedächtnis sie im Stich zu lassen beginnt, konnten ihre Merkfähigkeit verbessern.

6 Pflegen Sie Ihre Hobbys und versuchen Sie, neue Fähigkeiten zu erwerben. Wer ein Instrument lernt oder sich weiterbildet, scheint weniger zu Demenz zu neigen. Auch Gartenarbeit ist geeignet, um geistig fit zu bleiben.

7 Beten und/oder meditieren Sie. Eine Zeit der Entspannung und der Besinnung schützt nicht nur vor Demenz, sondern auch vor Herzkrankheiten, Krebs, Depression, Infektionen und anderen Problemen, die das Alter mit sich bringt.

8 Pflegen Sie die Kontakte zu Freunden und Ihrer Familie und kümmern Sie sich um ein reges Sozialleben. Suchen Sie die Gesellschaft angenehmer Menschen.

9 Es gibt Hinweise, daß *Ginkgo biloba*, enthalten in RÖKAN EGB 761 (aus der Apotheke), die Blutversorgung des Gehirns verbessert und das Fortschreiten der Alzheimerschen Krankheit verlangsamen kann.

10 Allgemein gültig: Lebensfreude, gesundes Essen, mäßiger Rotweingenuß, kein Nikotin, die Pflege sozialer Beziehungen und Aktivitäten sowie positives Denken stärken das Immunsystem und vermindern das Risiko, an einer Funktionsstörung des Gehirns zu erkranken.

Nahrungsmittelallergien

Ein Großteil der Nahrung, die wir zu uns nehmen, ist nicht nur für die Aufrechterhaltung unserer Körperfunktionen notwendig, sondern auch ein Genuß. Bei manchen Menschen scheint jedoch etwas falsch abzulaufen.

Einige Nahrungsmittel (z.B. Walnüsse, Krustentiere und Erdnüsse) wirken sich auf Allergiker äußerst schädlich aus: Sie können bei den Betroffenen einen lebensbedrohlichen Zustand, den sogenannten anaphylaktischen Schock, auslösen. Wenn Sie an Migräne leiden, hat Ihnen Ihr Arzt sicherlich mitgeteilt, daß Käse, Zitrusfrüchte, Schokolade und Wein die rasenden Kopfschmerzen auslösen können. Auch Asthmaattacken und Ekzeme können durch Allergene ausgelöst werden. Die Verbindung zwischen bestimmten Nahrungsmitteln und Krankheiten ist erwiesen. Manche Ärzte glauben, daß die Zusammenhänge komplizierter sind und daß es neben schweren Nahrungsmittelallergien weit verbreitet weniger schwere Reaktionen gibt, die von der sogenannten „Nahrungsmittelunverträglichkeit“ ausgelöst werden.

Bis vor kurzem haben die meisten Ärzte darüber nur die Stirn gerunzelt oder etwas von Quacksalberei gemurmelt. Mittlerweile hat sich die Situation geändert. Die britische Regierung unterstützt ein Forschungsprogramm über Nahrungsmittel. Es wurde eine Liste der häufigsten Allergene veröffentlicht, die bei empfindlichen Menschen schwerwiegende Reaktionen auslösen, z.B. Erdnüsse, Walnüsse, Fisch, Meeresfrüchte, Eier und Samen (z.B. Sesam).

Weniger akute Reaktionen durch: Kuhmilch, Soja, Weizen und andere Getreidesorten. Möglicherweise riskant: Tomaten, Orangen, Schokolade, Kaffee, Tee, künstliche Geschmacksverstärker, Konservierungsmittel und Zusätze.

Die Konsequenzen einer Nahrungsmittelunverträglichkeit können sich auf das Leben der Betroffenen sehr störend auswirken. In dem Buch *The Complete Guide to Food Allergy and Intolerance** von Professor Jonathan Brostoff und Linda Gamlin werden folgende Symptome angeführt:

- Kopfschmerzen, Migräne, Müdigkeit, Depression/Angst (Hyperaktivität bei Kindern), Geschwüre im Mund, die immer wieder auftreten.
- Muskelschmerzen
- Erbrechen, Übelkeit, Magengeschwüre, Zwölffingerdarmgeschwüre
- Diarrhö, Reizdarm, Obstipation, Blähungen, Crohn-Krankheit
- Gelenksschmerzen, Rheumatismus
- Ödeme

Die Symptome müssen nicht konstant auftreten – Streß kann etwaige Reaktionen stark beeinflussen. Es können auch hier nicht angeführte Symptome auftreten. Sarah leidet an einer Weizen-Unverträglichkeit, die starke Benommenheit, Depression, Lethargie und Hautausschläge auslösen kann. Die Empfindlichkeit kann auch mit dem Hormonhaushalt variieren: Es ist bekannt, daß sich Ekzeme in der prämenstruellen Phase verschlechtern, auch eine Nahrungsmittelempfindlichkeit kann dann ausgeprägter sein.

Seltsamerweise meinen 50 Prozent der Betroffenen, daß sie gerade jene Nahrungsmittel, auf die sie allergisch reagieren, besonders gerne mögen. Bei Genuß derselben fühlen sie sich anfänglich besser, wodurch es schwieriger wird, den Verursacher herauszufinden.

Was genau die Unverträglichkeit auslöst, ist nicht geklärt; bei unerklärlichen Gesundheitsproblemen sollten Sie etwaige Empfindlichkeiten überprüfen.

Candida

Candida oder Candidiasis spricht auf Nahrungsmittel sowohl negativ als auch positiv an. Bei Candida handelt es sich um eine der verbreitetsten Infektionen, die etwa drei von vier Frauen einmal im Leben bekommen. Sie wird auch Cinderella-Krankheit genannt, weil sie von den Ärzten meist nicht erstgenommen wird, weshalb viele betroffene Frauen bei Heilpraktikern oder Ernährungsberatern Hilfe suchen.

Candida wird durch das Wuchern eines hefeähnlichen Pilzes namens *Candida albicans* verursacht, der in verschiedenen Teilen des Körpers für Aufruhr sorgen kann. Er tritt häufig in der Vagina auf (wo er Soor genannt wird), dort verursacht er einen dicklichen, weißen Ausfluß, der Jucken im genitalen und analen Bereich hervorruft.

Candida kann sich auch im Darm ausbreiten und einen Gärungsprozeß in Gang setzen. Dadurch werden Symptome ausgelöst, die jenen des Reizkolons vergleichbar sind. Professor Jonathan Brostoff** meint, daß diese Symptome, neben Müdigkeit, Gelenkschmerzen und Depression Begleiterscheinungen des „Darmgärungssyndroms“ sind, wie er den Zustand nennt.

Häufige Symptome sind: Blähungen, Flatulenz und Magenschmerzen sowie Darmunregelmäßigkeiten (Verstopfung und Diarrhö), schlechter Atem und Katarrh. Manche leiden auch an Gelenkschmerzen, Müdigkeit, Depression und Antriebslosigkeit.

Einige Betroffene bekommen Heißhunger auf Zucker, Brot, Alkohol und Schokolade; man nimmt ohne ersichtlichen Grund zu und nur schwer wieder ab. Die Periode wird unregelmäßig, auch bei Gedächtnis und Konzentrationsvermögen können Störungen auftreten, und sogar die Libido kann beeinträchtigt werden.

Lassen Sie von Ihrem Arzt einen Abstrich machen, um herauszufinden, ob der Pilz vorhanden ist. Soor wird meist mit pilztötenden Cremes oder Pessaren behandelt. Es ist mittlerweile ein Pessar namens Diflucan in den Apotheken erhältlich.

Konventionelle pilztötende Cremes oder Pessare wirken besser in Kombination mit einer Diät, bei der Hefe und Zucker reduziert werden, weil sich der Pilz von Hefe und Zucker ernährt. Vermeiden Sie alle Formen von Zucker (z.B. Schokolade, Süßigkeiten, Kuchen und Kekse), Hefe (Brot, Pizza und Teigwaren) und Milchprodukten (Ziegen- und Schafmilchprodukte sind leichter verdaulich; versuchen Sie Sojamilch als Ersatz). Vermeiden Sie vor allem Blauschimmelkäse, Pilze und Alkohol.

Viele meinen, daß ihnen Trennkost geholfen hat (*siehe Seite 196*). Finden Sie heraus, worauf Sie ansprechen. Essen Sie frische Nahrungsmittel statt Fertig- oder Tiefkühlprodukten. Viele Betroffene bevorzugen biologische Nahrungsmittel. Gegen Soor helfen neben Diäten auch andere Mittel. Viele Frauen schwören auf alte Hausmittel: ein Tampon in biologischen Weinessig getränkt (ein Teil Essig auf vier Teile Wasser) oder Bio-Joghurt. Nahrungsergänzungen können ebenfalls hilfreich sein: probiotische Ergänzungen mit Bioacidophilus (um die Darmflora anzuregen) oder das Diätetikum MICROFLORANA F (aus der Apotheke). Eine weitere neue und wirkungsvolle Ergänzung, die während der Mahlzeit eingenommen werden muß, ist Candidicin.

Mein Sieg über Candida

ALTER: 41
BERUF: NAHRUNGSMITTELPRODUZENTIN

Seit ich erwachsen bin, leide ich chronisch an Nebenhöhlenentzündung, Asthma und vielen Symptomen, von denen ich gar nicht wußte, daß sie mit Candida zusammenhängen: entzündeten Augen, Gelenkschmerzen, Müdigkeit, Soor, Blähungen und Diarrhö.

Ich hatte einen Betrieb und eine Familie gegründet und zuviel zu tun, um das Problem in Angriff zu nehmen. Vor einigen Jahren las ich dann einen Artikel (von Sarah Stacey), der mich bewog, einen Ernährungsberater aufzusuchen. Bei der Diät, die er vorschlug, mußte ich auf alles, was ich gerne aß, verzichten: Obst, Brot, Süßigkeiten und – Möhrensaft. Das Positive war, daß ich Kontrolle über meinen Körper hatte. Früher hatte ich den Eindruck, daß Candida sich von mir mit zuckerhaltigen Nahrungsmitteln füttern ließ.

In der ersten Woche fühlte ich mich grauenhaft. Auf Brot zu verzichten, fiel mir am schwersten. Ich begann meine Mahlzeiten aus Naturreis, Gemüse, Salaten und Vollkornteigwaren, Erdnußbutter und Weizenkeksen zusammenzusetzen; dazu nahm ich das Diätetikum MICROFLORANA F, die Vitamin B_6 und Biotin enthielten. In der vierten Woche kamen natürliche antimykotische Nahrungsergänzungen, Knoblauch und essentielle Fettsäuren hinzu.

Allmählich verschwanden die Symptome. Es ist wunderbar, selbst die Verantwortung für seine Gesundheit zu übernehmen!

Ein neuer Anfang

Wir leben in einer vergifteten Umwelt. Giftstoffe attackieren uns von allen Seiten: Benzindämpfe, elektrische Felder, Rauch, Alkohol, Sonnenlicht, Pestizide, Nahrungsmittelzusätze und Geschmacksverstärker, Bürotechnologie, Amalgamfüllungen, Tabletten, Chemikalien in Haushaltsreinigern, Farben, Klebstoffen, Plastikbehältern und Möbeln. Und der gefährlichste Schadstoff der heutigen Zeit – Streß, der unsere körperliche und seelische Verfassung beeinträchtigt.

Infolge dieses chemischen Großangriffs und der Gifte, die durch Streß ausgelöst werden, leiden wir an toxischer Überbelastung. Die Folgen sind nicht zu übersehen. Wie eine Freundin, eine vielbeschäftigte Schuldirektorin, traurig meinte: „Ich kann mich nicht erinnern, wann ich das letzte Mal morgens freudestrahlend aufgestanden bin." Lifestyle-Krankheiten nehmen überhand; mindestens eine von drei Personen leidet an Angst, eine von vier an Reizkolon und eine von fünf an einer Allergie.

Eine wirksame Art, diese Belastung durch Gifte zu bekämpfen, ist ein regelmäßiges sanftes Fasten und Entgiften, das Körper und Geist ermöglicht, sich zu regenerieren. „Wenn man unentwegt Essen und Gifte in sich hineinstopft, kommt der Körper nicht zur Ruhe und kann auch nicht alle Gifte ausscheiden", erklärt die Ernährungsberaterin Dr. Marilyn Glenville. „Fasten und Entgiften können die Balance wiederherstellen und neue Energie und Vitalität verleihen."

Fasten und Entgiften sollte man nicht verwechseln. Fasten heißt, daß man nur reines Wasser trinkt – mindestens sechs bis acht große Gläser pro Tag – und nichts ißt. Beginnen Sie mit einem Fasttag in ruhiger Atmosphäre. „Schalten Sie ab, stellen Sie den Anrufbeantworter an, ruhen Sie, schlafen Sie, gehen Sie spazieren oder hören Sie Musik", rät Dr. Susan Horsewood-Lee**. Fasten kann man zu Hause, in einem Sanatorium – überall dort, wo man Ruhe findet.

Anschließend sollten Sie zwei bis zehn Tage oder länger eine sanfte Entgiftung durchführen. In dieser Zeit können sich die Darmzellen, die normalerweise überbeschäftigt sind und den raschesten Austausch aller Körperzellen haben, erholen. „Sie drehen die Uhr ihres Darms zurück, wodurch die Zellen wieder jugendlich werden", erklärt Dr. Horsewood-Lee. Wenn Sie nach diesem Reinigungsprozeß Ihren Organismus wieder in Gang bringen, sollten Sie daran denken, daß Ihr Körper nun eine größere Sensibilität aufweist. „Ernähren Sie sich mit natürlichen, einfachen und qualitativen Lebensmitteln. Das gilt auch für Farbe, Beschaffenheit und Geschmack.

Es kann sein, daß Sie sich emotional und körperlich schlechter fühlen, bevor eine Besserung spürbar wird, warnen Experten (manche Nebenwirkungen werden durch Darmspülungen gelindert). Nebenwirkungen sind: Schlaflosigkeit, Zungenbelag, anfangs Schwindelgefühle und Benommenheit, Glieder- und Muskelschmerzen, Hungergefühle und Nasensekrete. All dies sind gute Anzeichen, daß Ihr Körper sich zu entgiften beginnt.

Möglicherweise fühlen Sie sich verwirrt und sind überempfindlich. „Suchen Sie ein Gesundheitszentrum auf oder rufen Sie Freunde an, wenn Sie Hilfe brauchen", rät Dr. Horsewood-Lee. Tiefe Atmung und Meditation (*siehe Seite 162 und Seite 238–239*) sind bei jeder Form von Beunruhigung eine enorme Hilfe.

Der Heilpraktiker Dr. Harald Gaier meint, daß so viele Giftstoffe aus dem Organismus ausgeschieden werden sollten wie möglich. Vermeiden Sie Nahrungsmittel, die chemische Zusätze enthalten, sowie Zigaretten, Alkohol, Medikamente und Streß.

Überdenken Sie ferner langfristige Entgiftungsmaßnahmen, z.B. die Entfernung von Amalgamfüllungen. „Quecksilber ist ein starkes Nervengift, das im Körper gespeichert wird", meint Gaier (*siehe Seite 141*).

Nach erfolgter Reinigung werden Sie mit einer reineren Haut, einer besseren Verdauung, einem Gewichtsverlust und einer geschärften Wahrnehmung belohnt. Ein wunderbarer neuer Anfang!

Reinigung und Entgiftung

Sie sollten, bevor Sie mit dieser zwei bis zehn Tage dauernden Diät beginnen, fasten, können aber auch sofort damit beginnen. Dieses von Dr. Marilyn Glenville konzipierte Ernährungsprogramm ist eine reinigende Diät, die viele entzündliche Leiden (Reizkolon, Ekzeme, Asthma und Arthrits) verbessern kann und auch aufzeigt, ob Sie an Nahrungsmittelallergien (oder -überempfindlichkeiten) leiden.

Bedenken Sie, daß es ein gutes Zeichen ist, wenn Sie sich einige Tage lang schlechter fühlen. Wenn Sie mit dem Essen aufhören, bekommen Sie Entzugserscheinungen. Erkältungen, Diarrhö, Kopfschmerzen oder Hautunreinheiten sind Zeichen dafür, daß Ihr Körper Gifte ausscheidet.

Wenn Sie Verdauungsprobleme haben (z.B. Schmerzen, Flatulenz oder Blähungen), sollten Sie rohe Nahrungsmittel meiden und das Gemüse pochieren oder dämpfen. Geben Sie mildem Obst (Äpfel, Bananen und Birnen), Salaten und Gemüsesorten, die nicht knackig sind, den Vorzug. Wer an Migräne oder Arthritis leidet, sollte Zitrusfrüchte und saure Nahrungsmittel streichen.

BEVOR SIE BEGINNEN

Gesunde Menschen können diese Diät ohne Bedenken durchführen. Fasten Sie anfangs nicht länger als 24 Stunden und konsultieren Sie Ihren Arzt, wenn Sie:

- rezeptpflichtige Medikamente nehmen
- stark untergewichtig sind
- schwanger sind
- Diabetiker sind
- an Tuberkulose oder Krebs leiden

1. und 2. ENTGIFTUNGSTAG:

Essen Sie nur rohe Salate mit Olivenöl und Apfelessig und Früchte; wenn Sie unter Verdauungsproblemen leiden oder eine Darmspülung durchgeführt haben, sollten sie gedämpftes oder gegartes und/oder püriertes Gemüse versuchen und Obst meiden. Trinken Sie nur Mineralwasser.

3.–9. ENTGIFTUNGSTAG

Wenn Sie bisher nur rohe Salate gegessen haben, können Sie nun gedämpftes Gemüse (auch Kartoffeln) hinzufügen.

AB DEM 10.TAG

ESSEN SIE: Obst, rohe Salate, Gemüse (roh, gedämpft, püriert, in der Suppe oder im Schmortopf), überbackene Kartoffeln, Fisch (gedämpft, pochiert, gegrillt oder gebacken; vorzugsweise fetthaltige Fische, wie Makrelen, Lachs, Hering oder Sardinen), Nüsse und Sonnenblumenkerne, Sojamilch, Reiskekse, Sesampaste (Tahini), Oliven- und Sonnenblumenöl, Apfelessig, Hülsenfrüchte (Kichererbsen, Linsen, Fisolen etc.), ungeschälten Reis. Würzen Sie mit Miso, das in heißem Wasser aufgelöst wurde, mit Kräutern und Gewürzen.

TRINKEN SIE: Quellwasser, Fruchtsäfte, Gemüsesäfte (selbstgemacht oder ohne Zusatzstoffe), Kräutertees.

PS.: Die Leber ist das wichtigste Entgiftungsorgan und muß daher in dieser Zeit 100%ige Leistung erbringen. Heißes Wasser mit einer Zitronenspalte wirkt unterstützend.

VERMEIDEN SIE: Milchprodukte (Butter, Käse, Milch etc.), Brot, Teigwaren, künstliche Zusatzstoffe, Mehl, Getreide (bis auf ungeschälten Reis), rotes Fleisch, Eier, Zucker, Salz, Fertiggerichte, Tiefgefrorenes, Süßigkeiten.

VERBOTENE GETRÄNKE : Tee, Kaffee, Alkohol.

Rezept

KREBSKÄMPFUNG

Laut Dr. Rosy Daniel vom Krebshilfezentrum in Bristol ist wissenschaftlich erwiesen, daß die Ernährung im Kampf gegen Krebs eine wichtige Rolle spielt.

- Frisches Obst und Gemüse aus biologischen Anbau sollten im Zentrum Ihrer Ernährung stehen.
- Versuchen Sie, einen Großteil des Gemüses roh zu essen. Gemüse sollte nie zu lange gekocht werden; verwenden Sie die Kochflüssigkeit für Suppen oder Risottos.
- Frische Gemüsesäfte sind herrlich, weil sie viele wertvolle Mineralstoffe, Vitamine und pflanzliche Nährstoffe enthalten.
- Um die Nährstoffe zu bewahren, sollte Gemüse kühl und feucht im Kühlschrank aufbewahrt werden.
- Achten Sie darauf, daß sich Ihre Nahrung zu 40 Prozent aus Gemüse, zu 40 Prozent aus Kohlenhydraten (z.B. Hülsenfrüchte und Getreide) und zu 10 bis 20 Prozent aus Proteinen und Fett zusammensetzt.
- Eine ideale Mahlzeit enthält Getreide (Reis, Kuskus, Hirse oder Buchweizen), Hülsenfrüche, Salat oder Gemüse und ein Sojaprodukt.
- Reduzieren Sie tierische Fette, z.B. Fleisch und Milchprodukte.
- Ersetzen Sie Kuhmilch- durch Sojaprodukte.
- Zehn Prozent überschüssiges Körperfett erhöht Ihr Risiko von hormonell bedingtem Krebs um 50 Prozent, vermutlich weil es Toxine und Hormone speichert.
- Reduzieren Sie Zucker und Alkohol. (Grapefruitsaft ist gesünder!)

Faszinierende Frauen

Leslie Kenton

Leslie Kenton beeindruckt uns aufgrund ihrer journalistischen Pionierleistungen. Seit fast zwei Jahrzehnten arbeitet die internationale Bestsellerautorin daran, die neuesten Entdeckungen und Behandlungen aufzuspüren und zu beschreiben, die zu einer besseren Lebensqualität und gutem Aussehen verhelfen sollen. Die „Naturschönheit" Leslie inspirierte uns mit bahnbrechenden Büchern. In *The Joy of Beauty*, *Raw energy und *Passage To Power** behandelt sie das Tabuthema Menopause und zeigt mögliche Alternativen zur Hormonersatztherapie auf. Die in Amerika geborene Mutter von vier Kindern pendelt zwischen London und der walisischen Küste.**

Ich habe nicht die geringste Lust, mit Anstand alt zu werden. Anstandsregeln sind mir nicht wichtig, und ich möchte mir lieber das Funkeln in meinen Augen bewahren. Ehrlich gesagt, ich denke nie über das Älterwerden nach. Älter zu werden bedeutet freier werden. Wir leben in einer großartigen Zeit, denn wer gesund ist und seine Arbeit liebt, kann 120 Jahre alt werden und vor Vitalität sprühen; das Leben genießen, nicht nur am Leben sein. Im Laufe meiner Karriere habe ich versucht, alles zu erforschen, was dazu beiträgt, daß wir uns wohler und schöner fühlen. Am meisten fasziniert hat mich – körperlich und geistig – die Entgiftung. Wenn man den Körper entgiftet, verjüngt er sich und gewinnt genug Energie, um Selbstheilungskräfte wirksam werden zu lassen. Doch muß man die Entgiftung fortwährend wiederholen, da sich immer wieder Stoffe ansammeln, die ausgeschieden werden müssen. Wann immer ich das Bedürfnis nach Reinigung verspüre, esse ich einige Tage lang nur Rohkost.

Ich bevorzuge eine möglichst vielseitige Kost: frisches Gemüse und Proteine, etwas Obst und diverse Algen. Ich versuche, soviele verschiedene Kräuter und Gemüsesorten wie möglich zu bekommen, nicht nur weil sie gesund sind, sondern auch weil ich den Geschmack mag. Ich vermeide Milchprodukte und esse selten Weizen. Ich gehöre zu den 85 Prozent Menschen, die sie wirklich nicht vertragen. Ich esse keine industriell verarbeiteten Lebensmittel und kaufe, wenn möglich, biologische Nahrungsmittel. Der Boden ist durch die intensive Bewirtschaftung so ausgelaugt, daß er die für unsere Gesundheit nötigen Spurenelemente nicht mehr enthält. Darüber hinaus sind die Herbizide und Pestizide, mit denen konventionell angebaute Nahrungsmittel besprüht werden, Östrogen-Imitatoren, die Hormonschwankungen, PMS, Menstruations- und Wechselprobleme mitverursachen. Ich glaube, daß der Genuß biologischer Erzeugnisse davor schützt. Selbst wenn Sie keine Nahrungsmittel aus biologischem Anbau essen, sollten Sie Ihr Trink- und Kochwasser filtern; ich filtriere mein Wasser und trinke zwei bis drei Liter pro Tag. Je mehr ich trinke, um so energiegeladener fühle ich mich.

Auch die schützende Geborgenheit meines Bettes bedeutet mir viel. Idealerweise schlafe ich sieben bis acht Stunden pro Nacht. Auch Gymnastik hat einen wichtigen Stellenwert, und ich absolviere viele Übungen mit Gewichtsbelastung: Ich laufe die Klippen entlang und trainiere etwa dreimal die Woche eineinhalb Stunden mit Gewichten.

Ich nehme Nahrungsergänzungen, die ich aber von Zeit zu Zeit wechsle. Ich schwöre auf ein Produkt namens Pure Synergy, eine Mischung aus zweiundsechzig verschiedenen Kräutern, Vitaminen, Mineralien und Algen, die das Immunsystem stärken. Ich mixe es mit Quellwasser, Eiswürfeln und einer Handvoll Kräutern aus dem Garten. Weiters nehme ich Udo's Choice*, eine Mischung essentieller Fettsäuren; wenn ich mich matt fühle, streue ich einige Teelöffel pro Tag über den Salat. Meinen Körper verwöhne ich mit Udo's Choice Öl. Für mein Gesicht bevorzuge ich die Clinique Recovery Cream, gegen dunkle Augenringe Estée Lauder Uncircle. Außerdem mag ich die natürlichen Kosmetika von The Green People.

Die Menopause kann eine Zeit der Kreativität sein. Wenn Sie unter Hitzewallungen leiden, versuchen Sie zu ergründen, was aus Ihnen heraus will; es könnte ein Zeichen sein, daß Sie Dinge in sich einschließen. Wenn Sie nachts aufwachen, sollten Sie aufstehen und Ihre Gedanken oder Erlebnisse niederschreiben, statt sich im Bett herumzuwälzen. Das Wichtigste ist, daß Sie mit sich in Einklang stehen.

Zusatzpräparate

Wir legen zwar sehr viel Wert auf die bestmögliche Ernährung, sind aber auch überzeugte Anhänger von Nahrungsergänzungen. Erhebungen in vielen Ländern, darunter Großbritannien und Amerika, zeigen, daß fast jeder, auch bei optimaler Ernährung, einen Mangel an wichtigen Nährstoffen aufweist. Ursachen dafür können die Herstellungsweise der Nahrungsmittel oder zusätzliche Belastungen aller Art – von physischer Beeinträchtigung bis hin zu emotionalem und seelischem Streß – sein, die für unsere Zeit typisch sind.

Zusätzlich gibt es immer mehr Hinweise darauf, daß manche Nahrungsergänzungen im Kampf gegen das Altern sehr hilfreich sind. Die bei weitem wirksamsten Stoffe sind die Antioxidanzien, die die schädlichen Freien Radikale, die für Zellschäden verantwortlich sind und Gesundheit und Aussehen beeinträchtigen, neutralisieren *(siehe Seite 13)*. Gladys Block, Professorin am Institut für öffentliche Gesundheit und Ernährung an der University of California, meint: „Wir müssen Krebs und anderen Krankheiten vorbeugen. Vieles weist darauf hin, daß Nährstoffe dazu beitragen können. Die Verwendung von Zusätzen, die Antioxidanzien enthalten, ist die beste Prophylaxe und die günstigste Lebensversicherung."

Sie sollten einen qualifizierten und erfahrenen Ernährungsberater oder einen in Ernährungsfragen versierten Arzt aufsuchen. (Das ist nicht so selbstverständlich, wie Sie denken; zwei bekannte britische Professoren meinten, daß höchsten ein Prozent der Ärzte in Großbritannien mehr als Grundkenntnisse über Ernährung hat.) Wenn ein Arztbesuch nicht möglich ist, sollten Sie mit einem guten Multivitamin- und Mineralstoffprodukt und einem Antioxidanzien-Präparat beginnen. Wenn Sie trockene Haut haben, sollten Sie zusätzlich essentielle Fettsäuren nehmen *(siehe Seite 195)*. Sie müssen die Präparate mindestens einen Monat lang testen, bevor sich eine Wirkung zeigt. Versuche mit Nachtkerzenöl (enthält essentielle Fettsäuren) ergaben, daß sich erst nach drei bis vier Monaten sichtbare Erfolge einstellten.

Wir baten den Ernährungsberater Stephen Terrass**, Autor vieler Bücher und technischer Leiter einer internationalen Firma, die Zusatzpräparate herstellt, um Tips für Nahrungsergänzungen, die gesünder und schöner machen.

WAS NIMMT MAN WANN

Hier einige Nahrungsergänzungen, die die Ihnen altersbedingt helfen.

Kaufen Sie die besten Nahrungsergänzungen, die Sie sich leisten können, von angesehenen Herstellern. Halten Sie sich an den Beipackzettel. Überdosierung kann Nebenwirkungen hervorrufen.

AB ZWANZIG

+ Multivitamin-/Mineralstoffprodukte

Sollten mindestens 50 mg aus dem Vitamin-B-Komplex und 400 µg Folsäure enthalten. Die Versorgung mit Folsäure ist besonders wichtig für Frauen im gebärfähigen Alter, um Geburtsfehler wie Spina bifida zu vermeiden. Ein neues Vitalisierungsprodukt gibt es in der Apotheke: EverCell nach Johannes von Buttlar, Autor des Bestsellers „Die Methusalemformel". Hier wird die Möglichkeit dokumentiert, gesund 140 Jahre alt werden zu können. Dosierung: laut Beipackzettel.

+ Essentielle Fettsäuren z.B. Gammalinolensäure (GLS)

Fette sind entgegen der allgemein verbreiteten Meinung nicht unbedingt schlecht. Manche Fette sind für Gesundheit, Haut und Haar sogar unentbehrlich *(siehe Seite 195)*. Eine wichtige Voraussetzung ist, die richtigen Fette in der richtigen Dosierung und Form auszuwählen, damit sie der Körper optimal verarbeiten kann.

Die Fette, die man braucht, sind die essentiellen Fettsäuren. Diese werden im Körper in hormonähnliche Substanzen genannt Prostaglandine umgewandelt, die viele wesentliche Körperfunktionen, wie Blutgerinnung, Immunsystem, Hormonspiegel, Entzündungen etc. steuern. Sie sind auch Bestandteil der Grundstruktur der Zellmembran.

Dosierung: 100–150 g GLS pro Tag (Omega-6) oder laut Angabe.

+ Antioxidanzien

Achten Sie auf schwefelhaltige Nährstoffe, die bekannte Antioxidanzien, wie Vitamin A, C und E, Selen und Karotinoide, enthalten. Schwefel ist vor allem in Nährstoffen, wie Zystin, Glutathion und Lipoinsäuren, eines der wirksamsten Entgiftungsmittel. Schwefel ist auch ein Hauptbestandteil von Haar-, Hand und Nagelgewebe.

Dosierung:

- ◆ Vitamin A: 800–1000 mg
- ◆ Vitamin C: 500–2000 mg
- ◆ Vitamin E: 100–400 Einheiten
- ◆ Selen: 150–200 µg
- ◆ Karotinoide: 15–20 mg
- ◆ l-Zystin: 100–500 mg (enthält Schwefel)
- ◆ Zink: 15–25 mg
- ◆ Kupfer: 1–2 mg

◆ Mangan: 10–20 mg
◆ Lipoidsäure: 50–60 mg

+ Dong quai
Dieses vielseitige Phytoöstrogene enthaltende Heilkraut ist sehr hilfreich bei prämenstruellen Symptomen, da es den Östrogenspiegel ausgleicht. Dosierung: standardisierter Extrakt 150–300 mg, nicht standardisierter Extrakt 500–1000 mg.

AB DREISSIG

+ Multivitamin-/Mineralstoffpräparate
Mindestens 50 mg aus dem Vitamin-B-Komplex und 400 µg Folsäure.

+ Essentielle Fettsäuren (z.B. GLS)
Dosis: 100–150 mg GLS (Omega-6)

+ Antioxidanzien wie erwähnt.
Auch wenn es nicht immer bemerkbarist, kann der sich summierende Schaden durch Freie Radikale in diesem Alter bereits erheblich sein.

+ Sibirischer Ginseng
(Eleutherococcus senticosus)
Klinische Tests ergaben, daß er die Toleranzschwelle für seelischen, körperlichen und umweltbedingten Streß erhöht.
Dosis: standardisierter Extrakt 300–500 mg, nicht standardisierter 1000–2000 mg.

+ Kalzium und Magnesium
In diesem Alter läßt die Knochendichte nach; mit vorbeugenden Maßnahmen gegen Osteoporose *(siehe Seite 221)* kann man nicht früh genug beginnen. Magnesium braucht man, damit sich das Kalzium im Körper gut verteilt.
Dosis: Kalzium 800–1000 mg, Magnesium 400–500 mg.

AB VIERZIG

+ Multivitamin-/Mineralstoffpräparate
Mindestens 50 mg aus dem Vitamin-B-Komplex.

+ Essentielle Fettsäuren wie erwähnt.

+ Antioxidanzien

+ Dong quai oder Cimicifuga racemosa (Silberkerze)
Diese phytoöstrogenen Kräuter wirken sich positiv auf den Östrogenspiegel aus und regulieren den Hormonhaushalt.
Dosis: **Dong quai:** standardisierter Extrakt 150–300 mg, nicht standartisierter Extrakt 500–1000 mg.
Cimicifuga racemosa: standardisierter Extrakt 200–400 mg, nicht standardisierter Extrakt 500–1500 mg.

+ Kalzium/Magnesium wie erwähnt.

+ Proanthozyanidine (z.B. Traubenkernextrakt, Kiefernrindensubstrat). Dieses pflanzliche Flavonoid wirkt sich positiv auf das Collagen, die Haut und die Gefäße aus. Intern und extern verwendet (z.B. in Hautcremes) beugt es Falten vor.
Dosis: Traubenkernextrakt 100–200 mg täglich, die anderen Mittel laut Angabe.

AB FÜNFZIG

+ Multivitamin-/Mineralstoffpräparate
50 mg aus dem Vitamin-B-Komplex.

+ Essentielle Fettsäuren
Omega-3 mit Omega-6 ist in dieser Phase aufgrund der Schutzwirkung gegen Herz-Kreislauf-Erkrankungen besonders wichtig.
Dosis: 200–600 mg AMEU-Kapseln aus der Apotheke, 100–150 mg Omega-6 (GLS).

+ Antioxidanzien wie erwähnt.
In diesem Alter zeigen sich die Schäden durch Freie Radikale, wie Falten und Vorstufen von Arthrose. Schwefelhaltige Antioxidanzien sind während der Menopause besonders nützlich, weil Schwefel ein Hauptbestandteil des Gelenkgewebes und der Gelenkflüssigkeit ist.

+ Cimicifuga racemosa
Dieses Phytoöstrogene enthaltende Heilkraut reduziert Wechselbeschwerden, wie Hitzewallungen, Depression und vaginale Atrophie ohne die Risiken der Hormonersatztherapie.
Dosis: standardisierter Extrakt 200–400 mg, nicht standardisierter Extrakt 500–1500 mg.

+ Kalzium und Magnesium wie erwähnt.

+ Proanthozyanidine wie erwähnt.
Proanthozynide haben eine positive Wirkung auf Collagen und Kreislauf, stabilisieren das Gelenkgewebe und wirken entzündungshemmend.

AB SECHZIG

+ Multivitamin-/Mineralstoffpräparate
Mindestens 50 mg aus dem Vitamin-B-Komplex.

+ Essentielle Fettsäuren wie erwähnt.

+ Antioxidanzien wie erwähnt.

+ Cimicifuga racemosa wie erwähnt.

+ Kalzium/Magnesium wie erwähnt.

+ Lösliche Faserstoffe (z.B. Indische Flohsamenschalen, Pektin, Leinsamen etc.) Die Verdauung ist bei Frauen über 50 meist schwächer, was zu Darmträgheit und Symptomen wie Verstopfung oder Diarrhö führt. Lösliche Faserstoffe fördern Darmfunktion und Entgiftung und lindern Verstopfung wie auch Diarrhö.
Dosis: Psyllium-Samen 1000–3000 mg (mit einem Glas Wasser einnehmen)

+ Proanthozyanidine wie erwähnt.

+ Ginkgo biloba
(*siehe Demenz Seite 197*)
Dosis: standardisierter Extrakt 60–180 mg pro Tag.

ÜBER SIEBZIG+

+ Multivitamin-/Mineralstoffpräparate
50 mg aus dem Vitamin-B-Komplex

+ Essentielle Fettsäuren wie erwähnt.

+ Antioxidanzien wie erwähnt.

+ Kalzium/Magnesium wie erwähnt.

+ Lösliche Faserstoffe wie erwähnt.

+ Proanthozyanide wie erwähnt.

+ Ginkgo biloba wie erwähnt.

Hormonelle Berg- und Talfahrt

Männer behaupten oft, daß Hormone die alles umfassende Erklärung für alle Leiden oder Stimmungen einer Frau sind. Ob wir dieser Meinung sind oder nicht, sie haben gar nicht so unrecht. Wir alle (natürlich auch die Männer) werden von diesen mächtigen, unsichtbaren Kräften gesteuert, die jeden Augenblick unseres Lebens kontrollieren: Stimmungen, Wünsche, Wach- und Schlafverhalten, das Altern, die Fortpflanzung.

Von der Pubertät bis zum Klimakterium werden die Frauen von den Fortpflanzungshormonen – insbesondere Östrogen und Progesteron – beeinflußt. In einer vollkommenen Welt würde uns dieses hormonelle Karussel nichts anhaben können. Doch infolge der Streßfaktoren des 20. Jahrhunderts leiden viele Frauen heute an einer Reihe von Problemen, vom prämenstruellen Syndrom bis zu den Beschwerden der Menopause.

Die Schulmedizin hat große Fortschritte in der Behandlung hormoneller Beschwerden gemacht, man denke nur an die Pille, die Hormonersatztherapie (HET) oder die Behandlung von Unfruchtbarkeit. Es besteht auch zunehmend Interesse an den sogenannten Wunderhormonen: Melatonin, DHEA, Pregnenolon und Wachstumshormone.

Doch ist klar, daß die Manipulation der Natur nicht so erstrebenswert ist, wie die Ärzte hofften. Die Hormonersatzherapie, einst das Lebenselixier für Frauen in der Menopause, ist mittlerweile aufgrund der unangenehmen Nebenwirkungen und des erhöhten Brustkrebsrisikos umstritten. Viele Experten meinen auch, daß sie das hormonelle Gleichgewicht, das auf geringste Beeinflussung reagiert, massiv stört.

Heute sind viele Frauen an alternativen Heilmitteln zur Behandlung der Symptome der Menopause interessiert. Auch viele Experten glauben, daß diese ebenso wirksam sein können, obwohl es weniger wissenschaftliche Beweise gibt – hauptsächlich weil die Pharmafirmen die Erforschung alternativer Therapien nicht finanzieren.

In diesem Kapitel haben wir gemeinsam mit unseren Experten die wichtigsten Informationen, die Sie benötigen, zusammengestellt. Es ist wichtig, zu wissen, daß Probleme auf vielerlei Arten in Angriff genommen werden können. Die Hormonersatztherapie ist nicht die einzige Option. Wenn Ihnen die Behandlung, die Ihnen angeboten wird, nicht richtig erscheint, lehnen Sie sie ab; fragen Sie nach Alternativen.

Es ist Ihr Leben, und Sie sollten die Verantwortung dafür übernehmen. Vertrauen Sie Ihrem Körper!

Die wichtigsten Hormone

Hormone	Produziert von	Wirkung
Follikelstimulierendes Hormon (FSH)	Hypophyse	stimuliert das Wachstum der Zellen, die die Eier in den Eierstöcken umgeben, und kontrolliert die Teilung der Spermien in den Hoden.
Luteinisierendes Hormon (LH)	Hypophyse	löst den Eisprung aus.
Östrogen	Eierstöcke	kontrolliert den Menstruationszyklus; der Östrogenspiegel sinkt nach der Menopause.
Progesteron	Eierstöcke	kontrolliert auch den Menstruationszyklus; wichtig für Schwangerschaft.
Testosteron (männliches Hormon, auch bei Frauen)	Nebennierenrinde	kann unerwünschte männliche Merkmale bei Frauen sowie fettige Haut, fettiges Haar, Akne, übermäßigen Haarwuchs bewirken.
Thyroxin (und andere Schildrüsenhormone)	Schilddrüse	kontrolliert Stoffwechsel; zu hoher Thyroxinspiegel = Ruhelosigkeit, Hyperaktivität; zu niedriger Thyroxinspiegel = Schwäche, Lethargie; wichtig für die Fruchtbarkeit.
Adrenalin and Noradrenalin	Nebennierenmark	erhöht Herzschlag und Blutdruck als Reaktion auf Aktivität und Streß.
Cortisol	Nebennierenrinde	erhöht z.B. die streßauslösenden Wirkungen anderer Nebennierenhormone.
Insulin	Bauchspeicheldrüse	reguliert den Blutzuckerspiegel.

DIE WAHRHEIT ÜBER HORMONE

Frage: Was ist ein Hormon?
Antwort: Hormone sind körpereigene Substanzen (Inkrete), die von verschiedenen Drüsen produziert werden und über den Blutstrom Informationen transportieren.
F.: Was tun sie?
A.: Sie kontrollieren die Chemie der unzähligen Körperzellen, bestimmen etwa die Nahrungsverbrennung und die Energiefreisetzung; welche Zellen Milch, Haare etc. produzieren. Sie beeinflussen geistige und emotionale Verfassung, Elan, Sexualität und Erscheinung, Menstruationszyklus, Immunsystem und das Risiko an Osteoporose, manchen Krebsarten und sogar Herzleiden zu erkranken. Sie beeinflussen auch den Alterunsprozeß.
F: Wie werden sie gesteuert?
A.: Das Steuerzentrum ist ein Teil des Gehirns, der Hypothalamus, der mit der auch im Gehirn befindlichen Hypophyse verbunden ist und die Hormone zu weiteren „endokrinen" Drüsen des Körpers, wie Schilddrüse, Nebennieren und Eierstöcken, transportiert.
F.: Kann man Hormone sehen?
A.: Nein. Hormone sind so leistungsfähig, daß eine unvorstellbar kleine Menge genügt, um Wirkung zu zeigen. Einzelne Hormonmoleküle sind so winzig, daß man sie nicht einmal unter dem Mikroskop sehen kann.
F.: Was geschieht in der Pubertät und bei der Menstruation?
A.: Im Alter von elf, zwölf Jahren löst eine Zunahme des Wachstumhormons einen Wachstumsschub aus, der vor dem Einsetzen der Menstruation stattfindet. Anschließend produziert der Hypothalamus ein weiteres Hormon, das sogenannte Gonadotropin-Freisetzungshormon (GFH); dieses stimuliert die Hypophyse, die das follikelstimulierende Hormon (FSH) und das luteinisierende Hormon (LH) produziert. FSH wirkt auf die Zellhülle des Eier (Follikel) beider Eierstöcke ein. Schon bei der Geburt sind sämtliche weiblichen Eizellen vorhanden – im Unterschied zu den männlichen Spermien, die ständig reproduziert werden. In jedem Monatszyklus wird durch das FSH eine Eizelle für den Eisprung und die Befruchtung vorbereitet, gleichzeitig werden die Ovarien angeregt, das weibliche Sexualhormon Östrogen zu produzieren. (Eigentlich gibt es eine Gruppe von Östrogenen: Östriol, Östradiol und Östron. Sie werden der Einfachheit halber unter dem Begriff „Östrogene" zusammengefaßt.)

Während der ersten Hälfte des Menstruationszyklus steigt der Östrogenspiegel an, wodurch die Gebärmutterschleimhaut auf die Aufnahme eines befruchteten Eis vorbereitet wird. In der Mitte des Zyklus löst das LH den Eisprung (Ovulation) aus. Danach sinkt der Östrogenspiegel leicht, und das Progesteron, das zweite weibliche Sexualhormon, wird produziert. Das Progesteron bereitet die Gebärmutter auf die Aufnahme des befruchteten Eis in der Gebärmutterschleimhaut vor. Wird die Eizelle nicht befruchtet, sinkt der Progesteronspiegel und löst die Periode aus, bei der die Gebärmutterschleimhaut abgestoßen wird.
F.: Was geschieht in der Menopause?
A.: Das Wort „Menopause"geht auf die griechischen Ausdrücke *„meno"* (Monat) und *„pausis"* (Ende) zurück. Sie tritt ein, wenn die Eierstöcke über keine Eizellen mehr verfügen. Dies ist ein allmählicher Prozeß, der zwischen 44 und 55 stattfindet. Durchschnittlich hat eine Frau im Alter von etwa 50 Jahren ihre letzte Periode. Laut medizinischer Definition ist

eine Frau im Klimakterium, wenn sie ein Jahr lang keine Periode hatte. Das Ende der Menopause wird ein Jahr nach der letzten Periode angesetzt, obwohl manche Experten raten, zwei weitere Jahre zu verhüten. In den Wechseljahren ändert sich der Hormonhaushalt: Die Eierstöcke hören auf, befruchtungsfähige Eizellen, Östrogene und Progesteron zu produzieren. Wenn der Östrogenspiegel fällt, steigt das FSH an; die Menstruation wird schwächer, unregelmäßig, bis sie schließlich aufhört.
F.: Produzieren Frauen irgendwann überhaupt kein Östrogen mehr?
A.: Der Östrogenspiegel sinkt kontinuierlich, sobald die Eierstöcke ihre Arbeit einstellen. Im ersten Jahr nach der Menopause ist der Östrogenspiegel etwa halb oder ein Drittel so hoch wie vor der Menopause. Einige Jahre später sinkt der Spiegel erneut. Im Körper befindet sich immer Östrogen, da es aus anderen Hormonen umgewandelt wird, doch Progesteron wird nur in wirksamen Mengen hergestellt, wenn das Östrogen in den Eierstöcken produziert wird. Es wird auch eine kleine Menge Testosteron produziert; während der Menopause wird der Anteil des Testo-

sterons im Verhältnis zu Östrogen höher, weil der Östrogenspiegel sinkt.

F.: Wie merke ich, daß die Menopause einsetzt?

A.: Im Alter von etwa 45 Jahren nehmen Frauen aufgrund einer unregelmäßigen Hormonproduktion minimale Veränderungen der Periode wahr. Die Blutung kann stärker (oder schwächer) werden, Sie leiden erstmals am Prämenstruellen Syndrom (PMS), die Zykluslänge wird kürzer, oder eine Periode setzt aus. Wenn Sie beunruhigt sind, sollten Sie Ihren Arzt konsultieren; notieren Sie aufmerksam alle Symptome: Sie können auch einen Bluttest durchführen lassen, um den FSH-Spiegel zu überprüfen und um zu sehen, ob die Menopause einsetzt. Bei abnormalen Blutungen kann der Arzt folgende Untersuchungen durchführen:

Endometriumbiopsie: Mikroskopische Untersuchung der Gebärmutterschleimhaut.

Hysteroskopie: Betrachtung der Innenwände der Gebärmutter mit einem Spezialendoskop.

Ultraschall: Eine Sonde wird in die Vagina oder durch den Nabel eingeführt.

Professor Jacobs betont, daß Frauen sich keiner Dilatation und Kürettage unterziehen sollten. Die Methode ist veraltet: Wenn Ihr Arzt dazu rät, sollten Sie sich einen neuen Gynäkologen suchen.

F.: Was ist eine postoperative Menopause?

A.: Das Aussetzen der Periode nach der Entfernung der Gebärmutter oder der Eierstöcke.

F.: Muß ich während der Menopause unweigerlich unangenehme Begleiterscheinungen in Kauf nehmen?

A.: Etwa 20 Prozent der Frauen haben nur geringfügige oder keine, etwa die Hälfte der Frauen mäßige, und die übrigen schwere Symptome. Wer Symptome hat, leidet daran vermutlich länger als ein Jahr; bei manchen Frauen dauern sie fünf Jahre an.

F.: Was sind die häufigsten Symptome?

A.: Hitzewallungen und nächtliche Schweißausbrüche. Eine in Großbritannien durchgeführte Studie an 500 Frauen ergab, daß 87,5 Prozent an Hitzewallungen und 75 Prozent an nächtlichen Schweißausbrüchen litten.

F.: Wodurch werden Hitzewallungen verursacht?

A.: Die Östrogenreduktion beeinflußt die Körpertemperatur. Man fröstelt und im nächsten Augenblick leidet man an Hitzewallungen. Etwa vier von fünf Frauen erleben Hitzewallungen; 70 Prozent davon mehr als fünf Jahre. Herzklopfen, Schwindel, Hautjucken oder Bewußtseinstrübung können die Wallungen begleiten.

F.: Wird der Schlaf beeinflußt?

A.: Östrogenmangel kann das Schlafverhalten stören und nächtliche Schweißausbrüche verursachen. Östrogeneinnahme schafft Abhilfe. Ein reduzierter Östrogenspiegel kann die Konzentrationsfähigkeit beeinflussen.

F.: Wie sieht es mit Sex aus?

A.: Vaginale Trockenheit und Libidostörungen sind verbreitet *(siehe Seite 208)*. Mehr als 50 Prozent der Frauen leiden an vaginaler Trockenheit, die wiederum die Libido beeinflußt. Die geringere Durchblutung des Vaginalbereichs führt zu einer verringerten Elastizität des vaginalen Gewebes und der Blase, was zu Inkontinenz oder Blasenkatarrh führen kann.

F.: Weitere physische Symptome?

A.: Trockene und alternde Haut: Ohne Östrogen wird die Haut dünner.

F.: Werden die Emotionen beeinflußt?

A.: Depressionen und Ängste treten am häufigsten auf. Manche Frauen leiden an Stimmungsschwankungen, geringem Selbstwertgefühl und an Panikattacken.

Hormontests

Der Hormonspiegel kann in kürzester Zeit ansteigen oder absinken, weshalb ein einzelner Test kein Richtwert ist.

Konventionell: Vom Arzt/Spezialisten

Bluttests:

◆ Progesteron-Test am 21. Zyklustag, um festzustellen, ob ein Eisprung stattfindet.

◆ Das Verhältnis zwischen LH und FSH kann ein polyzystisches Ovarialleiden aufzeigen.

◆ Der FSH-Spiegel zeigt das Nahen der Menopause an. (Die Prämenopause ist wahrscheinlich, wenn der FSH-Spiegel über 25 Einheiten pro Liter (manche sagen über zwölf) aufweist; oder der LH-Spiegel über 50 Einheiten/Liter, und der Östradiol (Östrogen)-Spiegel unter 150 Pikomol/Liter (pmol/l) liegt.

P.S.: Der FSH-Spiegel schwankt von Monat zu Monat.

◆ Ein niedriger Östradiol-, Östron- und Östriolspiegel kann die Prämenopause anzeigen.

Urintests:

◆ LH-Tests zeigen einen Eisprung an.

◆ Das Vorhandensein des Choriongonadotropins zeigt eine Schwangerschaft an.

Unkonventionell: Manche Hormonspezialisten meinen, daß Speicheltests genauer sind als einmalige Bluttests.

◆ Speicheltests messen den Östrogen-, den Progesteron- und den Testosteron-Spiegel während des Zyklus, um Veränderungen in Zusammenhang mit PMS und Menopause zu zeigen.

◆ Haaranalysen zeigen Nährstoffmängel an.

◆ Tests für Nahrungsmittelempfindlichkeiten klären, welche Nahrungsmittel hormonelle Probleme verursachen.

Die Wahrheit über: Hormonersatztherapie

Die Hormonersatztherapie (HET) soll die Symptome der Menopause verhindern, indem der Östrogen- und Progesteronspiegel wiederhergestellt wird. Der Ausgleich des Östrogenverlusts in der Menopause durch die HET soll das Risiko von Wirbelsäulen-, Hüft- und Gelenkbrüchen angeblich um bis zu 70 Prozent senken. Frauen, die zu Osteoporose neigen, wird die HET in den auf die Menopause folgenden fünf bis zehn Jahren verordnet, oder wenn die Eierstöcke bei der Gebärmutterentfernung herausgenommen werden. Manchen Frauen wird sie auch erst viel später verschrieben.

Östrogenpräparate wurden alsbald mit einem erhöhten Gebärmutterkrebsrisiko (vier bis achtmal höher als bei Frauen, die keine Hormone nahmen) in Verbindung gebracht und werden Frauen, die noch eine Gebärmutter haben, nicht empfohlen. Um das Risiko auszuschalten, wurde Progesteron in Form von synthetischem Progestagen zugeführt. Manche Wissenschaftler behaupten, daß das Kombinationspräparat nach wie vor ein Risiko für Gebärmutterkrebs birgt (dreimal höher als bei Frauen, die keine HET machen); es kann den Blutdruck erhöhen. Das synthetische Progestagen löst eine monatliche Abbruchblutung und mehrere unangenehme Nebenwirkungen aus, aber abgesehen von diesen Problemen ist dies nun die Standardtherapie für Frauen mit Gebärmutter.

Obwohl das bei der HET verwendete Östrogen „natürlich" genannt wird, wird es im Labor synthetisch hergestellt. „Natürlich" heißt nur, daß es eine exakte chemische Kopie des Östrogens der Eierstöcke ist. Eigentlich sollte es „naturgetreu" heißen. Ein beliebtes Östrogen ist Premarin, das aus dem Urin schwangerer Stuten gewonnen wird. Es enthält spezifisches Östrogen vom Pferd und auch natürliches Östrogen, das dem des Menschen gleicht und Östronsulfat genannt wird. Die HET-Versuche, die eine schützende Wirkung für das Herz andeuteten, wurden vorwiegend mit Premarin durchgeführt; manche Ärzte halten das Pferdehormon für „das" Mittel gegen Herzkrankheiten.

Das Produkt wird aus Gründen des Tierschutzes aber immer weniger verwendet. Die Pferde werden Monate lang in Ställe gepfercht, damit ihr Urin in Kathetern gesammelt werden kann.

Fragen zur HET an Ihren Arzt

- Was sind aufgrund meiner familiären Disposition auf lange Sicht meine gesundheitlichen Risiken?
- Warum sollte ich jetzt mit der HST beginnen und nicht erst später?
- Empfehlen Sie ein reines Östrogenpräparat oder ein Kombinationspräparat mit synthetischem Progestagen?
- Welche HET empfehlen Sie?
- Was sind die Nebenwirkungen?
- Erfordern die Nebenwirkungen medizinische Betreuung?
- Wie lange dauert die Therapie?
- Welche Tests und Nachuntersuchungen werden gemacht, wenn ich mich für HET entscheide?
- Welche Alternativen gibt es?

Andere Medikamente

Raloxifen
Eines von mehreren „Designer"-Östrogenpräparaten, die heute in Amerika für Frauen, die zu Osteoporose neigen, zugelassen wurden. Einer Studie zufolge erhöht das Präparat die Knochendichte um ein bis zwei Prozent. Die Forscher glauben, daß ein erhöhtes Risiko von Brust- oder Gebärmutterkrebs auszuschließen ist. Mögliche Nebenwirkungen: anfangs ein vermehrtes Auftreten von Hitzewallungen, ein etwas erhöhtes Risiko von Blutgerinnseln.

Alendronat (Fosamax)
Dieses Medikament hat sich zur Behandlung von Osteoporose, aber nicht in der Vorbeugung bewährt und scheint die Wirbelsäule einer Frau um drei Prozent pro Jahr drei Jahre lang aufzubauen. Es wird meist Frauen verschrieben wird, die kein Östrogen nehmen dürfen. Da es sich im Knochen ablagert, sind Sicherheitsbedenken und Schwierigkeiten bei der Einnahme gegegeben, die zu Problemen in der Speiseröhre führen.

Etidronat (Didronel)
Verwandt mit Alendronat, nur in Kanada und Großbritannien zugelassen.

Natriumfluorid
Knochenbildendes Mineral, das in Tablettenform eingenommen wird;

Calcitonin
Natürlich vorkommendes Hormon, das inhaliert oder injiziert wird, die Knochendichte der Wirbelsäule um 1,5 Prozent jährlich zwei Jahre lang erhöht, aber Hüften oder Unterarme nicht kräftigt. Der Knochenaufbau ist nicht so stark wie bei Alendronat.

Calcitriol
Dies ist eine sehr aktive Form von Vitamin D, regt die knochenbildenden Zellen an; hohe Dosen können zum Auftreten von Nierensteinen führen.

Formen der HET

1 **Pille:** In den USA und in Großbritannien am verbreitetsten.
Nachteile: Das Östrogen passiert die Leber und wird umgewandelt, wodurch es an Wirksamkeit verliert (das Durchwandern der Leber könnte laut Professor Jacobs ein Vorteil sein, da Cholesterin ausgeglichen wird; muß täglich eingenommen werden; Übelkeit tritt leichter auf.

2 **Vaginalcreme:** Das Östrogen gelangt direkt in die Vagina; gutes Gleitmittel für die Vagina.
Nachteile: Eventuell unregelmäßige Absorption; langfristig oder zur Vorbeugung gegen Osteoporose nicht zu empfehlen.

3 **Hautpflaster oder -gel:** Das Pflaster ist in mehreren Stärken erhältlich und wird ein bis zwei Wochen auf der Haut von Bauch, Gesäß oder Hüften aufgetragen. Das Pflaster setzt unablässig Östrogen frei, das die Leber nicht erreicht, weshalb keine Übelkeit auftritt. Gels führen Östrogen über die Haut zu.
Nachteile: Progestagen muß, wenn es benötigt wird, in Tablettenform, Pessaren oder Pflastern getrennt verabreicht werden. Das Pflaster kann entfernt werden; der Östrogenspiegel kann stark ansteigen, wenn sich die Haut erwärmt.

4 **Implantate:** Östrogenzufuhr für sechs Monate; wird bei örtlicher Betäubung unter der Bauchhaut angebracht
Nachteile: Implantate können sehr hohe Östrogenmengen abgeben; wenn der Östrogenspiegel sinkt, können die Symptome infolge des Östrogenentzugs zurückkehren. Professor Jacobs warnt vor dieser Methode.

Mögliche Nebenwirkungen

- ◆ Magen-Darm-Störungen
- ◆ Übelkeit und Erbrechen
- ◆ Gewichtszunahme
- ◆ Brustspannen und -vergrößerung
- ◆ Durchbruchblutung
- ◆ Schwere Menstruationsblutungen
- ◆ Erhöhter Blutdruck
- ◆ Thrombophlebitis (Venenentzündung)
- ◆ Kopfschmerzen oder Migräne
- ◆ Benommenheit
- ◆ Beinkrämpfe
- ◆ Flüssigkeitsstau
- ◆ Depression, Reizbarkeit, Stimmungsschwankungen
- ◆ Soor
- ◆ Blähungen
- ◆ Bauchkrämpfe
- ◆ Gelbsucht
- ◆ Vergrößerung von Myomen in der Gebärmutter
- ◆ Kontaktlinsenunverträglichkeit
- ◆ Hautirritationen/Ausschläge
- ◆ Haarausfall *(siehe Seite 106)*
- ◆ Verminderte Glukose und Kohlenhydratetoleranz. Könnte zu Blutzuckerschwankungen führen, vor allem nach dem Genuß einfacher Kohlenhydrate (z.B. raffinierte Lebensmittel: Süßigkeiten und auch Obst). Gewichtszunahme durch diese Schwankungen.

ACHTUNG
Die HET beeinflußt den Blutkreislauf und die Fortpflanzungsorgane – Brüste, Eierstöcke und Gebärmutter –. Diese Wirkung kann unerwünscht oder sogar gefährlich sein, z.B. besteht erhöhtes Brustkrebsrisiko.

Machen Sie keine HET bei:
- ● Brust- oder Gebärmutterkrebs in der Familie
- ● Thrombosen
- ● schwerer Herz-, Nieren- oder Leberkrankheit

Überlegen Sie sich die HET zweimal bei:
- ■ hohem Blutdruck (Hoher Blutdruck schließt HET nicht aus, wenn Sie an Östrogenmangel leiden. Sie sollten aber vor Beginn einer Therapie die Blutdruckwerte stabilisieren lassen).
- ■ ungeklärten vaginalen Blutungen.
- ■ Endometriose (Gebärmutterversprengung); wenn Sie an Östrogenmangel leiden, sollten Sie Ihren Arzt nach einer Progesteron dominierten HET oder einem Produkt wie Livial fragen, das die Gebärmutter nicht angreift. In Zukunft könnte Raloxifen *(siehe Seite 209)* hilfreich sein.
- ■ gutartigen (nicht krebsartigen) Brusterkrankungen, z.B. Zysten.
- ■ Myomen.
- ■ Migräne.

HORMONERSATZTHERAPIE UND ERHÖHTES BRUSTKREBSRISIKO
Eine vom Imperial Cancer Research Fund durchgeführte Analyse von 51 Studien weltweit zeigte ein erhöhtes Risiko von Brustkrebs bei Frauen mit HET. Das Risiko steht in Beziehung zur Dauer der Einnahme und sinkt innerhalb von fünf Jahren nach Absetzung auf das Niveau der Frauen ohne HET. Es schien kein zusätzliches Risiko für Frauen zu bestehen, in deren Familie Brustkrebs auftrat. Zwar ist Brustkrebs bei Frauen unter 40 selten, doch ergab eine Erhebung in 54 Studien, daß das Risiko bei Frauen, die die Pille nehmen, leicht erhöht ist.

Dauer der HET	Brustkrebsdiagnose in den zwanzig Jahren zwischen 50 und 70	Brustkrebs bei Frauen mit HET
nie	45 von 1000	–
5 Jahre	47 von 1000	2 von 1000
10 Jahre	51 von 1000	6 von 1000
15 Jahre	57 von 1000	12 von 1000

Frauen über die HET

Angela Barker: 47, Krankenschwester

Vor drei Jahren bekam ich erstmals Hitzewallungen, ich wurde rot wie eine Tomate und fühlte mich krank. In der Nacht bekam ich fürchterliche Schweißausbrüche und litt an Schlaflosigkeit. Mein Haar war sehr trocken, und meine Haut zerknittert wie die einer alten Frau. Ich litt auch an vaginaler Trockenheit. Auch meine Stimmung veränderte sich zusehends: Ich war schlechter Laune und hatte mich nicht unter Kontrolle. Mein Hauptproblem war meine Antriebslosigkeit.

Mein Hausarzt überwies mich zu einem Spezialisten für HET. Er fragte, ob ich an einem Forschungsprogramm mit dem Evoril-Östrogenpflaster und dem intrauterinen Pessar von Mirena teilnehmen wolle, das eine sehr kleine Menge Progesteron abgibt. Unter Narkose wurden ausführliche Tests vorgenommen: ein hormonelles Blutbild, eine Gebärmutterschleimhautbiopsie, eine Gebärmutterspiegelung und eine Kürettage. Dabei stellte sich heraus, daß ich vor der Menopause stand. Gleichzeitig wurde das Pessar eingesetzt.

Einer der Gründe, warum ich so erpicht auf HET war: in meiner Familie hatte es schwere Fälle von Osteoporose gegeben. Ich begann mit zwei 100-mg-Pflastern pro Woche am Gesäß, aber meine Brüste wurden empfindlich, weshalb die Dosis auf ein 50-mg-Pflaster und ein 100-mg-Pflaster wöchentlich reduziert wurde. Manche Frauen bekommen durch die Haftpflaster Hautreizungen. Meine Symptome verschwanden innerhalb von sechs Monaten, ich sprach gut auf die Therapie an. Viele Frauen gaben aufgrund der Nebenwirkungen, wie Blutungen und Schmerzen durch das Pessar, auf. Wegen des erhöhten Brustkrebsrisikos ging ich regelmäßig zur Mammographie.

Alkohol vertrug ich immer weniger, was anscheinend mit dem höheren Östrogenspiegel zusammenhängt. Mein Körpergewicht hat sich nicht erhöht.

Ich fühle mich recht gut.

Caroline Neville: 55, Besitzerin einer eigenen Werbeagentur

Ich war 51, als ich Hitzewallungen hatte und drei Monate lang die Periode ausblieb. Ich bekam auch schmerzende Hüften und Knie. Mein Gynäkologe dachte, daß der Östrogenmangel meine Gelenke angriffe, und verschrieb mir eine HET in Tablettenform; die Schmerzen und die Hitzewallungen wurden reduziert, aber ich bekam Blähungen und nahm zu. Meine Dosis wurde vermindert, aber Knie und Hüften begannen wieder zu schmerzen, weshalb ein kleines Pflaster zu dem großen Pflaster dazukam. Es wurde mir zu kompliziert, ich versuchte also das neue OestroGel mit Pumpenspender, das man wie eine Körpercreme anwendet. Ich verwende je eine Pumpe für jeden Arm. Wenn ich Schmerzen bekomme, nehme ich eine weitere Dosis. Es hilft recht gut. Aufgrund der Risiken der HET unterziehe ich mich jährlich einer Mammographie und lasse Ovarien und Gebärmutter untersuchen. Manche Frauen in den Wechseljahren lassen sich die Eierstöcke entfernen. Hinter dieser Maßnahme steckt die Theorie, daß man ohne Ovarien nicht an Eierstockkrebs erkranken könne. Ich bin gegen unnötige chirurgische Eingriffe, aber meine Ärzte wiesen mich auf diese Möglichkeit hin. Alle drei Monate nehme ich eine Progesteron-Pille, wodurch ich einige Tage eine Blutung bekomme, um den Körper zu reinigen.

Judie Sandeman-Allen: 50, Mutter

Ich wurde erst mit vierzig Mutter, und meine Periode hat sich danach nie wieder normalisiert. In den folgenden sechs Jahren wurde sie, ebenso wie das Prämenstruelle Syndrom (PMS), immer unangenehmer. Ich fühlte mich unleidlich und war gereizt. Mein Hausarzt erwähnte niemals die Menopause, sondern verordnete mir einfach eine HET (Nouvelle). Ich wußte nicht, daß die Periode und das PMS vor Einsetzen der Menopause schlimmer werden können, und ich hatte keine Ahnung von irgendwelchen Nebenwirkungen der HET. Nouvelle wirkte: Mein PMT verschwand, die Periode dauerte fünf Tage und war merklich leichter. Doch sechs Monate später bemerkte ich im Urlaub, daß meine Finger anschwollen. Ich dachte, es wäre hitzebedingt, aber im nächsten Jahr verschlimmerte sich der Zustand, bis ich sie nicht mehr abbiegen konnte. Dann bekam ich solche Muskelschmerzen, daß ich kaum noch gehen konnte, und fühlte mich krank und erschöpft. Die Ärztin meinte, daß ich alle Symptome einer Schilddrüsenunterfunktion hätte. Die Tests waren negativ, aber sie behandelte mich mit Thyroxin. Es wirkte nicht, woraufhin die Dosierung verändert wurde. Die HET wurde nicht einmal erwähnt. Schließlich ging ich zu einem Endokrinologen, der seine Ratlosigkeit eingestand. Ich war verängstigt, ich würde zum Krüppel, und niemand wußte, was mit mir los war. Ich mußte meine Arbeit aufgeben. Noch immer schluckte ich die HET-Pillen. Als ich den Endokrinologen das dritte Mal aufsuchte, meinte er, daß ich möglicherweise die HET einstellen solle. Das war die Lösung. Meine Symptome verschwanden. Ich hatte noch Hitzewallungen, und es dauerte etwa sechs Monate, bis die Schwellung verschwand, aber jetzt bin ich wohlauf.

Expertenmeinung zur HET

Die Krankheiten, die für viele Frauen tödlich enden, nehmen nach der Menopause drastisch zu. Die „Ladykillers" sind Herz-Gefäß-Erkrankungen, Brustkrebs und andere Krebsarten (Lungen-, Darm-, Eierstock-, Gebärmutter- und Gebärmutterhalskrebs) sowie Osteoporose (Hüftfrakturen aufgrund dünnerer Knochen sind für mehr Todesfälle verantwortlich als Eierstock-, Zervix- und Gebärmutterkrebs zusammen). Dies bedeutet jedoch nicht, daß man nach der Menopause sterben muß. Die durchschnittliche Lebenserwartung britischer Frauen liegt bei 79 Jahren, was bedeutet, daß die Frauen im 20. Jahrhundert nach der Menopause noch über 30 Jahre leben. Ärzte, die die HET befürworten, behaupten, daß HET nicht nur die unangenehmen Nebenwirkungen der Menopause beseitigt, sondern auch wirksam vor den „Ladykillers" schützt. Andere bestreiten diese These heftigst. Was sollen wir nun glauben? Wir befragten den internationalen Experten Howard Jacobs, Professor am Middlesex Krankenhaus in London, über Vor- und Nachteile der HET.

Es gibt Östrogenskeptiker und Östrogengläubige. Ich gehöre zu ersteren. Ich glaube, daß die Ersatztherapie nützlich sein kann, daß sie aber vielen Frauen fälschlich verordnet wird, was im schlimmsten Fall zu Krebs führen kann. Ich kam zu dieser Ansicht aufgrund umfangreicher Fachliteratur und durch die Patientinnen, die von Befürwortern an mich überwiesen wurden. Sie nahmen als gegeben hin, daß alle Frauen eine Östrogenersatztherapie bekommen, bei der oft zusätzlich noch Progesteron verabreicht wird. Manche Ärzte reduzieren Frauen auf die Funktion ihrer Hormone. Ich fürchte, daß es es sich um sogenannte „Götter in Weiß" handelt, Ärzte, die alles wissen, und wenn Frauen sich beschweren, dann sind sie selbst schuld.

Obwohl manche Frauen beste Erfahrungen mit der HET haben, ist die Dauer der Hormonbehandlung in diesem Land meist in Monaten zu bemessen. *(Nur zehn Prozent der Frauen in Großbritannien, die die HET beginnen, blieben länger als ein Jahr dabei.)* Nicht weil die Therapie abgesetzt wurde, sondern weil sich die Frauen miserabel fühlten. Viele leiden an Stauungen, die Brüste werden zu groß, und die Beine schwellen an. Frauen, die noch eine Gebärmutter haben, sollten nach derzeitigem Wissensstand auch Progesteron einnehmen; viele Frauen erzählten mir, daß sie sich daraufhin sehr schlecht fühlten.

Angeblich beugt die HET Herzkrankheiten vor. Es gibt aber keine einzige Untersuchung, wo bei der HET-Gruppe und der Kontrollgruppe (ohne HET) die Zahl der Herzerkrankungen festgestellt wurde. Bei den Studien wurden Frauen untersucht, die sich für HET entschieden, und andere, die sich dagegen aussprachen. Mit Sicherheit erleiden Frauen, die sich für HET entscheiden, weniger oft einen Herzanfall als die anderen. Es könnte jedoch sein, daß die Frauen, die die HET durchführten, gesünder waren als die anderen Frauen. In den USA, wo diese Untersuchungen gemacht wurden, ist man der Meinung, daß die HET zu einem gesunden Lebensstil gehöre. Wissenschaftler, die die Lebensweise von HET-Befürworterinnen und -Gegnerinnen untersuchten, entdeckten, daß Frauen, die eine HET machen, häufiger zum Arzt gehen, weniger rauchen, gesünder essen, mehr Sport treiben und weniger anfällig für Diabetes sind – alles Faktoren, die eine Herzkrankheit verhindern helfen. *(Vielsagend ist jedoch, daß laut dem Journal of* ***Alternative Therapies*** *keine Form der Östrogentherapie zur Verhütung von Herzkrankheiten zugelassen ist, weil bisher keine Studie die amerikanischen Gesundheitsbehörden überzeugte, daß diese Drogen wirksam sind.)* Man kann also sagen, daß es gegenwärtig keine Versuche gibt, die zeigen, daß die HET vor Herzkrankheiten schützt. Man vermutet zwar, daß Östrogene gut für das Herz sind, aber es gibt keinen Beweis; und was wichtiger ist, wir wissen nicht, wie hilfreich die HET wäre, wenn man das Rauchen aufgeben würde, das Beste, was Sie für Ihre Gesundheit tun können. (Neue Forschungen aus Dänemark an 25.000 Frauen belegen, daß Raucherinnen ein um das Doppelte höhere Risiko haben, Herzkrankheiten zu bekommen).

Osteoporose ist komplizierter. Erstens ist nicht sicher, ob die Untersuchungen über Knochendichte und Mineraliengehalt wirklich etwas über die Knochenstärke aussagen, um die es sich eigentlich handelt. Aber gehen wir davon aus, daß der Mineraliengehalt der Knochen ein guter Indikator für die Knochenstärke ist. Wenn Östrogen verabreicht wird, wird zweifelsohne der Mineraliengehalt der Knochen verbessert, aber sobald man mit der Einnahme aufhört, verringert sich der Kalziumgehalt in den Knochen, und der Mineraliengehalt sinkt auf den ursprünglichen Stand zurück.

Zweitens gibt es zwei Arten von Brüchen: Frakturen des Dornfortsatzes und Frakturen der Hüften. Diese treten nicht gemeinsam, sondern oft nach vielen Jahren getrennt auf. Hüftbrüche erleiden aus Gründen, die uns nicht bekannt sind, Frauen zwischen siebzig und achtzig; Frakturen des Dornfortsatzes Frauen um die sechzig. Ich vermute, daß die HET die Knochendichte im Wirbelsäulenbereich erhöht und damit das Risiko eines Bruches vermindert, aber es gibt keine Beweise dafür.

Der Zusammenhang zwischen Hüftfrakturen und HET ist ziemlich problematisch. Eine fünzigjährige Frau macht eine HET, die Auswirkungen auf ihren Körper hat, wenn sie über achtzig ist, nämlich daß die Symptome der Osteoporose mit Verzögerung einsetzen. Eine Frau müßte im Alter von fünfzig Jahren zehn Jahre lang die HET machen – wenn sie es durchhält –, um eventuelle Hüftbrüche erst mit neunzig, statt mit achtzig zu bekommen.

Um Osteoporose zu vermeiden, sollten alle Frauen Übungen mit Belastung machen und viel Vitamin D und Kalzium zu sich nehmen.

Eine HET ist anzuraten, wenn eine Frau an unangenehmen Symptomen durch den Östrogenmangel leidet – Hitzewallungen, Schweißausbrüche, vaginale Trockenheit und Rauhheit, Blasenprobleme und Konzentrationsstörungen. Eines dieser Probleme allein deutet noch auf keinen Östrogenmangel hin. Und wenn man sich schlecht, depressiv oder müde fühlt, so ist das auch kein Symptom für ein Fehlen von Östrogen.

Eine HET ist auch eine Option für Frauen, die ein hohes Risiko für Herzkrankheiten, Osteoporose, die Alzheimersche Krankheit und Darmkrebs haben. Der Arzt muß abklären, ob eine Frau aus einer Familie kommt, in der diese Krankheiten gehäuft auftraten, ob sie raucht, einen erhöhten Cholesterinspiegel oder Blutdruck hat, und wie ihr Lebensstil aussieht, ob sie Sport betreibt und sich gut ernährt. Bei Osteoporose-Patientinnen muß der Arzt auch abklären, ob sie als Teenager an Anorexia nervosa litten (diese Frauen bekommen nie eine normale Knochenmasse) oder ob sie Unterbrechungen ihrer Periode hatten; natürlich muß auch die Knochendichte untersucht werden.

Wenn Frauen größere Risikofaktoren aufweisen und ihren Lebensstil nicht verbessern, sollten sie meiner Meinung nach Östrogen einnehmen. Aber bevor die HET verschrieben wird, muß der Arzt die Risiken abwägen, wenn in der Familie der Frau Fälle von Brustkrebs auftraten.

Dicke Frauen produzieren mehr Östrogen als schlanke. Krankheiten in Zusammenhang mit Östrogen treten gehäuft bei dicken Frauen auf, aber Östrogenmängel, wie Osteoporose, betreffen häufiger schlanke Frauen. Das Rauchen wirkt sich auf die Art der Aufnahme des Östrogens im Körper aus, weshalb Raucherinnen mit dem Östrogenmangelsyndrom zweimal soviel Östrogen benötigen wie Nichtraucherinnen.

Frauen, die Östrogen gegen die Wechselbeschwerden nehmen, sollten die HET nur durchführen, solange die Symptome anhalten. Ich rate meinen Patientinnen, regelmäßig zu prüfen, ob die Symptome ohne die HET zurückkehren. Wenn nicht, rate ich zu einer Beendigung der Behandlung. Es ist essentiell für Frauen, daß sie ihrem Körper vertrauen. Wer auf HET nicht gut anspricht, dem tut sie vermutlich auch nicht gut. Ich bin gegen Implantate, weil man sie nicht entfernen kann und warten muß, bis das Implantat aufgebraucht ist.

Wenn Sie keine Symptome des Östrogenmangelsyndroms haben, gesund leben und zu keiner Risikogruppe gehören, sehe ich keinen Grund, Östrogen einzunehmen.

Zusammenfassung der Aussagen von Prof. Jacobs

◆ Die HET kann eine nützliche Therapie für Frauen sein, die am Östrogenmangelsyndrom leiden. Die Symptome sind: Hitzewallungen, Schweißausbrüche, vaginale Trockenheit, Blasen- und Konzentrationsprobleme.

◆ Die HET kann auch geeignet sein für Frauen, die ein hohes Risiko für Herzkrankheiten, Osteoporose und Alzheimer aufweisen und keine gesunde Lebensweise haben.

◆ Die HET ist nicht geeignet zur Behandlung von Ängsten, Depressionen oder Müdigkeit.

◆ Obwohl nicht erwiesen ist, daß die HET das Risiko von Herzkrankheiten und Osteoporose reduziert, hilft sie gewiß, wir wissen nur nicht in welchem Ausmaß. Sicher ist hingegen, daß eine veränderte Lebensweise das Risiko reduziert.

◆ Die HET erhöht das Risiko von Brust- und Gebärmutterkrebs.

Glauben Sie an Wunder?

Die Vorstellung eines Zaubertrankes, der das Alter bekämpft, wäre die Erfüllung unserer Träume, der Heilige Gral der Altersforschung und ein Milliardengeschäft für die pharmazeutische Industrie. Doch trotz der vielgerühmten Mittel am Markt, darunter die sogenannten „Wunderhormone", waren die internationalen Experten bei einer 1997 in London stattfindenden Tagung skeptisch. Und wir sind es auch.

Antioxidanzien sind laut internationaler Expertenmeinung die einzigen Antiageing-Verbindungen, die das Aufsehen, das eine vom British Medical Journal organisierte Tagung erregte, wert sind *(mehr über Antioxidanzien siehe Seite 13)*. Es ist jedoch immer mehr von sogenannten „Wunderhormonen" die Rede. **Melatonin, DHEA** (Dehydroepiandrosteron), **Pregnenolon** und das **Wachstumshormon** können uns, einigen Forschern zufolge, schön und gesund erhalten, Elan und Lebensfreude schenken und Gehirn und Gedächtnis stärken. Wie bei alle Hormonen nimmt die Produktion altersbedingt ab; die Befürworter glauben, daß Körper und Geist verjüngt werden, wenn wir den Hormonspiegel auf das Niveau unserer Blütezeit (zwischen 25 und 30) bringen. Das National Institute on Ageing (NIA) warnt potentielle Konsumenten: „Das NIA empfiehlt eine Ersatztherapie mit DHEA, dem Wachstumshomon oder Melatonin nicht, weil wir zu wenig darüber wissen. Menschen, die einen Wachstumshormonmangel aufweisen, sollten dieses unter ärztlicher Aufsicht nehmen."

Trotz dieser Warnungen werden Melatonin, DHEA und Pregnenolon als Nahrungsergänzungen geführt und sind in Amerika überall erhältlich, per Postversand auch in anderen Ländern. Das britische Gesundheitsamt kommentiert das Verbot von Melatonin wie folgt: „Melatonin ist ein sehr wirksames Hormon, daß deutliche physiologische Wirkungen zeigt. Es ist daher ein Medikament und keine Substanz, die einen Nahrungsmangel ausgleicht."

Das NIA weist auch darauf hin, daß ein Hormonersatz nicht exakt die gleichen Auswirkungen hat wie ein natürlich produziertes Hormon, weil der Körper es anders verarbeitet. Auch hohe Dosen an Nahrungsergänzungen, in welcher Form auch immer, können den Hormonspiegel stärker erhöhen, als gesundsfördernd ist. Die übliche Dosis von zwei bis fünf Milligramm Melatonin wird von den Forschern als unbedenklich angesehen, kann aber das Blutbild massiv verändern.

Wenn dies eintritt, können auch andere negative Effekte verstärkt auftreten. Sogar winzige Mengen dieser Substanzen können weitreichende Auswirkungen auf die Körperchemie haben.

Die wichtigste Tatsache ist jedoch, daß bislang zu wenig Untersuchungen durchgeführt wurden, die die Verwendung rechtfertigen. Halten Sie sich die fatalen Konsequenzen der Bodybuilder vor Augen, die ähnliche Hormon-Cocktails einnahmen. Es werden weltweit großangelegte Studien betrieben, und es mögen sich diese Hormone in naher Zukunft als nützlich und sicher erweisen. In der Zwischenzeit ist Skepsis gegenüber Anti-ageing-Kliniken angebracht, die derartige Medikamente verschreiben. Wir waren betroffen, als wir den Besitzer einer solchen Klinik in London interviewten. Er verordnet routinemäßig DHEA und auf Verlangen auch andere Arzneimittel. Unsere Betroffenheit ist dadurch begründet, daß die Patientinnen nicht über die bewährten Faktoren eines gesunden Lebensstils, wie Ernährung und Sport/Fitneß informiert werden, und der Schwerpunkt der Behandlung auf den sogenannten „Wundermitteln" liegt.

„Wunderhormone"

Hormone	Produziert von	Wirkung
Melatonin	Zirbeldrüse	reguliert Schlaf- und Aufwachmuster und beeinflußt andere Hormone, Stimmung, Libido, Verdauung und Immunsystem.
DHEA	Nebenniere	kann in Hormone, vor allem in Östrogen und Testosteron, umgewandelt werden.
Pregnenolon	Nebenniere, Ovarien	kann in Hormone (Östrogen, Testosteron und Cortisol) umgewandelt werden.
Wachstumshormon	Hypophyse	reguliert das Wachstum und die Erhaltung der Haut, des Gewebes und der Organe.

Alternative Hormonpräparate

Viele Experten vertreten die Meinung, daß eine Kombination von sanften Alternativ-/Komplementärtherapien, die Körper und Geist einbeziehen, die Menopause (und vieles andere) erleichtern können. Neben den auf den ***Seiten 238–239*** **beschriebenen Antistreßtherapien gibt es eine Reihe pflanzlicher, homöopathischer und ernährungsphysiologischer Möglichkeiten, die Problematik in Angriff zu nehmen. Es empfiehlt sich, einen an diesen Behandlungsformen interessierten Arzt zu konsultieren oder sich an einen Experten zu wenden – Homöopathen, Ernährungsspezialisten, Naturheil- oder Kräuterspezialisten –, bevor man mit einer gänzlich neuen Behandlungsmethode beginnt. Wir empfehlen, auch den Hausarzt von etwaigen Vorhaben in Kenntnis zu setzen.**

ALTERNATIVE MEDIZIN

Die folgenden medizinischen Ansätze halfen Frauen aus unserem Bekanntenkreis. Es gibt in der Praxis einige Überschneidungen.

Homöopathie

Die Homöopathie bezieht in die Behandlung ein, wie eine Frau die Menopause erlebt und was die Wechseljahre für sie bedeuten. Und unterstützt dann mit homöopathischen Tinkturen. Zu den Anhängern der Homöopathie zählt auch Königin Elizabeth II, die regelmäßig den Londoner Arzt und Homöopathen Dr. Ronald Davey konsultiert.

Dr. Tessa Katz von der Frauenklinik des Royal London Homoeopathic Hospital berichtete 1997, daß etwa 70 Prozent der Patientinnen eine deutliche Verbesserung der durch die Menopause verursachten Symptome wahrnahmen, nachdem Sie homöopathische Arzneimittel benutzt hatten. Etwa 25 Prozent profitierten teilweise davon, und die restlichen 5 Prozent verspürten keine Änderung. Die meisten Patientinnen versuchten zuvor eine HET und waren entweder unglücklich über die Einnahme möglicherweise schädlicher Medikamente oder litten an nicht tolerierbaren Nebenwirkungen. Manche Patientinnen verwenden die Homöopathika neben der HET.

Chinesische Medizin

Die Symptome der Menopause hängen angeblich mit der Niere, dem Blut und einem Nieren/Leber-Ungleichgewicht zusammen. Meist werden Kräuter wie Dong quai (Chinesische Engelwurz) und Ginseng verschrieben. Die Akupunktur wird eingesetzt, um den Hormonhaushalt auszugleichen und Schmerzen zu mildern. Chi Gung, eine Mediationsform, und sanfte Übungen sind ebenfalls Teil der chinesischen Medizin.

Westliche Kräuterheilkunde

Hier liegt die Betonung auf der Stimulation der hormonellen Veränderungen, damit diese so beschwerdefrei wie möglich vor sich gehen. Kräuter, die wie Östrogen wirken, werden gegen Hitzewallungen, Nachtschweiß und Angstüberflutung, verschrieben: Cimicifuga racemosa, Agnus castus, Hopfen und Wilde Yamswurzel. Aufgüsse mit Salbei oder Herzgespann, die ebenfalls eine dem Östrogen vergleichbare Wirkung haben, werden gegen vaginale Trockenheit; Gartenringelblumencreme für die Vagina verschrieben. Gegen Streß werden beruhigende Kräuter (Helmkraut und Eisenkrautsalbei), gegen Depressionen Johanniskraut (enthalten in Hyperforat® aus der Apotheke) verordnet. Lavendel-, Rosen- und Ylang-Ylang-Öle werden als Badezusätze empfohlen.

Bioenergetik

Diese auf den Prinzipien der Homöopathie und der Akupunktur beruhende Methode ist in Deutschland sehr bekannt. Die Heilpraktiker vermuten, daß hinter jedem Zustand eine Körperfunktionsschwäche oder eine Energiestörung verborgen liegt. Das Ziel ist, das Gleichgewicht des Körpers wiederherzustellen.

Ernährungstherapie

Ein höherer Anteil folgender Vitamine und Mineralien kann für Frauen, wenn sie älter werden, hilfreich sein: die Vitamine B_6 und B_{12}, Folsäure, Vitamin D und E sowie Magnesium, Chrom und Zink. Vitamin E verbessert die vaginale Trockenheit *(siehe auch Algen, Seite 193)*, Hitzewallungen, Schweiß und Müdigkeit und schützt vor Herzkrankheiten. Die Salzsäure (HCI), die die Verdauung und die Absorption von Mineralstoffen wie Kalzium fördert, scheint altersbedingt reduziert zu werden. Zinn- und/oder B_{12}-Mangel, rheumatische Arthritis, Streß, Kaffee, Giftstoffe und Schilddrüsenüber- oder unterfunktion können dazu beitragen. In der Menopause scheinen manche Frauen keine HCI zu haben. Papayas, die reich an dem verdauungsförderndem Enzym Papain sind, oder Nahrungsergänzungen, wie HCI und/oder Pepsin, können Abhilfe schaffen.

Alternative Medikamente

Pharmazeutische Produkte sind nicht die einzigen Präparate, die in der Menopause Wirkung zeigen. Viele Frauen – und auch immer mehr Ärzte – sind vom Wirkungspotential mancher natürlicher Heilmittel (dazu gehören auch Nahrungsmittel) beeindruckt.

Natürliches Progesteron

Progesteron-Cremes gegen die Symptome der Wechseljahre sind bei Frauen, wie Lesley Kenton *(siehe Seite 203)*, Gloria Hope Price *(Seite 225)* und Gayle Hunnicutt *(Seite 91)*, sehr beliebt. Andere wiederum verspürten keine positive Wirkung oder sogar unangenehme Nebenwirkungen.

Es gibt auch Kontroversen über den oft erhobenen Anspruch, daß es sich um ein natürliches pflanzliches Heilmittel handelt. Eine genauere Bezeichnung dieser Präparate wäre„naturgetreu"; tatsächlich enthalten sie synthetisch aus pflanzlichen Stoffen hergestelltes Progesteron – früher wurde die Wilde Yamswurzel verwendet, heute meist Sojabohnen *(siehe Dr. Linda Fellows, rechts)*. Dr. John Lee, einer der führenden Vertreter dieser Therapie, stellt klar, daß das „natürliche Progesteron" eigentlich „aus Pflanzen gewonnenenes Progesteron" heißen müßte und betont, daß weder die Wilde Yamswurzel noch andere Pflanzen tatsächlich Progesteron enthalten. Er behauptete jedoch in einem 1990 von *The Lancet* veröffentlichten Brief, daß es Knochenschwund tatsächlich umkehren könne.

Dr. Susan Horsewood-Lee, eine Londoner Ärztin, findet den Stand der Forschung ermutigend und zögert nicht, das Präparat zu empfehlen. „Es ist für manche Frauen eine durchaus legitime Möglichkeit." Sie findet es vor allem für Patientinnen empfehlenswert, die einer konventionellen HET nie zustimmen würden, aber zu einer Osteoporose-Risikogruppe gehören. Meist sind dies Patientinnen, die bereits auf sich achten; sie ernähren sich gesund und treiben Sport. Bei einer Untersuchung der Knochendichte mußten sie feststellen, daß diese niedrig war. Sie machen zwölf Monate lang Gewichtsübungen und nehmen Zusätze, wie Kalzium, Magnesium und Bor, aber bei der nächsten Untersuchung sind die Werte noch schlechter.

Die Patientinnen sind verängstigt und unsicher, was sie noch tun können. Dr. Horsewood-Lee empfiehlt dann das natürliche Progesteron. Eines der führenden Krankenhäuser Londons, das Chelsea & Westminster, nimmt diese Form von Progesteron ernst genug, um ein großangelegtes Forschungsprogramm zu starten. Ihrer Erfahrung nach haben etwa 90 Prozent ihrer Patientinnen, nachdem sie ein Jahr lang die ProGest-Creme (von Higher Nature) verwendeten, die gleiche oder eine verbesserte Knochendichte.

Zusätzlich berichten die Patientinnen (bei denen durch die Einnahme von Östrogen teilweise Nebenwirkungen auftraten), daß sie sich besser fühlen. Sie beobachtete, daß die Anzahl der Hitzewallungen abnahm, vielleicht weil das Absinken des Östrogenspiegels gleichmäßig und sanfter abläuft.

Dr. Horsewood-Lee betont jedoch, daß das natürliche Progesteron nur eine Komponente ist, und daß der gesamte Lebensstil eine Rolle dabei spielt, wie eine Frau die Menopause durchlebt.

Frauen über Alternativen

Dr. Linda Fellows: 55, Biochemikerin

Der Arzt verschrieb mir Prempak HET (Östrogen- und Progestagen-Pillen), als bei mir mit 48 Jahren Hitzewallungen auftraten. Bei Geschäftstreffen bekam ich regelmäßig Schweißausbrüche, was sehr störend war. Ich machte etwa drei, vier Jahre eine HET, um die Hitzewallungen zu bekämpfen, fühlte mich aber nie richtig wohl. Ich nahm zu und fühlte mich sehr prall. Das prämenstruelle Syndrom verschlechterte sich, ich bekam Blähungen und war gereizt, und ich fühlte mich einfach elend.

Dann entdeckte ich die sogenannte natürliche Progesteron-Creme, die eigentlich nicht wirklich natürlich ist, sondern im Labor hergestellt wird. Sie ist „naturgetreu" (wie Östrogen in der HET), was bedeutet, daß das synthetische Molekül exakt die gleiche Struktur hat wie jenes des Körpers. Der Vorteil der naturgetreuen Moleküle ist, daß der Körper sich an sie gewöhnt, während er „unnatürliches" Progestin als Fremdkörper ansieht. Ein weiteres Problem der Hormonersatztherapie ist, daß der Körper die Menopause nicht richtig absolviert, so daß man eine unangenehme Phase am Ende der HET durchlebt.

Ich habe mich für die Einnahme von Östrogen in einer sehr kleinen Dosis entschieden, entweder oral oder per Pflaster, und mache täglich, bevor ich zu Bett gehe, und manchmal auch am Morgen Einreibungen mit der natürlichen Progesteron-Creme. Weiterhin verwende ich auch Kräuter, eine Mischung aus Cimicifuga racemosa, Salbei, Hopfen und Wilder Yamswurzel.

Ich fühle mich jetzt viel wohler und bin zuversichtlich, daß ich die optimale Kombination noch finden werde.

Gamma-Oryzanol

Zur sanften Bekämpfung starker Hitzewallungen empfiehlt Dr. Horsewood-Lee die tägliche Einnahme von drei Kapseln dieses Reisextrakts, der in Japan intensiv erforscht wurde.

Pflanzliche Östrogene

Viele Studien zeigen, daß Produkte auf Sojabasis (z.B. Tofu), die reich an pflanzlichen Östrogenen (Phytoöstrogenen) und Kalzium sind, die Symptome der Menopause abschwächen und vor Osteoporose schützen. Manche Experten meinen, daß japanischen Frauen Hitzewallungen (es gibt keinen japanischen Ausdruck dafür) und andere Symptome der Menopause erspart bleiben, weil der japanische Speisezettel viel Soja und Ginseng enthält. Auch die Brustkrebsrate und die Rate anderer hormonell bedingter Krebsarten sowie von Osteoporose ist in Japan viel niedriger.

Eine an Phytoöstrogenen reiche Kost beinhaltet Vollkorngetreide (Hafer, Weizen, Gerste, Hirse, Buchweizen, Wild-, Naturreis, Weizenvollmehl) sowie Sojamehl, Leinsamenöl und Gemüse (Fenchel, Sellerie, Petersilie, Sprossen, Hülsenfrüchte – Erbsen, Bohnen, Linsen).

Konzentrierte Sojaproteine sind auch in Tablettenform erhältlich. Bekannte Marken sind: Blackmores Phyto-Life Plus und Solgar's Iso Soy *(siehe Anne Spencer, rechts)*. Promensil, ein neues Produkt auf Pflanzenbasis der australischen Firma Novogen ist in Australien erhältlich und soll in Kürze auch in Amerika und England verfügbar sein.

Rhabarber

Phytoestrol*, ein Präparat aus der Rharbarerwurzel, enthält Phytoöstrogene. Es wirkt zwar nicht so rasch wie die HET, bewirkt aber eine anhaltende Verbesserung der Symptome der Menopause.

Frauen über Alternativen

Anne Spencer: 53, Autorin

1989 wurde mir im Alter von 45 Jahren aufgrund von Myomen und eines Gebärmuttervorfalls die Gebärmutter entfernt. Die Ovarien blieben intakt, mein Körper produzierte also nach wie vor Östrogen, obwohl meine Periode ausblieb. Die Ärzte meinen, daß man nach einer derartigen Operation die Menopause relativ beschwerdefrei erlebt. Eine Weile lang blieb auch alles beim Alten, mir wurde nur etwas heiß mitten in der Nacht; im Verlauf von etwa fünf Jahren wurde ich etwas gereizter und zwanghafter, aber ich kam damit zurande und wollte keine HET. Mir gefiel der Gedanke nicht, unnötigerweise Hormone einzunehmen, auch empfand ich meine Symptome nicht als unerträglich.

Dann suchte ich für einen Artikel, an dem ich schrieb, Dr. Lily Hua Yu, eine Ärztin der traditionellen chinesischen Medizin an der Acu-Medic-Klinik im Norden Londons auf. Sie sagte mir, daß ich eine gerillte Zunge hätte, was einen „Yin"-Mangel andeutete und die Ursache meines Energiemangels wäre.

Ich konsultierte sie nun als Patientin einmal wöchentlich zwei Monate lang. Ich wurde akupunktiert und erhielt in wöchentlicher Abstimmung pflanzliche Präparate (in Tablettenform), darunter Kräuter, wie Dong quai und manchmal Ginseng.

Ich fühlte mich weitaus besser. Mein Beckenboden gewann an Spannkraft, und mein Schlaf wurde tiefer. Dummerweise stellte ich die Behandlung ein, weil sie sehr kostspielig war.

Die nächste große Entdeckung machte ich Weihnachten 1997 in Australien. Ich hatte die Menopause hinter mir, war besorgt wegen Osteoporose. Ich hatte in einer Ultraschall- und einer DEXA-Untersuchung (Röntgenmethode) meine Knochendichte überprüfen lassen, und beide Tests lieferten Grenzwerte. Ich lehnte HET noch immer ab, und eine Freundin empfahl mir Sojaproteinkonzentrate, die ihr Leben verändert hätten.

Ich erstand also eine kleine Flasche von Blackmores Phyto-Life Plus, das auch Kalzium enthält, nahm täglich vier Tabletten und fühlte mich großartig. Ich bin energiegeladen, mein Denken ist klarer, und man sagt mir auch, daß ich sehr gut aussehe.

Soja enthält einen hohen Anteil an natürlichen, pflanzlichen Östrogenen. Die wichtigsten Komponenten sind zwei Isoflavonoide –Genistein und Daidzein. Sie kommen in natürlicher Form in Sojaprodukten vor, aber man muß wie asiatische Frauen regelmäßig große Mengen Soja essen, um davon zu profitieren. Das Problem bei Sojaprodukten ist, daß die Isoflavone bei der Verarbeitung verloren gehen können. Es ist deshalb einfacher, konzentrierte Sojaproteine einzunehmen. Der Kalziumgehalt liegt bei 80 Prozent der in Großbritannien empfohlenen täglichen Dosis. Ich nehme auch Magnesium, weil das Kalzium zusammen mit Magnesium besser absorbiert wird, sowie Vitamin E und Fischöle.

Verschiedene Ernährungsexperten vermuten, daß diese Phytoöstrogene die Präparate der Zukunft sind. Der Imperial Cancer Research Fund in London, der die HET-Studie unterstützte, die ein erhöhtes Risiko von Brustkrebs ergab, fördert eine Untersuchung über Phytoöstrogene zur Behandlung der Symptome der Menopause. Ich treibe auch regelmäßig Sport und halte mich an den Rat eines Feng- Shui-Experten: „Verbannen Sie die Arbeit aus Ihrem Schlafzimmer."

Frauen über Alternativen

Sarah Stacey: 49, Koautorin von
20 Jahre 40 bleiben

Ich war 47 Jahre, als ich im Juni 1996 verzweifelt meinen Arzt aufsuchte. Ich arbeitete sehr viel und konnte nicht schlafen. Ich wachte jede Nacht um zwei Uhr morgens auf und wälzte mich schlaflos im Bett, gleichgültig wann ich zu Bett gegangen oder wie müde ich war. Ich war deprimiert und weinerlich und kam nicht mehr zurande. Auch litt ich unter einer sehr häufigen und starken Monatsblutung.

Mein Arzt war sehr verständnisvoll, nahm viele Bluttests vor und empfahl mir Prozac. Ich sagte ihm, daß ich erst noch Tom Marshall-Manifold, einen Bioenergetiker (siehe Seite 219) in der Wimbledon Clinic im Süden Londons, konsultieren wollte und mich dann entschließen würde. Tom sprach lange mit mir und nahm ebenfalls eine Reihe von Tests vor. Blut wurde mir nicht abgenommen, da die Tests meines Arztes bestätigten, daß die Menopause einsetzte, aber er führte eine komplizierte Elektroakupunktur-Diagnose durch (tut nicht weh). Er erklärte mir, daß die Energielinien, die sogenannten Meridiane, durch den ganzen Körper verlaufen und mit den einzelnen Organen in Zusammenhang stehen. Entlang jeder Linie befinden sich Akupunkturpunkte, die eine elektrische oder „energetische“ Ladung enthalten, die maschinell gemessen werden kann. Wenn man sich wohl fühlt, sollten die Meßwerte in etwa alle gleich sein. Meine Werte schwankten enorm. Der Kreislauf arbeitete auf Hochtouren, während die Hormonaktivität unglaublich niedrig war. Auch viele andere Körperfunktionen arbeiteten auf Sparflamme. Kurz gesagt, ich hatte mein Gleichgewicht verloren.

Tom verschrieb mir homöopathische Tropfen, die Östrogen, Progesteron und andere homöopathsiche Mittel enthielten, um die Hormone und meine Bauchspeicheldrüse zu regulieren und und die Verdauung zu verbessern.

Zusätzlich bekam ich pflanzliche Tabletten, die Agnus castus, Damiana und Dong quai, Mimosenrinde (ein chinesisches Heilkraut, welches ein natürliches Antidepressium ist) und zwei Arten von Ginseng enthielten.

Als Nahrungsergänzung wurde mir empfohlen: Nachtkerzenöl für die essentiellen Fettsäuren, gegen meine trokkene, ekzemanfällige Haut und um den Hormonhaushalt auszugleichen; Mineralien wie Magnesium, um die Nerven zu stärken, die Absorption von Kalzium zu unterstützen, sowie Chrom gegen meine Zuckerprobleme.

Tom erklärte, daß alle diese Maßnahmen das Gleichgewicht meines Körpers wieder herstellen sollten. Gegen Ende des ersten Monats fühlte ich mich besser als die Jahre zuvor; zum ersten Mal verstand ich, was es hieß, wenn Körper und Geist im Einklang waren. Gegen Ende des zweiten Monats hatte ich mich an das neue Wohlbefinden gewöhnt. Die Hitzewallungen verminderten sich, und seit ich Melatonin einnahm, schlief ich auch wieder gut; manchmal griff ich auch zu Hilfsmitteln wie Dormeasan von Bioforce oder MedicHerb Velerina. Das Leben war wieder lebenswert.

Ich bin kaum je krank, aber ich gehe alle zwei Monate zu Tom, um mich untersuchen zu lassen. Ich habe keine Zweifel mehr an dieser Methode. Sie mag manchen ungewöhnlich erscheinen, aber sie wirkt, wie meine Erfahrung zeigt.

Rezept

Der international anerkannte Experte der Naturheilkunde und Pharmazeut Jan de Vries, der von den Vereinten Nationen für seine Arbeit ausgezeichnet wurde, gibt folgende Ratschläge:

Zur Reduktion der Symptome der Menopause:

- Reduzieren Sie die Aufnahme von tierischem Protein.
- Nehmen Sie Gamma-Oryzanol.
- Nehmen Sie abends 1500 mg Nachtkerzenöl.
- Nehmen Sie Vitamin E (200–400 IE täglich, erhöhen auf zweimal 400 IE täglich).
- Nehmen Sie täglich zwei Tabletten Remifemin (wird aus Cimifuga racemosa hergestellt). Erhältlich bei Naturheilpraktikern.
- Versuchen Sie dreimal täglich 20 Tropfen des homöopathischen Mittels MNP415 von Bioforce.

Gegen Nachtschweiß und Hitzewallungen:

- Dreimal täglich 10–15 Tropfen Menosan (Salbeiextrakt) von Bioforce (nicht in Deutschland).

Gegen Osteoporose:

- Nehmen Sie HAI ACCORD FORMULA Tabletten von BDS-GmbH aus der Apotheke.
- Zweimal täglich zwei Tabletten Osteoprime (Nährstoffe für die Knochen) von Enzymatic Therapy.

Gegen Schlafstörungen:

- Nach sechs Uhr abends wenig essen
- Dormeasan (Baldrian- und Hopfenextrakt) von Bioforce, 25 Tropfen, eine halbe Stunde bevor Sie zu Bett gehen.
- Trinken Sie Kräutertees mit Melisse und Zitrone.

Osteoporose

Osteoporose, die Verminderung der Knochenmasse, betrifft laut der National Osteoporosis Society in Großbritannien in einem gewissen Ausmaß eine von drei Frauen nach der Menopause.

Die Knochen bestehen aus Bindegewebe (hauptsächlich Collagen), das von festen Mineralkristallen wie eine Honigwabe umgeben ist. Trotz ihrer scheinbaren Inaktivität sind die Knochen so lebendig wie der übrige Körper und einem ständigen Aufbau (durch die Osteoblasten, die Knochenbildungszellen, die zu Osteozyten heranreifen) und Abbau (durch die Osteoklasten, die dritte Gruppe von Knochenzellen) unterworfen. Die Knochen wachsen von Geburt an und erreichen im Alter zwischen 16 und 18 ihre endgültigen Ausmaße; die Dichte erreicht ihren Höhepunkt erst im Alter von 35 Jahren. Danach können Probleme einsetzen, da die Knochenmasse rascher abgebaut als ersetzt wird.

Osteoporose führt zu einem Schwund des Bindegewebes und des Mineralgehalts der Knochen. Dadurch werden die Knochen brüchig und anfällig für Frakturen, was auch zu einer Wirbelsäulenverkrümmung führen kann. Obwohl Osteoporose vererbbar ist, kann sie durch Übungen mit Gewichtsbelastung und eine gute Ernährung in jungen Jahren, wenn sich die Knochen bilden, verhütet werden. Bei Untersuchungen wird die Knochendichte gemessen, obwohl dies kein genauer Indikator für Knochenschwund ist.

Tests:

1. DEXA: Dualenergieröntgenabsorptionsmethode ist die verbreitetste Untersuchungsmethode zur Feststellung des Knochenmineralgehalts; der Knochenschwund beginnt meist in der Wirbelsäule und an den Hüften, weshalb diese untersucht werden. Obwohl diese Methode derzeit als die genaueste gilt, können nur Veränderungen, die über zwei Prozent liegen, festgestellt werden.

2. Photonenabsorptionsmethode: Heute aufgrund der höheren Genauigkeit von der Dexa-Methode verdrängt; funktioniert ähnlich, Verwendung von ionisierenden Strahlen.

3. Quantitive Computertomographie (QCT): Eine kostspielige Methode, bei der die Patienten hohen Strahlungsdosen ausgesetzt werden.

4. Ultraschalluntersuchung: Hochgeschwindigkeitsschallwellen wandern durch das Fersenbein, das sich auf der gleichen Achse wie die Hüfte befindet und angeblich für die bruchanfälligen Teile des Knochengerüsts repräsentativ ist. Diese Technologie eignet sich für einen allgemeinen Einsatz, befindet sich aber noch im Forschungsstadium.

5. Urinanalyse: Stellt den Grad des Knochenschwundes sowie zukünftige Risiken fest; geeignet zur Messung des Nährstoffgehalts und zur Erstellung einer Diät; der einzige Test, der ein breites Spektrum des Knochenschwunds gibt.

6. Selbstversuch: Die Körpergröße entspricht in etwa der Distanz von Fingerspitze zu Fingerspitze bei weitausgebreiteten Armen; Knochenschwund bedeutet, daß die Höhe im Verhältnis zur Armspannweite abnimmt. Eine sehr faltige, alte Gesichtshaut kann sich in den Knochen widerspiegeln, man sollte dann die Knochendichte untersuchen lassen.

Risikofaktoren

Sie zählen zu einer Risikogruppe für Osteoporose wenn:

- ◆ Familienmitglieder Osteoporose hatten
- ◆ Sie wenig Sport treiben
- ◆ Sie wenig in die Sonne gehen
- ◆ Sie Extremsportlerin sind
- ◆ Sie verfrüht in den Wechsel kamen (vor vierzig)
- ◆ Sie rauchen
- ◆ Ihre Kost einen hohen Anteil an tierischen Proteinen enthält
- ◆ Sie viel Alkohol und/oder Kaffee trinken
- ◆ Sie viel Salz zu sich nehmen
- ◆ Sie bestimmte Medikamente wie Corticoide (z.B. Prednisolon), Abführmittel, Diuretika, Thyroxin nehmen
- ◆ Ihre Periode unregelmäßig ist
- ◆ Ihre Periode einmal länger als sechs Monate ausblieb
- ◆ Sie sehr schlank sind
- ◆ Sie an Eßstörungen wie Anorexie oder Bulimie litten
- ◆ Sie Verdauungsprobleme (Reizdarm) oder zuwenig Magensäure haben

Was Sie Ihren Arzt über Osteoporose fragen sollten

- ● Wie groß ist aufgrund meiner Krankengeschichte und meiner familiären Disposition mein Risiko, an Osteoporose zu erkranken?
- ● Welche Tests soll ich machen?
- ● Welche Behandlung würden Sie mir empfehlen und warum?
- ● Was wird durch die Therapie erreicht? Wird der Knochenschwund aufgehalten oder wird Knochenmasse aufgebaut?
- ● Soll ich mit der Behandlung vor oder nach der Menopause beginnen?
- ● Wie lange dauert die Behandlung?
- ● Was sind die möglichen Nebenwirkungen? Gibt es Alternativen?

Einfache Hilfsmittel

Es ist unbestritten, daß die Prophylaxe durch einen veränderten Lebensstil in jedem Alter am wirksamsten vor Knochenschwund schützt. Befolgen Sie diese Ratschläge.

◆ **Regelmäßige Übungen mit Gewichtsbelastung.** *(siehe Seite 166)* Laut einer Studie konnten 30 Frauen nach der Menopause die Knochenmasse der Wirbelsäule in nur zwölf Monaten um 0,5 Prozent verbessern, indem sie viermal wöchentlich 50 Minuten lang spazierengingen; die Kontrollgruppe, die kein Training absolvierte, verlor in diesem Zeitraum sieben Prozent an Knochenmasse.

◆ **Gehen Sie an die frische Luft.** Vitamin D durch Sonneneinstrahlung unterstützt die Kalziumabsorption.

◆ **Reduktion proteinhaltiger Nahrungsmittel.** Manche Ernährungswissenschaftler glauben, daß eine an tierischen Proteinen reiche Diät, wie etwa Fleisch zu jeder Mahlzeit, eine Hauptursache für Osteoporose ist und den Knochenschwund beschleunigen kann. Proteine führen zu Knochenschwund, weil proteinreiche Nahrungsmittel säurebildend sind. Der Körper neutralisiert dies durch Natrium und Kalzium. Wenn die Natriumreserven aufgebraucht sind, wird das Kalzium aus den Knochen bezogen. Je mehr Proteine man ißt, um so mehr Kalzium benötigt man. Auch Salz entzieht den Knochen Kalzium. Schränken Sie den Genuß von Proteinen und Salz ein und essen Sie basische Nahrungsmittel – Gemüse und Obst, Samen, Joghurt, Mandeln, Brasilnüsse und Buchweizen.

Eine Studie verglich das Osteoporose-Risiko von Frauen, die Fleisch aßen, mit jenem von Vegetarierinnen. Der Unterschied der Knochendichte nach 60 Jahren war drastisch, meint Susan Lark, ehemaliges Fakultätsmitglied der Stanford University Medical School. Vegetarierinnen verloren 18 Prozent ihrer Knochenmasse, während Frauen, die Fleisch aßen, 35 Prozent verloren.

◆ **Keine Milchprodukte.** Die Vorteile von Milchprodukten, die aufgrund ihres Kalziumgehalts zur Vorbeugung von Knochenschwund gepriesen werden, sind nun umstritten. Es findet, wie ein Experte es formulierte, ein erbitterter Kampf statt. Obwohl manche Ärzte noch darauf bestehen, daß der Genuß von einem Liter Milch täglich das Problem des Knochenschwunds lösen würde, sind andere der Meinung, daß es keinerlei Hinweise gibt, daß das Kalzium aus Milchprodukten den Knochen zugute kommt. Sie verweisen auf asiatische Frauen, die weder Milch noch Käse essen und doch kaum an Osteoporose leiden.

◆ **Häufige, regelmäßige Mahlzeiten.** Sie helfen Streß zu vermeiden, der eine Übersäuerung des Körpers verursacht.

◆ **Reduktion von Koffein.**

◆ **Keine Kleie und Kleieprodukte.** Viele Ernährungswissenschaftler glauben, daß Kleie die Kalziumabsorption stört. Sorgen Sie für faserreiche Ernährung durch Früchte und Gemüse.

◆ Trinken Sie täglich einen Eßlöffel **Apfelessig mit Honig** von Schoeneberger in warmem Wasser (bis zu dreimal täglich); Naturheilpraktiker meinen, daß dadurch die Verdauung und die Kalziumabsorption verbessert wird.

◆ **Vermeiden Sie Aluminiumpfannen.** Aluminium kann aus Kochpfannen und Gefäßen abgegeben werden und den Kalziumstoffwechsel stören. Verwenden Sie statt dessen Glas, Email, rostfreien Stahl oder Gußeisen.

◆ **Entspannen Sie.** Streß, Anspannung und Druck lösen eine Adrenalproduktion aus, die den Knochen schadet.

◆ **Achten Sie auf Ihre Verdauung.** Wenn wir älter werden und weniger Magensäure haben, leiden wir an Symptomen wie Blähungen und Magenverstimmung, was die Nährstoffabsorption stört. Versuchen Sie Trennkost *(siehe Seite 196)*; wenn der Zustand anhält, sollten Sie einen Ernährungsberater oder Naturheilkundler konsultieren.

◆ **Meiden Sie Nikotin.** Durch das Rauchen wird der Östrogenspiegel im Blut gesenkt, wodurch auch die Zellen beschädigt werden, die die Knochenmasse bilden. Es kann eine um bis zu fünf Jahre verfrühte Menopause auslösen. Frauen, die zu rauchen aufhören und sich gesund ernähren, können eine beschleunigte Menopause verhindern und das Risiko von Osteoporose und anderer Krankheiten reduzieren.

Zusätzliche Hilfe:

Neben den erwähnten Maßnahmen empfiehlt Dr. Marilyn Glenville folgende tägliche Nahrungsergänzungen für Frauen in den Wechseljahren:

◆ Gute Multivitamin- und Mineralstoffpräparate für die Menopause mit Bor, z.B. Lambert Gynovfite, Biocare Femforte, Solgar Earth Source.

◆ 15 mg Zinkzitrat.

◆ Kombiniertes Magnesium- und Kalziumpräparat mit höchstens 500 mg Kalziumzitrat (im Verhältnis 2:1 von Magnesium zu Kalzium).

◆ 50 mg Vitamin-B-Komplex.

◆ 1000 mg Leinsamenöl.

Ein Knoten in der Brust

Zuallererst sollten Sie versuchen, die Ruhe zu bewahren: In 90 Prozent der Fälle besteht keine Gefahr und wenn Sie tatsächlich Behandlung benötigen, so stehen mehrere Möglichkeiten zur Wahl.

In Großbritannien erkrankt eine von zwölf Frauen an Brustkrebs, in Amerika eine von acht oder neun. Obwohl die Ärzte eingestehen müssen, daß es noch keine Heilung gibt, wurden in Großbritannien Richtlinien entwickelt, die besagen, daß Frauen in speziellen Krebsabteilungen von multidisziplinären Teams behandelt werden sollten, die eine bestmögliche Beratung und Behandlung garantieren.

Wenn Sie einen Knoten in der Brust entdecken, sollten Sie unverzüglich einen Termin bei Ihrem Arzt arrangieren.

ARZTBESUCH

Erst wird eine detaillierte Anamnese Ihrer eigenen Kranken- und auch der Familienkrankengeschichte aufgenommen, danach wird eine gründliche Untersuchung vorgenommen.

Befürchten Sie nicht gleich das Schlimmste, neun von zehn Brustknoten sind gutartig. Vielleicht fühlen Sie auch keinen Knoten, sondern nur eine knötchenartige Struktur. In diesem Fall wird Ihr Arzt Ihnen vorschlagen, daß Sie nach Ihrer nächsten Periode erneut zu einer Untersuchung kommen.

Wenn der Arzt der Meinung ist, daß es sich um einen echten Knoten handelt, wird er sie unverzüglich in ein Spital mit Brustkrebsabteilung zur genauen Diagnose und Beratung überweisen. Wenn Ihr Arzt Sie nicht sofort überweist, Sie aber besorgt sind, sollten Sie trotz aller Ängste darauf bestehen. Es betrifft Ihren Körper!

DIE EXPERTEN

Auf der Station für Brustkrebs besteht das Behandlungsteam aus folgenden Personen: einem oder mehreren Chirurgen, die auf Brustoperationen spezialisiert sind, einem klinischen Onkologen (Krebsspezialisten) und einem Pathologen (Er nimmt die Interpretation der Biopsie vor) sowie einem Radiographen und einem Radiologen, die die Mammographie durchführen. Als erstes werden Sie vermutlich einen Termin beim Chirurgen oder seiner Vertretung haben.

DIAGNOSETECHNIKEN

Erst wird der Facharzt Ihre Brust untersuchen, um sicherzugehen, daß ein Knoten vorhanden ist. Danach wird eine Nadelaspiration durchgeführt, um einige Zellen zu entnehmen (dies ist unangenehm, aber nicht allzu schmerzvoll). Wenn es sich um eine Zyste handelt, einen der verbreitetsten Brustknoten, wird die Flüssigkeit abgeleitet, und das Problem ist gelöst. Wenn es keine Zyste ist, werden weitere Untersuchungen vorgenommen. Es werden bildgebende Techniken eingesetzt, um die Diagnose zu klären. Wenn Sie unter vierzig sind, wird eine Ultraschalluntersuchung gemacht. Bei Frauen über vierzig wird die Mammographie (Röntgendarstellung der Brust) eingesetzt. Viele Chirurgen meinen, daß zwei Bilder von jeder Brust gemacht werden sollten. In vielen Fällen kommen sowohl Ultraschall wie auch Mammographie bei beiden Altersgruppen zum Einsatz.

Von diesen Informationen ausgehend entscheiden der Chirurg und sein Team, ob der Knoten gut- oder bösartig ist. In den meisten Kliniken erhält man die Ergebnisse noch am selben Tag oder innerhalb weniger Tage. Die Wartezeit sollte nicht länger als eine Woche sein.

Wenn die Resultate nicht eindeutig sind, wird eventuell unter Vollnarkose eine Biopsie gemacht, um den Knoten zur Untersuchung zu entnehmen. Die Ergebnisse sollten in spätestens zehn Tagen vorliegen.

Wenn die Untersuchung auf einen bösartigen Tumor – in anderen Worten Krebs – hindeutet, sollten Sie einen Termin mit den betroffenen Ärzten (Operateur, Narkosearzt) vereinbaren. Obwohl die Diagnose Ihnen immer in einfühlsamer Art mitgeteilt werden sollte, ersuchen Sie eine/n Freund/in, Sie zu begleiten. Manche Ärzte stellen eine Tonbandaufnahme des Gesprächs zur Verfügung, andere empfehlen, Notizen zu machen. Vermutlich haben Sie viele Fragen, die geklärt werden müssen. Jetzt und während der gesamten Behandlung sollten Sie alle Informationen und Wahlmöglichkeiten erhalten, die Sie benötigen.

WAHL DER BEHANDLUNG

Die Behandlungsmöglichkeiten bei Brustkrebs sind: Chirurgie, Strahlentherapie (Röntgenstrahlen sollen die Krebszellen vernichten), Hormontherapie und Chemotherapie (medikamentös). Die Behandlungen werden allein oder kombiniert eingesetzt. Jeder Fall ist anders, und die Behandlung sollte individuell abgestimmt sein. Der behandelnde Arzt sollte alle Möglichkeiten mit Ihnen besprechen. Sie haben das Recht, so viele Fragen zur vorgeschlagenen Behandlung, zu möglichen Alternativen, lang- und kurzfristigen Nebeneffekten (mögliche Unfruchtbarkeit), Erfolgsrate, Wiederherstellung der Brust (sofort oder später), Prothesen und Nachbehandlung zu stellen, wie Sie möchten. Es ist keine Frage, daß Sie vermutlich unter Druck stehen, doch sollten Sie sich ausreichend Zeit zugestehen, Ihre Entscheidung zu treffen. Vielleicht ist die Diagnose und Meinung eines zweiten Experten für Sie beruhigend, die meisten Ärzte werden Sie ohne Probleme an einen Kollegen überweisen.

Die Operation sollte innerhalb von zwei Wochen möglich sein. Es gibt drei Operationsarten: eine Geschwulstentfernung, wobei der Tumor und ein Teil des umgebenden (gesunden) Gewebes entfernt werden, eine Segmentektomie, bei der ein größerer Bereich (aber weniger als ein Viertel der Brust) entfernt wird, die natürliche Form erhalten bleibt (wird durchgeführt, wenn der Knoten kleiner als zwei Zentimeter ist) und eine Brustamputation, bei der die Brust vollständig entfernt wird.

Auch die Lymphknoten werden untersucht und möglicherweise entfernt, um die Ausbreitung des Krebszellen zu verhindern. Der Wiederaufbau der Brust kann durch einen speziellen Brustchirurgen durchgeführt werden, obwohl manche Fachärzte meinen, die Patientinnen sollten sich erst nach sechs Monaten entscheiden. In diesem Fall könnte die Wiederherstellung von einem plastischen Chirurgen oder einem Brustchirurgen vorgenommen werden.

Die Strahlentherapie wird als begleitende Maßnahme der Tumorentfernung und der Segmentektomie eingesetzt, um einen Rückfall zu verhindern. Es wurden Fälle bekannt, bei denen Patientinnen durch eine falsche Dosierung der Bestrahlung zu Schaden kamen; mittlerweile gibt es aber genaueste Untersuchungsmethoden, um solche Fehler zu vermeiden. Die Anzahl der Sitzungen variiert, meist werden 15 bis 30 Bestrahlungen, über mehrere Wochen verteilt, durchgeführt.

Die Chemotherapie kann medikamentös oder intravenös erfolgen und dauert mehrere Monate; meist wird bereits vor der Operation damit begonnen, damit ein großer Tumor schrumpft. Nebeneffekte sind: Übelkeit, Müdigkeit, Depression und Haarausfall.

Die Hormontherapie in Form des Präparats Tamoxifen (synthetisches Hormon) ist heute die verbreitetste Form der Nachbehandlung. Tamoxifen, das über fünf Jahre lang eingenommen werden sollte, scheint die Wirkung des Östrogens auf die Brustzellen zu blockieren. Es können unangenehme Nebenwirkungen auftreten, aber Tamoxifen scheint die krankheitsfreie Periode und die Überlebensrate (oft um mehrere Jahre) zu verlängern und zu verhindern, daß die zweite Brust befallen wird.

UNTESTÜTZENDE THERAPIEN

Es ist Teil des ganzheitlichen Ansatzes der Spezialabteilungen, daß neue Patientinnen mit Selbsthilfegruppen und Frauen, die die Therapie bereits gemacht haben, in Kontakt kommen.

Zwischen Krebsspezialisten und Therapeuten der Komplementärmedizin kommt es vermehrt zur Zusammenarbeit, um die Behandlung für die Patientinnen erträglicher zu machen. Alle Entspannungstechniken sind hilfreich. Zur Bekämpfung von Übelkeit und Müdigkeit wird Massage, Reflexzonentherapie, Aromatherapie oder Homöopathie empfohlen. Chiropraktiker helfen nach der Operation; eine gute, ausgewogene Diät, Nahrungszusätze und sanfte Trainingsmethoden, wie Yoga und Gehen, stärken das Immunsystem.

DIE BRÜSTE KENNENLERNEN

Wer seine Brüste kennt und weiß, wie sie im Normalzustand sind, kann Veränderungen wahrnehmen. Erforschen Sie, wie Ihre Brüste zu verschiedenen Zeiten aussehen und sich anfühlen. Machen Sie Selbstuntersuchungen.

DIE NORMALE BRUST

Vor der Menopause fühlen sich Brüste im Verlauf des monatlichen Zyklus unterschiedlich an. Das milchproduzierende Gewebe wird in den Tagen vor der Periode aktiv. Bei manchen Frauen sind die Brüste dann empfindlich und schwer, vor allem im Achselbereich. Auch nach einer Gebärmutterentfernung ändert sich nichts daran, erst wenn die Periode ausbleibt. Nach der Menopause stellt das milchproduzierende Gewebe die Aktivität ein. Normale Brüste fühlen sich weich und nicht knotig an.

ALARMIERENDE VERÄNDERUNGEN

Aussehen: Veränderte Kontur oder Form der Brust. Vergrößerte Venen, Runzeln oder Hautvertiefungen.
Empfinden: Schmerzen in der Brust.
Knoten: Knoten oder Verdickungen in einer Brust oder unter der Achsel.
Brustwarzen: Nach innen gekehrte Brustwarzen, Absonderungen; Blutungen oder Rötungen.

Faszinierende Frauen

Gloria Hope-Price

Eine weitere Frau, die uns fasziniert, ist Gloria Hope-Price, eine Psychotherapeutin Mitte fünzig, die großes Interesse an gesunder Ernährung und geistig/körperlichem Wohlbefinden hat. Sie und Ihr Mann William leiten ein winziges Gesundheitszentrum in ihrer Heimat in St. James auf Barbados*. Wir sind beeindruckt von ihrem Enthusiasmus und ihrer Wärme, ihrer Anmut und ihrer bodenständigen Art.

Heute bin ich mehr in Einklang mit mir selbst, lebendiger, schwungvoller und freier als je zuvor. Mit vierzig fühlte ich mich leer. Jeder hatte mir gesagt „Mit vierzig fängt das Leben an". Ich veranstaltete also ein nettes Abendessen und wartete auf den magischen Augenblick. Doch nichts geschah, und ich dachte, ich hätte etwas versäumt. Man darf nicht nur warten, man muß ständig an sich arbeiten. Auf die Gefahr hin, daß man mich für eine Spinnerin hielt, begann ich meinen Körper zu entgiften und wurde Vegetarierin.

Die Entscheidung, London zu verlassen und 1987 nach Barbados zurückzukehren, war Teil dieses Veränderungsprozesses. Nach wie vor besuchte ich zweimal wöchentlich die Gruppentherapie. Es tat mir gut, aber ich hatte das Gefühl, daß es im Leben um mehr ging als um die Neurosen von mir oder von anderen. Ich beschloß offener zu werden, verstärkte mein soziales Engagement, lud häufiger meine Freunde ein und begann zu tanzen.

Wesentlich ist, daß man den Menschen um sich herum genug Raum für ihr eigenes Leben läßt. Manche Freunde waren entsetzt, daß Olivia, unser einziges Kind, im Alter von zwölf Jahren ein Internat in England besuchte, aber es war ihre eigene Entscheidung.

Ich bereite hier Ziegenmilchjoghurt und -käse und esse viel Salat, Obst und Gemüse aus eigenem biologischen Anbau; manchmal dämpfe ich das Gemüse über destilliertem Wasser. Wir verwenden Honig ohne Zusätze, Rohrzucker und Natives Olivenöl extra.

Alle dreißig Tage mache ich ein bis drei Tage eine Reinigungs- und Entgiftungskur. Als erstes gebe ich mir am Morgen einen Kaffee-Einlauf, der auf der Gerson-Krebstherapie beruht. Danach leere ich den Saft einer frisch gepreßten Zitrone und streue etwas Cayennepfeffer in ein Glas warmes Wasser, das ich schluckweise trinke, dann folgen einige Yoga- und Atemübungen.

Die Menopause setzte ein, als wir hierher übersiedelten. Ich hatte Schweißausbrüche und Hitzewallungen durch den Klimawechsel. Ob ich eine Hormonersatztherapie mache? Um Himmels Willen, nein! Ich reichere meine Kost mit vielen natürlichen Östrogenimitatoren *(siehe rechts)* und Nahrungsergänzungen an und mache dreimal täglich einen Fenchelsamen-Tee. Einmal wöchentlich gehe ich zur Aromatherapie-Massage mit Ölen, die natürliche Hormone enthalten.

Ich schwimme viel, mache Yoga und Tai Chi und besitze ein Trampolin. Es hilft gegen Zellulitis und Krampfadern.

Man soll nicht der flüchtigen Schönheit der Jugend nachtrauern. Als ich jünger war, drängte man mich, Model zu werden. Aber ich fühle mich heute viel schöner, weil meine Seele erleuchtet ist.

GLORIAS GEHEIMNISSE:
Viele Nahrungsmittel enthalten natürliche pflanzliche Östrogene, die die Zeit der Menopause erleichtern können. Gloria und ihr Ernährungsspezialist Vinson Edghill empfehlen folgende Nahrungsmittel.

1 **Kräutertees:** Süßholz, Anissamen, Fenchel, Kümmel, Echinacea, Cimicifuga racemosa und Löwenzahn. Drei Tassen täglich.

2 **Nahrungsmittel:** Yamswurzel, Maniok, Brotfrucht, grüne Bananen, Süßkartoffeln (einmal wöchentlich), Blattgemüse, Karotten (am besten Karottensaft), Algen. Melasse, nichtpasteurisierte Ziegenmilch, Eier von freilaufenden Hühnern (nur gekocht oder pochiert), Ananas, Granatäpfel, reife Bananen. Öle und Samen: kaltgepreßte Öle, z.B. Olivennöl, frische grüne und schwarze Oliven, auch Sonnenblumenkernöl und Sonnenblumenkerne, Sesamöl und -samen; Kürbisse und Kümmelsamen.

3 **Ungesättigte Fettsäuren für den Hormonhaushalt:** Glorias Aromatherapeutin Frederica Bryan empfiehlt als Badezusatz: Geben Sie zehn Tropfen Lavendel und je acht Tropfen Geranie, Rosenholz, Salbei, Rose und Jasmin in 100 ml Traubenkern- oder Mandelöl. Geben Sie zwei bis drei Teelöffel der Mischung zwei bis dreimal wöchentlich in Ihr Badewasser (10 bis 20 Minuten). Keine Seife verwenden!

Dieser Abschnitt von **20 Jahre 40 bleiben** handelt vom Menschsein. Freunde, Liebhaber, Kinder, Chefs und auch unsere Haustiere können uns einmal verlassen, letztendlich sind wir auf uns selbst angewiesen. Wir baten internationale medizinische Experten um Ratschläge, wie man die emotionale und spirituelle Seite des Lebens entdeckt, und erhielten wundervolle

Bewußt leben

Teil 3

Anregungen. Auf sich selbst zu achten ist nicht egoistisch. Dies meint auch die Psychologin Dr. Elspeth Stirling: **„Man muß zuerst die eigenen Bedürfnisse befriedigen, bevor man sich um andere kümmern kann. Hören sie auf, immer zuerst an andere zu denken. Sie werden sich und Ihren Mitmenschen einen Gefallen erweisen.“** Keine von uns hatte ein leichtes Leben (obwohl wir heute glücklich sind), vermutlich hatten auch Sie einige Widrigkeiten zu bewältigen. Lernen Sie, wie man die Seele baumeln läßt.

Die Dämonen

Kaum jemandem bleiben Erfahrungen erspart, die einen bleibenden Eindruck hinterlassen. Viele Probleme wurzeln in unserer Kindheit und Jugend. Es mag sich um große oder kleine Tragödien handeln, die sich über lange oder kurze Zeit erstrekken, sie hatten jedenfalls großen Einfluß auf die Frau, die wir heute sind. Das Problem dabei ist, daß wir oft davor zurückscheuen, diesen Dingen auf den Grund zu gehen, wie groß auch unser Verdacht sein mag, daß Sie unser jetziges Leben prägen. Doch wie **Lauren Hutton** formulierte: „Jede Frau muß ihren Dämonen ins Gesicht sehen."

Die Mittfünfzigerin Lauren spricht heute offen über die tiefsitzenden Probleme, die sie veranlaßten, einen Psychoanalytiker aufzusuchen, um die Winkel ihrer Seele zu erforschen. „Vor etwa sieben Jahren befand ich mich in einer dunklen Phase meines Lebens. Ich brach mir das Bein und war in den fünf Monaten der Rekonvaleszenz gezwungen, mich mit meiner Person und meinem bisherigen Leben zu konfrontieren. Mein Leben gefiel mir nicht. Eine langjährige Beziehung war zerbrochen. Ich hatte danach zwar einen anderen Partner, aber ich war nicht glücklich. Außerdem mochte ich meine Arbeit nicht."

Nach einer Karriere als Model wurde Lauren ein Filmsternchen, machte fünf schlechte Filme pro Jahr, die sie nicht sehen wollte. Aber die

Die Faktoren, die Frauen alt aussehen lassen, sind psychologischer, nicht physischer Natur, meint das Topmodel Lauren Hutton, eine der attraktivsten und interessantesten Frauen der Welt. Falten bilden sich nicht nur im Gesicht, sondern auch in unserem Bewußtsein.

größten Probleme – ihre Dämonen – waren die Schatten ihrer Kindheit.

Sie hatte ihren Vater, der im Zweiten Welkrieg vermißt wurde, nie kennengelernt. Ihr Stiefvater hatte einen großen Einfluß auf ihr Leben. „Er war ein brutaler, verrückter Alkoholiker, aber er war auch ein großartiger Erzähler, wußte alles über die Sterne und liebte die Natur." Er bestärkte sie in ihrem Engagement für unterprivilegierte Menschen und in ihrem Einsatz für die vom Menschen bedrohte Natur .

Die Jungsche Therapie arbeitet mit dem Unbewußten und den Träumen. Lauren Hutton war an Alpträume von Holocaust-Landschaften und von Zombies gewöhnt; am schlimmsten empfand sie, daß sie ständig nach einem Ort suchte, an dem sie schlafen konnte. Heute träumt sie von angenehmen Dingen.

Wenn man sich an den falschen Mann klammert, ist das ein grober Fehler, glaubt sie. „Wenn die Beziehung mit Ihrem Freund in den letzten zehn Jahren nicht befriediegend war, so wird sich nichts mehr ändern. Trennen Sie sich von ihm! Erstens werden Sie allein viel glücklicher sein, und zweitens verhindert die alte Beziehung jegliche Chance, die wirkliche Liebe kennenzulernen." Hutton ist kinderlos, liebt aber Kinder. Diesen Zwiespalt bewältigt sie, indem sie Ersatzmutter für einen Buben aus der Nachbarschaft ist. Dies ist hier in Manhattan nichts Ungewöhnliches, weil mehr als die Hälfte der Menschen Singles sind.

Ihr anhaltender Erfolg als Model beweist, daß auch reife Frauen begehrt sind; es kommt auf die Ausstrahlung an.

Viele von uns müssen zum Glück nicht mit den Dämonen der Lauren Hutton kämpfen und benötigen keine professionelle Therapie. Aber wir glauben, daß jeder davon profitiert, wenn er sein Leben unter die Lupe nimmt.

Ein Neubeginn

Jeder will mit sich und seinem Leben in Einklang stehen. „Ich möchte die Frau, die ich jeden Morgen im Spiegel sehe, *akzeptieren und* wirklich *lieben* können", sagte uns eine Fünzigjährige.

Daß man vor emotionalen Problemen davonlaufen möchte, ist nur natürlich. Man glaubt, der Kummer ist überwunden, doch verdrängte Schmerzen kehren unweigerlich zurück, um uns zu quälen.

Unser Leben wird von Menschen bestimmt, und die Wurzel der meisten Probleme (und Krankheiten) liegt laut Dr. David Peters, dem ehemaligen Vorsitzenden der British Holistic Medical Association, in unserem Umgang mit den Mitmenschen. Wenn man mit den anderen auskommen will, muß man zuallererst ein gutes Verhältnis zu sich selbst entwickeln.

Eines der Kennzeichen für ein schlechtes Selbstwertgefühl ist die Meinung, daß man harte Zeiten allein bewältigen muß. Sehen Sie ihren Dämonen mit Hilfe von Freunden, einer Gruppe oder einem professionellen Therapeuten, Arzt oder Priester ins Auge.

Die Schlüsselfragen lauten: Mag ich mich? Mag ich mein Leben? Ein guter Ausgangspunkt ist die Aufarbeitung der Vergangenheit bis in die Gegenwart. (Sie können auch umgekehrt vorgehen, wenn es Ihnen leichter fällt). Schreiben Sie Ihre Lebensgeschichte nieder, erforschen Sie Ihre Erfahrungen und die Menschen, die Ihr Leben prägten. Haben Sie Dinge getan, die Sie bereuen? Erstellen Sie eine Liste jener Menschen, bei denen Sie sich entschuldigen möchten – Sie werden sich danach viel besser fühlen.

Seien Sie ehrlich und nehmen Sie sich Zeit. Sie sind nur sich selbst Rechenschaft schuldig. Wenden Sie sich nun der Gegenwart zu. Lassen Sie eine Woche Revue passieren, beobachten Sie Ihre Emotionen. Notieren Sie die Gefühle, die Sie Ihrer Person und Ihrem Leben gegenüber empfinden. Notieren Sie Ihre Träume, was und wer Sie glücklich oder traurig, lustig oder verdrießlich, zufrieden oder frustriert macht. Sind Sie bei und mit Ihrer Arbeit glücklich? Was gefällt Ihnen an Ihrer Umgebung? Sind Sie zufrieden mit dem, was Sie tun, oder sehnen Sie sich insgeheim nach etwas anderem? Sind sie eine Perfektionistin, die mehr will als erreichbar ist? Nehmen Sie sich Zeit zur Entspannung und für Ihre Hobbys?

Achten Sie auf Ihre Sinneswahrnehmungen: Erfreuen Sie sich an Musik, die sie mögen, Bildern, Büchern, Filmen, die Ihr Leben bereichern.

Beim Schreiben sollten Sie sich nicht mit dem Vergangenen belasten, sondern offen für die Zukunft sein. Leben Sie im Hier und Heute. Dies ist die einzige Wirklichkeit, die wir haben. Wenn gewisse Sorgen nicht verblassen, sollten Sie eine Liste davon anfertigen und überlegen, wie Sie sie bewältigen könnten.

Sie könnten Ihre Lebensgeschichte in der dritten Person schreiben; es fördert manchmal die Objektivität. Wenn es Ihnen schwer fällt, Dinge niederzuschreiben, können Sie sie auch auf Band sprechen oder ein Bild malen.

Wenn Sie Kummer haben, sollten Sie zumindest eine Weile professionelle Hilfe in Anspruch nehmen. Eher kürzere Verhaltenstherapien – meist drei einstündige Sitzungen mit einer Nachbetreuung drei Monate später – gewinnen an Beliebtheit und können sehr hilfreich sein.

Schwierige Fragen

Folgende Fragen sind schwierig zu beantworten, aber hilfreich:

◆ Bin ich überkritisch mir selbst gegenüber oder selbstzufrieden und stolz?

◆ Mache ich mir Sorgen, was andere über mich denken, oder übergehe ich die Gefühle und Wünsche anderer?

◆ Habe ich genug Selbstvertrauen, um zu tun, was ich will, solange es niemanden verletzt, oder gebe ich oft nach?

◆ Sage ich gewöhnlich die Wahrheit?

◆ Kann ich mich entschuldigen, wenn ich etwas falsch gemacht habe?

◆ Bin ich loyal gegenüber der Familie, Freunden und Kollegen oder tratsche ich über sie und kritisiere sie hinterrücks?

◆ Weiß ich, was ich vom Leben will, oder bin ich ziellos?

◆ Glaube ich, daß ich mit den meisten Menschen auskomme oder daß ich mich anbiedern muß, damit man mich mag?

◆ Bin ich im großen und ganzen zufrieden oder beschwere ich mich oft?

◆ Mag ich das, was ich tue? Was und wer erweckt meine Leidenschaft, mein Engagement? Wer langweilt micht, macht mich nervös oder macht mir Angst?

◆ Fühle ich mich für mein Leben verantwortlich?

Wann Sie professionelle Hilfe annehmen sollten:

◆ Wenn Sie das Gefühl haben, daß Ihre Emotionen außer Kontrolle geraten.

◆ Wenn Entscheidungsschwäche Ihre Arbeit und/oder Ihre Beziehungen stört.

◆ Wenn sie in einer schmerzlichen Situation keinen Ausweg sehen.

◆ Wenn Verhaltensmuster unglückliche Beziehungen vorprogrammieren.

P.S.: Wenden Sie sich nur an qualifizierte Therapeuten!

Der nächste Schritt

Die folgenden Tips sollen Ihnen helfen, sich mit den Dämonen der Vergangenheit anzufreunden und sich mit den Bereichen Ihres Lebens auseinanderzusetzen, die Sie verändern möchten. Und vergessen Sie nicht: Kleine Veränderungen machen oft einen großen Unterschied aus.

Eines der großen Probleme, wenn wir unser Leben verändern wollen, ist, daß wir zu dem Zeitpunkt, wo das Warnlicht aufleuchtet, meist bereits so verzweifelt sind, daß uns eine radikale Veränderung als die einzige Möglichkeit erscheint. Wir wollen alles und am besten alles sofort verändern: Beruf, Haus, Mann, Haarschnitt, Kleidung, das geplatzte Äderchen an der Wange, das schon so lange stört usw. Die meisten von uns kennen diesen Zustand.

Dies ist natürlich nicht möglich und die einzige Alternative scheint, nichts zu tun, wodurch man sich nur schlechter fühlt. Aber es gibt einen Ausweg: Ändern Sie nur fünf Prozent. Gehen Sie vor wie bisher, aber verändern Sie ein paar kleine Dinge. Eine kleine Veränderung kann einen großen Unterschied bewirken. Erlernen Sie die Kunst, die Möglichkeiten zu erkennen.

Leben Sie in der Gegenwart, im Hier und Jetzt.

„Wir denken immer in absoluten Begriffen", meint der Psychologieprofessor Cary Cooper, aber in Wirklichkeit scheitern die meisten Menschen, die grundlegende Veränderungen ins Auge fassen, an der Umsetzung. Eine solche Veränderung im Arbeitsbereich wäre: „Ich gebe meinen Job auf und genieße mein Leben". Oder: „Ich gebe meine Arbeit als Lehrerin auf und werde Rechtsanwältin." Manche Menschen schaffen das, aber die große Mehrheit weiß nicht, wohin diese Veränderung führen wird. Ihre Vorstellung von ihrem Leben nach der radikalen Veränderung entspricht nicht der Realität. Und letztendlich seufzen sie: „Mein Gott, wenn ich das vorher gewußt oder geahnt hätte."

Perfektion ist unmöglich – Unvollkommenes ist liebenswert.

Der Trick ist, wie Professor Cooper meint, daß man nur das Stück vom Kuchen nimmt, das man auch kauen kann. Versuchen Sie einen Bissen, und wenn er schmeckt, können Sie noch ein Stück nehmen usw. Wer größere Veränderungen erwägt, sollte mit kleineren beginnen. Informieren Sie sich, wie sich die Veränderung praktisch auswirkt, kommen Sie auf den Geschmack, ohne sich die Finger zu verbrennen.

Wenn Sie zu den Voreiligen gehören, die mehr in Angriff nehmen, als Sie bewältigen können, sollten Sie gewarnt sein: Man ist leicht entmutigt, wenn man keinen 100prozentigen Erfolg erzielt. Eine fünfprozentige Veränderung ist hingegen ein erreichbares Ziel. Und die Belohnung ist meist größer als der Aufwand. Wie wäre es, wenn Sie die Zahnpastatube wegwerfen würden, deren Verschluß Sie verloren haben. Oder legen Sie den Schlüssel an einen Ort, an dem Sie ihn immer finden. Oder lassen Sie Ihren Wecker reparieren. Sie verstehen, worum es geht?

„Eine radikale Veränderung klingt verlockend, ist aber kaum zu bewerkstelligen", meint Professor Cooper.

Einsteins wichtigste Frage

Der Wissenschaftler Albert Einstein sagte, daß es die wichtigste Frage wäre, ob wir die Welt für einen freundlichen Ort halten oder nicht. Wer die Welt mit positiven Augen betrachtet, kann sich entspannen und optimistisch in die Zukunft blicken – ob es sich um die nächsten zehn Minuten oder die nächsten zehn Jahre handelt. Optimisten glauben, daß die Welt im wesentlichen gut ist, auch wenn sie nicht wissen, wie sie zu der Meinung kamen. Menschen, die einen positive Ausstrahlung besitzen, bekommen oft auch eine positive Rückmeldung – Optimismus ist demnach eine sich selbst erfüllende Prophezeiung. Dankbarkeit, das Gefühl, eine Situation unter Kontrolle zu haben und sich keine Vorwürfe zu machen, sind die wichtigsten Komponenten des Optimismus. Rache, Depression und Zorn sowie Verlust der Kontrolle werden mit Pessimismus verbunden. Pessimismus kann mit Hilfe einer kognitiven Verhaltenstherapie und von Entspannungstechniken in Optimismus verwandelt werden.

„Wenn eine große Aufgabe vor Ihnen liegt, egal welcher Art, sollten Sie sie in kleine, problemlos bewältigbare Scheiben aufteilen."

Die einzige Person, die Sie verändern können, sind Sie.

Dieses Konzept läßt sich auf fast alles in Ihrem Leben anwenden. Nichts ist zu klein, um zu unbedeutend zu sein. Für jemanden, der sich wie ein Wurm fühlt, ist allein das Aufstehen am Morgen, ganz zu schweigen vom Ankleiden, eine scheinbar unmögliche Aufgabe. Eine fünfprozentige Änderung wäre, sich auf den Boden und in die Küche zu rollen. Am nächsten Tag könnten Sie sich als Ziel setzen, vor dem Mittagessen angekleidet zu sein. Der nächste Schritt wäre ein kurzer Spaziergang.

Unterschätzen Sie nie die Auswirkung einer veränderten Situation. „Das Verschieben eines kleinen Hölzchens kann einen ganzen Holzstapel ins Rollen bringen", meint der Psychologe Dr. Keith Stoll. Ein angenehmes Benehmen, eine geschickte Verhandlungstaktik und Kompromißbereitschaft sind wichtige Faktoren für die Verbesserung persönlicher Beziehungen. „Machen Sie Komplimente, anstatt zu kritisieren; zeigen Sie ein Lächeln statt einer finsteren Miene; zeigen Sie Interesse und hören Sie zu,

Nicht das Problem, sondern die Lösung zählt.

ohne zu urteilen, wenn andere Menschen über sich erzählen. Erweisen Sie anderen Gefälligkeiten, wie kleine Geschenke oder Aufmerksamkeiten", empfiehlt Professoer Michael Argyle, der Autor von *The Psychology of Happiness.*

Der Grund warum wir manchmal meinen, 100 Prozent oder mehr leisten zu müssen, ist Unsicherheit. „Gestatten Sie sich, nicht perfekt zu sein", rät der Familientherapeut Philip Bacon. „Viele sind zu selbstkritisch, wodurch sie ständig mit sich in Konflikt geraten. Es ist in Ordnung, wenn man sich egoistisch, ärgerlich, schuldig fühlt oder sonstige negative Emotionen hat. Der Trick dabei ist, daß man diese Gefühle bei sich und auch bei anderen akzeptiert.

Ein wichtiger und nützlicher Rat ist, gelegentlich „nein" zu sagen. Mit dem Erwachsenwerden kommt die Verpflichtung, den Menschen zu gefallen – zu Hause und im Berufsleben. Die meisten empfinden Schuldgefühle, wenn sie

Glück ist ein anderer Ausdruck dafür, daß man den Streß bewältigt.

„nein" sagen, und nehmen es sich dann übel, wenn sie nachgeben. Überlegen Sie sich jeden Morgen, welche Dinge Sie wirklich tun wollen und welche nicht. Der amerikanische Experte für Streßbewältigung David Sobel meint, daß er mehr Zeit für wichtige Dinge hat, seit er sich fragt: „Wird es mir in fünf Jahren noch wichtig sein, ob ich das getan habe?" Die Furcht, daß die anderen uns nicht mögen, wenn wir nein sagen, ist unbegründet. Die meisten respektieren es, wenn jemand sagt, was er denkt.

Dieser wichtige Rat gibt Ihnen die Kontrolle über Ihr Leben zurück – ein wesentlicher Faktor bei der Streßbewältigung. Und sie bietet Ihnen die Möglichkeit, sich Gutes zu tun, was das Wichtigste für das Wohlbefinden ist.

Zuhören

Das Zuhören ist ein wesentlicher Faktor für körperlichen und geistigen Frieden. Horchen Sie in sich hinein und hören Sie den anderen zu, ohne sie zu unterbrechen. Der Körper teilt normalerweise mit, was er braucht (Essen, Wasser, Schlaf etc.). Hören Sie mit Hilfe Ihrer Intuition die unausgesprochenen Botschaften anderer. Frauen haben eine Begabung dafür, meint die Biophysikerin Dr. Luca Turin. (Weniger begabt sind sie, dieses Talent zu Ihrem Vorteil zu nutzen.)

Körper & Geist

Vergessen Sie nicht, daß Körper und Geist eine Einheit bilden. Schmerzen des Körpers betreffen die Seele und umgekehrt. Wenn man sich verliebt hat man plötzlich keine Rückenschmerzen mehr, im Urlaub sind chronische Krankheiten auf einmal verschwunden. Auch Essen und Trinken wirken sich unterschiedlich auf unser Verhalten aus: Kaffee wirkt anregend, Weizen macht lethargisch. Sport verbessert die Stimmung und das Aussehen. Man kann diese Körper/Geist-Synergie positiv nutzen, um sein Leben zu verändern. Versuchen Sie das folgende einfache Beispiel: Setzen Sie sich auf einen Sessel vor ein Fenster mit Aussicht. Bitten Sie jemanden, Ihnen die Hände auf die Schultern zu legen. Konzentrieren Sie sich auf einen fernen, hohen Punkt, ein Dach oder einen Baum. Sie beide werden die sofortige Veränderung in Ihrem Körper spüren, wenn sich ihre mentale und physische Energie positiv fokussiert. Die Schultern senken sich, und der Kopft hebt sich.

Veränderungen in schwierigen Zeiten

Körperliche Veränderungen

● Achten Sie auf die Atmung – Angst ist oft mit flacher Atmung verbunden.

● Entspannen Sie sich von Kopf bis Fuß, breiten Sie die Arme aus, kreuzen Sie die Beine nicht und strecken Sie Hals und Wirbelsäule.

● Treiben Sie häufiger Sport – das hebt erwiesenermaßen die Stimmung.

● Bitten Sie eine/n Freund/in, Sie einmal wöchentlich mindestens 15 Minuten lang zu massieren. Entspannen Sie sich dabei und akzeptieren Sie die Massage als verdientes Geschenk.

● Lassen Sie sich hinsichtlich eventueller Nahrungsmittelallergien untersuchen: Weizen löst bei manchen Menschen Depressionen aus; lesen Sie *Food Allergies and Intolerance** von Professor J. Brostoff.

● Meiden Sie Nikotin, Alkohol und koffeinhaltige Getränke (Kaffee, Tee, Cola, Schokolade), die mit Depressionen verbunden werden.

● Trinken Sie viel reines Wasser.

● Schlafen Sie ausreichend. Versuchen Sie, früh zu Bett zu gehen, zehn Uhr abends wäre ideal.

● Verbessern Sie Ihre Kost, achten Sie darauf, daß Sie genügend essentielle Fettsäuren (fetthaltigen Fisch, Olivenöl und Leinsamen) zu sich nehmen und auch Nahrungszusätze. Vitamin-B-Mangel wird mit Depressionen verbunden: Wichtig für die Stimmung sind auch: Vitamin C, Kalzium, Magnesium, Kupfer, Kalium und Omega-6-Fettsäuren. Konsultieren Sie gegebenenfalls einen Ernährungsberater.

● Planen Sie immer eine Mittagspause ein (45 Minuten).

Emotionelle Veränderungen

■ Denken Sie daran, daß Sie nicht die einzige sind. Eine von drei Frauen, die Ihnen täglich begegnen, hat vermutlich das Gleiche durchgemacht.

■ Seien Sie Ihr bester Freund: Stellen Sie sich vor, wie Sie einem Freund in ähnlicher Situation helfen würden, und halten Sie sich vor Augen, daß Sie ebenfalls Hilfe verdienen.

■ Mischen Sie sich nicht in anderer Leute Leben und belasten Sie sich nicht mit Problemen, die nur die Betroffenen lösen können.

■ Nehmen Sie ein paar beruhigende Notfalltropfen (Bachblüten) oder die Notfallessenz von Jan de Vries in Wasser aufgelöst.

■ Erfreuen Sie sich an Kleinigkeiten: über einen Telefonanruf, eine schöne Blume, ein köstliches Essen.

■ Erhitzen Sie Vetiveröl, das Öl der Ruhe, in einer Duftlampe oder geben Sie ein paar Tropfen auf Ihre Kleidung.

■ Tragen Sie Ihre Lieblingskleider und machen Sie einen Friseurbesuch.

Mentale Veränderungen

◆ Nehmen Sie eine bequeme Stellung ein und stellen Sie sich einen Ort vor, an dem Sie gerne wären oder einmal glücklich waren.

◆ Machen Sie eine „Sorgenpause“: Konfrontieren Sie sich mit einer Ihrer größten Ängste und sorgen Sie sich fünf Minuten lang. Die Sorgen beschränken sich auf diese Zeit und behelligen Sie den Rest des Tages nicht mehr.

◆ Trennen Sie Arbeits- und Wohnbereich.

◆ Zählen Sie bis fünf oder warten Sie fünf Minuten, bevor Sie jemanden anbrüllen.

◆ Vermeiden Sie Nachrichtensendungen.

◆ Lesen Sie einen schönen Roman.

◆ Lachen Sie über Witze oder lustige Filme. Lachen (auch nur vorgetäuscht) setzt Hormone frei, die die Stimmung heben.

◆ Entspannen Sie bei Musik, die Ihnen gefällt.

Spirituelle Veränderungen

▲ Zünden Sie an einem heiligen Ort eine Kerze an (auch zu Hause).

▲ Beten Sie zu der Macht, die Ihnen Ihrem Glauben nach das Leben schenkte.

▲ Vertrauen Sie darauf, daß es Menschen gibt, die Ihnen beistehen.

Soforthilfe

- ✳ Streichen Sie „wenn nur…" aus Ihrem Vokabular.
- ✳ Legen Sie Musik auf und tanzen Sie.
- ✳ Kaufen Sie sich Ihre Lieblingsblumen.
- ✳ Denken Sie an fünf Dinge, die Sie gut gemacht haben – z.B. schön gebügelte Wäsche, ein Festmahl, Hilfe für einen Freund, daß Sie die Geduld nicht verloren, als jemand Sie sehr reizte, Fertigstellung einer Arbeit.
- ✳ Nehmen Sie ein Sonnenbad (Sonnenschutz nicht vergessen).
- ✳ Legen Sie die Arme um Ihren Körper und umarmen Sie sich.
- ✳ Sehen Sie sich Ihre Lieblingsserie im Fernsehen an.
- ✳ Denken Sie an Zeiten und Orte, an denen Sie glücklich waren.
- ✳ Denken Sie nach, was Sie tun könnten, um sich besser zu fühlen; tun Sie es oder leiten Sie es in die Wege.
- ✳ Planen Sie eine Tour, einen Urlaub.
- ✳ Schlafen Sie mit positiven Gedanken ein: Denken Sie an ein Kompliment, das Ihnen jemand machte, eine schöne Landschaft, eine Person, die Sie mögen.
- ✳ Nehmen Sie sich beim Aufwachen vor, den Tag zu genießen.
- ✳ Tun Sie etwas, was Sie wirklich tun möchten, ob Sie etwas Neues lernen *(siehe Kreativität, Seite 240–241)* oder Ihre Lieblinsplatte auflegen.
- ✳ Erwägen Sie eine Verhaltenstherapie – eine Analyse, wie Sie die Welt und Ihre Stellung darin sehen, kann Ihrem Leben eine neue Dimension verleihen.
- ✳ Versuchen Sie ein Antidepressivum auf Kräuterbasis (Johanniskraut). 23 Studien ergaben, daß es so wirksam ist wie die meisten Antidepressiva, aber viel weniger Nebenwirkungen hat.

Tiere helfen leben

Einen Hund zu beobachten, wie er durch einen Park tollt oder mit Artgenossen spielt, oder eine Katze, die sich in der Sonne räkelt, ist einfach herzerfrischend. Es häufen sich die Hinweise, daß das Zusammenleben mit einem Tier sich äußerst positiv auf die Gesundheit auswirkt. „Ein Haustier kann Ihr Leben verschönern", meint Professor Donald Broom, der die physiologischen Reaktionen von Menschen auf das Zusammenleben mit Tieren untersucht. Tiere beruhigen die Menschen und tragen dadurch dazu bei, daß sich der Blutdruck senkt und die Immunabwehr verbessert. Darüber hinaus veranlassen manche Tiere ihre Besitzer zu mehr Bewegung.

Tiere haben auch eine starke antidepressive Wirkung. Untersuchungen an älteren Frauen zeigten, daß Welpen sogar die depressivsten und verschlossensten Frauen aus ihrem Schneckenhaus hervorlocken konnten. „Ein herziges Fellbündel hat die Macht, jeden müden Geist neu zu beleben", meint Professor Gloria Fancis.

Schwermut

Sie kommen morgens nicht aus dem Bett? Nichts scheint Ihnen der Mühe wert? Sie fühlen sich, als ob Sie in einem breiten Fluß stromaufwärts schwimmen würden? Unzähligen Frauen geht es ähnlich.

Obwohl es uns heute niemand ansieht, haben wir beide persönliche Erfahrungen mit Depression und Streß. Aus Untersuchungen geht hervor, daß eine von fünf Frauen unter „ungewolltem Streß" leidet, und zwar am häufigsten im Alter zwischen 35 und 54 Jahren. Die Weltgesundheitsorganisation sagt voraus, daß die Depression im Jahre 2020 die Hauptursache für Erwerbsunfähigkeit sein wird. Fast jeder ist hin und wieder niedergeschlagen, aber eine von drei Frauen erlebt eine ernstere Form der Schwermut in ihrem Leben. Doppelt so viele Frauen wie Männer leiden an Depressionen, vermutlich weil sie mehr Streß haben, weniger Unterstützung bekommen und hormonellen Berg- und Talfahrten ausgesetzt sind.

Das Spektrum von Ängsten und Depressionen ist sehr komplex. Angst bedeutet zu große Anspannung, Depression ein Versinken in ein Stimmungstief. Bei beiden Phänomenen handelt es sich um Reaktionen auf äußere Streßeinwirkung. Je nachdem, wie wir mit Streß umgehen, kann dieser positiv oder negativ wirken.

Schwermut ist einer der verbreitetsten Gründe, warum Frauen einen Arzt aufsuchen, und in unserer hektischen Welt, in der die meisten Ärzte wenig Zeit für ein Gespräch haben, werden immer mehr Antidepressiva verordnet. Medikamente können den Schmerz vorübergehend verdrängen, aber sie packen das Übel nicht an der Wurzel. Ermutigend ist, daß es Alternativen gibt. Die Ursache ist bei vielen Frauen einfach Erschöpfung; sie arbeiten zuviel, stellen zu hohe Ansprüche an sich selbst und leiden an der Doppelbelastung als Mutter und Berufstätige. Sprechen Sie mit Ihrem Arzt, und erwägen Sie auch Naturheilkunde, Homöopathie, Kräuterheilkunde oder Psychotherapie.

Symtome von Angst

- Anspannung, Ruhelosigkeit
- Sorgen und Grübeln um die Zukunft
- Panik
- Einschlafschwierigkeiten
- Bestreben, Menschen und Situationen aus dem Weg zu gehen
- Magenverstimmung
- Unrealistische Erwartungen an sich selbst
- Engegefühl im Hals, Hyperventilation

Symptome einer Depression

- Gefühl der Isolation
- Müdigkeit und Erschöpfung
- Schlechter Schlaf, zu frühes Aufwachen
- Grundlose Traurigkeit
- Appetitlosigkeit und Gewichtsverlust oder Heißhunger und Gewichtszunahme
- Antriebs- und Interesselosigkeit
- Motivatonslosigkeit bei der Arbeit
- Gefühl der Wertlosigkeit
- Mangelndes Selbstvertrauen
- Selbstmordgedanken

Gründe für Schwermut

Es kann schwierig sein, die Fäden einer Depression zu entwirren. Offenkundige Probleme sind die vier großen Streßfaktoren: Umzug, Jobsorgen oder Arbeitslosigkeit, Tod des Partners, Scheidung oder Trennung. Aufreibende Lebenssituationen können durch körperliche Zustände, wie hormonelle Veränderungen *(siehe Seite 206–223)*, falsche Ernährung, Lebensmittelallergien, Vitamin- und Mineralmangel, mangelnde Bewegung oder Erschöpfung verstärkt werden.

Geteiltes Leid
ist
halbes Leid!
FRANCES HUNT**

Andere Probleme, die Schwermut auslösen, sind eine Schilddrüsenunterfunktion, ein Blutzuckermangel und die Nachwirkungen viraler Infekte.

Schmerzen, ob es sich um Rücken-, Schulter- oder Halsschmerzen handelt, oder lange, lebensbedrohliche Krankheiten sind sowohl Ursache als auch Symptome einer Depression. Auch Hautprobleme – Akne und Schuppenflechte – können laut der Londoner Ärztin Dr. Susan Horsewood-Lee eine Depression auslösen. Eine postnatale Depression kann sich über Jahre erstrecken, wenn sie nicht behandelt wird.

Alkohol dämpft die Stimmung eher, statt sie zu heben und führt oft zu ernsten Depressionen.

Winterdepression

Sie sind zwischen Herbst und Frühling deprimiert und so lethargisch und schläfrig, daß Sie sich zu nichts aufraffen können? Sie stopfen viel zu viele Kalorien in sich hinein? Diese Symptome können auf SAD (Saisonal abhängige Depression) hinweisen. Die mittlerweile von der Medizin anerkannte SAD wird auch Winterdepression genannt, weil sie meist eintritt, wenn die Tage kürzer und die Nächte länger werden, und anhält, bis der Frühling ins Land zieht.

Angeblich sind zehn Prozent der Frauen davon betroffen, dreimal so viele Frauen wie Männer, obwohl die Ärzte keine Erklärung dafür haben. Aber im Unterschied zu anderen Formen der Depression ist die Heilung einfach – das Tageslicht hilft.

SAD wird durch mangelndes Tageslicht ausgelöst. Während der Nacht produziert die Schilddrüse, unser drittes Auge, ein Hormon namens Melatonin, das uns schläfrig macht. Bei Tagesanbruch veranlaßt das helle Morgenlicht die Schilddrüse, die Melatoninproduktion einzustellen. Doch an trüben Wintertagen, vor allem wenn wir uns nur in Räumen aufhalten, dringt nicht genug Licht ins Zimmer, um diesen Aufwachprozeß auszulösen. Es gibt Forschungen, die das helle Licht mit der erhöhten Produktion von Serotonin, einem Neurotransmitter verbinden; ein Serotoninmangel ist eine bekannte Ursache für Depressionen. Während die meisten Menschen sich perfekt an die im Rhythmus der Jahreszeiten wechselnde Tageslänge anpassen, ist bei Menschen, die an SAD leiden, die Körperuhr defekt.

Die Lösung stellt für 85 Prozent der Leidenden das Licht oder eine Lichttherapie dar. Dies bedeutet, daß man so viel als möglich an das Tageslicht sollte.

Besorgen Sie sich eine Lichtbox und stellen Sie sie an einen passenden Ort, von wo aus das Licht die Augen mindestens 30 bis 45 Minuten täglich erreicht. Das Licht muß hell sein und mindestens 2500 Lux (die Maßeinheit der Helligkeit) haben, was etwa fünfmal heller ist als ein gut beleuchtetes Büro. Es muß vollspektrales Licht sein, das dem Tageslicht entspricht. (Nicht vergleichbar mit dem Licht eines Sonnenbetts, weder bräunend noch gefährlich für die Augen.) Wir leiden beide während der Wintermonate an SAD und haben Lampen mit vollspektralem Licht auf dem Schreibtisch stehen – dies hat unser Leben zum Positiven verändert.

SAD-Symptome

Wenn Sie in den Herbst- und Wintermonaten die folgenden Symptome haben, könnten Sie an SAD leiden, meint der amerikanische Wissenschaftler Dr. Norman Rosenthal, dem die Erforschung von SAD zugeschrieben wird.

1 Aufälliger Energiemangel, der an Entkräftung grenzt.
2 Konstantes Gefühl der Traurigkeit oder depressive Verstimmung.
3 Übergroßes Schlafbedürfnis – oder zu kurze Schlafphasen.
4 Man fühlt sich lustloser und weniger kreativ als gewöhnlich.
5 Mangelnde Kontrolle über den Appetit – eventuell Gewichtszunahme.

P.S.: Wenn Sie an Haut- oder Augenkrankheiten leiden, die eventuell durch das helle Licht negativ beeinflußt werden könnten, sollten Sie vor Beginn der Lichttherapie Ihren Arzt konsultieren.

Sex im Alter

Der vermutlich größte Mythos der Welt ist der Glaube, daß alle anderen ein weltbewegendes Sexualleben haben. Dies trifft um so mehr zu, je älter wir werden. Dies heißt aber nicht, daß eine Intensivierung oder Veränderung nicht tatsächlich etwas verbessern kann. Wir sprachen mit der erfahrenen Sexualtherapeutin Frances Emeleus über die besonderen Probleme der sexuellen Liebe und des Alterns.

„Unser Sexualleben kann an Reiz verlieren, wenn wir älter werden, und wird in der Folge oft in die späte Nacht verschoben, wenn beide Partner bereits müde sind. Auch haben die meisten Frauen mit der Menopause zu kämpfen, was das Körperbewußtsein beeinträchtigen kann, weshalb sich viele Frauen in den mittleren Jahren nicht mehr als sexuell attraktiv empfinden", meint Frances. Schuld daran sind, wie sie meint, hauptsächlich die Medien. „Die Schönheitsmagazine haben eine Kultur begründet, die behauptet, daß nur Jugend und Schlankheit attraktiv sind. Frauen, die glauben, daß sie dem Idealbild nicht entsprechen, haben oft Schwierigkeiten, sich als sexy zu empfinden. Und das kann problematisch sein."

Zur Überwindung dieser Probleme schlägt sie vor, daß Frauen im Bad oder vor einem Spiegel ihren nackten Körper vorurteilsfrei betrachten sollten. Anstatt in Verzweiflung zu verfallen und nach dem nächsten zeltartigen Kleid zu greifen, empfiehlt sie eine objektive Beschreibung des Körpers, „als ob er ein Gebäude oder eine Statue wäre". Beschreiben Sie die Schönheit von Rundungen oder interessante Formen, denn dabei entfernt man sich von der Beurteilung und entdeckt, was begehrenswert ist.

Danach empfiehlt sie „über die Frau im Spiegel nachzudenken, als ob sie eine gute Freundin wäre". Sie werden überrascht sein, wie viele Pluspunkte Sie entdecken.

„Um sexy zu sein, muß man keine schwarzen Spitzenstrapse tragen", fügt sie hinzu. „Sexualität ist ein integraler Bestandteil unseres Körpers – und unserer Seele. Die sexuelle Energie ist eine kreative Energie, ein Teil unserer Lebenskraft, auch wenn wir keine Kinder mehr bekommen können."

Berührungen und Streicheleien sind „absolut notwendig", wenn man seinen Körper lieben und die Sexualität entdecken will. Das gilt für beide Partner. „Männer haben die gleichen körperlichen Empfindungen – ihren Bauch, ihre Taille, das schütter werdende Haar. Doch wenn es Ihnen gelingt, die Sexualität zu zelebrieren, anstatt einander zu kritisieren, werden sie den Verlust Ihres jugendlichen Körpers leichter überwinden."

Nach der Menopause empfinden viele Frauen den Geschlechtsverkehr als unangenehm, da die Scheidenwände dünner werden und die Scheidenflüssigkeit vermindert ist. Frances empfiehlt die beiden Gleitmittel Senselle und Sylk *(siehe Anhang)*.

Viele Menschen haben gemischte Empfindungen, wenn sie daran denken, sich oder andere zu berühren. Frances empfiehlt Übungen zur Steigerung der Sinnlichkeit *(siehe Kasten unten)*, bei denen man einander (oder sich selbst) in Ruhe streichelt, ohne zum Geschlechtsverkehr überzugehen. „Dieses hastige Drängen zur Penetration ist, als ob man einem Flugzeug oder Zug nacheilt, es geht nur darum, wie man in kürzester Zeit an einen bestimmten Ort gelangt." Ein erfülltes Sexualleben hat mit Zärtlichkeit und Intimität zu tun.

Das Wichtigste ist, daß man die Beziehung zu dem Menschen, der einem am nächsten steht, pflegt. „Schenken Sie Ihrem Partner Zeit, Aufmerksamkeit und Fürsorge, davon profitiert auch Ihr Sexualleben. Und kommunizieren Sie!" Paare haben sich oft daran gewöhnt, „es auf eine bestimmte Weise zu machen". Sie sprechen kaum miteinander und wissen wenig darüber, was der andere will. Die meisten Paare gehen davon aus, daß der andere mittlerweile wissen sollte, was man will, und stellen keine Fragen mehr. So weiß letztendlich keiner Bescheid.

Mein Geheimnis für Gesundheit? Sex. Er hält jung. Nach einem Orgasmus fühlt man sich einfach wohler.

ZSA ZSA GABOR

Viele Frauen haben zwar ein befriedigendes Sexualleben, empfinden aber trotzdem einen Mangel. Das kann daran liegen, daß sie keine wirkliche Verbindung zu ihren körperlichen oder emotionalen Empfindungen haben. Eines der Probleme ist, daß viele Paare unbewußt ihre Beziehung darauf aufbauen, daß sie den Partner dazu bringen wollen, daß er ihren Willen erfüllt. „Wir wollen alle ständig unseren Willen durchsetzen. In einer guten Beziehung akzeptiert man, daß der Partner eine andere Meinung hat, und nicht meine annehmen muß, damit ich mich sicher fühle. In der Sexualität sollte man den anderen nicht überrumpeln wollen, sondern anerkennen, daß es sich um zwei Personen mit verschiedenen Bedürfnissen handelt."

Frances empfiehlt auch entspannende Atmungstechniken *(siehe Seite 162*; spezielle Techniken werden in *The Joy of Sexual Exstasy* von Margo Anand beschrieben). Auch eine Sexualtherapie ist immer noch ein Tabu, obwohl Frances meint, daß sie vielen Menschen Hilfe bringen könnte.

Schließlich empfielt Frances, daß man bei Liebesspielen auf eingefahrene Muster verzichtet. Der Körper ist etwas Wunderbares, und Sex sollte als Fest zelebriert werden. Widmen sie ihm Zeit und Phantasie.

Übungen zur Sinnlichkeit

Die folgenden Übungen können Sie allein oder mit einem Partner machen. Vergessen Sie nicht, daß Sie die Übungen für sich selbst durchführen.

BERÜHRUNG: MIT PARTNER

▲ Erforschen Sie den Körper Ihres Partners mit Berührungen: harten und weichen, kreisförmigen und langgezogenen Streichelbewegungen; konzentrieren Sie sich 15 Minuten lang auf die Rücken- und 15 Minuten lang auf die Bauchseite; streicheln Sie den ganzen Körper bis auf Brüste und Genitalien. Sprechen Sie darüber.

▲ Notieren Sie, welche Partien Ihnen die größte Lust vermittelten und welche die wenigste.

▲ Lassen Sie all Ihre Sinne daran teilhaben: Setzen Sie Musik, Wärme, angenehme Beleuchtung und Massageöle ein.

BERÜHRUNG: ALLEIN

▲ Tun Sie das Gleiche für sich; allein sein heißt nicht, daß Sie ohne Sex auskommen müssen; sich selbst zu berühren kann eine sehr schöne Erfahrung sein.

Fragen zu Ihrer Sexualität:

- Was denke ich über Sexualität?
- Hat sich diese Ansicht im Laufe der Jahre gewandelt?
- Will ich so denken?
- Erfülle ich meine sexuellen Wünsche?
- Ist mein Sexualleben fehlgelaufen?
- Wo und wann hat das begonnen?
- Ist es Resignation, wenn ich ab jetzt auf Sex verzichte?
- Sind Veränderungen möglich?
- Möchte ich meine Sexualität wirklich leben?

Ganzheitliche Hilfe bei Streß

Die innere Einstellung hat großen Einfluß auf unsere Gesundheit. Wenn Sie am liebsten schreien würden oder das Gefühl haben, in einem tiefen Loch zu versinken, könnten die kundigen Hände eines Masseurs Ihren Geist beruhigen und Ihre Gesundheit fördern. Es gibt eine Reihe von Komplementärtherapien, die dem Wohlbefinden dienen: Manche, wie etwa die Meditation, können Sie selbst durchführen; für andere, wie die Akupunktur, benötigen Sie einen Fachmann.

Wir baten drei Experten Dr. James Hawkins, Mitglied der British Holistic Medical Association, Dr. George Lewith vom Zentrum für Komplementärmedizin in Southampton (England) und Anne Woodham, die Autorin von *Stress at Work* und *The Encyclopedia of Complementary Medicine**, um ihre Tips *(siehe rechts)*.

Streßbezogene und chronische Krankheiten, wie hoher Blutdruck, Allergien, Muskelverspannung, Schmerzen, Migräne und Kopfschmerzen, können mit diesen Therapien sehr gut behandelt werden.

Wir haben viele Komplementärtherapien versucht und sind große Anhänger derselben. Sie fördern das Wohlbefinden, glätten Sorgenfalten und bringen müde Augen zum Leuchten. Zu unseren Favoriten zählen Aromatherapie, Bachblütentherapie, Fußreflexzonenmassage und Kräuterheilkunde.

MASSAGE

Massage
Fußreflexzonenmassage

ALTERNATIVE THERAPIEN

Akupunktur
Bachblüten
Homöopathie
Kräuterheilkunde
Musiktherapie
Ernährungstherapie
Schwebetherapie

SELBSTHILFE

Autogenes Training
Tai Chi
Qigong

BEGINNEN SIE SOFORT!

Meditation

Die Meditation beruhigt Körper und Geist: Der Blutkreislauf wird verbessert, Muskelspannungen lösen sich. Dadurch bewältigt man die Altagssorgen leichter. Manche Ärzte empfehlen die Meditation, um streßbedingte Krankheiten zu bekämpfen. Befolgen Sie die folgenden Grundregeln:

1 Vermeiden Sie Meditation nach dem Essen oder wenn Sie hungrig sind.

2 Suchen Sie sich einen ruhigen Ort, an dem Sie nicht gestört werden; stellen Sie das Telefon ab.

3 Experimentieren Sie mit gedämpftem Licht, schließen Sie die Vorhänge.

4 Nehmen Sie eine bequeme Stellung ein, falten Sie die Hände, entspannen Sie den Körper; Arme und Beine sind nicht gekreuzt, die Wirbelsäule ist gestreckt. (Meditationslehrer schlagen eine sitzende Stellung vor.)

5 Atmen Sie ruhig, stellen Sie sich vor, daß der ganze Körper sich entspannt; beginnen Sie am Schädel, dem Haaransatz, den Gesichtszügen, gehen Sie dann zum Körper über und fühlen sie die Spannungen von sich abfallen.

6 Ziel der Meditation ist es, zu verhindern, daß Gedanken oder ungelöste Probleme von uns Besitz ergreifen. Die einfachste Form der Konzentration ist, nur an eine Sache zu denken: z.B. an die Farbe Blau, einen Berggipfel, das Meer.

7 In der transzendentalen Meditation erhält man ein Mantra (Wort), das man pausenlos wiederholt. Suchen Sie sich ein beruhigendes Wort aus und wiederholen Sie es in Gedanken.

8 Bemühen Sie sich um einen ruhigen Atemrhythmus. Spüren Sie, wie die Luft durch Ihre Nasenflügel tritt und sich tiefer bewegt, bis sie die Lungen füllt; halten Sie einen Moment inne, atmen Sie ruhig aus. Versuchen Sie Bauchatmung statt Brustatmung und fühlen Sie, wie sich Ihr Bauch beim Einatmen hebt. Beim Einatmen bis vier zählen, warten und bis zwei zählen, beim Ausatmen wieder bis vier zählen.

9 Ablenkende Gedanken einfach registrieren und weiterziehen lassen. Der amerikanische Meditationsmeister Ram Dass schlägt vor, die Gedanken in eine Wolke zu verwandeln und zu beobachten, wie diese weiterzieht.

10 Beginnen Sie mit ein paar Minuten, dehnen Sie diese allmählich aus.

Kreative Visualisierung

Kreative Visualisierung kann eine Form der Meditation sein. Sie beruht auf den genannten Prinzipien. Bei der Visualisierung konzentriert man sich jedoch in Gedanken auf heilsame Bilder, und setzt auch andere Sinnesorgane ein, um die Erinnerung an Wohlbefinden wachzurufen. Diese Visualisierungen oder Gedankenbilder können unzählige Formen annehmen. Stellen Sie es sich wie ein gezieltes Tagräumen vor. Sobald Sie die Technik beherrschen, können Sie sie überall, zu jeder Zeit, einsetzen, auch inmitten einer Menschenmenge. Versuchen Sie, die folgenden Motive zu variieren, bevor Sie eigene erfinden.

◆ Denken Sie, wenn Sie nervös sind, an einen Ort, an dem Sie sich glücklich, sicher und ruhig fühlten, z.B. an einen Blumengarten, einen Strand oder eine Wiese. Fühlen Sie die Sonne und den Windhauch, riechen Sie den Duft der Blumen, hören Sie die Schreie der Möwen oder das Summen der Bienen. Lassen Sie Körper und Geist in diesen „Film" eintauchen.

◆ Wenn Sie Probleme haben, die Sie vor dem Einschlafen bedrücken, können Sie diese in einen Luftballon packen, dann den Ballon freilassen und zusehen, wie er in den Himmel - und aus Ihrer Sicht - fliegt.

◆ Eine Alternative wäre, die Probleme in Akten abzulegen, die Akten in einen Ordner zu geben, in der untersten Schublade zu verstauen und diese zu verschließen. Sie können dies jederzeit tun, müssen die Probleme aber zuvor geordnet haben.

◆ Wenn Ihre linke Gehirnhälfte (die rationale) überlastet ist und sich die Gedanken nicht abstellen lassen, können Sie auf die rechte, kreative Gehirnhälfte überwechseln. Nehmen Sie Ihre linke Gehirnhälfte wahr, drehen Sie sich dann um und gehen Sie einen Pfad entlang, der zu Ihrer rechten Gehirnhälfte führt. Gehen Sie durch ein Tor, drücken Sie die Klinke nieder, öffnen Sie das Tor und schließen Sie es hinter sich. Betrachten Sie Ihre Umgebung, einen Garten oder einen Raum. Machen Sie es sich gemütlich, faulenzen Sie, erfreuen Sie sich am Rosenduft oder spazieren Sie herum.

◆ Wenn Sie sich in einer Situation unwohl fühlen, können Sie sich einen Kokon vorstellen, der sie umhüllt, bis Sie sich völlig sicher fühlen.

◆ Oder machen Sie es wie die Schauspielerin Amanda Burton: Stellen Sie sich Engel vor, die Sie auf Ihren Flügeln davontragen und beschützen.

Adressen der Organisationen siehe Anhang.

Kreativität

Jeder ist kreativ. Aber die Erforschung unserer spielerischen, künstlerischen, kreativen Ader gerät bei all unseren familiären Verpflichtungen, Terminen und der Einstellung, daß für die Dinge, die wir wirklich tun wollen, keine Zeit bleibt, ins Hintertreffen. Wenn Sie aber wollen, daß Ihre Lebensqualität einen unglaublich positiven Wandel erfährt, ist es an der Zeit, sich auf Ihre Kreativität zu besinnen.

Die Psychologen glauben, daß wir uns die Zeit nehmen sollten, um unser kreatives Potential zu erforschen. „Man kann nie wissen, was dabei herauskommt“, meint Nick Williams, der erfolgreich Seminare abhält, um den Menschen zu helfen, ihre Kreativität zu entdecken. „Manchmal lernen Frauen einen neuen Lebensweg kennen und verwandeln das, was als Hobby begann, in einen Beruf. Andere kommen besser mit Streß zurecht, vergessen ihre Probleme nicht nur eine Weile, sondern finden kreative Lösungen und neue Ansätze.“

„Als Kinder haben wir eine natürliche Kreativität und keine Probleme, frei zu singen, zu zeichnen oder einfach nur zu sein“, meint Nick. „Wenn wir älter werden, geht diese Fähigkeit verloren. Mein Rat für die Frauen ist, daß sie in irgendwelchen Bereichen ihres Lebens wieder ihrer Kreativität Raum geben sollten, ob sie nun singen, tanzen, schreiben oder Blumen arrangieren.“

Nick stimmt Leslie Kenton zu, daß die Lebensmitte eine Zeit der Kreativität sein kann. Die Kinder sind aus dem Haus, und man verausgabt sich nicht mehr, um die Karriereleiter hochzuklettern, wodurch einem mehr Zeit für Kreativität bleibt.

TIPS

Viele wissen aber einfach nicht, wo Sie damit beginnnen sollen. Hier sind Nicks Tips, die alle Frauen ermutigen sollen, Ihre Kreativität zu entdecken.

■ **Beginnen Sie jetzt.** Wir vergessen manchmal, daß das Leben keine Generalprobe ist. Warten Sie nicht auf eine Krise oder eine Krankheit, um endlich jene Dinge zu tun, die sie tun wollen.

■ **Geben Sie Ihren Perfektionismus auf.** Was die Menschen oft behindert, ist die Vorstellung, daß, wenn sie ein Bild malen, dieses nicht „gut genug" wird. Malen Sie für sich selbst, nicht weil Sie das Bild in einer Ausstellung zeigen wollen. Es gibt keine richtige oder falsche Kreativität, es geht um Selbstausdruck. Sie müssen Ihr Bild niemandem zeigen: Schreiben Sie zu Ihrem eigenen Spaß, singen Sie der Freude wegen.

■ **Sagen Sie nie „Ich bin nicht kreativ".** Jeder ist der Anlage nach kreativ, aber wir verlieren im Laufe der hektischen Jahre oft den Kontakt zu unserer Kreativität. Wenn Sie nicht sicher sind, in welchem Bereich Sie Ihre Kreativität ausdrücken sollen, drehen Sie die Zeit zehn, fünfzehn oder dreißig Jahre zurück und fragen Sie sich: „Was habe ich damals gerne getan?" Ich glaube, daß jeder die Goldader der Kreativität in sich hat; manchmal muß man nur etwas tiefer graben, um sie zu finden.

■ **Führen Sie ein Kreativitätstagebuch.** Ich bin ein großer Fan von Julia Camerons Buch *The Artist's Way**. Es handelt sich um ein Programm in zwölf Schritten, um die Kreativität wiederzuentdecken; ein Schritt ist, jeden Morgen aufzuschreiben, was immer Ihnen einfällt: wie Sie sich fühlen – ob Sie in Hochstimmung sind oder miese Laune haben –, was Sie inspiriert. Manchmal fällt Ihnen nichts ein und Sie hassen das Tagebuch, an anderen Tagen strömen Sie vor Ideen über. Denn Kreativität ist wie ein Muskel, der trainiert werden will."

Kreative Ideen

Es ist wirklich nie zu spät oder zu früh, um herauszufinden, was man gerne tut, was einen inspiriert und die Freude am Leben erhält. Hier einige Beispiele abenteuerlicher, kreativer, mutiger Frauen, die uns beeindrucken.

Anna Murdoch gab den Journalismus auf, um Rupert Murdoch zu heiraten, entdeckte aber um die Vierzig erneut ihre Kreativität und schrieb einen Bestseller. „Ich habe sehr viel Energie und ich glaube, daß Frauen etwas unternehmen sollten. Ich schreibe nicht, um unabhängig zu sein, oder des Geldes wegen, sondern um der Befriedigung willen."

Karin Clements *(oben rechts)*, Malerin, geb. 1944. Ihre Bilder erzielen heute mehr als 15.000 DM. „Ich habe nie in meinem Leben einen Pinsel in der Hand gehabt, bis ich mich mit 47 Jahren in einer Malklasse am hiesigen Institut für Erwachsenenbildung einschrieb. Danach machte ich einen weiteren Kurs, nicht der Qualifikation wegen, sondern um mehr zu lernen. Plötzlich bemerkte ich, daß ein riesiges Loch in meinem Leben war, das gefüllt werden wollte. Man wächst auf, heiratet, hat Kinder, tut seine Arbeit und sollte es genießen. Aber am Ende des Tages fragte ich mich, warum ich nicht glücklich war. Die Malerei veränderte mein Leben. Und obwohl ich heute von meinen Bildern lebe, male ich, weil ich es möchte, und nicht des Geldes wegen. Ich kann mich in der Malerei verlieren. Wenn man diese Erfüllung findet, strahlt man sie auch aus, wodurch man viel attraktiver wird. Meine Botschaft lautet: Es ist nie zu spät, um etwas Neues zu beginnen und mehr aus seinem Leben zu machen."

Maria Platt-Evans *(Bild nächste Seite)*, Photographin, geb. 1950. Früher überprüfte sie Zündkerzen in einer Fabrik im Norden Englands, heute ist sie eine gefragte Dokumentarphotographin. „Mit 35 machte ich eine Photographieausbildung in einem Abendkurs, zwei Jahre später begann ich ein Studium an der Universität. Mein Sohn war erwachsen. Ich war nicht mehr Mutter, Frau oder Tochter; ich begann einfach ich selbst zu sein, und das war sehr befreiend. Die einzige Möglichkeit für eine Karriere als Dokumentarphotographin war, nach London zu gehen. Das tat ich auch, und hier arbeite ich nun für Frauenmagazine. Meine Leidenschaft ist noch immer ungebrochen. Ich kann am Boden zerstört, müde und verzweifelt sein oder mein Bankkonto ist überzogen – ich muß nur auf Photosafari gehen, und schon geht es wieder aufwärts. Ich glaube, daß ich aus der Photographie mehr herausholen kann, weil ich so spät begonnen habe. Ich konnte die Erfahrungen meines Le-

bens einbringen. Mein Rat lautet: Was immer Sie tun möchen, nehmen Sie Ihre Vorhaben in Angriff. Hören Sie auf, Ausreden zu suchen: Ich würde ja gerne, aber leider.... Die Frauen in der Fabrik, die das zu sagen pflegten, arbeiten noch immer dort, wärend ich ein völlig neues Leben führe."

Kreativität tut der Seele gut, und die Arbeit ist ein Prozeß der Selbstfindung. Wenn Sie wissen, wer Sie sind, können Sie sich ausruhen.

BETTE MIDLER

WEITERE KREATIVE IDEEN

Für jede Frau gibt es eine Möglichkeit, ihre Kreativität auszudrücken, die nur darauf wartet, entdeckt zu werden. Wir hätten über die hier erwähnten Frauen ein ganzes Buch schreiben können und mißtrauen jedem, der von ihnen nicht ebenso begeistert ist wie wir. **Lenore Schaeffer** aus Phoenix, Arizona, die über hundert Jahre alt ist, begann zu tanzen, als sie im Alter von 82 Jahren Witwe wurde. Ihr Zuhause ist voller Preise, die Sie für Foxtrott, Rumba und Merengue erhielt. „Ich habe überall getanzt, von Santa Monica bis Miami. Das Preistanzen schenkte mir ein völlig neues Lebensgefühl." **Mary Wesley** veröffentlichte im Alter von 70 Jahren ihren ersten Roman (und schrieb seither beinahe jedes Jahr einen Bestseller). **Betty Boothroyd**, Parlamentssprecherin, die Frau, die manchen das Fürchten lehrte, ist begeisterte Paragleiterin. **Rosemary Trollope**, die Mutter der Bestsellerautorin Joanna Trollope, begann mit 79 Jahren zu schreiben und erzählte in *Starting From Glasgow* (Sutton) Szenen ihrer Kindheit. **Torun Bülow-Hübe**, die in Schweden geborene Muse, die Matisse, Braque, Sartre und Picasso kannte, hat die 70 überschritten. Sie ist nicht nur die älteste aktive Silberschmiedin, die für die dänische Firma Georg Jensen arbeitet, sondern entflieht dem harten Winter in Skandinavien, indem sie nach Jakarta fliegt, wo sie an die dortigen Teenager ihre Fähigkeiten weitergibt. Die Kalifornierin **Sally Alexander**, die heute über achtzig Jahre alt ist, forderte Ihren politischen Gegner zu einem Surfduell heraus, als Sie im November 1979 die Freude an ihrer Arbeit im Parlament verlor. (Er kam nicht, aber Sally surft immer noch. Surfen ist ihr Hobby, seit sie sieben Jahre alt ist.) Die in Brooklyn geborene Photographin **Lillian Bassman**, deren Arbeiten von den vierziger Jahren bis 1960 in fast jeder Ausgabe von *Harper's Bazaar* erschienen, photographierte für die Werbekampagne von Nieman Marcus und arbeitete für New Yorker Hochglanzmodemagazine. Die Künstlerin **Evelyn Roth**, 60 Jahre, lebt in Südaustralien und macht riesige aufblasbare Installationen aus Plastik, eine Karriere, zu der sie inspiriert wurde, als sie nach dem Scheitern ihrer Ehe einen Kreativworkshop besuchte und dabei entdeckte, wer sie war und was sie vom Leben wollte. (Sie schrieb daraufhin ein Buch über Recycling, konstruierte eine Plane für ihr Auto aus alten Videobändern und drehte einen Kurzfilm). **Margie Jenkins** publizierte ihr erstes Kinderbuch *Fun At Bedtime* (The Book Guild) im erstaunlichen Alter von 96 Jahren. Als sie sechzig wurde, sagte sich **Marlies Beschorner** „jetzt oder nie" und begab sich mit dem Rucksack auf die Reise. „Mein ganzes Leben lang hatte ich Verantwortung zu tragen, ich habe zwei Töchter großgezogen. Jetzt konnte ich mir endlich meinen alten langgehegten Traum von einer Weltreise erfüllen." Sie unternahm eine 14monatige Reise, die sie durch den Iran, Pakistan, Südostasien und China führte. Eine weitere unerschrockene Reisende ist **Irene Morphy Richards**, die tausende Kilometer zurücklegte, seit sie vor zwanzig Jahren in Pension ging. „Nachdenklich stimmt mich, daß all die jungen Menschen, die man trifft, ihre Jugend damit verbringen, durch die Welt zu trampen. Was tun sie, wenn sie einmal im Ruhestand sind?" Möglicherweise folgen sie dem Beispiel von **Natalie Hodgson**, die Mitte achtzig ist und im Alter von 69 Jahren noch Wasserskifahren erlernte. „Ich las, daß dieser Sport für jedes Alter zwischen sieben und siebzig geeignet sei und meldete mich an." Als ihr Mann 1989 nach fünfzigjähriger Ehe verstarb, verschrieb sich Natalie der Bienenzucht und pflanzte in großem Stil Lavendel in Astley Abbotts, Shropshire. „Ich hatte keine Lust herumsitzen und darauf zu warten, bis ich hinausgetragen werde."

GARTEN – EINE KREATIVE OASE

Was bleibt uns, wenn das Gehen immer schwerer fällt? Wir wühlen im Schmutz, schneiden die Rosen, ärgern uns über die zähen Wurzeln der Winden oder pflanzen Salatschößlinge (oben sehen sie Jo in ihrem Gemüsegarten am Dach in der Portobello Road). Das Gärtnern, eine der am einfachsten umzusetzenden Formen der Kreativität, wird immer populärer. Wie May Sarton in ihrem Buch *Journal of a Solitude* schreibt: „Alles was uns beruhigt und geduldiger macht, alles was uns zu den langsamen Zyklen der Natur zurückführt, ist eine Hilfe."

Ob Ihnen nur ein Fensterbrett oder ein Feld zur Verfügung steht, das Gärtnern bietet traumhafte Möglichkeiten, um den Streß zu bekämpfen und der Kreativität freien Lauf zu lassen. Wir können abschalten oder die Zeit in der Natur nützen, um darüber nachzudenken, was wir mit unserem restlichen Leben anfangen wollen. (Wir bewundern die Modeunternehmerin **Dianne Benson**, die vier Läden in Manhatten besaß und Ende vierzig ihr Leben veränderte, indem Sie ihr Hobby zu ihrem Beruf machte und ein inspirierendes Buch über die Gärtnerei schrieb - *Dirt**, eine großartige Lektüre für diejenigen unter ihnen, die einen grünen Daumen haben.)

Darüber hinaus hat das Gärtnern auch eine heilende Wirkung auf unsere Seele. Es gibt tatsächlich eine neue Bewegung, die sogenannte „Gartenbau-Therapie", bei der Gärten an unüblichen Plätzen, wie Gefängnissen und Stadtzentren, geschaffen werden, an denen der Streßpegel gewöhnlich sehr hoch ist. Die Therapeuten setzen die Gärtnerei ein, um das physische, mentale und emotionale Wohlbefinden der Menschen zu fördern. Kathleen Fisher, die Herausgeberin von *The American Horticulturalist*, erklärt: „Die Forschung zeigt, daß es keine Einbildung ist, daß uns die Pflanzen guttun; sie können Heilprozesse beschleunigen und psychologische Veränderungen bewirken, die sonst durch Meditation oder andere Entspannungsformen erzielt werden."

Nancy Stevenson, die Vorsitzende der American Horticultural Therapy Association, glaubt an die heilende Wirkung des Gärtnerns: „Im Garten sind wir Zeugen der Natur, der zyklischen Rhythmen von Geburt, Leben und Tod. Wir empfinden uns als Teil dieses Prozesses und fügen unser Leben in den größeren Erfahrungszusammenhang ein. Es ist eine zutiefst tröstliche Erfahrung.

Beatrice Wood in späten Jahren. Die als „Dada-Mama“ bekannte Künstlerin und Bildhauerin starb im Alter von 105 Jahren, kurz bevor wir Sie für dieses Buch interviewen wollten. Bis zu ihrem letzten Tag hat sie gezeichnet, Skulpturen geschaffen und ihren „kreativen Muskel“ trainiert.

Time-Management – ein Muß

Was würden Sie nicht dafür geben, wenn der Tag eine Stunde länger wäre? Nur wenige wissen um die Tatsache, daß unser Körper glaubt, daß der Tag 25 Stunden hat. Die innere Uhr tickt im 25-Stunden-Rhythmus. Aus nur der Evolution bekannten Gründen mißlang etwas, und die meisten von uns eilen dem Leben hinterher wie das weiße Kaninchen aus *Alice im Wunderland*.

Es gibt jedoch Tricks, diese Stunde wieder zurückzugewinnen und den Streß zu reduzieren. „Sorge, Eile, Krankheit", brachte ein Psychologe die Problematik auf den Punkt. Die einfache Lösung lautet: früher aufstehen. Versuchen Sie, Ihren Wecker jeden Tag um fünf Minuten früher läuten zu lassen. Nach vierzehn Tagen (an Sonntagen dürfen Sie ausschlafen, aber nicht zu lange, um die Übung nicht zu gefährden), haben Sie Ihren Aufwachmechanismus um eine Stunde vorgestellt. Weitere Tips, um Zeit zu sparen:

1 Erledigen Sie immer nur eine Sache, konzentrieren Sie sich auf diese Aufgabe und stellen Sie sie fertig, bevor Sie etwas Neues beginnen.

2 Erstellen Sie täglich eine Liste, was zu erledigen ist. Bei jeder Tätigkeit sollten Sie sich fragen: Ist das wirklich nötig? Was würde geschehen, wenn ich es nicht mache oder jemand anderen bitte, es für mich zu tun? Muß es heute erledigt werden? Wenn nicht, wann?

3 Planen Sie vor.

4 Führen Sie in einem Tagebuch Listen für lang- und kurzfristige Tätigkeiten: z.B. Einkäufe, Geburtstage, Weihnachtsgeschenke, Wäscherei.

5 Lernen Sie „nein" zu sagen, dadurch erspart man die meiste Zeit. Es ist völlig legitim, nein zu sagen, wenn eine Anforderung unvernünftig ist oder weniger wichtig als die Arbeit, die Sie gerade machen; auch Aufgaben, für die Sie die erforderlichen Fähigkeiten nicht mitbringen oder über zu wenige Informationen verfügen, sollten Sie ablehnen. Weitere Gründe wären, daß Sie zornig sind oder das Ansinnen überhaupt überflüssig ist.

6 Jedes Ding gehört an seinen Ort. Denken Sie an die Zeit, die Sie damit verschwenden, den Autoschlüssel oder Ihr Tagebuch zu suchen.

7 Tanken Sie Ihr Auto, bevor der Tank leer ist und Sie stundenlang eine Tankstelle suchen müssen.

8 Vermeiden Sie negative Emotionen, wie Zorn und Rachegefühle. Sie verschwenden nur Zeit und Energie.

9 Lassen Sie andere Menschen Dinge für Sie erledigen, auch wenn sie diese nicht so gut wie Sie machen.

10 Erstellen Sie einen Jahresplan, der auch alle Urlaube oder Freistunden enthält. Wir alle kennen „verlorene Zeit", kümmern Sie sich verstärkt um „geschenkte Zeit", jene kurzen Perioden, in denen wir auf jemanden oder etwas warten. Machen Sie das Beste daraus, indem Sie immer Notizheft, Feder, Postkarten, Adreßbuch oder eine Zeitung in Ihrer Tasche haben.

ZEIT WOFÜR?

1 Setzen Sie sich auf eine Bank und geben Sie sich Ihren Tagträumen hin.
2 Machen Sie Ihre Beckenbodenübungen, spannen Sie die inneren Muskeln an *(siehe Seite 178)*.
3 Planen Sie den nächsten Tag.
4 Praktizieren Sie Tiefenatmung, Meditation oder kreative Visualisierung *(siehe Seite 239)*.
5 Lesen Sie ein Buch/eine Zeitung.
6 Planen Sie ein Ereignis, z.B. eine Geburtstagsparty.
7 Schreiben Sie Postkarten.
8 Zwischen zwei Terminen können Sie Geburtstagskarten, Geschenkpapier oder Geschenke besorgen
9 Gönnen Sie sich eine Kopfmassage.
10 Hören Sie sich eine Kassette mit Ihrer Lieblingsmusik an.

Anhang

Wenn Sie eine der folgenden Organisationen kontaktieren, legen Sie ein großes, frankiertes Rückkuvert bei.

Die in diesem Buch angeführten Nahrungsergänzungen sind unter folgender Adresse erhältlich (weltweiter Versand):
The Nutri Centre
7 Park Crescent
London W1N 3HE
Tel.: 0171 436 5122

ERPROBT & BEWÄHRT

Aveda
AVD Cosmetics
7 Munton Road, London SE17 1PR
Tel.: 0171 410 1600

Avon
Avon Cosmetics Ltd.
Earlstrees Road
Corby
Northants NN17 4AZ
Hotline: 0845 6050400

CACI
Internationaler Kontakt:
Micromode Medical Ltd.
11 Heath Street
London NW3 6TP
Tel.: 0171 431 1033

Caudalie
Rhapsody Health Ltd.
74 Victoria Road
Ferndown, Dorset BH22 9JA
Tel.: 01202 890339

Cellex-C
Cellex-C (U.K.) Limited
14 High Street, Top Floor
East Grinstead, West Sussex RH19 3AW
Tel.: 0345 402214

Crème de la Mer
Internationale Bestellungen:
Saks Fifth Avenue
611 Fifth Avenue, NY 10022, New York
Tel.: 001 212 753 4000

Decleor
Decleor U.K. Ltd.
59a Connaught Street, London W2 2BB
Tel.: 0171 262 0403

Dr. Hauschka
Haselor, College Road
Bromsgrove, Worcestershire B60 2NF
Tel.: 01527 832863

Eyesential
Beauty Direct (International)
17 Park Street
Leamington Spa
CV23 4QN
Tel.: 01926 332331

Fenjal
Chemist Brokers
Food Broker House
North Harbour Road
North Harbour
Portsmouth PO6 3TD
Tel.: 01705 222500

Gatineau
9–11 Alma Road
Windsor
Berks SL4 3HU
Tel.: 0800 731 5805

Glico-Lift
Internationale Bestellungen:
Beauty World Direct Ltd.
Freepost SL2009
Maidenhead
Berkshire SL6 1YD
Tel.: 0845 600 0039

Guinot
R. Robson Ltd.
The Clock House, Ascot
Berkshire SL5 7HU
Tel.: 01344 873123

Integra Plus Facecare System
Scanda Sol Professional Ltd.
Albion Mews, 12a–14 Legge Lane
Hockley, Birmingham B1 3LD
Tel.: 0345 711117

Jan Marini
Jan Marini U.K. Ltd.
P.O. Box 9, Barnet, Herts EN4 8BF
Tel.: 0181 364 9000

Kanebo
5 Bone Lane
Newbury, Berkshire RG14 5TD
Tel.: 01635 46362

Karin Herzog
Floren Marketing Ltd.
77 County Park Avenue
The Abbeyfields
Halesowen, West Midlands B62 8SX
Gebührenfreies Tel.: 0800 0562428
Tel.: 0121 602 6882

Jurlique
Naturopathic Health & Beauty Co.
Willowtree Marina
West Quay Drive
Yeading, Middx UB4 9TB
Tel.: 0181 841 6644

La Prairie
Kenneth Green Associates
3 Thames Mews
Esher, Surrey KT10 9AD
Tel.: 01372 469222

L'Occitane
L'Occitane Limited
237 Regent Street
London W1R 7AG
Tel.: 0171 290 1421

Medi-Wave
Medi-Wave Research Ltd.
5 Buckingham Road, Cheadle Hulme
Cheadle, Cheshire SK8 5EG
Tel.: 0161 482 8329

Neostrata
Cosmeceuticals Ltd.
The Pavillion, Josselin Road
Basildon, Essex SS13 1QB
Tel: 01268723232

Nina Ricci
Weltweit erhältlich und bei Harrods, internationale Bestellungen in London
Tel.: 0171 730 1234

Neal's Yard Remedies
Bestellungen für Händler:
26–34 Ingate Place
Battersea
London SW8 3NS
Tel.: 0171 627 1949
Bestellungen für Kunden: 0161 831 7875

Ö-LYS Light Therapy
Ö-Lys Limited, Murlain House
Union Street, Chester CH1 1OP
Tel.: 0800 731 3048

Prescriptives
73 Grosvenor Street, London W1X 0BH
Tel.: 0800 371 573

Shiseido
Shiseido U.K. Co. Ltd.
Gillingham House
Gillingham Street, London SW1V 1HU
Tel.: 0171 630 1515

Vichy
Weltweit erhältlich und bei Harrods,
siehe Eintragung bei Nina Ricci, links

Vitace Body Lotion
Von Cosmeceuticals Ltd., *siehe links*

Wrinkle Miracle
Erhältlich bei Boots/Superdrug oder internationale Bestellungen bei:
Dream Nails & Beauty Ltd.
44 Ilford Hill
Ilford, Essex IG1 2AT
Tel.: 0181 553 3652

Yves Rocher
Yves Rocher (London) Ltd.
664 Victoria Road
South Ruislip, Middx HA4 0NY
Tel.: 0181 845 1222

FASZINIERENDE FRAUEN

Gloria Hope-Price
Windward Natural Health
Green Acre, Sunset Ridge
St. James, Barbados, West Indies
Tel.: 001 246 432 6425

Green People's Company
Internationale Bestellungen:
The Green People's Company
Brighton Road
Handcross, West Sussex RH17 6BZ
Tel.: 01444 401444

Logona
Logona U.K., Crowe Street
Stowmarket, Suffolk IP14 1DL
Tel.: 01449 677773

No Jet-Lag
NZ Health Products Ltd.
34 Raymond Avenue
London E18 2HG
Tel.: 0181 530 4593

Sunrider
195 Knightsbridge, London SW7
Tel.: 0171 838 0900

Pure Synergy
Xynergy Health Products
Elsted, Midhurst, West Sussex GU29 0JT
Tel.: 01703 813642

Udo's Choice
Savant Distribution Ltd.
15 Iveson Approach, Leeds LS16 6LJ
Tel.: 0113 230 1993

Ultra Clear Plus
Erhältlich im Diätfachhandel

Urtekram
Whole Earth Foods Ltd.
269 Portobello Road
London W11 1LR
Tel.: 0171 229 7545

HAUTPFLEGE

Aesop
Nicola Wynn Ltd
49 Palace Gardens Terrace
London W8 4SB
Tel.: 0171 221 4142

Anne Sémonin
108 Rue du Faubourg Saint-Honoré
75008 Paris
Tel.: 00 331 42 66 24 22

Aromatherapy Associates
P.O. Box 14981, London SW6 2WH
Tel.: 0171 371 9878

Aveda
Siehe erprobt & bewährt, links

Bach Flower Remedies
A Nelson & Co. Ltd., Broadheath House
83 Parkside, London SW19 5LP
Tel.: 0181 780 4200

BioCare
Von The Nutri Centre, *siehe links*

Blackmores
Naturopathic Health & Beauty Co.
Willowtree Marina, West Quay Drive
Yeading, Middx. UB4 9TB
Tel.: 0181 842 3956

Bliss Spa
568 Broadway
Suite 207, SoHo, New York
Tel.: 001 888 243 8825

Caudalie
Siehe erprobt & bewährt, links

Cellex-C
Siehe erprobt & bewährt, links

Crème de la Mer
Siehe erprobt & bewährt, links

Collâge (von Seven Seas)
Erhältlich in großen Filialen von Boots, Harvey Nichols und Harrods (*siehe links*)

Decleor
Siehe erprobt & bewährt, links

Dr. Hauschka
Siehe erprobt & bewährt, links

Elektrolyse
British Association of Electrolysists
2a Tudor Way
Hillingdon, Middlesex UB10 9AB
Tel.: 01895 239966

Emu Oil
Pioneer Trading Company
5a High Street, Tattershall
Lincoln LN4 4LE
Tel.: 01526 345613

Epil-Pro
Erhältlich bei The Hale Clinic
7 Park Crescent
London W1
Tel.: 0171 631 0156/631 3377

Ruby Laser
Epitouch Ruby laser
Arden Medical International Offices
12 Market Street
Nottingham NG1 2AD
Tel.: 0115 953 9494

E'SPA
Kent Place
Guildford Road Trading Estate
Farnham, Surrey GU9 9PZ
Tel.: 01252 741600

Eva Fraser
Internationale Bestellungen von Videos, Kassetten und Büchern:
The Studio, St. Mary Abbots
Vicarage Gate, London W8 4HN
Tel.: 0171 937 6616

Eve Lom
2 Spanish Place
London W1M 5AN
Tel.: 0 171 935 9988
Internationale Bestellungen:
3 Westmead Corner
Carshalton, Surrey
Tel.: 0181 661 7991
Auch erhältlich bei Space NK, Barkers of Kensington, Dickins & Jones und The Dorchester Spa im The Dorchester Hotel

Frownies
Internationale Bestellungen:
Eva Fraser, *siehe oben*

Georgette Klinger Salon
501 Madison Avenue
NY 10022, New York
Tel.: 001 212 838 3200

Imedeen
Weltweit erhältlich in großen Filialen von Boots, Holland and Barrett und Harrods

Jan Marini
Siehe erprobt & bewährt, gegenüber

Janet Sartin
500 Park Avenue
NY 10022, New York
Tel.: 001 212 751 5858

Joy Salem
Bei The Hale Clinic, *siehe oben*

Jurlique
Siehe erprobt & bewährt, gegenüber

Kanebo
Siehe erprobt & bewährt, gegenüber

Karin Herzog
Siehe erprobt & bewährt, gegenüber

Kiehl's
Erhältlich bei Space NK, *siehe rechts*

La Prairie
Siehe erprobt & bewährt, gegenüber

Manual Lymphatic Drainage (MLD)
MLD U.K., P.O. Box 149
Wallingford, Oxfordshire

Nuxe
Erhältlich bei Space NK, *siehe rechts*

Origins
Erhältlich bei Harrods und John Lewis
Internationale Bestellungen:
Tel.: 0800 731 4039

Osmotics
Erhältlich bei (oder Versand):
Dickins & Jones
244 Regent Street, London W1A 1DB
Tel.: 0171 734 7070

Pharma Nord
Bei The Nutri-Centre, *siehe gegenüber*

Philosophy
Erhältlich bei Liberty, Harrods und Bestellungen bei Space NK, *siehe unten*

Remède
Erhältlich bei Space NK, *siehe unten*

Repêchage
Repêchage Europe Ltd.
5 Hugh Business Park
Bacup Road, Waterfoot
Rossendale BB4 7BX
Tel.: 0800 731 7546

Retinova
Retinova Advisory Service
Gebührenfreies Tel.: 0500 080 040
Adresse für schriftliche Bestellungen:
The Photo-Ageing Information Service
c/o 150 Falcon Road
London SW11 2LW

Shisiedo
Siehe erprobt & bewährt, gegenüber

SoftLight Laser
ThermoLase Ltd.
45–47 Cheval Place
London SW7 1EW
Tel.: 0171 581 4499

Solgar
Solgar Vitamins Ltd.
Aldbury, Tring, Herts HP23 5PT
Tel.: 01442 890355

Space NK
Space NK Apothecary
P.O. Box 18025
London EC2A 3RJ
Tel.: 0171 636 2523

Verde
75 Northcote Road
London SW11 6PJ
Tel.: 0171 924 4379
Bestellungen: Tel.: 0870 603 9186

MAKE-UP

Action for Blind People
14–16 Verney Road
London SE16 3DZ
Tel: 0171 732 8771

Barbara Daly
Erhältlich bei Tesco
Auskunft: Tel.: 0800 505555

BeneFit Cosmetics
Bei Selfridges, Space NK und Harrods
Tel.: 0171 7301234

Bobbi Brown Essentials
Erhältlich bei Harrods, Versand (*siehe oben*) und bei House of Fraser

British Association of Skin Camouflage
P.O. Box 202
Macclesfield
Cheshire SK11 6FP
Tel.: 01625 267880

Cosmetics à la Carte
19b Motcomb Street
London SW1X 8LB
Tel.: 0171 622 2318

Disfigurement Guidance Centre
P.O. Box 7, Cupar, Fife KY15 4PF
Auskunft von 7.30 bis 12.00 unter der Telefonnummer: 01337 870281

D.R. Harris's Eye Drops
29 St. James Street
London SW1A 1HB
Tel.: 0171 930 3915

Eylure
Original Additions Ltd.
Ventura House, Bullsbrook Road
Hayes, Middlesex UB4 0UJ
Tel.: 0181 573 9907

Fashion Fair
Collier House
163–169 Brompton Road
London SW3 1PY
Tel.: 0171 591 4456

Kanebo
Siehe erprobt & bewährt, gegenüber

Laura Mercier
Erhältlich bei Space NK, *siehe links*

Look Good … Feel Better
Informationen über Seminare und Infobroschüren:
Look Good … Feel Better
Josaron House
5–7 John Princes Street
London W1M 9HD

M.A.C. (Make-up Arts Cosmetics)
109 Kings Road, London SW3 4PA
Tel.: 0171 349 0601

Make Up For Ever
40 Clarendon Street
Dublin 2, County Dublin, Irland
Tel.: 00 353 1679 9043

Nars
Erhältlich bei Space NK, *siehe links*

Origins
Siehe Hautpflege, links

Poppy
Erhältlich bei Space NK, *siehe links*

Rubis
Erhältlich bei Space NK, *siehe links*

Stephen Glass
Face Facts
73 Wigmore Street
London W1H 9LH
Tel.: 0171 486 8287

Stila
Erhältlich bei Space NK, *siehe links*

Trish McEvoy
Harvey Nichols
67 Brompton Road
London SW3 1EF
Tel.: 0171 235 5000

Tweezerman
AVD Cosmetics
7 Munton Road
London SE17 1PR
Tel.: 0171 410 1600

Shu Uemura
Unit 19, 49 Atalanta Street
London SW6 6TU
Tel.: 0171 379 6627

Vincent Longo
Bei Selfridges, Bestellungen bei:
E'SPA, Kent Place
Guildford Road Trading Estate
Farnham, Surrey GU9 9PZ
Tel.: 01252 741601

DÜFTE

Annick Goutal, Chanel, Christian Dior und Guerlain sind weltweit erhältlich.

Coudray, Creed, Diptyque und Maitre Parfumeur et Gantier sind erhältlich bei Les Senteurs, Adresse für den Versand:
227 Ebury Street, London SW1W 8UT
Tel.: 0171 730 2322

Demeter
Harvey Nichols
67 Brompton Roa
London SW3 1EF
Tel.: 0171 235 5000

L'Artisan Parfumeur
17 Cale Street
London SW3 3QR
Tel.: 0171 352 4196

HAAR

Aesop
Siehe Hautpflege, gegenüber

Aveda
Siehe erprobt & bewährt, gegenüber

Bioforce
Bioforce U.K. Ltd.
2 Brewster Place, Irvine
Ayrshire KA11 5DD
Tel.: 01294 277344

Botanical Hair Care Company
Unit 6
Fromside Industrial Estate
Wallbridge, Stroud GL5 3JX
Tel.: 01453 763 670

Bumble and Bumble
Erhältlich bei Space NK, *siehe links*

Charles Worthington
Erhältlich bei Boots, Selfridges
und John Lewis

Daniel Field
8–12 Broadwick Street
London W1V 1FH
Tel.: 0171 439 8223
Versand: Tel.: 01844 212300

Dr. Hugh Rushton
Harmont House, Harley Street
London W1
Tel.: 0171 637 0491

E'SPA
Siehe Hautpflege, Seite 247

Hairline International
(Hilfe bei Haarverlust)
Lyons Court
1668 High Street, Knowle
West Midlands B93 OLY
Tel.: 01564 775281

Jo Hansford
19 Mount Street, London W1Y 5RA
Tel.: 0171 495 7774

John Freida
4 Aldford Street, London W1Y 5PU
Tel.: 0171 491 0840
Erhältlich bei Boots und Superdrug

Laurent D. Volumateur
From Privé Salon in Los Angeles
8458 Melrose Place, CA 90069
Tel.: 001 213 651 5045

J. F. Lazartigue
20 James Street, London W1M 5HN
Tel.: 0171 629 2250

Léonor Greyl
15 Rue Tronchet, 75008 Paris
Tel.: 00 331 42 65 32 26
Erhältlich bei Space NK, *siehe Seite 247*

Look Good Feel Better
Siehe Make-up, Seite 247

Michael di Cesare
Erhältlich bei House of Fraser, Harrods
und QVC Shopping Channel

Nature's Best
1 Lamberts Road, Tunbridge Wells
Kent TN2 3BE
Tel.: 01892 552118

Paul Mitchell
Paul Mitchell U.K. Ltd.
Unit 1–2 Millenium Point
Broadfields, Aylesbury
Bucks HP19 3ZU
Tel.: 01296 696677

Phytologie
69a Eccleston Square
London SW1V 1PJ
Tel.: 0171 592 9800

Philip Kingsley
54 Green Street
London W1Y 3RH
Tel.: 0171 629 4004

René Furterer
Tel.: 001 800 522 8285

Romanda Healthcare
Romanda House, Ashley Walk
London NW7 1DU
Tel./Fax: 0181 346 0784

Sebastian
California Lines Ltd.
Bessemer Road, Basingstoke
Hampshire RG22 4AF.
Tel.: 0345 125545

Tween-Time Crayon
Bei Beauty World Direct, *siehe Seite 246*

Urtekram
Siehe faszinierende Frauen, Seite 245

FÜSSE

Chelsea Nail Studio
5 Pond Place
London SW3 6QR
Tel.: 0171 225 3889

Diamancel (foot files)
Erhältlich bei Space NK, *siehe Seite 247*

Reflexzonenmassage
The British Reflexology Association
Monks Orchard
Whitbourne, Worcester WR6 5RB
Tel.: 01886 821207

Scholl
Scholl Consumer Products Ltd.
475 Capability Green
Luton, Bedfordshire LU1 3LU
Tel.: 0800 074 2040

Super Nail of Los Angeles
101 Crawford Street
London W1H 1AN
Tel.: 0171 723 1163

The Foot Health Council
53 Welbeck Street
London W1M 7HE
Tel.: 0171 486 3381

HÄNDE

BioCare
Bei The Nutri Centre, *siehe Seite 246*

Chelsea Nail Bar International
Fingercare
Siehe Chelsea Nail Studio, oben

Chelsea Nail Studio
Siehe Füße, oben

Efamol
Efamol Ltd., Weyvern House
Weyvern Park, Portsmouth Road
Guildford, Surrey GU3 1NA
Tel.: 0870 6060128

Hale Clinic
7 Park Crescent
London W1N 3HE
Tel.: 0171 631 0156

Jessica
The Natural Nail Company Ltd.
47 Theobald Street, Borehamwood
Herts WD6 4RT
Tel.: 0181 381 7793

Jessica Nail Clinic
8627 Sunset Boulevard, West Hollyood
Los Angeles, California 90069
Tel.: 001 310 659 9292

Jurlique
Siehe erprobt & bewährt, Seite 246
O.P.I.
37 Pinner Green
Pinner, Middlesex HA5 2AF
Tel.: 0181 868 3400

Paint Job
Erhältlich bei Space NK, *siehe Seite 247*

Privé
8458 Melrose Place
Los Angeles, California 90069
Tel:. 001 213 651 5045

AUGEN

Bates Method
The Bates Association of Great Britain
P.O. Box 25, Shoreham-by-Sea
West Sussex, BN43 6ZF
Tel.: 01273 422090

Cutler & Gross
16 Knightsbridge Green
London SW1 XQL
Tel.: 0171 823 8445

Dollond & Aitchison
1323 Coventry Road, Yardley
Birmingham B25 8LP
Tel.: 0121 706 6133

Q. Switch Ruby Laser
Angewandt von Professor Nicholas Lowe
in The Cranley Clinic, *siehe rechts*

Specialist Herbal Supplies' Eye Wash
Mixture
Bei The Nutri Centre, *siehe Seite 246*

Trayner Pinhole Glasses
The Old Brewery
Newtown, Bradford-on-Avon
Wiltshire BA15 1NF
Tel.: 01749 850822

ZÄHNE

David Klaff
1st Floor Suite, 57a Wimpole Street
London W1M 7DF
Tel.: 0171 636 9933

Dr. Mervyn Druian
The Fresh Breath Centre
93 Haverstock Hill, London NW3 4RL
Tel.: 0171 586 7237

Janina International Oral Cosmetique
Bei Boots und Selfridges
Internationale Kundeninformation:
Tel.: 0181 699 6222

SCHÖNHEITSOPERATIONEN

Mr. John Scurr
Lister Hospital
Chelsea Bridge Road
London SW1W 8RH
Tel.: 0171 730 3417

British Association of Plastic Surgeons
The Royal College of Surgeons
34–35 Lincoln's Inn Fields
London WC2A 3PN
Tel.: 0171 831 5161

British Association of
Aesthetic Plastic Surgeons
35 Lincoln's Inn Fields
London WC2A 3PN
Tel.: 0171 405 2234.

British Dental Association
64 Wimpole Street
London W1M 8AL
Tel.: 0171 935 3963

British Association of Dermatologists
19 Fitzroy Square
London W1P 5HQ
Tel.: 0171 383 0266

British Academy of Aesthetic Dentistry
Suite 152, 84 Marylebone High Street
London W1M 3DE

Dr. Andrew Markey
The Lister Hospital, *siehe oben*

Dr. Barry Jones
14a Upper Wimpole Street
London W1M 1AB

Professor Nicholas Lowe
The Cranley Clinic, 3 Harcourt House
19a Cavendish Square,
London W1M 9AD
Tel.: 0171 499 3223

SCHLAF

Akupressur
Siehe Akupunktur

Akupunktur
British Acupuncture Council
Park House
206–208 Latimer Road
London W10 6RE
Tel.: 0181 964 0222

Autogenes Training
The British Association for Autogenic
Training and Therapy
Royal London Homoeopathic Hospital
NHS Trust
Great Ormond Street,
London WC1N 3HR
Tel.: 0171 837 8833

Bioforce
Siehe Haar, Seite 247

Bachblüten Therapie
Siehe Hautpflege, Seite 246

Hypnotherapie
Central Register of Advanced
Hypnotherapists
28 Finsbury Park Road
London N4 2JX
Tel.: 0171 359 6991

The National Register of
Hypnotherapists & Psychotherapists
12 Cross Street, Nelson
Lancs BB9 7EN
Tel: 01282 699378

Neal's Yard
Siehe erprobt & bewährt, Seite 246

GYMNASTIK/KÖRPER

Amanda Platt
Tel.: 0171-229 8109

Anne Marie Petash (Pilates-Methode)
Tel.: 0171 229 5243

Aromatherapy Associates
Siehe Hautpflege, Seite 246

Czech & Speake
39c Jermyn Street
London SW1Y 6DN
Tel.: 0800 919 728

Ecco Footwear
Shoon Ltd., Dinder House
Dinder, Somerset BA5 3PB
Tel.: 0800 387368

Full Spectrum Lighting
Siehe Winterdepression, Seite 250

Ionothermie (Zellulitis)
Ionithermie Ltd
9-11 Alma Road, Windsor
Berkshire SL3 8TS
Tel: 01753 833900

Mesotherapy (Zellulitis)
Dr. Elisabeth Dancey
55 Wimpole Street
London W1M 7DF
Tel.: 0171 224 1330

Manuelle Lymphdrainage
Siehe Hautpflege, Seite 247

Pilates-Methode
The Pilates Foundation
80 Camden Road
London E17 7NF
Tel.: 07071 781859

Association of Pilates Teachers
17 Queensbury Mews West
London SW7 2DY
Tel.: 0171 581 7041

SAD Association
Siehe Winterdepression, Seite 250

Thalgo
Thalgo U.K. Ltd., Elgin House
51 Mill Harbour
London E14 9TD
Tel.: 0171 512 0872

Walkfit
Walkfit Ltd.
98–102 Station Road, Oxted
Surrey RH8 OQA
Tel.: 01883 730666

Estilo Salon
7402 Beverly Boulevard
Los Angeles, California 90036
Tel.: 001 213 936 6775

NAHRUNG

Colon Cleansing Capsules
Bei The Nutri Centre, *siehe Seite 246*

The Colonic International Association
16 England's Lane
London NW3 4TG

Losemore Herbs
Bei The Nutri Centre, *siehe Seite 246*

Magnesium OK
Weltweit erhältlich

Organic Food
The Soil Association
Bristol House
40–56 Victoria Street
Bristol BS1 6BY
Tel.: 0117-929 0661

Pharma Nord
Bei The Nutri Centre, *siehe Seite 246*

Phytolife Plus
Bei Blackmores, *siehe Seite 246*

Solgar
Siehe Hautpflege, Seite 247

Spectrum Oils (EFAs)
Whole Earth Foods
269 Portobello Road
London W11 1LR
Tel.: 0171-229 7545

Udo's Choice
Siehe faszinierende Frauen, Seite 246

Western Herbal Medicine
Siehe National Institue of Medical Herbalists, rechts

HORMONE

The Back Shop
14 New Cavendish Street
London W1M 7LJ
Tel.: 0171 935 9120

Bioenergetik
Institute of Bioenergetic Medicine
103 North Road
Parkstone, Poole
Dorset BH14 OLU
Tel.: 01202 733762

Blackmores
Siehe Hautpflege, Seite 246

Bristol Cancer Help Centre
Grove House, Cornwallis Grove,
Clifton, Bristol BS8 4PG
Tel.: 0117 980 9505

Chinesische Kräutermedizin
Register of Chinese Herbal Medicine
P.O. Box 400, Wembley,
Middx HA9 9NZ
Tel.: 0171 224 0803

Imperial Cancer Research Fund
P.O. Box 123
Lincoln's Inn Fields
London WC2A 3PX
Tel.: 0171 242 0200

Jan de Vries
Auchenkyle, Southwoods Road
Troon
Ayrshire KA10 7EL
Tel: 01292 317670

National Institute On Ageing (USA)
National Institute of Health
31 Center Drive, Building 31
Room 5C27 Bethesda
MD 20892–2292
Tel.: 001 301 496 1751

National Osteoporosis Society
P.O. Box 10, Radstock,
Bath BA3 3YB
Tel.: 01761 471771

Natural Medicine Directory
c/o SPNT, P.O. Box 47, Heathfield
East Sussex TN21 8ZX

Natural Progesterone Information Service
P.O. Box 131, Etchingham TN19 7ZN
Tel.: 01435 883189

Nutritional Therapy
Siehe Therapien gegen Streß, unten

ProGest Cream by Higher Nature
The Nutrition Centre
Burwash Common
East Sussex TN19 7LX
Tel.: 01435 882880

Solgar
Siehe Hautpflege, Seite 247

Zusatzpräparate (Ernährung) sind erhältlich bei The Nutri Centre, *siehe Seite 246 oben*

DIE DÄMONEN

British Holistic Medical Association
Siehe Therapien gegen Streß, unten

Jungian Therapy
U.K. Council for Psychotherapy
167–169 Great Portland Street
London W1N 5FB
Tel.: 0171 436 3002

ENTSPANNUNG

Fernheilung
Siehe Healing, rechts

Akupressur
Siehe Seite 248

Akupunktur
Siehe Seite 248

Aromatherapie
Dachorganisation mit 4500 Mitgliedern:
Aromatherapy Organisations Council
P.O. Box 355, Croydon
Surrey CR9 2QP
Tel./Fax: 0181 251 7912

Bestellung und Versand für Öle:
Aromatherapy Associates, *siehe Seite 246*

Auraheilung
Siehe Healing, unten

Autogenes Training
Siehe Seite 248

Ayurvedische Massage
Ayurvedic Medical Association U.K.

Hale Clinic, 7 Park Crescent
London W1N 3HE
Tel.: 0171 631 0156

Bachblüten
Siehe Seite 246

Biodynamische Psychotherapie (und Massage)
Gerda Boyesen Centre
Internationale Information:
Acacia House, Centre Avenue
London W3 7JX
Tel.: 0181 743 2437

British Holistic Medical Association
59 Lansdowne Place, Hove
East Sussex BN3 1FL
Tel.: 01273 725951

Centre for the Study of Complementary Medicine
51 Bedford Place
Southampton
Hampshire SO15 2DT
Tel.: 01703 334752

Chinesische Massage
Siehe Massage, Seite 250

Faith Healing
Siehe Heilung, unten

Schwebetherapie
Float Tank Association
P.O. Box 11024
London SW4 7ZF
Tel.: 0171 627 4962

Heilung (Healing)
Confederation of Healing Organizations
(offizielle Vertretung)
Suite J, 2nd Floor
113 High Street
Berkhamsted
Hertfordshire HP4 2DJ
Tel.: 01442 870660

Kräuterheilkunde
National Institute of Medical Herbalists
56 Longbrook Street
Exeter Devon EX4 6AH
Tel.: 01392 426022

Homöopathie
Society of Homoeopaths
2 Artizan Road
Northampton NN1 4HU
Tel.: 01604 621400

The U.K. Homoeopathy Medical Association
6 Livingston Road, Gravesend
Kent DA12 5DZ
Tel.: 01474 560336

Faculty of Homoeopathy
2 Powis Place, Great Ormond Street
London WC1N 3HT
Tel.: 0171 837 9469

Massage
Informationen zu östlichen und westlichen Massagetechniken:
British Massage Therapy Council
Greenbank House
65a Adelphi Street
Preston PR1 7BH
Tel.: 01772 881063

Meditation
School of Meditation
158 Holland Park Avenue
London W11 4UH
Tel.: 0171 603 6116

Transcendental Meditation
Beacon House, Willow Walk
Woodley Park, Skelmersdale
Lanc WN8 6UR
Tel.: 0800 269303

Musiktherapie
Association of Music Professional Therapists
38 Pierce Lane, Fulbourn
Cambridge CB1 5DL

Ernährungstherapie
Society for the Promotion of Nutritional Therapy
P.O. Box 47, Heathfield
East Sussex TN21 8ZX

Institute for Optimum Nutrition
Blades Court, Deodar Road
London SW15 2NU
Tel.: 0181 877 9993

Reflexzonenmassage
Siehe Füße, Seite 248

Reiki
The Reiki Association
2 Manor Cottages, Stockley Hill
Peterchurch, Hereford HR2 OSS

Shiatsu
The Shiatsu Society
Barber House, Storeys Bar Road
Sengate, Peterborough PE1 5YN
Tel.: 01858 465731

British School of Shiatsu
6 Erskine Road
London NW3 3AJ
Tel.: 0171 483 3776

Geistheilung
Siehe Heilung, Seite 249

SportMassage
Siehe Massage, Seite 249

Schwedische Massage
Siehe Massage, Seite 249

Tai Chi
The U.K. T'ai Chi Association
P.O. Box 159, Bromley
Kent BR1 3XX

Thai-Massage
Siehe Massage, Seite 249

Therapeutische Berührung
The Didsbury Trust
Redmirs, Mungrisdale, Penrith
Cumbria CA11 0TB

Tibetanischer Buddhismus
Samye Ling, Eskdalemuir
Dumfrieshire, DG13 0QR
Tel.: 013873 73232

Tragerwork
The Trager Association U.K.
64 Wilbury Road, Hove, Sussex BN3 3PY

Transzendentale Meditation
Siehe Meditation, Seite 249

Yoga
The British Wheel of Yoga
1 Hamilton Place,
Boston Road, Sleaford,
Lincolnshire NG34 7ES
Tel.: 01529 306851

SEX IM ALTER

British Association of Sexual and Marital Therapists
P.O. Box 13686
London SW20 9ZH
Tel.: 0181 543 2707

Relate National Marriage Guidance
Herbert Gray College
Little Church Street
Rugby CV21 3AP
Tel.: 01788 573241

Senselle bei Durex
London Rubber Company
Tel.: 0800 338 739

Sylk
P.O. Box 340
Rickmansworth
Herts WD3 5WD
Tel.: 01923 285544

WINTERDEPRESSION

Lichttherapie
S.A.D. Lightbox Co. Ltd.
19 Lincoln Road
Cressex Business Park
High Wycombe
Buckinghamshire HP12 3FX
Tel.: 01494 448727/526051

SAD Association
P.O. Box 989, Steyning
West Sussex BN44 3HG
Tel.: 01903 814942

KREATIVITÄT

Nick Williams
Information über Seminare:
Alternative Seminare
197 Piccadilly
London W1V OLL
Tel.: 0171 287 6711

GESUNDHEITS- UND SCHÖNHEITSRATGEBER

Anam Cara: Spiritual Wisdom from The Celtic World
von John O'Donohue
(Bantam Press 1997)

The Art of Hair Colouring
von David Adams & Jacki Wadeson
(Macmillan Press 1988)

The Art of Sexual Ecstasy: The Path of Sacred Sexuality for Western Lovers
von Margo Anand
(Aquarian Press 1990)

The Artist's Way
von Julia Cameron (Pan 1995)

Better Sight Without Glasses
von Harry Benjamin
(Thorsons 1992)

Bobbi Brown Beauty: The Ultimate Beauty Resource
von Bobbi Brown & Annemarie Iverson
(Ebury Press 1997)

The Complete Guide to Food Allergy and Intolerance
von Prof. Jonathan Brostoff & Linda Gamlin (Bloomsbury 1998)

Dirt – The Lowdown on Growing a Garden With Style
von Dianne Benson
(Dell Publishing 1984 – vergriffen)

Eco-Friendly Houseplants
Bill Wolverton (Pheonix 1997)

Einfach Schön
von Sarah Stacey & Josephine Fairley
(Bertelsmann 1996)

Encyclopaedia of Complementary Medicine
von Anne Woodham & Dr. David Peters
(Dorling Kindersley 1997)

The Encyclopaedia of Flower Remedies
von Clare G. Harvey & Amanda Cochrane
(Thorsons 1995)

The Encyclopaedia of Natural Medicine
von Michael Murray & Joseph Pizzorno
(Optima 1990)

Fats That Heal, Fats That Kill
von Dr. Udo Erasmus
(Alive Books 1993)

Healing Environments: Your Guide to Indoor Well-being
von Carol Venolia
(Celestial Arts 1988)

Hotline to Health
von Kathryn Marsden
(Pan 1998)

How to Keep Your Feet & Legs Healthy for a Lifetime
von Gary Null & Dr. Howard Robins
(Seven Stories Press 1990)

Journal of A Solitude
von May Sarton
(Women's Press 1995)

Juice High
von Leslie Kenton and Russell Cronin
(Ebury Press 1996)

The Meditator's Handbook: A Comprehensive Guide to Eastern & Western Meditation Techniques
von Dr David Fontana
(Element Books 1994)

Menopause
von Jan de Vries
(Mainstream Publishing 1993)

Mind-Body Medicine – A Clinician's Guide to Psychoneuroimmunology
hrg. von Dr. Alan Watkins
(Churchill Livingstone 1997)

Natural Alternatives to HRT
von Marilyn Glenville
(Kyle Cathie 1997)

Passage To Power
von Leslie Kenton
(Century Vermillion 1998)

Raw Energy
von Leslie Kenton
(Century Vermillion 1994)

The Optimum Nutrition Bible
von Patrick Holford
(Piatkus 1997)

The Psychology of Happiness
von Prof Michael Argyle
(Routledge 1986)

The Reflexology Partnership
von Suzanne Adamson & Eilish Harris
(Kyle Cathie 1995)

Secrets of a Fashion Therapist
von Betty Halbreich
(Aurum 1998)

Sleep Thieves
von Stanley Coren
(Simon & Schuster 1996)

The Spiritual Tourist
von Mick Brown
(Bloomsbury 1998)

Stress at Work: Causes, Effects and Prevention
von Michael Kompies
(European Communities 1995)

SuperYou
von Anne Naylor
(Thorsons 1996)

The Wellness Book – The Comprehensive Guide to Maintaining Health and Treating Stress-Related Illness
von Herbert Benson & Eileen M. Stuart
(Birch Lane Press 1992)

Total Wellness
von Joseph Pizzorno
(Prima 1998)

You Can Look Younger At Any Age
von Nelson Lee Novick, MD
(Henry Holt & Company 1996)

Your Skin. An Owner's Guide
von Joseph Bark
(Prentice Hall USA 1995)

Amerikanische Bücher können direkt bestellt werden bei:
Reader's Catalog
Tel.: 001 212 262 7198
Oder über das Internet:
www.amazon.com

Danksagungen

Dieses Mammutprojekt wäre ohne Hilfe und Unterstützung nicht möglich gewesen. Allen voran möchten wir den 1002 Frauen danken, die unserer Testgruppe angehörten und uns gewissenhaft ihre Erfahrungen mit den Lotionen und Cremes, die sie prüften, mitteilten. Wir hätten sie sehr gerne einzeln genannt. Wir sind weiterhin von den **faszinierenden Frauen** begeistert und möchten Bernadette Rendall, Gayle Hunnicutt, Gloria Hope-Price, Jennifer Guerrini-Maraldi, Joan Burstein, Leslie Kenton, Lisbeth Damsgaard und Suzanne Adamson danken. Außerdem möchten wir den folgenden Personen danken, die für dieses Buch interviewt wurden:

Visagisten: Barbara Daly, Bobbi Brown, Darac, Jenny Jordan, Kevyn Aucoin, Laura Mercier, Liz Collinge, Mary Greenwell, Noriko Okubo, Olivier Echaudemaison, Ruby Hammer, Stephen Glass, Tricia Sawyer, Trish McEvoy, Vincent Longo. **Modeexperten:** Amanda Platt, Betty Halbreich, Belinda Seper. **Haarstylisten:** Andrew Collinge, Charles Worthington, Christophe Robin, Daniel Field, George at John Barrett, John Barrett, John Frieda, Jo Hansford, Léonor Greyl, Louis Licari, Nicky Clarke, Susan Baldwin. **Fuß- und Nagelexperten:** Clare Wolford (Leiterin der Weiterbildungsabteilung von Supernail, LA), Mara Caskin at John Barrett, Robyn Opie, Katharine Royston-Airey **Hautpflegeprofis:** Barbara Simpson-Birks, Christina Carlino, Edith Poyer (Stellvertretende Leiterin der Produktentwicklungsabteilunf von Fashion Fair), Eve Lom, Eva Fraser, Dr. Daniel Maes (Vizepräsident für Forschung und Entwicklung bei Estée Lauder Worldwide), Dr John McCook (Elizabeth Arden), Dr Karen Burke, Lydia Sarfati, Marcia Kilgore, Germaine Rich von Aromatherapy Associates, Dr. Jurgen Klein (Gründer von Jurlique), Dr. Patricia Wexler (New York), Susan Harmsworth (Gründerin von E'SPA, GB).

Ärzte, Wissenschaftler, Fitneßtrainer, Ernährungsberater und Persönlichkeitstrainer: Philip Bacon (Galsworthy House Hospital, London), Prof. Joan Bassey (Nottingham Medical School), Glenda Baum (London), Prof. Etienne-Emile Baulieu (Paris), Dr. Mary Ellen Brademas (New York), Dr. Carol Brayne (medizinische Fakultät der Universität Cambridge), Prof. Jonathan Brostoff (Middlesex Hospital und University College London), Dr. S R Burzynski (Burzynski Research Inst, Texas), Dr. Robert Butler (Primararzt der Abteilung für Geriatrie, Mt. Sinai School of Medicine, New York), Dr. Rosy Daniels (Bristol Cancer Help Centre, UK), Dr. Stephen Davies (psychologische Abt., Princess Alexandra Hospital, Harlow, Essex, GB), Jan de Vries (Glasgow,) Dr. Ciaran F. Donegan (Queens Medical Centre, Nottingham), Dr. Mervyn Druian (London Breath Centre), Torje Eike (Physiotherapeut, London), Frances Emeleus (britische Vereinigung der Sexual- und Eheberater, UK), Dr. Udo Erasmus, Dr. Linda Fellows (Meridian Associates, UK), Prof. Michael Fossel (Abt. für klinische Medizin, Michigan State), Prof. Mary Gilhooly (Zentrum für Gerontologie und Volksgesundheit, Universität Paisley), Harald Gaier (Hale Clinic, London), Dr. H.B. Gibson (University of the Third Age, Cambridge), Dr. Chris Gilleard (Springfield University Hospital, London), Dr. Marilyn Glenville (Hale Clinic, London), Prof. Jean-Alexis Grimaud (Universität Paris), Dr. James Hawkins (britische Vereinigung für Ganzheitsmedizin), Dr. Leonard Hayflick (Universität von Kalifornien), Patrick Holford (Institute of Optimum Nutrition, London), Dr. Susan Horsewood-Lee (London), Frances Hunt (Leiterin des „Ageing Well Programme", GB), Prof. Howard Jacobs (Abt. für Reproduktionsendokrinologie, Middlesex Hospital, London), Prof. Vivian James (England), Dorothy Jerrome (Age Concern, Brighton), Dr. Kim Jobst (Glasgow Homoeopathic Hospital und Universität Glasgow, medizinisch-therapeutische Fakultät), Mr. Barry Jones (London), Dr. Kevin Kelleher (Facharzt, Queen Mary's Sidcup NHS Trust), Prof. Kay-Tee Khaw (Fakultät für klinische Gerontologie, Universität Cambridge), Dr. Tom Kitwood, (Professor für Psychologie, Universität Bradford), David Klaff (Präsident der britischen Akademie für ästhetische Zahnheilkunde, London), Dr. Peter Laslett (Trinity College, Cambridge), Prof. Michael Lean (Abt. für Ernährungswissenschaften, Universität Glasgow), Dr. George Lewith (Centre for the Study of Complementary Medicine, Southampton), Prof. David A. Lipschitz (Leiter, Altersforschung, medizinische Fakultät, Universität Arkansas), Dr. Geraldine Littler (Abt. für Soziologie, Universität Liverpool), Prof. Nicholas Lowe (Cranley Clinic, London), Dr. Tony Maltby (Abt. für Sozialwissenschaften, Universität Birmingham), Dr. Andrew Markey (Leiter der Abt. für Hautchirurgie und Laser, St. John's Institute of Dermatology), Kathryn Marsden (Wiltshire, UK), Warrick McNeill (Physioworks, London), Prof. Lorraine Faxon Meisner (Universität Wisconsin, Madison, USA), Prof. Peter Millard (St. Georges Hospital Medical School, Abt. für Geriatrie, London), Prof. Graham Mulley (St. James University Hospital, Leeds), Anne Naylor (Frankreich), Kate Neil (Institute of Optimum Nutrition, London), Chrissie Painell, Prof. Ian Philp (Northern General Hospital, Sheffield), Joseph Pizzorno (Bastyr University, Seattle, Washington), Prof. David Purdie (Centre for Metabolic Bone Disease, Hull Royal Infirmary), Anne O'Dowd RSA, Dr. Anthony Quinn (St. Bartholomew's and the Royal London Hospital of Medicine), Prof. Elaine Rankin (Vorstand des Instituts für Krebsforschung, Universität Dundee), Ms. Linnea Renton (Active Age Manager, Age Concern, Liverpool), Dr. Deborah Rozman (Institute of HeartMath, Boulder, Colorado), Dr. Hugh Rushton (London), Mr. John Scurr (Lister Hospital, London), Dr. Elspeth Stirling (klinische Psychologin, Royal Dundee Liff Hospital) Dr. Ian Stuart-Hamilton (Professor für Psychologie, Worcester College of High Education), Stephen Terrass (Technischer Leiter, Solgar), Gloria Thomas (London), Mary Thomas (Dark Horse Venture, UK), Prof. Anthea Tinker (Institut für Gerontologie), Joanna Walker, (Pre-Retirement Association, Guildford), Dr. Alan Watkins (Professor für Medizin, Universität Southampton), Dr. Ian White (Dermatologe, British Dermatological Association), Nick Williams (Alternatives, London), Dr. Alex Withnal (Institut für Sozialwissenschaften, Keele University), Anne Woodham (Hon Chair, Guild of Health Writers), Cynthia Wyld (British Association for Service to the Elderly, UK).

Dank gebührt auch den folgenden Organisationen: Action Research, Age Concern, Society for Endocrinology, British Geriatric Society, British Heart Foundation, British Psychological Society, British Society for Research into Ageing, Institute of Gerontology, Institute of Human Ageing, Public Health Forum, Research Into Ageing. **Und:** Roja Dove von Guerlain, daß sie uns Einblick in die Archive in Paris gewährte, Mary-Ellen Lapsansky (The Fragrance Foundation, NYC), Jilly Fraysse, Joy Salem, Lizzie Vann (Baby Organix).

Nicht zuletzt möchten wir Freunden, Kollegen und unserer Familie danken, die uns ihre Zeit widmeten und uns Unterstützung boten. Dazu zählen Cluny Brown, Hilly Boyd und Catherine Slocock, die unermüdlich recherchierten. Danke an das Design-Team von Button: Anne, Gill, Reg, Rick, Ian und „supremo" Sue, an David Downton für weitere wunderbare Illustrationen und an Kirsten Abbott sowie an Julia Scott von Kyle Cathie. Danke Dee Nolan für ihre Geduld und Rosie Boycott. Danke an Craig Sams und Clive Syddall. Und schließlich vielen Dank an unsere Agentin Kay McCauley, daß sie für uns da war.

Register

Bildnachweise

Die Herausgeber danken folgenden Fotografen und Organisationen für die freundliche Genehmigung zur Veröffentlichung der folgenden Fotos in diesem Buch:

2 The Image Bank/Meola Studio; 8 Stay Still/Evan Arnstein; 10 Tony Stone Images/Laurence Monneret; 11 Robert Harding Picture Library/Wesley Hitt; 13 The Image Bank/Bokelberg; 14 Francesca Yorke; 19 Francesca Yorke; 23 Robert Harding Picture Library/ Caroline Hughes/© IPC Magazines Ltd/Options; 24 Tony Stone Images/Bill Heinsohn; 25 John Swannell für Yardley; 26 Tony Stone Images/Mark Lewis; 27 Guerlain; 28 Francesca Yorke; 30 Images/Jay Freis; 33 Science Photo Library/Alfred Pasieka; 34 Francesca Yorke; 36–37 Tony Stone Images/Matt Lambert; 39 Marie France/Barbro Anderson/Dominique Eveque; 42 Tony Stone Images/James Darell; 44 Corbis; 47 Andrew Lawson; 49 Angela Hampton Family Life Pictures; 52 Anders Bach; 54–55 Jekka McVikar; 59 Superstock; 61 Tony Stone Images/Jerome Tisné; 63 Hulton Getty; 65 Robert Harding Picture Library/Jake Chessum/ © IPC Magazines Ltd; 66 Telegraph Picture Library/Bavaria/Bildagentur; 71 Robert Harding Picture Library/Rene Dupont/© IPC Magazines Ltd/ Options; 72 Francesca Yorke; 75 Francesca Yorke; 77 TonyStone Images/Jerome Tisné; 78 The Kobal Collection; 80 Tony Stone Images/Steven Peters; 81 London Features International/Jacqui Brown; 82 Telegraph Colour Library/JP Frouhet; 84 Francesca Yorke; 88 Attard; 89 London Features International; 90 Francesca Yorke; 92 Guerlain; 93 Tony Stone Images/Dennis O'Clair; 94 Action for Blind People; 95 Tony Stone Images/Claudia Kunin; 98 Associated Press; 100 Retna Pictures/Phil Loftus; 104 Francesca Yorke; 107 The Stock Market; 109 Marie France/Barbro Anderson/ Catherine de Chabaneix; 111 Alpha/Patrick Sicolli/Angeli; 114 Tony Stone Images/Christopher Bissell; 116 Retna/Bruno Gaget; 117 London Features International/Ken Weingart; 118 Retna/Patrick Swire/MPA; 119 Francesca Yorke; 120 John Swannell; 122 Retna /Jenny Acheson; 123 Retna /Jenny Acheson;124 *oben* Tony Stone Images/Donna Day; *unten* Retna/Jenny Acheson; 125 Retna/Jenny Acheson; 126 Tony Stone Images/Antonia Deutsch; 129 Robert Harding Picture Library/© IPC Magazines Ltd/Woman's Journal; 132 Superstock; 135 Tony Stone Images/Laurence Monneret; 137 Hulton Getty; 138 Tony Stone Images/Jerome Tisné; 143 Tony Stone Images/Christopher Bissell; 154 Tony Stone Images/Laurence Monneret; 156 Attard; 158 Francesca Yorke; 160 Garden Picture Library/Lynne Brotchie; 162 The Image Bank/M Regine; 168 The Image Bank/John P Kelley; 171 Francesca Yorke; 176 Francesca Yorke; 180 Francesca Yorke; 181 The Image Bank/Tracy Frankel; 182 The Image Bank/Gio Barto; 184 *Belle;* 188 Katz/Outline/Art Streiber; 193 Tony Stone Images/Robert Holmgren; 195 Robert Harding Picture Library/© IPC Magazines Ltd/Options; 196 Tony Stone Images/Catherine Panchout; 197 Tony Stone Images/Chris Everard; 198 The Image Bank/Dingo; 200 The Image Bank/Tcherevkoff Ltd; 202 Huw Evans; 215 The Stock Market/Sanai Shahram; 222 Tony Stone Images/Stephanie Rushton; 224 Francesca Yorke; 226 Katz/Outline/Jeffrey Thurnher; 228 *oben* Colorific; *unten* Rex Features/Sipa Press; 233 Francesca Yorke; 235 Explorer/Bordes; 236 The Kobal Collection; 239 The Stock Market/ML Sinibaldi; 240 The Image Bank/Weinberg/Clark; 241 George Brooks; 242 George Brooks; 243 Francesca Yorke; 244 Marlene Wallace; 245 Hulton Getty